岩波文庫

30-015-16

源氏物語

(七)

匂兵部卿—総角

柳井滋・室伏信助
大朝雄二・鈴木日出男
藤井貞和・今西祐一郎
校注

岩波書店

編集協力

今井久代
陣野英則
松岡智之
田村　隆

凡例

一　本書は、新日本古典文学大系『源氏物語』(柳井滋・室伏信助・大朝雄二・鈴木日出男・藤井貞和・今西祐一郎校注、全五冊・別巻一冊、一九九三―九九年、岩波書店刊、以下「新大系版」と略記)に基づき、全五十四帖の本文と注を文庫版(全九冊)として刊行する。新たに今井久代・陣野英則・松岡智之・田村隆を編集協力者として加え、本文の表記・注を一部改編する。

二　底本には、新大系版と同じく、古代学協会蔵、大島雅太郎氏旧蔵、(通称)大島本を用い、大島本が欠く浮舟巻の底本には、東海大学付属図書館蔵明融本を用いる。

三　本文は、柳井・室伏の整定した新大系版を踏襲しつつ、以下の方針で作製する。

1　漢字は、現在通行の字体を使用し、必要に応じて読みがなを（　）に入れて付す。
当て字の類は底本のままとする。

楊貴妃(やうきひ)　御子(みこ)　覚(おぼ)す　夕附夜(ゆふづくよ)　木丁(きちやう)

2　かなには必要に応じて漢字を当て、もとのかなを振りがなとしてのこす。

3

宮仕（みやづか）へ　もてなやみ種（ぐさ）　目（め）を側（そば）め　宣旨（せむじ）　本意（ほい）

3　原則として歴史的かな遣いに統一し、語の清濁を示す濁点を付す。音便は通行の表記にする。送りがなは通行の表記を採用する。「む」「ん」の類別、反復記号（ゝ・〻・〱）は原則、底本のままとする。

おの子→をの子　けう／けふ→きよう（興）

けらう→げらふ　かひさくり→かい探（さぐ）り　給て→給ひて

4　内容に即して句読点および改行を施す。会話文は「　」で、会話文中の会話文は「　」でくくり、末尾に句点を付し改行する。和歌・消息文は行頭から二字（消息文中の和歌は三字）下げる。

5　本文を他本によって補入する場合は〔　〕で示す。本文を改訂する場合は注に明記する。

6　各巻末にある「奥入」は省略する。新大系版を見られたい。

7　底本の様態については、新大系版に掲げてある詳細なメモを参照されたい。

四　本文の下欄に、内容の切れ目を示す節番号をアラビア数字で記し、注の該当個所にその番号を小見出しとともに示す。なお、㈠、㈡などは、本文庫の分冊数を示す。

五　本文の下欄に、池田亀鑑編著『源氏物語大成』（中央公論社）の頁数を漢数字で示す。

六　各巻の冒頭に梗概を、末尾に系図を掲げる。系図中の人物の呼称は、通行の呼称に拠り、その巻での他の呼称は（　）内に示す。［　］はその巻に登場しない人物を、■は故人を示す。各巻の扉に入れた図版は、「源氏香之図」（部分、国文学研究資料館蔵 DOI: 10.20730/200014999）による。

七　各冊の末尾に、新たに地図などの図版と解説を付す。

八　第九冊に、作中和歌一覧・初句索引および作中人物索引を付す。

九　注・解説などで利用した諸本の略号は以下の通り。多く複製・影印に拠る。

定家本　伝藤原定家筆本（原装影印古典籍覆製叢刊）／**明融本（東海）**　伝明融筆、東海大学付属図書館蔵本（東海大学蔵桃園文庫影印叢書）／**明融本（実践）**　同、実践女子大学図書館山岸文庫蔵本／**穂久邇本**　穂久邇文庫蔵本（日本古典文学影印叢刊）／**陽明本**　陽明文庫蔵本（陽明叢書）／**伏見天皇本**　吉田幸一氏蔵本（旧称、吉田本）（古典文庫）／**書陵部本**　三条西実隆等筆、宮内庁書陵部蔵本（新典社）／**尾州本**　名古屋市蓬左文庫蔵本（尾州徳川家旧蔵）（八木書店）／**高松宮本**　高松宮御蔵（臨川書店）／**中山本**　国立歴史民俗博物館蔵（中山輔親氏旧蔵）（複刻日本古典文学館）／**各筆本**　東山御文庫蔵本（貴重本刊行会）／**承応板本**　承応三年（一六五四）版／**首書本**　『首書源氏物語』寛文十三年（一六七三）版／**湖月抄本**　延宝三年（一六七五）版

以上のほか、『源氏物語大成』の採用する諸本を利用する。

なお、「青表紙他本」は底本を除く青表紙本系の諸本、「青表紙本」は底本を含む青表紙本をさす。「河内本」は尾州本などをさし、「別本」については大成のほか、多く『源氏物語別本集成』正・続(おうふう)を参照する。

活字本の略称は以下の通り。

大成　『源氏物語大成』／**大系**　日本古典文学大系『源氏物語』(岩波書店)／**対校**　『対校源氏物語新釈』(平凡社)／**評釈**　『源氏物語評釈』(角川書店)／**全集**　日本古典文学全集『源氏物語』(小学館)／**新編全集**　新編日本古典文学全集『源氏物語』(小学館)／**集成**　新潮日本古典集成『源氏物語』(新潮社)／**完訳**　完訳日本の古典『源氏物語』(小学館)

十　第七冊の分担は左記の通り。( )内は新大系版での分担である。

「匂兵部卿」―「竹河」(大朝雄二　鈴木日出男)　陣野英則

「橋姫」―「椎本」(鈴木日出男)　藤井貞和

「総角」(鈴木日出男)　今井久代

目次

全巻の構成

桐壺　帚木　空蟬　夕顔　若紫　末摘花　（以上、本文庫第一分冊）
紅葉賀　花宴　葵　賢木　花散里　須磨　明石　（第二分冊）
澪標　蓬生　関屋　絵合　松風　薄雲　朝顔　少女　（第三分冊）
玉鬘　初音　胡蝶　蛍　常夏　篝火　野分　行幸　藤袴　真木柱　（第四分冊）
梅枝　藤裏葉　若菜上　若菜下　（第五分冊）
柏木　横笛　鈴虫　夕霧　御法　幻　（第六分冊）
匂兵部卿　紅梅　竹河　橋姫　椎本　総角　（第七分冊）
早蕨　宿木　東屋　浮舟　（第八分冊）
蜻蛉　手習　夢浮橋　（第九分冊）

源氏物語（七）

匂兵部卿―総角

匂兵部卿(にほふひやうぶきやう)

匂兵部卿

光源氏没後の人々の動静が語られるなかで、今上帝と明石中宮のあいだに生まれた三宮（匂宮）と、源氏と女三宮の子である薫（実は柏木と女三宮の不義の子）が、源氏の次世代の主人公として登場。世評高い彼らが、世人から「にほふ兵部卿、かをる中将」（三二頁）ともてはやされるところから、この巻名が出た。底本の題簽は「にほふ兵部卿」。

〈薫十四歳―二十歳春（以下、通行の年立による）〉

1 光源氏の没後、その輝かしい声望を継ぐほどの人物は、一族の中にも見出しがたい。しかし、そのなかで、今上帝の三宮（兵部卿宮、匂宮）と、女三宮の若君（薫）だけが、当今抜群にすぐれた人物との評判が高い。その匂宮は、紫上から伝領した**二条院**に住んでいる。

2 今上帝の御子のうち、女一宮は、**六条院の東南の町の東の対**に住む。また、二宮も同じ**東南の町の寝殿**を折々の休息所とし、宮中では**梅壺**を居室としながら、夕霧の中姫君（次女）を娶っている。次期の東宮候補でもある。夕霧には大勢の姫君たちがいるが、大姫君（長女）は東宮（一宮）に入内。夕霧は匂宮をも婿にと望んでいるが、匂宮自身は気乗りがしない。姫君たちのなかでは、典侍腹の六の君が、貴公子たちの関心をひいている。

3 六条院の女君たちが、それぞれの住みかを求めて離れていったが、花散里は**二条東院**に、女三宮は**三条宮**に移り住む。一方、夕霧は、落葉宮を**六条院の東北の町**に迎え、**三条殿**の雲居雁のもとと、月に十五日ずつ通うことにしている。

4 世評の高かった源氏の**二条院**や**六条院春の御殿**も、今では明石君の子孫のためのものだったかと思われるほど、宮たちでにぎわっている。夕霧をはじめとして、世の人々は、今は亡き源氏と紫上を恋しく想い起こす。

5 女三宮の若君である薫は、源氏の願いどおりに、冷泉院と秋好中宮(あきこのむちゅうぐう)より寵遇されている。冷泉院で元服が行われ、十四歳の二月に侍従、その年の秋には右近中将となり、冷泉院内の対屋(たいのや)に曹司も与えられる。大勢の人々から慕われる存在である。

6 しかし薫自身は、漠然と出生(しゅっしょう)への疑念を抱き、栄華も空しいものと観じている。親の罪障を思っては出家の志をかかえこんでいるのである。

7 薫は、冷泉院のみならず、今上帝からも夕霧からもだいじに扱われ、かつての源氏をもしのぐほどの栄耀ぶりであり、まさに世の寵児というにふさわしい。

8 薫の身には生来、仏の身を思わせる薫香が備わっていた。その不思議なまでの芳香は、だれからもそれと気づかれてしまうほどである。

9 匂宮は、薫の身に備わった芳香への対抗心から、薫物(たきもの)や花の香にとりわけ熱心である。世人は彼ら二人を、「にほふ兵部卿、かをる中将」と大げさなまでに呼び、権門の多くが婿にと望んでいる。匂宮は、冷泉院の女一宮に強い関心を寄せている。

10 厭世観を強める薫は、積極的に恋に生きようとする気にもなれない。現世の絆(ほだし)をふやしては道心が妨げられると考えるからである。十九歳で三位宰相兼右中将に昇進。三条宮の女房など、かりそめの恋の相手も少なくはないが、それ以上の関わりを持とうともしない。

11 夕霧は、典侍腹の六の君を、匂宮か薫に縁づけようと考え、落葉宮にあずけて趣味の豊かな女君に育ててあげようとしている。

12 正月、夕霧が六条院の寝殿で賭弓(のりゆみ)の還饗(かえりあるじ)を主催。匂宮はもちろん、薫(二十歳)も加わって、華やかな宴が催される。

[1]光隠れ給ひにし後、[2]かの御影に立ちつぎ給ふべき人、そこらの御末〲にありがたかりけり。[3]おりゐの御門をかけたてまつらんはかたじけなし。[4]当代の三宮、その[5]同じ御殿にて生ひ出で給ひし[6]宮の若君と、此二所なん[7]とり〲にきよらなる御名取り給ひて、げにいとなべてならぬ御有りさまどもなれど、[8]いとまばゆき際にはおはせざるべし。たゞ[9]世の常の人ざまに、めでたくあてになまめかしくおはするをもととして、[10]さる御仲らひに、人の思ひきこえたるもてなし有りさまも、[11]いにしへの御響きけはひよりも、やや立ちまさり給へるおぼえからなむ、[12]かたへはこよなういつくしかりける。

[13]紫の上の御心寄せことにはぐくみきこえ給ひし故、三宮は二条院におはします。[14]東宮をば、さるやむごとなき物におきたてまつりたまて、[15]御門、后いみじうかなしうしたてまつり、かしづききこえさせ給ふ宮なれば、[16]内住みをせさせたてまつり給

1　源氏没後、世評高い匂宮と薫

1　（この世を照らす）光がお隠れになった後。光源氏の「光」と太陽の光を掛け、源氏の死後の、光が喪われた世界を語り始める。巻名のみ伝わる「雲隠（くもがくれ）」は、この書き出しに由来するか（河海抄）。

2　あの（源氏の）お姿に続いて立つことがおできになる人は、たくさんのご子孫の中にもありそうにないのであった。「御影」は「光」の縁語で、心に思い浮かべる容姿、面影。

3　退位された帝（冷泉院）を（源氏の子孫として対象に）加え申し上げるのは畏れ多い。冷泉院の出生について改めて印象づける。

4　今上帝の第三皇子。母は明石中宮で、匂宮（におうみや）と呼ばれる。㊄若菜下80節で誕生。

5　六条院をさす。

6　女三宮腹の若君。薫。匂宮と薫が六条院の春の町でともに育ったことは、㊅横笛13節。

7　それぞれに第一級の美しさだとのご評判を取っていらして。

8　実にまぶしいというほどの（美しさの）水準ではいらっしゃらないだろう。「まばゆき」も「光」の縁語。二人とも源氏の美しさに及ばない。

9　世間の通常の人の様子からみれば。

10　（二人とも）そうした（源氏の子孫という）ご関係から。

11　過ぎ去った日の（若き源氏の）ご評判やご様子よりも、少しまさっていらっしゃるという（世間からの）信望ゆえに。

12　（まぶしいほどでない）一方でこの上なく立派なのであった。

13　紫上がお心寄せも格別に（匂宮を）お育て申し上げなさったがゆえに。紫上は匂宮に対して、「大人になり給ひなば、こゝに住み給ひて」（㊅御法四〇四頁）と伝えていた。

14　東宮のことを、（今上帝と明石中宮が）そうした尊い立場のお方として格別にもてなし申し上げなさり（それはそれとして）。「たまて」

へど、猶心やすき古里に住みよくし給ふなりけり。御元服し給ひては、[1]兵部卿と聞こゆ。

[2]女一の宮は、[3]六条院南の町の東の対を、[4]其世の御しつらひあらためずおはしまして、朝夕に恋ひ忍びきこえ給ふ。[5]二宮も[6]同じ御殿の寝殿を時ゝの御休み所にし給ひて、[7]梅壺を御曹司にしたまうて、[8]右の大殿の中姫君を得たてまつり給へり。[9]次の坊がねにて、いとおぼえことにおもく〱しう、人がらもすくよかになん物し給ひける。

[10]大殿の御むすめは、いとあまたものしたまふ。[11]大姫君は東宮にまゐり給ひて、[12]又きしろふ人なきさまにてさぶらひ給ふ。[13]そのつぎ〱、なほみなついでのまゝにこそはと世の人も思ひきこえ、后の宮ものたまはすれど、此兵部卿の宮はさしもおぼしたらず、[14]我御心より起こらざらむ事などは、すさまじくおぼしぬべき御気色なめり。おとゞも、[15]何かは、やうのものと、さのみうるはしうは、と静め給へど、[16]またさる御けしきあらむをばもて離れてもあるまじうおもむけて、いといたうかしづ

一四三〇

15　は「たまうて」の「う」の無表記。
15　帝と后(明石中宮)がとてもかわいがり、また愛育申し上げなさる宮(匂宮)なので。
16　内裏(宮中)に住まわせ申し上げなさるけれど、やはり気安く成育した所(二条院)を住み心地よいものとしておいでであった。

1　兵部省の長官。多く親王が任じられる。

2　今上帝の姫宮、夕霧の姫君たち

2　今上帝の第一皇女。母は明石中宮。三宮とともに紫上が愛育していた。因若菜下16節。
3　東南(春)の町。その東の対(たい)は紫上の居所。
4　紫上ご在世の時の調度類の配置を変えずにいらっしゃって。
5　今上帝の第二皇子。やはり明石中宮腹。
6　同じ六条院東南の町の寝殿を。
7　凝華舎(ぎょうかしゃ)。ここを宮中での居所とする。
8　右大臣(夕霧)の二番目の姫君を手に入れ申し上げなさっている。「中姫君」の母は雲居雁(くもいのかり)。
9　(二宮は)次の東宮候補として、実に信望も特別重く、人品も節度がおありだった。
10　大臣のご息女は、とてもたくさんいらっしゃる。因夕霧49節に詳しい。
11　夕霧の長女。因夕霧49節で藤典侍(とうないしのすけ)腹とされるが、書陵部本、また河内本などでは雲居雁腹とされる。四宿木24節でも雲居雁腹。
12　ほかに競いあう人もない様子で。
13　それにつづく(夕霧の三女以下の)姫君たちも、やはりみな順序どおりなのだろうと。長女が東宮、次女が二宮に縁づいたので、妹君たちも三宮(匂宮)以下に縁づくと予想。
14　ご自分のお心から出ていないようなこと(結婚)などは、興ざめなものにお思いになるご気性のようだ。語り手の推測。こうした匂宮の性向は若き日の源氏を引き継ぐ趣。底本「すさましく」、他本多く「すさましくも」。
15　夕霧の心内。どうして、同じ類い(の結婚)にする必要があろうか、そうきちんとばかり

ききこえ給ふ。六[1]の君なん、その比の、すこし我はと思ひ上り給へる親王たち、上達部の御[2]心尽くすくさはひにものし給ひける。

さま[3]〴〵集ひ給へりし御方〴〵、泣く〳〵つひにおはすべき住みかどもに、みなおの〳〵移ろひ給ひしに、花散里と聞こえしは、東[4]の院をぞ、御処分[5]所にて渡り給ひにける。入[6]道の宮は、三条宮におはします。今后[7]は内[8]にのみさぶらひ給へば、院[9]の内さびしく人少なに成りにけるを、右のおとゞ、

「人[10]の上にて、いにしへのためしを見聞くにも、生ける限りの世に、心をとゞめて造り占めたる人の家居のなごりなくうち捨てられて、世[11]のなごりも常なく見ゆるは、いとあはれに、はかなさ知らるゝを、わが世にあらん限りだに、此院荒らさず、ほ[12]とりの大路など、人影離れ果つまじう。」

とおぼしのたまはせて、丑寅[13]の町に、かの一[14]条の宮を渡したてまつり給ひてなむ、三[15]条殿と、夜[16]ごとに十五日づつ、うるはしう通ひ住み給ひける。

二条院とて造りみがき、六条の院の春の御殿とて世[17]にのゝしる玉[18]の台も、たゞ[19]

しなくてよい、と気を静めなさるけれど。

16　その一方で(匂宮に)そのようなそぶりがおありになるとすれば受け入れないわけでもないようにほのめかして。

1　夕霧右大臣の六女。母は藤典侍。

2　お心を悩ます種。「すき者どもの心尽くさするくさはひ」(［四］玉鬘八六頁)。

3　六条院のその後

3　(六条院に)それぞれの集まり住んでいらした(源氏の)ご夫人たちは。

4　二条の東院。もともと花散里は東院に住み(［三］松風1節)、六条院完成後、東北(夏)の町に入り、夕霧の面倒を見た。

5　「処分」は、遺産の譲与分配。底本「そうふむ所」、青表紙他本「そふところ」など。

6　女三宮。出家に際して、女三宮は父朱雀院から三条宮を賜わった。［六］柏木14節参照。

7　明石中宮。院の秋好中宮に対する「今后」。

8　内裏(宮中)にばかりお仕えしていらっしゃるので。今上帝の鍾愛ゆえのこと。

9　六条院の邸内。

10　夕霧の言。他人事として、過去の例を見聞きしても。同じ六条に位置していた、源融(みなもとのとおる)の河原院が想起されよう。

11　この世の余韻にも無常に見えるのは。底本「なこり」、青表紙他本多く・河内本など「ならひ」。

12　六条院は、東の京極大路と南の六条大路に面して四町を占める大邸宅。

13　六条院の東北の町。

14　落葉宮(朱雀院の女二宮)のこと。柏木に先立たれた後、夕霧に言い寄られ、結ばれた。

15　夕霧の妻雲居雁。夕霧、雲居雁共通の祖母大宮の旧邸(三条邸)を新居とした(［五］藤裏葉12節)。

16　一夜おきに(月に)十五日ずつ、規則正しく。

4　夕霧たち、源氏と紫上を追慕

一人の御末のため成りけりと見えて、明石の御方は、あまたの宮たちの御後見をしつゝ、あつかひきこえ給へり。[1]大殿は、いづ方の御事をも、むかしの御心おきてのまゝにあらため変はる事なく、あまねき親心に仕うまつり給ふにも、[2]対の上のかやうにてとまり給へらましかば、いかばかり心を尽くして仕うまつり見えたてまつらまし、つひにいさゝかも、[3]とりわきて我心寄せと見知り給ふべきふしもなくて過ぎ給ひにし事を、くちをしう飽かずかなしう思ひ出できこえ給ふ。

天の下の人、[4]院を恋ひきこえぬなく、とにかくにつけても、世はたゞ[5]火を消ちたるやうに、何事もはえなき[6]嘆きをせぬをりなかりけり。まして[7]殿の内の人ゝ、御方〳〵、宮たちなどはさらにもきこえず、[8]限りなき御事をばさる物にて、又、[9]かの紫の御有りさまを心に染めつゝ、よろづの事につけて、思ひ出できこえ給はぬ時の間なし。[10]春の花の盛りは、[11]げに長からぬにしも、おぼえまさる物となん。

[12]二品宮の若君は、[13]院の聞こえつけ給へりしまゝに、冷泉院の御門とりわきておぼしかしづき、[14]后の宮も、御子たちなどおはせず、心ぼそうおぼさるゝまゝに、[15]うれ

17 世評の高い。青表紙他本「世にのゝしりし」。

18 「玉台(ぎょくだい)」の訓読。「造りみがき」に照応。

19 ただ一人(明石君)のご子孫のためだったのだと見える繁栄ぶりで。六条院東南の町の東の対に女一宮、寝殿に二宮というように、明石中宮腹の宮たちが占めていることを踏まえる。「御末」、青表紙他本「すゑ」。

---

1 大臣(夕霧)は、いずれのお方(源氏の妻妾たち)のことについても、昔の(源氏の)ご意向のままにして何ら改め変わることのないように、分け隔てない親代わりの心で。

2 夕霧の心内。もしも対の上(紫上)がこの(明石君の)ように(源氏亡き後も)生きとどまっていらしたならば、いかほどか精一杯お仕えするところを見ていただけたろうに。

3 格別に自分が心を寄せていると分かって下さるような機会もないまま(紫上が)お亡くなりになったことを、残念で物足りなくて悲しいことと。夕霧の抱き続けた紫上への思慕が示される。

4 六条院、すなわち源氏のこと。

5 『紫明抄』『河海抄』などは、「薪尽きて火の滅するが如し」(法華経・序品)を挙げる。釈迦入滅という特殊な事態を想起させる表現で、源氏亡き世界の欠落感を強調する。

6 「嘆き」に「火」を燃やす「投げ木」を掛ける縁語表現。

7 (六条院の)邸内に仕える人々、ご夫人方、(孫の)宮たちなどはいまさら申すに及ばず。

8 (源氏の死という)限度のない(悲嘆の)ことはそれとして。

9 あの紫上の(生前の)ご様子を。㈤解説参照。

10 紫上は春の上と呼ばれ、桜に喩えられた。

11 「残りなく散るぞめでたき桜花ありて世の中果ての憂ければ」(古今集・春下・読人しらず)などの古歌を受けて、「げに」と納得。

5 薫、冷泉院に寵遇され、栄達

12 女三宮の若君(薫)。女三宮が二品に叙せら

22

しき御後見にまめやかに頼みきこえ給へり。[1]御元服なども、院にてせさせ給ふ。[2]十四にて、二月に[3]侍従になり給ふ。秋、[4]右近中将に成りて、[5]御たうばりの加階などをさへ、[6]いづこの心もとなきにか、急ぎ[7]加へておとなびさせ給ふ。おはします御殿近き対を曹司にしつらひなど、[8]みづから御覧じ入れて、若き人も、童、下仕へまで、すぐれたるを選りとゝのへ、[9]女の御儀式よりもまばゆくとゝのへさせ給へり。[10]上にも宮にも、さぶらふ女房の中にもかたちよくあてやかにめやすきは、みな[11]移し渡させ給ひつゝ、[12]院の内を心につけて、住みよくありよく思ふべくとのみ、わざとがましき御あつかひ種におぼされ給へり。[13]故致仕の大殿の女御と聞こえし御腹に、[14]女宮たゞ一所おはしけるをなむ、[15]限りなくかしづき給ふ御ありさまに劣らず、后の宮の御おぼえの年月にまさり給ふけはひにこそは、などかさしもと見るまでなん。

[16]母宮は、今はたゞ御おこなひを静かにし給ひて、[17]月の御念仏、年に二たびの[18]御八講、をり〳〵の[19]たふとき御いとなみばかりをし給ひて、つれ〴〵におはしませば、此君の出で入り給ふを、[20]かへりて親のやうに頼もしき影におぼしたれば、[21]いと

れたことは、㊄若菜下15節。

13 院(源氏)が申しつけなさったとおりに、冷泉院の帝が(薫を)とりわけ大事にお考えになって養育なさり。源氏が薫の将来を冷泉院に託したことは、これまで語られていない。

14 冷泉院の「后の宮」。秋好中宮のこと。

15 よろこばしいご後見役として心底(薫を)お頼り申し上げていらっしゃる。

---

1 (薫の)元服(の儀式)なども、冷泉院(の御所)でおさせになる。

2 (薫は)十四歳で。

3 天皇に近侍し補佐する役。従五位下相当。

4 右近衛府の次官で、従四位下相当。

5 冷泉院から下賜された年官年爵。ここでは、冷泉院の指定により薫を四位に昇叙すること。「たうばり」は「たまはり」の転。

6 (薫の)どこが気がかりなのか。あまり急に昇進させることを語り手がいぶかしがる。

7 昇進させて一人前らしくさせなさる。

8 冷泉院自らが身を入れて世話をなさって。

9 女宮のご格式よりもまぶしいくらいにきちんとそろえていらっしゃる。「儀式」は作法、格式。通常は女子の方が男子より養育に際して配慮すべきことが多い。底本「御きしき」、青表紙本の一部と河内本など「御けしき」。

10 冷泉院においても秋好中宮においても。

11 薫の曹司の方へ次々移動させなさって。

12 (薫が)冷泉院の中を気に入って、住みやすく居心地もよく思えるようにとばかり、ことさらにお世話なさる対象として。

13 故致仕大臣(かつての頭中将)の姫君、弘徽殿女御(こきでんのにょうご)。㊂澪標13節で冷泉帝に入内。

14 冷泉院の女一宮。冷泉院に姫宮がいたことは、ここで初めて語られる。「冷泉院の御嗣おはしまさぬを」(㊄若菜下四〇四頁)。

15 この上なく(女一宮を)大切になさるお扱いにも(薫への応対は)劣らないが、それは后の宮(秋好中宮)への(院の)ご寵愛が年月とともにまさっていらっしゃるせいなのだろう、

あはれにて、院[1]にも内にも召しまとはし、春宮も、つぎ〳〵の宮達も、なつかし[2]き御遊びがたきにてともなひ給へば、暇なく苦しく、いかで身を分け[3]てしかなと覚え給ひける。

幼心ち[4]にほの聞き給ひしことの、をり〳〵いぶかしうおぼつかなう思ひわたれど、問ふべき人もなし。宮[5]には、事のけしきにても知りけりとおぼされん、かたはらいたき筋なれば、世とともの心にかけて、

「いかなりける事にかは。[6]何の契りにて、かうやすからぬ思ひ添ひたる身にしもなり出でけん。せんけう太子[7]の我身に問ひけん悟りをも得てしかな。」

とぞひとりごたれ給ひける。

おぼつかな誰に問はましいかにしてはじめも果ても知らぬ我身ぞ[8]

いらふべき人もなし。ことに触れて、わが身につゝがある心ち[9]するも、たゞならず物嘆かしくのみ思ひめぐらしつゝ、宮[10]もかく盛りの御かたちをやつし給ひて、何ばかりの御道心[11]にてか、にはかにおもむき給ひけん、かく、[12]思はずなりける事の乱れ

(それにしても)どうしてそれほどにまで、と(人が)見るくらいである。

16 薫の母、女三宮。㊃柏木15節で出家。

17 毎月、僧侶を請じて仏の名号を誦する法会。青表紙他本・河内本など「月ことの」。

18 法華八講。㊁明石五八九頁注12参照。

19 (功徳となる)尊い仏事供養程度を。

20 (親なのに)逆に(薫を)親のように頼みとする庇護者と思っておいでなので。「影」は「蔭」で、庇護(者)の意。「かへりて」、青表紙本の一部と河内本「かへりては」。

21 (薫は母宮が)とてもおいたわしくて。

---

1 冷泉院も帝も(薫を)いつもお召しになり。

2 そばにいたいお遊び相手として。

3 何とかして(自分の)身を(二つに)分けたいものよと思われなさった。

6　薫、出生の秘密に苦悩

4 (薫は)幼な心にちらとお聞きになったことが、(その後)折につけ知りたく、またもどかしく思い続けているけれど。

5 母宮(女三宮)におかれては、ほんのわずかでも(自分が)知ってしまったとお思いになるようなことがあっては、気がひける筋のことなので、絶えず心にかかって。

6 薫の独り言。どういったことだったのか。

7 「せんけう太子」が自らの身に問いただしたような悟りでも得たいものだ。青表紙本「せんけうたいし」を、悉多(しった)太子(釈尊)の前身とする説もあるが不審。「善見(ぜんけん)太子」すなわち阿闍世(あじゃせ)と解する説もある(㊁解説六一一頁)。河内本は「くいたいし」。瞿夷(くい)は釈尊の妃耶輸陀羅(やしゅだら)の異名。その子羅睺羅(らご)が母の胎内に六年あって生まれたので、釈尊の子か疑われたという。河内本の本文により羅睺羅と解する説もあるが、なお未詳。

8 薫の歌。気がかりだな、誰に問えばよいのか、どうして出生の初めも行く末も分からないわが身なのか。

に、かならずうしとおぼしなるふしありけん、[1]人もまさに漏り出で知らじやは、猶つゝむべき事の聞こえにより、われにはけしきを知らする人のなきなめり、と思ふ。[2]明け暮れ勤め給ふやうなめれど、[3]はかなくおほどき給へる女の御悟りのほどに、[4]蓮の露も明らかに玉と磨き給はんこともかたし、[5]五つのなにがしも猶うしろめたきを、われ、[6]此御心ちを、同じうは後の世をだに、と思ふ。[7]かの過ぎ給ひけんも、やすからぬ思ひに結ぼほれてや、などおしはかるに、世をかへても対面せまほしき心つきて、元服は物うがり給ひけれど、[8]すまひ果てず、おのづから世中にもてなされて、まばゆきまではなやかなる御身の飾りも心につかずのみ、思ひしづまり給へり。[9]内にも、母宮の御方ざまの御心寄せ深くて、いとあはれなる物におぼされ、[10]后の宮はた、もとよりひとつ御殿にて、宮たちももろともに生ひ出で遊び給ひし御もてなし、をさ〳〵あらため給はず。

「[11]末に生まれ給ひて、心ぐるしう、おとなしうもえ見おかぬ事」と、院のおぼしの給ひしを思ひ出できこえ給ひつゝ、おろかならず思ひきこえ給へり。[12]右のおとゞ

9　異常がある心地がするのも。「恙(つつが)」は、病気、災難、異常の意。

10　三行後の「人のなきなめり」まで、薫の心内。宮(女三宮)もこうした盛りのお姿を尼姿に変えなさって。女三宮は、出家のとき二十二、三歳(因柏木15節)。

11　仏道に帰依する心。因鈴虫一九四頁が初出。因御法・幻にも見え、続篇で増える語。

12　こうして、思いがけない混乱した出来事によって、きっと(この世を)いやなものとお思いになるわけがあったのだろう。

1　世人もどうして漏れ聞かないことがあろうか、やはり世に憚るべき風聞によって、自分には内情を知らせる人がいないのだろう。

2　以下も「後の世をだに」まで薫の心内。(母宮は)明け暮れ勤行をなさるようだけれど。

3　「はかなく」、青表紙他本「はかもなく」。

4　蓮の露を曇りない玉へと磨きなさる(ように極楽に往生する)のもむずかしい。「蓮葉(はちすば)の濁りに染まぬ心もてなにかは露を玉とあざむく」(古今集・夏・遍照)を踏まえる。

5　「五障」(女人には往生を妨げる五つの障害があるとの仏説)のこともやはり不安なので。

6　この(母宮の)お心を(お助けし)、同じことならせめて来世(の安穏)を。底本「み心ち」、青表紙他本多く「御心地」。

7　薫の心内。あのお亡くなりになったというお方も、不安な思いに鬱屈して(成仏できずに)いるのではないか。柏木から女三宮への贈歌「いまはとて燃えむ煙も結ぼほれ絶えぬ思ひのなほや残らむ」(因柏木二〇頁)をなぞるかのようだが、薫が実父を特定していたとは考えにくく、不審。底本「すき給ひけんも」、他本の多く「すきたまひにけんも」。

8　拒否もしきれず、おのずと(源氏の子息として)世間から大事にされて。

7　薫、源氏をしのぐ栄達

9　帝も、母宮(女三宮)とのご関係によるご好

も、わが御子どもの君たちよりも、此君をば、[1]こまやかにやうごとなくもてなしかしづきたてまつり給ふ。

むかし、[2]光君と聞こえしは、さる又なき御[3]おぼえながら、[4]そねみ給ふ人うち添ひ、[5]母方の御後見なくなど有りしに、[6]御心ざま物深く、世中を[7]おぼしなだらめし程に、並びなき御光をまばゆからずもてしづめ給ひ、つひに[8]さるいみじき世の乱れも出で来ぬべかりし事をも、ことなく過ぐし給ひて、[9]後の世の御勤めもおくらかし給はず、よろづさりげなくて、[10]久しくのどけき御心おきてにこそありしか、[11]此君は、まだしきに世のおぼえいと過ぎて、思ひ上がりたる事こよなくなどぞものし給ふ。[12]げにさるべくて、いとこの世の人とはつくり出でざりける、仮に宿れるか、とも見ゆること添ひ給へり。顔かたちも、[13]そこはかと、いづこなむすぐれたる、あなきよらと見ゆる所もなきが、[14]たゞいとなまめかしうはづかしげに、心の奥多かりげなるけはひの、人に似ぬなりけり。

[15]香のかうばしさぞ、此世のにほひならず、あやしきまで、うちふるまひ給へるあ

一四三五

意が深くて。女三宮は今上帝の妹。

10 后の宮(明石中宮)もまた、(薫が)幼いころから同じ(六条院東南の町の)御殿で、宮様方もご一緒にお育ちになりお遊びになった、そのお扱いをほとんどお変えにならない。

11 生前の源氏の言。晩年に生まれなさって、気の毒に、成人するのも見届けられぬこと。因横笛4節。

12 夕霧は因横笛14節で薫が柏木の面ざしに酷似していることに留意していたが、ここではその不審感への言及がない。

---

1 心をこめて大切に。底本「やうことなく」、青表紙他本多く「やむことなく」。

2 源氏の若き日を特徴づける呼び名。

3 (父帝からの)ご寵愛がありながらも。

4 ねたみなさる人。弘徽殿大后(こきでんのおおきさき)など。

5 母(桐壺更衣)方のお世話がない状態であったが。

6 (源氏の)ご性格が思慮深くて。諸本多く「御心さまも」。

7 (敵対勢力のことを)寛大にお考えになったあいだ、比類のない(自身の)ご威光をまぶしくないように控えめになさり。

8 あんな大変な世の騒動にもなりかねなかったことをも。弘徽殿大后らの策謀で謀反の罪をきせられそうになったこと。

9 後世への修行も時機を逃しなさらず。

10 気長でおだやかなお心構えであったが。

11 この君(薫)は、まだ若いうちから世間からの信望が実にあり過ぎて。

12 なるほどそれももっともな宿縁から、まったく現世の人として生まれ出たのではなかったのだ、(仏が)仮に(現世に)住んでいるか。

13 明らかに、どこがすぐれている。

14 優美で(見るがわが)気恥ずかしいほどの立派さで、心の深みがありそうな雰囲気が。

8 薫の身に備わる芳香

15 (薫の身から発せられる)薫りのよさ。

たり、遠く隔たるほどの[1]おひ風に、まことに[2]百歩のほかもかをりぬべき心ちしける。[3]たれも、さばかりになりぬる御有りさまの、いとやつればみたゞありなるやはあるべき、さま〴〵に、我、人にまさらんと[4]つくろひ用意すべかめるを、[5]かくかたはなるまで、[6]うち忍び立ち寄らむものの隈も、しるきほのめきの隠れ有るまじきに[7]うるさがりて、をさ〳〵取りもつけ給はねど、あまたの[8]御唐櫃に埋もれたる香の香どもゝ、此君のはいふよしもなきにほひを加へ、御前の花の木も、はかなく[9]袖触れ給ふ梅の香は春雨の[10]雫にも濡れ、身に染むる人多く、[11]秋の野に主なき藤袴も、もとのかをりは隠れて、[12]なつかしきおひ風ことに、をりなしからなむまさりける。

[13]かくいとあやしきまで[14]人の咎むる香に染み給へるを、[15]兵部卿の宮なん他事よりもいどましくおぼして、[16]それはわざとよろづのすぐれたる[17]うつしを染め給ひ、[18]朝夕のことわざに合はせいとなみ、[19]御前の前栽にも、春は梅花園をながめ給ふ。秋は世の人のめづる[20]女郎花、[21]小牡鹿の妻にすめる萩の露にも[22]をさ〳〵御心移し給はず、[23]老いを忘るゝ菊に、おとろへ行く藤袴、[24]物げなきわれもかうなどは、いとすさまじ

1　追い風。香をほのかに伝える風のこと。諸本多く「おひかせも」。

2　百歩以上遠くまでも薫りそうな感じがするのだった。「百歩」は薫衣香(くのえこう)の調合法らしき名にちなむ表現。[六]梅枝二七頁注12参照。女三宮も仏事の名香として焚いていた([六]鈴虫1節)。薫の生来の芳香は、仏、菩薩に通ずる特徴で、源氏の「光」と対照的。

3　だれであれ、(薫と)同じ程度に生まれついたご身分でありながら、実に目立たぬように何の変哲もないままでいることがあろうか。

4　身だしなみを整え(香を焚き染めるなどの)心遣いもするものだろうが。

5　(薫の場合)こうして不都合なまでに(強い香りで)。

6　人目を忍んで(女方に)近寄る物陰でも。

7　面倒なので、めったに(香を身に)焚き染めなさらないけれど。

8　六本脚の唐風の櫃。衣服、調度品を収めるが、ここでは香木を収める櫃のこと。

9　「色よりも香こそあはれと思ほゆれたが袖触れし宿の梅ぞも」(古今集・春上・読人しらず)による。「触れ」、底本は「かけ」を見せ消ちとし、「ふれ」と傍記。諸本多く「かけ」。

10　「匂ふ香の君思ほゆる花なれば折れる雫にけさぞ濡れぬる」(古今六帖一)。

11　「主知らぬ香(か)こそにほへれ秋の野にたがぬぎかけし藤袴ぞも」(古今集・秋上・素性)による。

12　心ひかれる追い風が格別で、(芳香を備えた薫が)手折ったことで(藤袴の香も)さらにまさるのだった。

9　匂宮、薫と競う

13　青表紙他本「いと」を欠く。

14　「梅の花立ち寄るばかりありしより人の咎むる香にぞ染みぬる」(古今集・春上・読人しらず)による。

15　兵部卿宮(匂宮)は他の何事よりも張り合おうとお思いになって。

き霜枯れのころほひまでおぼし捨てず、など[1]わざとめきて香にめづる思ひをなん立てて好ましうおはしける。かゝる程に、[2]すこしなよびやはらぎて、[3]すいたる方に引かれ給へり、と世の人は思ひきこえたり。むかしの源氏は、すべて、[4]かく立てゝ、その事と様変はり染み給へる方ぞなかりしかし。

[5]源中将、此宮には常にまゐりつゝ、御遊びなどにも[6]きしろふ物の音を吹きたて、[7]げにいどましくも、若きどち思ひかはし給うつべき人ざまになん。例の、世人は、[8]「にほふ兵部卿、かをる中将」と聞きにくゝ言ひつゞけて、その比よきむすめおは[9]するやうごとなき所々は、[10]心ときめきに聞こえごちなどし給ふもあれば、宮は、[11]さま〴〵に、をかしうも有りぬべきわたりをばの給ひ寄りて、[12]人の御けはひありさまをも、けしき取り給ふ。[13]わざと御心につけておぼす方はことになかりけり。冷泉院の女[14]一の宮をぞ、[15]さやうにても見たてまつらばや、かひありなんかし、とおぼしたるは、[16]母女御もいとおもく、心にくゝ物し給ふあたりにて、[17]姫宮の御けはひ、[18]げにいと有りがたくすぐれて、[19]よその聞こえもおはしますに、ましてすこし近くもさぶ

16 そのこと(薫香)となるとわざわざ。

17 衣服に焚き染めて移した香。

18 朝夕の仕事として香の調合に精を出し。

19 「御前」、青表紙他本「おまへ」。

20 「名にめでて折れるばかりぞ女郎花われ落ちにきと人に語るな」(古今集・秋上・遍照)。

21 「小牡鹿の立ちならす小野の秋萩における白露我も消(け)ぬべし」(後撰集・秋中・紀貫之)などと関連する表現。

22 女郎花も萩も香りがなく、匂宮が関心を寄せないとする。

23 「みな人の老いを忘るといふ菊は百年(ももとせ)をやる花にぞありける」(古今六帖一)、「老菊衰蘭三両叢」(白楽天・杪秋独夜)。

24 一人前らしくない吾木香(われもこう)。これも実際は香がないが、「われもかう」の名に「香」を連想してか、匂宮は執着したという。

---

1 とりわけ香を賞美する思いをおしたてて風流めかしていらっしゃった。

2 (匂宮は)少し柔弱でふわふわしていて。

3 (自分の)好みの方(趣味、風流事)へと引っ張られていらっしゃる。

4 (匂宮のように)とりたてて、ひとつのことだけというように異様なまでに打ち込みなさることはなかったよ。

5 源中将(薫)は、この宮(匂宮)の所(二条院)にはいつも参上して。

6 競うように楽器の音を吹き鳴らして。「吹きたて」とあるので、ここは管楽器。

7 なるほど張り合いつつも、若い人同士が心を交わし合うことができそうな(薫のすぐれた)人柄である。

8 「にほふ」も「かをる」も視覚と嗅覚の両方に用いられるが、ここでは特に薫香に打ち込む匂宮と、身に芳香を備えた薫とを一対とする。それぞれ源氏の「光」にも照応する。

9 重んずべき家々。「やんごとなき」の転。

10 胸をどきどきさせて(婿になどと)聞こえよがしにお申し出なさる方もあるので。

らひ馴れたる女房などの、くはしき御有りさまのことに触れて聞こえ伝ふるなどもあるに、いとゞ忍びがたくおぼすべかめり。

中将は、[1]世中を深くあぢきなき物に思ひすましたる心なれば、中[2]〱心とゞめて、行き離れがたき思ひや残らむなど思ふに、[3]わづらはしき思ひあらむあたりにかゝづらはんはつゝましく、など思ひ捨て給ふ。[4]さしあたりて、心に染むべきことのなきほど、さかしだつにや有りけむ。[5]人のゆるしなからん事などは、まして思ひ寄るべくもあらず。[6]十九になり給ふ年、三位の宰相にて、猶中将も離れず。[7]御門、后の御もてなしに、[8]たゞ人にては憚りなきめでたき人のおぼえにて物し給へど、心の中[9]には、[10]身を思ひ知る方ありて、物あはれになどもありければ、心にまかせて[11]はやりかなるすき事をさ〱好まず、よろづの事もて静めつゝ、おのづから[12]およすげたる心ざまを、人にも知られ給へり。

[13]三宮の年に添へて心を砕き給ふめる院の姫宮の御あたりを見るにも、[14]ひとつ院の中に明け暮れ立ちなれ給へば、ことに触れても、人の有りさまを聞き見たてまつ

11 いろいろと、興味がひかれそうな(姫君のいる)あたりにお言い寄りになって。「さまぐ〳〵に」は「の給ひ寄りて」にかかる。
12 (相手となる)姫君の雰囲気と様子を探っていらっしゃる。
13 格別にお心にかけてお思いの相手は。
14 青表紙他本「一の宮」。
15 匂宮の心内。そうした(妻の)待遇としてお逢い申し上げたいな、そのかいがきっとあるだろうよ。
16 女一宮の母、弘徽殿女御。最初に入内した女御でもあり、その格は重々しかった。㊂澪標26節。
17 女一宮。
18 青表紙他本多く「けにと」。
19 世評に加え、女一宮側近の女房から聞かされる情報により、匂宮の心はますますかきたてられるとする。「まして」は「聞こえ伝ふる…」にかかる。

10 薫の厭世観、恋にも消極的

1 世間を心底苦々しいものと悟りきっている心なので。「元服は物うがり給ひけれど」(二六頁)という薫の性向に照応する叙述。
2 なまじ(女性に)執着しては、(現世から)離れてゆきにくいとの思いが残ってしまうのではないかなどと思うと。
3 面倒な思いをするような所。「よきむすめおはするやうごとなき所〴〵」(三二頁)など。正式に結婚すると、いよいよ出家もしにくい。
4 さしあたって、深く心にかかるようなことがないうちは、賢そうな様子を見せていたのだろうか。薫に対する語り手の辛辣な評。
5 (女性の)親の許しが得られない恋などは。
6 十九歳で三位の宰相中将となるのは、年立によれば源氏と同じ。㊀紅葉賀八一頁注9。
7 今上帝と明石中宮。古来、冷泉院と秋好中宮とも解されてきたが、「内にも、…后の宮はた、…」(二六頁)を受けているとみる。

36

るに、[1]げにいとなべてならず、心にくゝゆゑ〳〵しき御もてなし限りなきを、[2]同じくは、げにかやうなる人を見んにこそ、生ける限りの心ゆくべきつまなれと思ひながら、[3]大方こそ隔つる事なくおぼしたれ、姫宮の御方ざまの隔ては、こよなくけ遠くならはさせ給ふも、ことわりに、わづらはしければ、あながちにもまじらひ寄らず、もし[4]心より外の心もつかば、[5]我も人もいとあしかるべき事と思ひ知りて、物馴れ寄る事もなかりけり。

[6]わが、かく人にめでられんとなり給へる有りさまなれば、[7]はかなくなげの言葉を散らし給ふあたりも、こよなくもて離るゝ心なく、なびきやすなるほどに、おのづから[8]なほざりの通ひ所もあまたになるを、[9]人のためにこと〳〵しくなどもてなさず、いとよく紛らはし、[10]そこはかとなくなさけなからぬほどの、中〳〵心やましきを、[11]思ひ寄れる人は、いざなはれつゝ、[12]三条の宮にまゐり集まるはあまたあり。[13]つれなきを見るも、苦しげなるわざなめれど、[14]絶えなんよりは心ぼそきに思ひわびて、[15]さもあるまじき際の人〳〵の、はかなき契りに頼みをかけたる多かり。[16]さすがにいと

8　臣下としてはだれはばかることもないすばらしい信望を得ていらっしゃるけれど。

9　「中」、青表紙他本多く「うち」。五行後の「中」についても同様。

10　わが身について思い知るところがあって。出生の秘密についてうすうす察知していることをさす(6節)。

11　調子に乗った情事をめったに好まず。

12　老成した性格だと。

13　三宮(匂宮)が年とともに心を悩ませていらっしゃるらしい冷泉院の姫宮(女一宮)の御あたりを(薫が)見るにつけても。

14　同じ冷泉院の中で明け暮れお暮らしなので。薫の居所もこの院の対屋(たいのや)にある(二二頁)。

1　なるほど(女一宮は)いかにも並々でなくて、奥ゆかしく(第一級の)風格があるご態度はこの上ないので。

2　同じことなら、確かにこのような女性と結ばれてこそ、生きていく上で心を満たすはずのよすがだとは思いながら。

3　(冷泉院は)おおよそは分け隔てなく(薫を)遇しなさるのだが、姫宮(女一宮)のお住まいとの隔ては、格別に疎遠であるように(院が)習慣づけておられるのも、(薫からすれば)もっともであり、また厄介でもあるので、無理に馴れ近づくこともなく。

4　(出家を望む)本心に反する(女一宮への恋の)心が生じたならば。

5　自分にとっても人(女一宮)にとっても。

6　(薫は)自身が、このように世の人(女たち)からちやほやされるように生まれついておいでの(魅力的な)様子なので。

7　(薫が)とりとめもないかりそめの言葉をおかけになる(相手の女の)あたりも、(薫に対して)すっかり遠慮しようとの気持もなく、たやすくなびいてくるというふうなので。ここでの相手というのは女房ふぜいの女たち。

8　本気ではない通り一遍の通い所。

9　相手に対して(期待させるような)大げさな

なつかしう見所ある人の御有りさまなれば、[1]見る人みな、心にはからるゝやうにて見過ぐさる。

「[2]宮のおはしまさむ世の限りは、朝夕に御目離れず御覧ぜられ、見えたてまつらんをだに。」

と思ひの給へば、[3]右のおとゞも、あまた物し給ふ御むすめたちを、[4]ひとり〳〵はと心ざし給ひながら、[5]え言に出でたまはず、[6]さすがにゆかしげなき仲らひなるをとは思ひなせど、[7]此君たちをおきて、外にはなずらひなるべき人を求め出づべき世かは、とおぼしわづらふ。[8]やむごとなきよりも、[9]内侍のすけ腹の六の君とか、いとすぐれてをかしげに、心ばへなども足らひて生ひ出で給ふを、[10]世のおぼえのおとしめざまなるべきしもかくあたらしきを、心ぐるしうおぼして、[11]一条の宮の、さるあつかひ種持たまへらでさう〴〵しきに、迎へ取りてたてまつり給へり。[12]わざとはなくて、この人ゝに見せそめては、かならず心とゞめ給ひてん、[13]人の有りさまをも知る人は、ことにこそあるべけれ、などおぼして、[14]いといつくしくはもてなし給はず、いまめ

扱いをせず、人目をうまくとりつくろい。

10 (それでいて)どこかに情愛がないわけでもないという程度(のふるまい)が、(女にとっては)かえって物足りないので。

11 (薫に)思いを寄せる女たち(の中に)は、(薫から)繰り返し誘い出されて。

12 「三条の宮」は薫の母、女三宮の邸(一八頁)。そこで女房として仕えつつ、薫と情交関係を結ぶ者が「あまた」いる。いわゆる召人(めしうど)。

13 (薫の)そっけない態度を見るのも。

14 青表紙他本多く「よりはと」。

15 そうした(女三宮邸での)お仕えなどしないような(身分の高い)人々で、(薫との)はかない縁に望みをつないでいる人が多い。

16 そうはいってもやはり実に心ひかれ魅力ある人(薫)のご様子なので。

---

1 関係を持つ人(女たち)はみな、(自身の)心にだまされるように(薫のことを)つい大目に見てしまう。

11 夕霧の六の君

2 薫の言。母宮のご存命中だけは、朝夕お近くを離れることなくお目にかかり、(自分を)見ていただくことを(せめてもの孝養に)。母女三宮の存命中は婿どられまいとする薫の心。

3 夕霧。因夕霧49節によれば、雲居雁腹と藤典侍腹を合わせて、夕霧の娘は六人。

4 だれか一人は(薫と結婚させよう)と。

5 言葉にはお出しになれず。青表紙他本多く「えこといてたまはす」。底本「に」は補入。

6 そのように(結婚させたい)といっても(薫とは)おもしろみがない(近親の)関係ではないかと(夕霧も)思ってみるけれど。

7 この君たち(薫、そして匂宮)をさしおいて、そのほかには準じる程度の人(婿君)でも探し出せる世の中であろうか。

8 重んずべき方よりも。雲居雁腹の姫君たちを「やむごとなき」とする。

かしくをかしきやうにもの好みせさせて、[1]人の心つけんたより多くつくりなし給ふ。

[2]賭弓の[3]還饗のまうけ、[4]六条院にて、いと心ことにし給ひて、[5]親王をもおはしまさせんの心づかひし給へり。

[6]その日、[7]親王たち、大人におはするは、みなさぶらひ給ふ。[8]后腹のは、いづれともなくけ高くきよげにおはします中にも、此兵部卿の宮は、げにいとすぐれてこよなう見え給ふ。[9]四の親王、常陸の宮と聞こゆる更衣腹のは、[10]思ひなしにや、けはひこよなう劣り給へり。

[11]例の、左あながちに勝ちぬ。[12]例よりはとく事果てて、大将まかで給ふ。兵部卿宮、常陸の宮、[13]后腹の五の宮と、[14]一つ車にまねき乗せたてまつりて、まかで給ふ。[15]宰相中将は負け方にて、おとなくまかで給ひにけるを、

「[16]親王たちおはします御おくりにはまゐり給ふまじや。」

とおしとゞめさせて、[17]御子の右衛門の督、権中納言、右大弁など、[18]さらぬ上達部あまたこれかれに乗りまじり、いざなひたてて、六条院へおはす。[19]道のやゝ程経るに、

9　藤典侍腹の六の君。一九頁注1参照。

10　(劣り腹ゆえに)世評では軽く扱われそうな姫君の方こそがこうして(容姿も気だても)もったいないほどであるのを。

11　一条の宮(落葉宮)が、そうした養育すべきお子もお持ちでなく物足りないので、(六の君を)迎え取って(宮に)さしあげなさる。落葉宮は六条院東北の町に住む(一八頁)。

12　夕霧の心内。ことさらにというのではなく、この人々(薫と匂宮)に(六の君を)一度でも見せてみたならば。

13　人(女)のよしあしを分かる人(薫と匂宮)には、格別であろう。底本「しる」、青表紙本の一部と河内本など「みしる」。

14　(后がねのように)あまり厳重な扱いはなさらずに、当世風で魅力的であるように趣味よくさせて。

1　人(男)の心をひきつけるような機会を多く用意なさる。

12　六条院の還饗、薫招かれる

2　正月の宮廷行事。十八日、天皇が左右の近衛・兵衛の舎人(とねり)の競射を観戦する。㊄若菜下1節。

3　賭弓の勝ち方の近衛大将が自邸で行う饗宴。「まうけ」は準備。

4　(夕霧が)六条院にて、特に念入りになさって。右大臣夕霧が左大将を兼ねていることを示唆。六条院内の場所が明示されていないが、落葉宮と六の君が住む東北の町であろう。

5　(近衛の官人だけでなく)親王たちをもお招きしようとの心づもりをなさっている。六の君に関心をもってもらうための招待。

6　以下、宮中における賭弓の場である。

7　親王で、元服をすませた方々は。

8　明石中宮腹の宮たちは。

9　第四皇子で、常陸宮と申し上げる更衣腹の宮は。初出の人物。常陸国は親王の任国。赴任はせず、実務には介(けす)(次官)があたる。

雪いさゝか散りて、[1]艶なるたそかれ時也。物の音をかしきほどに[2]吹き立て遊びて入り給ふを、[3]げにこゝをおきて、いかならむ仏の国にかは、かやうのをりふしの心やり所を求めむ、と見えたり。

[4]寝殿の南の廂に、[5]常のごと南向きに中少将着きわたり、北向きに[6]向かひて[7]垣下〔四四〕の親王たち、上達部の御座あり。御かはらけなどはじまりて、物おもしろく成り行くに、[8]求子舞ひて[9]かよる袖どものうち返す羽風に、[10]御前近き梅の、いといたくほころびこぼれたるにほひのさとうち散りわたれるに、[11]例の、中将の御かをりのいとゞしくもてはやされて、言ひ知らずなまめかし。[12]はつかにのぞく女房なども、

「[13]闇はあやなく心許なきほどなれど。」

「[14]香にこそげに似たる物なかりけれ。」

とめであへり。[15]おとゞもいとめでたしと見給ふ。[16]かたち、よういも常よりまさりて、乱れぬさまにをさめたるを見て、

「[17]右のすけも声加へ給へや。[18]いたう客人だたしや。」

10 (更衣腹と)思ってみてしまうせいか。

11 例によって、左方が圧倒的に勝ってしまう。賭弓に限らず、左の勝利が恒例。

12 例年よりは早く行事が終了して、大将(夕霧)が退出なさる。

13 明石中宮を母とする、今上帝の第五皇子。

14 (夕霧が三人の宮を自身の)同じ一台の車に誘いお乗せ申して。牛車の定員は四名。

15 宰相中将の薫は「右近中将」(二二頁)で、右の負け方。負け方が弓場(ゆば)から早退する例に従い、夕霧に挨拶もなく退出する。

16 夕霧の言。(あなたは)宮様たちがいらっしゃる、そのお見送りには参って下さらないおつもりか。負け方でも出席させようとする。

17 夕霧の子息たち。「右衛門」、青表紙他本の多く「衛門」。

18 夕霧の子息以外の上達部が大勢。

19 (内裏の弓場から六条院までの)道のりにいくらか時間がかかるうちに。

---

1 「艶」は風情のある情景の美しさで、ここは雪のちらつく黄昏時の美。「雪うち散りて、艶なるたそかれ時に」(㊂朝顔三七八頁)。

2 車中の男君たちが管楽器を吹き鳴らす。

3 確かにここ(六条院)以外では、いかなる仏の国ならば、こうした時節の心をたのしませる場所を求められようか。語り手の感想という体裁。「げに」は、六条院の正月の様子が「生ける仏の御国とおぼゆ」(㊃初音一三〇頁)と讃えられていたのを踏まえる言い方。

4 東北の町の寝殿。四一頁注4。

5 (還饗の)通例により。還饗では中少将の労をねぎらうので、彼らを正客として扱い、南向き(奥)に座らせる。

6 青表紙他本多く「むかへて」。

7 正客以外に饗応を受けるお相伴の人。「ゑんが」の撥音無表記。「かいもと」ともいう。

8 「東遊(あずまあそび)」の一曲。歌詞はその場に応じて作り替えられた。庭で近衛府の将監(しょうげん)、将曹(しょうそう)らが舞う。

とのたまへば、にくからぬ程に[1]、

「神のます。」[2]

など。

9 ひるがえり寄り添う袖と袖が返す羽風に。袖のあおりを鶯の羽風に見立てた。「鶯の羽風にも乱れぬべく」(㈤若菜下四五〇頁)。

10 「御前」、青表紙他本多く「御まへ」。

11 例によって、中将(薫)が発する芳香がさらにいっそう引き立てられて、言いようがないほど優艶だ。

12 ちらっと(薫を)のぞき見る女房なども。

13 「春の夜の闇はあやなし梅の花色こそ見えね香やはかくるる」(古今集・春上・凡河内躬恒)による。

14 「降る雪に色はまがひぬ梅の花香にこそ似たるものなかりけれ」(拾遺集・春・凡河内躬恒)による。

15 大臣(夕霧)もとても。女房たちが次々と薫を讃える。青表紙他本の一部「いと」を欠く。

16 薫の容貌、態度も。底本「ようゐ」。

17 夕霧の言。「右のすけ」は右中将。薫。

18 ひどくお客らしい(様子)ではないか。

---

1 無愛想ではない程度に。

2 薫が歌う風俗歌「八少女(やおとめ)」の一句。神がいらっしゃる。「八少女(やをとめ)は　我が八少女ぞ　立つや八少女　立つや八少女　神のます　高天原(たかまのはら)に　立つ八少女　立つ八少女」。

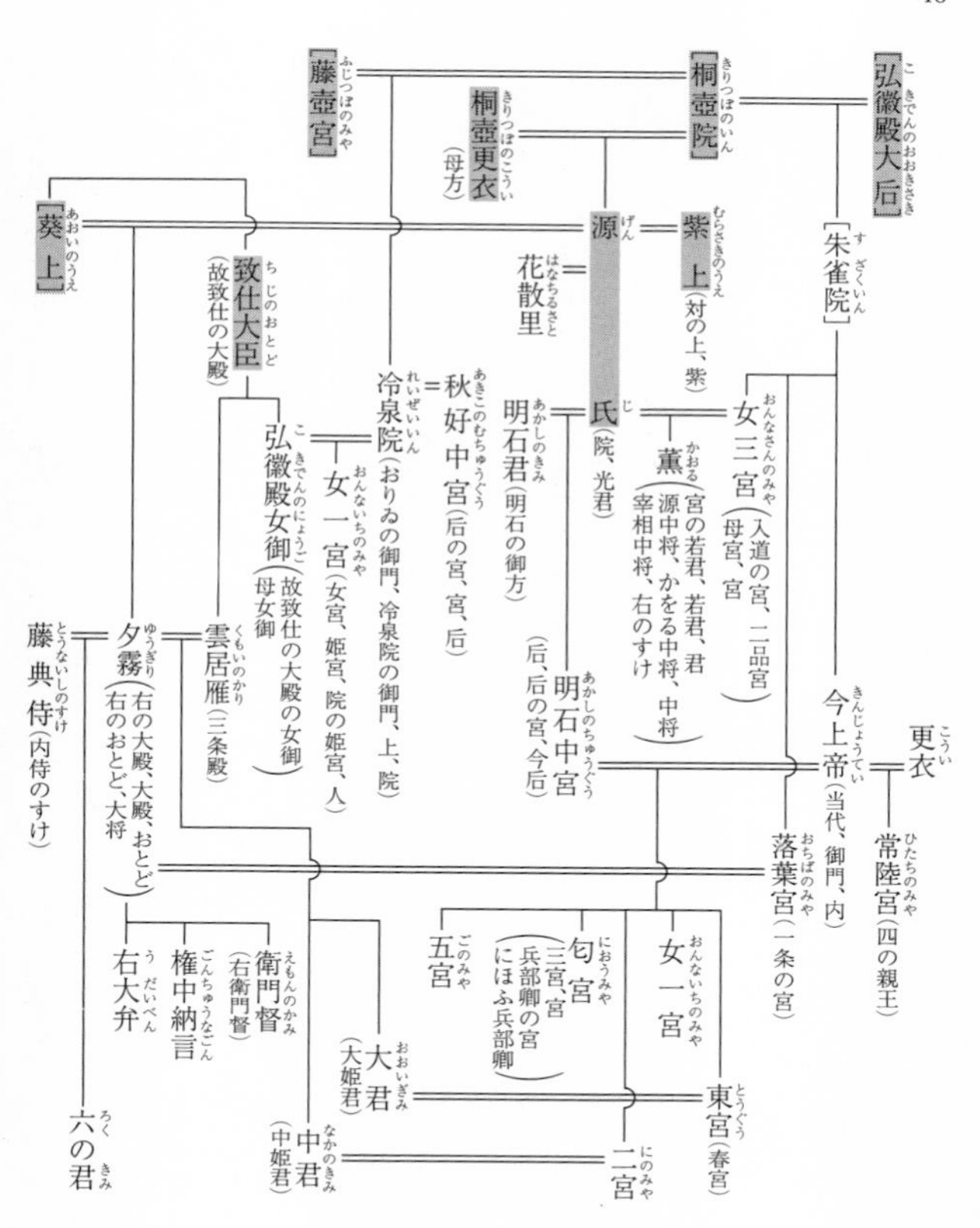

弘徽殿大后
桐壺院
藤壺宮
桐壺更衣（母方）
朱雀院
紫上（対の上、紫）
源氏（院、光君）
花散里
葵上
致仕大臣（故致仕の大殿）
女三宮（入道の宮、二品宮、母宮、宮）
薫（宮の若君、若君、君、源中将、かをる中将、中将、宰相中将、右のすけ）
明石君（明石の御方）
秋好中宮（后の宮、宮、后）
冷泉院（おりゐの御門、冷泉院の御門、上、院）
女一宮（女宮、姫宮、院の姫宮、人）
弘徽殿女御（故致仕の大殿の女御、母女御）
雲居雁（三条殿）
夕霧（右の大殿、大殿、おとど、右のおとど、大将）
藤典侍（内侍のすけ）
明石中宮（后、后の宮、今后）
今上帝（当代、御門、内）
更衣
常陸宮（四の親王）
落葉宮（一条の宮）
女一宮
匂宮（三宮、宮、兵部卿の宮、にほふ兵部卿）
五宮
東宮（春宮）
二宮
大君（大姫君）
中君（中姫君）
衛門督（右衛門督）
権中納言
右大弁
六の君

紅梅

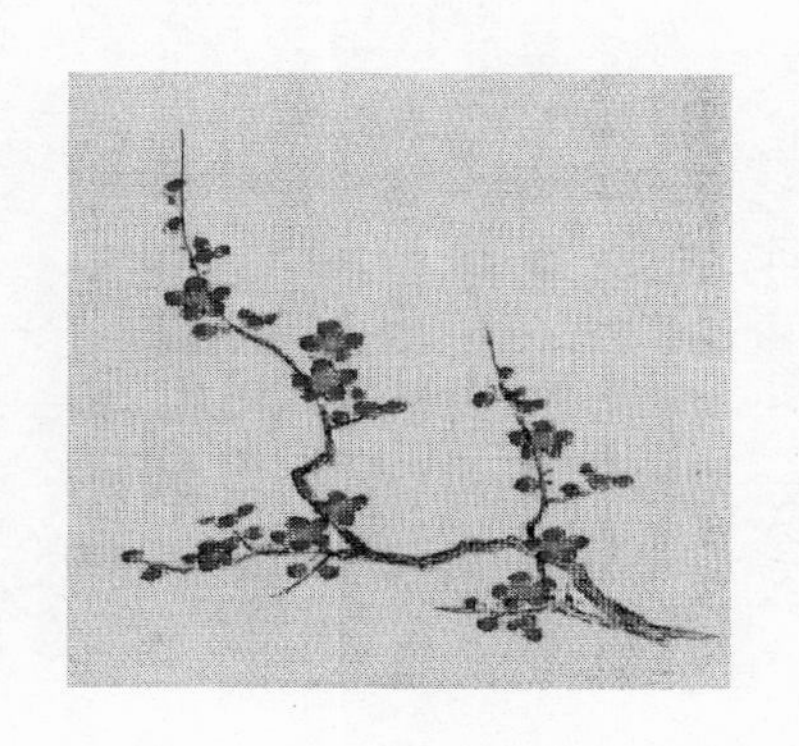

紅梅

按察使大納言と匂宮とのあいだで取り交わされる、紅梅をめぐる贈答歌（六八・七四・七六頁）による。「紅梅」の語そのものは、その贈答歌にこそないが、物語の叙述としては「軒近き紅梅のいとおもしろくにほひたるを」（六四頁）、「あなたのつまの紅梅いと盛りに」（七八頁）とある。底本の題簽は「こうはい」。

〈薫二十四歳春〉

1 按察使大納言は、故致仕大臣の次男で、亡き柏木の弟である。亡くなった北の方とのあいだには二人の姫君（大君・中君）がいた。大納言は、北の方を亡くした後に、故蛍兵部卿宮の北の方であった真木柱を、現在の北の方として迎えていて、そのあいだに男子一人（大夫君）をもうけている。また真木柱には、前夫蛍宮とのあいだにもうけた娘一人（宮の御方）がいて、現在、連れ子として大納言の邸内に住んでいる。

2 大納言家の三人の姫君たちはすでに**裳着**を済ませている。**寝殿**の南に大君、西に中君、東に宮の御方が住み、求婚者たちも多かったが、大君は十七、八歳ほどで、東宮妃として**入内**した。大納言は、中君を匂宮に縁づけようと熱心に目ろんでいる。

3 **邸内**は、入内した大君の後見役として真木柱も宮中に赴いているので、人が少ない。宮の御方は、琵琶をはじめ諸芸に堪能な魅力ある姫君である。しかし人一倍控え目な性格で、結婚にもまるで関心がない。

4 大納言は、この継娘の宮の御方をもわが子と同様に扱おうと関心を強めつ

つ、その顔を覗き見ようとするが、宮の御方はその控え目な性格から、大納言に姿を見られようともしない。

5 大納言は、娘たちの琴の演奏についての話をきっかけに音楽を語り、亡き父の致仕大臣や光源氏の往年にさかのぼって、懐旧の念にひたる。

6 匂宮を婿にと望む大納言は、大夫君を使者として、紅梅の花につけた歌を匂宮に贈り、中君への関心をひこうとする。

7 匂宮は、上の御局から出てきたところで、大夫君を相手に親しく語る。

8 匂宮は、大夫君を相手に語りながらも、自らの関心はむしろ宮の御方にあることを思い、それをほのめかす。大納言への返歌を大夫君に託しながら、匂宮は、あらためて宮の御方を恋い慕う。

9 その後も、大納言と歌を贈答しつつも、匂宮が中君に関心を寄せることはない。

10 大君のもとを訪れていた真木柱が、宮中から退出し、匂宮の好色についての噂を語る。

11 宮の御方は、匂宮の恋慕を知るが、わが境遇を思うところから、この縁談には耳を傾けない。真木柱は、大納言の、中君を匂宮にとの意図を知るだけに、心中は複雑である。そのころ、匂宮は、宇治の八宮の姫君にも執心であった。

1 一四七

[1]その比、[2]按察大納言と聞こゆるは、[3]故致仕のおとゞの次郎なり、亡せ給ひにし[4]右衛門督のさしつぎよ、[5]童よりらう〳〵じう、[6]はなやかなる心ばへものし給ひし人にて、[7]成り上りたまふ年月に添へて、まいていと世にあるかひあり、あらまほしうもてなし、御おぼえいとやむごとなかりける。[8]北の方二人物し給ひしを、[9]もとよりのは亡くなり給ひて、[10]いまものし給ふは、[11]後のおほきおとゞの御むすめ、[12]真木柱離れがたくしたまひし君を、[13]式部卿の宮にて、故兵部卿の親王に合はせたてまつり給へりしを、[14]御子亡せ給ひて後、[15]忍びつゝ通ひ給ひしかど、年月経れば、えさしも憚り給はぬなめり。

御子は、故北の方の御腹に、[16]二人のみぞおはしければ、さう〴〵しとて、神仏に祈りて、いまの御腹にぞ[17]をとこ君一人まうけ給へる。[18]故宮の御方に、女君一所おはす。[19]隔て分かず、いづれをも同じごと思ひきこえかはし給へるを、[20]おの〳〵御方の

1　按察使大納言と真木柱

1　〔七〕匂兵部卿(におうひょうぶきょう)における薫(かおる)の年齢は十四歳から二十歳までであった。それと同じころを漠然とさすか。ただし、この巻での薫の「源中納言」という呼称(六二頁)、そして巻末の内容(八〇頁)によれば、薫二十四歳の年と解される。「その比」で始まる巻は、他に〔七〕橋姫・〔八〕宿木・〔九〕手習がある。

2　按察使を兼ねる大納言。「按察」は「按察使」。地方を視察する令外官(りょうげのかん)。平安時代に有名無実化。紫上の母方の祖父が按察使大納言(〔一〕若紫三九二頁)。明石入道の発言によると、桐壺更衣の父も同様(〔二〕須磨四七四頁)。

3　かつての頭中将。〔七〕匂兵部卿二二頁。

4　右衛門督(柏木(かしわぎ))のすぐ下の弟。柏木は死の直前、権大納言に昇進していたが(〔六〕柏木17節)、読者になじみの官職名が用いられる。青表紙他本多く「右」を欠く。

5　子供のころから利発で。幼くして美声で笙(しょう)も演奏した。〔二〕賢木49節。

6　陽気な性格を有していらした人で。

7　昇進なさる年月の経過とともに、(若い時にも)まして、まことにこの世に生きている値うちがあって、理想的な身の処しようで、(帝からの)ご寵愛も実に重々しかった。

8　「ける」、青表紙他本多く「けり」。

9　元の北の方。その素性は不明。

10　今(連れ添って)いらっしゃる方は。

11　鬚黒(ひげくろ)のこと。玉鬘(たまかずら)の結婚相手。「故致仕のおとゞ」も太政大臣であったので、区別して「後の」とする。鬚黒が太政大臣になったことは初見。〔七〕竹河1節において、既に故人となって久しいことが示される。

12　母とともに鬚黒邸を離れる際に「真木の柱はわれを忘るな」(〔四〕真木柱五六〇頁)という歌を詠んだ姫君で、「真木柱」と称される。

13　式部卿宮(しきぶきょうのみや)(真木柱の祖父、紫上の父)のところで、今は亡き蛍兵部卿宮(ほたるひょうぶきょうのみや)と結婚させなさったのだが。〔五〕若菜下7節。

人などは、うるはしうもあらぬ心ばへうちまじり、[1]なまくね〳〵しきことも出で来る時〻あれど、[2]北の方、いと晴れ〴〵しくいまめきたる人にて、罪なく取りなし、[3]我御方ざまに苦しかるべきことをもなだらかに聞きなし、[4]思ひなほし給へば、聞きにくからでめやすかりけり。

[5]君たち、同じほどに、すぎ〳〵おとなび給ひぬれば、御裳など着せたてまつり給ふ。[6]七間の寝殿広く大きに造りて、[7]南面に、[8]大納言殿大君、西に中の君、東に宮の御方と住ませたてまつり給へり。[9]大方にうち思ふ程は、父宮のおはせぬ、心ぐるしきやうなれど、[10]こなたかなたの御宝物多くなどして、[11]うち〳〵の儀式ありさまなど心にくゝけ高くなどもてなして、けはひあらまほしくおはす。

例の、かくかしづき給ふ聞こえありて、[12]つぎ〳〵にしたがひつゝ聞こえ給ふ人多く、[13]内、春宮より御けしきあれど、内には中宮おはします、[14]いかばかりの人かは、かの御けはひに並びきこえむ、[15]さりとて、思ひおとり卑下せんもかひなかるべし、春宮には、[16]右大臣殿の並ぶ人なげにてさぶらひ給へば、きしろひにくけれど、[17]さの

14 この「御子」は親王。蛍兵部卿宮のこと。

15 (按察使大納言が)こっそりと幾度もお通いになったけれど、年月が経つと、それほど(世間を)憚ってもおいでになれないようだ。ある時点で、北の方として自邸に迎えた。

16 大君(おおいぎみ)(東宮に入内する麗景殿女御(れいけいでんのにょうご))と中君(なかのきみ)。五二頁参照。

17 古注釈、古系図などで「大夫(たいふ)」「大夫君(たいふのきみ)」と称される。本文中にはない呼称。

18 故蛍宮(と真木柱)とのあいだに、女君が一人いらっしゃる。連れ子、宮の御方のこと(五二頁)。

19 (大納言は)分け隔てせず、いずれ(の姫君)をも同じように大切に。

20 それぞれの姫君にお付きの女房などは。

---

1 何とはなくひねくれたもめごとも。

2 北の方(真木柱)は、心にかげりがなく当世風の(快活な)人で。

3 ご自分の方(連れ子の宮の御方)にとって。

4 (不快に感じても)思いを改めなさるので、(世評も)悪くはなく無難なさまであった。

2 大納言の大君と中君

5 (三人の)姫君(大君・中君・宮の御方)は、ともに同じような年齢で、次々とお年頃になられるので、裳着(もぎ)の式(女子の成人儀礼)などをしてさしあげる。

6 「間」は柱と柱の間。大貴族の寝殿は通常五間四面(母屋(もや)の桁行(けたゆき)が五間で、母屋の四面に廂(ひさし)が付く)。大納言邸はおそらく母屋の桁行が「七間」で、通常より大きい。

7 寝殿の南面のこと。

8 「大納言殿」と「大君」の並列とも解せるが、姫君たちの居所を紹介するものとして「大納言殿の大君」ととる。底本「大納言殿おほいきみ」、青表紙他本の一部・河内本など「大納言殿ゝ…」あるいは「大納言殿の…」。

9 (はたから見て)一般に思うところでは、(宮の御方に)父宮がおいでにならないのが。

54

み言ひてやは、[1]人にまさらむと思ふ女子を宮仕へに思ひ絶えては、何の本意かはあらむ、とおぼし立ちて、[2]まゐらせたてまつり給ふ。[3]十七八のほどにて、[4]うつくしうにほひ多かるかたちし給へり。

中の君も、[5]うちすがひて、あてになまめかしう、[6]澄みたるさまはまさりて、をかしうおはすめれば、[7]たゞ人にてはあたらしく見せまうき御さまを、[8]兵部卿の宮のさもおぼしたらば、などおぼしたる。[9]此若君を内にてなど見つけ給ふ時は、召しまとはし、[10]たはぶれがたきにし給ふ。[11]心ばへありて、奥おしはからるゝまみ、ひたひつき也。

「[12]せうとを見てのみはえやまじと大納言に申せよ。」

などの給ひかくるを、

「[13]さなむ。」

と聞こゆれば、[14]うち笑みて、いとかひありとおぼしたり。

「[15]人に劣らむ宮仕ひよりは、此宮にこそはよろしからむ女子は見せたてまつらま

10 父蛍宮と母方の曽祖父式部卿宮からの(伝わった)お宝物が多くあったりして。

11 内輪の行事や(日常の)様子などは奥ゆかしく上品になどと面倒を見て。

12 (姫君、特に大君と中君の年齢の)順に従って(婚姻の)申し込みをなさる人が多く。

13 以下、五四頁の「本意かはあらむ」まで大納言の心内。帝、東宮からも(入内を望まれる)ご内意があるが。

14 いったいどれほどの人が、あの(明石中宮の)ご威勢に並び申し上げられようか。

15 とはいえ、劣等感を抱き卑下し(入内を諦め)ては(娘を持った)かいがなかろう。

16 「右大臣殿の女御」の意で、右大臣(夕霧)の大君。「大姫君は東宮にまゐり給ひて、又きしろふ人なきさまにて」([七]匂兵部卿一六頁)。諸本に異同が多いが、青表紙他本・河内本などでは「…の女御」とある。

17 そうばかりも言っていられようか。

---

1 人並み以上にと思う娘を宮仕えに出すことを断念するのでは、いかにも不本意だろう。

2 (大君を東宮に)入内させなさる。

3 大君の年齢。

4 かわいらしく色つやの美しい顔立ちで。

5 (姉君に)つづいて。「すがふ」は、すぐあとに連なる。年齢が姉君に接近している。

6 物静かな様子は(姉君に)まさっていて、魅力的でいらっしゃるようなので。

7 (結婚相手が)臣下ではもったいなくて結婚させるのも気が進まない(ほどの)ご器量なので。

8 大納言の心内。兵部卿宮(匂宮)がそう(中君との結婚を)お考えになっているならば(いかにもよかろう)。

9 (匂宮は)この(大納言の)若君を宮中などで目にとめなさる時は。「若君」は真木柱腹の男子(大夫君)。童殿上(わらわてんじょう)しているらしい。

10 (大夫君を)遊び相手になさる。

11 (大夫君は)気構えがしっかりしていて、心

ほしけれ。心[1]ゆくにまかせて、かしづき[2]て見たてまつらんに、命延びぬべき宮の御さまなり。」

との給ひながら、まづ春宮[3]の御ことを急ぎ給ひて、春日[4]の神の御ことわりも、我世にやもし出で来て、故[5]おとゞの、院の女御の御ことを胸いたくおぼしてやみにし慰めのこともあらなむ、と心の内に祈りて、まゐらせたてまつり給ひつ。いと[6]時めき給ふよし人〻聞こゆ。かゝる[7]御まじらひの馴れ給はぬほどに、はか〴〵[8]しき御後見なくてはいかゞとて、北[9]の方添ひてさぶらひ給へば、まことに[10]限りもなく思ひかしづき後見きこえ給ふ。

殿[11]は、つれ〴〵なる心地して、西[12]の御方はひとつにならひ給ひて、いとさう〴〵しくながめ給ふ。東[13]の姫君も、うと〳〵しくかたみにもてなし給はで、夜〳〵は一所に御殿籠り、よろづ[14]の御こと習ひ、はかなき御遊びわざをも、此方を師のやうに思ひきこえてぞ誰も習ひ遊び給ひける。物恥[15]を世の常ならずし給ひて、母北の方にだに、さやかにはをさ〳〵さし向かひたてまつり給はず、かた[16]はなるまでもてなし

の奥深さが推察される目もとと額の様子だ。

12 匂宮の言。(姫君の)兄弟(のそなた)を見るだけで済ませられないと。「せうと」は、歳の上下によらず、女がわからみた男の兄弟。

13 大夫君の言。(匂宮が)そのように(おっしゃいました)。

14 (大納言は)にやりと笑みを浮かべて、実に願ったかいがあると。大納言は、匂宮が中君に関心をもっていると解したらしい。

15 大納言の言。人にひけを取るような(後宮での)宮仕えをするよりも、匂宮に。底本「宮つかひ」、諸本「宮つかへ」。四行幸四〇九頁注1参照。

---

1 思うがままに。諸本多く「心のゆくに」。

2 (匂宮を婿として)大事にお世話申し上げたら、こちらの命が延びそうな宮のご様子だ。

3 大君が東宮に入内するための準備。

4 二行後「あらなむ」まで、大納言の心内。春日明神のご託宣のことも、もしや自分の代で実現して。春日明神は藤原氏の氏神。藤原氏から后が立つべきだとの神託があったか。藤壺(ふじつぼ)・秋好(あきこのむ)・明石(あかし)と三代の后が源氏なのは、平安中期の実際に照らすと異例。

5 亡き父大臣が、(娘である)冷泉院の弘徽殿女御(こきでんのにょうご)の(立后がかなわなかった)ことで胸を痛めておいでのまま終ってしまった、それへの慰めとなることもあってほしい。三少女14節。

6 まことに(東宮の)ご寵愛の厚い由を。

7 後宮での他の東宮妃たちとのおつき合い。

8 しっかりとしたお世話役もいなくてはいかがなものかということで。

9 大納言の北の方、すなわち真木柱。東宮に入内する大君にとっては継母にあたる。

10 (真木柱が大君を)ほんとうにこの上もなく。

3 宮の御方の魅力

11 (大納言の)邸内は、(大君と真木柱が不在ゆえ)所在ない感じがして。

給ふ物から、心[1]ばへ、けはひの埋もれたるさまならず、あ[2]い行づき給へることはた、人よりすぐれ給へり。

か[3]く内まゐりや何やと、我方ざまをのみ思ひいそぐやうなるも心ぐるしなどおぼして、

「[4]さるべからむさまにおぼし定めての給へ。同じこととこそは仕うまつらめ。」

と、母君にも聞こえ給ひけれど、

「[5]さらにさやうの世づきたるさま思ひ立つべきにもあらぬけしきなれば、中[6]〳〵ならむ事は心ぐるしかるべし。御[7]宿世にまかせて、世にあらむ限りは見たてまつらむ。後[8]ぞ哀にうしろめたけれど、世を背く方にても、おのづから人笑へにあはつけきことなくて過ぐし給はなん。」

などうち泣きて、御[9]心ばせの思ふやうなることをぞ聞こえ給ふ。

い[10]づれも分かず親がり給へど、御[11]かたちを見ばやとゆかしうおぼして、

「[12]隠れ給ふこそ心うけれ。」

12　（寝殿の）西に住む姫君（中君）は（大君と）一緒に過ごすのに慣れておいでなので。

13　（寝殿の）東に住む姫君（宮の御方）も、よそよそしいようにはお互いになさらずに。

14　あらゆるお稽古ごとを習い、ちょっとした遊戯をするにも、こちらのお方（宮の御方）を師匠のように思い申し上げてどなたも（大君も中君も）習ったり遊んだりなさった。宮の御方は、風流人であった蛍宮の血を受ける。

15　（宮の御方は）人見知りを普通でないほどなさって、実母（真木柱）に対してさえ、はっきりと見えるように面と向かうこともめったになさらず。

16　おかしなまで（遠慮がち）に身を処していらっしゃるものの。

1　気構え、雰囲気は陰気な様子でもなく。

2　魅力を備えておいでのところはやはり。「あい行」は、愛敬。

3　このように（大君の）東宮入内やら何やら（中君の婿選びなど）と、ご自分の方（の姫君）ばかりを考えて準備なさるようなのも（宮の御方やその母真木柱に）気の毒だなどと。

4　大納言の言。（宮の御方に）ふさわしいように（縁談を）考えてお決めになった上でおっしゃって下さい。（自分の娘と）同様に奉仕いたそう。

5　真木柱の言。（宮の御方は）まったくそうした世間並みの結婚を決心しそうにもない（見た目の）様子なので。

6　なまじの結婚はかえって気の毒だろうよ。

7　（宮の君の）ご運勢にまかせて、（私が）この俗世にいる限りはお世話申し上げよう。

8　（私の）死後がかわいそうで気がかりだけれど、出家するという方策をとってでも、それなりに世間の物笑いになるような浮ついたこともなくお過ごしになってほしい。

9　（宮の御方の）ご性格が申し分ないことを。

4　宮の御方を覗き見ようと思う大納言

とうらみて、人知れず、[1]見えたまひぬべしやとのぞきありき給へど、[2]絶えて片そばをだにえ見たてまつり給はず。

「[3]上おはせぬほどは、立ちかはりてまゐり来べきを、[4]うと〳〵しくおぼし分くる御けしきなれば、心うくこそ。」

など[5]聞こえ、御簾の前にゐ給へば、御いらへなど[6]ほのかに聞こえ給ふ御声、けはひ〔四五〕などあてにをかしう、さまかたち思ひやられて、[7]哀におぼゆる人の御ありさまなり。[8]わが御姫君たちを、人に劣らじと思ひおごれど、[9]此君にえしもまさらずやあらむ、かゝればこそ、[10]世中の広き内はわづらはしけれ、[11]たぐひあらじと思ふにまさる方もおのづからありぬべかめり、など[12]いとゞいぶかしう思ひきこえ給ふ。

「[13]月比何となく物さわがしき程に、[14]御琴の音をだにうけたまはらで久しう成りはべりにけり。西の方に侍る[15]人は、[16]びはを心に入れて侍る、[17]さもまねび取りつべくやおぼえ侍らん、なまかたほにしたるに、聞きにくき物の音がら也。[18]同じくは、御心とゞめて教へさせ給へ。翁はとりたてゝ習ふ物侍らざりしかど、[19]そのかみ盛りなり

10 (大納言は)どの姫君たちをも分け隔てせず。
11 (宮の御方の)お顔を見たいと。母親の不在という隙を利用する大納言の好色心。
12 大納言の、宮の御方に対する言。

---

1 (宮の御方がその姿を)お見せになることはないかと覗きまわりなさるけれど。
2 まったくその片端さえ。
3 大納言の言。母上がおいでにならないあいだは、(母上に)なり代わって参上すべきところ。宮の御方に会うための口実を述べる。
4 (継父ゆえに)よそよそしく(母上に対するのと)お心を使い分けるご様子なので。
5 諸本多く「きこえて」。
6 口数の少ないさま。
7 すばらしく思われるお人柄である。
8 ここから徐々に大納言の心内。自分の姫君たち(大君と中君)を(よその)人に劣ることはあるまいと思い上がるけれど。
9 この姫君(宮の御方)にはとてもかなわないのではないか。
10 世間づきあいの多い宮中は厄介なのだ。「世中」は人間関係。「内」は内裏で、ここでは特に後宮のこと。後宮には予想を超えてすぐれた妃も現れかねないと危惧する。
11 類いないだろうと思う(自分の娘たち)よりすぐれている方も(多くの中で)たまにはいるに違いないようだ。
12 (宮の御方を)いっそう見たいと。

5 大納言の音楽談義

13 大納言の言。この数か月は(大君の東宮入内で)どことなくせわしくしていたあいだに。
14 (あなたの声だけでなく)お琴の音さえ拝聴しないで長い時が経ってしまいました。
15 中君。
16 琵琶。底本「ひわ」。
17 そんなにしっかり習得できるとでも思っているのでしょうか、いいかげんに奏しても、(琵琶は)聞きづらい性質のものです。中君は

し世に遊び侍りし力にや、[1]聞き知るばかりのわきまへは、何ごとにもいとつきなうはべらざりしを、[2]うちとけても遊ばさねど、時ゝうけ給はる御琵琶の音なむ、[3]昔おぼえ侍る。[4]故六条院の御伝へにて、右のおとゞなん、この比世に残り給へる。[5]源中納言、兵部卿の宮、何事にもむかしの人に劣るまじう[6]いと契りことに物し給ふ人ゝにて、遊びの方はとりわきて心とゞめたまへるを、[7]手づかひすこしなよびたる撥おとなどなん、おとゞにはおよび給はずと思う給ふるを、[8]此御琴の音こそ、いとよくおぼえ給へれ。琵琶は、[9]押手静やかなるをよきにする物なるに、柱さすほど、撥おとのさま変はりて、[10]なまめかしう聞こえたる、[11]女の御ことにて、中〳〵をかしかりける。いで遊ばさんや。[12]御琴まゐれ。」

との給ふ。

女房などは、[13]隠れたてまつるもをさ〳〵なし。[14]いと若き上臈だつが、見えたてまつらじと思ふはしも、心にまかせてゐたれば、

[15]「さぶらふ人さへ、かくもてなすがやすからぬ。」

宮の御方から琵琶の演奏を教わっているらしい(五六頁)。中君の才能をけなすことで、宮の御方の機嫌をとろうという物言い。

18 同じ稽古をするのであれば。

19 その昔、(音楽の)盛んであった時代に演奏に参加した効力からか。

---

1 (巧拙を)聞き分ける程度の理解力は、どの楽器についてもまったく不案内ではありませんでしたが。「何ごと」に「琴」を響かせる。

2 (あなたは)くつろいで演奏なさることはないけれど、時折拝聴するその琵琶の音色に。底本「うけ給」。青表紙他本などにより改めた。

3 昔(の名手たち)が思い出されます。宮の御方の父蛍兵部卿宮こそが琵琶の名手であった。㊄若菜上54節・㊄若菜下30節参照。

4 亡き六条院(源氏)のご伝授で、右大臣(夕霧)が、現在では(琵琶の名手として)世に残っていらっしゃる。ただし、源氏が琵琶を得意としたことも、夕霧に琵琶を教えたこともこれまでに語られたことはない。

5 薫。ここで薫と匂宮が併称されるのは、㊆匂兵部卿三二頁を受けるか。薫の「中納言」への昇進は、㊆竹河33節および㊆椎本7節で語られ、年立(としだて)では薫が二十三歳の秋にあたる。

6 実に(前世からの)宿縁が格別でいらっしゃる人々で、音楽の方面にはとりわけ熱心でいらっしゃるが。

7 手の運びが少々軟弱な撥の音色などは、(二人とも)右大臣(夕霧)に及んでいらっしゃらないと存ぜられますにつけて。

8 この(あなたの)音色は、(夕霧の演奏に)よく似ていらっしゃる。夕霧は宮の御方の従兄にあたる。

9 押手が静かなのをよいとしているものですが。「押手」は、「柱(じゅう)」の上を左手の指で押さえて弾く奏法。柱は、琵琶の頸部にある四つのフレット。ここを左手の指で押さえて

と腹立[1]ち給ふ。

若君[2]、内へまゐらむと、とのゐ姿にてまゐり給へる、わざと[3]うるはしきみづらよりもいとをかしく見えて、いみじううつくしとおぼしたり。麗景殿[4]に御ことつけ聞こえ給ふ。

「譲[5]りきこえて、こよひもえまゐるまじく、なやましく、など聞こえよ。」

との給ひて、

「笛[6]すこし仕うまつれ。ともすれば御前の御遊びに召し出でらるゝ、かたはらいたしや。まだいと若き笛を。」

とうち笑みて、さうでう[7]吹かせ給ふ。いとをかしう吹い給へば、

「けしう[8]はあらず成りゆくは、此わたりにておのづから物に合はするけなり。猶[9]搔き合はせさせ給へ。」

と責めきこえ給へば、苦[10]しとおぼしたるけしきながら、爪弾きにいとよく合はせて、たゞすこし搔き鳴らい給ふ。皮笛[11]ふつゝかに馴れたる声して、此東[12]のつまに、軒

音程をつくることを「柱さす」という。

10 みずみずしく聞こえたのは。底本「きこえたる」、諸本多く「きこえたるなん」。

11 女性のご演奏らしく、かえって魅力的であった。男性たちとは異なる音色をほめる。

12 お琴を持ってきなさい。女房への指示。

13 （大納言への応対に慣れていて）隠れ申し上げる者もほとんどいない。

14 とても若い上﨟ふう（の女房）で、（大納言に）顔を見られ申すまいと思う者たちだけは、（恥ずかしいと）感じるまま（奥に）いるので。

15 大納言の言。（女主人だけでなく）仕える女房まで、このように（感じるままに）ふるまうのはおもしろくない。

---

1 宮の御方にあてこするような態度。

6 大納言、匂宮に贈歌

2 若君（大夫君）が、（殿上童として）宮中へ参内しようとして、（まず大納言のもとへ）宿直姿（とのいすがた）で参上なさったが。

3 ことさらにきちんとした角髪（みずら）よりもいっそう映えてみえるので。「殿上童は束帯の時、総角（あげまき）す。これをみづらといふ。とのゐすがたは直衣をいふ。その時はみづらにはゆはず。ただときかくるなり」（花鳥余情）。「みづら」は、平安時代には少年の髪型。髪を頭の中央から左右に分け、それぞれの耳の辺りで束ねる。

4 東宮に入内した大君が賜った後宮の殿舎。

5 大納言の言。（大君のことは）おまかせ申しているが、（自分は）今夜も参上できないほど、体調不良で。「なやましく」まで、大君（女御）に付き添う真木柱への伝言。宮の御方の近くを離れたくないための仮病か。底本「なと」、諸本多く「なんと」。

6 大納言の大夫君に対する言。笛をちょっと吹いておくれ。（そなたは）ややもすると（帝の）御前の演奏に召し出されるというのでは、はらはらさせられるよ。

近き紅梅のいとおもしろくにほひたるを見給ひて、一枝をりてま

「[1]御前の花、心ばへありて見ゆめり。兵部卿宮、[2]内におはすなり。

ゐれ。[3]知る人ぞ知る。」

とて、

「[4]あはれ、光源氏といはゆる御盛りの大将などにおはせし比、[5]童にてかやうにてまじらひ馴れきこえしこそ、世とゝもに恋しう侍れ。[6]この宮たちを世人もいとことに思ひきこえ、[7]げに人にめでられんとなり給へる御ありさまなれど、[8]端が端にもおぼえ給はぬは、猶たぐひあらじと思ひきこえし心のなしにやありけん。[9]大方にて思ひ出でたてまつるに、胸あく世なくかなしきを、け近き人の後れたてまつりて生きめぐらふは、おぼろけの命長さなりかしとこそおぼえはべれ。」

など聞こえ出でたまひて、物あはれに[10]すごく思ひめぐらし、しをれ給ふ。

ついでの忍びがたきにや、花をらせて、[11]急ぎまゐらせ給ふ。

「[12]いかゞはせん。むかしの恋しき御形見には、この宮ばかりこそは。[13]仏の隠れた

7 双調。雅楽の六調子の一。西洋音楽のトに近い音を宮(きゅう)(主音)とする。春の調子。底本「そうてう」。
8 大納言の言。下手でもなくなってゆくのは、こちらの周辺で自然と音楽(宮の御方の琵琶の演奏)に合わせているせいだろう。
9 やはり(笛に)合わせてお弾き下さい。ここは宮の御方に向けての言。
10 (宮の御方は)困ったと。
11 (大納言は)口笛を太い物なれた音で鳴らして。「皮笛」は、唇の皮で吹く笛、の意。
12 この(寝殿の)東がわの端に。宮の御方の居所は寝殿の東面(五二頁)。

---

1 大納言の、大夫君に対する言。庭先の(紅梅の)花は、心づかいをしていると見えるようだ。梅を擬人化した言い方。
2 宮中にいらっしゃるそうだ。
3 「君ならでたれにか見せん梅の花色をも香をも知る人ぞ知る」(古今集・春上・紀友則)による。中君を梅花に擬え、中君を匂宮に「見せん」という意図がこもる。五四頁参照。
4 大納言の言。ああ、光源氏と呼ばれたあのお方が(若い)盛りの大将などでいらしたころ(㊁葵・賢木・花散里)。「いはゆる」は、「いはるる」と同じで受身を表す。
5 (自分が)殿上童としてこの(大夫君が匂宮にお仕えしている)ようにして親しく(源氏に)お近づき申し上げたことが。
6 源氏の子孫の「宮たち」で、特に評判の匂宮と薫のことであろう。㊆匂兵部卿1節。
7 なるほど人にほめられるように生まれついていらっしゃる(宮の)ご様子だけれど。薫も「かく人にめでられんとなり給へる有りさま」(㊆匂兵部卿三六頁)と語られていた。
8 (源氏に比べると)ものの数にも思われなさらないというのは、やはり(源氏を)比類ないお方と思い申し上げた(私の)心のなせるわざだったのか。匂宮・薫が源氏よりも一段劣るという評価は㊆匂兵部卿巻頭と同様。

まひけむ御名ごりには、阿難が光放ちけんを、ふたゝび出で給へるかと疑ふさかしき聖のありけるを。[1]闇にまどふ晴るけどころに、聞こえをかさむかし。」

とて、

[2]心ありて風のにほはす園の梅にまづ鶯（うぐひす）の問はずやあるべき

と[3]くれなゐの紙に若やぎ書きて、この君の懐紙に取りまぜ、押したゝみて出だし立てたまふを、[4]をさなき心に、いと馴れきこえまほしと思へば、急ぎまゐりたまひぬ。

[5]中宮の上の御局より、御宿直所に出で給ふほどなり。殿上人あまた御おくりにまゐる中に[6]見つけ給ひて、

「[7]きのふは、などいととくはまかでにし。いつまゐりつるぞ。」

などの給ふ。

「[8]とくまかで侍りにしくやしさに、まだ内におはしますと人の申しつれば、急ぎまゐりつるや。」

と[9]をさなげなるものから、馴れきこゆ。

9 (近親者でなく)一般の関係で思い出し申しても、(その死は)気の晴れる時もなく悲しいのに、近親者が死に後れ申して生きながらえるのは、並々ではない寿命の長さだよと。長生きのつらさをいう。「なりかし」、青表紙他本多く「ならしかし」。「おぼろけ」は「おぼろけならぬ」の意。

10 極度に物寂しい気持。

11 (大夫君を)急いで(宮中に)。

12 大納言の言。(源氏に及ばぬのは)致し方ない。昔の恋しい(源氏の)おん形見になるのは、この宮(匂宮)だけだ。

13 釈迦が入滅なさった後に、阿難が光を放ったそうだが、(それを仏が)再び出現なさったかと疑う賢い聖もいたのだが。「阿難」は、釈迦十大弟子の一人。その阿難が光明を発したという確かな故事は、仏典に見出しがたい。この「光放ちけんを」の「光」と直後の「闇」は、「光源氏」の縁。

---

1 (光源氏亡き後の)闇にくれまどう気持の晴らしどころとして、(匂宮に意向を)あえて申し上げよう。「…をかす」は、あえて領分を侵害する意。

2 大納言の歌。思う子細があって風が匂いを吹き送る園の梅に、まずは鶯が訪れぬはずもあるまい。「梅」に中君を、「鶯」に匂宮をなぞらえ、二人の縁組を期待する。「花の香を風のたよりにたぐへてぞ鶯さそふしるべにはやる」(古今集・春上・紀友則)による表現。

3 紅梅の色に合わせた料紙。

4 (大夫君は)未熟な心に、(匂宮には)もっと親しくしていただきたいと思うので。

7 匂宮、大夫君と語る

5 (匂宮は)中宮の上の御局から、(ご自分の)ご宿直所へお出ましになる時である。「上の御局」は清涼殿の北の廂の間にある后妃の控えの間。弘徽殿の上局と藤壺の上局がある。四宿木1節で藤壺女御のことが語られるので、

「内[1]ならで、心やすき所にも時〻は遊べかし。若き人どものそこはかとなく集まる所ぞ。」

との給ふ。[2]この君召し放ちて語らひ給へば、人〻は近う[3]もまゐらず、まかで散りなどして、しめやかに成りぬれば、

「春宮[4]には、暇すこしゆるされためりな。[5]いとしげうおぼしまとはすめりしを、時取られて人わろかめり。」

との給へば、

「[6]まつはさせ給ひしこそ苦しかりしか。御前にはしも。」

と聞こえさしてゐたれば、

「[7]我をば人げなしと思ひ離れたるとな。ことわり也。[8]されどやすからずこそ。古[9]めかしき同じ筋にて、東と聞こゆなるは、あひ思ひ給ひてんやと忍びて語らひきこえよ。」

などの給ふついでに、[10]この花を奉れば、うち笑みて、

明石中宮は弘徽殿の上局を使ったか。

6 (匂宮が大夫君を)見つけなさって。

7 匂宮の言。昨日は、なぜとても早く(宮中を)退出したのか。今日はいつ参上したのか。

8 大夫君の言。早く退出してしまったのを悔やんでいたところ、(今日は匂宮が)まだ宮中にいらっしゃると人が申したので。

9 幼ない感じ(の口つき)でありながらも。

---

1 匂宮の言。宮中だけでなく、気楽な所にも時には遊びにおいで。若い人たちが大したことがなくても集まる所だよ。「心やすき所」は匂宮の私邸にあたる二条院のこと。

2 この君(大夫君)だけ(他の者から)引き離すように召して親しく語りかけなさるので。

3 青表紙他本多く「ちかくも」。

4 匂宮の言。(そなたは)東宮からは、お暇が少しはゆるされているようだね。「ゆるされためりな」、諸本多く「ゆるされにためり(な)」。

5 (以前は東宮が)実に頻繁におそばから離さずまつわらせようとお思いのようだったが、(今は東宮へ入内した大君に)寵愛をうばわれて体裁がわるいようだね。大夫君をからかう言葉だが、匂宮はこれ以降、同腹の兄である東宮への対抗心を示してゆく。底本「おほし」、青表紙他本多く「おもほし」。

6 大夫君の言。(東宮がそのおそばを)離して下さらなかったのがつらかったのです。(それに対して匂宮の)おそばであれば(うれしいばかりです)。

7 匂宮の言。私を一人前でないと見限るのだな。「思ひ離れたる」の主体を大君とする注釈が多いが尊敬表現を欠く。ここは、大夫君をなじりつつ大納言側を批判する表現とみる。

8 それでも不愉快だな。

9 古めかしくて(私と)同じ(宮の)血筋で、東とか申すというお方は、(私と)互いに慕い合って下さらないかと。親王であることをひがんでみせながら、そこから大納言邸の寝殿の

「[1]うらみて後ならましかば。」

とて、[2]うちもおかず御覧ず。枝のさま、花房、色も香も世の常ならず。

「[3]園ににほへる紅の、色に取られて香なん白き梅には劣れると言ふめるを、[4]いとかしこく取り並べても咲きけるかな。」

とて、[5]御心とゞめ給ふ花なれば、かひありてもてはやし給ふ。

「[6]こよひは宿直なめり。やがてこなたにを。」

と召し籠めつれば、春宮にもえまゐらず、[7]花もはづかしく思ひぬべくかうばしくて、[8]け近く臥せ給へるを、若き心地には、たぐひなくうれしくなつかしう思ひきこゆ。

「[9]此花のあるじは、など春宮には移ろひ給はざりし。」

「[10]知らず。心知らむ人に、などこそ聞き侍りしか。」

など語りきこゆ。大納言の御心ばへは、[11]わが方ざまに思ふべかめれと[12]聞き合はせ給へど、思ふ心は異に染みぬれば、此返りこと、[13]けざやかにもの給ひやらず。つとめてこの君のまかづるに、なほざりなるやうにて、

東面に暮らす宮の御方への関心を言う。

10 (大夫君は)この(持参した梅の)花を。

---

1 匂宮の言。こちらから(宮の御方への恋の)恨み言を伝えたあとだったならば(どれほどうれしかったろう)。この紅梅が、自身の懸想文への返答ということだったとしたら、こちらの所望する姫君をどうぞという意味に解せるのに、という仮想。

2 (渡された紅梅の花を)ずっと下に置かずご覧になる。

3 匂宮の言。園に咲き匂う紅梅が、色に気をとられたために香は白梅に劣っているというようだが。「紅に色をばかへて梅の花香ぞことことに匂はざりける」(後撰集・春上・凡河内躬恒)。底本「そのに」、青表紙他本「その/そのかに」など。

4 実にみごとに(色も香も)兼ね備えて咲いたことよ。

5 お心をとめていらっしゃる花なので、(贈ったがわに)かいがあるように賞美なさる。

8 匂宮、宮の御方を思う

6 匂宮の言。今夜は宿直なのだろう。そのままここに(いておくれ)。大夫君の「とのゐ姿」(六四頁)から宿直と察して、引きとめる。

7 (梅の)花も(自らを)恥ずかしく思うに違いないほど(匂宮の薫香が)すばらしく香って。

8 (大夫君を)そば近くに寝かせなさっているのを。このあたり、空蟬の弟小君と源氏の関係を連想させる。㊀空蟬1節。

9 匂宮の言。この花(姫君たち)のあるじ(大納言)は、なぜ(花の色が移るように)東宮の方へ心をお移しにならなかったのか。この魅力的な紅梅をなぜ私に贈ったのかと尋ねる。ここも匂宮の東宮への対抗心がほのみえる。

10 大夫君の言。分かりません。ものの情趣を解せる人に(さしあげるのだ)、などと。大納言の言う「知る人ぞ知る」(六六頁)に照応。参考「色も香もまづわが宿の梅をこそ心知れ

花[1]の香に誘はれぬべき身なりせば風のたよりを過ぐさましやは

さて、

「猶[2]いまは翁どもにさかしらせさせで、忍びやかに。」

とかへす〳〵の給ひて、[3]この君も東のをばやんごとなくむつましう思ひ増したり。なか[4]〳〵異方の姫君は、見え給ひなどして、例のはらからのさまなれど、童心地に、[5]いと重りかにあらまほしうおはする心ばへを、かひあるさまにて見たてまつらばやと思ひありくに、[6]春宮の御方のいと花やかにもてなし給ふにつけて、[7]同じこととは思ひながら、いと飽かずくちをしければ、[8]此宮をだにけ近くて見たてまつらばやと思ひありくに、うれしき花のついでなり。

[9]これはきのふの御返りなれば、見せたてまつる。

「[10]ねたげにもの給へるかな。[11]あまりすきたる方にすゝみ給へるを、ゆるしきこえずと聞き給ひて、[12]右のおとゞ、われらが見たてまつるには、いと物まめやかに御心をさめ給ふこそをかしけれ。[13]あだ人とせんに、足らひ給へる御さまを、しひてまめ

らむ人は見に来め」(信明集)。

11 (匂宮は)自分の(実の娘の)方(中君)の婿にと思っているようだと。

12 (匂宮は)聞いて思い合わせていらっしゃるけれど、慕わしい気持は別のお方(宮の御方)に傾いていたので。

13 はっきりともおっしゃりきれない。

---

1 匂宮の歌。(梅の)花の香に誘われて当然の身の上であったならば、風のたよりを見過ごすようなことがあったろうか。おそらくは東宮を意識して卑下しながらも、相手の意向を拒む歌。大納言の贈歌(六八頁)と同じく、『古今集』の紀友則の歌を踏まえる。

2 匂宮の言。やはりこれからは老人たち(大納言ら)にお節介をさせずに、(そなたが)こっそりと(宮の御方との橋渡しをしてくれ)。

3 この君(大夫君)も東の君(宮の御方)のことを大切で慕わしく思う気持が増している。

4 かえって異なる方(西)の姫君(中君)は、(宮の御方よりも)姿をお見せになったりして、普通(同腹)の姉弟のようだけれど。

5 以下、大夫君の心内。(宮の御方の)いかにも重々しく理想的でいらっしゃる性分を、そのかいがあるようにお世話申したい。

6 東宮に入内している大君。麗景殿。

7 どちらも同じ姉君のこととは思うものの。

8 (東宮は無理でも)せめてこの宮(匂宮)を(宮の御方の婿として)そば近くで拝見したい。

9 大納言と匂宮の贈答歌

9 この(匂宮の)歌は、昨日の(大納言の)歌へのご返信なので、(大夫君が大納言に)お見せ申し上げる。

10 大納言の言。にくらしくもおっしゃったことよ。匂宮の歌において、卑下しつつも大納言の意向を拒んでいるのが「ねたげ」。

11 あまりに好色がましい面が進んでいらっしゃるのを、(私たちが)ゆるし申し上げていないと(匂宮は)お聞きになって。

だち給はんも、見どころ少なくやならまし。」

などしりうごちて[1]、けふもまゐらせ給ふに、又、

　もとつ香[2]のにほへる君が袖触れば花もえならぬ名をや散らさむ

　とすき〳〵しや[3]。あなかしこ[4]。

と、まめやかに聞こえたまへり。まことに言ひなさむと思ふところあるにや[5]、とさすがに御心ときめきし給ひて、

　花[6]の香をにほはす宿にとめゆかば色にめづとや人の咎めん

など、猶(なほ)[7]心解けずいらへ給へるを、心やましと思ひゐ給へり。

北の方[8]まかでたまひて、内わたりのことの給ふついでに、

「若君[9]の、一夜(ひとよ)とのゐして、まかり出でたりしにほひのいとをかしかりしを、人[10]はなほと思ひしを、宮[11]のいと思ほし寄りて、「兵部卿[12]の宮に近づききこえにけり、むべ我をばすさめたり」と、けしき取り[13]、ゑんじ[14]給へりしか。こゝに[15]御消息やありし。さも見えざりしを。」

12　右大臣（夕霧）、私などが（匂宮に）お目にかかる時には、とても実直そうにお気持をおさえていらっしゃるのがおかしい。

13　（浮気で）多情な人としてみると、（その資格は）備えていらっしゃるご様子なのに、無理に堅物らしくふるまいなさるのも、せっかくの魅力がそがれてしまうのではないか。

1　陰口をたたいては、今日も（大夫君を匂宮のもとに）参上させなさると。

2　大納言の歌。元から香り高いあなたの袖が触れるならば、（こちらの）花もいいようもない（すばらしい）評判を世に広めるだろう。「花」は自身の娘中君。「色よりも香こそあはれと思ほゆれたが袖触れし宿の梅ぞも」（古今集・春上・読人しらず）などによるか。

3　娘の恋の媒（なかだち）をするのを、われながら好色がましい、とする。

4　ああ畏れ多い、の意。ここは手紙の結びの常套語。

5　匂宮の心内。（大納言は）本気でこの話をまとめようと思う心があるのだろうか。

6　匂宮の歌。花の香を匂わしている家を訪ねて行くならば、（香でなく）色にひかれて来た好色者と他人がとがめるだろう。大納言の誘いを警戒した返歌。

7　（今回も）やはり気を許さずにご返事なさるのを、（大納言は）不満だと。

10　真木柱退出、匂宮の噂

8　真木柱が退出なさって、宮中のことを（大納言に）おっしゃる機会に。

9　真木柱の言。若君（大夫君）が、先夜宿直をして、退出してきた折の匂いがとてもよかったのを。大夫君は、匂宮と一晩ともに過ごしたのち、東宮のもとを訪れ、母真木柱にも会ったらしい。

10　他の人は普通（の人香）と思ったのに。「なほ（直）」は、何も変わりがないこと。

11　東宮が見事にお気づきになって。

との給へば、

「[1]さかし。[2]梅の花めで給ふ君なれば、[3]あなたのつまの紅梅いと盛りに見えしを、[4]たゞならでをりて奉れたりしなり。[5]移り香は、げにこそ心ことなれ。[6]晴れまじらひし給はん女などは、さはえ染めぬかな。[7]源中納言は、かうざまに[8]好ましうは焚きにほはさで、人柄こそ世になけれ。あやしう[9]先の世の契りいかなりける報いにかと、ゆかしきことにこそあれ。同じ花の名なれど、[10]梅は生ひ出でけむ根こそ哀なれ。[11]此宮などのめで給ふ、さることぞかし。」

など、花によそへてもまづ[12]かけきこえ給ふ。

宮の御方は、[13]物おぼし知るほどに、ねびまさり給へれば、何事も見知り、聞きとゞめ給はぬにはあらねど、[14]人に見え、世づきたらむありさまは、さらにとおぼし離れたり。[15]世の人も、時による心ありてにや、さし向かひたる御方〴〵には、心を尽くしきこえわび、いまめかしきこと多かれど、[16]此方はよろづにつけ、物しめやかに引き入り給へるを、[17]宮は、御ふさひの方に聞き伝へたまひて、深ういかでと思ほ

12　東宮の大夫君に対する言。そなたは兵部卿宮（匂宮）にお近づき申したな、道理で私を避けているのだ。ここの「すさむ」は、嫌って遠ざける、の意。大夫君が顔を出さなかったことを当てこする。

13　（東宮は）様子を察して。

14　「ゑんじ」は「怨じ」。底本「えんし給へりしか」、青表紙他本多く、また河内本など「えんし給へりしこそをかしかりしか」。

15　こちらが（匂宮に）お手紙をさしあげたのでしょうか。

1　大納言の言。そうですよ。

2　匂宮にとって、梅は「御心とゞめ給ふ花」（七二頁）。

3　寝殿の東面の端。六七頁注12参照。

4　そのまま（見過ごすわけ）にもゆかず折って（匂宮に）さしあげたのだ。

5　（匂宮の）移り香は、確かに格別であるな。

6　晴れの場（宮中）でお勤めをなさる女性などは、あんなふうには焚き染められまいね。

7　薫。

8　色めかしく（香を）焚き匂わせることはなくて、その（生来の）性格が無類なのだ。この「人柄」は、特に薫の天然の芳香をさす。

9　前世の因縁がどんなによかった報いなのかと、知りたいことである。

10　（芳香をもつ）梅は生え育つもとの根ざしこそがすばらしいのだ。芳香を備えた薫を梅と重ね、薫にとっての「根」（ルーツ）にあたる源氏を（実父と思い込んで）讃える。

11　この宮（匂宮）が（梅を）賞美なさるのも、もっともなことよ。

12　（匂宮を）話題にとりあげなさる。

11　匂宮、宮の御方に執心

13　物事の分別がおつきになる年配で、いっそう成熟しておいでなので。

14　人（男性）に姿を見せ、世間並みに（結婚を）することは、決して（したくない）と気持が離

しなりにけり。[1]若君を常にまつはし寄せ給ひつゝ、忍びやかに御文あれど、大納言の君、[2]深く心かけきこえ給ひて、さも思ひ立ちての給ふことあらばと、[3]けしき取り、心まうけし給ふを見るに、いとほしう、

「[4]引きたがへて、かう思ひ寄るべうもあらぬ方にしも、なげの言の葉を尽くし給ふ、かひなげなること。」

と、北方もおぼしの給ふ。

[5]はかなき御返りなどもなければ、負けじの御心添ひて、思ほしやむべくもあらず。[6]何かは、人の御ありさま、などかは、さても見たてまつらまほしう、生ひ先遠くなどは見えさせ給ふになど、北方思ほし寄る時〳〵あれど、[7]いといたう色めき給ひて、通ひ給ふ忍び所多く、[8]八の宮の姫君にも御心ざしの浅からで、いとしげう参うでありき給ふ、頼もしげなき御心のあだ〳〵しさなども、いとゞつゝましければ、まめやかには[9]思ほし絶えたるを、[10]かたじけなきばかりに、忍びて、母君ぞたまさかにさかしらがりきこえ給ふ。

15　世間の人(男性)も、時流になびく心があるからか、(父大納言に)面と向かっている方々(実子の大君と中君)には、心をすり減らし(恋する思いを)言い悩んでいて。実父のいる大君と中君に対し、後妻の連れ子の立場は弱い。

16　こちら(宮の御方)は何かにつけて。

17　宮(匂宮)は、(宮の御方を自分に)似つかわしいお方と。「ふさひ」は、つりあうの意の動詞「ふさふ」の名詞形。

1　若君(宮の御方の弟である大夫君)をいつもそばに呼び寄せなさっては。

2　(中君との縁組を)本気でお考え申されて。

3　(大納言が匂宮の)様子をさぐり、心づもりをなさっているのを見ると、(真木柱は)つらくて。匂宮の気持が大納言の意向に添わないのを知る、真木柱の困惑。

4　真木柱の言。(大納言の意向と)かけ違って、(匂宮が)こうしてその気になりそうもない方(宮の御方)に、かりそめの言葉をお尽くしになるとは、かいのなさそうなことよ。

5　(宮の御方からは)ちょっとしたお返事などもないので、(匂宮は)負けまいというお心も加わって。

6　以下、真木柱の心内。何がわるかろう、(匂宮の)お人柄に、何の不足があろう、婿としてもお世話申し上げたく、将来性ありと拝されるのに。底本「給に」、諸本多く「給を」。

7　(匂宮は)実にたいそう好色でいらして。底本「給て」、青表紙他本の一部「たまふて」。

8　「八の宮」は桐壺院の皇子で、宇治に住まう。㊦橋姫5節など。ここで、唐突に「八の宮の姫君」に匂宮が通うことが記される。

9　(匂宮と娘の結婚を)断念なさっているが。「御心ざしの」、諸本多く「の」を欠く。

10　(匂宮の高貴さが)畏れ多いというだけで、こっそりと、母君(真木柱)はたまにさしでがましく返事をさしあげなさる。

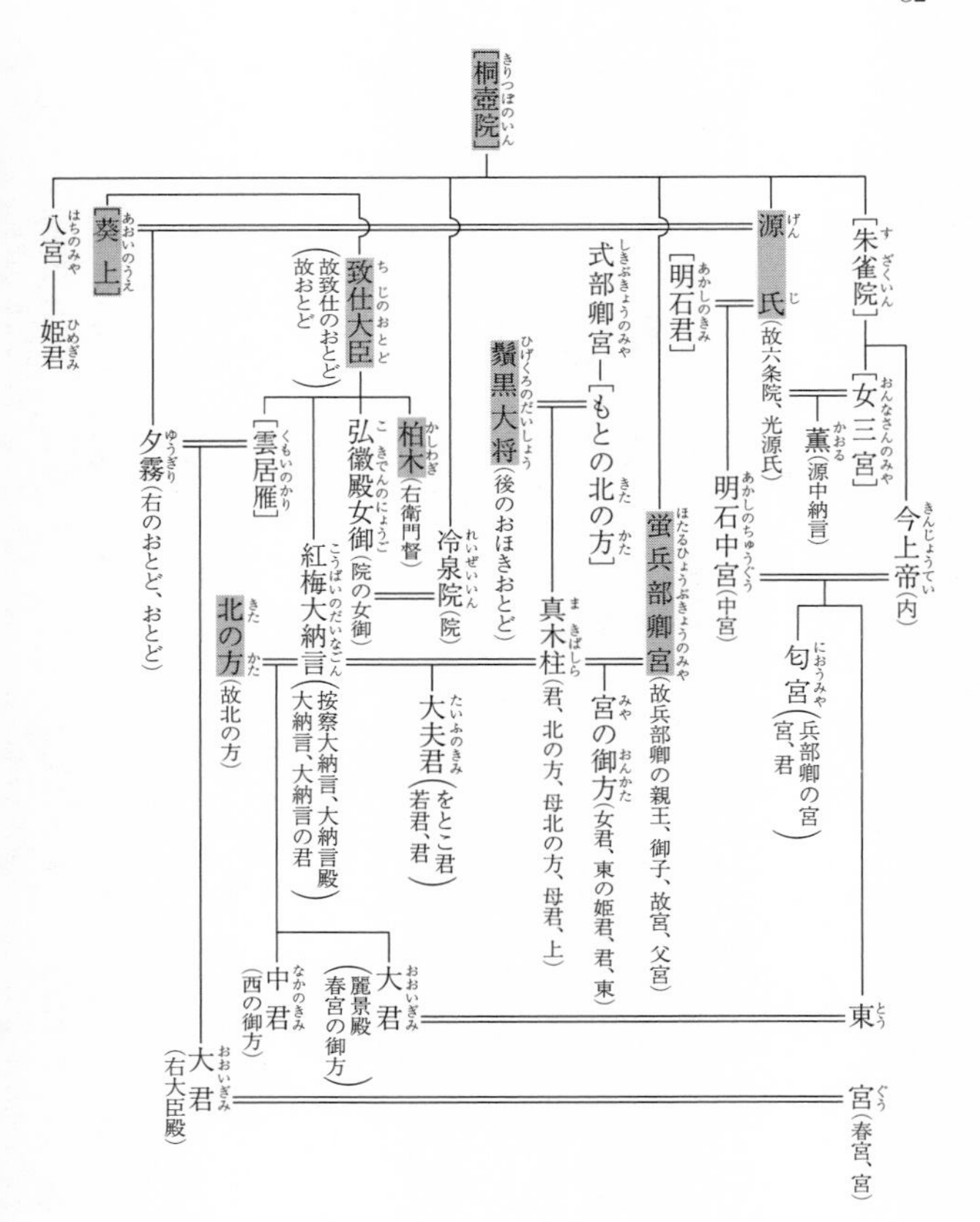

桐壺院
朱雀院
源氏（故六条院、光源氏）
明石君
式部卿宮
八宮
葵上
姫君
致仕大臣（故致仕のおとど、故おとど）
髭黒大将（後のおほきおとど）
もとの北の方
女三宮
薫（源中納言）
今上帝（内）
明石中宮（中宮）
蛍兵部卿宮（故兵部卿の親王、御子、故宮、父宮）
冷泉院（院）
柏木（右衛門督）
弘徽殿女御（院の女御）
雲居雁
夕霧（右のおとど、おとど）
紅梅大納言（按察大納言、大納言殿、大納言、大納言の君）
北の方（故北の方）
真木柱（君、北の方、母北の方、母君、上）
宮の御方（女君、東の姫君、君、東）
大夫君（をとこ君、若君、君）
匂宮（兵部卿の宮、宮、君）
大君（麗景殿、春宮の御方）
中君（西の御方）
東
大君（右大臣殿）
宮（春宮、宮）

竹河（たけかは）

竹河(たけかは)

玉鬘(たまかずら)の子息の藤侍従(とうじじゅう)が、正月、催馬楽(さいばら)「竹河」を歌い(一一二頁)、さらに薫(かおる)と藤侍従が「竹河のはしうちいでし一(ひと)ふしに深き心の底は知りきや」「竹河に夜をふかさじといそぎしもいかなるふしを思ひおかまし」の歌を詠みあうところ(一一六頁)から、この巻名が出た。翌年の正月の男踏歌(おとことうか)(一五八頁)でも「竹河」が歌われ、さらには大君(おおいぎみ)の女房と薫とのあいだで、「竹河」を詠みこんだ歌(一六二頁)が交わされている。底本の題簽は「たけ川」。〈薫十四歳―二十三歳〉

1 今は亡き鬚黒(ひげくろ)太政大臣家に仕えてきた古女房が、その一家の話を、問わず語りとして語ることになる。夫鬚黒に先立たれた玉鬘の邸には訪れる客とてなく、近親者たちとも疎遠である。ただ夕霧右大臣だけは、かつての源氏の意向もあって、時折見舞っている。

2 玉鬘には三男二女がいるが、玉鬘は特に姫君たちの将来のことを悩んでいる。今上帝からも冷泉院(れいぜいいん)からも、姫君を所望する旨が伝えられる。

3 夕霧の子の蔵人少将(くろうどのしょうしょう)(雲居雁(くもいのかり)腹)も、姫君(大君)への熱心な求婚者の一人である。

4 玉鬘は、当時十四、五歳で四位侍従である薫に対して、源氏の形見として親しみをおぼえ、婿にとも思う。玉鬘邸は薫の母(女三宮)の住む三条宮にも近く、薫が玉鬘の子息に誘われて訪れることもある。

5 正月(薫十五歳)、按察使大納言(あぜちのだいなごん)(紅梅大納言)や夕霧らが、玉鬘邸を年賀に訪問。玉鬘と夕霧が、姫君の縁談について語る。

6 同じ日の夕刻、薫も玉鬘邸を訪問。薫は、念誦堂（ねんずどう）にいた玉鬘の挨拶を受け、この邸の女房と歌を詠みあう。

7 正月二十日過ぎ、薫が、玉鬘邸に藤侍従を訪ねて、蔵人少将とも会う。玉鬘は、薫の弾く和琴の音色に、亡き柏木のそれに通ずる気配を直感して、感慨にふける。酒宴で、三人は男踏歌を踏まえたやりとりに興ずる。

8 蔵人少将は、玉鬘をはじめ邸の人々に賞賛される薫を羨み、わが身を嘆かわしく思う。翌日、薫が藤侍従と、「竹河」の歌を詠み交わす。

9 三月、桜の花盛りのころ、玉鬘邸では、十八、九歳になった大君と、その妹である中君（なかのきみ）がともに端近に出て、碁を打とうとする。

10 姫君たちが碁を楽しんでいる場に居合せた兄弟たち（藤侍従・左近中将（さこんのちゅうじょう）・右中弁（うちゅうべん））が、親しく語りあって、今は亡き父鬚黒在世の昔を懐かしんでは、現今の零落を嘆く。すでに他家の婿になっている長兄の左近中将は二十七、八歳になる。

11 玉鬘が子息たちに、大君を冷泉院のもとへという決意を語る。この決意には、かつて自分が冷泉院の意に背いたことへの償いの気持もある。

12 蔵人少将は、碁を打つ大君と中君の姿を垣間見て、いっそう大君への恋情をつのらせる。

13 姫君たちが、散る桜花を惜しんで、女房たちをまじえながら歌を詠みあう。

14 大君の冷泉院への参院が決定し、玉鬘がその準備にあたる。蔵人少将が落胆のあまり母雲居雁に訴えるので、雲居雁と玉鬘が文通することになる。

15 蔵人少将が玉鬘邸に藤侍従を訪ね、薫からの文を見る。

16 蔵人少将が、玉鬘邸の女房、中将のおもとを相手に、恋を失うわが不運を嘆く。

17 **四月一日**、落胆の蔵人少将が大君に歌を贈り、周囲の人々から不憫がられる。

18 **四月九日**、大君が冷泉院のもとに参院することになる。

19 蔵人少将が大君に文を書き送ったのを機に、二人が歌を贈答しあう。

20 参院後の大君が冷泉院に厚遇され、時めく存在となる。

21 冷泉院の鍾愛を受ける薫が、その冷泉院のもとにいる大君に、あらためて未練がましい気持を抱く。

22 蔵人少将は、なおも大君をあきらめきれない。そして、大君参院後は、**冷泉院**にもほとんど参上しない。

23 今上帝は、大君が入内しなかったことに不満をもつ。玉鬘は、左近中将ら子息たちから、帝の不興は玉鬘の責任だとして責められる。

24 大君には、**七月**から懐妊の徴候が現れる。**管絃**の折に、大君の琴の音を聞く薫は、心穏やかではない。

25 **正月十四日**、**男踏歌**に薫(十六歳)が歌頭をつとめ、蔵人少将も失恋の愁いを抱きつつ加わる。

26 踏歌の翌日、薫は冷泉院に召される。冷泉院は源氏にならって**女楽**を催す。薫は大君のあたりに近づき、ひそかに未練の心に揺れる。

27 **四月**、大君が女宮を出産。**産養**(うぶやしない)も盛大で、**五十日**(いか)の祝いのころに帰参する。

28 中君が、尚侍(ないしのかみ)として今上帝のもとに入内。玉鬘は、帝の不興を考え、長年そ

の任にあった尚侍を中君に譲ろうと配慮したのである。

29 玉鬘が、中君の尚侍就任について、夕霧に弁明する。

30 玉鬘は出家を願ったが、思いとどまって、姫君たちを後見するようになる。玉鬘には、いまだ消えやらぬ冷泉院の恋情がわずらわしく、大君のもとへも足が遠のいてしまう。事情を知らぬ大君は母を恨めしく思う。

31 **数年後**、大君が冷泉院の男御子をも出産。周囲の嫉妬がつのり気苦労も多い。

32 **薫はすでに宰相中将**で、匂宮（におうみや）と並んで評判が高い。また蔵人少将もすでに三位中将に昇進し、左大臣の姫君と結婚する。大君が宮仕えの気苦労から里下りがちなのに対して、中君は今上帝のもとで気楽な日々を過ごしている。

33 夕霧が左大臣に、紅梅大納言が右大臣兼左大将に、**薫**（二十三歳）**が中納言**に、三位中将（もとの蔵人少将）が宰相（参議）に、それぞれ昇進する。薫は、昇進の挨拶に玉鬘を訪問する。玉鬘は、大君の宮仕えの苦境を薫に訴える。薫は玉鬘をなだめるが、冷泉院へのとりなしは拒む。

34 **玉鬘邸**に隣りあう**右大臣**（紅梅）**邸**では、盛大な**大饗**を催す。その繁栄ぶりをながめる玉鬘は、思うにまかせぬ宿縁を思う。

35 **翌日**、宰相中将（もとの蔵人少将）が、玉鬘邸を訪問。玉鬘は、その二十七、八歳ばかりの盛りの姿を見て、わが子らの不如意をあらためて思う。

一四三 1

これは、[2]源氏の御族にも離れ給へりし、のちの大殿わたりにありける悪御達の、落ちとまり残れるが、問はず語りしおきたるは、紫のゆかりにも似ざめれど、[3]かの女どもの言ひけるは、

「[4]源氏の御末〳〵に、ひが事どものまじりて聞こゆるは、我よりも年の数積り、ほけたりける人のひがことにや。」

などあやしがりける、[5]いづれかはまことならむ。

[6]内侍のかみの御腹に、[7]故殿の御子は、をとこ三人、女二人なむおはしけるを、[8]さま〴〵にかしづきたてむことをおぼしおきてて、年月の過ぐるも[9]心もとながりたまひしほどに、あへなく亡せ給ひにしかば、夢のやうにて、[10]いつしかと急ぎおぼしし御宮仕へもおこたりぬ。[11]人の心、時にのみよるわざなりければ、[12]さばかりいきほひいかめしくおはせしおとゞの御なごり、うち〳〵の御宝物、[13]領じ給ふ所ゝのな

1 鬚黒没後の玉鬘の身辺

1 以下、五行後「まことならむ」まで、物語を筆記・編纂した立場からの前書きに当たる。「これ」は、この巻の物語をさす。

2 源氏のご一族からも離れていらした、後の太政大臣邸に仕えていた口さがない女房たちで、生き残っていた者が、問わず語りに語ったものであって、それは紫上方の物語とは似ていないようだが。「のちの大殿」は、鬚黒(ひげくろ)。その北の方は玉鬘(たまかずら)。㊆紅梅五一頁注11参照。「紫のゆかり」は㊀若紫四八九頁注6参照。ここでは、紫上付きの女房の語った物語とも解されてきたが、紫上の関係(の物語)の意か。この巻は鬚黒方の女房らの見聞による物語ゆえ、紫上の周辺で語られた物語とは異なるとする。

3 鬚黒邸の女房たちをさす。

4 悪御達の言。源氏のご子孫について、間違ったことが混ざって伝わっているのは、私よりも年をとって、ぼけてしまった人の間違いなのかしら。「源氏の御末〴〵」のうちには、源氏の養女玉鬘も入る。なお、「紫のゆかり」の「ひが事ども」の内実については、諸説あるが判然としない。

5 いずれ(の物語)がほんとうなのだろうか。筆記・編纂する立場から判断を留保する。

6 玉鬘のこと。鬚黒と結婚する一方で、尚侍(ないしのかみ)として㊃真木柱14節で初めて参内。

7 鬚黒。その死はここで初めて示される。

8 (鬚黒が)それぞれ立派に育てることを。

9 待ち遠しく感じていらしたあいだに。

10 (鬚黒が)早くと思い急いでいらした(姫君たちの)ご入内の件もそのままになってしまう。

11 人の心というものは、時の権勢にばかりつき従うものなので。

12 あれほど勢力が盛んでいらした太政大臣(鬚黒)のお亡くなりになったあとは。

13 ご所領の各所の(荘園)など。「所〻の」、諸本「の」を欠く。

ど、その[1]方の衰へはなけれど、大[2]方のありさま引きかへたるやうに、殿の内しめやかになりゆく。

[3]かんの君の御近きゆかり、そこらこそは世に広ごりたまへど、中[4]〳〵やむごとなき御仲らひの、もとよりも親しからざりしに、故[5]殿、なさけすこしおくれ、むら〳〵しさ過ぎ給へりける御本上にて、心[6]おかれ給ふこともありけるゆかりにや、たれにもえなつかしく聞こえ通ひたまはず。六[7]条院には、すべてなほ、むかしに変はらず数まへきこえ給ひて、亡せたまひなむのちのことども書きおき給へる御[8]処分の文どもにも、中[9]宮の御次に加へたてまつりたまへれば、右[10]大殿などは、中〳〵その心ありて、さるべきをり〳〵おとづれきこえ給ふ。

[11]をとこ君たちは御元服などして、おの〳〵おとなびたまひにしかば、殿[12]のおはせでのち、心もとなくあはれなることもあれど、おのづからなり出で給ひぬべかめり。姫[13]君たちをいかにもてなしたてまつらむとおぼし乱る。内[14]にも、か[15]ならず宮仕への本意深きよしを、おとゞの奏しおき給ひければ、お[16]となび給ひぬらむ年月をおしは

1　その方面(経済面)の衰えはないが。

2　(一家の)およその様子は打って変わったように、邸内はひっそりとしてゆく。来訪者もお仕えする者も減ってゆく様子。

3　尚侍(玉鬘)のご近親の方は、数多く世に繁栄していらしたけれど。玉鬘の異母兄弟たち、すなわち故致仕(ちじ)大臣の子息たちで、㈦紅梅の按察使大納言(あぜちのだいなごん)もその一人。

4　かえって高貴な方々のご関係として、元から親しくなかった上に。玉鬘は幼少期から二十歳ぐらいまで九州で過ごし、上京後も源氏に引き取られたので異母兄弟たちと疎遠。

5　亡き殿(鬚黒)が、いささか情味に欠け、気の変わりやすさが過剰でいらしたご性分で。「本上」は「本性」。

6　(人から)敬遠されなさることがあった関係からか、(玉鬘は兄弟の)だれとも親しくやりとり申し上げることがおできになれない。

7　(生前の)六条院(源氏)は、すべてそのまま、昔と変わらないで(玉鬘を娘として)数のうちに入れ申し上げなさって。

8　ご遺産の分配を指示する遺書類にも。

9　(源氏の実の娘である)中宮のお次に。

10　右大臣(夕霧)などは、かえってその(実の姉と弟同様の)心をお持ちになって。玉鬘十帖㈣におけるこの二人のあり方を受ける。

2　玉鬘の姫君たちの縁談

11　玉鬘腹の子息たちで、「三人」(八八頁)いる。

12　殿(父鬚黒)が亡くなられた後、(昇進などでは)気がかりで悲しいこともあるけれど、(名門出身ゆえ)おのずと出世なさるに違いないようだ。「殿の」、諸本「の」を欠く。

13　以下、玉鬘の心内。姫君たちをどのように縁づけ申したらよかろうかと。

14　今上帝におかれても。「おしはからせ給ひて」にかかる。

15　ぜひとも宮仕えさせたいという意志が強いことを、(生前の)大臣(鬚黒)が(帝に)奏上していらしたので。

からせ給ひて、仰せ言絶えずあれど、中宮[1]のいよ〳〵並びなくのみなりまさり給ふ御けはひにおされて、みな人、無徳にものし給ふめる末にまゐりて、はるか[2]に目を側められたてまつらむもわづらはしく、又人[3]におとり、数ならぬさまにて見むはた、心尽くしなるべきを思ほしたゆたふ。

冷泉院[4]よりは、いと[5]ねんごろにおぼしのたまはせて、かん[6]の君の、むかしほいなくて過ぐしたまうしつらさをさへ、取り返しうらみきこえ給うて、

「[7]いまはまいてさだ過ぎ、すさまじきありさまに思ひ捨てたまふとも、うしろや[8]すき親になずらへて、譲り給へ。」

一四六五

と、いとまめやかに聞こえ給ひければ、いか[9]ゞはあるべきことならむ、みづから[10]のいとくちをしき宿世にて、思ひのほかに心づきなしとおぼされにしが、はづかしうかたじけなきを、この[11]世の末にや御覧じなほされまし、など定めかね給ふ。

かた[12]ちいとようおはする聞こえありて、心かけ申し給ふ人多かり。右大[13]殿の蔵人の少将とかいひしは、三条[14]殿の御腹にて、兄君たちよりも引き越し、いみじうかし

16（姫君が）成人なさっているであろう年月を（帝が）ご推測あそばして。

---

1 中宮（明石中宮）がますます（だれも）並びようもない威勢になっておいでのご様子に圧倒されて、（他の妃たちは）みな、かたなしでいらっしゃるような（状況の）末席に参上して。

2 遠くから（中宮に）にらまれ申すようなのも厄介で。「已（です）に楊妃（ひよう）に遥かに目を側められたり」（白楽天・新楽府 上陽白髪の人）。

3 また他の人（妃）よりも劣って、数のうちに入らない様子を見るのはやはり、気苦労であるはずだとお思いになりためらいなさる。

4 「よりは」、青表紙他本「は」を欠く。河内本「より又」。

5 とても細やかな心づかいで（姫君を院へとの）お考えをお言葉になさって。

6 尚侍（玉鬘）が、昔（冷泉帝の）懇望に反して（鬚黒と結婚して）そのままになさった薄情さまでも、改めてお恨み申し上げなさって。

「ほい」は本意、底本「ほひ」。「給うて」は底本「給ふて」、青表紙他本多く「給て」。

7 冷泉院の言。今は（私も当時より）ずっと年をとり、何のおもしろみもない身の上だと（あなたが）見限りなさるとしても。

8 安心できる父親に準じて。姫君たちの父がいないことから、親代りにという。㊄若菜上で女三宮を迎えた源氏を彷彿させる言葉。

9 以下、玉鬘の心内。どうするのがよかろう。

10 自分の実に残念な宿縁によって（鬚黒と結ばれ）、心外にも（冷泉院が私を）気に入らないとお思いになられたのが。

11 この晩年になって（娘を院に入内させることで）見直していただけるかしら。

3 蔵人少将の求婚

12（玉鬘の姫君たちの）顔立ちがとてもよくていらっしゃるとの評判があって、思いを寄せて（求婚の）申込みをなさる人が多い。

13 右大臣の（子息である）蔵人少将（くろうどのしょうしょう）。

づき給ひ、人がらもいとをかしかりし君、[1]いとねんごろに申し給ふ。[2]いづ方(かた)につけても、もて離(はな)れ給はぬ御仲(なか)らひなれば、[3]この君たちのむつびまゐり給ひなどするは、けどほくもてなしたまはず。[4]女房にもけ近(ちか)く馴(な)れ寄(よ)りつゝ、思ふ事を語(かた)らふにもたよりありて、[5]夜昼(よるひる)あたりさらぬ耳(み)ゝかしかましさを、[6]うるさきものゝ心ぐるしきに、かむの殿(との)もおぼしたり。[7]母(は)ゝ北の方の御文(ふみ)も、しば〱たてまつり給ひて、

「[8]いとかろびたるほどに侍(はべ)めれど、おぼしゆるす方(かた)もや。」

となむおとゞも聞(き)こえ給ひける。[9]姫(ひめ)君をばさらにたゞのさまにもおぼしおきて給はず、[10]中の君をなむ、いますこし世の聞(き)こえかろ〲しからぬほどになずらひならば、さもやとおぼしける。[11]ゆるし給はずは盗(ぬす)みも取(と)りつべく、むくつけきまで思(おも)へり。[12]こよなき事とはおぼさねど、女方(がた)の心ゆるし給はぬことの紛(まぎ)れあるは、おと聞(ぎ)ゝもあはつけきわざなれば、[13]聞(き)こえつぐ人をも、

「[14]あなかしこ、あやまち引(ひ)き出(い)づな。」

などの給ふに朽(く)[15]たされてなむ、わづらはしがりける。

正五位下相当の官職。

14　三条殿（雲居雁（くもいのかり））腹で、（両親は）兄君たちよりも上位に扱い、たいそう大切に養育なさっていて。

1　まことに熱心に（結婚を）お申し出なさる。

2　いずれのがわについても、疎遠ではいらっしゃらないご関係なので。玉鬘にとって蔵人少将の父夕霧はいとこにして弟のような存在。また、母雲居雁は異腹の妹である。

3　この君たち（蔵人少将など、夕霧の子息ら）が（玉鬘の所へ）親しくお出入りなさるのを、疎略にもお扱いにならない。

4　（君たちは）女房たちにも毎度親しく近づくのに馴れていて、（姫君への）思いを打ち明けるのにも（その女房という）つてがあって。

5　夜昼の区別なく、（女房らが玉鬘の）そばから去らずに（君たちのことを）耳に入れるさわがしさを。

6　煩わしいものの（一方で蔵人少将たちを）気の毒にと、尚侍（玉鬘）もお思いでいる。

7　蔵人少将の母、雲居雁。

8　夕霧の言。（蔵人少将は）まことに軽々しい身の程ではありましょうが、お許し下さる余地はありませんか。

9　（玉鬘は）大君（おおいぎみ）を臣下の者に縁づけることなどまったく思い定めていらっしゃらず。ここの「姫君」は長女（大君）。髭黒の遺志もあり、玉鬘は大君を院、帝、東宮などへ出仕させることしか考えていない。

10　中君（なかのきみ）を、（蔵人少将が）あと少し世間の評判も軽くはない程度に（昇進して）釣り合うようになれば、許可もしようかと。

11　（蔵人少将は玉鬘が）お許しにならなければ盗み出しもしかねないほど、無気味なまでに思いつめている。

12　（玉鬘は蔵人少将との縁談を）まるで不相応とはお思いでないけれど、女の方（の親）がお許しにならないうちに間違いがあれば、世の評判も軽々しいことなので。

4

[1]六条の院の御末に、[2]朱雀院の宮の御腹に生まれ給へりし君、[3]冷泉院に御子のやうにおぼしかしづく[4]四位の侍従、そのころ十四五ばかりにて、[5]いときびはにをさなかるべきほどよりは、心おきておとな〳〵しく、めやすく、[6]人にまさりたる生ひ先しるくものし給ふを、[7]かむの君は、婿にても見まほしくおぼしたり。[8]この殿はかの三条の宮といと近きほどなれば、さるべきをり〳〵の遊び所には、[9]君達に引かれて見え給ふ時〴〵あり。[10]心にくき女のおはする所なれば、若きをとこの心づかひせぬなう、[11]見えしら〔が〕ひさまよふなかに、かたちのよさは、[12]この立ち去らぬ蔵人少将、[13]なつかしく心はづかしげになまめいたる方は、この四位侍従の御ありさまに似る人ぞなかりける。

[14]六条の院の御けはひ近うと思ひなすが、心ことなるにやあらむ、世の中におのづからもてかしづかれ給へる人[15]〔なり〕。[16]若き人〻、心ことにめであへり。かむの殿も、

「[17]げにこそめやすけれ。」

などのたまひて、なつかしう[18]物聞こえ給ひなどす。

13 お取り次ぎの女房にも。

14 玉鬘の言。絶対に、過失をしでかさないように。手引きをしないように、の意。

15 （女房たちは）気をそがれて、（蔵人少将の取り次ぎの要請を）面倒に思うのであった。

---

4 玉鬘、薫を婿にとも思う

1 六条院（源氏）のご晩年に。

2 朱雀院の姫宮（女三宮）の御腹にお生まれになった君。薫（かおる）。[四]柏木8節参照。

3 冷泉院におかれては皇子のように大切になさっている。「冷泉院の御門（みかど）とりわきておぼしかしづき」（[七]匂兵部卿二〇頁）とあった。

4 侍従は従五位下相当。「四位の侍従」は権勢家の子弟に許される別格の官位。なお、[七]匂兵部卿では「十四にて、二月に侍従になり給ふ。秋、右近中将に成りて」（二二頁）とあるが、本巻ではしばらく「侍従」と呼ばれる。

5 実にか弱く幼いはずの年頃にしては、心構えがしっかりしていて、（人柄も）好ましく。

6 人よりも秀でている将来がはっきりしていらっしゃるので。

7 尚侍（玉鬘）は、（薫を）婿としてお世話したいと。薫は蔵人少将よりも評価されている。

8 この（玉鬘の）御殿は、あの（女三宮が住まう）三条宮と。薫は冷泉院の対屋（たいのや）に住まうが、三条宮にも出入りしていた（[七]匂兵部卿5節）。

9 （玉鬘の）ご子息たちに誘われて（薫が姿を）見せなさることがしばしばある。

10 気にかかる女（姫君たち）がいらっしゃる所なので、若い男で気を遣わない者はなく。恋に関わる文脈なので「女」「男」を用いる。

11 わざと目立つよううろつく中で。「しらがふ」は、わざと…する。底本「みえしらひ」、青表紙他本など諸本により「か」を補う。

12 ここ（玉鬘邸）を離れない蔵人少将。姫君と結ばれようとして入りびたりらしい。

13 心ひかれこちらが恥ずかしくなるほど立派

「院[1]の御心ばへを思ひ出できこえて、慰む世なういみじうのみ思ほゆるを、その御形見にもたれをかは見たてまつらむ。右[2]のおとどはこと〳〵しき御ほどにて、ついでなき対面もかたきを。」

などのたまひて、はら[3]からのつらに思ひきこえ給へれば、か[4]の君もさるべき所に思ひてまゐりたまふ。世[5]の常のすき〴〵しさも見えず、いといたう静まりたるをぞ、こゝ[6]かしこの若き人ども、くちをしうさう〴〵しき事に思ひて、言[7]ひなやましける。

む[8]月のついたちごろ、か[9]むの君の御はらからの大納言、高砂うたひしよ、藤[10]中納言、故大殿の太郎、真木柱のひとつ腹などまゐり給へり。右[11]のおとゞも、御子ども六人ながら引き連れておはしたり。御[12]かたちよりはじめて、飽かぬ事なく見ゆる人の御ありさま、おぼえなり。君たちも、さま〴〵いときよげにて、年のほどよりは官[13]位過ぎつゝ、何ごと思ふらんと見えたるべし。世[14]とともに、蔵人の君はかし[15]づかれたるさまことなれど、うちしめりて思ふことあり顔なり。

お[16]とゞは御木丁隔てて、むかしに変はらず御もの語り聞こえ給ふ。

5

でみずみずしいという点では。

14 六条院(源氏)と近いご血縁だと思うせいで、格別に思えるのだろうか。世間では薫を源氏の実子と思い、何も疑っていない。

15 青表紙他本・河内本など諸本により「なり」を補う。

16 玉鬘邸の若い女房たち。

17 玉鬘の言。なるほど(薫は)好ましいわ。

18 (薫に)お話を申し上げなさったりする。

---

1 玉鬘の言。院(源氏)のお心遣いを思い出し申し上げると、心の晴れる時とてなく悲しいばかりと思われるのを、そのお形見として(薫以外の)だれを拝見したらよいのだろうか。

2 右大臣殿(夕霧)は重々しいご身分で、何かの機会がないと対面もむずかしいので。

3 (薫を)実のきょうだいと同列に。

4 この君(薫)も(玉鬘邸を)そのような(姉弟同然の親しい方の)所と思って。

5 世間一般の(若者のような)好色さも見られず、実にたいそう落ち着いているのを。

6 (薫が出向く)あちらこちらの若い女房らは、残念で物足りないことと思って。薫のような貴公子から言葉をかけられないのが不満。

7 (女の方から)言葉をかけて(薫を)困らせた。

5 正月、夕霧が玉鬘邸を訪問

8 正月の初旬あたり。ここで年が変わる。

9 以下、年始の挨拶に玉鬘邸を訪問した人を列挙。尚侍(玉鬘)のご兄弟の大納言、あの高砂を歌った方ですよ。〔七〕紅梅の按察使大納言(紅梅大納言)のこと。その昔、童殿上(わらわてんじょう)をしていたころ、韻塞(いんふたぎ)の負けわざで「高砂」をうたった。〔二〕賢木三四六頁。

10 藤中納言(とうちゅうなごん)、すなわち故大臣(鬚黒)の長男で、真木柱(まきばしら)君と同腹の方などが。

11 右大臣(夕霧)も、ご子息六人全員を引き連れていらした。

12 (夕霧は)ご容貌をはじめ、不足する点もないと見えるご様子、そして声望である。

100

「[1]そのこととなくて、しば〱もえうけたまはらず。年の数添ふまゝに、内[2]にまゐるよりほかのありき、う[3]ひ〱しうなりにて侍れば、い[4]にしへの御物語りも、聞[5]こえまほしきをり〱多く過ぐし侍るをなむ。若[6]きをのこどもは、さるべきことには召し使はせ給へ。かならず[7]その心ざし御覧ぜられよ、といましめ侍り。」

など聞こえ給ふ。

「[8]いまはかく、世に経る数にもあらぬやうになりゆくありさまを、おぼし数まふるになむ、過ぎにし御事もいとゞ忘れがたく思ひたまへられける。」

と申し給ひけるついでに、院[9]よりの給はすること、ほのめかしきこえ給ふ。

「[10]はか〲しう後見なき人のまじらひは、中〱見ぐるしきを、と[11]思ひたまへなむわづらふ。」

と申し給へば、

「[12]内に仰せらるゝことあるやうにうけたまはりしを、いづ方に思ほし定むべき事にか。院[13]は、げに、御位を去らせ給へるにこそ、盛り過ぎたる心ちすれど、世[14]にあ

13　官も位もそれぞれ高くて、何の悩みがあろうかと（はたからは）見えているだろう。語り手の推測。底本「なにこと」、青表紙他本・河内本などの諸本「なにことを」。

14　「世とともに」は、いつも、常々、の意で、「うちしめりて」にかかる。

15　大切に育てられた様子は格別だけれど、ふさぎこんで悩むことがありそうな面持ちだ。

16　大臣（夕霧）は（玉鬘と）御几帳で隔てただけで。姉と弟との対面という趣。

1　夕霧の言。これという用事がなくては、度々もお話をうかがうことができません。

2　宮中に参内する以外の外出は。「ありき」、青表紙他本・河内本など「ありきなと」。

3　勝手が分からなくなっておりますので。

4　源氏生前のころに関わるお話。

5　申し上げたい折々も多くはそのまま（お伝えできない）でおりますのが（残念で）。

6　夕霧自身の子息たちのこと。

7　その誠意のほどをご覧いただくように。

8　玉鬘の言。（夫鬚黒のいない）今はこうして、世間の人数にも入らぬようになってゆく様子を、（あなたが）人並みに扱おうとお考え下さるにつけても、お亡くなりになったお方（源氏）のこともいっそう忘れがたく。

9　院（冷泉院）から仰せ出された（姫君の参院を要請された）ことを。九二頁。

10　玉鬘の言。しっかりした後ろ盾のない人の宮仕えは、かえってみっともないものと。

11　底本「おもひ」、青表紙他本・河内本などいずれも「かた〳〵おもひ」。

12　夕霧の言。帝におかれても仰せになられることがあるようにお聞きしましたが、（帝と院の）いずれにと考えてお決めになるのがよいのでしょうか。

13　院（冷泉院）は、なるほど、帝位を退いておいでの点では。冷泉院はこの時四十四歳。

14　世にまたとない（すばらしい）ご容姿は、ずっとお年を召さないでおいでのようなので。

りがたき御ありさまは、古りがたくのみおはしますめるを、[1]よろしう生ひ出づる女子侍らましかば、〔と〕思ひたまへ寄りながら、[2]はづかしげなる御中にまじらふべき物の侍らでなん、くちをしう思ひたまへらるゝ。そもく[3]女一の宮の女御は[4]ゆるしきこえ給ふや。[5]さきぐの人、さやうの憚りにより、とゞこほる事も侍りかし。」

と申したまへば、

「[6]女御なん、つれぐにのどかになりにたるありさまも、同じ心に後見て、慰めまほしきを、など、[7]かのすゝめ給ふにつけて、[8]いかゞなどだに思ひ給へ寄るになん。」

と聞こえ給ふ。

[9]これかれ、[10]こゝに集まり給ひて、三条の宮にまゐり給ふ。[11]朱雀院の古き心ものし給ふ人ゝ、六条院の方ざまのも、方ぐにつけて、猶かの入道の宮をばえ避きずまゐり給ふなめり。[12]この殿の左近中将、右中弁、侍従の君なども、[13]やがておとゞの

1　まずまずという程度に成人した娘がおりましたならば、と。青表紙他本・河内本など諸本により「と」を補う。

2　こちらが恥ずかしくなるほどの（立派な冷泉院の后妃たちの）中で交際することができそうな者もおりませんので。実際のところ、夕霧の姫君は東宮、そして二宮と縁づいている。夕霧からすれば、娘を歳の離れた冷泉院に参院させる理由はない。

3　冷泉院の女一宮の母、弘徽殿女御（こきでんのにょうご）。この女御と玉鬘とは異母姉妹。女一宮のことは、七匂兵部卿二二頁で初めて語られている。

4　（玉鬘の姫君が冷泉院へ参院するのを）受け入れ申し上げなさるのでしょうか。夕霧としては、この縁組に反対であると示唆して、息子（蔵人少将）との縁談を進めたいところ。

5　（冷泉院に娘を参らせようとした）これまでの方々も、そうした遠慮があって、事が運ばなかったこともございますよ。なお、ここで夕霧が話すような事態は物語の中にみられない。「侍りかし」、書陵部本など「侍りし」、河内本「侍りしかし」など、異同が多い。

6　玉鬘の言。その女御こそ、所在なくのんびりとした暮らしぶりで、（院と）同じ気持から（玉鬘の姫君を）お世話して、（所在なさも）紛らわせたいので、などと。

7　あちら（女御）の方がお勧め下さるので。

8　どうしたものかなどとだけ考えてみましたもので。玉鬘は、このように言いつくろって夕霧の反対意見を封じ込める。

9　あちらこちらの方々。紅梅大納言、藤中納言、夕霧とその子息など。九八頁参照。

10　ここ（玉鬘邸）にお集まりになって、（その後は）三条宮（女三宮の住まう邸）に（年始の挨拶のため）参上なさる。

11　朱雀院への昔からの（お慕いする）心をお持ちの人々も、また六条院（源氏）の関係（の人々）も、それぞれ（のご縁）によって、やはりあの入道の宮（女三宮）の所をお避けになれずに参上なさるようだ。

御供に出でたまひぬ。引[1]き連れ給へるいきほひことなり。

夕[2]つけて、四位侍従まゐり給へり。そ[3]こらおとなしき若君達も、あまたさま〴〵に、いづれかはわろびたりつる、みなめやすかりつる中に、立[4]ちおくれてこの君の立ち出でたまへる、いとこよなく目とまる心ちして、例[5]の物めでする若き人たちは、

「な[6]ほことなりけり。」

など言ふ。

「こ[7]の殿の姫君の御かたはらには、これをこそさし並べて見め。」

と聞きにくゝ言ふ。げ[8]にいと若うなまめかしきさまして、うちふるまひ給へるにほひ香など、世の常ならず。姫[9]君と聞こゆれど、心おはせむ人は、げに人よりはまさるなめり、と見知り給ふらむかしとぞおぼゆる。

か[10]むの殿、御念誦堂におはして、

「こ[11]なたに。」

とのたまへれば、東[12]の階より上りて、戸[13]口の御簾の前にゐ給へり。御前近き若木の

12 以下、玉鬘腹の三人の子息。この巻の冒頭近くに「をとこ三人」（八八頁）とあった。「左近中将」は従四位下、「右中弁」は正五位上、「侍従」は従五位下にそれぞれ相当する。
13 そのまま大臣（夕霧）のお供をして。

---

1 （多くの貴公子たちを）引き従えていらっしゃる（夕霧の）威勢は格別である。

6 薫、玉鬘邸を訪ねる

2 （その日の）夕方になって、四位侍従（薫）が（玉鬘邸に）参上なさっている。匂兵部卿では十四歳の秋に「右近中将」になるが、この巻では「四位侍従」のまま（九七頁注4）。
3 （先ほどまでいた）はなはだ大人びた若き貴公子たちも、多くはそれぞれに（すぐれていて）、どなたが見劣りしていたといえようか、みなが好ましく見えた中で。
4 一歩遅れてこの君（薫）が現われなさると。
5 例によって物事に感激しやすい若い女房たちは。底本「わかき人たち」、書陵部本など青表紙他本の一部「わか人たち」、河内本「わかき人〱」。
6 若い女房の言。やはり（薫は）格別だわ。
7 これも若い女房の言。こちらの殿（玉鬘邸）の姫君のお隣には、この方（薫）をこそきちんと並べて見ましょうよ。
8 なるほど（薫は）実に若々しくみずみずしい様子で、少し身動きなさるたびに匂いたつ芳香など、並一通りではない。底本「にほひなと」に朱で「か」を補入。青表紙他本多く「にほひなと」、陽明本「にほひかなとの」。
9 （深窓で育った）姫君と申しても、（物事を判断する）心がおありの人は、なるほど（薫が）他の人（男）よりはすぐれているようだ、とお分かりになっているだろうよと思われる。
10 尚侍（玉鬘）は、念誦堂（ねんずどう）にいらして。念誦堂は、念仏や読経を行う堂。鬚黒の追善のために設けられたか。
11 玉鬘の言。こちらへ（どうぞ）。玉鬘は薫に

梅、[1]心もとなくつぼみて、鶯の初声もい[2]とおほどかなるに、[3]いとすかせたてまほしきさまのしたまへれば、[4]人ゝはかなき事を言ふに、言少なに心にくきほどなるをねたがりて、[5]宰相の君と聞こゆる上らふの詠みかけたまふ。

[6]をりてみばいとゞ匂ひもまさるやとすこし色めけ梅の初花

[7]口はやしと聞きて、

「[8]よそにてはもぎ木なりとや定むらんしたににほへる梅の初花

[9]さらば袖触れてみ給へ。」

など[10]言ひすさぶに、

「[11]まことは色よりも。」

と、口〴〵、[12]引きも動かしつべくさまよふ。

かむの君、奥の方よりゐざり出で給ひて、

「[13]うたての御達や。はづかしげなるまめ人をさへ、よくこそ面なけれ。」

と[14]忍びてのたまふなり。[15]まめ人とこそつけられたりけれ、いと屈じたる名かな、と

親しみを感じているので念誦堂まで招く。

12　念誦堂の東の階段。念誦堂の位置は明らかではないが、邸内の西がわにあるらしい。

13　（東の）妻戸口の御簾の前に（薫は）お座りになっていらっしゃる。

1　（咲くのが）待ち遠しいつぼみの状態で。

2　（まだ）実におっとりとした感じで。

3　（薫が）いかにも（相手に）色めいた態度を取らせたいような様子でおいでなので。「若木の梅」のつぼみ、「鶯の初声」に照応する薫の新鮮でうぶな魅力が女房たちを刺激する。「好（す）かせたつ」はこの一例のみ。「すかせたてまほしき」、青表紙他本の一部・河内本など「すかせたてまつらまほしき」。

4　女房たちがとりとめのないことを言いかけると、（薫は）言葉少なで奥ゆかしいという程度（の反応）であるのをくやしがって。

5　宰相君と申す上臈（じょうろう）の女房が。「上臈」は上流の意。底本「上らう」。

6　宰相君の歌。手折るならばいっそう芳香もまさるかと思わせるくらい、もう少し色めきなさい、梅の初花のような君よ。「折りて見ば」で男女の関係を暗示。「梅の初花」は薫。

7　薫の心内。すばやい詠みぶりよと。

8　薫の歌。よそから見て枝も何もない（色気もない）木だと決めているのだろうか。ひそかに香る梅の初花なのに。「もぎ木」は枝をもぎ取った木。「した」（心の内）では色香に匂うとし、宰相君の歌に対して切り返す。

9　それなら、袖を触れて下さい。「色よりも香こそあはれと思ほゆれたが袖触れし宿の梅ぞも」（古今集・春上・読人しらず）による。

10　気の向くままに言うと。

11　ある女房の言。ほんとうは（あなたは）色よりも（香の方がすばらしいようで）。注9の歌に即して、薫の生来の芳香を讃える。

12　（薫の袖を）引っ張って（薫を）動かしかねないように簾中をうろつく。

13　玉鬘の言。困った女房たちね。（こちらが）

思ひゐたまへり。[1]あるじの侍従、殿[2]上などもまだせねば、所[3]ゝもありかでおはしあひたり。浅[4]香のをしき二つばかりして、くだ物、盃ばかりさし[5]出でたまへり。お[6]とゞは、ねびまさりたまふまゝに、故院にいとようこそおぼえたてまつり給へれ、この君は、似給へる所も見え給はぬを、[7]けはひのいとしめやかになまめいたるもてなしもぞ、かの御若盛り思ひやらるゝ、[8]かうざまにぞおはしけんかし、など思[9]ひ出でられ給ひて、[10]うちしほれ給ふ。なごりさへとまりたるかうばしさを、人ゝはめ[11]でくつがへる。

[12]侍従の君、まめ人の名をうれたしと思ひければ、廿余日のころ、梅の花盛りなるに、[13]にほひ少なげに取りなされじ、すき物ならはむかし、とおぼして、藤侍従の御もとにおはしたり。[14]中門入り給ふほどに、[15]同じなほし姿なる人立てりけり。[16]隠れなむと思ひけるを、引きとゞめたれば、この[17]常に立ちわづらふ少将なりけり。寝殿の西面に、琵琶、箏の琴の声するに、[18]心をまどはして立てるなめり。[19]苦しげや、人のゆるさぬ事思ひはじめむは、罪深かるべきわざかな、と思ふ。琴の声もやみぬ

気恥ずかしくなるほどの実直な人(薫)までも(からかうとは)、よくも厚かましいこと。

14 おっしゃるようだ。「なり」は推定。小声の玉鬘の発言を薫がかろうじて聴き取る趣。

15 薫の心内。「まめ人」とまで名づけられてしまった、まったく気が滅入る名だよ。

---

1 主がわの侍従。薫も侍従なので区別する。玉鬘腹の三男、藤侍従のこと。

2 この「殿上」は、五位以上と六位蔵人で、清涼殿の殿上の間(ま)に昇殿を許されること。侍従は従五位下相当だが、任官の期間が少ないからか、まだ昇殿の勅許がおりていない。

3 各所に(年賀の挨拶に)まわることもせず(薫と)居合わせていらした。

4 香木の沈(じん)で作った折敷(おしき)(角盆)。晴れの日に用いられる。「浅香」は、沈香(じんこう)と同種ながら、軽い材質で水に沈まないもの。

5 薫に対して。

6 三行後「おはしけんかし」まで、玉鬘の心内。大臣(夕霧)は、成熟なさるにつれて、亡き院(源氏)にとてもよく似通い申し上げなさっているのに、この君(薫)は、似ていらっしゃるところもお見えにならないが。

7 (薫の)雰囲気がとても落ち着いていてしっとりとしたふるまいによってこそ、あの(源氏の)若盛りが想像される。底本「もてなしゝもそ」、諸本多く「もてなしそ」。

8 (源氏は)このようでいらしたのだろうよ。

9 底本「思いてられ」、諸本多く「おもひいてきこえ」。

10 (玉鬘は涙で)濡れていらっしゃる。「うちしほれ」、青表紙他本多く「うちしをたれ」。

11 「…くつがへる」は、過剰なさまを表す。

7 正月下旬、玉鬘邸での酒宴

12 侍従の君(薫)は、「まめ人」のあだ名をいまいましいと思ったので。一〇六頁参照。

13 薫の心内。色気が少なそうだとあしらわれないようにしよう、好き者を真似しよう。

れば、

「[1]いざ、しるべし給へ。まろはいとたど〳〵し。」

とて、引き連れて、西の渡殿の前なる紅梅の木のもとに、梅枝[2]をうそぶきて立ち寄るけはひの、花[3]よりもしるくさとうちにほへれば、妻戸[4]押し開けて、人〻[5]、あづまをいとよく掻き合はせたり。女[6]の琴にて、呂の歌はかうしも合はせぬを、いたしと思ひて、い[7]ま一返をり返しうたふ。琵琶も二なくいまめかし。ゆゑ[8]ありてもてないたまへるあたりぞかし、と心とまりぬれば、こよひはすこしうちとけて、はかなしごとなども言ふ。


内[9]より和琴さし出でたり。かたみに譲りて手触れぬに、侍従[10]の君して、かむの殿、

一四七二

「故[11]致仕のおとゞの御爪おとになむ通ひたまへる、と聞きわたるを、まめやかにゆかしうなん。こよひは、な[12]ほ鶯にも誘はれたまへ。」

とのたまひ出だしたれば、あ[13]まえて爪食ふべき事にもあらぬをと思ひて、を[14]さ〳〵心にも入らず掻きわたし給へるけしき、いと響き多く聞こゆ。

「ならはむかし」、青表紙他本の一部「ならはさむかし」。

14 薫が。この「中門」は西の中門らしい。

15 （薫と）同じ直衣（のうし）姿の人（男）が立っているのだった。底本「なをし」。

16 （相手が）隠れようと思ったのを。

17 いつも（玉鬘邸の近くに）立っては悩んでいる（蔵人）少将だったのだ。右大臣の子息。

18 （蔵人少将が）心乱れて立っているらしい。

19 薫の心内。苦しそうだな、人が認めないこと（恋）に悩みはじめるようなのは。

---

1 薫の言。さあ、案内して下さい。私は（この邸内のことが）まるで不案内なので。

2 薫が催馬楽（さいばら）「梅枝」（㊄梅枝二九頁注12）を口ずさんで紅梅の木のもとに近づく。「梅枝」は呂（りょ）の歌。

3 （梅の）花（の香）よりも（薫の芳香の方が）きわだってさっと匂いたつので。

4 （女房が寝殿の西面の）妻戸を押し開けて。

5 女房たちが、和琴（の演奏）を（薫の歌に）とてもうまく合わせた。「あづま」は「あづまごと」の略で、和琴（わごん）のこと。

6 女性の（弾く）琴で、呂の調べはこうまで（うまく）合わせられないものなのに、見事だと。底本「りよ」、青表紙他本の一部「りち」。「呂」は春の調べ、「律」は秋の調べとされる。

7 （薫は）もう一度繰り返して歌う。「うたふ」、青表紙他本多く「うたふを」。

8 薫の心内。（ここは）一級の趣味をそなえて暮らしていらっしゃるあたりだな。

9 （御簾の）内がわから（女房が）和琴を（薫と蔵人少将の方へ）差し出している。

10 藤侍従を取り次ぎ役にして。

11 玉鬘の言。亡き致仕大臣の爪弾かれた音に（薫の弾く音は）似通っていらっしゃる、と聞いてきましたが、ほんとうに聞きたいと思って。この致仕大臣は玉鬘、柏木らの父で、和琴の名手（㊃常夏4節）。玉鬘は、薫がこの亡き大臣の血を引くという真相を知らぬまま、

「[1]常に見たてまつりむつびざりし親なれど、世におはせずなりにきと思ふに、いと心ぼそきに、はかなき事のついでにも思ひ出でたてまつるに、[2]いとなんあはれなる。[3]大方、この君は、あやしう故大納言の御ありさまにいとようおぼえ、[4]琴の音など、たゞそれとこそおぼえつれ。」

とて泣き給ふも、[5]古めい給ふしるしの涙もろさにや。

少将も、声いとおもしろうて、[6]さき草うたふ。[7]さかしら心つきて、うち過ぐしたる人もまじらねば、[8]おのづからかたみにもよほされて遊びたまふに、あるじの侍従は、[9]故おとゞに似たてまつり給へるにや、[10]かやうの方はおくれて、盃をのみすゝむれば、

「[11]寿詞をだにせんや。」

とはづかしめられて、[12]竹河を[13]同じ声に出だして、まだ若けれど、をかしううたふ。

[14]簾の内よりかはらけさし出づ。

「[15]酔ひのすすみては、忍ぶる事もつゝまれず、ひが言するわざとこそ聞き侍れ。

和琴の音色が似るとの噂を持ち出す。
12 やはり鶯にでも誘われたつもりになって（一曲お弾き）下さい。「鶯の声に誘引せられて花の下(もと)に来(きた)る　草の色に勾留せられて水の辺に坐(を)り」（白楽天・春江）。
13 （薫は）はきまり悪くて爪を噛んでいてよいことでもないと思って。
14 ほとんど本気にもならないでひと通り掻き鳴らしていらっしゃる様子は。

---

1 玉鬘の言。（父大臣は）常々（姿を）拝見して親しんだことのない親だけれど。
2 実に悲しいものである。
3 大体、この君（薫）は、不思議と亡き大納言（柏木）のご様子にとてもよく似ていて。薫の血筋に関する微妙な言及だが、玉鬘は薫の出生の秘密について気づいていないはず。
4 琴の音なども、ただそれ（柏木の演奏）かと思われてしまう。柏木は和琴の名手であった。四篝火三四二頁など。
5 （玉鬘が）お年を召されたゆえの。
6 「さき草」は催馬楽「此殿(このとの)」の詞章にみえる。「三枝(さきくさ)」とも。四初音一四七頁注10参照。「此殿」は実際の男踏歌(おとことうか)（一五九頁注2）で歌われる。
7 さし出がましい心をもつ、年配の人（女房）なども混ざっていないので。
8 お互いに興に乗って演奏なさっているが。
9 亡き大臣（鬚黒）に似ていらっしゃるのか。藤侍従の父鬚黒は無骨者。無芸であったか。
10 音楽方面は不得手で。
11 蔵人少将の言か。せめて祝い言だけでも唱えてはどうか。「寿詞」は男踏歌での祝い言で、「乱りがはしき」もの。四初音一六〇頁。
12 催馬楽「竹河」。四初音一六一頁注5。この曲も男踏歌で歌われる。
13 （薫の）声に合わせて、なお未熟だけれど。
14 （薫たちへの褒美として）簾の中（の玉鬘方）から盃が差し出される。これも男踏歌の折の饗応に倣っている。

いかにもてない給ふぞ。」

ととみにうけひかず。[1]小袿重(こうちきかさ)なりたる細長(ほそなが)の、[2]人香(ひとが)なつかしう染(し)みたるを、[3]取(と)りあへたるまゝにかづけ給ふ。

「[4]何(なに)ぞもぞ。」

[5]などさうどきて、[6]侍従は、あるじの君にうちかづけて去(い)ぬ。[7]引(ひ)きとゞめてかづくれど、

「[8]水駅(みづむまや)にて夜ふけにけり。」

とて逃(に)げにけり。

[9]少将は、この源侍従の君のかうほのめき寄(よ)るめれば、[10]みな人これにこそ心寄(よ)せたまふらめ、[11]わが身(み)はいとゞ屈(くむ)じいたく思ひよわりて、あぢきなうぞうらむる。

[12]人はみな花に心を移(うつ)すらむひとりぞまどふ春の夜の闇(やみ)

[13]うち嘆(なげ)きて立(た)てば、内(うち)の人の返(かへ)し、

[14]をりからやあはれも知(し)らむ梅の花たゞかばかりに移(うつ)りしもせじ

8

15 薫の言。酔いがすぎると、(胸に)秘めていることも包みきれずに、変なことを言うものとか聞いておりますます。(私を)どうなさるおつもりか。豊作を予祝しつつ男女が自由に出会う場であった歌垣(うたがき)を継承するのが男踏歌。そうした、ある種のいかがわしい場の再現に、薫はついてゆけない。

---

1 以下、玉鬘方からは、小袿を重ねてある細長を薫の被(かず)け物(褒美)として渡す。「細長」は女性用の表着(うわぎ)。

2 人の移り香が慕わしく染み込んでいるのを。玉鬘の姫君の着ていたものか。底本「人か」、陽明本「か」、河内本「いと」。

3 ありあわせのまま(薫の)肩にかけなさる。

4 薫の言。「何ぞもぞ」も男踏歌で歌われる催馬楽の曲名。別名「絹鴨(きぬかも)」。「何ぞもぞ　絹かも　綿かも　皮かも　布かも　何ぞも」という詞章が伝わる。ここは、薫が「何でしょうか」とうろたえる言葉でもある。

5 「さうどく」は字音語「騒動」を活用させた語で、騒ぎたてる意。

6 侍従(薫)は、(自分に与えられた女の衣裳を)主(あるじ)の君(藤侍従)の肩に引きかけて。

7 (藤侍従が薫を)引きとめて。

8 薫の言。「水駅」も男踏歌に関わる。四初音一五九頁注10。ここまで男踏歌の次第を踏まえたやや猥雑なやりとり。薫は終始逃げ腰。

8 嘆きの蔵人少将、得意の薫

9 蔵人少将は、この源侍従の君(薫)がこうしてちょっと立ち寄ることがあるようなので。

10 以下、蔵人少将の心内。(ここの)全員がこの人(薫)に心を寄せておいでなのだろう。

11 自分はいっそうがっかりして気弱になって、おもしろくないと。ここでは、心内の言葉から地の文へと転ずる切れ目がない。

12 蔵人少将の歌。人はみな梅の花(薫)に心を移しているのだろう、私は独り春の夜の闇の中で迷うばかりだ。「春の夜の闇はあやなし

あしたに[1]、四位の侍従のもとより、あるじの侍従のもとに、
夜部[2]はいと乱りがはしかりしを、人ゝいかに見給ひけん。

と、見給へ[3]とおぼしう、仮名がちに書きて、
竹河[4]のはしうちいでし一ふしに深き心の底は知りきや

と書きたり。寝殿[5]に持てまゐりて、これかれ見たまふ。
「手[6]なども、いとをかしうもあるかな。いかなる人[7]、いまよりかくとゝのひたらむ。をさなくて院[8]にもおくれたてまつり、母宮のしどけなう生ほし立てたまへれど、猶人にはまさるべきにこそはあめれ。」

とて、かんの君は、この君たち[9]の手などあしきことをはづかしめ給ふ。返り事、げにいと若く、
夜部[10]は、水駅をなん咎めきこゆめりし。
竹河[11]に夜をふかさじといそぎしもいかなるふしを思ひおかまし

げに[12]このふしをはじめにて、この君の御曹司におはしてけしきばみ寄る。少将[13]のお

梅の花色こそ見えね香やはかくるる」(古今集・春上・凡河内躬恒)による。

13 (蔵人少将が)ため息をして座を立つと。

14 簾中の女房の歌。折々によって感興をもよおすのであって、梅の香にだけこれほど心を寄せるものでもない。「かばかり」に「香ばかり」を掛ける。みなが薫にだけ心を寄せるわけでもないとして、蔵人少将をなだめる。

---

1 翌朝、四位侍従(薫)のもとから、主の藤侍従のもとへ。

2 薫の手紙。昨夜は(酔って)とても乱れてしまったが、人々はどうご覧になったろう。

3 (玉鬘と姫君たちも)ご覧下さいとのつもりか、仮名を多めに書いて。底本「かきて」、諸本多く「かきてはしに」。

4 薫の歌。昨夜「竹河の橋」と少し歌ったが、その歌詞の一節に込めた私の深い心のうちはお分かりになったたか。催馬楽「竹河」は、「竹河の橋」のたもとの「花園」に少女と一緒に「我をば放てや」という内容。これを踏まえ、姫君への思いを察してほしいとする。「竹」と「はし」に「橋」と「端」を掛ける。「竹」と「ふし」、また「河」「橋」「深き」「底」が縁語。

5 (藤侍従がこの手紙を)寝殿に持参して、みな(玉鬘、姫君たち)がご覧になる。

6 玉鬘の言。筆跡なども。

7 どういう(宿縁をもっている)人が。

8 (父の)院(源氏)にも先立たれ、母宮(女三宮)が(出家の身ゆえに)気楽に(放任して)お育てになったけれども。

9 ご自分の子息らの筆跡などが拙いことを。

10 藤侍従の手紙。昨夜は、「水駅」(と言って早く帰ってしまったこと)を(こちらの女性たちは)怪しみ申したようだ。

11 藤侍従の歌。「竹河」を歌いつつも夜遅くならないようにと急ぎ帰られたあなたの「一ふしに深き心」をどう受けとめられようか。「夜」に「節(よ)」を掛ける。「竹」「節」「ふし」が縁語。

しはかりしもしるく、みな人心寄せたり。侍従の君も、若き心ちに、近きゆかりにて明け暮れむつびまほしう思ひけり。

[1]やよひになりて、咲く[2]桜あれば、散りかひ曇り、大方の盛りなるころ、[3]のどやかにおはする所は、紛るゝことなく、端近なる罪もあるまじかめり。そのころ[4]十八九のほどやおはしけむ、御かたちも心ばへも、とりぐ\にぞをかしき。[5]姫君は、いとあざやかにけ高ういまめかしきさまし給ひて、[6]げにたゞ人にて見たてまつらむは、似げなうぞ見え給ふ。[7]桜の細長、山吹などの、をりに合ひたる色あひの、なつかしきほどに重なりたる裾まで、[8]あいぎやうのこぼれ落ちたるやうに見ゆる、御もてなしなども、[9]らうぐ\じく心はづかしきけさへ添ひたまへり。[10]いま一所は、[11]薄紅梅に桜色にて、柳の糸のやうにたをぐ\と[12]たゆみ、[13]いとそびやかになまめかしう澄みたるさまして、重りかに心深きけはひはまさり給へれど、[14]にほひやかなるけはひはこよなしとぞ人思へる。

[15]五打ちたまふとて、さし向かひ給へる[16]髪ざし、御髪のかゝりたるさまども、いと

12 なるほどこの「ふし」の贈答歌を端緒にして、(薫は)この君(藤侍従)の居室にいらして(姫君への)意中をほのめかし近づく。

13 蔵人少将が推量したとおり。一一四頁。

9 三月、花盛りの玉鬘邸

1 弥生、すなわち晩春の三月。

2 咲く桜があれば(散る桜もあり)、散り乱れて空も曇らせるほどで。「桜花散りかひ曇れ老いらくの来むといふなる道まがふがに」(古今集・賀・在原業平)。

3 (来客もなく)静かにしておいでの所(玉鬘邸)では、(雑用に)かまけることもなく、(姫君たちが)端近くで(桜を賞美して)いるという落度も問題にならないようだ。

4 二人の姫君の年齢。権門の姫君としてはやや婚期が遅れた感がある。鬚黒が入内などを実現しえぬまま亡くなったことと関わろう。

5 姉の大君。

6 まことに臣下の身分でお世話申し上げるのは似つかわしくないと。九五頁注9参照。

7 大君の衣裳。桜襲(さくらがさね)の細長に、山吹襲の袿(うちき)などで、季節に合った配色が。

8 愛敬。愛らしい魅力。底本「あひきやう」。

9 行き届いていて(見ている方が)気恥ずかしくなるほど(立派な)感じまで。

10 もう一人。妹の中君のこと。

11 「薄紅梅」は薄色の紅梅襲(こうばいがさね)(表紅、裏紫)で細長のことか。㊄梅枝二一一頁注5。「さくら色」は桜襲の袿か。㊄若菜下四四一頁注2。底本「さくら色」、青表紙他本「御くしいろ」で髪のつやつやした様をいう。「柳の糸」も髪の描写。「御くし」が本来の本文か。

12 「たゆみ」、青表紙他本「みゆ(る)」。

13 すらりとしてみずみずしく。

14 はなやかな雰囲気は(大君に)はるかに及ばないと人(女房たち)は思っている。

10 玉鬘の姫君たちと子息たち

見どころあり。侍従の君[1]、見証[2]し給ふとて近うさぶらひ給ふに、兄君[3]たちさしのぞき給ひて、

「侍従[4]のおぼえこよなうなりにけり。」

「御五[5]の見証ゆるされにけるをや。」

とて、おとな〳〵[6]しきさましてついゐ給へば、御前[7]なる人〻、とかうゐなほる。中将、

「宮仕[8]へのいそがしうなり侍るほどに、人[9]におとりにたるはいと本意なきわざかな。」

と愁[10]へ給へば、

「弁官[11]は、まいて私の宮仕へおこたりぬべきまゝに、さのみやはおぼし捨てん。」

など申し給ふ。五打[12]ちさして、はぢらひておはさうずる、いとをかしげなり。

「内[13]わたりなどまかりありきても、故殿[14]おはしまさましかば、と思ひたまへらるゝこと多くこそ。」

15 （姫君たちが）碁を。「五」は碁の当て字。

16 髪の生えぐあい。

---

1 藤侍従。姫君たちの弟。

2 「見証」は碁などで勝負の審判をすること。

3 藤侍従の兄二人。長兄の左近中将と、次兄の右中弁。一〇五頁注12参照。

4 兄のうちの一人の言。侍従の信望は大したものになったことよ。「こよなう」、青表紙他本多く「こよなく」。

5 これも兄のうちの一人の言。（姫君たちの）碁の立ち会い役として認められたとはね。弟をからかう。底本「けそ」に「ん」を補入。陽明本など青表紙他本の一部「けそ」。

6 （兄君たちが）大人びた様子で膝を衝（つ）いてお座りになると。「ついゐる」は「衝き居る」の音便形。

7 （姫君たちの）おそばにいる女房たちが、何かと居ずまいをただす。

8 左近中将の言。

9 人（弟の藤侍従）に遅れをとるとは、まことに（兄として）不本意なことだね。

10 愚痴をこぼしなさると。

11 右中弁の言。弁官（である私）は、まして（公務が忙しいため）私的な（自邸での）ご奉公がおろそかになってしまう（のだけれど、こうした）状況にまかせて、そうとばかりお見捨てになってよいものか。弟だけでなく姫君たちに向けても冗談を言う。「弁官」は太政官に属し、そこでの事務をとりしきる。

12 （姫君たちは）碁を打つ手を休めて、（兄たちの冗談に）恥じらっておいでになるのが、とても魅力的である。「おはさうず」は、主語が複数のときに用いられる尊敬語。

13 左近中将の言。宮中あたりなどに出入りしていても。

14 亡き大臣（父の鬚黒）がご存命であったならば（今よりも何かと状況はよかったろうに）。現在の一家の衰運を思う言葉。これ以降も同様の嘆きが繰り返されてゆく。

など、涙ぐみて見たてまつりたまふ。[1]廿七八の程に物(もの)し給へば、いとよくとゝのひて、[2]この御ありさまどもを、[3]いかでいにしへおぼしおきてしにたがへずもがな、と思ひゐ給へり。

御前の花の木どもの中にも、[4]にほひまさりてをかしき桜を[5]をらせて、

「[6]ほかのには似ずこそ。」

などもて遊び給ふを、

「[7]をさなくおはしましゝ時、この花はわがぞ〳〵、とあらそひ給ひしを、[8]故殿は姫君の御花ぞと定め給ひ、[9]上は若君の御木と定め給ひしを、[10]いとさは泣きのゝしらねど、やすからず思ひたまへられしはや。」

とて、

「[11]この桜の老木(おいき)になりにけるにつけても、[12]過ぎにける齢を思ひたまへ出づれば、あまたの人におくれ侍りにける身の愁へもとめがたうこそ。」

など、泣きみ笑ひみ聞こえ給ひて、例よりはのどやかにおはす。[13]人の婿になりて、

1　左近中将の年齢。その誕生が、玉鬘の初めての出産が語られた時（四真木柱23節）だとすれば、年立による年齢は二十五歳。

2　以下、左近中将の心内。この（姫君たちの）お身の上について。

3　何とかしてかつて（亡き父が）お考えになって決めたことに背きたくないものだ。鬚黒の意向を受け、妹たちを入内させたい気持。

4　色合いのすぐれて美しい桜を。この「にほひ」は視覚的な色合いが美しいこと。

5　姫君たちが童などに命じて折らせるのだろう。

6　姫君たちの言。ほかの（桜）とは似ていない（すばらしい咲き方）ね。「ほかのには」、書陵部本など青表紙他本の一部「ほかのにも」。

7　左近中将の言（右中弁の言とする説もある）。（姫君たちが）幼くていらっしゃった時、この（桜の）花は私のものよ私のものよ、と（お互いに）取り合いをなさったのを。

8　亡き殿（父の鬚黒）は姫君（大君）のお花とお決めになり。

9　母上（玉鬘）は若君（中君）のお木とお決めになったのを。父と母が、桜を花と木とに分けた上で、それぞれを大君と中君に与えたという諧謔的なやりとりがあったか。

10　（自分は）たいしてそんなに（姫君たちのように）泣き騒いだりはしないけれど、（内心は）おもしろくなく存ぜられたものです。父母が姫君たちを優先し、自分への顧慮がなかったことを不満に思ったという回想。やや誇張の混じった物言いか。

11　これも左近中将の言。

12　過ぎ去った年の数を思い出してみますと、（父大臣などの）たくさんの人に先立たれてしまいましたこの身の嘆きも抑えにくいことです。特に父大臣の死去により、後見役を失って出世も滞りがちという嘆きを込める。この発言は、母玉鬘に対するものであろう。

13　他家の婿となっているので、今ではゆっくりともお姿をお見せにならないのに、（今日

心静かにもいまは見え給はぬを、花に心とゞめてものし給ふ。

[1]かんの君、かくおとなしき人の親になり給ふ御年のほど思ふよりは、いと若うきよげに猶盛りの御かたちと見え給へり。冷泉院のみかどは、[2]多くは、この御ありさまの猶ゆかしう、[3]むかし恋しうおぼし出でられければ、[4]何につけてかは、とおぼしめぐらして、[5]姫君の御ことを、あながちに聞こえ給ふにぞありける。[6]院へまゐり給はんことは、[7]この君たちぞ、

「[8]なほもののはえなき心ちこそすべけれ。」

「[9]よろづのこと、時につけたるをこそ、世人もゆるすめれ。」

「[10]げにいと見たてまつらまほしき御ありさまは、この世にたぐひなくおはしますめれど、[11]盛りならぬ心ちぞするや。」

「[12]琴笛の調べ、花鳥の色をも音をも、時にしたがひてこそ人の耳もとまる物なれ。」

「[13]春宮はいかゞ。」

は）桜に心をとめて（ゆっくりして）いらっしゃる。底本「心とゝめて」、青表紙他本多く「心とめて」。

11　玉鬘、参院の件を語る

1　尚侍（玉鬘）は、こうして大人びた人（左近中将や右中弁ら）の親になっていらっしゃるご年齢の程を思ってみるとそれよりも、とても若く美しく今なお女盛りのご容貌とお見えになる。年立によれば玉鬘は四十八歳。

2　（大君の参院を望む理由は）主に、この（玉鬘の）ご様子が今なお知りたくて。

3　昔のことを恋しく思い出されなさったので。「むかし」は、特に初めて出仕した玉鬘の局に冷泉帝が渡御した折（四真木柱16節）。

4　冷泉院の心内。何を口実として（また会うことが可能なようにしようか）。

5　姫君（大君）の（院への）ご出仕のことを、強引に申し入れなさるのであった。

6　（大君が）冷泉院へ参りなさることについては。

7　左近中将と右中弁。

8　以下、二人の兄弟が代わる代わる母玉鬘に向けて発する言。やはり（大君が退位している冷泉院へ参るのは）何ともさえない感じがするに違いない。

9　万事について、時勢に従った処し方をこそ、世間の人も認めるようだ。自分たち一統の再興に向けては、帝か東宮への入内を計画すべきだという考えによる。

10　なるほど（冷泉院のお姿は）ほんとうに拝見していたいようなご様子という点では。

11　退位している冷泉院に大君が参っても、自分たちが外戚として力を発揮する機会はやって来ないので、「盛りならぬ」という。

12　琴や笛の音調にしても、花の色や鳥の鳴き声にしても、その時節に合うものだからこそ人の（目にも）耳にもとまるものなのだ。「花鳥の色をも音をもいたづらにもの憂かる身は

など申し給へば、

「[1]いさや、はじめよりやむごとなき人の、かたはらもなきやうにてのみものし給めればこそ。中[2]〳〵にてまじらはむは、胸いたく人笑へなることもやあらむ、とつゝましければ。殿[3]おはせましかば、行く末の御宿世〳〵は知らず、たゞいまはかひあるさまにもてなし給ひてましを。」

などのたまひ出でて、みなものあはれなり。

中[4]将など立ちたまひてのち、君[5]たちは、うちさしたまへる五(ご)打ち給ふ。む[6]かしよりあらそひ給ふ桜を賭物にて、

「[7]三番に数一(ひとつ)勝ちたまはむ方には、猶(なほ)花を寄せてん。」

とたはぶれかはし聞こえ給ふ。暗うなれば、端[8]近うて打ち果てたまふ。御[9]簾巻き上げて、人[10]ゝみないどみ念じきこゆ。をりしも例[11]の少将、侍[12]従の君の御曹司に来たりけるを、う[13]ち連れて出で給ひにければ、大[14]方人少ななるに廊の戸の開きたるに、やをら寄りてのぞきけり。かううれしきをりを見つけたるは、仏などのあらはれたま

過ぐすのみなり」(後撰集・夏・藤原雅正)によるか。「花鳥の色にも音にもよそふべき方ぞなき」(㊀桐壺四四頁)。

13 東宮(への入内)はどうか。大君が皇子を産めば、将来の帝の外戚ともなりうる。

---

1 玉鬘の言。いえ、(東宮には)最初から歴としたお方(夕霧右大臣の長女)が、傍ら(の並ぶ人)もないような勢いばかりでいらっしゃるようなので。「大姫君は東宮にまゐり給ひて、又きしろふ人なきさまにて」(㊆匂兵部卿一六頁)と照応。東宮への入内をあきらめ、冷泉院への参院を考えたわけを述べる。

2 中途半端な立場で出仕するようなのは。

3 殿(鬚黒)がご存命でいらしたならば、(姫君たち)それぞれの将来の宿運は分からないにしても、目下のことは(入内させる)かいのあるように取りはからって下さったろうに。

12 蔵人少将の垣間見

4 左近中将たち兄弟。五行後に「うち連れて出で給ひにければ」とあるので、右中弁だけでなく末弟の藤侍従も一緒に退出。

5 姫君たちは、打つのを中断していらした碁を。「五」は碁。

6 昔から取り合っていらっしゃる桜を勝負の賞品として。

7 姫君たちの言。三番勝負で一つ勝ち越しなさる方には、やはり(桜の)花を託しましょう。底本「かたにには猶花を」、青表紙他本多く・河内本など「かたにはなを」。

8 端近く(廂(ひさし)の間(ま)で簀子(すのこ)寄りの所)で(碁を)最後までお打ちになる。「端近なる罪もあるまじかめり」(一一八頁)と照応。

9 廂の間と簀子とのあいだの簾。

10 大君付きの女房と中君付きの女房とが、左右に分かれ、張り合って勝利を祈念する。

11 例の(いつも訪れる)蔵人少将が。

12 藤侍従の君の居室に来ていたが。

13 (兄君たちが藤侍従を)連れて。

へらんにまゐりあひたらむ心ちするも、[1]はかなき心になん。夕暮れの霞の紛れはさやかならねど、つく〴〵と見れば、[2]桜色のあやめもそれと見分きつ。[3]げに散りなむのちの形見にも見まほしく、にほひ多く見え給ふを、[4]いとゞ、異ざまになり給ひなんこと、わびしく思ひまさらる。若き人ゝのうちとけたる姿ども、[5]夕映えをかしう見ゆ。[6]右勝たせ給ひぬ。

「[7]高麗の乱声おそしや。」

などは[8]やりかに言ふもあり。

「[9]右に心を寄せたてまつりて、西の御前に寄りて侍る木を、左になして、年ごろの御争ひの、かゝればありつるぞかし。」

と、右方は心地よげにはげましきこゆ。[10]何ごとと知らねどをかしと聞きて、さしいらへもせまほしけれど、[11]うちとけ給へるをり、心ちなくやは、と思ひて出でていぬ。[12]又かゝる紛れもやと、陰に添ひてぞうかゞひありきける。

[13]君たちは、花の争ひをしつゝ明かし暮らし給ふに、風荒らかに吹きたる夕つ方、

14　大体が人少なである上に廊の戸が開いていて。垣間見にはうってつけの状況。

1　むなしい恋心で(あるよ)。絶好の機会に舞い上がる蔵人少将に対して、語り手が批判的に評する。

2　桜色の色目もその方(大君)だと見分けた。大君の衣裳は、「桜の細長」(一一八頁)。

3　いかにも(古歌にあるとおり)。「桜色に衣は深く染めて着む花の散りなむのちの形見に」(古今集・春上・紀有朋)による。

4　これまで以上に、(大君が)他に縁づかれなさることに、つらい思いがおのずとつのる。「いとど」は「思ひまさらる」にかかる。

5　夕べの薄明かりにほのかに美しく見える。

6　中君方。通常、目上の方が左となる。

7　右方の女房の言。勝ち誇りながらふざけて言う。「高麗」は高麗楽で右方。左方の唐楽に対する。「乱声」は「乱声(らんじやう)」(㊄若菜上二六八頁)に同じ。舞の始めや競馬(くらべうま)などの勝負のついた折に笛、太鼓ではやすこと。

8　調子に乗って。

9　右方の女房の言。(あの桜は)右(中君)に心をお寄せ申して、西の(中君が住まう)おそば近くに寄っておりますのに、それを左の方(大君)の木にあえて見なして、長年争ってこられたのも、このようなことだったのね。「かかれば」は「左になして」を受ける。寝殿の西がわは、南面する(南を向く)とき右となる。

10　(蔵人少将は)何の話かは分からないが。

11　くつろいでいらっしゃる時に、(言葉を挟むのは)無思慮なことでは、と思って。

12　(蔵人少将は)またこういう物に紛れる(こっそり覗く)機会がないかと、物陰に(身を)寄せるようにして。

13　花を惜しんで唱和

13　姫君たち(大君と中君)は、(その後も)花をめぐる取り合いを繰り返しつつ。

乱[1]れ落つるがいとくちをしうあたらしければ、負[2]け方の姫君、

　桜[3]ゆゑ風に心のさわぐかな思ひ隈なき花と見る〳〵

御[4]方の宰相の君、

　咲[5]くと見てかつは散りぬる花なれば負くるを深きうらみともせず

と聞こえ助くれば、右[6]の姫君、

　風[7]に散ることは世の常枝ながら移ろふ花をたゞにしも見じ

こ[8]の御方の大輔の君、

　心[9]ありて池の汀に落つる花あわとなりても我方に寄れ

勝[10]ち方の童べ下りて、花の下にありきて、散りたるをいと多く拾ひてもてまゐれり。　一四七九

　大[11]空の風に散れども桜花おのが物とぞかき集めて見る

左[12]のなれき、

　「桜[13]花にほひあまたに散らさじと覆ふばかりの袖はありやは

心[14]せばげにこそ見ゆめれ。」

1　（桜の花が）散り乱れ落ちるのがとても残念で惜しいので。

2　負け方、すなわち左方の姫君。大君。

3　大君の歌。この桜のせいで風が吹くたびに心が落ち着かないよな、思いやりのない花とは知りながら。散ることを恨むだけでなく、碁に負けたことへの恨みを含む歌。

4　大君方の女房、宰相君。先に、薫に対して「折りてみば…」という歌を詠みかけた上臈女房の「宰相の君」（一〇六頁）と同一人。

5　宰相君の歌。咲いたと思う一方ですぐ散ってしまう花なので、負けても深い恨みとはすまい。

6　右方の姫君。中君。

7　中君の歌。風によって桜の花が散るのは世の中の常だけれど、枝ごと私の方に移ってしまう花をあなた方は平気で見ることなどできまい。「移ろふ」に、花が散ってゆく意と、右方のものになるという意を重ねている。

8　この中君方の女房、大輔君。

9　大輔君の歌。こちらに味方しようという心があって池のみぎわに落ちる花よ、水の泡となっても我らの右方へ流れ寄っておくれ。「みぎは（汀）」に「右」を掛ける。「枝よりもあだに散りにし花なれば落ちても水の泡とこそなれ」（古今集・春下・菅野高世）を踏まえるか。

10　勝った方（中君方）の童女が（庭に）下りて、花の下を歩いて。

11　童女の歌。大空を吹く風で桜は散るけれども、その花びらを勝った方の私たちのものと思ってかき集めて見るよ。

12　左方（大君方）の「なれき」という童女。

13　なれきの歌。桜花の美しさをあちこちに散らすまいとしても、桜を覆うほどの袖はあるはずもないよ。散る花は独り占めにできないとする。「大空に覆ふばかりの袖もがな春咲く花を風にまかせじ」（後撰集・春中・読人しらず）による。

14　（右方は）心が狭そうに見えるようです。

など言ひ落とす。

[1]かくいふに、月日はかなく過ぐすも行く[2]末のうしろめたきを、[3]かんの殿はよろづにおぼす。[4]院よりは、御消息日ゝにあり。[5]女御、

「[6]うとうとしうおぼし隔つるにや。[7]上は、こゝに聞こえ疎むるなめりと、いとにくげにおぼしの給へば、[8]たはぶれにも苦しうなん。[9]同じくは、このごろのほどにおぼし立ちね。」

など、[10]いとまめやかに聞こえ給ふ。[11]さるべきにこそはおはすらめ、いとかう[12]あやにくにの給ふもかたじけなし、などおぼしたり。[13]御調度などは、そこらしおかせ給へれば、人ゝの装束、何くれのはかなき事をぞいそぎ給ふ。

これを聞くに、蔵人の少将は死ぬばかり思ひて、[14]母北の方をせめたてまつれば、[15]聞きわづらひ給ひて、

[16]いとかたはらいたき事につけて、ほのめかしきこゆるも、世にかたくなしき闇のまどひになむ。[17]おぼし知る方もあらば、おしはかりて、[18]猶慰めさせ給へ。

14　大君の参院決定

1　こうしているうちに。
2　（姫君たちの）将来が気がかりであることを。底本「ゆくすゑの」、青表紙他本の一部「の」を欠く。
3　尚侍（玉鬘）はさまざまにお思いになる。
4　院（冷泉院）からは、（大君の参院を要請する）お手紙が毎日のようにある。
5　冷泉院の弘徽殿女御。玉鬘の異腹の姉妹。
6　女御の言。（私に対して）よそよそしく隔て心をおもちなのでしょうか。
7　上（冷泉院）は、私が（否定的なことを）申して（大君の参院について）嫌だと思わせているようだと、とても憎らしげに（私のことを）お思いになりまたそうおっしゃるので。
8　（私としては）冗談でもつらいことで。
9　同じことなら、近いうちにご決心下さい。大君の参院を早くするように、との催促。
10　実に心から申し上げなさる。
11　以下、玉鬘の心内。（大君は）そうあるべき前世からの宿縁を持っておいでなのだろう。
12　（嫉妬して当然の弘徽殿女御が）無理をして（大君の参院を勧奨して）言って下さるのももったいない。弘徽殿女御がこれほど親身になってくれることを受けて、玉鬘はあらためて大君の参院を積極的に考える。
13　（お輿入れの）お道具類は、たくさん前から用意させていらしたので、（それに加えて）女房たちの衣裳と、あれこれのこまごましたことをご準備なさる。
14　蔵人少将の母、雲居雁。
15　（雲居雁は蔵人少将の訴えを）聞いて困り果てなさって。この雲居雁も玉鬘の異母姉妹。弘徽殿女御といい、雲居雁といい、亡き致仕大臣（かつての頭中将）を父とする姉妹関係が、ここからさらに重要な鍵となる。
16　雲居雁の手紙。とてもお恥ずかしいことに関して、遠まわしに申し上げるのも、何とも愚かな（親心による）迷いです。「人の親の心

など、[1]いとほしげに聞こえ給ふを、

「[2]苦しうもあるかな。」

とうち嘆きたまひて、

[3]いかなる事と思ひたまへ定むべきやうもなきを、院よりわりなくの給はするに、思うたまへ乱れてなん。[4]まめやかなる御心ならば、この程をおぼししづめて、慰めきこえんさまをも見給ひてなん、世の聞こえもなだらかならむ。

など申し給ふも、[5]この御まゐり過ぐして、中の君をとおぼすなるべし。[6]さし合はせてはうたてしたり顔ならむ、[8]まだ位なども浅へたる程を、などおぼすに、[9]をとこは、さらにしか思ひ移るべくもあらず、[10]ほのかに見たてまつりてのちは、面影に恋しう、いかならむをりにとのみおぼゆるに、[11]かう頼みかゝらずなりぬるを思ひ嘆き給ふ事限りなし。

[12]かひなき事も言はむとて、例の、[13]侍従の曹司に来たれば、[14]源侍従の文をぞ見ゐ給へりける。引き隠すを、[15]さなめりと見て、奪ひ取りつ。[16]ことあり顔にや、と思ひて、

は闇にあらねども子を思ふ道にまどひぬるかな」（後撰集・雑一・藤原兼輔）による。

17　（同じ人の親として）ご理解下さる面があれば。

18　（蔵人少将の）気持をやわらげてやって下さい。蔵人少将との縁組を懇願する内容。

1　つらそうに申し上げなさるので。

2　玉鬘の言。異母妹である雲居雁方からのたっての申し出なので、断りにくい。

3　玉鬘の手紙。どういう（決定をすべき）こととも心に決めようもないのに、院（冷泉院）の方から強いて（大君の参院のことを）おっしゃっているので。

4　本心から（こちらの娘を望む）お気持であるならば、この先しばらく心を静めて下さって、（蔵人少将の）お気持ちをやわらげてさしあげる（こちらの）様子をご覧になってこそ、世間での評判もおだやかでありましょう。かなり曖昧な物言いながら、しばらく待ってもらいたい、という意向を示唆する。

5　今回の（大君の）ご参院を済ませてから、中君を（蔵人少将と結ばせよう）と。玉鬘は以前にも、中君と蔵人少将の結婚の可能性について考えていた（九四頁）。

6　「べし」は語り手の推量を示す。

7　以下、玉鬘の心内。（大君の参院に中君の結婚を）重ね合わせては、ひどく得意顔だと見られよう。時期をずらそうという考え。

8　（蔵人少将は）まだ官位なども低いのだし。

9　男（蔵人少将）の方は、まったくそのように（中君へと）思いを移せるはずもない。

10　ちらと垣間見申し上げてからは、（大君の）面影が恋しくて、どういう機会に（もう一度見られようか）とばかり思われて。

11　このように（大君の参院が決まって）期待が断ち切られたことを。

15　蔵人少将、藤侍従を訪問

12　（蔵人少将は）言ってもかいのない愚痴でも

いたうも隠さず。[1]そこはかとなく、たゞ世をうらめしげにかすめたり。

[2]つれなくて過ぐる月日をかぞへつゝ物うらめしき暮れの春かな

[3]人はかうこそのどやかに、さまよくねたげなめれ、わがいと人笑はれなる心いられを、かたへは目馴れて、あなづりそめられにたる、など思ふも胸いたければ、ことに物も言はれで、[4]例語らふ中将のおもとの曹司の方に行くも、[5]例の、かひあらじかしと嘆きがちなり。侍従の君は、

「[6]この返り事せむ。」

とて、[7]上にまゐり給ふを、[8]見るにいと腹立たしうやすからず、若き心ちにはひとへに物ぞおぼえける。

[9]あさましきまでうらみ嘆けば、この前申しも、余たはぶれにくゝ、いとほしと思ひて、いらへもをさをさせず。[10]かの御五の見証せし夕暮れのことも言ひ出でゝ、

「[11]さばかりの夢をだにまた見てしかな。あはれ、何を頼みにて生きたらむ。かう聞こゆることも[12]残り少なうおぼゆれば、「[13]つらきもあはれ」と言ふ事こそまことな

言おうとして。

13　いつものように、藤侍従の居室に。

14　（藤侍従は）源侍従（薫）の手紙を見ていらした。

15　そうなのだろうと見て、奪い取った。蔵人少将は、藤侍従が手紙を隠すので、大君に関する薫からの手紙だろうと察したらしい。

16　いわくありげに見えはしまいか、と（藤侍従は）思って。薫と大君の仲を勘ぐられても困る、という気持。

1　（その手紙では）どうということもなく、ただ（大君との）関係を恨めしそうにほのめかしている。底本「そこはかとなくて」の「て」を抹消した跡がある。青表紙他本多く「そこはかとなくて」。河内本は「て」を欠く。

2　薫の歌。情け知らずに過ぎてゆく月日を数えては、何となく恨めしい春の果てになったことよ。逝く春を惜しみつつ、大君の参院を恨む。薫の藤侍従宛ての手紙は、大君が読むのを前提にしている。一一七頁注3参照。

3　以下、蔵人少将の心内。あの人（薫）はこうしておっとりと、体裁をおとしめない程度にいまいましげにしているようだが、私の方は実に人から笑われてしまうようなせっかちな心を、一つには（みなが）馴れっこになって、侮蔑されるようになったのだ、などと。底本「なと」、青表紙他本の多く「と」。

4　いつも親しく語り合う（女房の）中将のおもとの居室の方へゆくのだが。玉鬘邸の女房で、取り次ぎ役を務めてきたらしい。

5　例によって、（大君への取り次ぎを頼んでみても）そのかいがなかろうよと。

6　藤侍従の言。この（薫の手紙）への返事を。

7　母上（玉鬘）のもとに参上なさるのを。

8　蔵人少将は見るにつけても。

16　**蔵人少将と中将のおもと**

9　（蔵人少将が中将のおもとに）あきれるほど恨みごとを言っては嘆くので、この取り次ぎ

りけれ。」

と、いとまめだちて言ふ。[1]あはれと言ひやるべき方なきことなり、[2]かの慰め給ふらん御さま、[3]露ばかりうれしと思ふべきけしきもなければ、げにかの夕暮れの顕証なりけんに、いとゞかうあやにくなる心は添ひたるならんと、ことわりに思ひて、

「[4]聞こしめさせたらば、いとゞいかにけしからぬ御心なりけりと、疎みきこえたまはむ。[5]心ぐるしと思ひきこえつる心も失せぬ。いとうしろめたき御心なりけり。」

と、[6]むかひ火つくれば、

「[7]いでや、さはれや。いまは限りの身なれば物おそろしくもあらずなりにたり。さても[8]負けたまひしこそ、いといとほしかりしか。[9]おいらかに召し入れてやは。[10]目くはせたてまつらましかば、こよなからまし物を。」

など言ひて、

　[11]いでやなぞ数ならぬ身にかなはぬは人に負けじの心なりけり

中将、うち笑ひて、

役も、あまり冗談事にもできず、困ったと思って。「前申し」は、主人の前に行って取り次ぎをすること、またその人。

10　（蔵人少将は）あの碁の立ち合いをした夕暮のことも。12節。実際には垣間見ただけだが、誇張して「見証」と表現。「五」は碁。

11　蔵人少将の言。あのくらいの夢だけでもまた見てみたいな。垣間見のことを、切ない思いを込めて「夢」という。

12　（自分の命が）残りが少ないと思えるので。近いうちに悶死するだろう、の気持。

13　「恨めしいこともなつかしい」と言うことこそが真実だったのだ。引歌のようだが、未詳。「うれしくは忘るることもありなましつらきぞ長き形見なりける」（古今六帖四）に発想が近い。

1　以下、二行後の「添ひたるならん」まで中将のおもとの心内。かわいそうと言葉をかけようにもその方途もないことだ。この「あはれ」は、直前で蔵人少将が言った「つらきもあはれ」に対応する。「あはれと」、青表紙他本「あはれとて」。

2　あの（蔵人少将を）なだめなさっているであろう（玉鬘の）ご意向についても。大君の代りに中君を、という玉鬘の考え（一三四頁）。底本「給らん」、青表紙他本多く「たまはむ」。

3　（蔵人少将には）少しもうれしいと思うようなそぶりもないので、実際あの夕暮れ（に垣間見たという姫君）の姿があらわだったらしいので、ますますこんなどうにもならない気持が高じているのだろうと。「顕証」はあらわの意。「見証」とは別語だが、「見証（ぞけん）せし夕暮れ」（一三六頁）を「夕暮れの顕証」と言い換える諧謔的表現。

4　中将のおもとの言。（垣間見の件を姫君が）お聞きあそばしたならば、ますますどれほど異様なお心だったかと。

5　（私も）不憫だと思い申し上げた気持も。

6　「むかひ火」は、相手の勢いを抑えるため、

わりなしや[1]強きによらむ勝ち負けを心ひとつにいかゞまかする

といらふるさへぞつらかりける。

あはれとて[2]手をゆるせかし生き死にを君にまかする我身とならば

泣きみ笑ひみ語らひ明かす。

又の日は[3]う月になりにければ、はらからの君たち[4]の内にまゐりさまよふに、いたう屈じ入りてながめゐたまへれば、母北の方[5]は涙ぐみておはす。おとゞも[6]、「院の聞こしめす所もあるべし、何にかはおほな〳〵聞き入れむと思ひて、くやしう[7]、対面のついでにもうち出で聞こえずなりにし。身づから[8]あながちに申さましかば、さりともえたがへ給はざらまし[9]。」

などのたまふ。

さて、例の、

花を見て[10]春は暮らしつけふよりやしげきなげきのしたにまどはむ

と聞こえたまへり。

こちらから先に文句をつけること。四真木柱五四一頁注11参照。
7　蔵人少将の言。いや、それならそれでよい。
8　(大君が碁の勝負に)負けなさったことは、実にまいったよ。
9　そっけなく(私を中に)呼び入れて下されば(よかったのに)なあ。
10　目くばせ(してお教え)申し上げたならば、この上ない結果(大君の勝ち)だったろうに。
11　蔵人少将の歌。いやもう、人数にも入らぬ身にとってどうしようもないのは、他人に負けまいとする心であったよ。碁の勝負にことよせた歌。「数」「負け」は碁の縁語。

1　中将のおもとの歌。無理よ、強い方が勝つのが勝負ごとなのに、どうして負けん気だけというあなたの心ひとつのままにさせられようか。「強き」「勝ち負け」が碁の縁語。「強き」に競争相手の冷泉院、また薫を暗示。
2　蔵人少将の歌。かわいそうだと思って、手をゆるめてくれよ、自分が生死をあなたに委ねている身になるのだったら。なおも大君との仲介を頼む歌。「手」「生き死に」は碁の縁語。

17　四月一日、蔵人少将の贈歌

3　翌日は四月になったので。夏に入る。
4　(蔵人少将の)兄弟の君たちが(初夏の宮廷行事のため)参内しようとせわしくしているが、(蔵人少将は)甚だしく気が滅入って。
5　蔵人少将の母、雲居雁。
6　蔵人少将の父大臣、夕霧。
7　夕霧の言。院(冷泉院)がお聞きあそばすこともきっとあるだろうし、どうして(玉鬘がこちらの申し入れを)本気で聞き入れることがあろうかと思って。この「おほなおほな」は、ひたすら、などの意。一桐壺七一頁注3。
8　残念ながら、(正月の)対面の折にも少しもお伝え申さずに終ってしまった。
9　自分が強引に申し入れたならば、そうはいっても(こちらの願いに)そむくことはおでき

[1]御前にて、これかれ[2]上らふだつ人〻、[3]この御懸想人のさま〴〵にいとほしげなるを聞こえ知らするなかに、中将のおもと、

「「[4]生き死にを」と言ひしさまの、言にのみはあらず、心ぐるしげなりし。」

など聞こゆれば、[5]かむの君もいとほしと聞き給ふ。[6]おとゞ、北の方のおぼす所により、せめて人の御うらみ深くはと、取りかへありておぼすこの御まゐりを、さまたげやうに思ふらんはしもめざましきこと、[7]限りなきにても、たゞ人にはかけてあるまじき物に、故殿のおぼしおきてたりし物を、[8]院にまゐり給はむだに行く末のはえぐ〳〵しからぬをおぼしたるをりしも、[9]この御文取り入れてあはれがる。[10]御返り事、

[11]けふぞ知る空をながむる気色にて花に心を移しけりとも

「[12]あないとほし。たはぶれにのみも取りなすかな。」

など言へど、うるさがりて書き変へず。

[13]九日にぞまゐり給ふ。[14]右の大殿、御車、御前の人〻あまたたてまつり給へり。[15]北の方も、うらめしと思ひ聞こえたまへど、[16]年ごろさもあらざりしに、この御ことゆ

になるなかったろうに。

10　蔵人少将の大君への贈歌。花を見て春は暮らしたが、夏となった今日からは葉が繁る木の下で深い嘆きに心をまどわすだろう。「花」に垣間見た大君を重ねる。「嘆き」に「木」を響かせて、「しげ（繁）き」と縁語にする。

1　玉鬘の御前。

2　「上臈」。一〇七頁注5。底本「上らう」。

3　この懸想人（蔵人少将）がいろいろとつらそうであるのを（玉鬘に）申し上げる中で。

4　中将のおもとの言。「生き死にを」は、一四〇頁で蔵人少将が詠んだ歌にみえる。

5　尚侍の君（玉鬘）も困ったものと。

6　以下、「はえ〴〵しからぬ」あたりまで、玉鬘の心内に即した叙述。大臣（夕霧）と北の方（雲居雁）のお思いになることもあり、どうしても人（蔵人少将）のご執念が深いのならばと、代役（の中君）がいると考えて進めたこの（大君の）ご参院を、邪魔しようと思っているらしいのは気にくわないことよ。

7　この上ないお方であっても、臣下の者には決して許すまいと、亡き殿（鬚黒）が考えてお決めになっていたことで。

8　院に参りなさるのでさえ将来がぱっとしないのに（まして蔵人少将では）と思っていらしたちょうどその折に。

9　この（蔵人少将の）手紙を取り入れて、（女房たちが）同情する。

10　底本「御返事」、青表紙他本「御かへし」。

11　中将のおもとの代作の歌であろう。今日やっと分かった、あなたが空を眺めて物思いにふける様子を見せて、実は（大君でなく）ただ花に心を移していたことを。「花」に他の女性たちを重ね、好色を難じる歌。

12　女房の言。まあ困ったこと。冗談ごとにばかりしてしまうのね。

18　四月九日、大君の参院

13　古注釈以来、上皇への参院の例として、宇

ゐしげう聞こえ通ひたまへるを、又かき絶えんもうたてあれば、かづけ物ども、よき女の装束どもあまたたてまつれ給へり。

あやしう、うつし心もなきやうなる人のありさまを見給へあつかふほどに、うけたまはりとゞむる事もなかりけるを、おどろかさせ給はぬもうと〳〵しくなん。

とぞありける。おいらかなるやうにてほのめかし給へるを、いとほしと見給ふ。おとゞも、御文あり。

身づからもまゐるべきに思ひたまへつるに、つゝしむ事の侍りてなん。をの子ども、ざふやくにとてまゐらす。疎からず召し使はせ給へ。

とて、源少将、兵衛佐などたてまつれ給へり。なさけはおはすかしとよろこび聞こえ給ふ。大納言殿よりも、人々の御車たてまつれ給ふ。北の方は古おとゞの御むすめ、真木柱の姫君なれば、いづ方につけてもむつましう聞こえ通ひ給ふべけれど、さしもあらず。藤中納言はしも、身づからおはして、中将、弁の君たちもろともに

多法皇のもとに参った京極御息所（藤原時平の娘、褒子（ほうし））が挙げられる。

14 右大臣（夕霧）は、（大君参院のため）お車、前駆の者たちを数多く用立てなさっている。

15 雲居雁。

16 長年さほどの（親密な）関係でもなかったのに、この（蔵人少将の）一件のために頻繁に文通なさったのを、またすっかり疎遠になるというのもよくないので。

---

1 禄の品。女の装束を肩にかずけて与える。

2 雲居雁の手紙。妙に、正気もないような人（蔵人少将）の様子を見て世話しておりますうちに。やや嫌みがこもる言い方。

3 前もって承るご用もなかったとはいえ、（そちらからご用を）呼びかけて下さらないのも他人行儀のようで（うらめしく）。

4 おだやかな書きぶりで（大君参院についての恨みを）それとなく伝えていらっしゃるのを、（玉鬘は）困ったこととご覧になる。

5 大臣（夕霧）からも、お手紙がある。

6 夕霧の手紙。私自身も参上すべきと存じましたが、物忌がございまして。

7 息子たちを雑用などにと（存じて）参上させます。遠慮なくお使い下さい。「ざふやく」は「雑役」。底本「さうやく」。

8 いずれも蔵人少将の兄。「兄君たちよりも引き越し」（九二頁）とされていたように、蔵人少将の方が格上。「兵衛佐」は従五位上相当。

9 （蔵人少将の件はそれとして）ご配慮はおありなのだと（玉鬘は）お礼を言上なさる。

10 紅梅大納言。九九頁注9。

11 大納言の今の北の方は、鬚黒の先妻腹の娘。玉鬘には継娘に当たる。「古」は「故」。

12 この呼称の由来については、㊃真木柱五六〇頁・㊆紅梅五一頁注12参照。㊄若菜下7節で蛍兵部卿宮（ほたるひょうぶきょうのみや）と結婚。宮と死別後、この大納言と再婚（㊆紅梅1節）。

13 どちらの関係からいっても、親しく交際申し上げなさって当然だけれど、そうでもない。

事おこなひ給ふ。[1]殿のおはせましかばと、よろづにつけてあはれなり。

[2]蔵人の君、例の人にいみじき言葉を尽くして、

[3]いまは限りと思ひはべる命の、さすがにかなしきを、[4]あはれと思ふ、とばかりだに一言のたまはせば、[5]それにかけとゞめられて、しばしもながらへやせん。

などあるを、[6]持てまゐりて見れば、姫君二所うち語らひて、いといたう屈じたまへり。[7]夜昼もろともにならひ給ひて、中の戸ばかり隔てたる西東をだに、いといぶせきものにし給ひて、かたみに渡り通ひおはするを、よそ〳〵にならむ事をおぼすなりけり。[8]心ことにしたて引きつくろひたてまつり給へる御さま、いとをかし。[9]殿のおぼしの給ひしさまなどをおぼし出でて、物あはれなるをりからにや、取りて見たまふ。[10]おとゞ、北の方の、さばかり立ち並びて頼もしげなる御中に、などかうすゞろ言を思ひ言ふらん、とあやしきにも、[11]限りとあるを、まことやとおぼして、やがてこの御文の端に、

[12]あはれてふ常ならぬ世の一言もいかなる人にかくる物ぞは

玉鬘と紅梅大納言は異母姉弟、玉鬘と真木柱は継母子、真木柱と大君は異母姉妹。

14 （それに対し）藤中納言は、自分からいらして。藤中納言は亡き鬚黒の長男で、母は式部卿宮（しきぶきょうのみや）の娘。真木柱とは同腹。

15 左近中将と右中弁。玉鬘腹の子息。

---

1 殿（鬚黒）がご在世であったならばと。このように子息だけでなく、夕霧も大納言も直接かけつけたろう、と玉鬘は思う。

19 蔵人少将と大君の歌の贈答

2 蔵人の君（蔵人少将）は、いつもの人（中将のおもと）に。

3 蔵人少将の手紙。いよいよ終りだと存ぜられる命が、それでもやはり（未練があって）悲しいので。底本「思はへる」、青表紙他本など「思はつる」。

4 かわいそうに思う、とだけでも（大君が）一言おっしゃるならば。柏木が女三宮に「あはれとだに」と繰り返し求めていたのと類似する常套句。因柏木二〇頁など。

5 その言葉に（命も）つなぎとめられて。

6 （中将のおもとが手紙を）持参して（姫君たちを）見ると。

7 （姫君たち二人は）夜も昼もご一緒の生活に馴れていらして、（寝殿の）中の戸だけで隔てた西と東（に分かれた居室）のことさえ、とても煩わしいこととされて、（いつも）お互いに行き来なさっているのに、（これからは大君の参院で）別れ別れになることを（つらく）お思いなさるのであった。

8 格別に（装束を）仕立てて念入りに身づくろいしてさしあげなさっている（大君の）ご様子は、まことに美しい。

9 （大君は）殿（亡き父鬚黒）がお心に思いおっしゃった（入内の）ことなどを思い出しなさると、（父の意向とは異なる参院ゆえ）物悲しくなる折だからか、（蔵人少将の手紙を）手に取ってご覧になる。

[1]ゆゝしきかたにてなん、ほのかに思ひ知りたる。

と書きたまひて、

「[2]かう言ひやれかし。」

との給ふを、[3]やがてたてまつれたるを、[4]限りなうめづらしきにも、をりおぼしとむるさへ、いとゞ涙もとゞまらず。立ち返り、「[5]たが名は立たじ」などかことがましくて、

[6]生ける世の死には心にまかせねば聞かでややまむ君が一言

[7]塚の上にもかけ給ふべき御心のほど思ひ給へましかば、ひたみちにも急がれ侍らましを。

などあるに、[8]うたてもいらへをしてけるかな、書き変へでやりつらむよ、と苦しげにおぼして、物もの給はずなりぬ。

[9]大人、童、めやすき限りをとゝのへられたり。[10]大方の儀式などは、内にまゐり給はましに変はることなし。まづ[11]女御の御方に渡り給ひて、[12]かんの君は、御物語りな

10 以下、大君の心内。（蔵人少将の）父大臣、母北の方が、あのようにそろって頼もしそうなご境遇にあって、どうしてこんなとりとめのないことを思ったり言ったりするのだろう。

11 （蔵人少将の手紙に）「いまは限り」とあるのを、ほんとうかなとお思いになって。「まことや」、諸本「まことにや」。

12 大君の歌。「あはれ」という無常のこの世で使われる一言も、どのような人に言いかければよいのか。蔵人少将の手紙の「あはれと思ふ、とばかりだに…」に対し、世の無常を嘆く「あはれ」にとりなした。

---

1 （「あはれ」は）不吉なこととしては、（父との死別も経験して）多少分かっている。

2 大君の言。このように言い伝えなさい。

3 （中将のおもとが蔵人少将に）そのまま。

4 （返歌は）この上なく新鮮な上に、（参院当日の）折も折にお心にとめて下さるのまで（感動的で）。底本「おり」、諸本「おりを」。

5 私が恋で死んだら、あなたのせいだとの評判が立つだろう、の意。「恋ひ死なば誰(た)が名は立たじ世の中の常なきものと言ひはなすとも」（古今集・恋二・清原深養父）による。

6 蔵人少将の歌。この世で死は心のままにならないので、あなたの「あはれ」の一言を聞かずに私の生は終わるのだろうか。

7 （「あはれ」の一言を）私の墓の上にもかけて下さるようなお心と存ぜられるのでしたら、ひたすら死出の旅路を急ぎましたのに。「塚の上」は、呉の公子季札(きさつ)の故事による（史記・呉世家、和漢朗詠集・風ほか）。季札は、彼の剣を欲していた徐の君主の死後、墓辺の樹に掛けてその剣を献じた。底本「ほと」、諸本「ほと〻」。

8 大君の心内。まずいことに返事を書いてしまったわ。きっと（女房が）書き変えずに（そのまま）送ってしまっているのだろうよ。

20 大君、冷泉院に厚遇される

ど聞こえ給ふ。[1]夜ふけてなん上に参う上り給ひける。[2]后、女御など、みな年ごろ経てねび給へるに、[3]いとうつくしげにて、盛りに見どころあるさまを[4]見たてまつりたまふは、[5]などてかはおろかならむ、はなやかに時めき給ふ。[6]たゞ人だちて、心やすくもてなし給へるさましもぞ、げにあらまほしうめでたかりける。[7]かんの君を、しばしさぶらひ給はなんと[8]御心とゞめておぼしけるに、[9]いととくやをら出で給ひにければ、くちをしう心うしとおぼしたり。

[10]源侍従の君をば明け暮れ御前に召しまつはしつゝ、[11]げにたゞむかしの光源氏の生ひ出で給ひしにおとらぬ人の御おぼえなり。院の内には、[12]いづれの御方にも疎からず、馴れまじらひありき給ふ。[13]この御方にも心寄せあり顔にもてなして、下にはいかに見たまふらむの心さへ添ひ給へり。夕暮れのしめやかなるに、藤侍従と連れてありくに、[14]かの御方の御前近く見やらるゝ五葉に、藤のいとおもしろく咲きかゝりたるを、[15]水のほとりの石に苔を筵にてながめゐ給へり。[16]まほにはあらねど、世の中うらめしげにかすめつゝ語らふ。

9　大君付きの女房と童女たち。
10　（今回の参院の）おおよその格式は、帝のもとへ入内なさるのに変わる点がない。
11　女一宮の母、弘徽殿女御。
12　玉鬘。以前より異母姉妹である弘徽殿女御には特に気をつかってきた。

1　夜がふけてから、（大君は）冷泉院の御殿に参上なさった。
2　后（秋好中宮（あきこのむちゅうぐう））、（弘徽殿）女御などは、みな（入内から）長年が経過して年配になっていらっしゃるので。
3　（大君が）かわいらしい感じで。
4　冷泉院が。
5　どうして（寵愛の程度が）いい加減であろうか、はなやかに寵を受けなさる。
6　（帝ではなく上皇ゆえ）臣下の者みたいに、気楽にふるまいなさるご様子こそ、いかにも申し分なくすばらしいことであった。
7　（冷泉院は）尚侍の君（玉鬘）に対して、しばらくのあいだは（院内に）ひかえておいでになってほしいと。
8　底本「御心とゝめて」、青表紙他本「御こゝろとめて／心とゝめて／心とめて」など。
9　（玉鬘は）実に早々と（挨拶もなく）そっと出ておしまいになったので。

21　冷泉院における薫

10　（冷泉院は）源侍従の君（薫）を朝な夕な御前に召して離れさせないようになさって。
11　いかにもまるで昔の光源氏がご成育なさった時に劣らないご鍾愛の受けようである。源氏は桐壺帝のもとで愛育され、やがて入内した藤壺宮を慕うようになる（⊖桐壺17節）。そうした遠い過去の物語を想起させるか。
12　（薫は）どの御方（院の后妃たち）とも疎遠でなく、馴れ親しんで出入りなさる。
13　この御方（大君）にも好意を寄せるようにふるまって、内心では（大君が自分を）どうご覧になっているだろうかという心までも。

手[1]にかくる物にしあらば藤の花松(まつ)よりまさる色を見(み)ましや

とて、花を見上(みあ)げたるけしきなど、[2]あやしくあはれに心ぐるしく思(おも)ほゆれば、我(わが)心にあらぬ世のありさまにほのめかす。

紫(むらさき)[3]の色は通(かよ)へど藤の花心にえこそかゝらざりけれ

[4]まめなる君にて、いとほしと思へり。[5]いと心まどふばかりは思ひ焦(い)られざりしかど、くちをしうはおぼえけり。

[6]かの少将の君はしも、まめやかに、いかにせましと、あやまちもしつべく静(しづ)めがたくなんおぼえける。[7]聞(き)こえ給ひし人ゝ、中の君をと移(うつ)ろふもあり。[8]少将の君をば、母北(はゝきた)の方(かた)の御うらみにより、さもやと思(おも)ほして、ほのめかし聞(き)こえ給ひしを、[9]絶(た)えておとづれずなりにたり。院には、[10]かの君たちも、親(した)しくもとよりさぶらひたまへど、[11]このまゐり給ひてのち、をさ〳〵まゐらず、まれ〳〵殿上(てんじやう)の方(かた)にさしのぞきてもあぢきなう、逃(に)げてなんまかでける。

[12]内には、古(こ)おとゞの心ざしおき給へるさまことなりしを、かく引(ひ)きたがへたる御

14　あの御方（大君）の居室近くに（薫と藤侍従のいる場から）見える五葉（ごよう）の松に、藤がとても趣深く咲きかかっているのを。

15　遣水（やりみず）のほとりの石の上に生えている苔を敷物の代わりにして（座って）。

16　（薫は）はっきりではないけれど、（大君との）仲に心残りがあるようにおわせながら。

1　薫の歌。手に取れるものならば、藤の花の、松の緑にまさる紫色をただ見るだけで済ませられようか。「藤の花」に大君を、「松」に冷泉院を重ねて、松にからむ藤ゆえに手が届かないと嘆く。「まさる」、青表紙他本の一部と河内本「こゆる」。

2　（藤侍従には薫が）妙にしみじみといたわしく思われるので、自分（藤侍従）の本意ではない（院と大君の）関係だとにおわせて言う。

3　藤侍従の歌。紫は同じゆかりの色なのに、藤の花は思い通りにならなかったのだ。「紫」は縁者をあらわす。「藤」は、姉の大君。

4　実直な君なので、つらいと思っている。

5　（薫の方は）たいして心をとり乱すほどどじりするような思いはなかったけれど。

22　蔵人少将のその後

6　あの（蔵人）少将の君は。

7　（大君に求婚）申し上げなさった人々の中には、中君をと心変わりする者もいる。

8　（蔵人）少将の君について、（玉鬘は）母北の方（雲居雁）のお恨み言から、そのように（中君の婿に）ともお思いになり、それとなく申し上げなさったが。一三四頁参照。

9　（蔵人少将は玉鬘邸を）まったく訪れなくなってしまっている。

10　あの（夕霧の）子息たちも。

11　（蔵人少将は）この（大君の）参院なさったあとは、（院にも）めったに参上せず、ごくまれに（院の御所の）殿上の間に顔を出しても。

23　帝の不興

宮仕へを、いかなるにかとおぼして、[1]中将を召してなんの給はせける。

「[2]御気色よろしからず。[3]さればこそ、「世人の心の内もかたぶきぬべき事なり」と、かねて申しし事を、[4]おぼしとる方ことにて、[5]かうおぼし立ちにしかば、ともかくも聞こえがたくて侍るに、かゝる仰せ事の侍れば、[6]なにがしらが身のためも、あぢきなくなん侍る。」

と、[7]いとものしと思ひて、かんの君を申し給ふ。

「[8]いさや、たゞいまかうにはかにしも思ひたゝざりしを、あながちにいとほしうの給はせしかば、[9]後見なきまじらひの、内わたりははしたなげなめるを、[10]いまは心やすき御ありさまなめるにまかせきこえて、と思ひ寄りしなり。たれも〳〵[11]便なからむ事はありのまゝにも諫めたまはで、[12]いま引き返し、右のおとゞもひが〳〵しきやうにおもむけてのたまふなれば苦しうなん。[13]これもさるべきにこそは。」

となだらかにの給ひて、[14]心もさわがい給はず。

「[15]その、むかしの御宿世は目に見えぬものなれば、かうおぼしの給はするを、[16]こ

12　帝におかれては、故大臣（鬚黒）が（大君の入内をと）お心にお決めになることが格別であったのに、こうして（その遺志に）反している（冷泉院への）ご出仕を、どうしたことかとお思いになって。「古」は「故」。

1　左近中将。玉鬘の長男。

2　左近中将の玉鬘に対する言。（帝は）ご機嫌がよろしくない。

3　それだからこそ、「（大君参院は）世間の人も内心では首をかしげて当然のことだ」と。

4　（母上の）ご理解のしかたはまた別で。

5　このように（母上が）ご決心なさったことなので、（もはや）とやかく申し上げにくくなっておりますが。

6　自分たちの出世にも悪影響が出るとする。

7　とても不愉快だと思って、尚侍の君（母玉鬘）を責め申し上げなさる。

8　玉鬘の言。いえ、たった今急に考えて進めたことでもなかったものの、（冷泉院が）強引に（こちらが）困るようにおっしゃったので。

9　後見のない宮仕えは、（特に）宮中ではみっともないことのようだけれど。

10　（冷泉院では）今や気楽なご様子のようなのでおまかせ申し上げて。「心やすき」という評は、もはや院の后妃たちが競い合うようなこともなさそうだという、玉鬘独自の見通しにもとづく。

11　（参院の）不都合な点は具体的に忠告なさらず。底本「ひ」、青表紙他本の一部「ひん」。

12　今さらがらりと変わって、右大臣（夕霧）も（私の考えを）間違ったことのようにとりなしておっしゃっているらしいので、つらいことよ。

13　これも前世からの因縁なのだろう。

14　「さわ（騒）がし」のイ音便。

15　中将の言。その、昔からのご因縁は（はっきりと）目には見えないものだから、（帝としても）こんなに（大君のことを）お考え下さり仰せにもなるものを。

れは、契りことなるともいかゞは奏しなほすべきことならむ。中宮を憚りきこえ給ふとて、院の女御をばいかゞしたてまつり給はむとする。後見や何やとかねておぼしかはすとも、さしもえ侍らじ。よし、見聞き侍らん。よう思へば、内は中宮おはしますとて、異人はまじらひ給はずや。君に仕うまつる事は、それが心やすきこそ、むかしよりきようあることにはしけれ。女御は、いさゝかなる事のたがひ目ありて、よろしからず思ひきこえたまはむに、ひがみたるやうになん、世の聞き耳も侍らん。」

など、二所して申し給へば、かんの君、いと苦しとおぼして、さるは、限りなき御思ひのみ月日に添へてまさる。

七月よりはらみ給ひにけり。うちなやみたまへるさま、げに人のさまぐ〳〵に聞こえわづらはすもことわりぞかし、いかでかはかゝらむ人をなのめに見聞き過ぐしてはやまん、とぞおぼゆる。明け暮れ御遊びをせさせ給ひつゝ、侍従もけ近う召し入るれば、御琴の音などは聞きたまふ。かの梅が枝に合はせたりし中将のおもとの和

16 これ（大君）は前世からの縁が別でしたなどと、どうして奏上し直すことができよう。

---

1 （入内の場合は）中宮（明石中宮）にご遠慮申し上げなさるといっても、（参院の場合）院の女御（弘徽殿女御）にはどのように対応申し上げなさろうというのか。

2 （大君の）後見やら何やらと前もって（女御と）親しく思いを交わされるとしても。正月に玉鬘は、弘徽殿女御より、冷泉院と「同じ心」で大君の「後見（うしろみ）」をすると言われたことを夕霧に向けて語っていた（一〇二頁）。左近中将の発言はこれを受けている。

3 （実際には）そんなふうにはうまくいきますまい。

4 （どうなるか）拝見いたしましょう。

5 よく考えてみれば、内裏には中宮がいらっしゃるからといって、他の方々（女御、更衣たち）は入内なさらないだろうか。

6 君（帝）にお仕えすることは、それ（複数の女御、更衣が入内し交際すること）に気兼ねしなくてよいのを、昔から興趣深いものとしてきた。後宮は多くの后妃が競い合うのが華やかでよいという趣意。「きよう」は「興」。底本「けう」。

7 院の女御（弘徽殿女御）は、ほんの小さな行き違いがあって、（大君を）気にくわないとお思い申し上げなさることがあれば、（およばである女御との関係まで悪くする参院は）間違いであるように、世間は噂することでしょう。

8 左近中将と弟右中弁の二人。ここまでの左近中将の発言の一部は右中弁のものらしい。

9 底本「おほして」、青表紙他本の一部「おほしぬ」、河内本「おほしたり」。

10 とはいえ、（冷泉院から大君への）この上もないご寵愛ばかりが。

24 大君、懐妊する

11 （大君が）懐妊なさった。

12 （つわりで気分が）すぐれないでいらっしゃ

琴も、常に召し出でて弾かせ給へば、聞き合はするにも、たゞには[1]おぼえざりけり。

その年返りて、[2]をとこたふかせられけり。殿上の若人どもの中に、ものゝ上手多かるころほひなり。かの蔵人の少将、[4]楽人の数の内にありけり。十四日の月のはなやかに曇りなきに、[5]御前より出でて、冷泉院にまゐる。[6]女御も、[7]この御息所も、[8]上に御局して見給ふ。上達部、親王たち[9]引き連れてまゐりたまふ。[10]右の大殿、致仕の大殿の族を離れて、きら〳〵しうきよげなる人はなき世なりと見ゆ。内の御前よりも、この院をばいとはづかしうことに思ひきこえて、みな人用意を加ふる中にも、蔵人の少将は、[11]見たまふらんかし、と思ひやりて静心なし。[12]にほひもなく見ぐるしき綿花も、[13]かざす人からに見分かれて、さまも声もいとをかしくぞありける。[14]竹河うたひて、御階のもとに踏み寄るほど、[15]過ぎにし夜のはかなかりし遊びも思ひ出でられければ、ひが事もしつべくて涙ぐみけり。[16]后の宮の御方にまゐれば、[17]上もそなたに渡らせ給ひて御覧ず。月は、夜深くなるまゝに、昼よりもはしたなう澄み上り

る様子は、なるほど（求婚した）人があれこれと申してまどわせたのも当然のことよ。語り手からの評で、大君の美貌をほめる。

13　どうして、このような（魅力的な）お方をいい加減にして済ませられようか。

14　（院は）侍従（薫）もおそば近くにお呼び寄せになるので、（薫は大君の奏する）お琴の音などはお聞きになる。

15　あの時（薫が歌った）「梅枝」に合奏していた中将のおもとによる和琴も。一一〇頁。

1　（薫は）平静ではいられなかった。大君に付き従う中将のおもとに手引きさせることも、薫にとって不可能というわけではない。底本「おほえ」の「え」は、朱の補入。

25　新年、男踏歌

2　男踏歌。正月十四日の宮廷行事。数年間隔で行われたらしい。歌頭・舞人・楽人などに選ばれた殿上人や地下（げじ）の者たちが、足を踏みならしながら催馬楽を歌い舞を舞う。宮中から諸院などを巡る。円融朝を最後に廃絶。㈠末摘花22節、㈣初音11・12節、㈣真木柱15節にも記事がある。底本「おとこたうか」。

3　四位侍従（薫）が、右の歌頭である。「歌頭」は唱歌の際に音頭を取る役。左右三人ずつ計六人。右の歌頭は右近中将の役とされる。

4　通常、「楽人」は雅楽寮の専門家をさすが、男踏歌では選抜された殿上人も奏楽を務める。計九人とされる。蔵人少将の音楽の技量が評価されているらしい。

5　帝の御前。清涼殿の東庭で行われた。

6　冷泉院の弘徽殿女御。

7　大君のこと。「御息所」は御子を産んだ妃。大君は出産前だが、懐妊中なので、あえてこう呼んでいる。

8　「上」は冷泉院の御殿。そこに、大君の見物用として臨時の局を作る。

9　見物のために連れ立って（冷泉院へ）。

10　右大臣（夕霧）と、故致仕大臣（玉鬘たちの

て、[1]いかに見たまふらんとのみおぼゆれば、[2]踏む空もなうたゞよひありきて、盃も、[3]さしてひとりをのみ咎めらるゝは面目なくなん。

夜一夜、所〴〵[4]かきありきて、[5]いとなやましう苦しくて臥したるに、[6]源侍従を院より召したれば、

「[7]あな苦し。しばし休むべきに。」

と、むつかりながらまゐり給へり。[8]御前のことどもなど問はせ給ふ。

「[9]歌頭はうち過ぐしたる人のさき〴〵するわざを、選はれたるほど心にくかりけり。」

とて、[10]うつくしとおぼしためり。[11]万春楽を御口ずさみにし給ひつゝ、[12]宮す所の御方に渡らせ給へば、[13]御供にまゐり給ふ。[14]物見にまゐりたる里人多くて、例よりははなやかに、けはひいまめかし。[15]渡殿の戸口にしばしゐて、[16]声聞き知りたる人に物などのたまふ。

「[17]一夜の月影は、はしたなかりしわざかな。[18]蔵人の少将の月の光にかゝやきたり

実父、かつての頭中将）の一族以外には、きらびやかで美しい人はいない時世だと見える。故鬚黒家の衰運を示唆する言い方。

11 （大君が）ご覧であろうよ。

12 色彩の魅力もなく見栄えのしない綿花も。「綿花」は、踏歌の人の冠に挿す造花。

13 挿す人それぞれに違って見えて。

14 男踏歌の終盤、「竹河」（一一三頁下段注12）を歌い、御階の下で禄を賜り舞いつつ戻る。

15 蔵人少将は、玉鬘邸での昨年の春の夜を思い出す。7節。

16 （踏歌の一行が）秋好中宮の御方に。

17 上（冷泉院）もそちらへお移りになって。

---

1 （蔵人少将には）どのように（大君が）ご覧になっているかとばかり思われるので。

2 （地を踏んで舞うべきなのに）空を踏むように頼りなく、ふらふらしながらまわって。

3 名指しされて一人だけ（もっと飲めと）咎められるのは不面目なことよ。蔵人少将のかなわぬ恋を知る者たちのからかいがあるか。この酒は水駅（みずうまや）（一一五頁注8）で供される。

26 翌日、冷泉院での薫

4 （男踏歌の一行は）やたら歩きまわって。

5 （薫は）実に気分が悪く苦しくて。歩きまわった疲れと水駅で供された酒のため。

6 源侍従（薫）を院（冷泉院）がお呼び出しになるので。薫は母女三宮の三条宮（九七頁注8）に帰ったらしい。

7 薫の言。

8 （冷泉院は薫に）宮中での（男踏歌の）様子をご下問になる。

9 院の言。歌頭はやや年配の人が前々から務める役なのに、（そなたが歌頭に）選ばれるとはねたましいことだな。

10 （薫を）かわいいと。

11 「万春楽」は男踏歌の時に奏せられる曲の詞章。句ごとに「万春楽」と唱える。四初音一六三頁注11。ここでは冷泉院が唱える。

しけしきも、桂の影にはづるにはあらずやありけん。雲の上近く[1]ては、さしも見えざりき。」

など語り給へば、人〻[2]あはれと聞くもあり。

「闇[3]はあやなきを、月ばえはいますこし心ことなり、と定めきこえし。」

などすかして[4]、内より、

竹河[5]のその夜のことは思ひ出づやしのぶばかりのふしはなけれど

と言ふ。はかなきことなれど、涙ぐまるゝ[6]も、げにいと浅くはおぼえぬことなりけり、と身づから思ひ知らる。

流れて[7]の頼めむなしき竹河に世はうきものと思ひ知りにき

物あはれなるけしきを人〻をかしがる。さるは[8]、下り立ちて人のやうにもわび給はざりしかど、人ざまのさすがに心ぐるしう見ゆるなり。

「うち出で[9]過ぐす事もこそ侍れ。あなかしこ。」

とて立つほどに、

12 （院が）御息所（大君）の居室に。
13 （薫も院の）お供として（大君の御方へ）。
14 （男踏歌の）見物のためにこの院へ参上した（女房たちの）実家の者が多くて、いつもよりははなやいで、雰囲気もにぎやかだ。
15 （薫は）渡殿（にしつらえてある女房たちの局）の戸口に。
16 薫の声を聞き知っている女房に。
17 薫の言。昨夜の月の光は、（明るすぎて）きまりわるかったな。一五八頁参照。
18 蔵人少将が月の光に照れていた様子も、あれは月の光に恥じるのではなかったのだろう。大君に気をとられたせいだろう、とほのめかす物言い。「桂の影」は月光のこと。底本「はつる」、青表紙他本の一部「はへる」。

1 宮中あたりでは、そのようにも見えなかった。「雲の上」は宮中で、「月」の縁語。
2 （こちらの）女房たちの中にはかわいそうにと聞いている者もいる。
3 女房の言。（古歌では）「闇はあやなき」と詠まれる（ようにあなた様の芳香も闇の中でこそひき立つ）のですが、月光の下で映える（あなたの）お姿はもうお一方（蔵人少将）よりも格別だ、と評定申しました。この古歌は一一五頁注12参照。底本「月はえ」のあとに「は」を補入。諸本の異同が多い箇所。
4 機嫌をとる、の意。
5 女房の歌。昨春の竹河を歌ったあの夜のことは思い出せましょうか、なつかしく偲ぶほどの事柄はないけれど。「夜」に竹の「節（よ）」を掛ける。「節」と「ふし」は「竹」の縁語。
6 つい涙ぐんでしまうのも、なるほどさほど浅い（大君への）思いではなかったのだ、と。薫は一年前の正月二十日過ぎのことを想起し、失恋のつらさを思い知らされる。
7 薫の歌。「竹河」の河が流れるように生きながらえた後、（大君への）期待もはかない結果となって、この世（の男女の仲）はつらいものと思い知った。「流れて」と「泣かれて」、

「[1]こなたに。」

と召し出づれば、[2]はしたなき心ちすれど、まゐり給ふ。

「[3]故六条院の、たふかのあしたに、女楽にて遊びせられける、いとおもしろかりきと、[4]右のおとゞの語られし。何ごとも、[5]かのわたりのさしつぎなるべき人、かたくなりにける世なりや。[6]いとものの上手なる女さへ多く集まりて、いかにはかなきこともをかしかりけん。」

などおぼしやりて、[7]御琴ども調べさせ給ひて、[8]箏は宮す所、琵琶は[9]侍従に賜ふ。[10]和琴を弾かせ給ひて、[11]此殿など遊び給ふ。[12]宮す所の御琴の音、[13]まだかたなりなるところありしを、[14]いとよう教へないたてまつり給ひてけり、いまめかしう、爪おとよくて、[15]歌、曲の物など、上手にいとよく弾き給ふ、何ごとも、[16]心もとなくおくれたることはものしたまはぬ人なめり、かたちはた、いとをかしかべし、と猶心とまる。かやうなるをり多かれど、[17]おのづからけどほからず、乱れ給ふ方なく、馴れ〳〵しうなどはうらみかけねど、[18]をり〳〵につけて、思ふ心のたがへる嘆かしさをかすむ

「世」と「節(よ)」、「憂き」と「浮き」を掛ける。「竹」の縁語仕立ての贈歌に対し、「流れ」「浮き」という「河」の縁語で応じた。

8 とはいえ、(薫は)なりふりかまわないであの人(蔵人少将)のようにお恨みになることはなかったけれど、その人柄ゆえにかえって気の毒に見えるのである。

9 薫の言。言い過ぎてしまうかもしれません。「もこそ」は危惧の念を示す。

---

1 冷泉院の言。こちら(大君の居所)へ。

2 (薫は)きまり悪い気持がするけれど。

3 冷泉院の言。亡き六条院(源氏)が男踏歌の翌朝に女楽として管絃の遊びをなさったのが。㊃初音13節で、その計画と準備までが語られる。底本「女かく」、青表紙他本・河内本など「女かた」。本文として「女方」がよい。

4 右大臣(夕霧)が話された。

5 あのお方(源氏)の後継者になれるような人は、(今は)いなくなった時代だな。

6 (男性ばかりか)相当な技芸の名人である女性までも多く集まっていて(六条院では)。

7 (冷泉院は)お琴の調律をおさせになって。「琴」は絃楽器全般。

8 玉鬘の大君。

9 源侍従、すなわち薫。

10 冷泉院の担当する楽器。

11 催馬楽の曲名「此殿」。一一三頁注6。

12 三行後の「をかしかべし」まで薫の心内。

13 (以前は)まだ熟していないところがあったのに。かつて薫は、玉鬘邸の「寝殿の西面」に鳴り響く「琵琶、箏の琴の声」(一〇八頁)を蔵人少将とともに聞いている。その「箏」がおそらく大君の演奏であったのだろう。

14 冷泉院は。院による大君への指導の充実ぶりから、寵愛の厚さも示唆される。

15 歌の(伴奏の)曲と、歌詞のつかない曲。

16 頼りなく(人よりも)劣るようなところはおありでない人のようだ、容貌もまた、実に美しいのだろう、と(薫は)なおも心ひかれる。

るも、いかゞおぼしけん、知らずかし。

[1]う月に女宮生まれ給ひぬ。[2]ことにけざやかなるもののはえもなきやうなれど、院[3]の御気色にしたがひて、右の大殿よりはじめて、御産養し給ふ所〴〵多かり。か[4]んの君、つと抱き持ちてうつくしみ給ふに、[5]とうまゐり給ふべきよしのみあれば、[6]五十日の程にまゐり給ひぬ。[7]女一宮一所おはしますに、[8]いとめづらしくうつくしうておはすれば、[9]いといみじうおぼしたり。[10]いとゞたゞこなたにのみおはします。[11]女御方の人〻、いとかゝらでありぬべき世かなと、たゞならず言ひ思へり。

[12]正身の御心どもは、[13]ことに軽〴〵しく背き給ふにはあらねど、さぶらふ人〻の中[14]にくせ〴〵しきことも出で来などしつゝ、[15]かの中将の君の、さ言へど人の[16]このかみにてのたまひし事かなひて、かんの君も、[17]むげにかく言ひ〳〵の果ていかならむ、[18]人笑へにはしたなうもやもてなされむ、[19]上の御心ばへは浅からねど、年経てさぶらひ給ふ御方〴〵、よろしからず思ひ放ち給はゞ、苦しくもあるべきかな、と思ほすに、[20]内には、まことに物しとおぼしつゝ、たび〳〵御けしきあり、と人の告げきこ

17 自然とよそよそしくないようにして、また取り乱されることもなく、馴れ馴れしいように恨み言を言いかけたりもしないけれど。

18 機会あるごとに、(大君を)慕う気持がかなわなかった悲嘆をほのめかすのも、(大君としては)どうお思いになったのだろう、(そこまでは)知らないよ。語り手の言辞で結ぶ。

27 四月、女宮誕生

1 四月に女宮が生まれなさった。大君の懐妊は昨年七月(24節)。

2 (退位した帝の子ゆえ)特に際だった映え映えしさもないようだけれど。

3 冷泉院のご意向に添って、右大臣(夕霧)をはじめ、産養のお祝いをなさる方々が多い。産養は、親族などが衣服、むつき、調度、食物などを贈り、産婦の邸宅で祝宴を行う儀。三夜、五夜、七夜と奇数の夜ごとになされる。

4 尚侍の君(玉鬘)が、ずっと抱きかかえてかわいがりなさるが。出産は里邸で行われる。

5 (冷泉院から)早く帰参なさるようにとの仰せがしきりにあるので。

6 誕生五十日目の祝儀。

7 (冷泉院は)女一宮お一人がいらっしゃるところへ。㊂匂兵部卿二三頁下段注14参照。「女一宮」、青表紙他本の一部「女宮」。

8 とても久しぶり(の御子誕生)でかわいくていらっしゃるので。

9 (冷泉院は)とても大事(な御子)だと。

10 (これまでより)ますますただこちら(大君の御方)にばかりいらっしゃる。

11 女御(弘徽殿女御)方の女房たちは、まったくこんなことにならないでほしかったものねと。院の寵愛を大君に独占されたのが不快。

28 玉鬘、尚侍の官職を中君に譲る

12 当人(弘徽殿女御と大君)のお心では。

13 特に軽率な仲違いはなさらないけれど。

14 ひねくれたことも。相手への意地悪など。

ゆれば、わづら[1]はしくて、中の姫君を、おほやけざまにてまじらはせたてまつらむことをおぼして、内侍のかみを譲(ゆづ)り給ふ。おほやけ[2]いとかたうし給ふことなりければ、年(とし)[3]ごろかうおぼしおきてしかど、え辞(じ)ゝし給はざりしを、故[4]おとゞの御心をおぼして、久[5]しうなりにけるむかしの例(れい)など引(ひ)き出(い)でゝ、そのことかなひ給ひぬ。こ[6]の君の御宿世(すくせ)にて、年(とし)ごろ申し給ひしはかたきなりけり、と見(み)えたり。

かくて、心[7]やすくて内住(ず)みもし給へかし、とおぼすにも、いと[8]ほしう、少将の事を母(はゝ)北の方(かた)のわざとのたまひし物を、頼(たの)めきこえしやうにほのめかし聞(き)こえしも、いかに思ひたまふらん、とおぼしあつかふ。弁[9]の君して、心うつくしきやうに、おとゞに聞(き)こえ給ふ。

内(うち)[10]よりかゝる仰せ言(こと)のあれば、さま[11]〲に、あながちなるまじらひの好(この)みと、

世の聞き耳(きゝみゝ)もいかゞと思ひ給へてなん、わづらひぬる。

と聞(き)こえ給へば、

内(うち)[12]の御気色は、おぼし咎(とが)むるも、ことわりになんうけたまはる。公(おほやけ)[13]ごとにつけ

15 玉鬘の長男、左近中将。
16 長兄の立場から(母玉鬘に忠告として)おっしゃったことが当てはまって。一五六頁。
17 二行後の「あるべきかな」まで玉鬘の心内。やたらと(女御の女房たちが)こうして陰口を言い続けたら最後はどうなることだろう。「世の中をかく言ひ言ひの果て果てはいかにやいかにならむとすらむ」(拾遺集・雑上および哀傷・読人しらず)による。
18 物笑いにされみっともないように扱われるのだろうか。
19 上(冷泉院)のご寵愛は浅くないけれど。
20 帝におかれては、(大君の参院を)実に不愉快だとお思いになっては、幾度もご意向をお示しになる、と人が報告申し上げるので。

---

1 (玉鬘は)当惑して、中君を、公的に(女官として宮中に)出仕させ申し上げることをお考えになり、尚侍の職をお譲りになる。尚侍は内侍所の長官であるとともに、帝の寵愛を受けることもある。「中の姫君を」、これを青表紙他本の多くは欠く。
2 (尚侍が重職ゆえ)朝廷としては(交代が)とても困難とされていることだったので。
3 (玉鬘は)長年にわたりこのように(辞任を)心に決めていらしたけれど。
4 亡き大臣(鬚黒)の(姫君を入内させたいとの)お気持を(玉鬘は)お思いになって。
5 ずいぶん前となる昔の先例などを引き出して(願い出て)、その辞任をかなえなさった。
6 この君(中君)のご宿縁ゆえに、長年申し上げなさってきた(辞任の)件は(実現が)困難だったのだ、と見受けられる。語り手の推測。

29 玉鬘の弁明

7 玉鬘の心内。気楽に宮中での生活をして下さいよ。尚侍は公職ゆえ、后妃たちと同列ではない。「心やすくて」、青表紙他本の一部・河内本など「て」を欠く。
8 以下、二行後「思ひたまふらん」まで玉鬘

ても、宮仕へし給はぬは、さるまじきわざになん。はやおぼし立つべきになん。

と申し給へり。又このたびは、[1]中宮の御気色取りてぞまゐり給ふ。[2]おとゞおはせましかば、おし消ち給はざらまし、などあはれなることどもをなん。[3]姉君はかたちなど名高うをかしげなり、と聞こしめしおきたりけるを、引きかへ給へるを、[4]なま心ゆかぬやうなれど、これもいとらう〳〵じく、心にくゝもてなしてさぶらひ給ふ。

[5]前のかんの君、かたちを変へてんとおぼし立つを、

「[6]かた〴〵にあつかひきこえ給ふほどに、おこなひも心あわたゝしうこそおぼされめ。」

「[7]いますこしいづ方も心のどかに見たてまつりなし給ひて、[8]もどかしき所なく、ひたみちに勤め給へ。」

と、君たちの申し給へば、[9]おぼしとゞこほりて、[10]内には時ゝ忍びてまゐり給ふをりもあり。[11]院には、わづらはしき御心ばへのなほ絶えねば、[12]さるべきをりもさらにまゐり給はず。[13]いにしへを思ひ出でしが、[14]さすがにかたじけなうおぼえしかしこまり

の心内。困ったことに、(蔵人)少将のことを母北の方(雲居雁)がわざわざおっしゃったのに対し、(先方から)当てにしてもらえるように(中君との結婚を)それとなく申したのも。この母どうしのやりとりは、14節参照。

9　弁の君(玉鬘の次男の右中弁)を使者として、悪気がないように、大臣(夕霧)に。

10　玉鬘の手紙。帝からこうした(中君の尚侍就任という)指令のお言葉があったので。

11　(院へ、また宮中へと)あれこれと、むやみな(高望みの)宮仕えを好んでいると。

12　夕霧の手紙。帝のご意向としては、(あなた方を)非難なさろうとお考えになるのも、もっともなことと。帝の意向と言い訳をされては、夕霧も反論のしようがない。

13　公的な勤めであれ、(とにかく)宮仕えをなさらないのは、よろしくないことで。

1　中宮(明石中宮)のご機嫌を確認してから。

2　玉鬘の心内。亡き大臣(鬚黒)がご存命だったならば、(他の后妃のどなたも中君を)圧倒なさることはあるまいに。

3　姉君(大君)は容貌なども評判が高く魅力的だ、と(帝は)お聞きとめあそばしていたのに、(玉鬘が中君へと)交代なさったのを。

4　何となく気にくわないようだけれど、この人(中君)もいかにも才たけて、奥ゆかしくふるまってお仕えしていらっしゃる。

30　玉鬘、出家を断念

5　前任の尚侍の君(玉鬘)は、(尼へと)姿を変えようと決心なさるけれど。

6　子息の左近中将と右中弁の言。あちらこちらとお世話申し上げなさる時期なので、(たとえ出家しても)勤行も気ぜわしくお思いになるでしょう。

7　これも子息の言。いましばし(大君と中君の)いずれのお方もゆったりとした気持で見届け申し上げるようになさってから。

8　人から非難されることのないように。

に、[1]人のみなゆるさぬことに思へりしをも知らず顔に思ひて、まゐらせたてまつりて、[2]みづからさへ、たはぶれにても若〴〵しき事の世に聞こえたらむこそ、いとまばゆく見ぐるしかるべけれ、とおぼせど、[3]さる罪によりとはた、宮す所にも明かしきこえ給はねば、[4]我をむかしより、故おとゞはとりわきておぼしかしづき、[5]かんの君は、若君を、桜の争ひ、はかなきをりにも心寄せ給ひしなごりに、おぼし落としけるよ、とうらめしう思ひきこえ給ひけり。[6]院の上はた、ましていみじうつらしとぞおぼしのたまはせける。

「[7]古めかしきあたりにさし放ちて、思ひ落とさるゝもことわり也。」

とうち語らひ給ひて、[8]あはれにのみおぼしまさる。

[9]年ごろありて、又をとこ御子生み給ひつ。[10]そこらさぶらひ給ふ御方〴〵に、かゝる事なくて年ごろになりにけるを、[11]おろかならざりける御宿世など世人おどろく。[12]みかどは、まして限りなくめづらしと、この今宮をば思ひきこえ給へり。[13]おりゐ給はぬ世ならましかば、いかにかひあらまし、[14]いまは何事もはえなき世を、いとくち

9 （玉鬘は出家を）思いとどまりなさって。

10 宮中（の中君）のもとには。

11 院（冷泉院）におかれては、厄介なご性向が今なお絶えないので。冷泉院の玉鬘に対する懸想は、娘大君の参院後もなお続いた。

12 （参上して）当然という時でも。

13 以下、一七二頁三行「見ぐるしかるべけれ」まで玉鬘の心内。「いにしへ」は、冷泉院の意向に反して鬚黒と結婚した過去。

14 やはり畏れ多く思われたことへのお詫びとして。

---

1 （大君参院を）人はみな受け入れられないことだと思っていたのも知らぬふりをして。

2 （その上）自分までもが、（たとえ）その場限りのみだらなことであっても（院との関係について）大人げない噂が世間に広まったとしたら、実に恥ずかしくみっともなかろうが。

3 そんなやましいことのために（院に参上しえない）というのは、御息所（大君）にも打ち明け申し上げられないので。底本「つみ」、青表紙他本多く・河内本など「いみ」。「忌（いみ）」であれば、はばかること。

4 以下、「おぼし落としけるよ」まで大君の心内。自分のことを昔から亡き大臣（父の鬚黒）は特別にお思いで大事になさったが。

5 尚侍の君（母の玉鬘）は、若君（中君）のことを、桜の争いでも、（他の）ちょっとした時でもひいきになさったその続きで、（私を）見下しておいでなのだわ。桜をめぐっては、玉鬘は中君の木と判定していた（一一二頁）。

6 院の上（冷泉院）はまた、（大君にも）まして（玉鬘を）ひどく恨めしいと。

7 冷泉院の大君に対する言。（玉鬘が）年老いた（私の）所にあなたを放っておいて、（私を）見下しなさるのも無理もないことだ。

8 （大君のことを）いとしいとばかり。

31 大君、男御子を出産

9 数年経過して、（大君は）また男御子をお産

をしとなんおぼしける。[1]女一宮を限りなき物に思ひきこえ給ひしを、かく[2]さま〲にうつくしくて数添ひ給へれば、めづらかなる方にて、いとことにおぼいたるをなん、[3]女御も、あまりかうては物しからむと御心動きける。[4]ことに触れてやすからず、くね〱しきこと出で来などして、おのづから[5]御中も隔たるべかめり。[6]世のことゝして、数ならぬ人の仲らひにも、もとよりことわり得たる方にこそ、あひなきおほよその人も、心を寄するわざなめれば、[7]院の内の上下の人ゝ、[8]いとやむごとなくて久しくなり給へる御方にのみことわりて、[9]はかないことにも、この方ざまをよからず取りなしなどするを、[10]御せうとの君たちも、

「[11]さればよ。」

「[12]あしうやは聞こえおきける。」

と、いとゞ申し給ふ。[13]心やすからず聞きぐるしきまゝに、

「[14]かゝらで、のどやかにめやすくて世を過ぐす人もおほかめりかし。[15]限りなき幸ひなくて、宮仕への筋は思ひ寄るまじきわざなりけり。」

みになった。

10　たくさんお仕えしておいでの后妃方には、こういう（男御子の）出産もなくて。

11　並一通りではなかった（冷泉院と大君との）前世からの宿縁だなどと。

12　院の帝（冷泉院）は、ましてやこの上なくうれしいと、この今宮（男御子）のことをお思い申し上げていらっしゃる。

13　ご退位なさらない時であったならば、（男御子の誕生は）どんなにそのかいがあったことか。このあたりの叙述は、冷泉院への敬意を示しつつ、院の心内に即している。

14　冷泉院の心内。（退位した）今は万事に張り合いのない時なので、実に残念だと。男御子が誕生したものの、立太子の可能性がない。

1　（これまで冷泉院は）女一宮（弘徽殿女御腹）をこの上ないものと（大事に）思い申し上げなさったが。

2　それぞれ（皇女に皇子と）かわいらしく（御子の）数が加わっていらしたので。

3　（弘徽殿）女御も、あまりこのようでは不快であろうと。女一宮の母として、冷泉院があまりに大君腹の御子たちをかわいがることについて、平静でいられなくなった。

4　何かにつけて穏やかでなく、ひねくれた（意地悪などの）事件が持ち上がるなどして。

5　（弘徽殿女御と大君との）ご関係も。

6　世のならいとして、ものの数に入らぬ（身分の）夫婦の関係でも、元から筋の通っている立場（本妻）の方に、何の関係もない一般人も、味方をするもののようなので。

7　院（冷泉院）の中で（お仕えする）身分の上の者も下の者も。

8　（女一宮の母女御として）実に重々しいお立場が長くていらっしゃるお方（弘徽殿女御）にばかり筋が通っていることを認めて。

9　些細なことでも、この御息所（大君）の方をよくないようにあえて扱ったりするのを。底本「方さま」、青表紙他本・河内本など「御

と、[1]大上は嘆き給ふ。

[2]聞こえし人〻の、[3]めやすく成り上りつゝ、[4]さてもおはせましに、かたはならぬぞあまたあるや。その中に、[5]源侍従とていと若うひはづなりと見しは、[6]宰相中将にて、

「[7]にほふや、かをるや。」

と聞きにくゝ[8]めでさわがるなる、げにいと人がら重りかに心にくきを、[9]やんごとなき親王たち、大臣の、御むすめを心ざしありてのたまふなるなども聞き入れず、などあるにつけて、

「[10]そのかみは若う心もとなきやうなりしかど、めやすくねびまさりぬべかめり。」

など[11]言ひおはさうず。

[12]少将なりしも、三位中将とかいひておぼえあり。

「[13]かたちさへあらまほしかりきや。」

など、[14]なま心わろき仕うまつり人はうち忍びつゝ、

かたさま」。

10 大君の兄弟、左近中将と右中弁をさす。

11 兄弟の言。それ見たことか。

12 これも兄弟の言。（我々は）正しくないことを申し上げていたろうか。この兄弟は、当初から大君の参院に反対していた（一二四頁）。

13 （玉鬘は）心も平静でなく。

14 玉鬘の言。こんな（参院した大君の）ようではなくて、のんびりと体裁よく（結婚）生活を送る人（女性）も多いようね。

15 この上ない幸運がないのなら、宮仕えのことは思いつくべきではないのだった。

---

1 玉鬘。娘たちそれぞれが院、帝へと参り、「上」と呼ばれうるので「大上」とするか。この巻のみにみえる語。類語「大北の方」。

32 求婚者たちのその後

2 玉鬘の大君へのかつての求婚者たち。

3 無難に昇進を重ねて。

4 仮に大君の婿君としていらしたとしても、不似合ではない方々が大勢いるよ。

5 源侍従といって若く弱々しい感じだと（人々が）見た方。薫のこと。

6 「十九になり給ふ年、三位の宰相にて、猶中将も離れず」（㊆匂兵部卿三四頁）。

7 世間の人々の言。「例の、世人は、「にほふ兵部卿、かをる中将」と聞きにくゝ言ひつゞけて」（㊆匂兵部卿三二頁）と照応する。

8 ほめられ騒がれるようで。伝聞の「なり」により、玉鬘方には匂宮と薫をもてはやす声が人づてに聞こえてくることを示す。

9 重々しい親王たち、大臣たちが、（ご自身の）娘のことで（婿になってほしいとの）意向があって申し入れなさっているようなのに対しても（薫は）耳を貸さない、などということを（玉鬘は）聞くにつけて。夕霧もこうした「大臣」の一人。㊆匂兵部卿三八頁。

10 玉鬘たちの言。あの当時は（薫は）若くて頼りないようだったけれど、きっと見た目もよ

「[1]うるさげなる御有りさまよりは。」

など言ふもありて、[2]いとほしうぞ見えし。[3]此中将は、猶思ひそめし心絶えず、うくもつらくも思ひつゝ、[4]左大臣の御むすめを得たれど、をさ〳〵心もとめず、「[5]道の果てなる常陸帯の」と、手習にも、言種にもするは、[6]いかに思ふやうのあるにか有りけん。

[7]宮す所、やすげなき世のむつかしさに、里がちになり給ひにけり。[8]かんの君、思ひしやうにはあらぬ御有りさまをくちをしとおぼす。[9]内の君は、[10]中〳〵いまめかしう、心やすげにもてなして、世にもゆゑあり、心にくきおぼえにてさぶらひ給ふ。

左大臣亡せ給ひて、[11]右は左に、藤大納言、左大将かけ給へる右大臣になり給ふ。次〳〵の人〻成り上りて、このかをる中将は[12]中納言に、[13]三位の君は宰相になりて、[14]悦したまへる人〻、この御族より外に人なきころほひになんありける。[15]中納言の御悦に、前の尚侍の君にまゐり給へり。御前の庭にて[16]拝したてまつり給ふ。かんの君、対面し給ひて、

く成熟しているにちがいないようね。

11 「おはさうず」は一二一頁注12参照。玉鬘と女房たちが一緒になって、もはや縁遠くなっている薫の立派な姿を想像している。

12 （蔵人）少将であった人も。

13 女房の言。（蔵人少将は家柄だけでなく）容貌だって申し分なかったよ。

14 いささか意地悪な奉公人（女房）は、ひそひそと（陰口を）話して。

---

1 女房の言。厄介な（冷泉院での）ご様子に比べたら（蔵人少将の方がよかったのでは）。

2 困ったことに見えた。

3 この（三位）中将（かつての蔵人少将）は、今なお（大君を）思慕した気持を絶やさず。

4 系図不詳。古注釈などで、「竹河（の）左大臣」と呼ばれてきた。

5 「東路の道の果てなる常陸帯のかことばかりも逢ひ見てしかな」（古今六帖五）により、申しわけ程度でも逢いたい、の心。

6 どのような考えがあってのことだったのだろうか。語り手のいぶかしがり。

7 御息所（大君）は、気の安まることのない（院内の）人間関係の煩わしさゆえに。

8 かつての尚侍の君、すなわち玉鬘。

9 帝にお仕えなさっている君、すなわち尚侍となっている中君。

10 （大君の不如意に比べ）かえって当世風に、気楽そうにおふるまいになって、いかにも品格があり、奥ゆかしいとの評判を得て。

33 昇進の薫が玉鬘と対面

11 右大臣（夕霧）は左大臣に、藤大納言（紅梅大納言）は左大将兼右大臣に。ただし夕霧については、[七]紅梅と[七]総角以降で「左」と「右」が諸本により分かれている。また紅梅大納言の昇進は、[七]橋姫以降の宇治十帖に引き継がれない。

12 [七]紅梅六二・七八頁に「源中納言」とあり、[七]椎本7節でこの昇進が語られる。

「[1]かくいと草深くなりゆく葎の門を避き給はぬ御心ばへにも、先昔[2]の御こと思ひ出でられてなん。」

など聞こえ給ふ。御声[3]あてに愛敬づき、聞かまほしういまめきたり。古りがたく[4]もおはするかな、かゝ[5]れば院の上は、恨み給ふ御心絶えぬぞかし、今つひに事引き出で給ひてん、と思ふ。

「悦[6]などは、心にはいとしも思ひ給へねども、先御覧[7]ぜられにこそまゐり侍れ。避[8]きぬなどの給はするは、おろかなる罪にうち返させ給ふにや。」

と申し給ふ。

「けふ[9]は、さだ過ぎにたる身の愁へなど、聞こゆべきついでにもあらず、とつゝみ侍れど、わざ[10]と立ち寄り給はん事はかたきを、対面[11]なくてはた、さすがにくだくだしきことになん。院[12]にさぶらはるゝが、いといたう世の中を思ひ乱れ、中空なるやうにたゞよふを。女御[13]を頼みきこえ、又后の宮の御方にも、さりともおぼしゆるされなん、と思ひ給へ過ぐすに、いづ[14]方にも、なめげに心ゆかぬ物におぼ

13 三位中将。かつての蔵人少将。㊉総角五一八頁に「左の大殿の宰相中将」として登場するのは、同一人物とみられる。

14 ご昇進なさった方々は、この(夕霧と故致仕大臣の)ご一族以外には誰もいない当節であった。亡き鬚黒太政大臣家もその埒外。

15 中納言(薫)が昇進のご挨拶のため、前尚侍の君(玉鬘)のところへ参上なさっている。

16 拝舞。昇進時、また禄を与えられた際に、庭前で舞うようにして謝意をあらわす。

---

1 玉鬘の言。このように(人も訪れず)草深くなってゆくばかりの葎(らむぐ)の這いまつわるあばら屋をお避けにならないご意向につけても。「葎」は、蔓性の雑草の総称。

2 まずは昔の(亡き源氏の)ことが。

3 (玉鬘の)お声は高貴で愛らしく、(ずっと)聞いていたいほど華やいでいる。この時点での玉鬘は、年立によれば五十六歳ほど。薫にはかなり若々しく感じられる。

4 以下、「引き出で給ひてん」まで薫の心内。

5 こんなふうだから院の上(冷泉院)は、(執心ゆえに)恨みなさるお気持が変わらないのだな、そのうちついには色恋沙汰を起こしなさるだろう。薫の認識によれば、冷泉院の玉鬘に対する懸想は常軌を逸しつつあるか。

6 薫の言。昇進の慶事などは。

7 まずはご覧いただくように参りました。

8 (私がこちらを)避けないなどとおっしゃるのは、(無沙汰という)至らない罪をわざと反対に言われるのでしょうか。玉鬘の言「避き給はぬ…」を受ける。

9 玉鬘の言。今日は(おめでたい日なので)、盛りを過ぎた我が身の愚痴など、申し上げてよい機会ではない、と気がひけますが。

10 わざわざ(こちらへ改めて)お訪ね下さるようなことはむずかしくて。

11 (一方で)対面の折でないとまた、(愚痴をお伝えするのは)やはりこまごまとしてわずらわしいことで。手紙などでは伝えにくい上、

されたなれば、いとかたはらいたくて。宮[1]たちはさてさぶらひ給ふ。[2]このいとまじらひにくげなる身づからは、かくて心やすくだにながめ過ぐい給へとてまかでさせたるを、それにつけても聞きにくゝなん。上[3]にも、よろしからずおぼしの給はすなる。[4]ついであらば、ほのめかし奏し給へ。[5]とさまかうざまに頼もしく思ひ給へて、出だしたて侍りしほどは、いづ方をも心やすくうちとけ頼みきこえしかど、いまはかゝることあやまりに、をさなうおほけなかりける身づからの心を、もどかしくなん。」

とうち泣い給ふけしき也。

「[6]さらにかうまでおぼすまじきことになん。かゝる御まじらひのやすからぬことは、むかしより[7]さることとなり侍りにけるを。[8]くらゐを去りて静かにおはしまし、[9]何事もけざやかならぬ御ありさまとなりにたるに、[10]たれもうちとけ給へるやうなれど、おのおの〱うちうち〱は、いかゞいどましくもおぼすこともなからむ。[11]人は何の咎と見ぬことも、わが御身にとりてはうらめしくなん、あいなきことに心動かい給ふ

愚痴をこぼせるのは薫だけという、玉鬘の事情もあろう。

12　冷泉院にお仕えする者（大君）が、実にひどく人間関係に心を悩ませ、中途半端な状態で落ち着かないので（当惑しております）。

13（参院にあたっては）女御（弘徽殿）をお頼り申し、また后の宮（秋好中宮）の御方にも、何とかお許しいただけようか、と。

14（弘徽殿女御と秋好中宮の）いずれにおかれても、（大君が）無礼で気に入らない者とお思いになったそうなので。「心ゆかぬ」、青表紙他本多く「ゆるさぬ」。

1（大君腹の）若宮たちは、そのまま御所にいらっしゃる。女二宮と今宮（男御子）。

2　この宮仕えをしにくそうな当人（大君）は、せめてこうして（里邸で）気楽にぼんやりと過ごして下さるようにと退出させたところ。

3　上（冷泉院）におかれても、けしからぬこととお思いになりそう仰せとのことです。

4（あなたからも）機会があれば、（私の心を）それとなく（院に）奏上して下さい。

5　あれこれと頼りに存じまして、（大君を）出仕させました当座は、（弘徽殿女御、秋好中宮などの）どなたにも気軽に心をゆるしてお頼り申し上げたけれど、今はこんな行き違いになり、幼稚で身の程知らずだった自分の心を、非難したいことです。

6　薫の言。決してこんなにも思いつめなさらないほうがよいことです。

7　そうしたものと決まっておりましたので。

8（冷泉院は）帝位を退いて。

9　何につけても目立つこともないご様子に。

10（后妃たちはお互いに）どなたも心をゆるしておいでのようだけれど、それぞれの心の内では、どうして張り合おうとお思いになることがないでしょうか。

11　他人からは何の過ちとも見えないことでも、ご自身にとっては不満だと、筋違いなことに心を動揺させなさるのは。「心」、青表紙他本

こと、女御、后の常の御癖なるべし。[1]さばかりの紛れもあらじ物とてやはおぼし立ちけん。たゞなだらかにもてなして、御覧じ過ぐすべきことに侍る也。[2]をのこの方にて奏すべき事にも侍らぬ事になん。」

と、[3]いとすく〳〵しう申し給へば、

「[4]対面のついでに愁へきこえむと、待ちつけたてまつりたるかひなく、あはの御ことわりや。」

とうち笑ひておはする、[5]人の親にてはか〴〵しがり給へるほどよりは、[6]いと若やかにおほどいたる心ちす。[7]宮す所もかやうにぞおはすべかめる、[8]宇治の姫君の心とまりておぼゆるも、[9]かうざまなるけはひのをかしきぞかし、と[10]思ひゐ給へり。

[11]内侍のかみも、このころまかで給へり。[12]こなたかなた、住み給へるけはひをかしう、大方のどやかに紛るゝ事なき御ありさまどもの、[13]簾の内心はづかしうおぼゆれば、心づかひせられて、いとゞもてしづめめやすきを、[14]大上は、近うも見ましかば、とうちおぼしけり。

の一部「こゝろを」。

---

1 その程度のいざこざもあるまいものと思って(参院を)決心なさったのでしょうか(そうではありますまい)。

2 (后妃たちのことは)男の(私の)方で(院に)奏上すべき問題でもございませんことです。

3 実に無愛想に申し上げなさると。

4 玉鬘の言。面と向かう機会に愚痴を申し上げようと、(お越しを)待ちうけておりましたかいもなく、あっさりしたご判断ですね。

5 子をもつ(母)親としてきぱきとなさるわりには。「はかばかしがる」は、「はかばかし」を動詞化した語。

6 いかにも若々しくおっとりした感じがする。「あは」は、形容詞「淡(はあ)し」の語幹。

7 以下も薫の心内。「御息所」は大君。薫の心内に即した叙述。

8 宇治の大君と中君。この時点は、㊆椎本の前半にあたる。薫にとっては、宇治の大君と中君のことがまだ明確に識別されていない。㊆紅梅巻末の「八の宮の姫君」(八〇頁)への言及とともに、宇治十帖との連繋が図られている叙述。

9 こういうふうである様子が魅力的だからなのだ。

10 底本「思ゐ給へり」、書陵部本など青表紙本の一部「思ひ給へり」。

11 尚侍(中君)も、このころに(里邸へ)。

12 (大君と中君が)こちらとあちらと(居室を分けて)住んでいらっしゃる雰囲気は魅力的で、全体にゆったりとして煩わされることのない(お二人の)ご様子であって。

13 (薫には)簾の内が気はずかしいほどに(奥ゆかしく)思われるので、おのずと緊張し、いつもより物静かで(見た目が)立派な様子なのを。

14 大上(玉鬘)は、(薫を婿という)近い関係で見るのであったら(どんなによかったか)、と。「大上」は、一七七頁注1参照。

[1]大臣殿は、たゞこの殿の東なりけり。[2]だいきやうの[3]垣下の君達などあまた集ひ給ふ。[4]兵部卿の宮、[5]左の大臣殿の賭弓の還立、[6]すまひのあるじなどにはおはしまししを[7]思ひて、けふの光と請じたてまつり給ひけれど、おはしまさず。[8]心にくゝもてかしづきたまふ姫君たちを、[9]さるは、心ざしことに、いかでと思ひきこえ給ふべかめれど、宮ぞ、いかなるにかあらん、御心もとめ給はざりける。[10]源中納言の、いとゞあらまほしうねびとゝのひ、何事もおくれたる方なくものし給ふを、[11]おとゞも北の方も目とゞめ給ひけり。

[12]隣のかくのゝしりて、行きちがふ車のおと、前駆おふ声〴〵も、むかしのこと思ひ出でられて、[13]この殿には物あはれにながめ給ふ。

「[14]故宮亡せ給ひて程もなく、このおとゞの通ひ給ひしほどを、いとあはつけいやうに、世人はもどくなりしかど、[15]かくてものし給ふも[16]さすがなる方にめやすかりけり。[17]定めなの世や。いづれにかよるべき。」

などのたまふ。

34　右大臣家の大饗

1　（右の）大臣（紅梅）の邸宅は、この（玉鬘邸の）すぐ東であった。一七九頁下段注11参照。
2　大饗。ここは臨時の大饗で、大臣任官を披露する祝宴。底本「たひきやう」。
3　宴会の相伴役。㊆匂兵部卿四三頁注7。
4　匂宮。
5　「左の大臣殿」は夕霧の邸宅。「還立」は還饗（かえりあるじ）に同じ。夕霧による「賭弓の還饗」に匂宮が参加したことは、㊆匂兵部卿四〇頁。
6　相撲（すまい）の饗応。毎年七月、内裏で相撲を天覧し、群臣に宴を賜うのが相撲の節会。その後、左右の大将が部下と相撲人を私邸で接待するのが「あるじ」。なお物語内に「すまひのあるじ」の場面はない。底本「すまゐ」。
7　（紅梅右大臣が）想起して、（匂宮を）今日の（宴の）光（となる賓客）としてお招き申し上げなさったけれど、おいでにならない。
8　（紅梅右大臣が）奥ゆかしく大切に養育申し上げなさる姫君たちを。㊆紅梅1節参照。
9　実は、（紅梅右大臣には）格別の意向があり、何とか（匂宮を中君の婿に）とお思い申しておいでのようだけれど。㊆紅梅に詳しい。
10　源中納言（薫）が、ますます理想的に成熟して立派になり、何に関しても（人より）劣ったところもなくていらっしゃるのを。
11　大臣（紅梅）も北の方（真木柱）も（婿候補として）注目なさるのだった。
12　隣家が（大饗で）このように大騒ぎをして。
13　この（玉鬘の）邸宅では。
14　玉鬘の言。故宮（蛍兵部卿宮）が亡くなられてまもなく、この右大臣（紅梅）が（真木柱のもとへ）お通いになった時は、実に軽々しいように、世間では非難したそうだけれど。底本「ほとを」、青表紙他本など諸本「事を」。
15　（紅梅の気持も変わらず）こうして（夫婦で）いらっしゃるのも。底本「かくて」、青表紙他本多く「おもひもきえすかくて」。

〔一五〇〕

[1]左の大殿の宰相中将、大饗(だいきやう)の又の日、[2]夕つけてこゝにまゐり給へり。[3]宮(みや)す所(どころ)、里(さと)におはすと思(おも)ふに、[4]いとゞ心げさう添(そ)ひて、

「[5]おほやけの数(かず)まへたまふよろこびなどは、何(なに)ともおぼえ侍らず、私(わたくし)の思ふ事かなはぬ嘆(なげ)きのみ、年月に添(そ)へて思ひ給へ晴(は)るけん方(かた)なき事。」

と、涙おしのごふも[6]ことさらめいたり。廿七八のほどの、いと盛(さか)りににほひ、はなやかなるかたちし給へり。

「[7]見(み)ぐるしの君たちの、世中(よのなか)を心のまゝにおごりて、官(つかさ)くらゐをば何(なに)とも思はず[8]過(す)ぐしいますがらふや。[9]故殿(との)おはせましかば、こゝなる人ゝも、かゝるすさび事にぞ、心は乱(みだ)らまし。」

とうち泣(な)き給ふ。[10]右兵衛督(うひやうゑのかみ)、右大弁にて、みな[11]非参議(ひさんぎ)なるをうれはしと思へり。[12]侍従と聞(き)こゆめりしぞ、このころ頭の中将と聞(き)こゆる。年齢(としよはひ)のほどは[13]かたはならねど、人におくると嘆(なげ)き給へり。[14]宰相は、とかくつきづきしく。

16 （当初の非難はあったが）それでもやはり（夫婦仲が良好）という点で見た目がよいものね。「なる」、青表紙他本多く「さる」。

17 確実でないのは男女の仲よ。（真木柱と大君の）どちらをよしとすべきか。継娘真木柱の結婚生活は安定しているが、一方の実子大君は、望まれて参院しながら今や四面楚歌。

35 玉鬘邸の寂寥

1 左大臣（夕霧）の（子息の）宰相中将。かつての蔵人少将。

2 夕方になってここ（玉鬘邸）へ。

3 御息所（大君）が、里邸（であるこの場）にいらっしゃると思うと。

4 いつもより改まった気持が加わって。「心げさう」は「心化粧」。底本「心けそう」。

5 宰相中将の言。朝廷が数の内に入れて下さった昇進のことなどは、何とも思われません。自分の思うことがかなわない嘆きばかりは、年月とともに加わって思いを晴らすすべもないことで。底本「思給へ」。

6 いかにもわざとらしい。

7 宰相中将が帰った後の玉鬘の言。「見ぐるしの君たち」は宰相中将。昇進に関心がないように装い、大君への懸想をなお口にする宰相中将への反感を込める。

8 過ごしていらっしゃるよ。

9 亡き殿（鬚黒）がご在世だったならば、ここの息子たちも、こんな色恋に、心を悩ませる（余裕があった）でしょうに。

10 （子息の）左近中将は右兵衛督に、右中弁は右大弁になって。

11 四位で、参議に任ぜられる資格を有する者。

12 玉鬘の三男、藤侍従。

13 不体裁ではないけれど、（他家の）人に遅れをとっていると（玉鬘は）お嘆きになる。

14 宰相中将は、（その後も）あれこれともっともらしく（言い寄ってきて）。大君への執心がなおも続くことを示唆して語り納める。

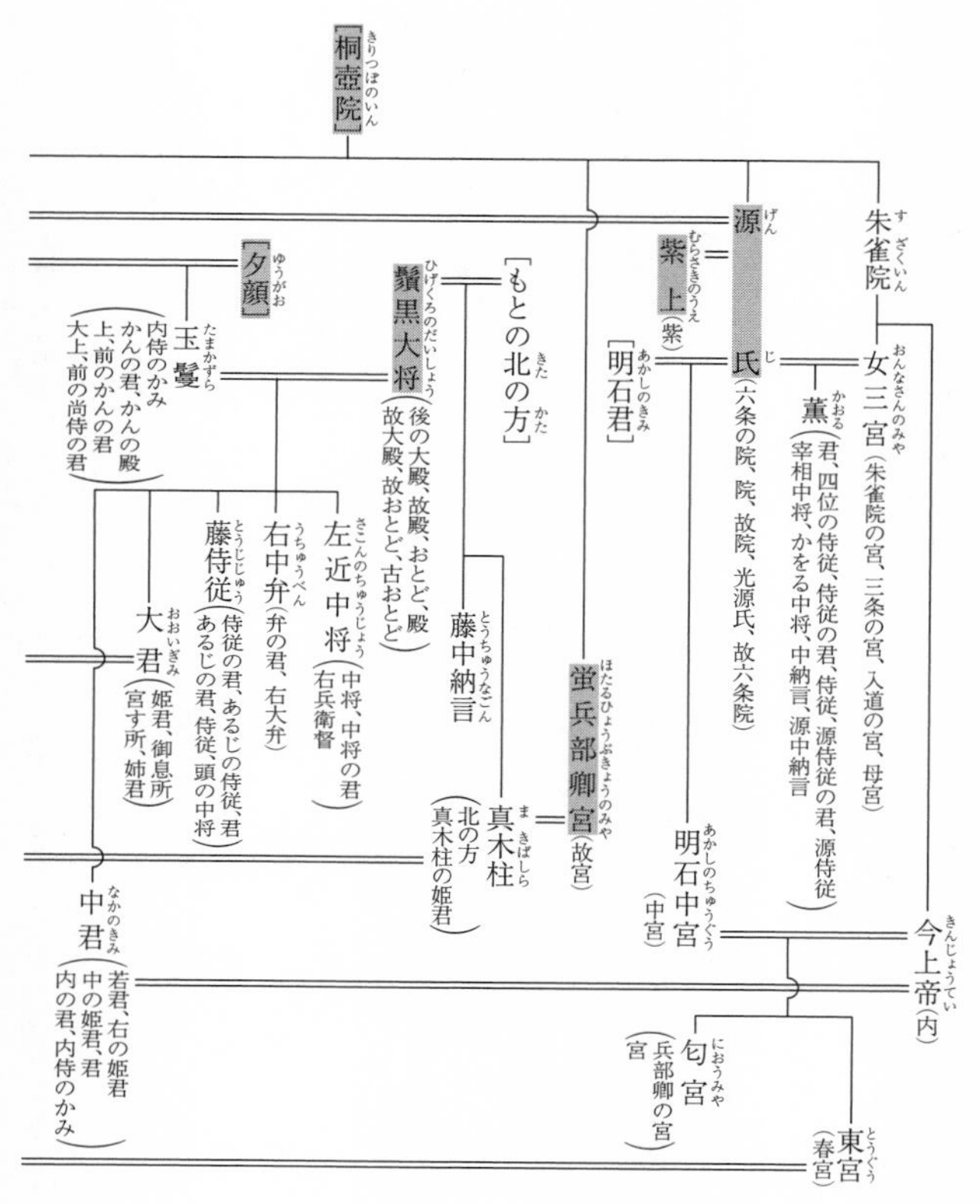

宰相君
大輔君
なれき
中将のおもと（中将）

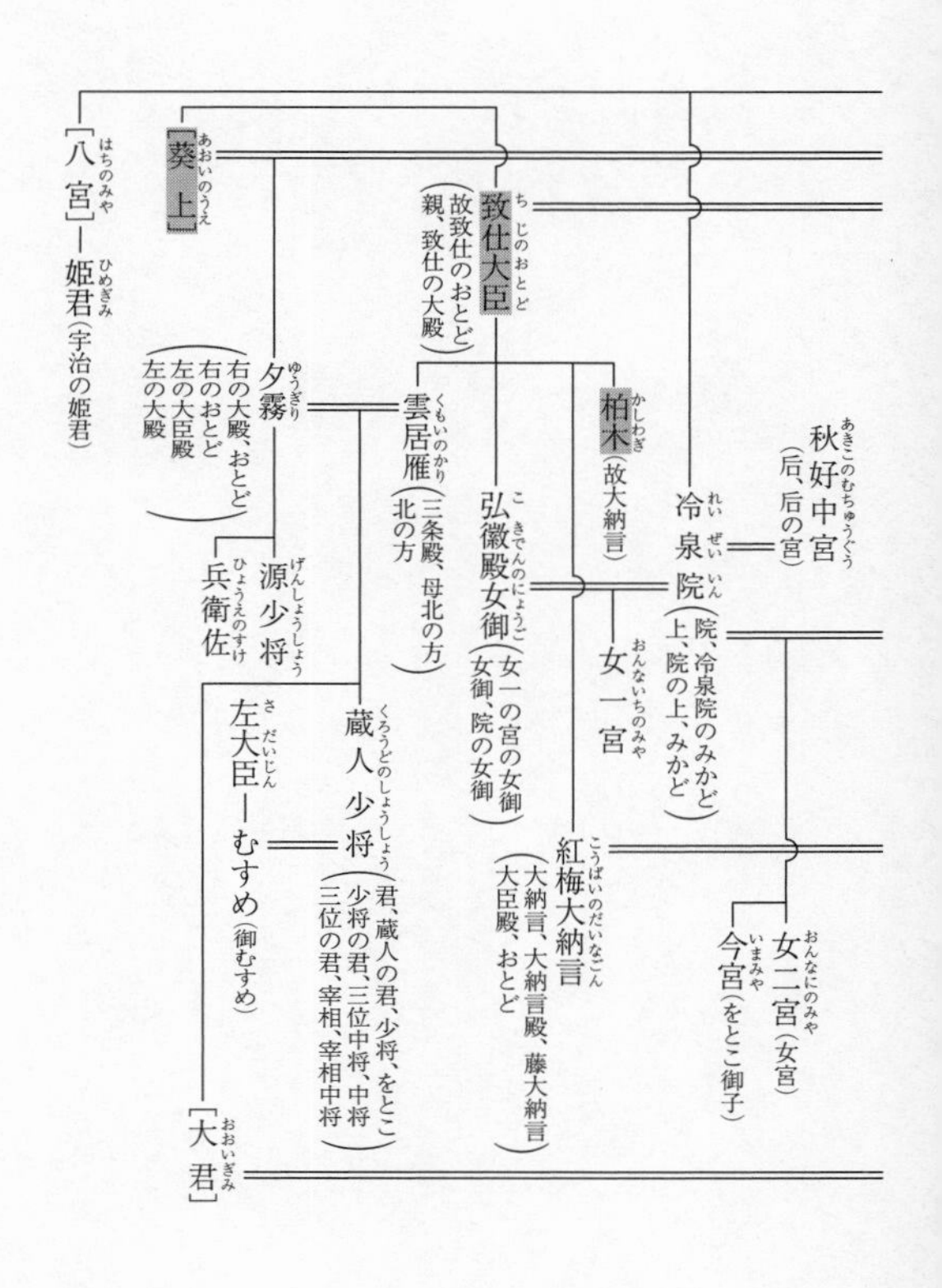

八宮
姫君（宇治の姫君）
葵上
致仕大臣（故致仕のおとど　親、致仕の大殿）
夕霧（右の大殿、おとど　右のおとど　左の大臣殿　左の大殿）
雲居雁（三条殿、母北の方　北の方）
柏木（故大納言）
弘徽殿女御（女一の宮の女御　女御、院の女御）
冷泉院（院、冷泉院のみかど　上、院の上、みかど）
秋好中宮（后、后の宮）
女一宮
源少将
兵衛佐
蔵人少将（君、蔵人の君、少将、をとこ　少将の君、三位中将、中将　三位の君、宰相、宰相中将）
左大臣
むすめ（御むすめ）
紅梅大納言（大納言、大納言殿、藤大納言　大臣殿、おとど）
女二宮（女宮）
今宮（をとこ御子）
大君

橋姫

橋姫(はしひめ)

薫(かおる)が大君(おおいぎみ)に贈った歌「橋姫の心を汲みて高瀬さすさをの雫に袖ぞ濡れぬる」(二五八頁)による。底本の題簽は「はし姫」。

〈薫二十歳―二十二歳冬〉

1 ある時、世の中から忘れ去られた老親王(八宮(はちのみや))がいた。時勢が移り変ったために、世間から見放されたようなありさまで、世話人たちも去ってゆく。北の方は昔の大臣の娘で、仲の睦ましさを憂き世の慰めにして、日々を過ごしている。

2 二人目の女君を出産して、北の方はまもなく逝去する。八宮は、出家の願いを抱きながらも、二人の姫君を愛育する。北の方の遺言で、中君(なかのきみ)を大切に育てるとともに、大君もまた高貴な感じである。中君の乳母は去る。

3 八宮は荒廃した邸で、在俗のまま仏道修行に精進する。念誦の暇々に姫君たちと碁や偏(へん)つぎに興じている。

4 春のある日、八宮は庭の池の水鳥をながめて、姫君たちに琴を教える。その音に涙して歌を詠み、大君が返歌し、中君も幼い「我ぞ巣守(すもり)に」の歌を書く。大君には琵琶、中君に箏(そう)の琴を習わせる。

5 宮は相続の遺産なども失うほどの零落ぶりだが、もともと桐壺(きりつぼ)帝の皇子で、光源氏の弟宮であった。冷泉院(れいぜいいん)の東宮時代に、弘徽殿(こきでん)方の構えた東宮廃立の陰謀に加担させられて、時勢が移り、源氏一族の繁栄の時代には落魄の運命を生かされてきたという。

6　八宮邸が焼けて、宇治の山荘に移り住む。「亡き人(北の方)も家も煙になって、どうして自分の身が消え残ったのだろう」と詠む。

7　八宮は、宇治山の阿闍梨(あざり)に師事するようになり、仏道精進を深めるものの、幼い姫君たちを見捨てることができない。

8　宇治の阿闍梨は冷泉院に親しくして、京に出た折に院や薫に八宮のことを「俗聖(ぞくひじり)」だと語る。冷泉院が八宮の姫君たちに関心を抱くのに対して、道心深い薫は八宮の精進生活に心ひかれる。

9　冷泉院は、阿闍梨に托して歌を八宮に贈り、八宮は世に恨みをまだ残すと詠む返歌をする。いたわしく院は思う。

10　阿闍梨が八宮に、道心の深い薫のことを語る。八宮は、薫が恵まれた境遇ながら道心を抱いているのを、奇特な人柄と思う。やがて「法の友」として八宮と薫との交流が始まり、薫は宇治を訪れる。

11　薫は、宇治の八宮のもとに親しく通うようになり、しだいにその俗聖ぶりに傾倒する。そのもとで姫君たちはどんな思いでいるのかと思う。冷泉院も八宮と親しく文を通わしあううちに、三年の歳月が経つ。

12　晩秋のある夜、八宮が念仏会のため阿闍梨の寺での参籠中に、薫(二十二歳)は宇治を訪ねる。馬での馴れない山行きに、「あやなくもろき我(わが)涙かな」と詠む。宮の家に近づくと、琴の音の演奏が聞こえるのに気づく。

13 薫は、ひそかに姫君たちの演奏を近くで聞こうと、宿直人(とのいびと)に垣間見に好都合な場所へと案内させる。

14 薫は、月の下で合奏する姫君たちを垣間見する。琵琶を前にしてさしだす顔は中君らしく、箏の琴にうつむきかかるのは大君らしい。

15 薫はあらためて大君に挨拶するも、女房たちは恥じらうばかり。奥に寝ていた老女房を起こして大君は応接役を譲る。

16 大君に代って出てきた老女房(弁の君)は、薫への待遇をおろそかにしてはならないと若い侍女たちを叱りながら、薫を称讃する。

17 弁は薫に、亡き柏木(かしわぎ)の乳母子(めのとご)であることを語り、この五、六年間、八宮に仕えていること、柏木の遺言について伝えたいことがあると言う。薫はわが出生の秘事に関わる件かと直観し、他日詳細な話をと約束させる。

18 夜明けごろ、薫の槙の尾山を詠む歌、大君の返歌、薫の橋姫を詠む歌、大君の返歌と、歌を詠み交して帰京する。着替えた衣類を宿直人に与える。

19 帰京後の薫は、弁の述べだした話題が気にかかるとともに、姫君たちの面影も脳裡から離れない。大君に文を、人々に物品を贈る。その翌日、山籠りの八宮にも見舞の品などを贈る。

20 薫は宇治の姫君たちのことを、匂宮(におうみや)の興味をそそるかのように語る。匂宮はその話題にいたく心を動かされる。しかし薫の思いは弁の語り出した話題の上にある。

21 十月上旬に薫は宇治を訪れ、八宮は歓待して阿闍梨とともに仏典について議論する。

22 明け方近く、薫は八宮と琴を合奏し、琴の音色を語るついでに、姫君たちのことを話題にする。自分の死後に残される姫君たちについての意向を洩らす八宮に対し、薫は後見を承引する。

23 薫は弁を召し出して昔の語りを聞く。涙をとどめることができない。

24 弁の語り。秘事を弁と小侍従と以外に知る人はいないと誓う。柏木の形見の品があると言う。弁の半生は西海の果てにまでさすらい、夫の死後十年あまりも京にのぼれぬほどの数奇の運命であった。

25 薫は弁から、亡き柏木の形見の文反故(ふみほうご)を受け取る。薫は、自分が五、六歳のころ小侍従が亡くなったことを弁に話して、帰京する。

26 薫は、形見の文反故を読む。鳥の跡のような文字で書かれた二首の、一首は女三宮(おんなさんのみや)宛て、もう一首は生まれたばかりの薫に宛てた歌。母女三宮を訪ね、無心に経を読む尼姿に接した薫は、秘密を知ったことを母にも言わず、ひとり胸中におさめることにする。

[1]そのころ、[2]世に数まへられ給はぬ古宮おはしけり。[3]母方などもやんごとなくものしたまひて、筋ことなるべきおぼえなどおはしけるを、[4]時移りて、世中にはしたなめられ給ひける紛れに、中〳〵いとなごりなく、[5]御後見などもものうらめしき心〳〵にて、[6]方〴〵につけて世を背き去りつゝ、[7]公私に寄り所なく、さし放たれ給へるやうなり。

[8]北の方も、むかしの大臣の御むすめなりける、あはれに心ぼそく、[9]親たちのおぼしおきてたりしさまなど思ひ出で給ふに、たとしへなき事多かれど、[10]古き御契りの二つなきばかりをうき世の慰めにて、[11]かたみに又なく頼みかはし給へり。

年ごろ経るに、[12]御子ものし給はで心もとなかりければ、さう〴〵しくつれ〴〵なる慰めに、「いかでをかしからむ児もがな」と、宮ぞ時〴〵おぼしのたまひけるに、[13]めづらしく、女君のいとうつくしげなる生まれ給へり。これを限りなく[14]あはれと思

1 不遇の親王、八宮

1 およそある時。㊂紅梅の冒頭の書き方に同じ。㊃宿木・㊃手習も「そのころ」から始まる。宇治十帖(うじじゅう/うじじょう)の始まりである。

2 世間から人並みの者として認められなさらぬ年寄りの親王がいらしたという。「数まへらる」は、相応に(皇族として)扱われる。八宮(はちのみや)。光源氏の異母弟(二一三頁注6)で、桐壺帝第八皇子。二一六頁に「八の宮」。

3 母の家系にしても重々しくいらっしゃって、格別の地位におつきになるはずとの声望などがおありだったのに。祖父は大臣、母は女御(二一〇頁)。

4 時勢が一転して、社会からみじめな思いをさせられなさったごたごたの時に、(予想された幸いと逆に)かえって(声望が)きれいさっぱりなくなり。朱雀帝のころに八宮の不遇が始まったことは二一二頁以下に語られる。

5 (八宮の)お世話人なども(あてがはずれて)何かと残念なそれぞれの思いで。外戚など。

6 あの方面この方面に応じて(宮家の)関係から次々に離れ去り離れ去りし。

7 (八宮は)公にも私にも頼る所がなくなり、見捨てられておられる様子である。

8 八宮の北の方(正妻)にしても、ずっと前の大臣のお娘だったのが、悲しくて心細く。

9 (北の方の)両親が心に決めておられた期待などをお思い出しになると、たとえようもない(悲しくなる)ことが多いけれど。親たちは八宮の立坊や即位に期待を寄せていた。

10 昔からのご夫婦仲がまたとないことだけをつらい世での慰めにして。底本「ふるき」は諸本「ふかき」、明融本(東海)「る」を見せ消ちにして「か」。

11 (八宮と)互いにこれ以上なく頼りあっていらっしゃる。

2 姫君二人を残して北の方、死去

12 お子のご誕生がなくて不安な気持だったか

ひかしづききこえ給ふに、さしつゞきけしきばみ給ひて、このたびはをとこにても[1][2]
などおぼしたるに、同じさまにて平かにはしたまひながら、いといたくわづらひて[3][4]
亡せ給ひぬ。宮、あさましうおぼしまどふ。[5]
ありふるにつけても、いとはしたなく耐へがたき事多かる世なれど、見捨てがた[6]
くあはれなる人の御ありさま心ざまに、かけとゞめらるゝ絆にてこそ過ぐし来つれ、
ひとりとまりて、いとゞすさまじくもあるべきかな、いはけなき人〳〵をも、ひと[7][8]
りはぐくみたてむほど、限りある身にて、いとをこがましう人わろかるべきこと、
とおぼし立ちて、ほいも遂げまほしうしたまひけれど、見譲る方なくて残しとゞめ[9][10]
むを、いみじうおぼしたゆたひつゝ、年月も経れば、おの〳〵およすげまさり給[11]
ふさまかたちの、うつくしうあらまほしきを明け暮れの御慰めにて、おのづから見[12]
過ぐし給ふ。
後に生まれ給ひし君をば、さぶらふ人〳〵も、[13]
「いでや、をりふし心うく。」[14]

ら、索然と気の紛れない寂しさを慰めようと、

13 「どうぞかわいい子供がほしいよな」と。

14 思いがけなく、女君がまことに美しげなさまでお生まれになる。大君(おおいぎみ)の誕生である。

不憫に。

---

1 引き続き懐妊なさって。「けしきばむ」は、徴候が現れる。「又もけしきばみ給ひて、五(つい)月許に」(⑤若菜下四三四頁)は明石女御の懐妊。諸本多く「又さしつゝき」、明融本(東海)は底本に同じ。

2 今度は男児誕生でもと期待する。

3 同じく女児で無事に出産なさるものの。中君(なかのきみ)(次女)が誕生する。

4 (北の方は産後)たいそう重くわずらって亡くなってしまわれる。

5 八宮は、あまりのことにおろおろ混乱なさる。不幸が重なり途方に暮れる。

6 八宮の心内。生きながらえるのに応じて、まことにみっともなく耐えられないことの多い人生だけれど、(出家して)見捨てることがむずかしくかわいそうな人(妻)のご様子や気立てにより、(現世に)引き留められる妨げとなってこれまで過ごしてきたというのに。「世の憂き目見えぬ山路へ入らむには思ふ人こそ絆なりけれ」(古今集・雑下・物部吉名)。

7 一人になりこの世にとどまって。

8 幼い姫君たち(大君・中君)までを、男手一つで養育しようあいだ、相応に高い身として、まことに愚かしく外聞もわるいに違いないこと、と思い立たれて。「限りある身」は、親王として格式を守らねばならない身分。

9 本意。出家の本懐。底本「ほひ」。

10 世話を頼む方面がなくて(姫君たちを)あとに残し置くことになろうと、はなはだ悩みためらっていらっしゃりながら。底本「かたなくて」、青表紙他本「人なくて」、河内本「人もなくて」。明融本(東海)「方なくて」。

11 すくすく一段と成長なさる(姫君たちの)しぐさや容姿が。

など[1]うちつぶやきて、心に入れてもあつかひきこえざりけれど、[2]限りのさまにて、何事もおぼし分かざりしほどながら、これをいと心ぐるしと思ひて、

「[3]たゞこの君を形見に見給ひて、あはれとおぼせ。」

とばかり、たゞ一言なむ宮に聞こえおきたまひければ、[4]先の世の契りもつらきをりふしなれど、さるべきにこそはありけめと、[5]いまはと見えしまでいとあはれと思ひて、うしろめたげにのたまひしを、とおぼし出でつゝ、この君をしもいと[6]かなしうしたてまつりたまふ。[7]かたちなむまことにいとうつくしう、ゆゝしきまでものし給ひける。

[8]姫君は、心ばせ静かによしある方にて、見る目もてなしも、け高く心にくきさまぞし給へる。[9]いたはしくやむごとなき筋はまさりて、[10]いづれをもさま〴〵に思ひかしづききこえ給へど、[11]かなはぬ事多く、年月に添へて、宮の内さびしくのみなりまさる。[12]さぶらひし人も、たづきなき心ちするにえ忍びあへず、次〳〵にしたがひてまかで散りつゝ、[13]若君の御乳母も、さるさわぎに、はか〴〵しき人をしも選りあへ

12 底本・明融本(東海)「み」、青表紙他本多く・河内本「そ」。

13 中君。

14 侍女たちの言。いやもう、ちょうどその(いまわしい)時に情けなくて。

1 ぶつぶつ言って、熱心に世話もし申さなかったけれど。北の方死去の時に中君が誕生したことをいまわしいとする。

2 (北の方が)臨終の状態で、何ごとも分別なさらなかった時でありながら、この人(中君)をたいそういたわしいと思って。

3 北の方の遺言。命と引き換えに産んだ子を形見としてこの世に残す。「君を」、諸本多く「君をは」。明融本(東海)は「きみを」。

4 八宮の心内。前世の因縁も恨めしい折であるけれど、そうなるべき決まりだったのだろうと。北の方の死去も、その代償のような中君の誕生も宿世だとする。

5 (北の方が)いよいよ臨終と思われた間際まで(中君を)まことに不憫と思って、いかにも気がかりにおっしゃったのに、と。

6 中君をことさらいつくしみ申される。

7 (中君は)お顔立ちがほんとうにかわいらしく、縁起でもないぐらいずばぬけていらっしゃったことだ。「ゆゆし」(不吉だ)は、すぐれた人が神隠しなどに遭いやすいという俗信を言う。

8 姉の大君は、気立てが落ちつきしっかり者で、見た目や身のこなし方も、気品があり奥ゆかしい風情でいらっしゃる。

9 いたわってあげたい高貴な方面は(中君よりも)まさって。新編全集によれば古注は中君について言うとする。

10 (八宮は姉妹の)どちらをもそれぞれたいせつにお育て申し上げるけれど。

11 不如意なことが多く、歳月とともに、邸内はますます寂れる一方である。底本「さひしく」、青表紙他本など多く「ものさひしく」、明融本(東海)「もさひしく」。

給はざりければ、[1]ほどにつけたる心浅さにて、幼きほどを見捨てたてまつりにければ、たゞ宮ぞはぐくみ給ふ。

[2]さすがに広くおもしろき宮の、池、山などのけしきばかりむかしに変はらで、いといたう荒れまさるを、[3]つれ〴〵とながめ給ふ。[4]家司なども、むねむねしき〔人もなかりければ、とりつくろふ〕人もなきまゝに、草青やかにしげり、[5]軒のしのぶぞ所得顔に青みわたれる。をり〳〵につけたる花紅葉の[6]色をも香をも、[7]同じ心に見はやし給ひしにこそ慰むことも多かりけれ、[8]いとゞしくさびしく、寄りつかむ方なきまゝに、[9]持仏の御飾りばかりをわざとせさせ給ひて、明け暮れおこなひ給ふ。[10]かゝる絆どもにかゝづらふだに、思ひのほかにくちをしう、[11]わが心ながらもかなはざりける契りとおぼゆるを、まいて何か世の人めいていまさらにとのみ、年月に添へて[12]世中をおぼし離れつゝ、[13]心ばかりは聖になり果てたまひて、故君の亡せたまひにしこなたは、[14]例の人のさまなる心ばへなど、たはぶれにてもおぼし出で給はざりけり。

12 仕えていた人(女房たち)にしても、生活の頼りない感じがするのに我慢できなくなり、一人減り二人減り退出を続けて。「たづき」は、生活の手段。

13 中君のお乳母もまた、そのような(北の方の急逝などの)騒ぎで、有力な人をまあ選ぶことがおできにならなかったから。

---

1 身分の程度に合った思慮の浅はかさで、(中君が)幼い年齢なのを見捨て申してしまったから。代わって八宮が一人で育てる。

3 八宮、仏道に精進する

2 (零落していると言っても)それでも広く趣のある宮邸が、池や築山(つきやま)のたたずまいだけは昔と変わらず(そのままで)、すっかり荒れ放題になるのを。

3 所在なく物思いに屈する八宮。

4 家政を取り仕切る職員などにしても、中心になる重々しい人もいなかったから、修繕する人もいないままに。諸本多くにより「人もなかりければとりつくろふ」を補う。明融本(東海)は底本に同じ。

5 軒に茂るしのぶ草がわがもの顔に青々とはびこっている。「偲ぶ」を響かせて、懐旧の念に生きる八宮の心情をも表現する。

6 「君ならでたれにか見せん梅の花色をも香をも知る人ぞ知る」(古今集・春上・紀友則)。

7 (以前は北の方と)ご一緒にお楽しみになったからこそ。

8 (北の方亡き今は)いよいよ寂れて、頼りとするような所もないままに。底本「かたなき」を諸本によって訂正する。

9 身近に安置して拝する仏像。

10 かような(出家の障りになる)係累たちにかかずらうことさえも。

11 (だれが止めるでもない)自分の心なのに(出家を)遂げられなかった宿縁だと思われると、それ以上にどうして世間並みにふるまって今あらたに(再婚できようか)とばかり。

「[1]などかさしも。[2]別るるほどのかなしびは、また世にたぐひなきやうにのみこそはおぼゆべかめれど、[3]あり経ればさのみやは。[4]猶世人になずらふ御心づかひをし給ひて、いとかく[5]見ぐるしくたづきなき宮の内も、おのづからもてなさるゝわざもや。」

と、人は[6]もどき聞こえて、何くれとつき〴〵しく聞こえごつことも、るいに触れて多かれど、聞こしめし入れざりけり。

[7]御念誦のひま〳〵には、この君たちをもて遊び、やう〳〵およすげ給へば、[8]琴習はし、[9]五打ち、偏つぎなど、はかなき御遊びわざにつけても、[10]心ばへどもを見たてまつり給ふに、[11]姫君は、らう〳〵じく深く重りかに見えたまふ。[12]若君は、おほどかにらうたげなるさまして、ものづゝみしたるけはひにいとうつくしう、さま〴〵におはす。

春のうらゝかなる[13]日影に、池の水鳥どもの、羽うちかはしつゝ、おのがじゝさへづる声などを、[14]常ははかなきことに見たまひしかども、つがひ離れぬをうらやま

12　男女の仲を考えないようにしながら。
13（俗体のまま）心だけはすっかり修行者になり切っておられて。在家の求道者（優婆塞（うばそく））であるさま。「聖」は山野に修行する民間の宗教者が本義。
14（後妻を求めるといった）世の常の人の気持を、冗談としても考え出されなかったことだ。

1　八宮周辺の人々の言、次々に言う。どうしてそんなにまあ。あとに続く否定語を省略する。独身でいることを周囲が咎める。
2（奥方と）死別する当座の悲しみは、世にまたとないとばかり思われるようですが。
3　時間が経つとそう（悲嘆して）ばかりでもあるまい。悲しみも薄らぐはずだとする。
4　やはり世間の人に準ずるお心づもりをなさって。周囲が再婚を勧める。
5　みっともなく頼みにする何もない邸内にしても、（後妻をもらって）自然と成り立ってくることもあるのでは。「もてなさる」は、処置がなされる、ととのってくる。
6　咎めだてし申して、何かともっともらしく（縁談を）お耳に入れることも、縁故を介して多いけれど、お聞き入れなさらなかった。「るい（類）」は底本「るひ」。
7　仏を心に念じて仏名・経文を唱える。
8　箏・琵琶などの絃楽器。
9「碁打ち、偏つぎなど」（㊁葵二二〇頁）。「五」は「碁」の当て字。
10（姫君たち）それぞれの性格を拝見なさると。
11　大君は、利発で思慮深く重々しく見られなさる。「らうらうじ」は行き届いている感じ。訓みはリョウリョウジか。
12　中君は、おっとりといかにも可憐な様子をして、どこかはにかんだ感じにまことにかわいらしく。「らうたげ」は、かばってやりたい、いじらしい感じ。

4　春日、水鳥の歌を詠む

13　日ざし。

しくながめ給ひて、君たちに御琴ども教へきこえたまふ。いとをかしげに小さき御ほどに、とりどり搔き鳴らし給ふものの音ども、あはれにをかしく聞こゆれば、涙[1]を浮けたまひて、

「[2]うち捨ててつがひ去りにし水鳥のかりのこの世にたちおくれけん

[3]心尽くしなりや。」

と、目おしのごひ給ふ。[4]かたちいときよげにおはします宮なり。年比[5]の御おこなひに痩せ細り給ひにたれど、[6]さてしもあてになまめきて、君たちをかしづき給ふ御心ばへに、[7]なほしのなえばめるを着給ひて、しどけなき御さま[8]いとはづかしげ也。

姫君、御硯をやをら引き寄せて、手習[9]のやうに書きまぜ給ふを、

「[10]これに書き給へ。硯[11]には書きつけざなり。」

とて、紙たてまつり給へば、はぢらひて書きたまふ。

[12]いかでかく巣立ちけるぞと思ふにもうき水鳥の契りをぞ知る

[13]よからねど、そのをりはいとあはれなりけり。手[14]は、生ひ先見えて、まだよくも

14　いつもはどうということもなく見過ごしてきたが、(今では)雌雄が離れないのをうらやましくぼんやり眺めなさって。青表紙他本「はかなきことと」、河内本「はかなしと」。明融本(東海)は「ゝかなきことに」。

1　涙を浮かべなさって。

2　八宮の歌。雄鳥を捨てて、一対から離れて逝ってしまった水鳥の雁の、かりのこ(卵、子供たち)がどうして仮のこの世に残されたのだろう。「水鳥の」までが序詞。「かりのこ(雁の子、卵)」「仮のこの世」が掛詞で、「子(姫君たち)」を響かす。

3　心をすり減らすよ。気をもませられる。

4　容姿はいかにも清らかという感じの八宮だ。

5　何年もの仏道のお勤めで。

6　そうしたお姿がかえって気高く優美で。皇統の血を継ぐ宮の高貴さをいう。

7　直衣(のうし)が柔かくなっているのをお召しになって。糊気の落ちた衣類。

8　こちらが恥ずかしくなるほど奥ゆかしい感じである。

9　習字のように書きいれなさるのに対して。硯の面に重ね書きするさま。

10　八宮の言。この紙に書きなされ。

11　硯には書きつけないと聞く。『河海抄』によれば、硯は文殊の眼なので眼石と言い、この面にものを書かない、菅家(菅原道真)の日記にも「硯面には書かず」とする。

12　大君の歌。どのようにしてかように成人したのかと思うにつけ、水に浮く水鳥のような、憂き身という宿縁を思い知る。「浮き水鳥」に「憂き身」を掛ける。「巣立つ」は、鳥の子が一人前になり親元を離れる。

13　上手な歌ではないけれど、時期が時期なのでたいそうしみじみしたことだ。語り手による評。折に合った歌と評価する。父娘ともども池の水鳥に感慨を深めあう。

14　筆跡は、将来の上達が予想されて、まだうまく連綿体にはなっておられない年齢である。

つゞけ給はぬほど也。

「[1]若君と書きたまへ。」

とあれば、いますこしをさなげに、[2]久しく書き出で給へり。

[3]なく〳〵も羽うち着する君なくは我ぞ巣守になりは果てまし

[4]御衣どもなどなえばみて、[5]御前にまた人もなく、いとさびしくつれ〴〵げなるに、[6]さま〴〵いとらうたげにてものしたまふを、[7]あはれに心ぐるしう、いかゞおぼさゞらん、[8]経を片手に持たまひて、かつ読みつゝ[9]唱歌をし給ふ。[10]姫君にびは、[11]若君に箏の御琴、まだをさなけれど、常に合はせつゝ習ひ給へば、聞きにくゝもあらで、いとをかしく聞こゆ。

[12]父みかどにも女御にも、とくおくれきこえ給ひて、[13]はかばかしき御後見の取り立てたるおはせざりければ、[14]ざえなど深くもえ習ひたまはず、[15]まいて世中に住みつく御心おきてはいかでかは知りたまはむ。高き人と聞こゆるなかにも、[16]あさましうあてにおほどかなる、女のやうにおはすれば、[17]古き世の御宝物、[18]祖父おとゞの御処

1 八宮の言。明融本(東海)「わかきみも」。

2 長い時間をかけて書き出しなさる。

3 中君の歌。泣きながらも(鳴きながらも)、羽をそっと着せてくれる父君がいないと、(孵(かえ)らぬ卵のように)私は育つことなく終ったことでしょう。「巣守」は孵化(かふ)せずに巣に残っている卵で、大君歌の「巣立ち」を受けて、父宮の愛育あってこその自分だとする。諸本多く結句「なるへかりける」、明融本(東海)は「なりはゝてまし」。

4 姫君たちの衣裳の糊が落ちている。「なえばむ」は、二〇九頁注7。

5 (八宮や姫君たちの)御前には(話し相手になるような)女房もさらになく。

6 (姫君たちが)いろいろにたいそうかわいらしげでいらっしゃるのを。二人の対照的なあいらしさ。

7 (八宮は)しみじみといたわしく、どうして愛情をお感じにならないことがあろう。

8 仏道に志しながら他方で姫君養育に腐心する八宮。

9 演奏の譜を口で唱える。「唱歌し給へる声」(㈢少女四五四頁)。諸本多く「さうかも」、明融本(東海)「さうかを」。

10 大君に琵琶。底本「ひわ」。

11 中君に箏の琴。青表紙他本「さうの御ことを」、明融本(東海)は「さうの御こと」。

5 八宮の没落の半生

12 (八宮は)父帝にも母女御にも、早く死別し申されて。「父みかど」は桐壺帝。

13 母方の一統に有力な権勢家がいなかった。

14 才(ざえ)。ここは政道に役立つ方面の学問。底本「さゑ」。

15 まして世間に身を処するお心がまえは。

16 (八宮は)あきれるほど上品でおっとりと、女のようでいらっしゃるので。女は政道にかかわらない、の意。

17 先祖伝来の財物。

18 母女御の父大臣のご遺産。

分、何やかやと尽きすまじかりけれど、行[1]くへもなくはかなく失せ果てゝ、御[2]調度などばかりなん、わざとうるはしくて多かりける。[3]まゐりとぶらひきこえ、心寄せたてまつる人もなし。つれ〴〵なるまゝに、雅[4]楽寮の物の師どもなどやうの、すぐれたるを召し寄せつゝ、[5]はかなき遊びに心を入れて生ひ出で給へれば、その方はいとをかしうすぐれたまへり。

[6]源氏のおとゞの御おとうとにおはせしを、[7]冷泉院の東宮におはしましゝとき、[8]朱雀院の大后の、[9]横さまにおぼしかまへて、この宮を世中に立ちつぎ給ふべく、わが御時、もてかしづきたてまつりけるさわぎに、[10]あいなく、あなたざまの御仲らひにはさし放たれ給ひにければ、いよ〳〵[11]かの御次〳〵になり果てぬる世にて、えまじらひ給はず。また、[12]この年ごろ、かゝる[13]聖になり果てゝ、いまは限りとよろづをおぼし捨てたり。

かゝるほどに、住み給ふ宮焼けにけり。[14]いとゞしき世に、あさましうあへなくて、移ろひ住み給ふべき所の、よろしきもなかりければ、[15]宇治といふ所に、[16]よしある山

1 どこへともなくあっけなく失い尽くして。
2 家具、道具類だけは、（それも）ことさら立派な品々が仰山に（最初から）あった。
3 （八宮のもとに）ご挨拶に参上し、同情し申す人もいない。
4 雅楽寮の音曲の師たち。四胡蝶に「雅楽寮の人召して、舟の楽せらる」（一七〇頁）。
5 とりとめのない音楽に熱中して成人なさっているから、その方面（音楽）は。
6 以下、八宮の系譜と来歴。源氏の大臣（光源氏）の弟君でおわしたのを。青表紙他本・河内本「御おとうと八の宮とぞきこえし」、明融本（東海）「におはせし」を見せ消ちにして「八宮とぞ聞えし」。
7 冷泉院が東宮にましました時。朱雀帝の御代である。
8 弘徽殿大后（こきでんのおおきさき）。朱雀院の生母。
9 よこしまな企てをなさって、この八宮に帝位をお継ぎあそばすよう、ご自分の権勢の盛んな時、ご支援申した騒動で。弘徽殿大后が源氏を失脚させようとしたことは、「さるべき事どもかまへ出でむ」（三賢木三六二頁）とある。大后が当時の東宮（冷泉院）を廃して八宮立坊を画策したとする。その時期は、源氏の須磨流離の前後か。青表紙他本多く「たてまつり給ける」、明融本（東海）は底本に同じ。
10 （八宮は）心ならずも、あちら（源氏）方とのおつきあいからは遠ざけられておしまいになったので。「あいなく」は、関係がなくて。
11 あちら（源氏）のご子孫ばかりが世間で活躍なさってしまう時勢で。
12 この数年。北の方との死別以後。
13 すっかり民間の修行者のようになって。「聖」は、二〇七頁上段注13。

6 宮邸炎上し、宇治に移住

14 はなはだつらい人生の上に、（焼亡は）あまりのことと気落ちなさって。
15 京都府宇治市。貴族たちの別荘が多い。
16 趣のある山荘。

里持たまへりけるに渡り給ふ。思ひ捨てたまへる世なれども、いまはと住み離れなんをあはれにおぼさる。

網代[1]のけはひ近く、耳[2]かしかましき川のわたりにて、静[3]かなる思ひにかなはぬ方もあれど、いかゞはせむ。花紅葉、水の流れにも、心を[4]やるたよりに寄せて、いとゞしくながめ給ふよりほかのことなし。かく絶え籠りぬる野山[5]の末にも、むかしの人ものし給はましかば、と思ひきこえたまはぬをりなかりけり。

見[6]し人も宿も煙になりにしをなにとて我身消え残りけん

生[7]けるかひなくぞおぼしこがるゝや。

7

いとゞ[8]、山重なれる御住みかに尋ねまゐる人なし。あやし[9]き下種など、ゐなかびたる山がつどものみ、まれに馴れまゐり仕うまつる。峰[10]の朝霧晴るるをりなくて明かし暮らしたまふに、この宇[11]治山に、聖[12]だちたる阿闍梨住みけり。ざえ[13]いとかしこくて、世のおぼえもかろからねど、を[14]さ〳〵公事にも出で仕へず籠りゐたるに、この宮のかく近きほどに住み給ひて、さびしき御さまに、た[15]ふときわざをせさせ給

一五四

1　網代の身近な辺りに。川べりであるさま。九月から十二月のあいだ、川に設置して鮎の稚魚（氷魚（おひ））を捕るという。あとにも「網代は人さわがしげなり」（二五八頁）・「網代をそこの比は御覧ぜめ」（二七〇頁）など。

2　耳にやかましい宇治川のほとりで。急流として知られる大きな川で、水音も高い。

3　仏道修行のための閑静な環境ではかならずしもないけれど。

4　鬱屈を晴らすつてなのにつけて、いっそうの物思いをなさるほかにすることがない。

5　野山の果て（宇治の山荘）にでも、亡き北の方がご存命でいらっしゃるのだったならば。

6　八宮の歌。一緒に暮らしてきた北の方もわが宿も煙となってしまったのに、なにゆえにわが身が消え残ったのだろう。火葬の煙と京の屋敷の炎上の煙とを重ね、ひとり「消え残」る自分を対比させる歌。

7　生きているかいもなく恋いこがれていらっしゃるよ。煙の縁で言う。

7　八宮、阿闍梨に師事

8　いよいよ、山また山を隔てる宇治のお住まいを尋ねて参上する人はいない。

9　身分の低い人など、田舎びた山の者たちだけが、まれまれ来馴れてお仕えする。

10　「雁の来る峰の朝霧晴れずのみ思ひ尽きせぬ世の中の憂さ」（古今集・雑下・読人しらず）がある。

11　宇治市東方の山。「わが庵は都の辰巳（たつみ）しかぞ住む世を宇治山と人はいふなり」（古今集・雑下・喜撰（きせん）法師）。

12　民間の修行者を思わせる阿闍梨が以前から住んでいた。宇治に庵を結んだという喜撰法師を連想させる。「阿闍梨」は高徳の師、また朝廷から任ぜられる僧の称号。

13　経典に関する学問教養。二一一頁注14参照。底本「さへ」。

14　めったに朝廷の行事にも出て仕えることをせず籠っているのを。

ひつゝ、法文を読み習ひたまへば、[1]たふとがりきこえて常にまゐる。年ごろ[2]学び知り給へる事どもの、深き心を説き聞かせたてまつり、いよいよ、[3]この世のいとかりそめに、あぢきなきことを申し知らすれば、

「[4]心ばかりは蓮の上に思ひ上り、濁りなき池にも住みぬべきを、いとかく[5]をさなき人〳〵を見捨てむうしろめたさばかりになむ、えひたみちにかたちをも変へぬ。」

など、[6]隔てなく物語りし給ふ。

この阿闍梨は、冷泉院にも親しくさぶらひて、[7]御経など教へきこゆる人なりけり。京に出でたるついでにまゐりて、[8]例の、さるべき文など御覧じて、問はせ給ふこともあるついでに、

「[9]八の宮のいとかしこく、[10]内教の御才悟り深くものし給ひけるかな。[11]さるべきにて生まれたまへる人にやものし給ふらむ。心深く思ひすまし給へるほど、[12]まことの聖のおきてになむ見え給ふ。」

と聞こゆ。

15 (八宮は阿闍梨に)尊い仏事をおさせになりながら、(一方で)仏法を説いた文を習得なさるので。「法文など読み」(㊂賢木三〇二頁)。

---

1 (阿闍梨は)尊いことと感心し申して八宮を絶えずお訪ねする。

2 (八宮が)学んでおられる教義や知識のいろいろについて、(阿闍梨が)深遠なる内容を説いてお聞かせ申し。

3 世間虚仮(けこ)、無常の理をお知らせ申すと。

4 八宮の言。(身は俗にありながらも)心だけは極楽の蓮の上にあがる気持になり、濁りのない池にも住めそうに思うが。極楽には清浄な池があり、蓮が台座をなす。

5 姫君たちを見捨てることになろう後ろ暗さだけは、(それのために)一筋に出家の身に踏み切ることができませぬ。子らが出家を妨げる絆であるとする。「かたち」を変えるとは、出家の身になる。「え…ぬ」は、できない。

6 心底を割ってお話しなさる。

8 阿闍梨、冷泉院に対面

7 経典などについて教え申す人だった。京に出たついでに(冷泉院に)参上する。

8 例によって、(冷泉院が)しかるべき経文などをご覧になって、ご質問なさることもある機会に。

9 阿闍梨の言。「八の宮」とあるので、底本ではここではじめてこの宮が桐壺帝第八皇子であると分かる。一九九頁注2参照。

10 仏教のご学問が深い理解に達しておられましたよな。「内教」は仏徒による呼び方。同じく仏教から儒教その他を「外教(げきょう)」と呼ぶのに対する。「内教の心を尋ぬる中にも、夢を信ずべきこと多く侍りしかば」(㊄若菜上三〇二頁)。

11 仏道者になるべき前世からの宿縁でお生まれになっている人でいらっしゃるのだろう。

12 (俗ながら)真実の聖の心がまえであるように見られなさる。「聖」、二〇七頁上段注13。

「[1]いまだかたちは変へたまはずや。[2]俗聖とか、[3]この若き人〳〵のつけたなる、あはれなること也。」

などのたまはす。

[4]宰相中将も、御前にさぶらひ給ひて、[5]われこそ世中をばいとすさまじう思ひ知りながら、[6]おこなひなど人に目とゞめらるばかりは勤めず、くちをしくて過ぐし来れ、と人知れず思ひつゝ、[7]俗ながら聖になり給ふ心のおきてやいかに、と耳とゞめて聞きたまふ。

「[8]出家の心ざしはもとよりものし給へるを。「[9]はかなきことに思ひとゞこほり、いまとなりては、心ぐるしき女子どもの御上を、え思ひ捨てぬ」となん[10]嘆き侍りたまふ。」

と[11]奏す。

さすがに[12]物の音めづる阿闍梨にて、

「[13]げにはた、この姫君たちの琴弾き合はせて遊び給へる、[14]河波にきほひて聞こえ

1　冷泉院の言。まだ出家者になっていらっしゃらないのかしら。

2　俗体のまま修行する人。在家の仏徒である。前に「心ばかりは聖になり果てたまひて」(二〇四頁)、あとに「優婆塞ながらおこなふ」(二二八頁)。

3　ここの若者たちがあだ名をつけているようなのは、殊勝なことだ。「この若き人〴〵」は薫らを言う。

4　薫。十九歳で中将兼任のまま、三位の宰相となった(㈦匂兵部卿10節)。

5　薫の心内。自分はそれこそ厭世の心を抱いているとする。「世中を深くあぢきなき物に思ひすましたる心なれば」(㈦匂兵部卿三四頁)。

6　勤行など人目につくほどは勤めないで、心のこりなままに過ごしてきて、と人に分からせず思いながら。

7　薫の心内、続き。俗にいて聖におなりの心がまえとはどんなだろう。八宮の俗聖ぶりが、出家にまでは踏み切らない薫の関心を惹く。「おきて」は、決めたこと、態度。

8　阿闍梨の言。

9　八宮自身の言の引用。些細なことで出家の決心が進まなくなり、今となっては、いたわしい娘たちのお身の上を、思い切って捨てることができない。話題が図らずも大君や中君の上に及ぶ。

10　(八宮は)嘆いてござりなさる。「たまふ」は、池田本・書陵部本・明融本(東海)「たうふ」、河内本「たふ」。「たうふ」ならば「侍りたうぶ」(博士の言、㈢少女四三二頁)・「嘆き侍りたうびし」(近江君の言、㈣常夏三一六頁)と同じ、やや古風な言い回しとなる。

11　奏上する。冷泉院への敬意。

12　音楽をたしなむ阿闍梨で。

13　阿闍梨の言。なるほど(それはそれとして)また。「げに」は「え思ひ捨てぬ」という八宮の言を納得する一方で、「はた」で話題を姫君たちの演奏ぶりに転ずる。

侍るはいとおもしろく、[1]極楽思ひやられ侍るや。」

と、[2]古体にめづれば、みかどほゝ笑み給ひて、

「[3]さる聖のあたりに生ひ出でゝ、この世の方ざまはたど〳〵しからむ、とおしはからるゝを、をかしのことや。[4]うしろめたく思ひ捨てがたく、もてわづらひ給ふらんを、もししばしもおくれむほどは、譲りやはしたまはぬ。」

などそのたまはする。[5]この院のみかどは十の親王にぞおはしましける。[6]朱雀院の、故六条院にあづけきこえ給ひし入道の宮の御ためしを思ほし出でゝ、[7]かの君たちをがな、つれ〴〵なる遊びがたきに、などうちおぼしけり。
[8]中将君、中〳〵、親王の思ひすましたまへらむ御心ばへを、[9]対面して見たてまつらばや、と思ふ心ぞ深くなりぬる。さて阿闍梨の帰り入るにも、
「[10]かならずまゐりて、物習ひきこゆべく、まづうち〳〵にもけしき給はりたまへ。」

など語らひたまふ。

14 宇治川の波と先を争って耳に聴かれますのはたいそう興趣があり。

---

1 極楽(の歌舞の菩薩)を思いやらずにはいられませぬよ。

2 旧式の褒め方をするから、院のみかどは微笑まれて。「内のみかど」に対して、上皇を「院のみかど」と呼ぶ。

3 冷泉院の言。そんな修行者の近辺に生まれ育って、俗世の向きはさぞおぼつかないことだろう、と推し量られるのに、(姫君たちの演奏の技量がすぐれているとは)おもしろいことよな。

4 (八宮は)気がかりで(姫君たちを)見捨てがたく、困っていらっしゃることだろうから、もししばらくなりと(自分の方が)後に生き残っているあいだは、(姫君たちを)譲って下さらないかしら。冷泉院は好色性をほのめかしながら言う。

5 冷泉院は(桐壺帝の)第十皇子でいらっしゃった。八宮の弟にあたる。「もししばしもおくれむほど」と述べるゆえん。

6 朱雀院が、(弟の)源氏(故六条院)に女三宮(入道の宮)をお預け申された前例をお思い出しになって。「さるべき人あらばあづけて」(㊄若菜上一四四頁)・「うしろやすからむにあづけきこえばや」(同一四八頁)など、結婚させることを「預ける」と言う。

7 その姫君たちを得たいよな、所在ない折々の遊び相手に、などちらとお思いになったことだ。「をがな」は願望。

8 薫のほうはかえって八宮の道心ぶりに関心を寄せる、の意。「思ひすます」は、俗事を離れて心を澄ます、仏事に専念する。

9 (でかけて行って実際に)お会いし申し上げたい。

10 薫の言。(自分が八宮のもとに)きっと参って、何かと学び申すつもりなので、取りあえず内々にでも(八宮の)ご意向をうかがって下され。阿闍梨にことづてを依頼する。

[1]みかどの御言つてにて、

「[2]あはれなる御住まひを人づてに聞くこと。」

など聞こえたまうて、

[3]世をいとふ心は山に通へども八重立つ雲を君や隔つる

阿闍梨、[4]この御使をさきに立てて、かの宮にまゐりぬ。[5]なのめなる際の、さるべき人の使だにまれなる山陰に、いとめづらしく[6]待ちよろこび給ひて、[7]所につけたる肴などして、さる方にもてはやし給ふ。

9

[8]御返し、

[9]あと絶えて心すむとはなけれども世をうぢ山に宿をこそ借れ

[10]聖の方をば卑下して聞こえなし給へれば、[11]猶世にうらみ残りけるといとほしく御覧ず。

10

阿闍梨、[12]中将の道心深げにものし給ふなど語りきこえて、

「[13]法文などの心得まほしき心ざしなん、いはけなかりし齢より深く思ひながら、

9 冷泉院と八宮の贈答歌

1 冷泉院のご伝言として。阿闍梨にことづてる。諸本「みかとは」、明融本(東海)「みかとの」。

2 冷泉院の伝言。趣のあるお住まいのさまを人伝てに聞くことよ。これまで没交渉に過ごしてきた、の気持を込める。

3 冷泉院の歌。俗世を厭う私の心は、あなたのいる山に通じるけれども、(うかがうことのできないのは)八重に重なる雲をあなたが隔てているからかしら。兄弟の没交渉を不本意としながらも、疎隔の理由はそちらにあると難じてみせる歌。あとにも「峰の八重雲思ひやる隔て」(二五六頁)。「思ひやる心ばかりはさはらじを何隔つらむ峰の白雲」(後撰集・離別・橘直幹)がある。

4 冷泉院からの使者。阿闍梨に同道させる。

5 普通の身分の、お訪ねして当然の人の使者でさえめったに来ない山陰(のお住まい)で。「いとゞ…尋ねまゐる人なし」(二一四頁)。

6 (八宮は使者を)歓待なさって。

7 山里なりの酒肴などで、相応にもてなしをなさる。

8 底本「御返し」、青表紙他本多く「御返」(明融本〈東海〉も)。

9 八宮の歌。俗世をきっぱり捨て去って、心を悟りすましているというわけではないが、世を憂きものとして宇治山に一時の宿りを借りている。「住む」「澄む」、「世をう(憂)」「宇治」の掛詞。「世をうぢ山」は、二一五頁注11の歌を踏まえる。

10 仏道修行の方面についてへりくだるようにあえておっしゃっているのに対して。「あと絶えて心すむとはなけれども」をさす。

11 今も世間に恨みが残ってあったのだと(八宮を)いたわしく(冷泉院は)ご覧になる。

10 阿闍梨、薫を語る

12 薫の道心が深そうでいらっしゃるさまなど

[1]え避らず世にあり経るほど、公私に暇なく明け暮らし、[2]わざと閉ぢ籠りて習ひ読み、大方はか〴〵しくもあらぬ身にしも、世中を背き顔ならむも憚るべきにあらねど、おのづからうちたゆみて、[3]紛らはしくてなむ過ぐし来るを、いとありがたき御ありさまをうけたまはり伝へしより、かく心にかけてなん頼みきこえさする、など、[4]ねむごろに申し給ひし。」

など語りきこゆ。宮、

「[5]世の中をかりそめのことゝ思ひ取り、いとはしき心のつきそむる事も、[6]わが身に愁へあるとき、なべての世もうらめしう思ひ知るはじめありてなん、道心も起こるわざなめるを、[7]年若く世中思ふにかなひ、何ごとも飽かぬことはあらじとおぼゆる身のほどに、[8]さはた、後の世をさへたどり知り給ふらんがありがたさ。[9]こゝにはさべきにや、たゞいとひ離れよと、ことさらに仏などのすゝめおもむけたまふやうなるありさまにて、おのづからこそ静かなる思ひかなひゆけど、[10]残り少なき心ちするに、はか〴〵しくもあらで過ぎぬべかめるを、[11]来し方行く末、さらに得たる所

を（八宮に）語り申し上げて。阿闍梨は薫から依頼を受けていた（二二〇頁）。青表紙他本・河内本「中将のきみ（君）の」。

13 阿闍梨の言。「法文などの…」から四行後「頼みきこえさする」まで、薫からの伝言。

---

1 やむを得ず俗世にかかわり続けるあいだ。

2 ことさら閉じ籠って（法文を）習い読み、だいたい（私の）たいしたこともない身でまあ、世間に背を向けた顔のようでも遠慮するはずはないけれど、自然と（仏道修行が）怠りがちとなって。諸本多く「うちたゆみて」の「て」なし（明融本〈東海〉も）。

3 （俗事に）紛れて日々を過ごして来るのに対し、めったにありえない（八宮の）ご精進のさまを人伝てに承った時から。

4 （薫は）熱心に申しておられた。

5 八宮の言。世間を仮の世と心に受け取り、厭世の心が起こり始めることとも。

6 自分の身に不幸がある時、世の中のすべてもまた恨めしく思い知る動機があってこそ、道心も起こることのようだが。「大方のわが身一つの憂きからになべての世をも恨みつるかな」（拾遺集・恋五・紀貫之）。

7 （薫が）若くして（昇進し）世の中は思いのままで、何一つ不足のところもあるまいと感じられる身分なのに。

8 そのように（身分は身分として）一方に、来世まで心にかけて考えておられるらしいことがめったにないこと。恵まれた人生にありながらも道心を深める薫の奇特さを讃える。

9 （薫とは異なって）この私にはそうなるべき宿縁なのかしら、ただもう現世を厭い離れよと、格別に仏などが勧め仕向けて下さるような状態で、自然と静かな（遁世の）願いは叶えられてゆくけれど。

10 寿命もあとの少ない感じがして、（悟りは）進展せずに過ぎてしまいそうに見えるのに対して。仏道の深遠な境地にまではたどりつけそうにない、とする。

なく思ひ知らるゝを、[1]かへりては心はづかしげなる法（のり）の友にこそはものし給ふなれ。」

などのたまひて、かたみに御消息通ひ、[2]みづからも参うで給ふ。

[3]げに聞きしよりもあはれに、住まひたまへるさまよりはじめて、いと[4]仮なる草の庵に、思ひなしことそぎたり。[5]同じき山里といへど、さる方にて心とまりぬべくのどやかなるもあるを、[6]いと荒ましき水のおと、波の響きに、[7]もの忘れうちし、夜など[8]心とけて夢をだに見るべきほどもなげに、[9]すごく吹きはらひたり。[10]聖だちたる御ために、[11]かゝるしもこそ心とまらぬもよほしならめ、[12]女君たち、何心（ごこ）ちして過ぐし給ふらむ、世の常の女しくなよびたる方はとほくや、とおしはからるゝ御ありさまなり。

[13]仏の御隔てに、障子ばかりを隔ててぞおはすべかめる。[14]すき心あらむ人は、けしきばみ寄りて、人の御心ばへをも見まほしう、さすがにいかゞとゆかしうもある御けはひなり。されど、[15]さる方を思ひ離るる願ひに、山深く尋ねきこえたるほいなく、

11　過去にしても未来にしても、（私には）まったく会得できないと痛感されるのに。底本「えたる」、青表紙他本多く「えたとる」。それならば「え辿る」、辿ることができない。明融本（東海）「と」補入。

11　薫、八宮と親交する

1　（薫は）かえってこちらが恥ずかしくなるような共に仏道に励む者でいらっしゃるようだ。「法の友」は、仏法上の友、知識（善知識）。

2　薫も自身参上なさる。二人の親交が始まる。

3　なるほど（阿闍梨から）聞いたのよりも（目にするさまは）しみじみして。

4　かりそめの草庵に、遁世と見るせいか簡素にしてある。

5　同じ山里といっても、それなりに心が引かれるに違いない静かな場所もあるものだが。ここで対比される「山里」は京の郊外の貴族の山荘にふさわしい地、また山荘。

6　ここ宇治の山荘は。

7　（昼は）物思いをふと忘れる折もなさそうで。「もの忘れうちし」は、次行の「（す）べきほどもなげに」と続く文脈。

8　安らかにせめて夢を見ることができる時もないみたいに。

9　（川風が）寒々と吹きまくっている。「すごし」は、ぞっとするような寂寥の感じ。

10　薫の心内。民間の修行者のようなご生活にとって。諸本多く「御ためには」、明融本（東海）「御ために」。

11　かような（きびしい自然環境の）さまが執着を断つ誘いともなろう。

12　姫君たちは、どんな心地で過ごしていらっしゃるのだろう、世の一般の女性らしく物柔かな感じからは縁遠いのでは。

13　（姫君たちは）仏間とのお仕切りに、襖ぐらいを隔てにしてお住まいのようだ。

14　好色心のありそうな男なら、それらしいそぶりで近寄って、人（女）のお心がまえをも見

[1]すきぐ〲しきなほざりごとをうち出で、あざればまむもことにたがひてや、など思ひ返して、宮の御ありさまのいとあはれなるを、ねむごろにとぶらひきこえたまひ、たび〳〵まゐり給ひつゝ、[2]思ひしやうに、[3]優婆塞ながらおこなふ[4]山の深き心、法文など、[5]わざとさかしげにはあらで、いとよくのたまひ知らす。

[6]聖だつ人、才あるほふしなどは世に多かれど、[7]あまりこはぐ〲しう、けどほげなる宿徳の僧都、僧正の際は、[8]世に暇なくきすくにて、ものゝ心を問ひあらはさむも、こと〳〵しくおぼえたまふ。[9]また、その人ならぬ仏の御弟子の、[10]忌むことを保つばかりのたふとさはあれど、けはひいやしく言葉たみて、こちなげにもの馴れたる、いとものしくて、昼は公事に暇なくなどしつゝ、しめやかなるよひのほど、[11]け近き御枕上などに召し入れ語らひ給ふにも、いとさすがに物むつかしうなどのみあるを、[12]いとあてに心ぐるしきさまして、のたまひ出づる言の葉も、同じ仏の御教へをも、[13]耳近きたとひに引きまぜ、いとこよなく深き御悟りにはあらねど、[14]よき人はものゝ心を得たまふ方の、いとことにものしたまひければ、やう〳〵見馴れたてま

てみたいと、（道心があるといっても）それなりに（薫は）どんな方かと知りたくもあるご様子である。「けはひ」は、かすかな物音などを通して感取されるさま。

15　薫の心内。（自分は）そんな（俗世の）方面を思い離れる願いに、山深く尋ね申しているのに、その本意をはずれて。底本「ほひ」。

1　好色めいた冗談を言い出して、ふざけかかろうというのも本来の志に反するのでは。薫の自省である。

2　薫の望んでいたとおりに。

3　在俗のまま仏門に帰依する男子。「優婆夷(うばい)」（女子）に対する。「俗聖」「俗ながら聖」（二一八頁）とほぼ同じ趣意。「優婆塞がおこなふ道をしるべにて来む世も深き契りたがふな」（㊁夕顔二七八頁）。後世に八宮を優婆塞の宮と呼ぶことがある。

4　山深い（修行の深い）意義、法文（の趣旨）などを。「山の深き」「深き心」が重なる。

5　ことさら物知り顔をせずに、たいそうよく（八宮は）言い知らせなさる。

6　山野で苦行する修行僧や、仏典研究に長けた学僧は世に多いけれど。底本「ほうし」。

7　堅苦し過ぎる、なじみにくそうな高徳の僧都、僧正といった身分（の僧）は。「宿徳」は徳を積んだ人。「僧都」「僧正」は朝廷が任ずる僧官位。

8　世に（重用されて）多忙でありきまじめで、何か仏道について質問し明らかにしようにも、大げさな感じがなさる。

9　（さりとて）また、そのような身分でもない仏のお弟子（という感じの者）が。「仏の御弟子のさかしき聖だに」（㊄若菜上三〇八頁）。

10　戒律を守るだけのありがたみはあっても、人柄が下品で言葉づかいが訛(なま)り、いかにも粗野で馴れ馴れしいのは、まったく不快で。

11　身近なお枕もとなどにお召しになり（経典の）お話をなさろうにも、どうにもやはりどこか煩わしくばかり感じられるのに。

つり給ふたびごとに、常に見たてまつらまほしうて、暇[1]なくなどして程経るときは恋しくおぼえ給ふ。

[2]この君のかくたふとがりきこえたまへれば、冷泉院よりも常に御消息などありて、年[3]ごろおとにもをさ〳〵聞こえ給はず、さびしげなりし御住みか、やう[4]〳〵人目見る時〴〵あり。をり[5]ふしにとぶらひきこえ給ふこといかめしう、この[6]君も、まづさるべき事につけつゝ、をかしきやうにもまめやかなるさまにも、心寄せ仕うまつり給ふこと、三[7]年ばかりになりぬ。

秋[8]の末つ方、四[9]季にあてゝし給ふ御念仏を、この[10]河づらは網代の波も、このごろはいとゞ耳かしかましく静かならぬをとて、かの[11]阿闍梨の住む寺の堂に移ろひたまひて、七日のほどおこなひ給ふ。姫[12]君たちはいと心ぼそく、つれ〴〵まさりてながめ給ひけるころ、中[13]将の君、久しくまゐらぬかなと思ひ出できこえ給ひけるまゝに、有[14]明の月のまだ夜深くさし出づるほどに出で立ちて、いと[15]忍びて、御供に人などもなくて、やつれておはしけり。

12 （八宮は）まことに上品にいたわしい感じのしぐさで。以下、法の友らしさ。
13 聞いて分かりやすい喩え話を織り交ぜて引き。
14 高貴な方は趣旨内容を会得なさる方面が、まったく格別でいらっしゃったので。

---

1 余裕がないなどのために（会えずに）時間が経つ時は恋しさをお感じになる。
2 この君（薫）が（八宮を）そのように尊敬し申し上げるので、冷泉院からも絶えず（八宮に）お手紙などがあって。
3 長の年月、たいして噂にも聞かれなさらず、さびしげだったお住まいが。青表紙他本・河内本「いみしくさひしけなりし御すみかに」。明融本（東海）は底本に同じ。
4 ようやく訪問者を見る時々がある。「人目」は、人の往来。
5 時節ごとに（院の）お見舞い申し上げなさることが重々しく。
6 薫からも、まずもってそう（お見舞い）すべきことに関して。「をかしき」は趣味的な方面、「まめやか」は実生活面・経済面での援助をいう。
7 二人の親交が始まって三年ほどになる。物語の時間はここで経過があり、約一年余の記事はない。

12 晩秋、薫の宇治行

8 晩秋九月。
9 四季それぞれに七日間行う念仏会。「四季」（㈤若菜下四三二頁）。
10 宇治川のほとり。九月から網代を設けて氷魚を捕る。「網代のけはひ近く」（二一四頁）。
11 八宮が、阿闍梨の住む寺の堂にお移りになって。宇治山に籠る。
12 姫君たちは（父宮が不在で）たいそう心細く、所在なさに寂しさが昂じて。
13 薫。
14 下旬の月。深夜に出て光を増す。

[1]川のこなたなれば、舟などもわづらはで、御馬にてなりけり、[2]入りもてゆくまゝに霧ふたがりて、道も見えぬしげきの中を分け給ふに、いと荒ましき風の競ひに、ほろ〳〵と落ち乱るゝ木葉の露の、散りかゝるもいと冷やかに、[3]人やりならずいたく濡れ給ひぬ。[4]かゝるありきなどもをさ〳〵ならひたまはぬ心ちに、心ぼそくをかしくおぼされけり。

[5]山おろしに耐へぬ木の葉の露よりもあやなくもろき我涙かな

[6]山がつのおどろくもうるさしとて、[7]随身のおともせさせ給はず、[8]柴のまがきを分けつゝ、そこはかとなき水の流れどもを踏みしだく[9]駒のあしおとも、猶忍びて[10]とよういし給へるに、[11]隠れなき御にほひぞ風にしたがひて、「[12]主知らぬ香」とおどろく寝覚めの家〻ありける。

近くなるほどに、[13]その琴とも聞き分かれぬ物の音ども、いとすごげに聞こゆ。[14]常にかく遊びたまふと聞くを、ついでなくて、[15]宮の御琴の音の名高きも聞かぬぞかし、よきをりなるべし、と思ひつゝ入り給へば、[16]びはの声の響きなりけり。[17]黄鐘調

15 目立つまいとする薫の微行。あとに「狩衣姿」(二四八頁)とある。八宮が不在であることを知らないで出掛ける。青表紙他本多く・河内本「人なともなく」。明融本(東海)は底本に同じ。

---

1 (八宮の家は)宇治川のこちら(京都がわ)なので、舟などの面倒もなくて、騎馬でおいでだったから。

2 どんどんはいってゆくに従い霧が塞がって、道も見えない木の茂みのなかを分けてゆかれると。「繁木の中」の意か、一説には「繁き野中」。

3 みずから求めてやってきた道中でえらく濡れておしまいになる。

4 忍び歩きなどもほとんど馴れておられない心にとって、心細く(また)興味深くお思いになった。

5 薫の歌。山おろしの風に耐えきれずに(こぼれる)木の葉の露よりももっと、わけが分からずこぼれるわが涙よ。道心を持つ薫が恋の初陣に出で立つ不安と予感とのないまざる感情を詠みこむ。

6 山住まいの者が目をさまして不審がるのも厄介だとして。

7 随身に前駆の声を立てさせない。

8 柴で造った垣のあいだを分けてゆく。

9 馬。歌語。

10 用意、気づかい。底本「ようひ」。

11 生来、身に芳香を備えている薫。「香のかうばしさぞ、此世のにほひならず」(㈦匂兵部卿二八頁)。

12 「主の分からぬ芳香」と目をさます家々があったことだ。「主知らぬ香こそにほへれ秋の野にたがぬぎかけし藤袴ぞも」(古今集・秋上・素性)による。

13 何の琴とも聞き分けられないいくつかの楽器の音が、いかにもぞっとするほど寂しげに。姫君たちが琵琶や箏の琴を弾いているところ。

14 薫の心内。

に調べて、[1]世の常の掻き合はせなれど、所からにや、耳馴れぬ心ちして、[2]掻き返す撥の音も、物きよげにおもしろし。[3]箏の琴、あはれになまめいたる声して、たえ〴〵聞こゆ。

[4]しばし聞かまほしきに、忍び給へど、御けはひしるく聞きつけて、[5]とのゐ人めくをのこ、なまかたくなしき、出で来たり。

[6]「しか〴〵なん籠りおはします。[7]御消息をこそ聞こえさせめ。」

と申す。

[8]「何か。しか限りある御おこなひの程を、紛らはしきこえさせむにあいなし。[9]かく濡れ濡れまゐりて、いたづらに帰らむ愁へを、姫君の御方に聞こえて、[10]あはれとの給はせばなむ慰むべき。」

とのたまへば、みにくき[11]顔うち笑みて、

[12]「申させ侍らむ。」

とて立つを、

15 八宮のお琴の名高いのもまだ聴くことができないでいるよな、絶好の機会に違いない、と。青表紙他本多く・河内本「みこの御きむ」。明融本（東海）「宮の御琴」。

16 琵琶の音の響きだった。八宮の演奏ではないようだ、の意。底本「ひわ」。

17 律旋音階。西洋音階のイ調に近いとされる黄鐘を主音とする音階。

---

1 ありふれた練習曲。姫君たちの演奏である。

2 掻き返しの撥さばきの音にしても、それなりに綺麗で興趣がある。「掻き返し」は撥の裏で絃を逆にはね返すこと。琵琶を演奏しているのは中君か。あとの薫の垣間見の場面で琵琶の撥を持つのは中君。ただし、さきに宮は、大君に琵琶を、中君に箏の琴を練習させていた（二一〇頁）。

3 箏の琴が、しみじみと哀調のある音で、（琵琶の音のあいだに）とぎれとぎれ聞かれる。あとの薫の垣間見の場面で箏の琴にうつむき加減になっている（二四〇頁）のは大君。

13 宿直人、薫を案内

4 しばらく聞いていたいので、じっとしていらっしゃるけれど。

5 宿直人（とのいびと）ふぜいの男が、気のきかなそうなさまで出てくる。あとに「ありつる侍」（二四二頁）とも。

6 宿直人の言。八宮が山籠りで不在だとする。「しか〳〵」は省略する書き方。

7 （薫がご訪問の由、八宮に）知らせ文を申しましょう。

8 薫の言。何の。そのように日を限ってのお勤めの際に、お邪魔申し上げるのはよくない。「七日のほどおこなひ給ふ」（二三〇頁）とあり、七日間の不在である。

9 かように露に濡れながら参上して、むなしく帰ることになる嘆きを、姫君のほうへ申し上げて。薫はいま「人やりならずいたく濡れ」ている（二三二頁）。姫君たちへの接近の

「しばしや。」[1]

と召し寄せて、

「年ごろ人づてにのみ聞きて、ゆかしく思ふ御琴の音どもを、うれしきをりかな、しばし、すこし立ち隠れて聞くべき物の隈ありや。つきなくさし過ぎてまゐり寄らむほど、みなことやめ給ひては、いとほいなからん。」[2][3]

との給ふ。御けはひ、顔かたちの、さるなほなほしき心ちにも、いとめでたくかたじけなくおぼゆれば、[4]

「人聞かぬ時は、明け暮れかくなん遊ばせど、下人にても、宮この方よりまゐり立ちまじる人侍るときは、おともせさせ給はず。大方、かくて女たちおはしますことをば隠させ給ひ、「なべての人に知らせたてまつらじ」と、おぼしのたまはするなり。」[5][6]

と申せば、うち笑ひて、

「あぢきなき御もの隠しななり。しか忍び給ふなれど、みな人、ありがたき世の[7][8]

口実となる。

10 「ああ気の毒」と（姫君が）おっしゃって下さるならば慰められるでしょう。

11 にんまりして。薫の好色心を察知して醜悪な顔をほころばせる。

12 宿直人の言。（女房に）申させましょう。

---

1 薫の言。ちょっと待って。

2 薫の言、引き続き。何年も人の話で聞くばかりで、実際に聴きたいと思う（姫君たちの）お琴の音それぞれを、うれしい機会だな、ちょっと隠れてしばらくのあいだ立ち聞きのできる物陰はないかしら。相手に気づかれずに聴きたいとする。垣間見をさせろという要求でもある。

3 ぶしつけに出しゃばって近寄り申したりするあいだに、すっかり弾きやめなさっては、じつに不本意なことだろう。底本「ほひ」。

4 （薫の）ご様子やお顔かっこうが、さように平凡な（宿直人の）気持にも、まったく絶賛すべくもったいなく思われるので。

5 宿直人の言。だれも聴かない時には、（姫さまたちは）明け暮れそのように演奏なさるけれど、（たとい）身分の低い人であろうと、都の方から参り（こちらに）紛れ込む人がござる時には、音もお立てになりませぬ。都人は音曲を知っているので聴かれたくない、の意。「宮こ」は「都」の当て字。

6 姫君たちがいらっしゃることを（八宮は）隠しあそばし、「どなたにも気づかせ申し上げまい」と、お思いになり（また）おっしゃいます。

7 薫の言。つまらないお隠しだてであるようだな。青表紙他本は「御物かくし也」（明融本〈東海〉も）。

8 さように（人目を）忍びなさると聞くけれど、世間ではだれも、めったにないお方の例として、（お噂を）聞き出しているはずなのに。山里に意外にも美しい姫君が隠れ住んでいるという噂。

ためしに聞き出づべかめるを。」

との給ひて、

「[1]なほしるべせよ。[2]われはすきぐ〲しき心などなき人ぞ。[3]かくておはしますらむ御ありさまの、あやしく、げになべてにおぼえ給はぬなり。」

とこまやかにのたまへば、

「[4]あなかしこ。心なきやうに後の聞こえや侍らむ。」

とて、[5]あなたの御前は[6]竹のすいがいしこめて、みな隔てことなるを、教へ寄せたてまつれり。御供の人は、[7]西の廊に呼びすゑて、この宿直人[8]あひしらふ。

[9]あなたに通ふべかめるすいがいの戸を、すこしおし開けて見給へば、月をかしきほどに霧りわたれるをながめて、簾を[10]短く巻き上げて、人〱ゐたり。簀子に、いと寒げに、[11]身細くなえばめる童一人、同じさまなる大人などゐたり。

[12]内なる人一人、柱にすこしゐ隠れて、琵琶を前におきて、撥を手まさぐりにしつゝゐたるに、[13]雲隠れたりつる月の、にはかにいと明かくさし出でたれば、

1　薫の言。やはり(物陰へ)案内してくれ。

2　わたしは好色がましい考えなんか持っていない人ですよ。

3　そのようにしていらっしゃるらしい(姫君たちの)おありさまが、不思議で、なるほど世間並みだとは思われなさらぬのです。

4　宿直人の言。ああ恐れいります。(垣間見の案内をしては)分別のない者のようにあとあと噂されることになりますかな。

5　姫君たちの居室の前。薫のいる来客用の空間とは反対の東がわにある。垣間見には好都合の位置関係。

6　竹で造った透垣(すいがい)を立てめぐらして、全部特別に隔てになっている所を、(宿直人は)教えて近寄らせ申し上げる。

7　西がわの廊。東がわの姫君たちの居室からは反対がわ。

8　相手をする。薫の付き人たちを建物の西がわに引きつけて、薫が垣間見しやすくする。

14　姫君たちを垣間見る

9　あちらに行き来するためと見られる透垣の戸を。以下、「いますこし重りかによしづきたり」(二四〇頁)まで『源氏物語絵巻』橋姫に詞書を見る。

10　高く巻き上げて、女たちがすわっている。廂の間(ま)に出ている人たちが見える。

11　痩せ細って糊の落ちた衣裳を着けている女童(めのわらわ)。

12　以下、薫の視点がしだいに室内の姫君たちに絞られてゆく。「内なる人」は、廂の間にいる姉妹の一人、通説に拠れば、中君だろう。三行後「にほひやかなるべし」までを中君、「添ひ臥したる人は…」以下を大君とする。古注などではこれを逆に解する説もある。青表紙他本多く・河内本「ひとりは」、明融本(東海)なし。

13　たった今まで雲に隠れていた月。

「扇[1]ならで、これしても月は招きつべかりけり。」

とて、さし[2]のぞきたる顔、いみじくらうたげににほひやかなるべし。添[3]ひ臥したる人は、琴の上にかたぶきかゝりて、

「入[4]る日を返す撥こそありけれ、さまことにも思ひおよび給ふ御心かな。」

とて、うち笑ひたるけはひ、い[5]ますこし重りかによしづきたり。

「[6]およばずとも、これも月に離るゝ物かは。」

など、はかなきことを、うちとけの給ひかはしたるけはひども、さ[7]らによそに思ひやりしには似ず、いとあはれになつかしうをかし。


昔[8]物語などに語り伝へて、若き女房などの読むをも聞くに、か[9]ならずかやうの事を言ひたる、さ[10]しもあらざりけむと、にくゝおしはからるゝを、げ[11]にあはれなる物の隈ありぬべき世なりけり、と心[12]移りぬべし。

霧の深ければ、さやかに見ゆべくもあらず。又[13]、月さし出でなんとおぼすほどに、奥の方より、

1　中君の言か。扇でなくて、この（琵琶の）撥ででも月は招き返すことができたのですよ。手に持つ撥が扇に似ているところから機知を働かせた戯れ言。『河海抄』は『摩訶止観』序章の「月重山に隠れぬれば、扇を撃げて之に類す」（「之に喩ふ」和漢朗詠集・仏事）を引く。

2　すこし覗き出す顔が、たいそう可憐でほんのり色づいて美しいようだ。

3　傍らに臥しているのは大君か。うつむいているのであまり顔が見えない。

4　大君の言か。夕日を招き返す撥はあったが、（月を招くとは）いっぷう変った思いつきをなさるお心よな。舞楽「陵王」に、夕日を返すべく桴を振りあげ空を仰ぐ仕草があるという（楽家録四八）。日を招く伝説は少なくない。

5　（中君に比べて）もう少し落ちつきがあってたしなみが深そうである。前にも「らう〳〵じく深く重りか」とある（二〇六頁）。

6　中君の言か。違っているとしても、この撥も月に縁のないものかしら。

7　まるでほかの所で想像したのとは違って。

8　昔物語などで伝承して、若い女房たちが読む話を聞くと。「読む」は、声に出して朗読する。「女房などの物語読みしを聞きて」（㈠帚木一〇〇頁）。

9　美しいお姫様がかならず閉じ込められて云々と語るようなのは。琴を弾く零落した娘を垣間見る話が『うつほ』俊蔭巻にある。

10　まああありえない（物語の中だけの）話だろうと、腹立たしく思っていたら。

11　興味深い物陰（垣間見する場所）がなるほどほんとうにありうる世の中だったのだから、と。

12　薫に姫君たちへの執心が起きてしまうに違いない。語り手の予言。

15　薫、大君と対面

13　ふたたび月が（雲間から）照り出しそうだと。

「人おはす。」

と告げきこゆる人やあらむ、[1]簾下ろしてみな入りぬ。おどろき顔にはあらず、なごやかにもてなして、やをら隠れぬるけはひども、[2]衣のおともせず、いとなよらかに心ぐるしくて、いみじうあてにみやびかなるを、あはれと思ひ給ふ。

[3]やをら出でて、[4]京に、御車率てまゐるべく、人走らせつ。[5]ありつる侍に、

「[6]をりあしくまゐり侍りにけれど、中〳〵うれしく、思ふことすこし慰めてなむ。[7]かくさぶらふよし聞こえよ。[8]いたう濡れにたるかことも聞こえさせむかし。」

とのたまへば、まゐりて聞こゆ。

[9]かく見えやしぬらんとはおぼしも寄らで、[10]うちとけたりつる事どもを聞きやしたまひつらむと、いといみじくはづかし。[11]あやしく、かうばしくにほふ風の吹きつるを、思ひかけぬほどなれば、[12]おどろかざりける心おそさよ、と心もまどひて[13]はぢおはさうず。[14]御消息など伝ふる人も、いとうひ〳〵しき人なめるを、[15]をりからにこそよろづのこともとおぼいて、まだ霧の紛れなれば、[16]ありつる御簾の前に歩み出でて

1　前に「簾を短く巻き上げて」(二三八頁)とあった。その簾を下ろしてみな奥にはいってしまう。

2　衣ずれの音もせず、物柔らかでいたわしく薫は感じられて。青表紙他本多く「なよゝかに」(明融本〈東海〉も)。

3　(薫は透垣の戸口から)静かに出て。底本「いてて」、諸本「たちいてゝ」、明融本(東海)「いてゝ」。

4　京(の邸)に、お車を引いて参るようにと、使者を。帰路は牛車でと命じて、到着するまではここに滞在するという時間稼ぎ。

5　さきほどの宿直人に。はじめて声をかけるそぶりで、以下の伝言を姫君たちに伝えるようにと依頼する。

6　薫の言。時期がわるく参上してしまいましたが、(八宮が不在で)かえってうれしく、心に積る気持がいささか慰められて…。

7　(私が)かようにお控えしている趣を(姫君たちに)申し上げよ。

8　ひどく霧に濡れてしまっている恨み言をもお耳に入れ申し上げようよ。姫君たちに会うために夜霧に濡れたと訴えたいとする。

9　(姿を)そのように薫に見られてしまっていようとは思い寄りもなさらないで。

10　気を許した(私どもの)琴(の練習)をお聞きになったのではと。「事」は「琴」の当て字だろう。

11　不思議に、かぐわしく香る風が吹いたというのに。「隠れなき御にほひぞ風にしたがひて」(二三二頁)。

12　気づかなかったとは迂闊(うかつ)、の意。

13　(二人とも)恥じておありだ。「おはさうず」は複数の尊敬語。[七]竹河に「はぢらひておはさうずる」(一二〇頁)。

14　(薫の)ご伝言などを取り次ぐ女房も、まったく物慣れない人のようであるから。

15　時に応じて何事も(遠慮することはない)とお思いになって。

16　(薫は)さきほどの御簾の手前(の簀子(すのこ))

ついゐ給ふ。山里びたる若人どもは、[1]さしいらへむ言の葉もおぼえで、御褥さし出づるさまもたど〳〵しげなり。

「[2]この御簾の前にははしたなく侍りけり。[3]うちつけに浅き心ばかりにては、かくも尋ねまゐるまじき山の懸け路に思う給ふるを、さま異にこそ。[4]かく露けき旅を重ねては、さりとも御覧じ知るらむとなん、頼もしう侍る。」

と、いとまめやかにの給ふ。

[5]若き人〳〵の、なだらかにもの聞こゆべきもなく、[6]消え返りかゝやかしげなるもかたはらいたければ、[7]女ばらの奥深きを起こし出づるほど、[8]久しくなりて、わざとめいたるも苦しうて、

「[9]何ごとも思ひ知らぬありさまにて、知り顔にもいかゞは聞こゆべく。」

と、いと[10]よしあり、あてなる声して、引き入りながらほのかにのたまふ。

「[11]かつ知りながら、うきを知らず顔なるも、世のさがと思うたまへ知るを、[12]一所しも、あまりおぼめかせ給ふらんこそくちをしかるべけれ。[13]ありがたう、よろづ

に進み出て、お座りになる。

1　(恥じて)受け答えよう言葉も思いつかず、お座布団をさしだす手つきも不確かである。
2　薫の言。この御簾の前にあっては(さきにも)きまりがわるかったのです。廂の間に招き入れられたいと望む。
3　一時のあさはかな気持だけでは、かように尋ねて参ることのできそうにない山の懸け道(険しい山道)と存じますのに、(御簾の外とは大方のお扱いと)様子の違うことで…。難儀を冒して訪れる誠実さを分かってほしいと懇望する。「さまことにこそ」、諸本多く「さまことにて」、明融本(東海)は底本に同じ。
4　かように露で濡れる遠出を繰り返すからには、そのように(今は冷淡だとしてもいつかは誠意を)分かって下さるだろうと、頼みにいたしております。
5　若い女房たちが、器用に。
6　消え入りたいほど恥ずかしそうにしているのも(大君は)気が引けるので。
7　女たち。ここは年配の女房。室内の奥ですでに寝ていたのを起こす。
8　時間が経って、(返事に)工夫をこらしているよう(に見られる)のも困るので。
9　大君の言。どんなことともよく分からない状態で、わきまえているかのような顔をしてどのように申し上げればよいのか。薫の「さりとも御覧じ知るらむ」に答える。
10　たしなみのある、気品のある声で。
11　薫の言。一方では分かっているのに、(相手の)愁いに対して知らず顔をするというのも、世間の習いと承知しておりますものの。大君の「何ごとも思ひ知らぬ」に応じる。
12　おん身一人がまあ、あまりに知らぬふりをなさるであろうとは残念でなりません。
13　めったになく、万事に悟りきっている(八宮の)お暮らしなどに、ご一緒しあそばす(あなたの)ご心中は。

を思ひすましたる御住まひなどに、たぐひきこえさせ給ふ御心の内は、何[1]ごとも涼しくおしはかられ侍れば、猶[2]かく忍びあまり侍る深さ浅さのほども、分かせ給はんこそかひは侍らめ。世[3]の常のすき〴〵しき筋にはおぼしめし放つべくや。さ[4]やうの方は、わざとすゝむる人侍りとも、なびくべうもあらぬ心づよさになん。お[5]のづから聞こしめし合はするやうも侍りなん。つ[6]れ〴〵とのみ過ぐし侍る世の物語りも、聞こえさせ所に頼みきこえさせ、又、か[7]く世離れてながめさせ給ふらん御心の紛らはしには、さしもおどろかさせたまふばかり聞こえ馴れ侍らば、いかに思ふさまに侍らむ。」

など多くの給へば、つ[8]ゝましくいらへにくゝて、起[9]こしつる老い人の出で来たるにぞ譲りたまふ。

た[10]としへなくさし過ぐして、

「[11]あなかたじけなや。か[12]たはらいたき御座のさまにも侍るかな。御簾の内にこそ。若[13]き人〴〵は、もののほど知らぬやうに侍るこそ。」

1　どんなことにしろ悟りの境地と察せられますので。「涼し」は、悟りすましている。「涼しき方」（㊁総角五六八頁）は極楽浄土。

2　やはりかように包みきれずにおります（私の心の）深さ浅さの程度も、分かって下さってこそ（はるばる出かけてきた私の）かいはございましょう。

3　（私の気持を）世間並みの色めいた方面とは違うのだとお考え下さるのがよいのでは。

4　そのような（色めいた）筋は、ことさら勧める人がございますとしても、なびくようなこともない（私の）強い心でして。

5　（その噂は）自然とお聞きあわせになることもきっとございましょう。

6　所在ない一方で過ごしております世について、お話も申し上げる（聞いて下さる）相手として（あなた様を）お頼み申し。

7　そのように世間を離れて物思いをしていらっしゃるだろう（あなた様の）お気持の慰めには、（そちらから）まあ私に関心を向けて下さるぐらいに（うち解けて）声をおかけし（手紙をさしあげて）馴れ親しみますならば、どんなにか思い通りでございましょう。「おどろかす」は、注意を呼び起こす。

8　（大君は）気が引け返答しづらくて。

9　（先刻）起こしたばかりの老い人（年配の女房）が出てきたのに（応対を）お譲りになる。弁（弁の君、弁御許（べんのおもと））と呼ばれる人の登場である。

16　弁の君の応対

10　この上なく遠慮のない態度で。「さし過ぐす」は、出過ぎた態度を取る。

11　弁の言。ああもったいないことよ。身分の高い薫に恐縮する気持をいう。

12　（失礼で）はらはらするお席のしつらえようですこと。御簾の内（廂の間）に（お入れすべきですよ）。

13　若い女房たちが薫を軽く遇しているとして非難してみせる。

など、[1]したゝかに言ふ声のさだ過ぎたるも、かたはらいたく君たちはおぼす。

「[2]いともあやしく、世中に住まひ給ふ人の数にもあらぬ御ありさまにて、さもありぬべき人〳〵だに、とぶらひ数まへきこえ給ふも、見え聞こえずのみなりまさり侍めるに、[3]ありがたき御心ざしのほどは、数にも侍らぬ心にも、あさましきまで思ひたまへ侍るを、若き御心ちにもおぼし知りながら、聞こえさせたまひにくきにや侍らむ。」

と、[4]いとつゝみなくもの馴れたるも、なまにくきものから、けはひいたう人めきて、よしある声なれば、

「[5]いとたづきも知らぬ心ちしつるに、うれしき御けはひにこそ。何ごとも、[6]げに思ひ知り給ひける頼み、こよなかりけり。」

とて、[7]寄りゐ給へるを、[8]き丁のそばより見れば、[9]あけぼの、やう〳〵ものの色分かるゝに、[10]げにやつしたまへると見ゆる狩衣姿の、いと濡れしめりたるほど、[11]うたてこの世のほかのにほひにやと、あやしきまでかをり満ちたり。

1　ずけずけ言う声が盛りの年齢を過ぎているのも、姫君たちは傍らで聞きづらくお思いになる。底本「したゝかゝに」を青表紙他本により改める。明融本(東海)「したかゝに」を「た」書きいれ、「ゝ」抹消。

2　弁の言。まったく不思議なことに、(八宮は)この世に暮らしておられる方の数にも入らぬおありさまで、当然(お見舞いに)訪れてもよさそうな方々でさえ、人並みに扱ってお訪ね申すことも、(しだいに)姿を見せず音信がなくなる一方でございますようなのに。

3　(薫の)めったにないお心寄せの深さは、人数にも入りませぬ自分(弁)の心にも、おどろくばかりありがたく思い申してございますのを、(姫君たちの)若いお心なりにも心得ておられるものの、(お礼を)申し上げにくくていらっしゃるのでしょう。底本「たまへ侍を」、青表紙他本「たまへきこえさせはへるを／たまへきこえ侍を」。明融本(東海)「給へ侍を」。

4　えらく遠慮がなく応対慣れしているさまも、ちょっぴりにくたらしいにせよ、態度がひとかどの人物らしく、品のよい声遣いなので。「けはひ」「声」は御簾越しに伝わる感じ。

5　薫の言。まったく手がかりもない心地がしておったところですのに、(実際には)うれしい(大君の)ご様子なのですね。

6　なるほどお分かり下さっていた頼もしさは、これ以上なかったことです。「げに」は、「若き御心ちにもおぼし知りながら」(弁の言)を受けて、納得する薫。

7　廂と簀子の境の下長押(しもなげし)に寄りかかる。

8　几帳。以下は女房たちが見る薫の麗姿。

9　空が明るくなる時分。青表紙他本多く「あけほのの」、河内本「あけほのゝそら」、明融本(東海)は底本に同じ。

10　いかにも恋の忍び歩きと見られる狩衣姿が。夜露や夜霧に濡れているのもその印象を強める。

11　そぞろこの世ならぬ(極楽世界の)匂いなのではと、不可解なまでに芳香が満ちている。

[1]この老い人はうち泣きぬ。

「[2]さし過ぎたる罪もやと思うたまへ忍ぶれど、[3]あはれなるむかしの御物語りの、いかならむついでにうち出できこえさせ、片端をもほのめかし知ろしめさせむと、[4]年ごろ念誦のついでにもうちまぜ思う給へわたる験にや、うれしきをりに侍るを、まだきにおぼほれ侍る涙に暮れて、えこそ聞こえさせず侍りけれ。」

と、[5]うちわなゝくけしき、まことにいみじくものがなしと思へり。

大方、さだ過ぎたる人は涙もろなる物とは見聞き給へど、[6]いとかうしも思へるもあやしうなり給ひて、

「[7]こゝにかくまゐることはたび重なりぬるを、かくあはれ知りたまへる人もなくてこそ、露けき道のほどにひとりのみそほちつれ。[8]うれしきついでなめるを、言な残いたまひそかし。」

とのたまへば、

「[9]かゝるついでしも侍らじかし。又侍りとも、[10]夜の間のほど知らぬ命の、頼むべ

17 弁の昔語り

1　この老い人はふと泣いてしまう。以下のことを告げようとして万感迫るか。

2　弁の言。出過ぎたことの咎めも受けるのではと思いをこらえておりますけれど。

3　悲しい過去のお話について、どのような機会に言葉に出して申し上げ、(その)一端をもそれとなく語ってご存じになっていただこうかと。薫の過去にまつわる話を切り出すらしい弁の君の雰囲気。

4　年来、念誦の折ごとに合わせて念願しつづけております効験でしょうか、(今夜は)うれしい機会でございますものの、申さぬ前から溢れております涙で目の前が暗くなり、(これまで)とても申し上げることができずにおりました。「おぼほる」は、溺れる、(涙に)暮れる。

5　わななする様子は、まったくたいそう何か悲しいという表情をする。「思ふ」は、顔色に出す。

6　まことにそんなにまで悲しい表情をするのも不思議だとお考えになって。この「思ふ」も思いが表情に出る、の意。

7　薫の言。私がかようにしてお訪ねすることはもう何度にもなってしまいますが、かように人の世の情けを知っていらっしゃる方もいなくて、(私は)露深い道中で自分一人だけ濡れそぼってきたところです。「露」は涙の言い換えでもある。弁の「あはれなるむかしの御物語り」に応じる。宇治の里に通ってくる真の理由について分かりはじめる薫。

8　うれしい機会のようだから、言葉をお残しなさらぬように、きっと。弁の「片端をもほのめかし…」に対し、詳細に話してほしいと願う。

9　弁の言。かようなる機会はまたもございますまい、たしかに。

10　「夜の間」は、一夜のあいだ、それほど短い時間。わが命は明日をも知れぬ、の意。

きにも侍らぬを、さらば、たゞ、[1]か〻る古者世に侍りけりとばかり、知ろしめされ侍らなむ。[2]三条の宮に侍りし[3]小侍従、はかなくなり侍りにけるとほの聞き侍りし。[4]そのかみ、むつましう思う給へし同じ程の人多く亡せ侍りにける世の末に、[5]はるかなる世界より伝はり参うで来て、この五年六年のほどなむ、[6]これにかくさぶらひ侍る。[7]知ろしめさじかし、このごろ藤大納言と申すなる御このかみの、右衛門の督にて隠れ給ひにしは。[8]もの〻ついでなどにや、かの御上とて聞こしめし伝ふる事も侍らむ。[9]過ぎ給ひて、いくばくも隔たらぬ心ちのみし侍り。そのをりのかなしさも、まだ袖のかわくをり侍らず思うたまへらる〻を、[10]かく「手を折りてかぞへ侍れば、かく」おとなしくならせ給ひにける御齢のほども夢のやうになん。[11]かの権大納言の御乳母に侍りしは、[12]弁が母になむ侍りし。朝夕に[13]仕うまつり馴れ侍りしに、人数にも侍らぬ身なれど、[14]人に知らせず、御心よりはた、余りけることを、をり〳〵うちかすめのたまひしを、[15]いまは限りになり給ひにし御病の末つ方に、召し寄せて、いさ〻かの給ひおくことなむ侍りしを、[16]聞こしめすべきゆゑなん一事侍れど、かば

1　かようなる昔の者が世にございましたとだけ、(私のことを)ご承知下されたいのでございます。

2　薫の母女三宮(おんなさんのみや)の邸。薫とともに住む。「入道の宮(女三宮)は、三条宮におはします」(七匂兵部卿一八頁)。

3　女三宮の乳母子(めのとご)で、柏木を女三宮に手引きした(五若菜下46節)。故人。

4　当時、親しく存じておりました同年齢の人が多く亡くなってしまいました(私の)晩年に。「そのかみの若盛りと見侍りし人は、数少なくなり侍りにける末の世に」(二八四頁)。

5　遠い地方(筑紫〈九州〉)から縁故を辿り(京へ)参って。九州からの上京については後文に見える(二八二頁)。

6　八宮の家にお仕えしております。

7　存じあそばさぬでしょうよな、近ごろ藤大納言と申すとお聞きする(その)お兄君で、右衛門督として亡くなってしまわれた方というのは。「藤大納言」は柏木の弟、按察使大納言(紅梅大納言)。「右衛門の督」は柏木。「知ろしめさじかし」は「ご存じないでしょうか」の意味かもしれない。

8　何かの機会などにでも、その方のこととして伝え聞きあそばす話もございましょう。柏木の一般的な評判についてで、出生(しゅっしょう)の秘事に関してではない。

9　亡くなられてから、(年月が)いくらも経っていない思いばかりいたします。

10　かように指を折って数えますと、(あなたが)そのようにしてご成人なさったご年齢からしても夢のようで…。六柏木8節の薫の誕生から二十二年が経つ。青表紙他本により「てをゝりてかそへ侍れはかく」を補う。明融本(東海)「かく」の前に「手ヲ折テカソヘ侍レハ」書きいれ。

11　柏木。死の直前の官で呼ぶ。青表紙他本多く「故権大納言」、明融本(東海)「故」書きいれ。

12　弁は乳母子で、小侍従(二行目)と従姉妹

かり聞こえ出で侍るに、残り[1]をとおぼしめす御心侍らば、のどかになん聞こしめし果て侍るべき。若き人[2]〳〵もかたはらいたく、さし過ぎたりと、つきしろひ侍るもことわりになむ。」

とて、さすがにうち出でずなりぬ。

[3]あやしく、夢語り、巫女やうのものゝ、問はず語りすらむやうに、めづらかにおぼさるれど、[4]あはれにおぼつかなくおぼしわたることの筋を聞こゆれば、いと奥ゆかしけれど、[5]げに人目もしげし、[6]さしぐみに古物語りにかゝづらひて、夜を明かし果てむも、児〴〵しかるべければ、

「[7]そこはかと思ひ分くことはなきものから、いにしへの事と聞きゝ侍るも、物あはれになん。さらば、かならずこの残り聞かせ給へ。霧晴れゆかば、[8]はしたなかるべきやつれを、面なく御覧じ咎められぬべきさまなれば、[9]思うたまふる心のほどよりは、くちをしうなむ。」

とて立ちたまふに、[10]かのおはします寺の鐘の声、かすかに聞こえて、霧いと深く立

（いとこ）。「弁の君とぞいひける」（二七八頁）。

13 （柏木に）親しくお仕えしました時に。

14 （柏木は）だれにも告げず、お心のうちにそれでも納めきれなかったことを。女三宮思慕の秘事である。それを柏木は弁に時々それとなく打ち明けていたという。

15 臨終直前に弁の君を枕もとに呼んで遺言があったという。

16 お聞き入れあそばさねばならない理由が一つございますが。柏木の死と薫の出生とのあいだに深い因縁がありそうに匂わせる言い方。「ひとこと」は「一言」かもしれない。

---

1 残る話を（聞こう）と思いあそばすお気持がございますならば、時間をかけて最後までお聞きになることができましょう。底本「きこしめしはて侍へき」の「侍」は不審。

2 若い女房たちも（私の言動を）見苦しく、出過ぎていると、つつきあっておりますのももっともで。底本・明融本（東海）「侍も」、青表紙他本多く「侍めるも」。

3 不思議で、夢のなかの語り（とか）、巫女（こみ）のような者が、（神がかりして）問わず語りするとしたらそんな感じで。「巫　加无奈支（かむなぎ）」（新撰字鏡）。

4 しみじみと気がかりにずっと思案していらっしゃる向きの話を。薫はかねてより自分の出生に関して懐疑心を抱いてきた。「幼心ちにほの聞き給ひしことの、をり〱いぶかしうおぼつかなう思ひわたれど、問ふべき人もなし」（㈦匂兵部卿二四頁）。

5 薫の心内。

6 だしぬけに（弁に会ったばかりで）昔の話に引っかかって、夜明かしするとしたら子供っぽいだろうから。底本「ちこ〱しかる」、青表紙他本・河内本「こち〱しかる」、明融本（東海）「ち」の上に「こ」書きいれ。「こちごちし」ならば、気がきかない、無作法だ、の意。

7 薫の言。どこがどうと見当のつけられるこ

ちわたれり。

峰[1]の八重雲思ひやる隔て多くあはれなるに、なほこの姫君たちの御心の内ども心ぐるしう、何[2]ごとをおぼし残すらむ、かくいと奥まりたまへるもことわりぞかし、などおぼゆ。

「朝[3]ぼらけ家路も見えず尋ね来し槇の尾山は霧こめてけり

心ぼそくも侍るかな。」

と、立ち返り[4]やすらひ給へるさまを、宮[5]この人の目馴れたるだに、猶いとことに思ひきこえたるを、まいて[6]いかゞはめづらしう見聞こえざらん。御返り聞こえ伝へにくげに思ひたれば、例[7]のいとつゝましげにて、

雲[8]のゐる嶺の懸け路を秋霧のいとゞ隔つるころにもあるかな

すこしうち[9]嘆いたまへるけしき、浅からずあはれなり。

何[10]ばかりをかしきふしは見えぬあたりなれど、げに[11]心ぐるしきこと多かるにも、明かうなりゆけば、さすがに[12]直面なる心ちして、

とはないにしろ、過去の話と聞きますと、何かとしんみりして…。

8　みっともないようなやつれた狩衣姿を、面目なくお見咎めされるに違いないさまなので。

9　(このまま話を聞きたく)思い申す気持の程度からすると、残念で。

10　八宮の籠る阿闍梨の寺。晨朝(じんちょう)(六時の一つ)の鐘の音が聞こえる。

18　薫、大君と詠歌する

1　峰がいくえもの雲に隔てられ、八宮を思うにも隔てが多く悲しくて、の意。「八重立つ雲を君や隔つる」(二二二頁)。

2　薫の心内。(姫君たちは寂しさのほかに)思い残しておられる何があるだろうか、かように引っ込みがちでいらっしゃるのももっともなことよ。

3　薫の歌。夜のほの明けに、帰る家路も見えないほど、尋ねてやって来た槙の尾山は霧が立ちこめてしまってある。「家路も見えず」に姫君に逢えない意を含める。都には帰る気にもならないとして姫君に応答を求める歌。「槙の尾山」は宇治川左岸の山で、宇治橋から東南の方向。「槙の山辺もわづかに色づきて」(㈦椎本三一四頁)。

4　帰りをぐずぐずためらうさま。

5　都の(上流の人々を)いつも見馴れている者でさえも。「宮こ」、当て字。

6　まして(山里の女房たちは)めったに見たり聞いたりしたことがない。青表紙他本・河内本「みさらむ(ん)」、明融本(東海)は底本に同じ。

7　例によってまことに遠慮がちに。

8　大君の歌。雲がかかっている峰の懸け路を秋霧がたちこめて、いっそう隔てる時節であるよな。「嶺の懸け路」は父八宮の修行の場をさし、父宮と隔てられる心を詠む。

9　大君の溜め息が薫に感じられる。

10　宮家の周辺には何ほどの風情も見えない。

「[1]中〳〵なるほどにうけたまはりさしつること多かる残りは、いますこし面馴れてこそはうらみきこえさすべかめれ。[2]さるは、かく世の人めいてもてなし給ふべくは、思はずに物おぼし分かざりけりと、うらめしうなん。」

とて、[3]宿直人がしつらひたる西面におはしてながめ給ふ。

「[4]網代は人さわがしげなり。されど、[5]氷魚も寄らぬにやあらむ、すさまじげなるけしきなり。」

と、御供の人〳〵見知りて言ふ。[6]あやしき舟どもに柴刈り積み、[7]おの〳〵何となき世のいとなみどもに行きかふさまどもの、はかなき水の上に浮かびたる、[8]たれも思へば同じごとなる世の常なさなり、[9]われは浮かばず、玉の台に静けき身と思ふべき世かは、と思ひつゞけらる。硯召して、[10]あなたに聞こえ給ふ。

[11]橋姫の心を汲みて高瀬さすさをの雫に袖ぞ濡れぬる

ながめ給ふらむかし。

とて、とのゐ人に持たせたまへり。いと寒げに、[12]いらゝぎたる顔して持てまゐる。

11 なるほど(姫君たちには)いたわしいことが多いにつけ。「げに」は「なほこの姫君たちの御心の内ども心ぐるしう」(二五六頁)を受けて、薫として納得する気持。

12 (薫は)それにしても顔を直接に見られる感じがして。

---

1 薫の言。半分程度お聞きし中途のままになった会話の残り多くは、もう少し親しくなってからそれこそ心残りを晴らし申すことになるようです。読者には弁の話を半分で聞きさした薫の恨めしい思いも感じられる。

2 とはいえ、(私を)そのように世間並みの男と同様にお扱いになるようだとすると、心外で物事(の筋目)をお分かりにならなかったと、(あなたを)恨めしくて…。自分は当世風の好色がましい人間ではないと恨んでみせる。

3 宿直人の用意した西がわの居室。

4 供人の言、口々に言う。網代(の所)は人が大騒ぎのようだ。「網代」は二一四頁。

5 鮎の稚魚。不漁なのだろう。

6 粗末な舟という舟に雑木を刈って積み。

7 各自、何と言うことのない世渡りのしごとで行き来するさまが。

8 薫の心内。だれだっても考えてみると(身分の上下と関係なく)同じような世の無常だ。

9 自分は水に浮かぶような心細い身の上でなく、立派な御殿に安泰に過ごす身の上と思ってよいこの世であろうか、の意。「あはれに、いづこかさして、と思ほしなせば、玉の台も同じこと也」(日夕顔二三四頁)。

10 大君の方に歌や文をさしあげる。

11 薫の歌。宇治の橋姫の心を察して、浅瀬を漕ぐ舟の棹(おさ)の雫に袖を濡らすように、私も涙で濡れてしまう。「さ筵(むしろ)に衣片敷き今宵もや我を待つらむ宇治の橋姫」(古今集・恋四・読人しらず)を踏まえる。「宇治の橋姫」は宇治橋の守護神で、この女神にまつわる物語(橋姫物語)があったろう。これに姫君をなぞらえて「橋姫」とし、その心内を推測する

御返り、[1]紙の香など、おぼろけならむははづかしげなるを、[2]ときをこそかゝるをりには、とて、

[3]さし返る宇治の河をさ朝夕の雫や袖を朽たし果つらむ
[4]身さへ浮きて。

一五二

と、いとをかしげに書き給へり。[5]まほにめやすくものし給ひけりと、心とまりぬれど、

「[6]御車率てまゐりぬ。」

と、人〳〵さわがしきこゆれば、宿直人ばかりを召し寄せて、

「[7]帰りわたらせたまはむほどに、かならずまゐるべし。」

などのたまふ。濡れたる御衣どもは、みな[8]この人に脱ぎかけ給ひて、取りに遣はしつる[9]御なほしにたてまつり替へつ。

[10]老い人の物語り、心にかゝりておぼし出でらる。[11]思ひしよりはこよなくまさりて、をかしかりつる御けはひども面影に添ひて、[12]猶思ひ離れがたき世なりけり、と心

歌。柴舟のわびしい景をとりこんだ表現。

12 「いらゞ」は、角立つ。寒さに鳥肌が立つ感じかという。あと一例は「こは〴〵しういらゝぎたる物ども着給へるしも、いとをかしき姿なり」(四手習17節)。

---

1 料紙に焚き染めた香など、並々のものであるようなのはと気おくれしそうだが。

2 (返歌の)早いことだけがかような場合には(よいのだ)。底本・明融本(東海)「ときをこそかゝるお(を)りには」、青表紙他本「ときこそはかゝるおりは」。

3 大君の歌。棹をさして行き来する宇治川の渡し守は、朝に夕に濡らす雫で袖を朽ち尽くしているだろう。この私の袖も涙で朽ち果てることだろう、の意。「河をさ(川長)」は船頭。贈歌の「袖ぞ濡れぬる」を受けて、朽ち果てるのは私の袖だと言い返す。

4 涙で身も浮いて。これも贈歌への応答。「さす棹のしづくに濡るる袖ゆゑに身さへ浮きても思ほゆるかな」と『源氏釈』にあるのは、出典未詳。『源氏釈』の歌は『源氏物語』に合わせた創作の類が多いかもしれない。

5 よく整って安心もできる詠みっぷりでいらっしゃったと。底本「めやすくも」、諸本多く「めやすく」、明融本(東海)「めやすくものし」の「も」のあとに「も」補入。

6 供人の言。帰途のために命じていた牛車が来る。二四二頁。

7 薫の言。(八宮が)もどっていらっしゃろうころに、きっと参上しましょう。

8 脱いで宿直人の肩におかけになって。

9 直衣。狩衣から平服に着替える。

19 薫、宇治に文を書く

10 老い人(弁の君)の話が、(帰京後も)心にかぶさって思い出されてならない。

11 想像したよりもずっとすばらしくて、風情のあった姫君たちそれぞれのご様子が。

12 やはり厭い離れることの容易でない現世な

よわく思ひ知らる。御文たてまつり給ふ。[1]けさうだちてもあらず、白き色紙の厚肥えたるに、筆引きつくろひ選りて、墨つき見どころありて書き給ふ。

[2]うちつけなるさまにやとあいなくとゞめ侍りて、残り多かるも心ぐるしきわざになむ。[3]片端聞こえおきつるやうに、いまよりは御簾の前も心やすくおぼしゆるすべくなむ。御山籠り果て侍らむ[4]日数もうけたまはりおきて、[5]いぶせかりし霧のまよひも晴るけ侍らむ。

などぞ、いとすくよかに書き給へる。[6]左近の将監なる人、御使にて、

「[7]かの老い人尋ねて、文も取らせよ。」

とのたまふ。[8]とのゐ人が寒げにてさまよひしなど、あはれにおぼしやりて、大きなる[9]檜わり籠やうのものあまたせさせ給ふ。

[10]またの日、かの御寺にもたてまつり給ふ。山籠りの僧ども、[11]この比の嵐にはいと心ぼそく苦しからむを、[12]さておはしますほどの布施給ふべからんとおぼしやりて、[13]絹、綿など多かりけり。御おこなひ果てて出でたまふ[14]あしたなりければ、おこなひ

のだった、と。薫の心に即した叙述。姫君たちの存在に薫の道心がゆさぶられる。「げにあはれなる…心移りぬべし」(二四〇頁)。

1　懸想文ふうでもなく、鳥の子色の厚い紙に。実用向きの書状を装いながら、筆や墨つきには格別に気づかう。「陸奥国紙(みちのくにがみ)の厚肥えたるに」(㊀末摘花五六四頁)。青表紙他本多く「ふては」、明融本(東海)は底本に同じ。

2　薫の文面。(昨日はぶしつけで)失礼になるのではとつまらなく(言いたいことも)さし控えまして、お話しし残したことが多いのもつらいことで…。底本「心くるしき」、諸本「くるしき」。

3　一端を言い置き申したとおり、今後は御簾の前に参上することも気安くお許し下さいますように。廂の間に上げてほしい、の意。

4　八宮の修行の日限。二三〇頁。

5　うっとうしかった霧のもやもやも晴れ晴れさせましょう。八宮帰宅後、あらためて訪問したい気持を伝える。

6　左近衛府の三等官。正六位上相当。

7　薫の言。かの老い人を探して、(贈り物もこの)手紙も渡してくれ。弁を介して姫君へ手紙が渡るようにする。

8　宿直人が寒そうでうろうろしていたのを。

9　檜の薄板で作った折箱。たくさんの食料品を届ける。㊁葵二二四頁・㊅柏木七六頁。

10　薫は帰京の翌日、阿闍梨の寺にも使をさしあげる。八宮が参籠している。

11　今は「秋の末つ方」(二三〇頁)。

12　そのように籠っていらっしゃるあいだの布施をお与えになるのがよかろうと。「布施」は七日間の念仏のお礼。八宮の困窮ぶりを察して薫が代りに僧侶たちに贈る。

13　絹は布地、絹織物。綿は絹糸を集めたもの、真綿。どちらも贈り物や禄にすることが多い。「絹、綾、綿」(㊀末摘花五六〇頁)・「絹、綾」(㊃初音一五二頁)・「絹四百疋」(㊄若菜上二七二頁)・「御衣(ぞ)ども、綿厚くて」(㊆椎本三

人どもに、綿衣[1]、袈裟[2]、衣[3]など、すべて一くだりのほどづつ、ある限り[4]の大徳たちに給ふ。

宿直人が[5]、御脱ぎ捨ての艶[6]にいみじき狩の御衣ども、えならぬ白き綾の御衣の、なよ〱と言ひ知らずにほへるを移し着て、身[7]をはた、え変へぬものなれば、似つかはしからぬ袖の香を、人[8]ごとに咎められめでらるゝなむ、中〱所せかりける。心にまかせて身をやすくもふるまはれず、いとむくつけきまで[9]人のおどろくにほひを、失ひてばやと思へど、所せき人の御移り香にて、えもすゝぎ捨てぬぞ、あまりなるや。

君[10]は、姫君の御返り事、いとめやすく子めかしきををかしく見給ふ。宮[11]にも、かく御消息ありきなど、人〱聞こえさせ御覧ぜさすれば、

「何[12]かは、けさうだちてもてない給はむも、中〱うたてあらむ。例[13]の若人に似ぬ御心ばへなめるを、亡[14]からむ後もなど、一言うちほのめかしてしかば、さやうにて心ぞとめたらむ。」

三〇頁)など。

14 八宮の帰還の朝に当たる。

---

1 綿入れの衣類。「かならず冬籠る山風防ぎつべき綿衣」(㈦椎本三六二頁)。

2 綾布などを重ねて縫う。「袈裟などはいかに縫ふ物ぞ」(㈤若菜下五八四頁)・「袈裟の縫ひ目」(㈥鈴虫一七四頁)。

3 僧衣。

4 山寺にいる僧たち全員に。

5 底本・明融本(東海)「か」。青表紙他本多く・河内本「かの」によれば、(薫が脱ぎ捨てた)あの。

6 しゃれた立派な狩衣のたぐいや、なみなみならぬ白綾のご衣裳が。二六〇頁。

7 とはいえ、当人(宿直人)の身は取り替えることのできないものだから。

8 (薫の移り香で)会う人ごとにあやしまれたり褒められたりするのが、かえって窮屈な思いだった。「梅の花立ち寄るばかりありしより人の咎むる香にぞしみぬる」(古今集・春上・読人しらず)によるか。

9 えらく気味のわるいほど人がびっくりする薫香を、なくしてしまいたいと思っても、充満するお移り香で、洗い捨てることもできないのは、あんまりな(困った)ことであるよ。語り手の評言。

20 薫、匂宮に宇治のことを語る

10 薫は、大君の返事が、たいそう好感がもてておっとりした感じをおもしろいとご覧になる。薫の消息に対し返状があったと知られる。

11 八宮にも、そのように(薫から大君に)お手紙があったなどと、侍女たちが(八宮の)耳に入れ申し(消息を)お見せすると。

12 八宮の言。いやなに、懸想じみてお扱いになるのも、かえってよくなかろう。注14にほのめかされるように期待するところがある。

13 一般の若い人に似ないご気性のようだから。薫を世間の好色人ではないと見る。

などの給ひけり。御[1]みづからも、さま〴〵の御とぶらひの、山の岩屋にあまりしことどものたまへるに、[2]参うでんとおぼして、[3]三の宮の、[4]かやうに奥まりたらむあたりの、見まさりせむこそをかしかるべけれと、あらましごとにだにのたまふ物を、[5]聞こえはげましして御心さわがしたてまつらむ、とおぼして、のどやかなる夕暮れに[6]まゐり給へり。

例のさま〴〵なる御物語り聞こえかはし給ふついでに、[7]宇治の宮の御事語り出でて、見しあか月のありさまなど、くはしく聞こえ給ふに、[8]宮いとせちにをかしとおぼいたり。[9]さればよと、御けしきを見て、いとゞ御心動きぬべく言ひつゞけたまふ。

[10]「さて、そのありけん返り事は、などか見せ給はざりし。[11]まろならましかば。」

とうらみ給ふ。

[12]「さかし。いとさま〴〵御覧ずべかめる端をだに見せさせたまはぬ。[13]かのわたりは、かくいとも埋もれたる身に、引き籠めてやむべきけはひにも侍らねば、かならず御覧ぜさせばやと思ひ給ふれど、[14]いかでか尋ね寄らせ給ふべき。[15]かやすきほどこ

14　（自分〈八宮〉の）死ぬような後も（姫君たちを顧みてほしい）など、一言それとなくお願いしたから、そのような次第で（姫君たちに）心にとどめたのだろう。

1　八宮ご自身も、薫からの種々のお見舞の品が、山の岩屋（山寺）から溢れたことなどを（礼状に）おっしゃると。

2　（薫は宇治に）参ろうとお思いになって。

3　匂宮が。以下、薫は匂宮の好色心をあおりたてようとする。

4　あのように奥まったような辺りの、（逢って予想より）すぐれていそうな女がそれこそ惹かれるに違いないと、前もっての予想（空想ごと）としてだけでも（匂宮が）おっしゃるのだから。日ごろの匂宮の願望。

5　（匂宮の）お耳にいれておだてあげ、お心をかきたててさしあげよう。

6　（薫は匂宮のもとに）参上なさる。

7　（薫は）宇治の宮（八宮の家）についてのお話を語り出して、（姫君を）見た明け方の様子などを、詳細に申し上げなさると。青表紙他本多く「うちの宮の事」、明融本（東海）「宇治の宮の御事」。「あか月」は暁の当て字。

8　匂宮はえらく熱心におもしろいとお思いになる。

9　思ったとおりだ（案の定）と（薫は）。

10　匂宮の言。それで、そのあったとかいう（女の）返事は、どうして（私に）見せて下さらなかったのか。

11　私だったならば（お見せしたのに）。

12　薫の言。そうですよね。（あなたこそ）ほんとうにさまざま（女たちからの消息を）ご覧でいらっしゃるらしい（その）片端をさえお見せ下さらない。

13　あの（宇治の）辺りは、かような（私ごとき）まったく表立たない（隠れた）身で、独り占めにして終らせられるような雰囲気でもございませぬので。

14　（あなたは）どうして訪ねて立ち寄りあそば

そ、すかまほしくは、いとよくすきぬべき世に侍りけれ。[1]うち隠ろへつゝ多かめるかな。[2]さる方に見どころありぬべき女の、もの思はしき、うち忍びたる住みかども、山里めいたる隈などに、おのづから侍るべかめり。[3]この聞こえさするわたりは、いと世づかぬ聖ざまにて、こち〴〵しうぞあらむと、[4]年ごろ思ひあなづり侍りて、耳をだにこそとゞめ侍らざりけれ。[5]ほのかなりし月影の見おとりせずは、まほならんはや。けはひありさまはた、[6]さばかりならむをぞ、あらまほしきほどとはおぼえ侍るべき。」

など聞こえたまふ。

[7]はて〳〵は、まめだちていとねたく、[8]おぼろけの人に心移るまじき人の、かく深く思へるを、おろかならじとゆかしうおぼすこと限りなくなり給ひぬ。

「[9]なほ、また〳〵よくけしき見たまへ。」

と、[10]人をすすめ給ひて、限りある御身のほどのよだけさを、いとはしきまで心もとなしとおぼしたれば、をかしくて、

すことができようか。高貴な身分の匂宮の宇治行は容易ならぬことだと、関心をあおる物言いをしてみせる。

15 (自分のような)気楽な身分の者はそれこそ、色ごとをしたければ、いくらでも浮気のできそうな世間でございました。

---

1 隠れているままの女は多くいそうですよな。

2 その方面(浮気相手)として世話のしがいのあるに違いない女が、物思う様子で、人目を忍んでいるいくつかの住まいは、山里めいた目立たない所などに、自然とございましょうと思われます。

3 今お話し申し上げおります辺り(八宮の山荘)は、まったく世間離れした出家者ふぜいで、無風流に違いなかろうと。「こち〴〵し」は、柔かさがなく洗練されていない。

4 (そのような山里は)長い歳月、軽んじる所と思っておりまして、耳にすらそれこそ留めずにおりました。

5 ほのかに月の光のもとで見た顔かたち(影)がそのとおりの器量だとすると、ほんものの女ですなあ。匂宮の想像をかきたてる言い方をしてみせる。

6 そんなのをまあ、(女は)こうあってほしいという合格点だとは。青表紙他本多く・河内本「ほとと」、明融本(東海)「ほとゝは」。

7 最後には、(匂宮は)本気になってえらく妬ましくなり。薫から好色心をあおられて真剣になる。

8 普通の女に心を動かしそうにない人(薫)が、あんな深く執心しているのだから、並大抵の女ではあるまいと逢ってみたくお思いになることが際限なくなってしまわれる。

9 匂宮の言。もっとこれからもしっかり様子を探って下さい。

10 薫に促し勧めなさって、制約のある(高貴な)ご身分の堅苦しさを、厭わしいまでにじれったいとお思いなので、おもしろくて。「よだけさ」は、仰々しさ、勢いのあるさま。

「[1]いでや、よしなくぞ侍る。[2]しばし世中(よのなか)に心とゞめじと、思う給ふるやうある身にて、なほざりごともつゝましう侍るを、[3]心ながらかなはぬ心つきそめなば、大きに思ひにたがふべきことなむ侍るべき。」

と聞こえ給へば、

「[4]いで、あなこと〳〵し。[5]れいのおどろおどろしき聖言葉、見果てゝしかな。」

とて笑ひ給ふ。

[6]心の内には、かの古人のほのめかしし筋などの、[7]いとゞうちおどろかれて物あはれなるに、をかしと見ることも、めやすしと聞くあたりも、何ばかり心にもとまらざりけり。

[8]十月になりて、五六日のほどに、宇治へ参うでたまふ。

「[9]網代をこそこの比(ごろ)は御覧ぜめ。」

と聞こゆる人〳〵あれど、

「[10]何か、そのひをむしにあらそふ心にて網代にも寄らむ。」

「おぼす」(「思ふ」の尊敬語)は、そういう表情をなさる。

---

1 薫の言。いやいや、(女に苦労するとは)つまらぬことでございます。匂宮をあおり続けておいて、逆に水をさしてみせる。

2 (私は)しばらく俗世に執着すまいと、存ずるわけのある身で、気休めの色恋も慎まれますのに。

3 自分の心なのに不可能な気持が生じ始めてしまうならば、大いに心ざしと異なるに違いないことでございましょう。自分の道心に背くと言ってみせる。

4 匂宮の言。いや、なんと大げさな。

5 例によって大仰きわまる聖人の物言い(がしまいにはどうなるか)、見届けたいよな。底本「れひ」。

6 薫の関心としては、あの老い人(弁)がほのめかした方面など(柏木のこと)が。弁はわが出生の秘事を知っているらしい。

7 ただもうびっくりすることでそれとなく感慨深いから、(姫君を)美しいと見ることも、好感がもてると聞く(姫君の)辺りも、どれほどの心にもとまらなかったことだ。青表紙他本多く・河内本「おとろかされて」。明融本(東海)は「うちをとろかれて」。

21 十月、薫の宇治行

8 初冬。薫のさきの訪問は晩秋九月。

9 網代を、この時節ならご覧になるのがよろしいでしょう。「網代のけはひ近く」(二一四頁)・「網代の波」(二三〇頁)・「網代は人さわがしげなり」(二五八頁)。

10 薫の言。どうして、(氷魚(おひ)ならぬ)その名も「ひをむし」とはかなさを競う気分で網代にも寄ろう(近づいて見物しよう)か。「氷魚も寄らぬにやあらむ」(二五八頁)とあった。「網代の氷魚」(㊆総角五二四頁)。「蜉蝣(ヒヲムシ/フユウ)」(河海抄など)はカゲロウ目の昆虫。「蜉蝣」をはかないものの喩えとする。

と、[1]そぎ捨て給ひて、例のいと忍びやかにて出で立ち給ふ。[2]かろらかに網代車にて、[3]縑のなほし、指貫縫はせて、ことさらび着給へり。

宮、待ちよろこび給ひて、所[4]につけたる御あるじなど、をかしうしなしたまふ。暮れぬれば大殿油近くて、[5]さき〴〵見さしたまへる文どもの深きなど、[6]阿闍梨も請じ下ろして、[7]義など言はせ給ふ。[8]うちもまどろまず、[9]河風のいと荒ましきに、木葉(このは)の散りかふおと、水の響きなど、[10]あはれも過ぎて、物おそろしく心ぼそき所のさまなり。

明け方近くなりぬらんと思ふほどに、[11]ありししのゝめ思ひ出でられて、[12]琴の音のあはれなることのついでにつくり出でゝ、

「[13]さきのたびの、霧にまどはされ侍りし明けぼのに、[14]いとめづらしき物の音、一声うけたまはりし残りなむ、中〳〵にいといぶかしう、飽かず思うたまへらるゝ。」

など聞こえたまふ。

「[15]色をも香をも思ひ捨てゝし後(のち)、むかし聞きしこともみな忘れてなむ。」

1　略式になさって、いつものようにたいそうお忍びの感じでお出立ちなさる。

2　軽装で。微行である。「網代車」は㊁須磨三九一頁注9・㊄若菜上二四三頁注6を参照。

3　固織りの平絹の直衣と指貫とを縫わせて、(やつれ方にしても)ことさらしく。「緇の御なほし、指貫、さま変はりたる心ちするも」(㊁須磨四三六頁)。

4　山里にふさわしいご饗応など、興趣深くしなさる。

5　以前から読みさしておられるままの経文類の意味深い箇所を。

6　阿闍梨をも山寺から請うて下山させ。

7　仏典の意味、解釈。

8　(薫は)居眠りもせず。

9　さきにも「耳かしかましき川のわたり」(二一四頁)・「いと荒ましき水のおと、波の響きに」(二二六頁)。

10　情趣という段階も越えて、何かおそろしく心が細る宇治のさまだ。

22　薫、後事を承引する

11　以前のしらじら明けが自然と思い出されて。姉妹の琴の演奏を見聞きした時のこと。14節。

12　(薫は)琴の音の情趣が深いという話のきっかけを作り出して。琴の名手である八宮に琴の演奏を話題として、姫君たちのことを切り出そうとする薫。

13　薫の言。前回の、霧のために(道を)迷わされました明け方に。諸本多く「さきのたひ」、明融本(東海)「さきのたひの」。

14　たいそうすばらしい楽器の音を、一曲うかがいました(その)残りが、かえってさらに聞きたくてならず、心残りに思われ申してなりません。姫君たちの琴の演奏を立ち聞きしたこと(14節)。この薫の言は奥にいる姫君たちの耳にはいる。過日の琴を聴かれたことに気づく姫君たち。

15　八宮の言。(俗世の)色も香も執着を断ってしまってからは、昔聞いた音楽もぜんぶ忘れ

とのたまへど、人召して琴取り寄せて、

「[1]いと月なくなりにたりや。[2]しるべする物の音につけてなん、思ひ出でらるべかりける。」

とて、[3]びは召して、客人にそゝのかし給ふ。[4]取りて調べたまふ。

「[5]さらに、ほのかに聞き侍りし、同じものとも思うたまへられざりけり。[6]御琴の響きからにやとこそ思うたまへしか。」

とて、[7]心とけても掻き立てたまはず。

「[8]いで、あなさがなや。[9]しか御耳とまるばかりの手などは、いづくよりかこゝまでは伝はり来む。あるまじき御ことなり。」

とて、[10]琴掻き鳴らしたまへる、いとあはれに[11]心すごし。[12]かたへは、峰の松風のもてはやすなるべし。[13]いとたど〳〵しげにおぼめき給ひて、心ばへある手一つばかりにてやめたまひつ。

「[14]このわたりに、おぼえなくて、をり〳〵ほのめく箏の琴の音こそ、心得たるに

まして。「こと」は琴か。

1　八宮の言。まったく（琴が）不似合いになってしまいましたよ。「月なく」は当て字。

2　案内してくれる楽の音(ね)に応じて、思い出すことができるかもしれなかった（のですが）。薫が先に弾いて導いてくれるなら、の意。

3　琵琶をお取り寄せになり、薫に勧めなさる。底本「ひわ」。

4　（薫は琵琶を）手にして調絃なさる。

5　薫の言。ぜんぜん、過日ほのかに聞きました、（姫君の弾かれた楽器と）同じものとも思われないことでございました。以前に姫君たちの合奏を聞いたことがあると重ねて言う。この薫の言も奥にいる姫君たちの耳にはいるように言う。

6　（あの時は）楽器のひびきがよいからなのではと思い申しました。いま思うとそうでなく、弾き手が勝れていたのだ、の意。

7　（薫は）気をゆるしても。

8　八宮の言。まあ、これはお口がわるいな。

9　そのようにお耳にとまるほどの弾き方など、どこからこの山里にまで伝わってこよう。

10　八宮は琴(きん)を弾く。

11　物寂しくぞっとする感じ。

12　一つには、峰の松を吹く風が興趣を添えるのだろう。「琴の音(ね)に峰の松風かよふらしいづれの緒(を)より調べそめけむ」（拾遺集・雑上・斎宮女御）による。

13　（八宮は）まったくおぼつかなくあまり思い出せないといった様子をなさって、趣のある、一曲ばかりで手をとめておしまいになる。底本「心はえあり」、青表紙他本多く・河内本「心はえある」に基づき訂正する。明融本（東海）「り」を訂正して「ル」。

14　八宮の言。私のまわりに、思いがけないことで、ときおりほのかに弾く箏の琴の音が、それこそ（嗜みある奏法を）会得しているのかと。箏の琴は中君に教えてきたところ（二一〇頁）。

やと聞くをり侍れど、[1]心とゞめてなどもあらで久しうなりにけりや。[2]心にまかせて、おの〳〵掻き鳴らすべかめるは、川波ばかりや打ち合はすらむ。[3]論なう、ものの用にすばかりの拍子なども、とまらじとなむおぼえ侍る。」

とて、

「[4]掻き鳴らし給へ。」

と、あなたに聞こえたまへど、[5]思ひ寄らざりしひとり琴を聞き給ひけんだにある物を、いとかたはならむ、と引き入りつゝ、みな聞き給はず。[6]たび〳〵そゝのかしたまへど、[7]とかく聞こえすさびてやみ給ひぬめれば、いとくちをしうおぼゆ。

[8]そのついでにも、かくあやしう、世づかぬ思ひやりにて過ぐすありさまどもの、思ひのほかなる事など、はづかしうおぼいたり。

「[9]人にだにいかで知らせじと、はぐくみ過ぐせど、けふあすとも知らぬ身の残り少なさに、さすがに、[10]行く末とほき人は、落ちあぶれてさすらへん事、これのみこそ、げに世を離れん際の絆なりけれ。」

1　気にとめて聞くなどもなく長く過ごしてしまいましたよ。中君の箏の琴を推奨する。

2　思い思いに、各自（娘たちが）演奏するようであるのは、川波だけが拍子をとって合わせてくれるのだろう。「打ち合はす」は、打楽器で拍子をとる。

3　もちろん、役に立つほどの拍子なども、身についてはいまいと思われます。「とまる」は、身につく。

4　八宮の言。掻き鳴らしなされ。姫君たちのいる奥の方に向かって声をかける。

5　（他人が聞いたとは）思いも寄らなかった自分のための弾奏（独り琴）を（薫が）お聞きになったろうことすらそう（恥ずかしい）なのに、たいそう不体裁なことだろうと尻込みしながら、だれも（二人とも）お聞き入れにならない。

6　何回も（八宮が）お勧めになるけれど。青表紙他本「そゝのかしきこえ」。明融本（東海）「そゝのかし給へと」。

7　あれこれ言い逃れ申して、（弾かずに）終ってしまうみたいであるから、たいそう残念に思われる。

8　そんなやり取りのあいだにも、そのように風変りで、世間離れしていると（世人から）想像されて過ごす姫君たちの境遇が、不本意なことなどと、（八宮は）恥ずかしくお思いになる。「世づかぬ思ひやり」は、世慣れぬ（結婚しない）姫君たちだと世の人から思われること。八宮にとりそれは案に相違することで、宮家の姫君として恥じられることだ、の意。

9　八宮の言。（姫君たちを）世間の人にさえ知られたくないと。前にも「なべての人に知らせたてまつらじ」（二三六頁）。

10　若い姫君たちは、（自分の死後）落ちぶれて（生活の）あてどがなくなること、このことばかりが出家を果たそうとするまぎわでの妨げだったのだ。ここで八宮は薫に姫君たちの将来を託す思いについてほのめかしているらしい。さきにも「一言うちほのめかしてしかば」（二六四頁）。

とうち語らひ給へば、心[1]ぐるしう見たてまつりたまふ。

「[2]わざとの御後見だち、はかばかしき筋には侍らずとも、うと〱しからずおぼしめされんとなむ思うたまふる。[3]しばしもながらへ侍らむ命の程は、一言も、かくうち出できこえさせてむさまを、たがへ侍るまじくなむ。」

など申し給へば、いとうれしきことゝおぼしの[4]給ふ。

さて、[5]あか月方の、宮の御おこなひしたまふほどに、[6]かの老い人召し出でゝ会ひたまへり。[7]姫君の御後見にてさぶらはせ給ふ、弁の君とぞいひける、[8]年も六十にすこし足らぬほどなれど、[9]みやびかにゆゑあるけはひして、物など聞こゆ。[10]古権大納言の君の、世とともにものを思ひつゝ、病づき、はかなくなりたまひにしありさまを聞こえ出でゝ、泣くこと限りなし。[11]げによその人の上と聞かむだに、あはれなるべき古事どもを、まして[12]年ごろおぼつかなくゆかしう、いかなりけんことのはじめにかと、[13]仏にも、この事をさだかに知らせ給へと、念じつる験にや、かく[14]夢のやうにあはれなるむかし語りを、おぼえぬついでに聞きつけつらむ、とおぼすに、涙

1　（薫は八宮を）いたわしく見申される。

2　薫の言。格別のお世話役めいて、しっかりした方面ではございませぬとしても、他人行儀でなくお考え下されたく存ずるのです。「はかばかしき筋」は、夫となって生活を支援する方向。青表紙他本「すちに」、明融本（東海）「すちには」。

3　（自分〈薫〉が）しばらくでも生きながらえますような寿命のあいだは、一言も、かように口に出してお約束申し上げるようなさまに、違背せぬつもりでございまして。

4　底本「のの給」を訂正。青表紙他本多く・河内本「の給」、明融本（東海）「のたまふ」。

23　薫、弁の昔語りを聞く

5　明け方の、八宮が勤行なさる時分に。宮は薫を残して仏間にはいる。

6　弁の君。「かの権大納言（柏木）の御乳母に侍りしは、弁が母になむ侍りし」（二五二頁）。

7　大君のご後見役として仕えさせておられる、弁の君と言った。

8　青表紙他本多く・河内本「年は」、明融本（東海）「としも」の「も」を訂正して「は」。

9　都人ふうに嗜みの深い物腰で。

10　亡き柏木が、生涯かけて物思いをなさりながら。二五四頁に続く話題である。「古」は「故」の当て字。

11　薫の心内。なるほど他人の身の上話と思って聞いていてさえ、物悲しくなるはずの昔語りの数々を、まして。自分に関わりのある話だから、の意。

12　長の年月、気がかりで真相を知りたく思い、どんなことが事の起りかと。幼少から自らの出生に懐疑を抱いてきた（㊆匂兵部卿6節）。「あはれに…ことの筋」（二五四頁）。

13　仏にも、このことを明瞭に知らせ下されと、祈念したことの効果なのでは（、と）。

14　夢を見る時のように感慨深い昔の話を、考えられないような機会に（私は）聞きつけたのだろう、とお思いになると。

とゞめがたかりけり。

「[1]さても、かくその世の心知りたる人も残りたまへりけるを。[2]めづらかにもはづかしうもおぼゆることの筋に、猶かく言ひ伝ふるたぐひや又もあらむ。年ごろ、[3]かけても聞きおよばざりける。」

とのたまへば、

「[4]小侍従と弁と放ちて、また知る人侍らじ。[5]一言にても、また他人にうちまねび侍らず。[6]かくものはかなく、数ならぬ身のほどに侍れど、夜昼かの御かげにつきたてまつりて侍りしかば、おのづから[7]もののけしきをも見たてまつりそめしに、[8]御心よりあまりておぼしける時ゝ、[9]たゞ二人の中になん、たまさかの御消息の通ひも侍りし。かたはらいたければ、くはしく聞こえさせず。[10]いまはの閉ぢめになり給ひて、いさゝかのたまひおくことの侍りしを、[11]かゝる身にはおき所なく、いぶせく思う給へわたりつゝ、[12]いかにしてかは聞こしめし伝ふべきと、はかぐ\しからぬ念誦のついでにも思うたまへつるを、[13]仏は世におはしましけりとなん思うたまへ知りぬる。

24 薫、柏木の最期を聞く

1 薫の言。それにしても、そのように当時の事情を知っている人もまだご存命でいらっしゃったのですね。

2 稀有なことと恥ずかしいことと思われる方面の話について、やはりかように聞き伝える人があなたのほかにもいるのでは。

3 少しも耳にしたことがなかった。

4 弁の言。小侍従と弁と以外には、また知る者もございませぬ。その二人が取次ぎ役だった。小侍従は女三宮の乳母子で、弁と従姉妹、すでに亡くなっている（二五二頁）。秘事を知る者は、現在、弁しかいない。

5 一言なりとも、また他人に話しておりませぬ。

6 かようにとるに足りない、数にもはいらぬ私の身分ですけれど、夜昼あのお方（柏木）のご背後におつき申しておりましたので。乳母子として二六時中、奉仕したことをいう。

7 何らかの経緯をも。柏木と女三宮との関係を、漠然とした言い方で言う。

8 柏木のお心から溢れてお悩みだった時々。

9 ただ私ども二人を通して。小侍従と弁とで謀って、柏木と女三宮とのたまさかの文通がなされた。

10 臨終を迎えた柏木に遺言があったとする。前にも同様の発言（二五二頁）。

11 私のような分際では（その遺言の）置き所も分からず、ずっと晴れやらぬ思いで過ごしてまいりながら。

12 なんとかして（あなた様〈薫〉に真相を）伝えお聞かせできるようにと、おぼつかない念誦の機会にも祈念いたしてきたことは。「はか〴〵しからぬ」は、自分のような者の誦経では仏の験（しるし）もおぼつかない、という謙遜。「年ごろ念誦のついでにもうちまぜ思う給へわたる」（二五〇頁）。

13 仏はこの世にいらっしゃったのだと。薫に会えたことを仏の加護と思う。

[1]御覧ぜさすべきものも侍り。[2]いまは何かは、焼きも捨て侍りなむ、かく朝夕の消えを知らぬ身の、うち捨て侍りなば、うち散るやうもこそと、いとうしろめたく思うたまふれど、この宮わたりにも、[3]ときどきほのめかせたまふを、待ち出でたてまつりてしは、すこし頼もしく、かゝるをりもやと念じ侍る[4]力出で参うで来てなむ。[5]さらに、これは、この世のことにも侍らじ。」

と、泣く〳〵こまかに、[6]生まれたまひけるほどのことも、よくおぼえつゝ聞こゆ。

「[7]むなしうなり給ひしさわぎに、[8]母に侍りし人は、やがて病づきて、ほども経ず隠れ侍りにしかば、いとゞ思うたまへ沈み、[9]藤衣たち重ね、かなしきことを思ひたまへし程に、[10]年ごろよからぬ人の心をつけたりけるが、人をはかりごちて、[11]西の海の果てまで取りもてまかりにしかば、京のことさへ跡絶えて、[12]その人もかしこにて亡せ侍りにし後、十年あまりにてなん、[13]あらぬ世の心ちしてまかり上りたりしを、この宮は、[14]父方につけて、童よりまゐり通ふゆゑ侍りしかば、いまはかう[15]世にまじらふべきさまにも侍らぬを、[16]冷泉院の女御殿の御方などこそは、むかし聞きゝ馴れた

1　後に詳述される柏木の遺品。
2　もうどうしようもない、いっそ焼き捨ててしまいましょう、かように朝夕いつ消えるかも分からない（年老いた）身が、あとに（遺品を）残してしまいますならば、散らばって人目にふれるのではと心配で、たいそう気がかりに。「もこそ」は、危ぶむ気持を表す。青表紙他本多く「おちゝる」、明融本（東海）・河内本「をちゝる」。
3　（薫が）時々お姿をお見せになるのを、お待ち申し上げるようになったことは。薫が八宮の家に現れるようになって三年目。青表紙他本多く・河内本「たてまつりてしかは」、明融本（東海）は底本に同じ。
4　底本「侍へる」、青表紙他本・河内本「侍つる」。
5　まったく、これはこの世のことでもございますまい。この出会いは前世の因縁による。
6　（薫が）お生まれになったころのことも。その直後に柏木は病死する。
7　弁の言。「むなしう…さわぎ」は、柏木の死の前後のこと。
8　自分（弁）の母。柏木の乳母。
9　喪服。主人（柏木）の喪に、母の喪を重ねて。ひき続いて二人の喪に服したとする。
10　長年、身分高からぬ男が自分（弁）に懸想していた、その男が人（自分＝弁）に計略をめぐらして。夫のことを卑下する言い方。
11　「西の海」は西海道。「果て」とあるので、九州の奥のほう。薩摩国（鹿児島県）など。
12　弁の夫。
13　別世界に来るような気分で上京したあと。「はるかなる世界」（二五二頁）からの帰還。
14　父方の縁で幼い時分から出入りさせていただく子細がございましたので。弁の父と八宮家との関係は㊆椎本に語られる（19節）。
15　人並みにお勤めもできない。
16　弘徽殿女御。柏木の姉妹。柏木の乳母子として弁が身を寄せるのに適当な邸かと一旦、考える。

てまつりしわたりにて、まゐり寄るべく侍りしかど、[1]はしたなくおぼえ侍りて、えさし出で侍らで、[2]深山隠れの朽木になりにて侍るなり。[3]小侍従はいつか亡せ侍りにけん、[4]そのかみの若盛りと見侍りし人は、数少なくなり侍りにける末の世に、多くの人におくるゝ命をかなしく思ひ給へてこそ、[5]さすがにめぐらひ侍れ。」

など聞こゆるほどに、[6]れいの明け果てぬ。

「[7]よし、さらば、このむかし物語りは尽きすべくなんあらぬ。[8]また人聞かぬ心やすき所にて聞こえん。[9]侍従といひし人は、ほのかにおぼゆるは、[10]五つ六つばかりなりし程にや、にはかに胸を病みて亡せにきとなむ聞く。[11]かゝるたいめむなくは、[12]罪重き身にて過ぎぬべかりける事。」

などのたまふ。

[13]さゝやかに押し巻きあはせたる反故どもの黴[14]くさきを、袋に縫ひ入れたる取り出でてたてまつる。

「[15]御前にて失はせ給へ。[16]われなほ生くべくもあらずなりにたり、とのたまはせて、

1 きまりわるく存じられまして。
2 深山に隠れた朽木(のよう)になってしまいましてございます。「かたちこそ深山(みやま)隠れの朽木なれ心は花になさばなりなむ」(古今集・雑上・兼芸法師)によるか。「深山隠れには…朽木にはなし果てず」(七総角四〇〇頁)。
3 小侍従はいつ亡くなったのでございましょうか。さきに「小侍従、はかなくなり侍りにけるとほの聞き侍りし」(二五二頁)。
4 「同じ程の人多く亡せ侍りにける世の末に」(二五二頁)。
5 それでも生きながらえてございます。
6 例の。前と同じように弁の語りは夜明けまで続いてしまう。底本「れひ」。

25 薫、形見の文を得る

7 薫の言。そうだ、そういう(語る機会がある)ならば、この昔の話は尽きそうにない。
8 別途、他人が聞かない安心な場所でお話ししよう。
9 小侍従。
10 (私〈薫〉が)五、六歳だった時分かしらん、急の胸の病(肺炎など)で亡くなってしまったと聞く。弁はそのころ九州にいた。
11 かような対面がないとすると。底本「たひめむ」。
12 実の父母を知らず、そのために孝養を尽くさぬことを仏教上、罪深いこととする。冷泉院と源氏との場合は三薄雲23節に詳しい。それと類似する。
13 ちいさく押しつけて巻きあわせてある反故(不用となった紙)類が黴くさいのを、袋に縫い入れてある、(それを)取り出して。前述の「御覧ぜさすべきもの」(二八二頁)で、柏木の遺言にあたる書き物その他。
14 長の歳月を経て黴の臭いがする。あとにも「黴くささ」(二八八頁)。
15 弁の言。あなた様でご処分下さい。
16 柏木が弁に語った言葉の引用。私はもう生きられそうになくなってしまっている。

[1]この御文を取り集めてたまはせたりしかば、[2]小侍従に、またあひ見侍らむついでに、さだかに伝へまゐらせむと思ひたまへしを、[3]やがて別れ侍りにしも、私事には飽かずかなしうなん思う給ふる。」

と聞こゆ。[4]つれなくて、これは隠いたまひつ。[5]かやうの古人は、問はず語りにや、あやしきことのためしに言ひ出づらむ、と苦しくおぼせど、[6]かへす〴〵も散らさぬよしを誓ひつる、さもやと、また思ひ乱れたまふ。

[7]御粥、強飯などまゐりたまふ。昨日は[8]暇日なりしを、けふは[9]内の御物忌も明きぬらん、[10]院の女一の宮、なやみ給ふ御とぶらひに、かならずまゐるべければ、[11]かた〴〵暇なく侍るを、またこのごろ過ぐして、[12]山の紅葉散らぬさきにまゐるべきよし、聞こえたまふ。

「[13]かく、しばしば立ち寄らせたまふ光に、山の陰も、すこしもの明らむる心ちしてなん。」

など、よろこび聞こえたまふ。

1 このお手紙を取り集めて(私に)お渡し下さいましたので。

2 小侍従に、また会い見ることがありましょう機会に、たしかに取り次いで(女三宮に)お渡ししようと思い申しておりましたところ。当初、小侍従を介して遺品が女三宮のもとに行くようにという心づもりであった。

3 (小侍従に再会せず)そのまま別れてしまいましたことも、自分自身にとっては残念で悲しく思い申す。小侍従の死に対する悲嘆であるとともに、相談相手を失った痛手でもある。

4 さりげないふうに、これ(柏木の遺品)はお隠しになった。「つれなし」は、無表情をよそおう。

5 薫の心内。かような老人は、問わず語りにでも、世にも不思議な話の例として(だれかに)話し出したりするのでは、と。

6 (弁が)繰り返し繰り返し他言せぬよしを誓ったのを、ほんとうにそう信じてよいのだろうなと、また思い乱れなさる。

7 朝食。「粥」は固粥(かたかゆ)で、炊いた飯、「強飯」は蒸した飯という。

8 官人たちの休暇の日。

9 内裏(帝)の物忌も明けてしまうだろう。帰京しなければならない、の意。

10 冷泉院の女一宮のご病気のお見舞いに。冷泉院の第一皇女で弘徽殿女御腹。「故致仕の大殿の女御と聞こえし御腹に、女宮たゞ一所おはしける」(匂兵部卿二二頁)。

11 あれこれと時間がとれなくておりますので。底本「侍」。地の文と見ると「侍る」は不審。会話文が流れた文体であろう。

12 今は十月五、六日で(二七〇頁)、紅葉も残り少ない。近日中の来訪を(八宮に)約する。

13 八宮の言。かように、何度も立ち寄りあそばす光として、ここ山の陰(のような八宮の家)も、どこか少し明るくなる気持がして…。薫を「光」に喩え、「陰」と対比させる。零落の八宮家に光明をもたらすとする。

帰り給ひて、まづこの袋を見給へば、唐の[1]ふせむりようを縫ひて、「[2]上」といふ文字を上に書きたり。[3]細き組して口の方を結ひたるに、かの御名の封つきたり。[4]開くるもおそろしうおぼえたまふ。色〳〵の紙にて、[5]たまさかに通ひける御文の返り事、五つ六つぞある。[6]さては、かの御手にて、[7]病は重く限りになりにたるに、またほのかにも聞こえむことかたくなりぬるを、ゆかしう思ふことは添ひにたり、御かたちも変はりておはしますらむが、さま〴〵かなしきことを、[8]陸奥国紙五六枚に、[9]つぶ〳〵とあやしき鳥の跡のやうに書きて、

　[10]目の前にこの世を背く君よりもよそに別るゝ玉ぞかなしき

又、端に、

[11]めづらしく聞き侍る二葉のほども、うしろめたう思うたまふる方はなけれど、

　[12]命あらばそれとも見まし人知れぬ岩根にとめし松の生ひ末

[13]書きさしたるやうに、いと乱りがはしうて、「[14]小侍従の君に」と上には書きつけたり。[15]紙魚といふ虫の住みかになりて、古めきたる黴くささながら、[16]跡は消えず、

26 薫、柏木の文を読む

1 浮線綾を縫って。唐土(もろこし)由来の模様を浮き織りにした綾織物。底本「ふせむれう」。

2 「上」(献呈する)という字。女三宮に宛てたものか。はるかなのちにわが子(薫)の手元にという意志もあろう。

3 細い組紐で、口のほうをしっかりゆわえた結び目に、柏木のお名前の封がついている。書き判による封印がしてある。

4 (薫は)開封するのもおそろしく。

5 ときたま通わしたお手紙の(女三宮からの)返書が五、六通ある。

6 それから、柏木のご筆跡で。

7 以下、二行後「かなしきこと」まで、柏木の書状の言葉を要約する。病は重くなって、再びほんのわずかなお便りをさしあげることさえむずかしくなってしまい、お逢いしたいと思う気持は加わる一方で、尼姿にお変りでいらっしゃるらしいことがあれこれ悲しい、というような文面。

8 柏木は長持ちする料紙に書く。陸奥国紙について「厚肥えたる」(㈠末摘花五六四頁・㈤若菜上三一八頁)・「ふくだめる」(㈢蓬生一〇八頁)・「厚き」(㈣玉鬘一一六頁)・「ふくよかなる」(㈣胡蝶二一六頁)などあり、高級感のある実用紙。檀紙。

9 ぽつりぽつりと奇妙な鳥の足跡のように書いて。衰弱して連綿体にならない。㈥柏木にも「あやしき鳥の跡のやうにて」(三〇頁)。

10 柏木の歌。まのあたり、この世を背いて尼になるあなたよりも、あなたに逢えずお別れしてこの世を去ってゆく私の魂が悲しい。女三宮に宛てて、死別の悲しみを訴える歌。「声をだに聞かで別るる魂(たま)よりもなき床に寝む君ぞ悲しき」(古今集・哀傷・読人しらず)を踏まえた表現。「玉」は魂。

11 柏木の文面。珍しく(誕生と)お聞きいたす(まだ)二葉という年齢についても、気がかりに思い申すことはないが。幼児を二葉の芽に

たゞいま書きたらんにもたがはぬ言の葉どもの、こま〲とさだかなるを見給ふに、[1]げに落ち散りたらましよと、[2]うしろめたういとほしき事どもなり。

かゝること、世にまたあらむや、と[3]心ひとつにいとゞ物思はしさ添ひて、[4]内へまゐらむとおぼしつるも出で立たれず。[5]宮の御前にまゐり給へれば、[6]いと何心もなく、若やかなるさまし給ひて経読みたまふを、[7]はぢらひてもて隠し給へり。[8]何かは、知りにけりとも知られたてまつらむ、など心に籠めて、よろづに思ひゐたまへり。

喩える。「末とほき二葉の松」(㊂薄雲二九二頁)は明石姫君。

12 柏木の歌。生命があるならば(いつかは)会い見もしたろうに、人知れず岩根に残した松の生いゆく先を。生まれてきた子に宛てる歌。薫を岩根の松に喩える歌は源氏も詠んだ(㊅柏木八二頁)。

13 中途で書きやめたように、たいそう乱雑に。

14 「小侍従の君に」と表に書きつけてある。青表紙他本・河内本「しゝうの君」。

15 紙類や衣類につくシミ科の昆虫。

16 筆跡は残り、たった今書いたばかりなのと違わない文面の言葉が。

---

1 なるほど(もし弁の手から)離れて広まりでもしたら(大変だったろう)と。弁の言「うち捨て侍りなば、うち散るやうもこそ」(二八二頁)を受ける。「落ち散ることもこそ」(㊄若菜下五六二頁)。

2 気がかりでもありいたわしくもあるあれこれである。

3 (薫は)自分一人の心内にひどく悩ましさが加わって。

4 宮中へ参ろうとお思いになったものの出向くことができず。

5 母宮(女三宮)のもとに参上なさると。

6 (女三宮は)まったく何の屈託もなく、まるで若い女性のように。この時、四十三歳前後。

7 わが子(薫)に悟りすました姿を見られたくない。女が経を読むのを恥じた風習があったという(大系)。『紫式部日記』に「昔は経読むをだに制しき」とある。

8 どうして、(母宮に自分が秘事を)知ってしまったとも知られ申そう、など心の内に封じこめて、あれこれ考え込んでおられる。

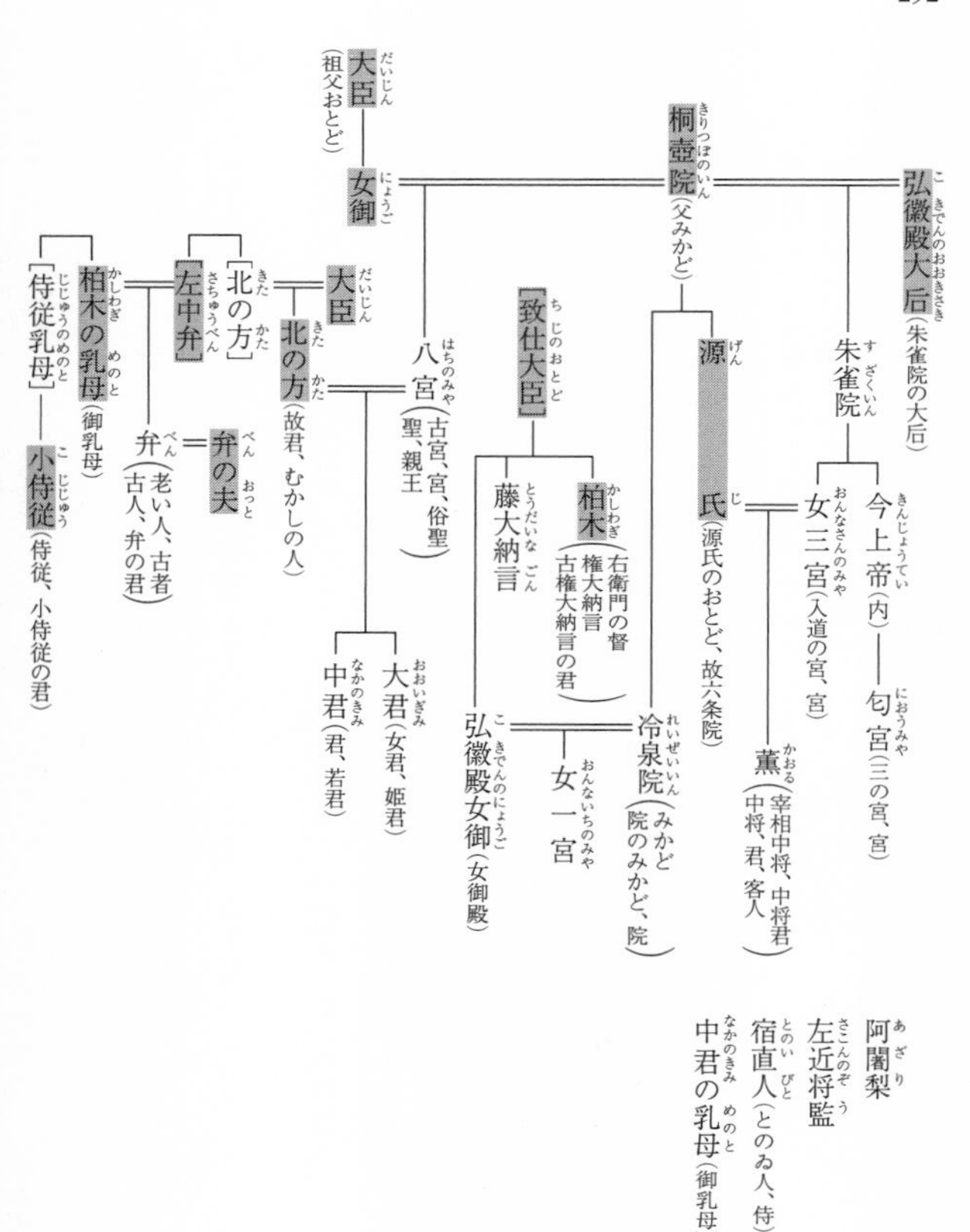

阿闍梨
左近将監
宿直人（とのゐ人、侍）
中君の乳母（御乳母）

椎本(しひがもと)

椎本(しゐがもと)

薫(かおる)が亡き八宮(はちのみや)を追慕して詠んだ歌「立ち寄らむ陰(かげ)と頼みししひが本(もと)むなしき床(とこ)になりにける哉(かな)」(三七四頁)による。底本の題簽は「しゐかもと」。

〈薫二十三歳春—二十四歳夏〉

1 **二月二十日ごろ**、匂宮(におうみや)が、**初瀬**(はつせ)詣での帰途、**宇治**の夕霧の山荘に中宿りする。薫をはじめ、大勢の人々がこの一行を出迎えに来ている。夕霧は重い物忌で来られない。

2 人々は山里にふさわしい風情を楽しみ、夕刻には匂宮が琴などを召して**管絃の遊び**をする。対岸の**八宮の家**にもその楽の音が響き、八宮は聞こえてくる笛の音が故致仕大臣(柏木の父)の一族のものに似ることを不審に思う。八宮は娘たちに薫を引き合わせたいと思い乱れる。

3 翌日、八宮を訪ねたいと思っていた薫のもとへ、八宮から贈歌があり、匂宮が代ってこれに返歌をする。

4 薫が人々を伴って**八宮の家**を訪問する。八宮は箏(そう)の琴を弾く程度である。土地柄にふさわしい饗応に、皇孫らもやってきて奉仕する。

5 山荘に居残っていた匂宮が姫君たちに贈歌し、中君(なかのきみ)がこれに返歌をする。勅使の迎えにより匂宮一行はにぎやかに帰京する。

6 匂宮の文に対しては、八宮の勧めもあり、常に中君が返事を書くようになる。**厄年**を迎えた八宮は、現世への執着を断つべく仏道修行を怠らないが、婚期の過ぎようとする姫君たちの将来が心配である。真剣に言い寄る男がいるならば知らぬ顔で許そうかとも思う。他方、匂宮の中君への執心がしだいに強まってゆく。

7 その年の秋、薫が中納言に昇進する。

8 七月、薫が宇治を訪問する。八宮が薫に再び姫君たちの将来の不安を語り、その後見を託す。薫はこれを承引する。

9 八宮は薫に、昔の宮中での私的な演奏のすばらしさを語り、ついで女の身の処しがたさを語る。薫が八宮に、姫君たちの琴の演奏を所望してもみる。薫と八宮が歌を贈答する。

10 薫は、弁の君に尽きせぬ話題を語らせる。姫君たちとものどやかに話をしつつ、自分との縁がなくなるのは残念だという心地にもなる。

11 薫が帰京する。その後も、中君は匂宮に時々返事をする。

12 秋の深まるころ、阿闍梨(あざり)の山寺に参籠しようとして、八宮は姫君たちに、親の面目をつぶすような結婚をしてはならぬ、良縁でないならば宇治の山里から離れるべきでないと戒める。

13 八宮は女房たちにも、姫君の身分を汚すような手引きなどをしてはならぬと戒め、明け方ごろ、参籠に出発する。残された二人は同じ心に慰め合って暮らす。

14 山寺参籠中の八宮は病み、快方に向かうことなく、八月二十日のころ、明け方、八宮逝去の報せが姫君たちにもたらされる。せめて亡骸との対面をと望む姫君たちの願いは、阿闍梨のきびしい聖心(ひじりごころ)から拒まれる。

15 薫はこの訃報に接して心を傷め、阿闍梨のもとにも丁重に弔問する。九月、忌に籠る人は悲嘆のうちに過ごす。

16 匂宮からも弔問がある。忌明(いみあけ)が近づき、匂宮の歌に対して中君は返事できない。代りに大君(おおいぎみ)が鹿の「もろ声」の返歌をすると、また匂宮の返歌がある。返事をしないようにしようと大君は心に決める。

17 薫へは返事をする。薫は忌が果てずとも宇治を訪問し、誠意を訴えるが、大君は空の光を見ることも憚られると、端近になることを拒む。

18 大君に対面した薫は、その痛ましい様子に心うたれながら、歌を詠み交す。

19 大君の代わりに出てきた弁の君と、亡き八宮を偲ぶ。弁は柏木の乳母の子で、八宮家にいま引き取られている。秘事を姫君たちにも漏らしてはいないのだが、薫は、老人の問わず語りの癖で、だれかに語ったこともあるのではないかとひそかに疑ったりする。

20 薫は悲しみの心を抱いて帰京する。匂宮に対面し、姫君たちのことを語ると、匂宮の執心がつのる。

21 姫君たちは、父宮亡き今はじめて山住みの心境が分かり、雪、霰の降る冬を迎えて寂寥の日々を送る。

22 阿闍梨が炭などの恒例の品を届けさせて見舞う。傷心の大君と中君とは歌を詠みあう。

23 年末、薫が雪をおかして訪問する。大君は簾ごしに対面して、少し言葉数が多くなる。

24 薫は大君に、匂宮の中君執心の意向を伝えつつも、その言葉の端々にわが恋情をも訴える。大君との贈答歌にもそれとなく恋慕を言いこめるが、大君は取りあわないようにする。

25 薫は大君を京に迎えようと言う。宿直人(とのいびと)を慰労し、「椎本」歌を詠んで故八宮を偲びつつ帰京する。

26 新年を迎え(薫二十四歳)、阿闍梨から山菜の贈物が姫君たちにとどく。

27 花盛りのころ、匂宮が昨春の宇治行をなつかしんで歌を詠んでくる。中君が返歌をする。

28 匂宮は夕霧の六の君との縁談に心がすすまない。三条宮が焼亡し、女三宮は六条院に移る。そのために薫も久しく宇治を訪ねない。

29 夏、暑さを避けて薫は宇治を訪問する。室内を移動する大君・中君の喪服姿を、垣間見の穴から覗き見て、それぞれに異なる魅力に薫は心を動かされる。

[1]きさらぎの二十日のほどに、[2]兵部卿の宮、初瀬に詣で給ふ。[3]古き御願なりけれど、おぼしも立たで年ごろになりにけるを、[4]宇治のわたりの御中宿りのゆかしさに、多くはもよほされ給へるなるべし。[5]「うらめし」と言ふ人もありける里の名の、[6]なべてむつましうおぼさるゝゆゑも、はかなしや。[7]上達部いとあまた仕うまつり給ふ。殿上人などはさらにも言はず、世に残る人少なう仕うまつれり。

[8]六条の院より伝はりて、右大殿知り給ふ所は、川よりをちにいと広くおもしろくてあるに、[9]御まうけせさせ給へり。[10]おとゞも、かへさの御迎へにまゐりたまふべくおぼしたるを、にはかなる御物忌の重くつゝしみ給ふべく申したなれば、えまゐらぬよしのかしこまり申し給へり。

[11]宮、なますさまじとおぼしたるに、[12]さい将の中将、けふの御迎へにまゐりあひ給へるに、[13]中〱心やすくて、かのわたりのけしきも伝へ寄らむと御心ゆきぬ。[14]お

一五四七 1

1 匂宮、宇治に中宿り

1 二月二十日ごろ。㊆橋姫巻末の冬を受けて、翌年二月。

2 匂宮は（大和国）初瀬の長谷寺（はせでら）に参詣なさる。奈良県桜井市初瀬（はせ）。観音信仰の霊地として名高い。「初瀬なむ日本の内にはあらたなる験あらはし給ふ」（㊃玉鬘四八頁）。

3 以前からの祈願だったけれど、（お礼参りを）お思い立ちにならぬまま何年も経ってしまったのを。

4 宇治辺りの（帰途の）ご宿泊がしたさに、主には気持を誘い出されなさるようである。薫から聞いて宇治の姫君たちへの関心をかきたてられていた（㊆橋姫20節）。

5 「うらめしい」と詠む人もあった（宇治という）里の名が。「うらめし」は、不満で心に忘れない、執着しながらおもてに出さない。「憂（う）し」（鬱屈する）に通じる。「世をうぢ山に宿をこそ借れ」（㊆橋姫二二二頁）。「わが庵は都の辰巳（たつみ）しかぞ住む世をうぢ山と人はいふなり」（古今集・雑下・喜撰法師）により、「宇治」に「世をう（憂）」を響かせる。「憂」は、「つらい」意とともに、「つらい思いをさせられる」の意。執着させられる女性がいる里の意が響く。

6 すべて親しく思われなさる理由も、とりとめないことよ。宇治への愛着を強める匂宮。

7 三位以上（上達部）も殿上人もその他大勢も多く匂宮に仕える。「仕うまつる」は、見送ったり出迎えたり奉仕する。

8 六条院（源氏）から伝領して、右大臣（夕霧）の領有する土地（別荘）は、宇治川の向うに。京都がわからは対岸にあり、平等院の近辺か。夕霧は㊆竹河33節で左大臣に。ここ椎本巻では右大臣、次巻の総角巻で左大臣、㊇宿木以下は右大臣。

9 匂宮を饗応する準備をなさっている。

10 夕霧も、匂宮帰京のお迎えに参上なさろうとお思いのところを、急なお物忌で厳重に慎

とゞをば、うちとけて見えにくゝ、こと〳〵しき物に思ひきこえ給へり。御子[1]の君たち、右大弁、侍従のさい将、権中将、頭の少将、蔵人の兵衛の佐など、さぶら[2]ひ給ふ。みかど[3]、后も心ことに思ひきこえ給へる宮なれば、大方の御おぼえもいと限りなく、まいて六条[4]の院の御方ざまは、次〳〵の人もみな、私の君に心寄せ仕うまつり給ふ。

所[5]につけて、御しつらひなどをかしうしなして、碁[6]、双六、弾碁の盤どもなど取り出でて、心[7]心にすさび暮らし給ふ。宮は、ならひ[8]給はぬ御ありきに、なやましくおぼされて、こゝ[9]にやすらはむの御心も深ければ、うち休み給ひて、夕つ方ぞ御琴など召して遊び[10]給ふ。

例の、かう世離れたる所は、水[11]のおとももてはやして、物の音澄みまさる心ちして、かの[12]聖の宮にもたゞさし渡るほどなれば、おひ[13]風に吹きくる響きを聞き給ふに、むかしのことおぼし出でられて、

「笛[14]をいとをかしうも吹きとほしたなるかな。たれ[15]ならん。むかし[16]の六条院の御

みなさるように申したとのことなので。夕霧は外出が不可能になる。

11 匂宮は（夕霧の不参加を）少し興ざめにお思いになる一方で。

12 薫がきょうのお迎えにちょうど参り合わせなさるので。「さい将」は「宰相」の当て字。

13 （匂宮は）むしろ（そのほうが）気がねせずに、八宮家の様子も聞いて近寄ろうという気持におなりだ。

14 夕霧を、気軽に対面しにくく、仰々しい人物であると。あとにも「おとゞ（夕霧）のことく〳〵しくわづらはしくて」（三八〇頁）。

---

1 夕霧の子息たち。右大弁は太政官に属し、従四位上。侍従宰相は参議（正四位下）で侍従を兼任。権中将は近衛中将（従四位下）で定員外の官。頭少将は近衛少将（正五位下）で蔵人頭（くろうどのとう）を兼任。蔵人の兵衛佐は兵衛府の次官（従五位上）で蔵人を兼任する。

2 諸本「みなさふらひ給」。

3 今上帝も明石中宮も。

4 源氏一門のご関係筋は、だれもが次々に、（匂宮を）私的な（内輪の）主君として心を寄せ。

2 八宮、対岸の楽を聞く

5 宇治という場所らしく、お飾り付けなどを興趣深く作って。

6 「碁、双六盤、調度、弾棊の具など」（㊁須磨四七八頁）。

7 思い思い気の向くままにあそび暮らしなさる。底本「給」、諸本「たまひ（給）つ」。

8 慣れておられないご旅行に。

9 ここ（夕霧の別荘）に休息しようというお心づもりも奥にあるから。

10 管絃をなさる。

11 宇治川の水音も楽の音（ね）の引立て役となり。

12 あの修行者（八宮）の宅にもすぐに棹さして渡れる距離なので。

13 吹き送る風に乗ってくる（匂宮方からの）楽の音を（八宮が）お聞きになると、往時を自然

笛の音聞きしは、いとをかしげにあい行づきたる音にこそ吹き給ひしか。これは澄み上りて、こと〳〵しきけの添ひたるは、致仕のおとゞの御族の笛の音にこそ似たなれ。」

などひとりごちおはす。

「あはれに久しう成りにけりや、かやうの遊びなどもせで。あるにもあらで過ぐし来にける年月の、さすがに多くかぞへらるゝこそかひなけれ。」

などの給ふついでにも、姫君たちの御有りさまあたらしく、かゝる山懐に引き籠めてはやまずもがな、とおぼしつゞけらる。さい将の君の、同じうは近きゆかりにて見まほしげなるを、さしも思ひ寄るまじかめり、まいて今様の心浅からむ人をば、いかでかは、などおぼし乱れ、つれ〴〵とながめ給ふ所は、春の夜もいと明かしがたきを、心やり給へる旅寝の宿りは、酔ひの紛れにいとゝう明けぬる心ちして、飽かず帰らむことを宮はおぼす。

はる〴〵と霞みわたれる空に、散る桜あれば今開けそむるなど、色〳〵見わたさ

14　とお思い出しになって。八宮の独り言。笛をたいそうおもしろく滞りもせず吹くと聞こえるよな。

15　だれ(が吹くの)だろう。八宮は笛を演奏する人を薫だと察知する。

16　往時の六条院(源氏)がお吹きの笛の音を聞いたのは、いかにも風情があり魅力たっぷりの音色でそれこそお吹きになった。「あい行」は「愛敬(あいぎやう)」の当て字。

1　これ(聞こえてくる音色)は空に上るように澄んで、大がかりな感じが加わっているのは、故致仕大臣(柏木の父)のご一族の笛の音に似て聞こえる。源氏の吹いた音色とは異なる趣だとして、源氏よりも致仕大臣方に似通う奏法であることをいぶかしむ。

2　八宮の言。ああ長い時間が経ってしまったことよな、かような合奏の宴もしないで。

3　生きているともなくて過ごしてきてしまった歳月が、それでも多年になったと自然に数えられるとは詮ないことだ。

4　もったいなく。

5　八宮の心内。かような山に懐かれた所に埋もれて終らせたくない。「山の懐」(㊈蜻蛉36節)とも。幸福な結婚をと願う。

6　八宮の心内。宰相の君(薫)が、どうせなら近しい縁者(婿)として迎えたいにしろ、そう思って近寄るわけにもゆかないようだ。

7　まして当世風の軽薄そうな男を、どうして(婿にとれよう)。

8　所在なく物思いなさる八宮の家は、春の夜にしても容易に明けないのに。

9　(一方の)気晴らしをしていらっしゃる旅寝の宿(匂宮たちのいる夕霧の別荘)は。

10　物足りなく帰ることになるのかと匂宮はお思いになる。もっと滞在していたい気持。

3 八宮と匂宮の贈答歌

11　「桜咲く桜の山の桜花散る桜あれば咲く桜あり」(源氏釈)。

るゝに、[1]川ぞひ柳の起き臥しなびく水影など、[2]おろかならずをかしきを、見ならひ給はぬ人は、いとめづらしく見捨てがたしとおぼさる。[3]さい将は、かゝるたよりを過ぐさず、かの宮に参うでばやとおぼせど、[4]あまたの人目を避きてひとり漕ぎ出で給はん舟渡りのほどもかろらかにやと、思ひやすらひ給ふほどに、[5]かれより御文あり。

[6]山風に霞吹き解く声はあれど隔てて見ゆるをちの白浪

[7]草にいとをかしう書き給へり。[8]宮、おぼすあたりの、と見給へば、いとをかしうおぼいて、

「[9]この御返りはわれせん。」

とて、

[10]をちこちの汀に波は隔つともなほ吹きかよへ宇治の河風

[11]中将は参うで給ふ。[12]遊びに心入れたる君たち誘ひて、さしやり給ふほど、[13]酣酔楽遊びて、[14]水にのぞきたる廊に造り下ろしたる階の心ばへなど、さる方にいとをかし

1　川に沿い（植えられた）柳が（水に）起き臥しして。「稲蓆（いなむしろ）川添ひ柳水ゆけば起き伏しすれどその根絶えせず」（古今六帖六、原歌は日本書紀・顕宗紀）による。

2　並々でなく風情があるのを、見慣れていらっしゃらない人（匂宮）は。

3　薫（宰相）は、かような機会を見逃さず、八宮宅に参上したいと。

4　大勢の目を避けて自分一人漕いでお出でになる舟渡りの手立ても軽々しいのではと、躊躇なさるあいだに。

5　八宮の方からお便りがある。

6　八宮の歌。山の風に乗って、霞を吹き解かす笛の音は聞こえてくるけれど、私たちを隔てて見られるのは遠くの白波だ。川の向こう（夕霧の別荘）を言う。笛の音を薫の演奏と受け取って、訪ねてこないことを恨んでみせる。「をち」を地名と見る説（彼方（おち）（かた）神社をさすという）は根拠がなく、採らない。

7　（八宮にふさわしい）草仮名で。

8　匂宮は、ご関心の八宮家辺りからの（手紙だと）。底本「おほすあたりの」、青表紙他本「おほすあたり」。

9　匂宮の言。このご返事は私がしよう。

10　匂宮の歌。そちらとこちらと川岸に波が立って私たちを隔てようとも、それでも吹いて行き来してくれ、宇治川の風よ。親しくしてほしいと呼びかける。

4　薫、八宮宅を訪れる

11　薫は八宮のもとに参上なさる。

12　音楽に熱心な君達を誘って、（舟で）棹をさしてお渡りになるあいだ。君達は音楽を演奏しながら薫に続く。匂宮は夕霧の別荘に居残る。

13　高麗楽（こまがく）、壱越（いちこつ）調。これを舟中で演奏する。「村上御記、応和元年閏三月十一日、藤宴に舟楽し、酣酔楽を奏す。舞人四人云々」（花鳥余情）。

14　河水に臨んでいる廊（屋根付きの通路）に造

うゆゑある宮なれば、人〻心して舟より下り給ふ。
[1]こゝは又さま異に、山里びたる網代屏風などの、ことさらにことそぎて見どころある御しつらひを、さる心してかき払ひ、いといたうしなし給へり。[2]いにしへの音など、いと二なき弾き物どもを、わざとまうけたるやうにはあらで、[3]次〻弾き出で給ひて、[4]一越調の心に、桜人遊び給ふ。[5]あるじの宮、御琴をかゝるついでにと、人〻思ひ給へれど、箏の琴をぞ[6]心にも入れずをり〳〵搔き合はせ給ふ。[7]耳なれぬけにやあらむ、いと物深くおもしろしと、若き人〻思ひしみたり。
[8]所につけたるあるじ、いとをかしうし給ひて、[9]よそに思ひやりしほどよりは、[10]なま孫王めくいやしからぬ人あまた、王四位の古めきたるなど、かく[11]人目見るべきをりと、[12]かねていとほしがりきこえけるにや、さるべき限りまゐりあひて、[13]瓶子取る人もきたなげならず、[14]さる方に古めきて、よし〳〵しうもてなし給へり。客人たちは、[15]御むすめたちの住まひ給ふらん御有りさま思ひやりつゝ、[16]心つく人も有るべし。

りつけてある（川へ降りるための）階段の趣向など、山里なりにいかにも風情ある奥ゆかしい八宮宅なので。

---

1 八宮家はさらに（夕霧の別荘と）がらっと変わって、山荘ふうの網代を張った風除(よ)けなどが、わざわざ簡略にして（それなりに）見応えのする造作なのを、そのような（薫一行を迎える）心づもりで（網代屏風を）撤去し、じつに立派に仕立て直していらっしゃる。「網代屏風」は檜や竹の薄板などで作った目隠しの、庭に設置してある塀。

2 昔から伝わる音色など、またとなくすばらしい琴の類の数々を。

3 薫とその同行の人々が次々に弾く。御簾(すみ)のうちでは姫君たちが聴いている。

4 壱越調に移す。催馬楽「桜人」（㊂薄雲三〇三頁注3）が双調であるのを変える。

5 八宮の琴の演奏をせっかくの機会だからと、みんな所望なさっているけれど。青表紙他本多く「あるしの宮の」。

6 （八宮は深く）思いいれせず時々（箏の琴の）練習曲をお弾きになる。

7 （初めて聴くので）聞き慣れないせいなのだろう、たいそう奥があって趣深いと、若者たちはしみじみ思う。

8 山里らしい饗応を。

9 遠くから想像していたころよりは。

10 まあまあ皇孫と言える尊貴な人々が大勢、（また）諸王の四位で年配の人などが。「孫王」は皇孫以下五世まで、「王」は親王にならない皇統を引く代々の人。

11 八宮家に大勢が見えるよい機会だと。

12 以前から同情し申してきたからか。

13 酌をする人。「瓶子」は酒器。「瓶子なども取らせ給へるに」（㊂少女四三二頁）。

14 宮家にふさわしく古風で、由緒ありげに待遇なさる。

15 八宮の姫君たち。

16 思いを寄せる人。

〔一五〕

[1]かの宮はまいて、かやすきほどならぬ御身をさへところせくおぼさるゝを、かゝる折にだにと忍びかね給ひて、おもしろき花[2]の枝ををらせ給ひて、御供にさぶらふ上童のをかしきして奉り給ふ。

　[3]山桜にほふあたりに尋ね来て同じかざしををりてける哉

　[4]野をむつましみ。

[5]とやありけん。[6]御返りは、いかでかはなど、聞こえにくゝおぼしわづらふ。

「[7]かゝるをりのこと、わざとがましくもてなし、ほどの経るも、中〳〵にくきことになむしはべりし。」

など、[8]古人ども聞こゆれば、[9]中君にぞ書かせたてまつり給ふ。

　[10]かざしをる花のたよりに山がつの垣根を過ぎぬ春の旅人

　[11]野を分きてしも。

と、[12]いとをかしげにらう〳〵じく書きたまへり。

[13]げに川風も心分かぬさまに吹きかよふ物の音ども、おもしろく遊び給ふ。御迎へ

5 匂宮、中君と詠歌

1　匂宮はまして、気軽にふるまえる程度でないご身分まで窮屈に思っていらっしゃるから、せめてかような折にでもと我慢できずおなりになって。夕霧の山荘に居残る匂宮。

2　桜の枝を折らせなさって、お供として控える美男の殿上童（てんじょうわらわ）に持たせて。

3　匂宮の、八宮の姫君たちへの歌。山の桜が咲きにおう辺りに尋ねやってきて、あなたがたと同じ花の一枝を私も挿頭（かざし）に手折ってしまいましたよな。私も一緒に山人（やまびと）になろう、の意。

4　野が親しく感じられるので。親交を求める歌。「春の野にすみれ摘みにと来し我ぞ野をむつましみ一夜寝にける」（能因歌枕〈広本〉、原歌は万葉集八・一四二四）。言外に、この宇治の地で一泊したい、の意を言いこめる。

5　匂宮の文面を想像する語り手の推測。

6　（姫君たちは）ご返事は、どのようにして（さしあげようか）などと、申し上げにくく思いお困りになる。

7　老女房たちの言。かような折に、もったいぶって扱い、（返歌に）時間がかかるのも、かえって見苦しいこととしましたよ。「しはべりし」は往時の宮仕え経験にもとづく語り口。

8　古参の女房たちが申し上げるので。

9　八宮が命じて中君に書かせる。一説に大君が書かせる。大系は次の歌を大君の作とする。

10　中君の歌。挿頭の花を折るついでに、山人の家の垣根を通り過ぎてしまうのです、春の旅人であるあなたは。「山がつ」（山の民）は自分たちを、「春の旅人」が匂宮をさす。誘いかける相手を行きずりの旅人に過ぎないとうまく切り返す歌。

11　わざわざこの野を訪ねたのではないでしょう、の意。匂宮の「野をむつましみ」に対して応じる。

12　（書きっぷりは）たいそう興趣あり堂々と。「らうらうじ」は達者な感じ。ただし大君の

に、藤[1]大納言仰せ言にてまゐり給へり。人〻あまたまゐり集ひ、物さわがしくてき[2]ほひ帰り給ふ。若き人〻、飽[3]かず返り見のみせられける。宮[4]は又さるべきついでしてとおぼす。花盛りにて、四方の霞もながめやるほどの見所あるに、唐[5]のも大和のも歌ども多かれど、うるさくて尋ねも聞かぬなり。

物さわがしくて、思[6]ふまゝにもえ言ひやらずなりにしを、飽かず宮はおぼして、しるべなくても御文は常にありけり。宮も、

「な[7]ほ聞こえ給へ。わ[8]ざとけさうだちてももてなさじ。中[9]〱心ときめきにもなりぬべし。い[10]とすき給へる親王なれば、かゝる人なむと聞き給ふが、なほもあらぬすさびなめり。」

と、そゝのかし給ふ時〻、中[11]の君ぞ聞こえ給ふ。姫[12]君は、かやうのことたはぶれにももて離れ給へる御心深さなり。

い[13]つとなく心ぼそき御有りさまに、春のつれ〲はいとゞ暮らしがたくながめ給ふ。ね[14]びまさり給ふ御さまかたちどももいよ〱まさり、あ[15]らまほしくをかしきも、

性格だった(七橋姫二〇六頁)。
13 なるほど匂宮の「隔つともなほ吹きかよへ」(三〇四頁)とあったとおり。歌の「宇治の河風」に対して納得する気持。

---

1 柏木の弟、紅梅大納言。「按察大納言」(七紅梅五〇頁)。帝の命でここに参上する。早い帰京を促す帝の命であろう。
2 競争するていで帰京する。
3 心残りで後ろを振り返らされてばかりだった。諸本多く「のみなんせられける」。
4 匂宮はまた次の機会にとお思いになる。
5 漢詩も和歌も数多くあるけれど。以下、語り手の、詩歌を紹介せず省筆する語り口。

6 匂宮の中君への執心

6 姫君たちと思い通りにも文通できず終ったことを、物足りなく匂宮はお思いで、薫の手引きなしでも宮のお便りはいつもあった。
7 八宮の姫君たちへの言。やはりご返事は申し上げなされ。
8 ことさら懸想めいてという扱いはしないように。
9 かえって気をもむ種にもなってしまうだろう。不安や期待でどきどきする。
10 たいそう女好きの皇子であるから、そうした人(姫君がいる)とお聞きになると、やはり放っておけない戯れであるようだ。そう言いながら八宮にはひそかな期待がある。
11 匂宮との文通は中君の役目となる。
12 大君は、匂宮との文通について冗談にも(取りあわず)距離をお持ちでいらっしゃるご遠慮の深さだ。
13 (八宮は)いつもと違い心細いご様子で、春の単調な日々はたいそう過ごしにくく物思いなさる。娘たちへの心配がつのる。
14 一段と成熟なさる(姫君たちの)ご容姿や容貌が(二人とも)ますますすぐれ。
15 申し分ない美しさにつけても、かえって心労の種で。

中〻心ぐるしく、[1]かたほにもおはせましかば、あたらしうをしき方の思ひは薄くやあらまし、など明け暮れおぼし乱る。[2]姉君廿五、中君廿三にぞなり給ひける。

[3]宮は重くつゝしみ給ふべき年なりけり。物心ぼそくおぼして、[4]御おこなひ常よりもたゆみなくし給ふ。世に心とゞめ給はねば、[5]出で立ちいそぎをのみおぼせば、[6]涼しき道にもおもむき給ひぬべきを、たゞこの[7]御ことどもに、いといとほしく、[8]限りなき御心づよさなれど、[9]かならず今はと見捨て給はむ御心は乱れなむと、見たてまつる人もおしはかりきこゆるを、[10]おぼすさまにはあらずとも、[11]なのめに、さても人聞きくちをしかるまじう、見ゆるされぬべき際の人の、真心に後見きこえんなど思ひ寄りきこゆるあらば、知らず顔にてゆるしてむ、[12]一所〱、世に住みつき給ふよすがあらば、それを見譲る方に慰めおくべきを、[13]さまで深き心に尋ねきこゆる人もなし。[14]まれ〱はかなきたよりに、すきごと聞こえなどする人は、また若[15]〱しき人の心のすさびに、物詣での中宿り、[16]行き来のほどのなほざりごとにけしきばみかけて、さすがに、[17]かくながめ給ふ有りさまなどおしはかり、あなづらはしげ

1　八宮の心内。不完全でいらっしゃったならば、(山里に埋れさせるのが)もったいなくいとおしいという方面の思いは少なくて済んだろうか、(そんなことはない)など。
2　二十五歳と二十三歳。
3　八宮の厄年(やくどし)をいう。六十一歳か。
4　仏道の修行。
5　死出の旅立ちへの準備。「出で立ちいそぎをなむ思ひもよほされ」(四行幸四一四頁)。
6　極楽往生の道へもきっとお向きになるはずなのが。「涼しき方にぞと思ひやりたてまつるを」(七総角五六八頁)。
7　姫君たちのことについて、たいそう心が痛んで。道心と娘たちを思う心とに引き裂かれる八宮。
8　この上ない堅固なご道心だけれど。
9　かならず臨終と(この世を)見捨てなさろうお心は(姫君たちへの執心ゆえに)とり乱してしまうだろうと、拝見する人(女房たち)もお察し申し上げるのに対して。
10　(八宮の)ご希望どおりではなくとも。
11　八宮の心内。人並みで、(婿としても)外聞がわるくなく、世間からも大目に見てもらえそうな身分の男が、(夫として)誠実にお世話しようなどと思いを寄せ申す者がいるならば、知らぬふりをして(結婚を)許してしまおう。
12　姫君たちの一人一人、世帯をお持ちになる便り(縁)があるならば、その方の手に世話を委ねて気持をなだめることができそうだが。「べきを」で、心内語が地の文に転ずる。
13　それほど深い思いで近寄り申す人もいない。
14　ごくまれにちょっとしたつてを介して、色めいた言葉を申しなどする人は。
15　若輩の男が遊び心で、参詣の途中休み(とか)。「宇治のわたりの御中宿り」(二九八頁)。
16　行きずりの冗談ごとで(姫君たちに)懸想をしかけたりして。
17　かように物思いしていらっしゃる様子などを思い描いて、見下げるかのような態度をとる者に対しては不愉快で。

にもてなすはめざましうて、[1]なげのいらへをだにせさせ給はず。[2]三宮ぞ、猶見ではやまじとおぼす御心深かりける。[3]さるべきにやおはしけむ。

[4]さい将の中将、その秋、中納言になり給ひぬ。いとゞ[5]にほひまさり給ふ世[6]のいとなみに添へても、おぼすこと多かり。[7]いかなることといぶせく思ひわたりし年ごろよりも、[8]心ぐるしうて過ぎ給ひにけむいにしへざまの思ひやらるゝに、[9]罪かろくなり給ふばかり、おこなひもせまほしくなむ。[10]かの老い人をばあはれなる物に思ひおきて、[11]いちしるきさまならず、とかく紛らはしつゝ、心寄せとぶらひ給ふ。

[12]宇治に参うでで久しうなりにけるを、思ひ出でてまゐり給へり。七月ばかりに成りにけり。[13]宮こにはまだ入り立たぬ秋のけしきを、[14]おとはの山近く、風の音もいと冷やかに、[15]槙の山辺もわづかに色づきて、猶尋ね来たるに、[16]をかしうめづらしうおぼゆるを、[17]宮はまいて、例よりも待ちよろこびきこえ給ひて、此たびは心ぼそげなる物語りいと多く申し給ふ。

「[18]亡からむ後、この君たちをさるべきもののたよりにもとぶらひ、思ひ捨てぬ物

1 ほんの返事ひとつさえ（姫君たちに）おさせにならない。

2 匂宮が、依然として逢わずには終らないとお思いのお心深さだった。

3 前世からの因縁がおありだったのだろうか。語り手の言辞。

7 秋、薫、中納言に昇進

4 薫（宰相中将）。㊤竹河にも「このかをる中将は中納言に」（二七八頁）とあり、叙述がかさなる。

5 からだの匂いと世上の威光とを掛ける言い方。「世中（よのなか）のにほひ」（三五二頁）。

6 公的な生活に加えても、憂愁の思いが多くある。

7 どんなことかと胸の塞がる思いを続けてきた（これまでの）歳月よりも。出生（しゅっしょう）への疑念をいだいてきたこと（㊤匂兵部卿6節）。

8 いたわしくも亡くなってしまわれたらしい往事のさまに思いが向くと。実父柏木の悲話が思い起こされる。

9 柏木の罪障（後生の罪）が軽くおなりになるようにとのみ、追善のお勤めをも。

10 あの老い人（弁の君）を不憫な者と心にかけて忘れずに。薫に出生の秘事を明かした老女房。㊤橋姫16・17・23節。

11 目立つ状態でなく、あれこれ（人目を）紛らわしながら、気遣いし見舞いなさる。

***8* 薫、姫君の後見を約束する**

12 薫の宇治訪問は二月二十日ごろ以来（二一九八頁）。初秋にはいる。

13 都、当て字。

14 音羽山の近くは。京都市山科区にある。

15 「槙の尾山（まきのをやま）」（㊤橋姫二五六頁）。

16 趣があり目新しく思われるのに。

17 八宮は（薫にも）まして、いつもよりも喜んで待ち受け申して、今回は心細い感じの話をたいそう数多く申される。

18 八宮の言。自分の死後に姫君たちの援助を

に数まへ給へ。」

など、[1]おもむけつゝ聞こえ給へば、

「[2]一言にてもうけたまはりおきてしかば、さらに思ひ給へ怠るまじくなん。世中[3]に心をとゞめじと、はぶき侍る身にて、[4]何ごとも頼もしげなき生ひ先の少なさになむはべれど、[5]さる方にてもめぐらひはべらむ限りは、変はらぬ心ざしを御覧じ知らせんとなむ思ひ給ふる。」

など聞こえ給へば、うれしとおぼいたり。

[6]夜深き月の明らかにさし出でて、山の端近き心ちするに、[7]念誦いとあはれにし給ひて、むかし物語りし給ふ。

「[8]この比の世はいかゞなりにたらむ。[9]くぢうなどにて、かやうなる秋の月に、[10]御前の御遊びのをりにさぶらひあひたる中に、[11]物の上手とおぼしき限り、とり〴〵に打ち合はせたる拍子など、こと〳〵しきよりも、[12]よしありとおぼえある女御、更衣の御局〳〵の、[13]おのがじゝはいどましく思ひ、うはべのなさけをかはすべかめ

してほしいと依頼する。すでに一度、依頼したことについては、「亡からむ後もなど、一言うちほのめかしてしかば」(㈦橋姫二六四頁)とあった。

---

1 意中をほのめかしながら申されると。

2 薫の言。一言でも拝聴し、心にとどめたからには、けっして疎かに思い申すまいことでして。すでに「一言も、かくうち出できこえさせてむさまを、たがへ侍るまじくなむ」(㈦橋姫二七八頁)と、薫は姫君たちの後見について、八宮の依頼を了承していた。

3 世間に欲心を残すまいと、簡素にしております身柄で。妻子などの係累を持っていない、の意。

4 万事頼もしいこともなさそうな前途の少なさでございますけれど。

5 そうだとしてもこの世に生きながらえております限りは、一貫した誠意をご覧になり分かってもらおうと。

9 八宮、薫と語る

6 深更の月が皎々と(雲間から)出てきて、山の端に(沈むのも)間近な気がするので。宮の死期の近いことを読者に感じさせる。

7 念誦をたいそうしみじみとなさって、(その一方で)懐旧談をなさる。

8 八宮の言。近ごろの世間はどのようになってしまっているのだろうか。悟りの境地から遠い八宮が点描される。

9 「九重」(宮中のこと)か、あるいは「宮中(くちゅう)」かもしれない。底本「くちう」。

10 帝前でのご演奏。

11 音楽の名手と思われる人々だけの、それぞれの楽器で合奏した時の拍子などが、大がかりなのよりも。

12 たしなみ深いと噂される女御や更衣のお局ごとに。後宮での私的な演奏をさす。

13 各人めいめいは競争心があって、表むき親しげにしているように見えながら。

るに、夜深き程の人[1]の気しめりぬるに、心やましく[2]掻い調べ、ほのかにほころび出でたる物の音など、聞き所あるが多かりしかな。何事にも、女[3]はもて遊びのつまにしつべく、ものはかなき物から、人の心を動かすくさはひになむ有るべき。されば罪[5]の深きにやあらん。子[6]の道の闇を思ひやるにも、男はいとしも親の心を乱さずやあらむ。女[7]は限りありて、言ふかひなき方に思ひ捨つべきにも、なほいと心ぐるしかるべき。」

など、大方[8]のことにつけての給へる、いかゞさおぼさざらむ、心ぐるしく思ひやるゝ御心の内也。

「すべて[9]まことに、しか思ひ給へ捨てたるけにやはべらむ、みづからのことにては、いかにも〳〵深う[10]思ひ知る方のはべらぬを、げにはかなきことなれど、声[11]にめづる心こそ背きがたきことに侍りけれ。さかしう聖だつかせふも[12]、さればや、立ちて舞ひはべりけむ。」

など聞こえて、飽[13]かず一声聞きし御琴の音を、せちにゆかしがり給へば、うと〳〵[14]

1　人のけはいが静まってしまうと。

2　内心おだやかでなく楽器を鳴らして、ほんのり(思いが)外に出てきた演奏の音などは、聞くに値する所が多かったよな。

3　女は心を慰める相手にするのがよいようで、(だいじなことには)しっかりしないものの。「もて遊びもの」(㊂少女四八八頁)・「もて遊び種(ぐさ)」(㊄若菜上二五四頁)。

4　人(男)の心を動揺させる種になるに違いない。「くさはひ」は、やきもきさせるための材料。「あはれのくさはひ」(㊁花散里三七〇頁)・「もののくさはひ」(㊃玉鬘一〇四頁)。

5　「女の身はみな同じ罪深きもとゐぞかし」(源氏の言、㊄若菜下五四二頁)。

6　子を思って(死後)無明の闇にまどう親の心。「人の親の心は闇にあらねども子を思ふ道にまどひぬるかな」(後撰集・雑一・藤原兼輔)による。

7　女については(親の苦労にも)限度があって、言っても仕方のないことと諦めようとしても(諦めきれず)、やはりまことにいたわしいこととなろう。結婚について言う。

8　(姫君のことを)一般論になぞらえておっしゃるのは、(たしかに)どうして(八宮が)ご心配なさらないことがあろうか、痛ましく思いやられるお心の中である。

9　薫の言。何ごとも心から、そのように執着を捨てているせいなのでは(と思われる)。「しか」は「世中に心をとゞめじと」(三一六頁)と述べた薫自身の決意をさす。

10　深くわきまえ知ることがございませんが。八宮の言「女は…人の心を動かすくさはひになむ」を受ける。「思ひ知る」は、学芸・技能などを習得する意。

11　音楽を好む心。

12　迦葉(かしよう)。釈迦十大弟子の一人。『河海抄』は大樹緊那羅(きんなら)経を引いて、音楽の神・緊那羅が仏前で瑠璃琴を弾き、八万四千音楽を奏した時、迦葉が威儀を忘れて舞ったという故事を掲げる。『教訓抄』七「舞曲源物語」

しからぬはじめにもとやおぼすらむ、御みづから[1]あなたに入り給ひて、せちにそゝのかしきこえ給ふ。[2]箏の琴をぞいとほのかに掻き鳴らしてやみ給ひぬる。いとゞ人のけはひも絶えて、あはれなる空のけしき、所のさまに、[3]わざとなき御遊びの心に入りてをかしうおぼゆれど、[4]うちとけてもいかでかは弾き合はせ給はむ。

「[5]おのづから、かばかり馴らしそめつる残りは、世籠れるどちに譲りきこえてん。」

とて、[6]宮は仏の御前に入り給ひぬ。

「[7]我なくて草の庵りは荒れぬともこのひとことはかれじとぞ思ふ

[8]かゝる対面も、このたびや限りならむと、もの心ぼそきに忍びかねて、[9]かたくなしきひが言多くもなりぬるかな。」

とて、うち泣き給ふ。客人、

「[10]いかならむ世にかかれせむ長き世の契り結べる草の庵は

[11]相撲など、公事ども紛れはべる比過ぎて候はむ。」

に「迦葉は起ちて舞ひ」。底本「かせう」。

13 物足りないまま一度だけ聞いた(姫君の)お琴の音を。[七]橋姫12節で、姫君たちの琵琶と箏の琴の合奏を立ち聞きしたこと。同22節に「いとめづらしき物の音、一声うけたまはりし」(二七二頁)。

14 (薫と姫君たちとの)疎遠ならざる付合いのきっかけにもと。

---

1 (宮は)あちら(姫君たちの室内)に。

2 ここで箏の琴を弾くのは大君か、中君か。

3 わざわざではないご演奏が(薫の)心に染みいっておもしろく感じられるけれど。

4 (姫君たちは薫に聞かれるとあって)どうして気をゆるして演奏なさろうか。

5 八宮の言。おのずと、かようにしてお引き合せした後のことは、生い先長くある同士にお譲り申そう。底本「ならし」は、「馴らし」と「(琴を)鳴らし」の両意。

6 八宮は仏間におはいりになってしまう。

「仏の御隔て」([七]橋姫二二六頁)。

7 八宮の歌。私が亡くなって、草の庵は荒れ果てて(枯れて)しまおうとも、この「ひとこと」を離れる(見捨てる)ことはあるまいと思う。「ひとこと」は、姫君の弾いた「一琴」と薫の約した「一言」(三二六頁)との掛詞。「かれ」は「枯れ」「離(か)れ」の掛詞で、「草」の縁語。姫君の将来を託す歌。

8 これがお目にかかる最後の機会という気持。

9 頑迷な世迷(まよ)い言が多くもなってしまうことよ。娘たちの将来の不安にこだわりすぎたことを言う。

10 薫の歌。いつの世になろうと(このお住まいを)離れることはありましょうか、末長い世の約束を結ぶ草の庵が枯れないように。歌によっても薫は後見の約束を誓ったことになる。「枯れ」「離れ」が掛詞、「結べる」「草」は縁語。

11 相撲の節会。七月下旬に行われる行事。[七]竹河34節を参照。

など聞こえ給ふ。

こなたにて、[1]かの問はず語りの古人召し出でて、残り多かる物語りなどせさせ給ふ。[2]入り方の月、隈なくさし入りて、[3]透影なまめかしきに、君たちも奥まりておはす。[4]世の常のけさうびてはあらず、心深う[5]物語りのどやかに聞こえつゝものし給へば、[6]さるべき御いらへなど聞こえたまふ。[7]三宮いとゆかしうおぼいたる物をと、心の内には思ひ出でつゝ、[8]我心ながら、なほ人には異なりかし、[9]さばかり御心もてゆるい給ふことの、さしも急がれぬよ、もて離れてはた、あるまじきこととはさすがにおぼえず、[10]かやうにて物をも聞こえかはし、をりふしの花紅葉につけて、あはれをもなさけをも通はすに、にくからず物し給ふあたりなれば、[11]宿世異にてほかざまにもなり給はむは、[12]さすがに口をしかるべう、[13]両じたる心ちしけり。

まだ夜深きほどに帰り給ひぬ。[14]心ぼそく残りなげにおぼいたりし御けしきを、思ひ出できこえ給ひつゝ、[15]さわがしきほど過ぐして参うでむとおぼす。兵部卿の宮も、この秋のほどに紅葉見におはしまさむと、さるべきついでをおぼしめぐらす。[16]御文

10 薫、姫君らと語る

1 あの問わず語りの老女(弁の君)。「あやしく…問はず語りすらむやうに」(㈦橋姫二五四頁)・「かやうの古人は、問はず語りにや」(同二八六頁)。

2 「夜深き月…山の端近き」(三二六頁)。「月」、青表紙他本多く・河内本「月は」。

3 御簾の透き間に見える薫のかたち。

4 薫のさま。

5 姫君たちと(弁を介して)お話しする。

6 姫君たちは。

7 匂宮が姫君たちをたいそう見たくお思いなのにと、(薫の)心内には思い出されながら。

8 薫の心内。(なるほど)自分の心とは言え、やはり他人とは違っている。匂宮と比べて自分を並みの男とは違っているとする。

9 (八宮の)あれほど進んで(姫君との仲を)お許し下さることが、(自分には)さして急ぐ気にもならぬのだから、(とはいえ姫君との交際に)まるで無関心でありえないとはやはり考えられず。

10 かような感じで話をも互いに申し、季節季節の花や紅葉に託して、心情を訴え風情をも通わすのに、(姫君たちは)好もしくていらっしゃる辺りなので。清らかな親交を考える薫。

11 自分との縁がなくて他の男とご縁組なさるようになるなら、の意。

12 それはそれで残念に違いなく。前言を翻して、清らかな交際を貫くのも口惜しいと思う。

13 (姫君を)わがものにしている気持がしたことだ。心内語が切れ目なく地の文に転ずる文体。「両」は「領」の当て字。

11 薫、帰京

14 (八宮が)心細く自分の余命が長くなさそうだとお思いになっていたお顔色を。

15 行事で公務多端なころをやり過ごして参上しようと。三二〇頁「相撲など、公事ども…」。

16 匂宮からの手紙。

は絶えずたてまつり給ふ。女[1]は、まめやかにおぼすらんとも思ひ給はねば、わづらはしくもあらで、[2]はかなきさまにもてなしつゝ、をり〳〵に聞こえかはし給ふ。

[3]秋深くなり行くまゝに、[4]宮は、いみじう物心ぼそくおぼえ給ひければ、例の、静[5]かなる所にて、念仏をも紛れなうせむとおぼして、[6]君たちにもさるべきこと聞こえ給ふ。

「[7]世のことゝして、[8]つひの別れをのがれぬわざなめれど、思ひ慰まん方ありてこそ、かなしさをもさます物なめれ。また見[9]譲る人もなく、心ぼそげなる御有りさまどもを、うち捨ててむがいみじきこと。[10]されども、さばかりのことにさまたげられて、長き世の闇にさへまどはむが益なさを、[11]かつ見たてまつるほどだに思ひ捨つる世を、去りなん後のこと知るべきことにはあらねど、[12]我身ひとつにあらず、過ぎ給ひにし御面伏せに、軽〴〵しき心ども使ひ給ふな。[13]おぼろけのよすがならで、人の言にうちなびき、この山里をあくがれ給ふな。たゞ、[14]かう人にたがひたる契りことなる身とおぼしなして、こゝに世を尽くしてんと思ひ取り給へ。[15]ひたふるに思ひな

1　中君は、(匂宮が)まじめに考えていらっしゃるだろうとも思いなさらないから。
2　とりとめない感じで相手をしながら、時節時節にやりとりなさる。

12　八宮、姫君たちに訓戒

3　八月にはいる。
4　八宮は、何かとはなはだ心細く思われなさったことだから。死別を予感する気持。
5　阿闍梨の山寺。いつもの七日間にわたって行う四季の念仏行。阿闍梨は、㊁橋姫7節。
6　姫君たちにも心得ておくべき諸事を。
7　八宮の言。
8　最期の別れから逃げられないことのようだが、心を慰めよう片方(母なり父なり)がいてこそ、悲しみを冷ますものと見られるのに。
9　(私以外に)世話を委ねられる人もいず、いかにも心細そうなお二人のご様子を、(自分の死後に)見捨ててしまおうのがはなはだ心残りなこと。
10　そう(かなしいこと)であるけれども、それぐらいのことに邪魔されて、無明長夜(むみょうちょうや)の闇にまでうろうろしようとは無益なこと。煩悩に妨げられると成仏できない。
11　一方で(姫君たちを)お世話申し上げるあいだでさえ思い捨てる俗世間なのだから、(まして)死後のことは存知の外であるけれど。
12　私一人にとってでなく、亡くなってしまわれた方(姫君たちの母君)の不面目になるような、軽々しいお考えをそれぞれ用いなさるな。
13　よくよくの頼り(良縁)でなくて、男の甘言にふわふわ靡き、この山里をふらふら離れなさるな。八宮はここで良縁を期待する気持を込めている。
14　並みの人とは違った特別の運命の身の上と思いなされて、この山里で生涯を終えてしまおうと思い決めなされ。
15　一途にその気になれば、何でもなく過ぎてしまう年月だったことだ。底本「思ひなせは」、諸本多く「おもひしなせは」。

せば、ことにもあらず過ぎぬる年月なりけり。[1]まして女は、さる方に絶え籠りて、いちしるくいとほしげなるよそのもどきを負はざらむなんよかるべき。」

などの給ふ。

[2]ともかくも身のならんやうまでは、おぼしも流されず、たゞ、[3]いかにしてか、おくれたてまつりては、世に片時もながらふべき、とおぼすに、[4]かく心ぼそきさまの御あらましごとに、[5]言ふ方なき御心まどひどもになむ。[6]心の内にこそ思ひ捨て給ひつらめど、明け暮れ御かたはらにならはいたまうて、にはかに別れ給はむは、[7]つらき心ならねど、げにうらめしかるべき御有りさまになむありける。

[8]あす入り給はむとての日は、例ならずこなたかなた、たゝずみありき給ひて見給ふ。いとものはかなく、[9]かりそめの宿りにて過ぐい給ひける御住まひの有りさまを、[10]亡からむ後(のち)、いかにしてかは若き人の絶え籠りては過ぐい給はむ、と涙ぐみつゝ念誦し給ふさま、いときよげなり。

[11]おとなびたる人ゝ召し出でて、

1　（男に）まして女は、そのように閉じ籠って、はっきりと分かるいかにも痛ましげな外からの非難を買わないようにするのが賢明に違いない。

2　（姫君たちは）どうなるにせよ将来の身の上のありようまでは、お考えもおよばず。「思ひ流さる」（考えをたどり進める）の尊敬表現。「この世のほかの事まで思ひ流され」（㈢朝顔三九八頁）。

3　姫君たちの心内。どのようにして、父宮にお別れし申して（後）は、世にいっときも生きのびることができようか。

4　（父宮の）そんな（死後の）心細い予想のお言葉に。「あらましごと」は仮定の、実際にはありえない話。

5　（姫君たちは）言いようのないそれぞれのお心の取り乱しようだ。

6　（八宮の）思いのなかでは（姫君たちへの）執着を捨てておしまいのようだけれど、明けても暮れても（姫君たちを）自分のおそばに置き慣れていらっしゃって。「「こそ…つらめ」と」と、係り結びの文を受ける「と」かもしれない。その場合には、執着を捨てておしまいのようだと。

7　（八宮としては）冷酷な気持でないのだが、なるほど（姫君たちには）うらめしくてならないおありさまであったことだ。

13 八宮、女房にも訓戒

8　明日（八宮が阿闍梨の山寺に）おはいりになるという日は、いつになく（家の）あちこちに、（八宮は）立ち止まり（また）動きまわり。

9　一時的な住まいとして過ごしてこられたお家の様子を。八宮も姫君たちも、焼けた京都の邸を立ち退いてからあと、宇治の山荘に仮住まいしているという思いがあり続ける。京都の邸が焼けたことは、㈦橋姫6節。

10　自分の亡きあと、どのように若い姫君たちが世間づきあいもせず閉じ籠って。

11　年かさの女房たちを呼び出されて。

「[1]うしろやすく仕うまつれ。何事も、[2]もとよりかやすく世に聞こえ有るまじき際の人は、末の衰へも常のことにて、紛れぬべかめり。[3]かゝる際になりぬれば、人は何と思はざらめど、[4]口をしうてさすらへむ契りかたじけなく、いとほしきことなむ多かるべき。物さびしく[5]心ぼそき世を経るは例の事也。[6]生まれたるいへのほど、おきてのまゝにもてなしたらむなむ、聞き耳にも、わが心ちにも過ちなくはおぼゆべき。[7]にぎはゝしく人数めかむと思ふとも、その心にもかなふまじき世とならば、ゆめ〳〵かろ〴〵しくよからぬ方にもてなしきこゆな。」

などの給ふ。

まだ[8]あか月に出で給ふとても、[9]こなたに渡り給ひて、

「[10]なからむほど、心ぼそくなおぼしわびそ。[11]心ばかりはやりて、遊びなどはし給へ。[12]何ごとも思ふにえかなふまじき世を、〔な〕おぼし焦られそ。」

など、[13]返り見がちにて出で給ひぬ。

[14]二所、いとゞ心ぼそくもの思ひつゞけられて、起き臥しうち語らひつゝ、

1　八宮の言。(私のいなくなったあとも)心配のないようにお仕えしてくれ。

2　もともと身分が軽くて世間の噂にものぼらないような分際の人は、子孫が衰えてゆくのもよくあることで、人目に立つこともなくなってしまうように見える。

3　かような(宮家という)身分になってしまうと。前述から反転して、自らの立場からの考え方。

4　情けなく落ちぶれてさまようという(尊い家筋に生まれた)宿縁は畏れ多いし、いたましいことが多いに違いない。「契り」は、前世からの因縁。

5　不如意な暮らし。

6　生まれた家の身分や、格式に従って身を処するというのが、世間の噂としても、自分自身の気持としても難点がなく思われるに違いない。

7　裕福に人並の暮らしをしようと思っても、その思いにもかないそうにない時勢となるならば、けっして軽率に普通の身分の男へ(姫君を)お取り持ち申してはならない。零落しても宮家の誇りを失いたくない気持から、身分高からぬ男を手引きしてはならぬとして、女房たちを戒める。

8　明け方の暗い時分。「あかつき(暁)」の当て字。

9　姫君たちの居室にお渡りになって。

10　八宮の言。私の不在中に。

11　気持だけでも晴れるようにして、音楽の演奏などはしなされ。音楽がこの宮家の慰めとしてある。

12　すべては思いをかなえることのならない世であるから、くよくよ思いつめなさるな。諸本「なおほしいれ(入)そ」から類推して、「な」を補う。

13　振り返りしながら、家をお出になる。

14　お二人(大君と中君と)はたいそう心細く物思いに沈むばかりで、寝ても起きても語り合いながら。

「[1]一人〳〵なからましかば、いかで明かし暮らさまし。」

「[2]今、行く末も定めなき世にて、もし別るゝやうもあらば。」

など、泣きみ笑ひみ、[3]たはぶれごともまめごとも、同じ心に慰めかはして過ぐし給ふ。

[4]かのおこなひ給ふ三昧、[5]今日果てぬらんと、いつしかと待ちきこえ給ふ夕暮れに、人まゐりて、

「[6]けさよりなやましくてなむ、えまゐらぬ。[7]風邪かとて、とかくつくろふともの するほどになむ。[8]さるは、例よりも対面心もとなきを。」

と聞こえ給へり。[9]胸つぶれて、いかなるにかとおぼし嘆き、[10]御衣ども、綿厚くて急ぎせさせ給ひて、たてまつれなどし給ふ。[11]二三日おこたり給はず。[12]いかに〳〵と、人たてまつり給へど、

「[13]ことにおどろ〳〵しくはあらず、そこはかとなく苦しうなむ。[14]すこしもよろしくならば。[15]いま念じて。」

1　中君の言。私たちのどちらか一人でも（もし）いなかったならば、どうやって明かし暮らしなどできたろうか。

2　大君の言。今もこれからも老少定めないこの世で、もし別れることがあるならば（どうしよう）。

3　遊びごとも実生活も、心を一つに慰め合ってお過ごしになる。

14　八宮、山寺で病み、死去

4　父八宮がお勤めなさる念仏三昧。心に仏を念じて、仏名や経文を唱える行法。「三昧をおこなひ」（㊂明石五一八頁）・「阿弥陀、釈迦の念仏の三昧」（㊂松風二五二頁）。

5　七日間の行の最終日かと、父宮の帰邸を心待ちにする夕暮れに、使者が参って。

6　八宮が使者に託した言葉。けさから体の具合が悪くて、帰参できない。帰宅を予定する前日の朝から発病する。

7　風邪かと思って、あれこれ治療をと手当するあいだに。「風邪おこりて」（㊃真木柱五七〇頁）・「あるじの院（朱雀院）は、けふの雪にいとゞ御風（ぜか）加はりて」（㊄若菜上一九〇頁）。

8　それにしても、いつもにもまして（あなた方に）お目にかかるのが待ち遠しくて。

9　どきんとして。

10　お着物類の綿入れをぶ厚く急遽、用意させなさって。「綿」は、真綿。㊆橋姫二六二頁。

11　二日も三日も風邪がお治りにならない。帰宅が遅れる。諸本多く「二三日はを（お）り給はす」。

12　（姫君たちは病状を）どんな具合かと、繰り返し使者を（八宮のもとに）さしあげなさるけれど。

13　八宮の言。特にひどく悪くはなく、なんとなく苦しいというふうで。病状が一進一退するさま。

14　すこしでもよくなるならば（帰ろう）。現世に執着する八宮。

15　今はこらえて。

など、[1]言葉にて聞こえ給ふ。[2]阿闍梨つとさぶらひて、仕うまつりける、

「[3]はかなき御なやみと見ゆれど、限りのたびにもおはしますらん。[4]君たちの御事、何かおぼし嘆くべき。[5]人はみな御宿世といふ物異〳〵なれば、御心にかゝるべきにもおはしまさず。」

と、いよ〳〵[6]おぼし離るべきことを聞こえ知らせつゝ、

「[7]今さらにな出で給ひそ。」

と、諫め申す成りけり。

八月廿日のほどなりけり。[8]大方の空のけしきもいとゞしきころ、君たちは、[9]朝夕、霧の晴るゝ間もなく、おぼし嘆きつゝながめ給ふ。[10]有明の月のいとはなやかにさし出でて、[11]水の面もさやかに澄みたるを、[12]そなたの蔀上げさせて、見出だし給へるに、[13]鐘の声かすかに響きて、

「[14]明けぬなり。」

と聞こゆるほどに、人ゝ来て、

1　使者の口上で。八宮は手紙を書く気力をなくしている。

2　阿闍梨がずっとお控えして、お仕えしてきて。付ききりで奉仕するさま。青表紙他本・河内本「つかうまつりけり」。

3　阿闍梨の言。ちょっとしたご病気とみられるけれど、このたびが最期でもいらっしゃるかもしれません。

4　姫君たち（の将来のお身の上）のことは、どうしてご心配になることがあろうか。現世への執着は捨てるべきだとする。阿闍梨の説得は、八宮の現世への執着がけっして薄れているわけでないことを暗示する。

5　人ごとにみなご宿世というものは別々なのだから、（姫君たちは）あなたのご心配にかかるようでもいらっしゃいません。姫君たちへの執着から離れさせようとする。

6　執着をお捨てになるべきことを教え申しつつ。

7　阿闍梨の言。今はもう下山なさいますな。臨終を迎えさせようとする。

8　全体に空の風情もひとしお物悲しい（仲秋の）時。

9　朝、夕べと、霧が晴れる時もなく、思いなげきながら沈んでいらっしゃる。朝霧と夕霧という宇治を特徴づける霧が、姫君たちの晴れやらぬ心の悲哀をあらわす。

10　二十日以後の、明け方に空に残る月。雲間から輝き出る。

11　宇治川の水面も冴えわたり澄んでくるのに対して。

12　そちらの（川のある）方角にある蔀。蔀は、格子組の裏に板を張って、風雨を防いだり、日光を遮ったりする粗末な建具。「門は蔀のやうなるおし上げたる」（㈠夕顔二三四頁）・「風のいとはげしければ、蔀おろさせ給ふに」（㈦総角五九〇頁）。

13　山寺（阿闍梨の寺）の夜明けの鐘。

14　明けてしまうようです。

「[1]この夜中ばかりになむ亡せ給ひぬる。」

と泣く〳〵申す。[2]心にかけて、いかにとは絶えず思ひきこえ給へれど、うち聞き給ふには、あさましく物おぼえぬ心地して、いとゞかゝることには、涙もいづちか去にけん、たゞうつぶし臥し給へり。[3]いみじき目も、見る目の前にて、おぼつかなからぬこそ常のことなれ、おぼつかなさ添ひて、おぼし嘆くこととわり也。しばしにても[4]おくれたてまつりて、世に有るべき物とおぼしならはぬ御心ちどもにて、い[5]かでかはおくれじと泣き沈み給へど、限りある道なりければ、何のかひなし。

[6]阿闍梨、年比契りおき給ひけるまゝに、後の御こともよろづに仕うまつる。

「[7]亡き人になり給へらむ御さまかたちをだに、今一たび見たてまつらん。」

とおぼしの給へど、

「[8]いまさらに、なでふさることかはべるべき。[9]日ごろも又会ひ給ふまじきことを聞こえ知らせつれば、[10]今はまして、かたみに御心とゞめ給ふまじき御心づかひを、ならひ給ふべきなり。」

〔一五六〕

1　山寺からの使者たちの言。この夜半のほどに（八宮が）亡くなっておしまいです。

2　（父宮のことを）思い続けて、（容態は）どのようかとは絶えず心配し申されているけれど、（亡くなったと）不意にお聞きになると、あまりの意外さに何も考えられない気持がして、いよいよかような悲しさには、涙もどこへ行ったのだろうか、ただもううつぶしに臥していらっしゃる。

3　はなはだ悲しい目に遭うとはいえ、まのあたりにはっきりと（臨終を）見とどけるのが常のことなのに、（どんな最期だったか）はっきりしないことが加わって、思い嘆かれることは道理である。

4　父宮に先立たれ申して、世に生きていられるものとお考えになったこともない姫君たちお二人のお気持で。

5　何とかして父宮の後を追いたいと泣き沈みなさるけれど、宿運として定められた（八宮の）死出の道だったから、何の効果もない。「限りあらん道」（㈠桐壺二二頁）・「限りある道の別れ」（㈣初音一五六頁）。

6　阿闍梨が、多年八宮と約束なさってあったとおりに、あとの仏事（葬送や七日ごとの追善法要）も万事お仕えする。

7　姫君たちの言。亡き人とおなりになっているご様子や姿なりを、今もう一度見申したい。せめて遺骸と対面したいと懇願する。

8　阿闍梨の言。いまさらどうして、そのようなことがございましょうか。死者との対面は不要とする。

9　この何日も、再び（姫君たちに）お会いになるべきでないとお聞かせ申し上げましたので。七日の八宮の山寺参籠のあいだ。諸本多く「又あひみ給ましき」。

10　（お亡くなりになった）今はいっそう、互いに（親子の情に）ご執心なさるべきではないとのお心構えに、お馴れになるのがよい。未練の心を断ち切るようにと言う。八宮の往生の妨げにもなるという趣旨が含まれていよう。

とのみ聞こゆ。[1]おはしましける御有りさまを聞き給ふにも、阿闍梨の[2]あまりさかしき聖心を、にくゝつらしとなむおぼしける。[3]入道の御本意は、むかしより深くおはせしかど、[4]かう見譲る人なき御ことどもの見捨てがたきを、生ける限りは明け暮れえ[5]避らず見たてまつるを、[6]世に心ぼそき世の慰めにも、おぼし離れがたくて過ぐい給へるを、限りある道には、[7]先立ち給ふも慕ひ給ふ御心もかなはぬわざ也けり。

[8]中納言殿には、聞き給ひて、いとあへなく[9]口をしく、[10]今一たび心のどかにて聞こゆべかりけること、多う残りたる心ちして、[11]大方世の有りさま思ひつゞけられて、いみじう泣い給ふ。[12]「又会ひ見ることかたくや」などの給ひしを、[13]なほ常の御心にも、[14]朝夕の隔て知らぬ世のはかなさを、[15]人よりけに思ひ給へりしかば、耳馴れて、昨日けふと思はざりけるを、返〻飽かずかなしくおぼさる。

阿闍梨のもとにも、君たちの御とぶらひも、こまやかに聞こえ給ふ。かゝる御とぶらひなど、[16]又おとづれきこゆる人だになき御有りさまなるは、ものおぼえぬ御心ちどもにも、[17]年ごろの御心ばへのあはれなめりしなどをも、思ひ知り給ふ。[18]世の常

1　八宮の山籠りでいらっしゃったご様子をお聞きになるにつけても。

2　あまりに悟り切っている仏道一筋の心を、憎くつらいとお思いになった。姫君たちには阿闍梨の堅固な道心が非情にも感じられる。

3　(八宮の)出家入道なさろうとのご本心は、昔から深くていらっしゃったけれど。

4　かように(姫君たちの将来の)世話を任せる人がいないお身の上のあれこれが見捨てがたくて。

5　そばから離すことができずお世話し申し上げるのを。

6　じつに心細い生活の慰めにも。

7　先立って逝かれる宮の心残りもその後を追いたいとお思いになる姫君たちのお気持も思うにまかせぬことだった、の意。(八宮の)成仏できない感じを暗示する。

15 薫の弔問

8　薫にあっては。

9　力の抜ける感じがして残念で。

10　「公事ども紛れはべる比(ころ)過ぎて候はむ」(三二〇頁)と、近く訪問を望んでいた。

11　おおよそ(無常の)世のさまが次々に思い出されて、はげしくお泣きになる。

12　再びお目にかかるのはむずかしいのでは。「かゝる対面も、このたびや限りならむ」(三二〇頁)と生前に八宮は言い遺した。

13　やはり常日ごろの(宮の)お気持としても。

14　朝から夕方へのあいだにもどうなるか分からぬこの世の無常を。「朝(あした)に紅顔有つて世路に誇れども　暮(ゆふべ)に白骨と為つて郊原に朽ちぬ」(和漢朗詠集・無常・義孝少将)がある。

15　人よりも特別にお感じになられていたことなので、(また例の話と)聞き慣れて、「昨日今日のこと」とは思いもしなかったと。「つひに行く道とはかねて聞きしかど昨日今日とは思はざりしを」(古今集・哀傷・在原業平、伊勢百二十五段)による。

のほどの別れだに、さしあたりては、又たぐひなきやうにのみ皆人の思ひまどふ物なめるを、[1]慰む方なげなる御身どもにて、いかやうなる心地どもし給ふらむ、とおぼしやりつゝ、[2]後の御わざなど、有るべきことゞもおしはかりて、阿闍梨にもとぶらひ給ふ。[3]こゝにも、老い人どもに言寄せて、御誦経などのことも思ひやり給ふ。

[4]明けぬ夜の心ちながら、九月にもなりぬ。野山のけしき、[5]まして袖の時雨をもよほしがちに、ともすればあらそひ落つる木の葉のおとも、水の響きも、[6]涙の滝も、[7]ひとつもののやうに暮れまどひて、[8]かうてはいかでか、限りあらむ御命もしばしめぐらひ給はむと、[9]さぶらふ人〻は心ぼそく、いみじく慰めきこえつゝ、「思ひまどふ」。[10]こゝにも念仏の僧さぶらひて、[11]おはしましし方は、仏を形見に見たてまつりつゝ、時〻まゐり仕うまつりし人〻の、[12]御忌に籠りたる限りは、あはれにおこなひて過ぐす。

[13]兵部卿の宮よりも、たび〴〵とぶらひきこえ給ふ。[14]さやうの御返りなど、聞こえん心ちもし給はず。[15]おぼつかなければ、[16]中納言にはかうもあらざなるを、我をばな

16　薫以外にお見舞い申し上げる人さえない（姫君たちの）ご生活であるのは。
17　長年にわたる薫のご配慮にしみじみ心がこもっていたようだと。
18　世間に普通にある程度の死別でさえも、その当座は、（悲嘆が）他に類例のないようにばかりだれもが途方に暮れることのようなのに。

1　（まして）慰めようのなさそうなお二人の身で、どのような気持をそれぞれなさっているのだろうかと。
2　のちのこと（法事）など、必要ないろいろを察して、阿闍梨にもお見舞い申し上げる。
3　こちら（八宮家）にも、老女房たちに贈るという名目で、誦経のお布施などまでもご配慮になる。不如意の生活をさりげない形で後援する。青表紙他本多く「思やりきこえ給」。
4　明けやらぬ無明長夜をさまよう心地のまま、九月に。
5　（例年に）まして袖を濡らす涙を誘うように時雨が降り。
6　滝のような涙も。「わが世をば今日か明日かと待つかひの涙の滝といづれ高けむ」（伊勢八十七段）による。
7　（分けられない）一つの物のように。
8　そんなありさまではどうやって、（姫君たちの）定めのあろうご寿命をしばらくも（この世に）ながらえなさるだろうかと。
9　女房たちは心配で、たいそう慰め申しながら、途方に暮れる。諸本多く「おもひまとふ」があり、いま補う。
10　こちらの八宮家でも。
11　八宮の生前の居間。持仏（㈦橋姫二〇五頁注9）が安置してある。
12　三十日間か四十九日間、喪に服すために設けられた一段低い空間に籠る。「下りたる方にやつれておはする」（三四六頁）。

16　匂宮との文通

13　匂宮からも、しばしば。

ほ思ひ放ち給へるなめりと、うらめしくおぼす。紅葉[1]の盛りに、文など作らせ給はむとて出で立ち給ひしを、かくこのわたりの御せうえう[2]、便なきころなれば、おぼしとまりて口をしくなん。

御忌[3]も果てぬ。限り[4]あれば、涙もひまもやとおぼしやりて、いと多く書きつゞけ給へり。時雨がちなる夕つ方、

牡鹿[5]鳴く秋の山里いかならむ小萩が露のかゝる夕暮れ

たゞ[6]今の空のけしき〔を〕おぼし知らぬ顔ならむも、あまり心づきなくこそ有るべけれ。枯れ[7]ゆく野辺も、わきてながめらるゝ比になむ。

などあり。

「げに[8]、いとあまり思ひ知らぬやうにて、たび〳〵になりぬるを、なほ聞こえ給へ。」

など、中[9]の宮を、例の、そゝのかして書かせたてまつり給ふ。けふまで[10]ながらへて、硯[11]など、近く引き寄せて見るべき物とやは思ひし、心うくも過ぎにける日数かな、

14　そういう(色めかしいお見舞いの)ご返事など、お答えしよう心地もなさらない。

15　(匂宮は返事がなく)気がかりなので。

16　匂宮の心内。薫にはそうでもなさそうな(返事がある)のに、私に対しては考慮の外になさるように見えると。

1　(以前には)紅葉の最中になると、作詩の会をなさろうとてお出ましになったのに。一般に作詩の会のこと。この秋にも「紅葉見におはしまさむ」(三二二頁)という計画があった。

2　かような宇治の辺りへのご逍遥(気ままな遊覧)は、(八宮死去で)不都合な折なので、(計画を)断念なさって残念だ。底本「せうよう」。

3　八宮の忌も終りに近づく。八宮の死は八月二十日ごろ。四十九日の忌とすれば、九月も果てて十月になろうとする。周囲の景物は晩秋一色に。

4　(悲嘆にも)限界があるので、(姫君たちには)涙の絶え間もあるのではと。

5　匂宮の歌。牡鹿が妻を呼んで鳴く秋の山里はどんな様子だろうか、小萩の露がかかる(涙に濡れている)かような夕暮れには。「(露が)かかる」と「かかる(かような)」とが掛詞。

6　たった今の空の風情をお分かりにならぬふりをなさろうのも、あまりに無愛想というものでしょう。諸本によって「を」を補う。

7　「鹿のすむ尾の上(え)の萩の下葉より枯れゆく野辺もあはれとぞ見る」(新千載集・秋下・具平親王)がある。

8　大君の言。「げに」(たしかに)は、宮の「おぼし知らぬ…」に納得し、こちらが風情を解さぬように返事を怠ってきたとして、中君に返事を勧める。返事をしないとかえって相手の恋情をあおるとする父宮の意見(三一〇頁)もあった。今、大君が父宮の役割を担っている。

9　中君を、例によって。匂宮に返事をするの

とおぼすに、又[1]かき曇り、もの見えぬ心ちし給へば、おしやりて、

「[2]なほえこそ書きはべるまじけれ。[3]やう〳〵かう起きゐられなどしはべるが、げに限りありけるにこそとおぼゆるも、うとましう心うくて。」

と、らうたげなるさまに泣きしをれておはするも、いと心ぐるし。

[4]夕暮れのほどより来ける御使、よひすこし過ぎてぞ来たる、

「[5]いかでか帰りまゐらん。[6]こよひは旅寝して。」

と言はせ給へど、

「[7]立ち返りこそまゐりなめ。」

と急げば、[8]いとほしうて、我さかしう思ひしづめ給ふにはあらねど、見わづらひたまひて、

[9]涙のみ霧りふたがれる山里はまがきに鹿ぞもろ声に鳴く

[10]黒き紙に、夜の墨つきもたど〳〵しければ、[11]引きつくろふところもなく筆にまかせて、[12]おし包みて出だし給ひつ。

はここまで中君の担当だった。「中の宮」は中君が親王の娘であることを強調した呼称か。これ以後、大君をもしばしば「姫宮」と呼ぶのと応じている。

10 中君の心内。

11 硯などを、手近に引き寄せて見ることがあるものと思ったかしら。

---

1 涙で目がくもり、何も見えない心地がなさるから、（硯を向こうへ）押しやって。

2 中君の言。やはりどうしても書けそうにありません。

3 （日が経つにつれ）しだいにかように起きて座れなどいたしますのが、なるほど（悲しみにも）限りがあったのだと思われるにつけ、（わが身が）疎ましく情けなくて。

4 夕暮れのころから（京都を）出て来たご使者が、夜に少しはいって（八宮宅に）着いたのを。

5 大君の、使者への言。（今からでは）どうして帰参できよう。女房を介して言わせる。

6 今夜は一泊して（明朝帰参なされ）。中君に返事を書かせるのに時間がかかりそうなので、使者に宿泊を勧める。

7 使者の言。とんぼ返りで（京都に）帰ってしまうつもりです。

8 （大君は）いたわしく思い、分別顔をして落ちついていらっしゃるわけではないが、（中君の様子を）見るに見かねなさって。大君が返歌を詠む理由である。

9 大君の歌。涙ばかり霧に閉じ込められている山里では、垣根のそばで鹿が私どもと声を合わせて鳴く。「もろ声」は、いっせいに発する声。「友千鳥もろ声に鳴く」（二須磨四六八頁）・「もろ声に仏神を念じたてまつる」（二明石五〇四頁）など。

10 鈍色（にびいろ）の料紙に、夜では墨のつき具合もはっきりしないので。大系は「墨つぎ」として、筆の墨汁が少なくなって改めてつけて濃く継いで書く意とする。

11 （上手にと）気取る箇所もなく書くままに筆

御使は、[1]木幡の山のほども、[2]雨もよにいとおそろしげなれど、[3]さやうの物おぢすまじきをや選り出で給ひけむ、[4]むつかしげなる笹の隈を、駒引きとゞむるほどもなくうち早めて、[5]片時にまゐり着きぬ。[6]御前にても、いたく濡れてまゐりたれば、禄たまふ。[7]さき〳〵御覧ぜしにはあらぬ手の、いますこしおとなびまさりて、よしづきたる書きざまなどを、[8]いづれかいづれならむと、うちもおかず御覧じつゝ、とみにも大殿籠らねば、

「[9]待つとて起きおはしまし、又御覧ずるほどの久しきは、いかばかり御心に染むことならん。」

と、御前なる人ゝ、さゝめききこえてにくみきこゆ。[10]ねぶたければなめり。

まだ朝霧深きあしたに、急ぎ起きて[11]たてまつり給ふ。

[12]朝霧に友まどはせる鹿の音を大方にやはあはれとも聞く

[13]もろ声は劣るまじくこそ。

とあれど、[14]あまりなさけだたんもうるさし、一所の御陰に隠ろへたるを頼みどころ

に任せて。

12　上包みに包んで。

1　木幡山の辺りも。京都と宇治とのあいだにある山地。

2　雨がぽつぽつくる感じで。「雨もよにあれば」（蜻蛉日記下）・「心さへ空に乱れし雪もよに」（四真木柱五四八頁）。

3　そんなこわがりそうもない者を（匂宮が使者として）選び出しなさったのだろうか。

4　気味悪そうな笹の茂る山道を、馬を休ませるひまもなく急がせて。「笹の隈檜隈川（ひのくまがは）に駒とめてしばし水かへ影をだに見む」（古今集・神遊びの歌）によるか。「駒」は歌語。

5　わずかな時間で匂宮邸に帰参する。

6　匂宮の御前。

7　今までご覧になったのとは違う筆跡の、もう少し大人びて、風情のある書きぶりなどについて。大君の筆である。

8　どちらの筆跡がどちらの姫君かと、下にも置かず。

9　女房たちの言、口々に言う。（匂宮が、姫君の返事を携える使者を）待つといって起きていらっしゃり、また（手紙を）ご覧になる時間のかけようったら、どんなぐらいお心に沁みることなのだろう。

10　眠いからのようだ。語り手の推測。

11　匂宮は。大君への返歌。

12　匂宮の歌。朝霧に友を見失って鳴く鹿の声を、一通りに不憫だと同情するのでよいかしら。「声たててなきぞしぬべき秋霧に友まどはせる鹿にはあらねど」（後撰集・秋下・紀友則）による。

13　「もろ声」（大君の歌、三四二頁）を受けて、自分もいっせいに鳴く声に劣らず泣くとする。

14　大君の心内。あまりに風情知り顔なのもやっかいだし、父宮おひとりに保護されていることを頼り所にして、それこそどんなことも安心して過ごしてきたのに。青表紙他本多く「すくしつれ」。

にてこそ、何ごとも心やすくて過ごしつれ、心より外にながらへて、[1]思はずなることの紛れ、つゆにてもあらば、[2]うしろめたげにのみおぼしおくめりし亡き御魂にさへ、疵やつけたてまつらんと、なべていとつゝましうおそろしうて、聞こえ給はず。この宮などを、[3]かろらかに、おしなべてのさまにも思ひきこえ給はず、なげの走り書いたまへる御筆づかひ言の葉も、をかしきさまになまめき給へる御けはひを、[4]あまた見知り給はねど、[5]〔これこそはめでたきなめれと〕見たまひながら、[6]そのゆゑ〳〵しくなさけある方に言をまぜきこえむも、つきなき身の有りさまどもなれば、[7]何か、たゞかゝる山臥だちて過ぐしてむ、とおぼす。

[8]中納言殿の御返りばかりは、かれよりもまめやかなるさまに聞こえ給へば、これよりもいとけうとげにはあらず聞こえ通ひ給ふ。[9]御忌果てでも、みづから参うで給へり。[10]東の廂の下りたる方にやつれておはするに、[11]近う立ち寄り給ひて、古人召し出でたり。[12]闇にまどひ給へる御あたりに、いとまばゆくにほひ満ちて入りおはしたれば、[13]かたはらいたうて、御いらへなどをだにえし給はねば、

1　思いもよらぬ間違いが、いささかでもあるならば。男女関係について言う。
2　(それを)心配ばかりしていらっしゃったら しい亡き親の御魂にまで、疵をおつけ申すことになるのでは。親の面目をつぶしてはならぬとの父宮の訓戒(三二四頁)を回顧する。
3　(色恋に)軽薄に、世間並みの方だとも思い申しなさらず、(匂宮が)何気なく走り書きなさっているご筆跡や言葉づかいも、風情あるさまに優美に仕立てていらっしゃるお手紙の趣を。
4　大君は男の手紙を多くは見ていない。
5　これはそれこそ立派な筆跡のようだとご覧になりながら。諸本の多くにより、「これこそはめてたきなめれと」を補う。
6　その由緒たっぷり情味のあるお手紙に言葉をつけ加え申す(ご返事申し上げる)ようなのも、不似合いな姉妹の身の上なので。
7　大君の心内。どうして(言葉を加えようか)、(私は)ただもうかような山の修行者ふぜいで過ごしてしまおう、とお思いになる。この山里に暮らすことを決意する。

17　薫の訪問

8　薫への返事だけは、そちら(薫)からもきまじめなさまで申されるから、こちら(大君)からもあまりそっけない態度ではなくさしあげ文通なさる。
9　御忌が果てなくても、薫自身が参上なさる。「御忌」は、三三九頁注12・三四一頁注3。新編全集「御忌はてても」。
10　寝殿の東の廂の一段低くなった所に(姉妹が)喪服姿でいらっしゃるのを。喪のために板敷を外すなどして低く設けられる空間。「西の廂をやつして、(落葉)宮はおはします」(因夕霧二九八頁)。
11　間近に寄ってたたずみなさり、弁の君を(ここに)呼び出す。会話は一般に女房を介しておこなう。
12　(悲嘆の)闇にくれていらっしゃる姫君たち

「[1]かやうにはもてない給はで。[2]むかしの御心むけにしたがひきこえ給はんさまならむこそ、聞こえうけ給はるかひあるべけれ。[3]なよびけしきばみたるふるまひをならひ侍らねば、[4]人づてに聞こえはべるは、言の葉もつゞきはべらず。」

とあれば、

「[5]あさましう、今までながらへはべるやうなれど、思ひさまさん方なき夢に、たどられはべりてなむ、[6]心より外に空の光見はべらむもつゝましうて、[7]端近うもえみじろきはべらぬ。」

と聞こえ給へれば、

「[8]ことゝいへば、限りなき御心の深さになむ。[9]月日の影は、御心もてはれ〴〵しくもて出でさせ給はばこそ罪もはべらめ、行く方もなく、いぶせうおぼえはべり。[10]又おぼさるらむはし〴〵をも、明らめきこえまほしくなむ。」

と申し給へば、

「[11]げにこそ、いとたぐひなげなめる御有りさまを、慰めきこえ給ふ御心ばへの浅

のお近くに、（薫が）まことにまぶしく美しさに満ちて入っていらっしゃるから。

13 （姫君たちは）きまりわるくて、ご返事すらおできにならないので。

---

1 薫の言。かような具合に（私を）他人行儀に扱いなさらないで（下さい）。

2 亡き父宮のご意向に従い申されるようであるなら、それこそ（私から）お話し申し上げたりうかがったりするしがいがあるに違いない。八宮から「この君たちを…思ひ捨てぬ物に数まへ給へ」（三一四頁）と依頼されていた。底本「うけ給る」、青表紙他本「うけ給はる」。

3 （自分にとって）色めかしく気どった態度は不慣れでございますから。

4 取り次ぎを介してお話しいたすのは、会話の言葉も続きませぬ。女房を介さない直接の対話をと望む。

5 大君の言。意外なことに、きょうまで生きながらえておりますようですが、覚めさせようすべのない夢のなかで、うろうろいたしまして。「たどる」は、迷いながら手探りする。

6 心ならずも空の光を眼にいたすことも憚られまして。喪に服す際には月日の光に当たってはいけない決まりがあったろう。

7 （薫のいる）端近に寄ることもできませぬ。

8 薫の言。おっしゃることといえば、この上もないご遠慮深さですね。

9 月や日の光は、ご自分から進んで晴れやかにおふるまいになる（端近に寄る）のならば咎めもありましょうが、（私としては）行くさきも分からず、（どうしたらよいか）気づまりに思われます。大君の「空の光見はべらむ…」を受けて言う。

10 お胸のうちにお思いの片端なりと、（曇りを）晴らしてさしあげたく。

11 女房たちの言。おっしゃる通り、まったく例もなさそうに見える（悲嘆の）ご様子を、お慰め申しなさる（薫の）お心ざしの深さといったら…。

からぬほど。」

など聞[1]こえ知らす。

御心[2]ちにも、さこそいへ、やう〳〵心静まりて、よろづ思ひ知られ給へば、む[3]かしざまにても、かうまではるけき野辺を分け入り給へる心ざしなども、思[4]ひ知り給ふべし、すこしゐざり寄り給へり。おぼ[5]すらんさま、又の給ひ契りしことなど、いとこまやかになつかしう言ひて、う[6]たて男男しきけはひなどは見え給はぬ人なれば、け[7]うとくすゞろはしくなどはあらねど、知らぬ人にかく声を聞かせたてまつり、すゞろに頼み顔なることなどもありつる日ごろを思ひつゞくるも、さすがに苦しうて、つゝましけれど、ほ[8]のかに一言などいらへきこえ給ふさまの、げによろづ思ひほれ給へるけはひなれば、い[9]とあはれと聞きたてまつり給ふ。黒[10]き木丁の透影のいと心ぐるしげなるに、ましてお[11]はすらんさま、ほの見し明けぐれなど思ひ出でられて、

一五六七 18

色[12]変はる浅茅を見ても墨染にやつるゝ袖を思ひこそやれ

1　大君に薫との直接の対話を勧める。底本「きこえしらす」、青表紙他本「ひと〳〵きこえしらす」。

18　薫、大君と詠歌する

2　大君のお心にも、そのように（端近に出ないと）いうものの、しだいに心が静まって。
3　父宮在世中のよしみからしても。
4　姫君たちにも薫の殊勝な厚志は分かるはずだとする。少し端近に出てくる大君。対面する（簾を介して直接に声をかける）会話のかたちになる。
5　（姫君たちが）お嘆きであろうそのご心中や、また八宮が（薫と）約束なさったことなどを、たいそう懇切に親しげに（薫は）述べて。
6　（姫君たちの）気に入らぬ荒々しい様子などはお見せにならぬ人柄なので。「男男し」は、粗野だ、おとこっぽい。
7　（大君は）気味悪く居心地悪くなどは感じないけれど、知らない（身内でない）人にそのようにお聞かせ申し、（また薫を）何となく頼りにするふうに過ごしてきた日々を思い続けるにつけても。大君は八宮の死後、昔のなりゆきから薫を頼って文通などもしてきたことを負い目に思う。
8　ほんのり一言など（直接に）お答えになる（大君の）様子が、なるほど万事に放心状態でおられるそぶりであるから。
9　（薫は）たいそうしみじみお聞き申し上げなさる。大君との直接の対話にときめく薫。
10　黒いかたびらの几帳を透して見られる大君の輪郭が。喪中ゆえの鈍色の装い。
11　姫君たちがお過ごしであろう（お姿や）、（はじめて）ほのかに垣間見た明け方（㈦橋姫14節）などが自然と思い浮かばれて。
12　薫の歌。（秋が深まって）色変りする丈の低い茅萱（ちがや）を見るにつけても、墨染に身をやつしている袖（も涙の露に濡れて色が変わる）と思いやっています。

とひとり言のやうにのたまへば、

[1]「色変はる袖をば露の宿りにてわが身ぞさらにおき所なき

[2]はつるゝ糸は。」

と、[3]末は言ひ消ちて、いといみじく忍びがたきけはひにて[4]入り給ひぬなり。[5]引きとゞめなどすべきほどにもあらねば、飽かずあはれにおぼゆ。[6]老い人ぞ、こよなき御代はりに出で来て、[7]むかし今をかき集め、かなしき御もの語りども聞こゆ〔る〕。[8]ありがたくあさましきことゞもをも見たる人なりければ、かうあやしく衰へたる人ともおぼし捨てられず、いとなつかしう語らひ給ふ。

[9]「いはけなかりしほどに、故院におくれたてまつりて、いみじうかなしき物は世なりけりと思ひ知りにしかば、人となり行く齢に添へて、官位、[10]世中のにほひも、何ともおぼえずなん。たゞかう[11]静かなる御住まひなどの、心にかなひ給へりしを、[12]かくはかなく見なしたてまつりなしつるに、いよ〳〵いみじく、[13]かりそめの世の思ひ知らるゝ心ももよほされにたれど、[14]心ぐるしうてとまり給へる御ことゞもの、絆

1　大君の歌。色の変わる（喪服の）袖を、涙の露が身を置く宿りにして、私の身は（この世に）さらに置く所がありませぬ。「露」「お（置）き」が縁語。

2　ほぐれる糸は（涙の玉をつなぐ糸です）。「藤衣はつるる糸はわび人の涙の玉の緒とぞなりける」（古今集・哀傷・壬生忠岑）による。

3　引歌の「わび人の」以下を言わない。声にならない。

4　（大君が奥へ）はいってしまわれる音が聞こえる。

19 薫、弁と語る

5　（薫は）引き留めなどできる時でもないから。

6　弁の君が、この上ない（とんでもない）代役として出てきて。「こよなき」は大君から弁の君へ話相手ががらりと代わるので、その落差について言う。

7　昔の話や今の話をあれこれ集め、悲しいお話をいろいろ申し上げる。諸本多くにより「る」を補う。

8　ありえないあまりにも驚くべき数々のこと（柏木と女三宮の関係）までをも見ている人だったから、そんなにも奇異で落ちぶれた人と見捨てることもできなくて、たいそう親しげに語らいなさる。

9　薫の言。幼児だったころに、六条院（源氏）に先立たれ申して。

10　俗世における栄光も、何の関心も持てなくなって…。

11　八宮の俗聖としてのお暮しぶり。

12　かようにあっけないこととあえて拝察し申したところなのに。

13　仮の世の無常を思い知らされる気持もかき立てられてしまったけれど。出家遁世を思う気持。

14　いたわしいご様子であとに残っていらっしゃる姫君たちが、（私の出家の）妨げとなるなどと申し上げるのは懸想めいた口実のようであるけれど。

など聞こえむはかけ〳〵しきやうなれど、[1]ながらへても、かの御言あやまたず、聞[2]こえうけたまはらまほしさになん。[3]さるは、おぼえなき御古物語り聞きしより、いとゞ世中に跡とめむともおぼえずなりにたりや。」

[4]〔と〕うち泣きつゝの給へば、この人はましていみじく泣きて、えも聞こえやらず。[5]御けはひなどのたゞそれかとおぼえ給ふに、年比うち忘れたりつる[6]いにしへの御ことをさへ取り重ねて、聞こえやらむ方もなくおぼほれゐたり。

[7]この人は、かの大納言の御乳母子にて、[8]父は、この姫君たちの母北の方の母方のをぢ、[9]左中弁にて亡せにけるが子なりけり。[10]年ごろとほき国にあくがれ、[11]母君も亡せ給ひてのち、[12]かの殿には疎くなり、[13]この宮には、尋ね取りてあらせ給ふなりけり。[14]人もいとやむごとなからず、宮仕へ馴れにたれど、心ちなからぬ物に宮もおぼして、姫君たちの[15]御後見だつ人になし給へるなりけり。

[16]むかしの御ことは、年ごろかく朝夕に見たてまつり馴れ、心隔つる隈なく思ひきこゆ〔る〕君たちにも、一言うち出で聞こゆるついでなく、忍びこめたりけれど、中[17]

1　（私は）生きながらえても、八宮からのお言葉（遺言）に背かずに。「一言にてもうけたまはりおきてしかば」（三一六頁）。

2　お世話申し上げたさなのであって。

3　とはいえ、思いもかけぬ昔のお話をうかがったとき以来、まったくこの俗世に跡を残そうとも思われなくなってしまいましたよ。前の「官位…何ともおぼえずなん」（三五二頁）とも照応し、仏に仕える身となって柏木の罪障を晴らしたい思いを言う。

4　諸本多くにより「と」を補う。

5　薫の雰囲気などがただもう柏木その人かと思われなさると。柏木に生き写し。

6　柏木のいきさつまで（八宮の死去に）重ねて、申し上げようすべもなく（涙に）おぼれている。

7　弁の君は、あの大納言（柏木）のお乳母の子で。母が柏木の乳母だった（㈦橋姫17節）。

8　弁の父は、姫君たちの母（母北の方）のおじ。

9　左弁官の次官。正五位上。弁は大君・中君の母と従姉妹（いとこ）になる。

10　多年、遠い地方の国にふらふらし。「西の海の果てまで取りもてまかりにしかば」（㈦橋姫二八二頁）。

11　姫君たちの母。

12　故致仕大臣（柏木の父）の邸。

13　八宮家では、引き取って。

14　人品もたいして上流出身でなく、奉公馴れしてしまっているが、気配りできる人物だと八宮もお思いになって。

15　世話役ぐらいの人に。「姫君の御後見にてさぶらはせ給ふ」（㈦橋姫二七八頁）。

16　亡き柏木の件は、多年そのように朝夕親しくお仕えし馴れ、心を隔てる秘密もなく打ち解け申し上げている姫君たちに対しても、一言言い出し申す機会がなくて、心内に隠し押し込めてあったけれど。弁は秘密をついに姫君たちに明かさなかった。青表紙他本により「る」を補う。

17　薫は、老人が問わず語りすることを、だれもがすることだから。

納言の君は、古人の問はず語り、みな例のことなれば、[1]おしなべてあは〳〵しうなどは言ひひろげずとも、いとはづかしげなめる御心どもには聞きおき給へらむかし、とおしはからるゝが、[2]ねたくもいとほしくもおぼゆるにぞ、[3]又もて離れてはやまじと思ひ寄らるゝつまにもなりぬべき。

[4]今は旅寝もすゞろなる心ちして帰り給ふにも、「[5]これや限りの」などの給ひしを、[6]などか、さしもやはとうち頼みて、又見たてまつらずなりにけむ、[7]秋やは変はれる、あまたの日数も隔てぬほどに、おはしにけむ方も知らず、あへなきわざなりや。[8]ことに例の人めいたる御しつらひなく、いとことそぎ給ふめりしかど、いと物きよげにかき払ひ、あたりをかしくもてない給へりし御住まひも、[9]大徳たち出で入り、[10]こなたかなた引き隔てつゝ、[11]御念誦の具どもなどぞ変はらぬさまなれど、[12]仏はみなかの寺に移したてまつりてむとす、と聞こゆるを聞き給ふにも、[13]かゝるさまの人影などさへ絶え果てんほど、とまりて思ひ給はむ心ちどもを酌みきこえ給ふも、いと胸いたうおぼしつゞけらる。

一五七〇

20

1　（弁が）普通に軽々しくは言いふらさずとも、（姫君たちの）いかにもこちらが恥じられる（殊勝な）感じのそれぞれのお心のうちでは（真相を）ご存じでいらっしゃろうよ、と察せられるのが。姫君には秘密を知られているかもしれないと疑う薫。

2　いまいましくも困ることとも思われるにより。実際には薫の抱く疑心で、姫君たちは真相を知らない。

3　（姫君たちを）他人で終らせてはなるまいとの気持がしてくる端緒にも。

20　薫、帰京

4　（八宮亡き）今では（ここでの）泊まりも不都合な気がして。

5　八宮が「かゝる対面も、このたびや限りならむ」（三二〇頁）と言ったこと。「逢ふことはこれや限りのたびならむ草の枕も霜枯れにけり」（馬内侍集）がある。

6　薫の心内。どうして、それが最後の対面になろうかと（あとの）頼みにして、またお会い申すことがなくなってしまったのだろう。

7　（八宮と会った時も今も）同じ秋なのでは、（なのに）多くの日数も隔てないあいだに、（冥土のどちらにと）おいでになったろう行方も分からず、あっけないことであるよ。成仏できるか大いに気がかりである。

8　特に世間の人並みの室内装飾もなく、まったく簡素にしておられたようだけれど。

9　僧侶たち。

10　姫君たちの住む寝殿の東面（ひがしおもて）と八宮の住んでいた西面（にしおもて）とに隔てを設けて。

11　八宮使用の念仏の道具類。

12　八宮の仏間などにあった仏像はぜんぶあの山寺にお移し申し上げよう、と。

13　かような（僧形の）人の姿などさえすっかりいなくなるような時、残って悲しくお思いになろう姫君たちの気持を察し申されると、（薫は）まことに胸が痛く思い続けられてならない。

「[1]いたく暮れはべりぬ。」

と申せば、[2]ながめさして立ち給ふに、雁鳴きて渡る。

　[3]秋霧の晴れぬ雲居にいとゞしくこの世をかりと言ひ知らすらむ

[4]兵部卿の宮に対面し給ふ時は、まづこの君たちの御ことをあつかひぐさにし給ふ。[5]今はさりとも心やすきをとおぼして、[6]宮はねん比に聞こえ給ひけり。[7]はかなき御返りも聞こえにくゝ、つゝましき方に女方はおぼいたり。[8]世にいといたうすき給へる御名の広ごりて、好ましく艶におぼさるべかめるも、[9]かういと埋もれたる葎の下よりさし出でたらむ手つきも、いかにうひ〳〵しく古めきたらむ、など思ひ屈し給へり。

「[10]さても、あさましうて明け暮らさるゝは月日成りけり。かく[11]頼みがたかりける御世を、昨日今日とは思はで、[12]たゞ大方定めなきはかなさばかりを明け暮れのことに聞き見しかど、[13]我も人もおくれ先立つほどしもやは経む、などうち思ひけるよ。来し方を思ひつゞくるも、[14]何の頼もしげなる世にもあらざりけれど、たゞいつとな

1　供人たちの言。どんどん暮れてしまいます。まだ明るいうちに帰京をと催促する。
2　物思いを中途でやめて。
3　薫の歌。秋霧が晴れやらぬ空に、はなはだしく「かりかり」と鳴く、雁はこの現世を仮の世だと言い知らせるのであろう。「かり」は鳴き声の擬音語で、「雁」「仮」の掛詞。「雁の来る峰の朝霧晴れずのみ思ひ尽きせぬ世の中の憂さ」（古今集・雑下・読人しらず）。
4　匂宮にお会いなさる時は、まずもって宇治の姫君たちのご様子を（薫は）話の種になさる。
5　（八宮亡き）今はそうだと（姫君たちが悲嘆にくれていると）しても（懸想するのに）気ねは要らぬと（匂宮は）お思いになって。
6　匂宮は懇切に手紙をさしあげなさった。
7　ちょっとしたお返事も申しにくく、気がひけると女性たちは思っている。いま薫の庇護下にいることの気後れでもある。
8　姫君たちの心内。（匂宮は）世間にたいへんな好色者とのご評判が広がって、（自分たちとの文通も）色めいた優雅なことのように思いだろうのも。
9　かようなたいそう埋もれた雑草の下からさし出すような筆跡にしても、どんなに世慣れず古めかしいことだろう、など思い鬱屈していらっしゃる。「葎」、㊤竹河一八一頁注1。

21　姫君たち同士の会話の傷心

10　姫君たち同士の会話。大系はそれぞれの言葉を「さても…うち思ひけるよ」（大君）、「来し方を…経つる物を」（中君）、「風のおとも…耐へがたきこと」（大君）とする。「あさまし」は月日の経過の迅速さを驚く気持。
11　頼みにならなかった（八宮の）ご寿命なのに、昨日や今日のこととは思わずに。「つひに行く道とはかねて聞きしかど昨日今日とは思はざりしを」（古今集・哀傷・在原業平）による。
12　ただもう一般の無常なはかなさだけを朝夕の習いと見聞きしてきたけれど。
13　自分も父宮も（死ぬにしても）先後に長い歳

くのどかにながめ過ぐし、[1]ものおそろしくつゝましきこともなくて経つる物を、[2]風のおとも荒らかに、例見ぬ人影もうち連れこわづくれば、まづ胸つぶれて、物おそろしくわびしうおぼゆることさへ添ひにたるが、いみじう耐へがたきこと。」

と、[3]二所うち語らひつゝ、[4]乾す世もなくて過ぐし給ふに、年も暮れにけり。

雪、霰降りしくころは、いづくもかくこそはある風のおとなれど、[5]今はじめて思ひ入りたらむ山住みの心ちし給ふ。女ばらなど、

[6]「あはれ、年は変はりなんとす。心ぼそくかなしきことを、[7]あらたまるべき春待ち出でてしかな。」

と、[8]心を消たず言ふもあり。[9]かたき事かなと聞き給ふ。向かひの山にも、[10]時ゝの御念仏に籠り給ひしゆゑこそ人もまゐり通ひしか、阿闍梨も、[11]いかゞと、大方にまれにおとづれきこゆれど、今は何しにかはほのめきまゐらむ、[12]いとゞ人目の絶え果つるも、さるべきことと思ひながら、いとかなしくなん。[13]何とも見ざりし山がつも、[14]おはしまさで後、たまさかにさしのぞきまゐるは、めづらしく思ほえ給ふ。[15]このご

月などあるはずがない、など単純に思ってきたことよ。「末の露もとの雫や世の中のおくれ先立つためしなるらむ」（古今六帖一）。

14　何ら頼りになれそうな暮らしでもなかったけれど。

1　何が恐いと感じることもなく遠慮することもなく過ごしてきたのに。

2　風の音が荒々しいのにも（おびえ）、日ごろ見ない人の姿も何人か揃って声をかけてくると、まずはどきんとして。これまでは父宮が応対に出ていたのだとあらためて気づく。

3　大君と中君と二人語り合いながら。「二所…うち語らひつゝ」（三二八頁）。

4　涙をかわかすところもなくて。

5　（姫君たちは）今はじめて（自分から）分け入ったような山里住まいの気持がなさる。

6　女房たちの言、次々に。

7　（何ごとも）新しくなるはずの春が来るのを待ちたいよな。「百千鳥さへづる春はものごとにあらたまれども我ぞふりゆく」（古今集・春上・読人しらず）による。

8　気を落とさず言う女房もいる。

9　むずかしい希望だなと姫君たちはお聞きになる。

10　父宮が四時の念仏に籠っておられたからこそ人も往来したのだが（㈦橋姫12節）。

11　（姫君たちが）どうお過ごしかと、一通りたまさかお便りをさしあげるが、（八宮亡き）今は何の用件でわずかにでも姿をあらわし参上することがあろう。

12　すっかり人の会いにくることが絶え果てたのも、当然のことと思いながら。

13　（以前は）何とも気にとめなかった山住まいの人たちも。彼らは今までも八宮家に出入りして物資を運んでいた。「ゐなかびたる山がつどものみ、まれに馴れまゐり仕うまつる」（㈦橋姫二一四頁）。

14　八宮のお亡くなりののち、たまに（山荘を）覗きに参上することは、めったにないことと

ろのこととて、薪[1]、木[2]の実拾ひてまゐる山人どもあり。

阿闍梨の室[3]より、炭[4]などやうの物たてまつるとて、

[5]としごろにならひはべりにける宮仕への、今とて絶え果つらんが心ぼそさになむ。

と聞こえたり。かならず冬籠る山風防ぎつべき綿衣[6]などつかはししをおぼし出でて、やり給ふ。[7]ほふしばら、童べなどの上り行くも見えみ見えずみ、いと雪深きを、泣く〳〵立ち出でて見おくり給ふ。

「[8]御髪などおろいたまうてける、さる方におはしまさましかば、かやうに通ひまゐる人も、おのづからしげからまし。[9]いかにあはれに心ぼそくとも、会ひ見たてまつること絶えてやままましやは。」

など語らひ給ふ。

[10]君なくて岩の懸け道絶えしより松の雪をも何とかは見る

中[11]の宮、

思われなさる。

15　晩秋のこととて。冬支度である。

1　燃料および篝火などに利用する雑木。「下り立ちて薪拾ひ給はずとも」(四常夏三一八頁)。

2　果実。「山人の赤き木の実ひとつ」(三蓬生一一八頁)。

22　阿闍梨の見舞い

3　庵室。「室の外(と)にもまかでず」(一若紫三六四頁)。

4　木炭。物語中、孤例。

5　阿闍梨の文面。長年の習慣になっておりましたご奉仕が、今になって絶え果てるとしたら物さびしくて。炭などの用立てがいつまでできるか、心もとなくもある、の意。青表紙他本多く「たえ侍らんか」。

6　真綿の入った衣服などを八宮がお遣わしになったことを姫君たちはお思い出しになって、(阿闍梨に)おやりになる。「綿衣、袈裟、衣など」(七橋姫二六四頁)。

7　使者の法師たちや、お供の童子などが(山に)登って行くのも見え隠れして。山寺へ帰ってゆくかれらを端(はし)まで出て泣きながら見送る姫君たち。底本「ほうしはら」。

8　姫君たちの言。(もしも父宮が)髪などを下ろしてしまわれた、そんな出家姿で(生きて)いらっしゃったならば、あのようにかよって参上する人も、自然と数多かったろうに。父宮が存命だったならば、人々の行き来も絶えなかったろう、の意。

9　どんなにみじめで心寂しくとも、(父宮に)お目にかかることがまったくなくて終るということはあったかしら。

10　大君の歌。父宮が亡くなって岩の懸け道(の行き来)が途絶えた時から、松にかかる雪をまあ何と見るのか。「岩の懸け道」は山寺とのあいだを行き来する道。「松」に「待つ」

奥[1]山の松葉に積る雪とだに消えにし人を思はましかば

[2]うらやましくぞ又も降り添ふや。

[3]中納言の君、新しき年はふとしもえとぶらひきこえざらん、とおぼしておはしたり。雪もいとゝころせきに、[4]よろしき人だに見えずなりにたるを、なのめならぬけはひして、かろらかにものし給へる心ばへの、浅うはあらず思ひ知られ給へば、[5]例よりは見入れて、御座など引きつくろはせ給ふ。[6]墨染ならぬ御火桶、奥なる取り出でて、塵かき払ひなどするにつけても、[7]宮の待ちよろこび給ひし御けしきなどを、人〻も聞こえ出づ。

[8]対面し給ふことをば、つゝましくのみおぼいたれど、[9]思ひ隈なきやうに人の思ひ給へれば、いかゞはせむとて聞こえ給ふ。うちとくとはなけれど、[10]さき〴〵よりはすこし言の葉つゞけて、ものなどの給へるさま、[11]いとめやすく心はづかしげなり。[12]かやうにてのみはえ過ぐし果つまじ、と思ひなり給ふも、[13]いとうちつけなる心かな、なほ移りぬべき世なりけり、と思ひゐ給へり。

を響かせて、どんなに待っても父宮は帰らない、の思いをこめる。

11　中君。三四一頁注9。

1　中君の歌。奥山の松の葉に降り積む雪だと、消えてしまった父宮のことを考えてよかったのならば（どんなにうれしかったろう）。

2　うらやましいことに、また雪はさらに降るよ。消えてもまた降ってくる雪。

23 年末、薫の宇治訪問

3　薫は、新年になるとすぐにもお訪ね申すことができまい、とお思いになって（旧年のうちに）いらっしゃる。年始めは宮中行事が多く多忙である。

4　普通の身分の者でさえ姿を見せなくなってしまったのに、（薫が）並々ならぬ雰囲気で、いとも軽快に訪問してこられる心ざしが。

5　（大君は）いつもより念入りに点検して。

6　服喪用の黒塗りではないお火桶が、奥に仕舞ったままなのを取り出して。青表紙他本多く「もののをくなる」。

7　生前の八宮が薫の来訪をお待ちし喜ばれたご様子などを、女房たちも申し上げる。

8　（大君は）ご対面なさるのを、気のひけることばかりに。「対面」は女房たちを介さず、簾を隔てて直接に語りかける。

9　（対面しなければ）思いやりがないかのように薫が思っていらっしゃるので、仕方がないとて（簾ごしに）お話しなさる。

10　以前よりはやや言葉数が多くなって。

11　なかなか感じよく奥ゆかしいさまだ。

12　薫の心内。そのような簾ごしだけではとても済ませられそうにない。

13　続けて薫の心内。（我ながら）あっさりと変わる心よな、やはり恋心に移ってしまうに違いない男女の仲だった、と。前には語り手が「心移りぬべし」（㈡橋姫二四〇頁）、「猶思ひ離れがたき世なりけり」（同二六〇頁）と薫の心の変化を予想していた。

「[1]宮のいとあやしくうらみ給ふことのはべるかな。[2]あはれなりし御一言をうけ給はりおきしさまなど、[3]ことのついでにもや漏らしきこえたりけん、またいと[4]隈なき御心のさがにて、おしはかり給ふにやはべらん、[5]こゝになむ、ともかくも聞こえさせなすべきと頼むを、つれなき御けしきなるはもて損ひきこゆるぞと、たび〳〵怨じ給へば、心より外なることと思ひたまふれど、[6]里のしるべ、いとこようもえあらがひきこえぬを、[7]何かは、いとさしもてなしきこえ給はむ。[8]すい給へるやうに人は聞こえなすべかめれど、心の底あやしく深うおはする宮なり。[9]なほざりごとなどの給ふわたりの、心かろうてなびきやすなるなどを、めづらしからぬものに思ひおとし給ふにやとなむ聞くこともはべる。[10]何ごとにもあるにしたがひて、心を立つる方もなく、おどけたる人こそ、[11]たゞ世のもてなしにしたがひて、とあるもかゝるもなのめに見なし、すこし心にたがふふしあるにも、[12]いかゞはせむ、さるべきぞ、なども思ひなすべかめれば、中〳〵心ながきためしになるやうもあり、[13]くづれそめては竜田の川の濁る名をもけがし、言ふかひなくなごりなきやうなることなどもみ

24　薫、匂宮を語る

1　薫の言。匂宮が（自分〈薫〉を）まったく変に恨みなさることがございますよな。

2　胸に染みました（八宮の）一言をお受けし申した様子などを。「一言うちほのめかしてしかば」（八宮の言、㊁橋姫二六四頁）・「一言にてもうけたまはりおきてしかば」（三一六頁）。

3　（匂宮に）何かの機会にでもうっかり申し上げたのだろうか。姫君たちの世話を頼まれているということ。

4　抜け目のないお心の癖から、ご推察なさっているのでしょうか。匂宮がいかにも好色者らしく気をまわす性分だとする。

5　私（薫）に、あれこれ（匂宮の気持を姫君たちに）取りなし申してくれるようにと頼むのに、（姫君たちが）つれないご様子なのは（私が）取りなし申しそこねるからだぞと、何度も恨みなさるから。

6　宇治の山里への案内役を、そう強くもお断り申せないのに。「海人（まあ）の住む里のしるべにあらなくにうらみむとのみ人の言ふらむ」（古今集・恋四・小野小町）による。

7　どうして、（あなたは）そんなにすげなくおあしらい申されるのだろうか。

8　（匂宮を）好色のお方のように世間では噂し申しているみたいだけれど。

9　冗談ごと（戯れのくどき言）などをおっしゃる辺りでの、軽々しくすぐになびくような相手を、（匂宮は）ありふれた女と軽蔑なさっておられるのではと。

10　どんなことでもなりゆきに身をまかせ、志を立てるのでもなく、穏やかに構えている人（女）はそれこそ。女のありようにふれながら匂宮との親交を勧める。自らの親交の願望をもこめた物言いでもある。「おどく」は物語中の孤例。「こそ」の係り結びは四行あとの「めれ」。

11　ただもう世間のやり方につき従って、（夫婦仲が）どうこうあろうと（それが）普通であ

なうちまじるめれ。[1]心の深う染み給ふべかめる御心ざまにかなひ、ことに背くこと多くなど物し給はざらむをば、[2]さらにかろ〴〵しく、始め終りたがふやうなることなど、見せ給ふまじきけしきになむ。[3]人の見たてまつり知らぬことを、いとよう見聞こえたるを、[4]もし似つかはしく、さもやとおぼし寄らば、そのもてなしなどは心の限り尽くして仕うまつりなむかし。[5]御中道のほど、乱り脚こそ痛からめ。」

と、いとまめやかにて言ひつゞけ給へば、[6]我御身づからのことゝはおぼしもかけず、人の親めきていらへんかし、とおぼしめぐらし給へど、なほ言ふべき言の葉もなき心ちして、

「[7]いかにとかは。かけ〳〵しげにの給ひつゞくるに、中〳〵聞こえんこともおぼえはべらで。」

と、うち笑ひ給へるも、[8]おいらかなるものから、けはひをかしう聞こゆ。

「[9]かならず御みづから聞こしめし負ふべきことゝも思ひ給へず。[10]それは、雪を踏み分けてまゐり来たる心ざし計を、御覧じ分かむ御このかみ心にても、過ぐさせ給

ると大目に見て、多少気に染まぬことがあっても。暗に夫の浮気沙汰をさす。

12 どうしようもない、そうなるべき運命だ、などもあえて思うらしく見えてくれば、かえって末長く夫婦仲が続く例になる場合もあり。

13 いったん夫婦仲が崩れ出すと女の不面目も生じて台なしになる、の意。「神なびのみむろの岸やくづるらん竜田の河の水のにごれる」（拾遺集・物名・高向草春）による。

---

1 心の奥深く執着なさるはずの（宮の）ご性分にかなない、特にそのご意向に背くことの多くなどはおありでないお方に対しては。

2 けっして軽率に、始めと終りとでくい違う（途中で気が変わる）ような態度などを、お見せにならぬふりなのでして。

3 他人の存じ上げない（匂宮の）事情を、（自分〈薫〉は）しっかり見聞きしているから。

4 もしも（匂宮との縁が）似合っていて、そうしようか（交際してもよい）とお考え寄りならば、その仲介などは誠心誠意（私が）お仕えしましょうなあ。

5 道の中ほどは、脚の病が痛いだろう。姫君方と匂宮とを取りもつ（宇治と京との）行ったり来たりを引き受けよう、の意。

6 ご自分（大君自身）のこととは思いかけもなさらず、親代りの姉のようになって応対しよう、きっと。匂宮と中君との縁談として受け取ろうとする。

7 大君の言。何と答えればよいのか。懸想ふうにあれこれおっしゃり続けるので、かえってご返事も思いつきませぬことで。

8 老成した感じだけれど、風情をたたえて。

9 薫の言。（匂宮の言い方は）かならずしもあなたご自身がお聞きあそばしてお引き受けになる話とは思い申しませぬ。中君の縁談とする。大君と自分との関係へ話を転じようとする持って回った言い方。

10 それ（あなたがお引き受けになるべきこと）としては、私がわざわざ雪を踏み分けてお伺

ひてよかし。[1]かの御心寄せは、また異にぞはべべかめる。[2]ほのかにの給ふさまもはべめりしを、いさや、それも人の分ききこえがたきこと也。御返りなどは、[3]いづ方にかは聞こえ給ふ。」

と問ひ申し給ふに、[4]ようぞたはぶれにも聞こえざりける、何となけれど、かうの給ふにも、いかにはづかしう胸つぶれまし、と思ふに、え答へやり給はず。

[5]雪深き山の懸け橋君ならでまたふみ通ふあとを見ぬかな

と書きて、さし出で給へれば、

「[6]御物あらがひこそ、なか〳〵心おかれはべりぬべけれ。」

とて、

「[7]つらゝとぢ駒踏みしだく山川をしるべしがてらまづや渡らむ

[8]さらばしも、影さへ見ゆるしるしも浅うは侍らじ。」

と聞こえ給へば、[9]思はずに、ものしうなりて、ことにいらへ給はず。[10]けざやかにいと物とほくすくみたるさまには見え給はねど、今様の若人たちのやうに、艶げにも

いしている真情のほどを、お分かり下さるようなお姉君（年長者）の心持ちとしてでも、お過ごしあそばせよ。「忘れては夢かとぞ思ふ思ひきや雪踏みわけて君を見むとは」（古今集・雑下・在原業平、伊勢八十三段）。

1　匂宮がお心を寄せているのは、（あなたでなくて）また別の人のようでございます。暗に中君だとする。

2　（匂宮が中君に）それとなくお手紙をさしあげる様子もございましたようですが、いやいや、それ（大君か中君か）も他人から分かり申さぬことです。

3　（匂宮への）ご返事などは、お二人のどちらにおかれてお答えになるのですか。薫としては気になるところ。

4　大君の心内。よくもまあ冗談にも（匂宮に）返事をさしあげなかったことだ、（返事は）どうということがなくとも、そのようにおっしゃるのを聞くと、（もし返事をしていたとしたらば）どんなに恥さらしで胸がどきどきしたことだろう、と思うと。胸をなでおろす気持がする大君。

5　大君の歌。雪深い山の懸け橋は、あなた以外に踏み通う（文を通わせる）足跡を見ませぬよな。薫の「いづ方にかは」という問いに応じて薫以外とは文通していないとする。「踏み」「文」の掛詞。前の大君の歌にも「岩の懸け道」（三六二頁）とあった。

6　薫の言。弁解なさると、かえって気を遣ってしまいそうですよ。

7　薫の歌。張りつめた氷が閉じ、馬が踏み砕いて通る山の川を、道案内ついでにまずこの私が先に渡るとしよう。「つらゝ」は、氷（㈠末摘花五五七頁注12）。自分と大君が契りをかわしたい気持を言いこめる。

8　そうならばこそ、影までお見せする（私がお訪ねする）効き目も浅くはありますまい。『古今集』仮名序に引く「安積山（あさかやま）影さへ見ゆる山の井の浅くは人をおもふものかは」

もてなさで、[1]いとめやすくのどかなる心ばへならむとぞ、おしはかられ給ふ人の御けはひなる。[2]かうこそはあらまほしけれと、思ふにたがはぬ心ちし給ふ。[3]ことに触れてけしきばみ寄るも、知らず顔なるさまにのみもてなし給へば、[4]心はづかしうて、むかし物語りなどをぞものまめやかに聞こえ給ふ。

「[5]暮れ果てなば、雪いとゞ空も閉ぢぬべうはべり。」

と、御供の人ゝ[6]こわづくれば、帰り給ひなむとて、

「[7]心ぐるしう見めぐらさるゝ御住まひのさまなりや。[8]たゞ山里のやうにいと静かなる所の、人も行きまじらぬはべるを、さもおぼしかけば、いかにうれしくはべらむ。」

などの給ふも、[9]いとめでたかるべきことかなと、片耳に聞きてうち笑む女ばらのあるを、[10]中の宮は、いと見ぐるしう、いかにさやうには有るべきぞ、と見聞きゐ給へり。

[11]御くだ物よしあるさまにてまゐり、御供の人ゝにも、肴などめやすきほどにて、

9　（原歌は万葉集十六・三八〇七）による。
10　（大君は）心外で、不快になって。
にはお見えにならないけれど、（大君は）きっぱりと近寄りがたく堅い感じ
女性たちのように、あだっぽくもふるまわず
に。

1　たいそう好感のもてる穏やかな心遣いなのだろうと、推測させられなさる大君のそぶりである。簾などを通して感じられる雰囲気に惹かれる薫。諸本多く「のとやかなる」。
2　（女は）そんな感じであってほしいと。
3　何かにつけて（薫は）気持の一端をあらわして言い寄ってみるが、（大君は）知らぬさまにばかりお扱いになるので。
4　（薫は）気恥ずかしくなって、亡き八宮の思い出話などをきまじめに申しなさる。

25 薫、人々を励まして帰京

5　供人たちの言。暮れてしまうならば、雪がどんどん（降り積って地面も）空も閉ざしてしまいそうです。
6　咳払いをする。出発を促す。
7　薫の言。見わたすと気の毒でならないお住まいの様子だ。
8　ただもう山荘のようにまことに静かな、人の出はいりもない所がございまして、（あなたが）そんな気持におなりならば、どんなにうれしいことでございましょう。京に迎えてもよいと漏らす薫。
9　（京に住めるとは）えらくすばらしいに違いないことよなと、片耳でちらと聞いてにんまりする女性たちもあるのに対して。
10　中君は、（心内に）たいそうみっともなく、どうしてそんな（大君が京に移る）ことがあってよいはずはないと、見たり聞いたりしていらっしゃる。
11　お果物を風情ある感じにしてお出しし、お供の者たちにも、肴などを感じよい程度で、お酒をさしあげさせていらっしゃった。かれ

かはらけさし出でさせ給ひけり。又、[1]御移り香もてさわがれし宿直人ぞ、[2]鬘鬚とかいふつらつき、心づきなくてある、[3]はかなの御頼もし人やと見給ひて、召し出でたり。

「[4]いかにぞ。おはしまさで後、心ぼそからむな。」

など問ひ給ふ。[5]うちひそみつゝ、心よわげに泣く。

「[6]世中に頼む寄るべもはべらぬ身にて、[7]一所の御陰に隠れて、卅余年を過ぐしはべりにければ、いまはまして、野山にまじりはべらむも、[8]いかなる木の本をかは頼むべくはべらむ。」

と申して、[9]いとゞ人わろげなり。

[10]おはしましゝ方開けさせ給へれば、塵いたう積りて、[11]仏のみぞ花の飾り衰へず、[12]おこなひ給ひけりと見ゆる御床など、取りやりてかき払ひたり。「[13]本意をも遂げば」と契りきこえしこと思ひ出でゝ、

[14]立ち寄らむ陰と頼みししひが本むなしき床になりにける哉

らの滞在中、手元不如意にもかかわらず大君なりに心尽くしの接待を試みる。

---

1 そして、衣裳の移り香で人々から騒がれた宿直人(とのいびと)が。㊆橋姫18・19節。底本「又御うつりか」、青表紙他本多く「かの御うつりか」。

2 蔓草のような鬚面(ひげづら)。

3 何と頼りない頼もし人よとご覧になって。「頼もし人」は、姫君たちが頼みとする山荘の警備にあたる宿直人なので言う。

4 薫の言。どうであるか。八宮のお亡くなりのあと、心細いことであろうな。

5 (宿直人は)少し顔をゆがめながら。

6 宿直人の言。

7 八宮ただお一人の(木の)蔭に隠れて、三十何年を過ごしてしまいましたので、(亡くなられた)今はこれ以上、(宇治のような)野山で暮らすのも。「野山にまじりて」(竹取物語)。

8 どんな木のもとを頼みにできましょうか。「わび人の分きて立ち寄る木のもとは頼む陰なくもみぢ散りけり」(古今集・秋下・遍照)。

9 いかにもみっともない様子である。

10 八宮のおいでだった居間を開けさせなさると。寝殿の西面の廂の間。

11 仏像だけは花の飾り付けが昔のままで。

12 勤行なさったと見られるご台座などは、取り除いてきれいにしてある。「床」は、一段高くした板敷。

13 「自分(薫)が出家を果たすならば」と約束し申したことを思い出して。ただし本文上にその約束は見いだせない。

14 薫の歌。(出家すれば)身を寄せるような蔭にしようと、頼みにした椎の木のもとが、空しい居場所になってしまったよな。自分が出家する際の師と思っていた宮の死を嘆く。『うつほ』(嵯峨院)の神楽の場での歌に「優婆塞(うばそく)がおこなふ山の椎が本あなそば〳〵しとこにしあらねば」(承徳本古謡集に「とこよしあらねば」)。巻名「椎本」はこの歌による。

とて、[1]柱に寄りゐ給へるをも、若き人〻はのぞきてめでたてまつる。

日暮れぬれば、近き所〳〵に、[2]みさうなど仕うまつる人〻に、[3]御秣取りにやりける、[4]君も知り給はぬに、[5]ゐなかびたる人〻は、おどろ〳〵しく引き連れまゐりたるを、[6]あやしうはしたなきわざかなと御覧ずれど、[7]老い人に紛らはし給ひつ。[8]大方かやうに仕うまつるべく仰せおきて出で給ひぬ。

年変はりぬれば、空のけしきうらゝかなるに、[9]汀の氷とけたるを、有りがたくもとながめ給ふ。

[10]聖の坊より、

[11]雪消えに摘みてはべるなり。

とて、沢の[12]芹、[13]蕨などたてまつりたり。[14]いもひの御台にまゐれる、

「[15]所につけては、かゝる草木のけしきにしたがひて、行きかふ月日のしるしも見ゆるこそをかしけれ。」

など人〻の言ふを、[16]何のをかしきならむと聞き給ふ。

1 柱にもたれ座っていらっしゃる姿をまで、若い女房たちは覗いて絶賛し申し上げる。

2 「御荘」。薫の所有する荘園が近くにある。そこに仕える人々に。底本「みそう」。

3 馬の飼料。「取りにやりける」は、今夜逗留するかもしれないと供人たちが考えて、すでに取り寄せたことをあらわす。

4 薫はご存知もなくて。薫は帰京する積りである。

5 田舎の人々（荘園の人たち）は、（秣を持って）どやどやと連れだってやって参るのを。青表紙他本「は」なし。

6 不思議でみっともないことだなとご覧になるけれど。泊ろうと思っていなかった薫は、荘園の者たちが大勢おしかけたわけを理解できない。

7 弁の君を訪ねたかのように取りつくろう。

8 だいたい、きょうと同じように（姫君たちの）ご用を務めるようにと（かれらに）仰せになって。八宮宅の援助をとりはからう。

26 新年、阿闍梨の贈り物

9 水際の氷が解けているのを、なかなかないことと。脱文のたぐいがあろう。「とけたるを」は、青表紙他本・河内本など「とけわたるにつけてもかうまでなからへけるも」。それによれば、「（氷が）一面に解けるにつけても、そんなにまで生きながらえたのも」。

10 山寺の僧坊から。

11 阿闍梨の文言。

12 葉や茎を食用とする多年草。

13 しだの一類。こぶし状に巻いた新葉を食用とし、根から蕨粉をとる。

14 精進料理。「いもひの御まうけのしつらひ」（五若菜下四二八頁）。

15 女房たちの言。山里という場所がら、そうした草や木の変化に伴って、行き来する月日の特徴も見られるのはおもしろい。

16 何のおもしろさなのかしらとお聞きになる。姫君たちの感想。

[1]君がをる峰の蕨と見ましかば知られやせまし春のしるしも

[2]雪深き汀の小芹たがために摘みかはやさん親なしにして

など、はかなきことゞもをうち語らひつゝ、明け暮らし給ふ。

[3]中納言殿よりも、宮よりも、をり過ぐさずとぶらひきこえ給ふ。[4]うるさく何となきこと多かるやうなれば、例の、書き漏らしたるなめり。

花盛りのころ、宮、[5]かざしをおぼし出でゝ、[6]そのをり見聞き給ひし君たちなども、

「[7]いとゆゑありし親王の御住まひを、又も見ずなりにしこと。」

など、[8]大方のあはれを口〴〵聞こゆるに、いとゆかしうおぼされけり。

[9]つてに見し宿の桜をこの春は霞隔てずをりてかざさむ

と、[10]心をやりての給へりけり。[11]あるまじきことかな、と見給ひながら、いとつれ〳〵なるほどに、[12]見どころある御文の、うはべばかりをもて消たじとて、

[13]いづことか尋ねてをらむ墨染に霞みこめたる宿の桜を

なほかくさし放ち、つれなき御けしきのみ見ゆれば、[14]まことに心うしとおぼしわた

1　大君の歌。もし父宮の折り取る峰の蕨であると見るのだったらば、春の訪れたしるしとも知られたであろうに。

2　中君の歌。雪深い水際の小芹をだれのために摘み取っては楽しもうというのだろう、親も亡い身の上で。「はやす」は、祝言を唱えてもてはやす。「小芹」に「子」を響かせて「親」の縁語とする。アーサー・ウェイリーの英訳『源氏物語』では中君を「コゼリ」と名づける（大君は「アゲマキ」）。

3　薫からも、匂宮からも。

4　面倒で多くはたいしたことでないようなので、いつものように書き漏らしてあると見える。物語のもとの文に省筆があるとする語り手の言い回し。

27　匂宮、中君と歌を贈答

5　「挿頭（かざし）」の贈答をお思い出しになって。昨年の「山桜にほふあたりに尋ね来て同じかざしををりてける哉」（三〇八頁）の歌を贈った時のこと。それの返歌（同頁）は中君。

6　その際（一緒に）見聞なさった君達なども。

7　まことに趣のあった親王（八宮）のお住まいなのに。

8　一通りの感慨を口々に申し上げると、（匂宮は）たいそう訪ねたくお思いになった。

9　匂宮の歌。（去年は）旅のついでに（遠くから）眺めた宿（お住まい）の桜を、今年の春は霞に隔てられず（じかに）折って挿頭にしよう。直接にお逢いしたい、の意。

10　思いのままに。「桜を折ってかざそう」と、いい気になっての率直な求愛について言う。

11　あってはならないことよな、とご覧になりながら。中君による反撥。

12　見がいのあるお手紙の、表面的な風情ぐらいは無にすまいと思って。返事はしてよいとする父宮の戒めもあった（三一〇頁）。

13　中君の歌。どこと尋ねて折り取ろうというのだろう、墨染色の霞の立ちこめている宿の桜なのに。冷淡に言い返してみせる。「墨染

る。

[1]御心にあまり給ひては、たゞ中納言を、とさまかうざまに責(せ)めうらみきこえ給へば、をかしと思ひながら、[2]いとうけばりたる後見顔(うしろみがほ)にうちいらへきこえて、[3]あだめいたる御心ざまをも見(み)あらはす時〳〵は、

「[4]いかでか、かゝらんには。」

など申し給へば、[5]宮(みや)も御心づかひし給ふべし、

「[6]心にかなふあたりを、まだ見(み)つけぬほどぞや。」

との給ふ。

[7]大殿(おほとの)の六の君をおぼし入(い)れぬ事、なまうらめしげにおとゞもおぼしたりけり。されど、

「[8]ゆかしげなき仲(なか)らひなるうちにも、おとゞのこと[9]〳〵しくわづらはしくて、[10]何(なに)事の紛(まぎ)れをも見咎(みとが)められんがむつかしき。」

と、[11]下(した)にはの給ひて、すまひ給ふ。

に霞みこめたる」に喪服のイメージをとりこむ。青表紙他本多く「いつくとか」。

14 匂宮は。

---

1 （匂宮は）思案にあまりなさっては、ただもう薫を、あれやこれやせかしたり恨んでみせたりし申されると、（薫は）おもしろいと思いながら。

2 いかにも引き受けている後見役だという顔をして。「うけばる」は、憚からず自信をもってふるまう。

3 （匂宮の）浮気っぽいお心の癖を見つけるとその時ごとに。

4 薫の言。どうして、そんな（浮気っぽい）お心がけでは（姫君のもとに案内できよう）。

5 宮も（浮気心と見られないようにと）気遣いなさるようで。

6 匂宮の言。（浮気心は）心にかなう辺り（女）を、まだ見つけていないあいだのことだよ。

28 六の君のこと、三条宮の焼亡

7 右大臣夕霧の六の君、母は藤典侍。落葉宮が迎えとって養育している（㊆匂兵部卿11節）。六条院の東北の町に住む。父夕霧は匂宮や薫との縁談を考えていた。しかし匂宮は乗り気でない。「内侍のすけ腹の六の君とか、…この人ゝ（匂宮、薫）に見せそめては、かならず心とゞめ給ひてん」（㊆匂兵部卿三八頁）。

8 匂宮の言。いかにもめずらしげのないあいだがらである上にも。いとこ同士の近しい関係をいう。婚姻習俗の上で交叉いとこ（親同士が異性であるいとこ）の結婚はもっともありふれており、それを匂宮は気がすすまない理由とする。明石中宮と夕霧とは異母兄妹（異性）で、それらの子供どうしは交叉いとこになる。「ゆかしげなき仲らひ」（㊆匂兵部卿三八頁）。

9 大げさで口うるさく。夕霧の性格。「こと〳〵しき物に思ひきこえ給へり」（三〇〇頁）。

その年、[1]三条の宮焼けて、入道の宮も六条の院に移ろひ給ひ、何くれと物さわがしきに紛れて、宇治のわたりを久しうおと[2]づれきこえ給はず。[3]まめやかなる人の御心は、又いと異なりければ、いとのどかに、[4]おのが物とはうち頼みながら、女の心ゆるひ給はざらむ限りは、あざればみ、なさけなきさまに見えじと思ひつゝ、むかしの御心忘れぬ方を深く見知り給へ、とおぼす。

その年、常よりも暑さを人わぶるに、[5]河づら涼しからむはやと思ひ出でゝ、にはかに参うで給へり。[6]朝涼みのほどに出で給ひければ、あやにくにさし来る日影もまばゆくて、[7]宮のおはせし西の廂に宿直人召し出でゝおはす。[8]そなたの母屋の仏の御前に君たちものし給ひけるを、[9]け近からじとて、わが御方にわたり給ふ御けはひ、忍びたれど、おのづからうちみじろき給ふほど近う聞こえければ、[10]なほあらじに、[11]こなたに通ふ障子の端の方に、[12]掛金したる所に、穴のすこし開きたるを見おき給へりければ、外に[13]立てたる屏風を引きやりて見給ふ。[14]こゝもとに木丁を添へ立てたる、[15]あなくちをしと思ひて引き返るをりしも、風の簾をいたう吹き上ぐべかめれば、

10 どんなささいな紛れ(浮気ごと)をも見つけて咎められそうなのが面倒だ。

11 陰ではおっしゃって、(六の君との縁談に)抵抗なさる。

---

1 女三宮(入道の宮)が朱雀院から伝領し、薫とともに住んでいる邸。「入道の宮は、三条宮におはします」(㊆匂兵部卿一八頁)。

2 薫は。

3 きまじめな人(薫)のお心は、他の人と別でたいそう違っていたから。

4 (大君を)わがもの(にできる)とは心頼みしながら、女のほうが心を開いて下さらないようなあいだは、色めいて、思いやりのないさまに見られないようにと思い思い、亡き八宮のお心を忘れていないと深く理解して下され、とお思いになる。「この君たちを…思ひ捨てぬ物に数まへ給へ」(八宮の言、三二四頁)とあった。

29 薫の垣間見

5 宇治川のほとりは涼しかろうよなと(薫は)思い出して。

6 朝の涼しい時分に(都を)ご出発になったので、あいにくさし込んでくる日ざしもまぶしくて。

7 八宮のいた居間。寝殿の西面の廂。薫はそこに例の宿直人を召し寄せる。

8 そちらの(西面の)母屋の仏前に姫君たちは(それまで)いらっしゃったのを。

9 (薫に)近くならないようにとして、(姫君たちが)自分の居間にお移りになる物音が。母屋の東面へ移動する姫君たち。

10 (薫は)じっとしていられず。二行後「…引きやりて見給ふ」に続く。

11 母屋からこちら西廂に通ずる襖の端の方。「障子」は襖障子(ふすましょうじ)。

12 戸締りの金具をつけてある所に、穴がちいさくあいてあるのを(事前に)見つけてあった

「[1]あらはにもこそあれ。その木丁おし出でてこそ。」と言ふ人あなり。[2]をこがましきものの、うれしうて見給へば、高き[3]も短きも、木丁を二間の簾におし寄せて、[4]この障子にむかひて、開きたる障子よりあなたにとほらんとなりけり。

まづ一人[5]立ち出でて、木丁[6]よりさしのぞきて、この御供の人〻のとかう行きちがひ、涼みあへるを見給ふなりけり。濃き鈍色の単衣に萱草[7]の袴もてはやしたる、中〳〵さま変はりて、はなやかなりと見ゆるは、着[8]なし給へる人からなめり。帯[9]はかなげにしなして、数珠引[10]き隠して持たまへり。いとそびやかに[11]やうだいをかしげなる人の、髪、袿にすこし足らぬほどならむと見えて、末まで塵[12]のまよひなく、つや〳〵とこちたううつくしげなり。かたはら[13]目など、あならうたげと見えて、にほ[14]ひやかにやはらかにおほどきたるけはひ、女一[15]の宮もかうざまにぞおはすべきと、ほ[16]の見たてまつりしも思ひ比べられて、うち嘆かる。

また[17]ゐざり出でて、

から。
13　そとに立てた屛風を引きのけて。「障子」の外がわ、薫のいる西廂にある。
14　この穴の内がわに几帳を添えて立ててあるのを。「木丁」は几帳。
15　ああ残念だなと思って（もとの座に）戻ろうとする折も折、風が簾をひどく吹き上げるようなので。

1　女房たちの言。まる見えで困る。その几帳を押し出して（目隠しにしよう）。女房たちは外から覗かれまいとして、襖障子の穴の前にあった几帳を南がわの簾の内がわに沿って立てるべく移動させる。薫がわからは穴の向こうの邪魔物（几帳）がなくなったことになる。
2　ばからしいと思いながらも、うれしくてご覧になると。
3　背の高い几帳も低い几帳も、二間にわたる簾に寄せてあり。「間」は柱と柱とのあいだ。
4　（姫君たちは薫が覗いている）こちらの襖障子に向かって（進むと）、（東面とのあいだの）開けてある障子を通ってあちら（姫君たちの居室）に移ろうとするところだった。
5　中君。
6　（中君は）几帳越しに覗いて、薫の供人たちが何かと行き来し、互いに涼むさまを（さきほどから）ご覧になっていた。
7　「萱草」（黄ばんだ紅色）は喪の色。底本「はかま」、青表紙他本・河内本「はかまの」。
8　着こなしている人柄によるのであろう。
9　掛け帯。女が仏前の誦経などに用いる。表着（うわぎ）の上に、胸から肩に掛けて背中で結んで垂らす。赤の絹布であるらしい。
10　袖口に手を引き隠して数珠を持つ。「数珠引き隠して」（㈢薄雲三三八頁）。
11　すらりとした背丈で容姿のいかにも美しい人が。「やうだい（様態）」は、底本「やうたひ」。
12　（長い髪が）塵ほどのもつれもなく。
13　横顔。

「[1]かの障子はあらはにもこそあれ。」

と[2]見おこせ給へる用意、うちとけたらぬさまして、よしあらんとおぼゆ。[3]頭つき、髪ざしのほど、[4]今すこしあてになまめかしきさまなり。

「[5]あなたに屏風も添へて立ててはべりつ。急ぎてしものぞき給はじ。」

と、若き人〻何心なく言ふあり。

「[6]いみじうもあるべきわざかな。」

とて、うしろめたげにゐざり入り給ふほど、[7]け高う心にくきけはひ添ひて見ゆ。黒き給一かさね、同じやうなる色あひを着給へれど、[8]これはなつかしうなまめきて、あはれげに心ぐるしうおぼゆ。[9]髪さはらかなるほどに落ちたるなるべし、末すこし細りて、[10]色なりとかいふめる、ひすいだちていとをかしげに、[11]糸をよりかけたるやうなり。紫の紙に書きたる経を片手に持ち給へる手つき、[12]かれよりも細さまさりて、痩せ〱なるべし。[13]立ちたりつる君も、[14]障子口にゐて、何ごとにかあらむ、こなたを見おこせて笑ひたる、[15]いとあいぎやうづきたり。

14 ほんのりとした色つやで物柔らかにおっとりとしている感じは。
15 今上帝の第一皇女（母は明石中宮）。幼時、紫上に愛育され、今は六条院に住まう（㈦匂兵部卿2節）。
16 ちらと垣間見申したのにも。本文上には見えない。
17 もう一人のお方がにじり出て。大君。

1 あの襖障子は（向うから）見えるかと心配だわ。
2 （こちらを）見おこしなさる心遣いは、警戒している様子で、たしなみがあろうと。
3 頭の格好、髪の生え具合は。「髪ざし、頭つき、御髪（みぐし）のかゝりたるさま、限りなきにほはしさなど」（㈢賢木二九〇頁）。
4 （中君に比べて）もう少し気品あり優雅な姿である。青表紙他本「なまめかしさまさりたり」。
5 女房の言、口々に言う。向うがわ（薫がわ）（の障子）に屛風も一緒に立ててございました。
6 大君の言。（覗き見されるならば）はなはだ困るはずのことですよね。
7 姫君たちの居室のほうへ。
8 大君はやさしく優美で、いかにも不憫な感じがいたわしく感じられる。
9 髪がすっきりした程度に落ちているのだろう、末のほうは少し細くなって。
10 「色なり」とか言うらしい、翡翠のようでたいそう美しく。「色なり」は、髪のつややかな美しさをいう言葉か。「ちひさくて髪いとうるはしきが、筋さはらかにすこし色なる」（枕草子・小舎人童）。鳥のかわせみの青い羽のような色あいを言う。底本「ひすひ」。
11 縒（よ）り糸を垂らしたようだ。
12 中君よりも。
13 立ったままの中君も。
14 姫君たちの居室に通ずる障子の所。
15 かわいらしくてある。「愛敬」、底本「あひきやう」。

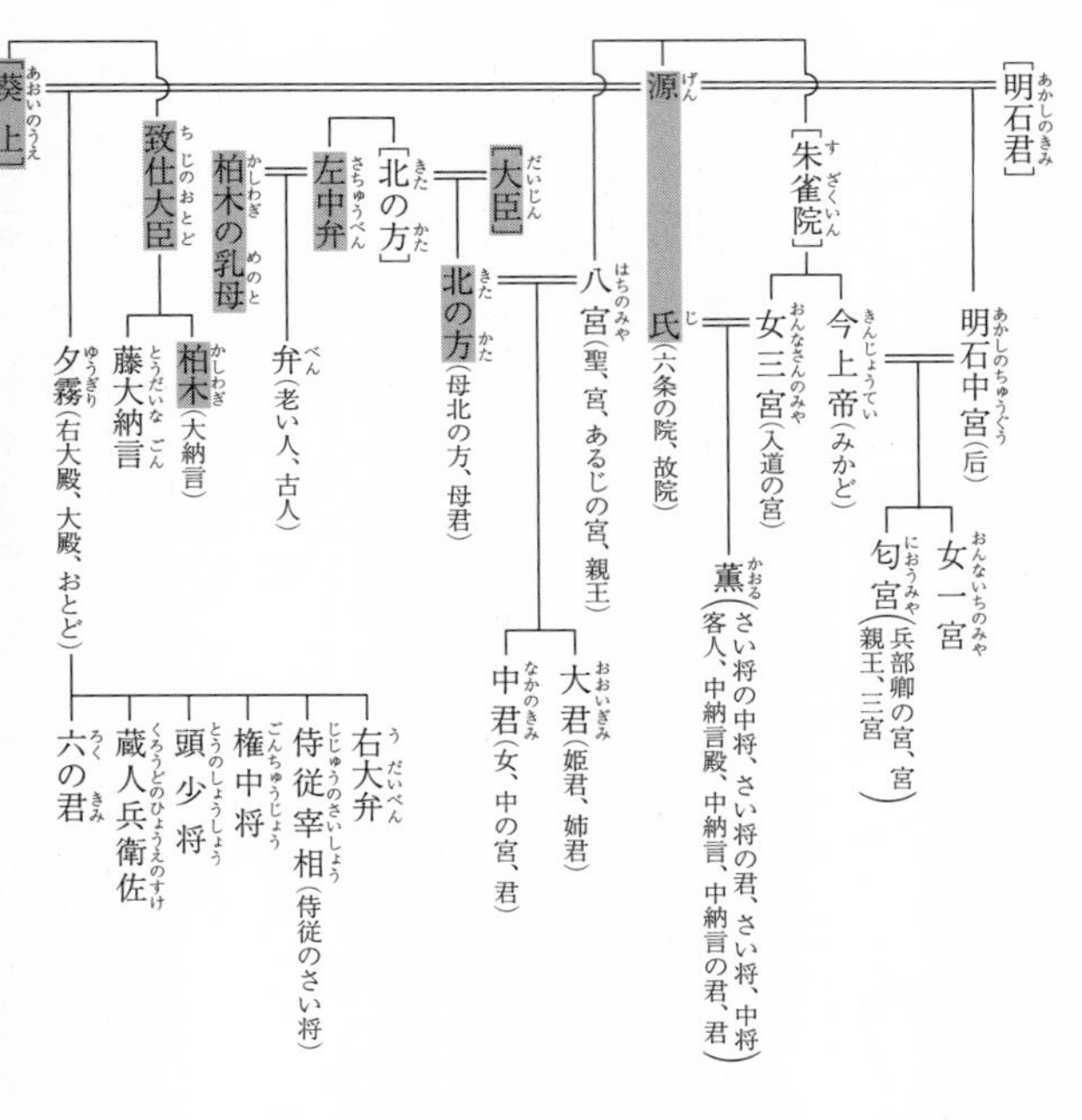

阿闍梨（聖）
宿直人
上童
御使

総角（あげまき）

総角（あげまき）

薫（かおる）が八宮（はちのみや）の一周忌法要の飾りによせて詠んだ歌「総角に長き契りを結びこめ同じところによりもあはなむ」（三九六頁）による。薫と大君（おおいぎみ）の心の食い違いを端的に示し、この巻の原点となる。底本の題簽は「あけまき」。〈薫二十四歳秋—冬〉

1 **秋八月**、八宮の一周忌を前に、準備の差配のため薫が宇治を訪問する。
2 薫が大君に飾りによせた歌で意中を訴えるが、大君は取りあわない。
3 弁の君を相手に、薫は大君との件を相談。弁が、結婚をあきらめている大君の真意を語る。
4 薫はそのまま宇治に泊まる。大君は簾に屛風を添えて対面する。
5 薫が隔て（屛風）を取り払って大君を捕え、再び意中を訴える。
6 薫はなおもかき口説くが、懸命に拒む大君の喪服姿もいたましく、思いを遂げずに終る。
7 薫と大君は、何ごともないままに逢瀬の翌朝を迎え、暁の別れの歌を詠みあう。
8 亡き父宮の訓戒を思い起こして自らは山里で生涯を過ごす決意を強める大君だったが、そのかわりに中君（なかのきみ）を薫と結婚させようと考えはじめる。
9 中君は、大君の衣服の強い移り香に、薫との仲を疑う。薫が弁に後事を頼んで、帰京。
10 八宮の**一周忌が終る**。大君は、中君の盛りの美しさを見て、薫との縁組に自信を抱く。
11 九月を待たず、再び**八月下旬**、薫が宇治を訪問する。
12 大君が中君に、薫との縁組を勧めるが、中君は拒む。
13 大君が、両親のいない境遇の不幸を思い悩む。
14 大君が弁に、自分の身を分けた中君を薫に縁づけたいとの意中を訴える。弁はあらためて薫の言葉を伝え、大君と薫の縁組を説得しようとする。

15 大君が中君とともに臥す。弁から大君の真意を聞いた薫は、大君との結婚を心に決める。
16 弁が薫を大君のもとに導くが、大君は、中君を残したまま、ひとり逃れ出る。
17 薫は中君と気づきながらも、中君と穏やかに夜を過ごす。弁たちが大君と薫が結ばれたことを喜ぶのをよそに、薫は大君との遂げえない縁を嘆きながら、そのまま朝を迎える。
18 翌朝、大君も中君も、気まずい思いから言葉も出ない。他方、薫が弁に恨み言を訴える。
19 薫は大君と歌を詠み交し、物思いに屈する。
20 薫が匂宮(におうみや)を訪問。三条宮の焼失を受け、薫は母宮と六条院に住んでいる。匂宮は薫に宇治への仲立ちを懇願し、薫は匂宮と中君の結婚を考えて、匂宮を宇治に導こうとする。
21 八月二十八日の彼岸の果て、薫が匂宮を宇治に案内。弁を欺き二人を逢わせようとする。
22 薫が大君と対面。他方、薫を装った匂宮は、中君のもとに導かれて、契りを交す。大君は、薫からこの件を知らされ、怒りをおぼえつつも薫を突き放せない。
23 薫と匂宮が、それぞれ暁の別れを惜しんで帰京。
24 匂宮が中君に、後朝の文を書き送る。
25 匂宮と中君の新婚第二夜。中君は、大君になだめられ、来訪の匂宮に逢う。匂宮はいよいよ中君に執心する。
26 新婚三日目、三日(みか)の夜(よ)の餅(もちい)の祝いに大君と薫がそれぞれ心をくばる。
27 匂宮は、母明石中宮(あかしのちゅうぐう)から宇治行を諫められるが、薫に励まされ、遅い三日夜に赴く。
28 薫が中宮に会い、女一宮(おんないちのみや)のすばらしさなどを想像して、さまざまに物思う。
29 匂宮が宇治に到着、中君の美しさにいよいよ心惹かれる。大君は、わが身の衰えを嘆く。
30 匂宮が中君に誠意を誓う。中君もしだいに匂宮に心惹かれる。

31 匂宮と中君が、暁の別れの歌を詠み交す。
32 匂宮の、中君への途絶えが続く。
33 **九月十日ごろ**、薫が匂宮を伴って宇治を訪問。大君たちは安堵(あんど)する。
34 薫が大君と物越しに対面し、語りあう。
35 匂宮には、**六条院**の、夕霧の六の君との縁談もある。しかし、匂宮は、中君を重く扱おうと、苦慮する。
36 薫は、再建した**三条宮**に大君を移そうと思う。
37 **十月一日ごろ**、匂宮一行が宇治に紅葉狩りに訪れ、舟遊び・**管絃**・作文に興ずる。薫も八宮家にしかるべき準備を配慮。しかし母中宮らに監視される匂宮は、八宮家を訪れられない。
38 翌日、迎えに派遣された中宮大夫とともに、対岸の**宮の家**を眺め、去年の花盛りのころを思って、歌を詠み交す。匂宮は、今日も中君に逢えぬまま、帰京する。
39 大君も中君も、立ち寄らなかった匂宮に落胆。とりわけ大君は、いよいよ結婚拒否の念を強く抱くようになり、飲食をとらず、衰弱しはじめる。
40 匂宮への母中宮の監視は厳しく、夕霧の六の君との縁談も進む。薫は自らの手引きを後悔。
41 **しぐれ**降る日、宮中に禁足中の匂宮が、女一宮のもとで、絵に寄せて戯れる。
42 薫が、大君の病を知って訪れ、対面する。大君は薫の心遣いに胸をうたれる。
43 翌朝、薫が大君の枕許で慰め、帰京。
44 薫の供人が、匂宮と六の君との縁談を女房に語る。それを聞き知った大君は、父宮の遺言に背いた自分を責め、再び死への思いを深める。
45 中君が、昼寝の夢に亡き父宮を見る。

46 匂宮から文が届く。中君の将来を案ずる大君に諭され、中君はこれに返歌。

47 **十月末**になっても、匂宮の訪問の途絶えが続く。今年は五節(ごせち)なども早い年なので、宇治への訪問には障りが多い。

48 薫もようやく宇治を訪問、衰弱しきった大君の様子に驚く。

49 薫が大君を身近に看護。死を望む大君は、薫に見られるのを恥じながらも、かたくなに拒むことをやめて、死後も薫に好印象を残そうと思う。

50 阿闍梨も、夢に八宮を見たことを語る。それを聞く大君は、わが身の罪業の深さを思う。

51 常不軽(じょうふきょう)の勤行の声に、薫と中君が歌を詠む。

52 大君は受戒を願うが、薫との結婚を望む女房たちが許さず、大君はさらに死を深く願う。

53 **豊明(とよのあかり)の節会**の日、薫は二人の縁のはかなさを思い、死のまぢかに迫った大君と語る。

54 薫はもう一度大君の声を聞こうと中君のことを持ち出し、大君は中君の件が心残りだと訴える。大君は逝去。薫は灯火のもと、その死顔に見入り、これを葬る。

55 中君が大君の死に動揺し、悲嘆を深める。**忌に籠る**薫が、あらためて後悔の念を強める。

56 薫が自らの悲嘆を深めつつも、中君を慰める。薫は、他人同士で終ってしまった大君との関係を、喪服をさえ着られぬ身として悲しむほかない。

57 **十二月**、薫が月夜の雪景色に大君を偲び、容易には断ちがたい故人への執心を歌に詠む。

58 匂宮の来訪。中君は匂宮を恨んで対面を拒み、ようやく物越しに語り合う。

59 匂宮が、薫をも慰めて、帰京する。

60 **年の暮れ方**、薫も帰京。

61 匂宮が、母后の勧めに従って、中君を二条院の西の対に転居させるべく考える。

[1]あまた年耳馴れたまひにし川風も、[2]この秋はいとはしたなくものがなしくて、御[3]果ての事いそがせたまふ。[4]大方のあるべかしきことどもは、中納言殿、阿闍梨などぞ仕うまつり給ひける。[5]こゝにはほふぶくの事、経の飾り、こまかなる御あつかひを、人の聞こゆるにしたがひていとなみ給ふも、いとものはかなくあはれに、[6]かゝるよその御後見なからましかばと見えたり。[7]身づからも参うで給ひて、いまはと脱ぎ捨て給ふほどの御とぶらひ、浅からず聞こえ給ふ。阿闍梨もこゝにまゐれり。[8]名香の糸引き乱りて、

「[9]かくても経ぬる。」

など、うち語らひ給ふほどなりけり。[10]結び上げたるたゝりの、簾のつまより木丁のほころびに透きて見えければ、[11]その事と心得て、

「[12]わが涙をば玉にぬかなん。」

1 近づく八宮の一周忌

1 長年(姫君たちが)聞き慣れなさった宇治川をわたる秋風も。秋の悲哀感をつのらせる風。

2 (父八宮の一周忌の)この秋は、たいそう身の置きどころのない感じで物悲しく。

3 (姫君たちは)一周忌法要を準備させなさる。宮の死去は昨年八月二十日頃。㊆椎本14節。

4 全般的なしかるべき法要の儀式は、薫(かおる)、宇治山の阿闍梨などがご奉仕なさる。儀式全体の差配は男性の管轄領域。㊅御法2節。

5 姫君たちは、法服(法要当日の僧衣。布施用)、経机の覆いや経典の装飾など細々としたお世話を女房の申し上げるままなさるのも頼りなく。底本「ほうふく」。

6 こうした他人(薫や阿闍梨など)のお世話がなかったらば(法要などできなかったろう)と見えた。世事に疎い姫君たちの無垢を強調。

7 薫自身も宇治に赴きなさり、(姫君たちの)これを限りに喪服をお脱ぎ捨てになることへのお見舞いを、心深く申し上げなさる。

8 (姫君たちは)五色の組糸をひき散らして。「名香の糸」は、名香(仏前で焚く香)を供えた机の四隅に垂らす組糸とも、また名香を包んだ紙の上に結ぶ五色の糸とも。

9 姫君たちの言。こう(父宮が亡く)なっても生きていられるものなのね。「身を憂しと思ふに消えぬものなればかくても経ぬる世にこそありけれ」(古今集・恋五・読人しらず)。「名香の糸」から「綜(ふ)」(経糸(たていと)を延ばし整えて機(はた)にかける行為)の縁で「経」を連想。

10 (組糸に)結び上げた「たゝり」(糸繰り台)が、御簾の端から(見えた室内の)几帳のすき間にちらりと見えたので。「木丁」は当て字。

11 名香の糸を作っているのだと、薫は心得て。

12 薫の言。「縒(よ)り合せて泣くらん声を糸にしてわが涙をば玉にぬかなむ」(伊勢集、中宮温子(おんし)の死後、法会の組糸を贈った折の歌)による。声を縒り合わせて泣いていよう姫君たちに、自分も同じだと寄り添う。

とうち誦じ給へる、伊勢の御もかくこそありけめとをかしく聞こゆるも、内の人は、聞き知り顔にさしいらへ給はむもつゝましくて、「ものとはなしに」とか、貫之がこの世ながらの別れをだに、心ぼそき筋に引きかけけむもなど、げに古言ぞ人の心を延ぶるたよりなりけるを思ひ出で給ふ。

御願文作り、経、仏供養ぜらるべき心ばへなど書き出で給へる硯のついでに、客人、

総角に長き契りを結びこめ同じところによりもあはなむ

と書きて、見せたてまつり給へれば、例の、とうるさけれど、

ぬきもあへずもろき涙の玉の緒に長き契りをいかゞ結ばん

とあれば、

「あはずは何を。」

と、うらめしげにながめ給ふ。

身づからの御上は、かくそこはかとなくもて消ちてはづかしげなるに、すがく

1 宇多天皇の中宮温子に仕えた伊勢。㊀桐壺四三頁注5。「御」は婦人の敬称。

2 自分たちと薫のようだったのだろう。青表紙他本多く「かうこそはありけめと」。

3 御簾の内の姫君たちは、知ったふうに。

4 「糸に縒るものならなくに別れ路(ぢ)の心細くも思ほゆるかな」(古今集・羇旅・紀貫之)。定家自筆本『奥入』など「ものとはなしに」。

5 この世に生きての(東国への)別れをさえ、心細さを細い糸に寄せて詠んだろうのも(同じだ)。青表紙他本「ひきかけゝんをなと」。

6 なるほど古歌こそ心を解き放つよすがだ。

2 薫、大君に訴える

7 「願文」は、法要の施主の願意を漢文で述べる文章。一周忌法要のために薫が書く。

8 薫の歌。名香の糸の総角結びの中に末長い契りを結びこめて、糸が幾重にも同じ所に結び合わされるように、あなたと末長く一緒に居たい。「総角」は、少年の髪型の総角に似た糸の結び方。三八九頁扉の口絵参照。「総角や　とうとう　尋(ひろ)ばかりや　とうとう　離(さか)りて寝たれども　まろび逢ひけり　とうとう　か寄り逢ひけり　とうとう」(催馬楽(さいばら)・総角)の後半部から、共寝をほのめかす。

9 いつものごとく、と厄介だが。以前の薫の懸想めいた言葉(㊆椎本24節)を想起し警戒。

10 大君の歌。貫(ぬ)きとめがたい私のもろい涙の玉の緒に(そのように消えやすい私の命なのに)、末長い契りなどどうして結べよう。先に薫が口ずさんだ伊勢の歌に話題を戻し、自らを短命だとして、薫の歌をはぐらかす。

11 薫の言。逢わずには何を(命とせよとおっしゃるのか)。総角の糸から「片糸をこなたかなたに縒りかけてあはずは何を玉の緒にせむ」(古今集・恋一・読人しらず)を想起。

12 (大君)ご自身のことについては、このようにどことなく話をそらせて相手に気づまりな思いをさせるご様子であるのに、(薫は)すっきりとも自分の恋心をおっしゃれずに。

ともえの給ひ寄らで、[1]宮の御ことをぞまめやかに聞こえ給ふ。

「[2]さしも御心に入るまじきことを、かやうの方にすこし進み給へる御本上に、聞こえそめ給ひけむ負けじだましひにやと、とさまかうざまにいとよくなん御けしき見たてまつる、[3]まことにうしろめたくはあるまじげなるを、などかくあながちにしもて離れ給ふらむ。[4]世のありさまなどおぼし分くまじくは見たてまつらぬを、うたてと[5]ほどほしくのみもてなさせ給へば、[6]かばかりうらなく頼みきこゆる心にたがひてうらめしくなむ。ともかくもおぼし分くらむさまなどを、[7]さはやかにうけたまはりにしかな。」

と、いとまめだちて聞こえ給へば、

「[8]たがへじの心にてこそは、[9]かうまであやしき世のためしなるありさまにて、隔てなくもてなしはべれ。それをおぼし分かざりけるこそは、[10]浅きこともまさりたるこゝちすれ。[11]げにかゝる住まひなどに、心あらむ人は、思ひ残す事あるまじきを、何事にもおくれそめにけるうちに、[12]こののたまふめる筋は、いにしへも、さらにか

1　匂宮の中君への執心をきまじめに説明する。

2　薫の言。(匂宮は)さほどお気持を惹かれそうにないことにでも、このような(恋の)方面に関してはいささか積極的におなりになるご性分で、ひとたびお申し出になった上はあとには退くまいという負けん気のお気持からではないかと(案じて)、あれこれとたいそうくわしく(匂宮の)ご意向を拝察しますに。

3　今回の匂宮は安心できると親交を勧める。

4　(あなた方が)世間の人情などについて、お分かりにならぬ方々とはお見受けしないが。

5　「遠々し」で、疎遠の意。他人行儀とする。

6　これほどまで心底から(私が)信頼申している、その気持も顧みられず、恨めしいことで。匂宮と中君の媒(なかだち)への信頼にかこつけて、大君との親交を望む底意をもほのめかす。

7　(そちらの真意を)はっきり承りたい。

8　大君の言。(そちらのお気持に)背くまいとの気持なればこそ。薫の「…頼みきこゆる心にたがひてうらめしくなむ」に応ずる物言い。青表紙他本「たかえきこえしの」。

9　こうまで奇妙な男女の仲の先例である有様で、隔意なく親しくお相手しているのです。女房の取次もなく、直接話を交すことをいう。

10　大君の心を分別しない薫の浅慮を難ずる。青表紙他本「あさきこともましりたる」。

11　仰せのとおり、こんな(山里での)暮らしなどしていると、ありったけの物思いを尽すだろうが、(私は)万事にわたり、分別が不足して育ってきた上に。薫の「世のありさまなど…」を受け、自分は人情は分からないとする。青表紙他本「思のこすことは」。

12　このおっしゃる結婚などのことは、そうなったらこうなったらとか、(父宮が)将来を予想しておっしゃった言葉のなかにも、言い置かれたことはなかったので。八宮は姫君と薫の結婚を内心願ったが(㊁椎本2節)、結婚ははぐらかされ(同8節)、つまらぬ男に従って山里を出るなと言い遺した(同12・13節)。

けて、とあらばかゝらばなど、行く末のあらましごとに取りまぜて、の給ひおくこともなかりしかば、[1]なほかゝるさまにて、世づきたる方を思ひ絶ゆべくおぼしおきてけるとなむ、思ひ合はせ侍れば、[2]ともかくも聞こえん方なくて。[3]さるは、すこし世ごもりたるほどにて、深山隠れには心ぐるしく見え給ふ人の御上を、いとかく朽木にはなし果てずもがなと、[4]人知れずあつかはしくおぼえ侍れど、いかなるべき世にかあらむ。」

と、[5]うち嘆きて物思ひ乱れ給ひけるほどのけはひいとあはれげなり。

[6]けざやかにおとなびてもいかでかはさかしがり給はむと、ことわりにて、例の、[7]古人召し出でてぞ語らひ給ふ。

「[8]年ごろは、たゞ後の世ざまの心ばへにて進みまゐりそめしを、[9]もの心ぼそげにおぼしなるめりし御末のころほひ、この御事どもを心にまかせてもてなしきこゆべくなんの給ひ契りてしを、[10]おぼしおきてたてまつり給ひし御ありさまどもにはたがひて、御心ばへどもの、いと〳〵あやにくにもの強げなるは、[11]いかに、おぼしおき

1　やはりこうした今までのままで、世間並の結婚を諦めるようにとのお積りなのだったと、合点がいきますので。父宮の遺言を盾に、自らは山里での独身生活をおし通す覚悟とする。

2　薫の「ともかくも…」（三九八頁七行）への返答。私にはあれこれ申し上げようもなくて。

3　とはいえ、私よりは少し生い先の長い身で、山深い暮らしに埋れさせるのはいたわしくお見えになる人のお身の上を、何とかこのまま朽木で終らせたくはないものと。自分に関する前言から翻って中君の未来に心痛める。

4　人知れず面倒をみたいとは思うのですが、どうなるはずの（中君の）人生なのでしょう。「かたちこそ深山隠れの朽木なれ心は花になさばなりなむ」（古今集・雑上・兼芸法師）。

5　思い乱れなさる大君の姿からは、薫の懸想をはぐらかすだけではない、胸に迫るような大君の苦悩が感じ取れる。

3 薫、弁の君と、大君を語る

6　（大君が）手際よく大人ぶっていても、どうしてうまく物事をお決めになれようかと。一周忌の準備もおぼつかない年若い大君が、自分自身や中君の未来を決められるはずがないと考え、薫は老練な弁に相談をもちかける。

7　弁。「例の」とあり、習慣的になっている。

8　薫の言。長年は、ただ後生の安楽を願う気持から進んでこちらにお伺いしだしたのだが。

9　（八宮の）いかにも心細そうに思うようにおなりになった晩年、この姫君たちのお身の上を私自身の考えどおりにお世話申し上げるようにと（八宮が）仰せられて約束したのに。宮の生前の薫への依頼（㊆椎本8節）をさすが、「心にまかせて」は薫の勝手な理解。

10　以下、姫君たちは、父宮の心づもりとは違って、対処に困るほどの強情さだとする。

11　どうしたことか、（父宮の）お考え置きになられた筋が（私との約束とは）別だったのか。八宮には自分（薫）以外に、姫君たちの夫として意中の人がいたのか、の意。

つる方の異なるにやと、疑はしきことさへなむ。[1]おのづから聞き伝へ給ふやうもあらむ。いとあやしき本上にて、世の中に心を染むる方なかりつるを、さるべきにてや、かうまでも聞こえ馴れにけん。[2]世人もやう〳〵言ひなすやうあべかめるに、[3]同じくはむかしの御事もたがへきこえず、われも人も、世の常に心とけて聞こえ[4]侍らばやと思ひ寄るは、[5]つきなかるべきことにても、さやうなるためしなくやはある。」

などの給ひつゞけて、

「[6]宮の御事をも、かく聞こゆるに、うしろめたくはあらじとうちとけ給ふさまならぬは、[7]うち〳〵にさりとも思ほし向けたることのさまあらむ。猶いかに〳〵。」

とうちながめつゝの給へば、[8]例の、わろびたる女ばらなどは、かゝることにはにくきさかしらも言ひまぜて、事よがりなどもすめるを、[9]いとさはあらず、心の内には、あらまほしかるべき御事どもをと思へど、

「[10]もとより、かく人にたがひ給へる御癖どもに侍ればにや、いかにもいかにも、世の常に何やかやなど、思ひ寄り給へる御けしきになむ侍らぬ。[11]かくてさぶらふこ

1　自然と聞き伝えなさることもあろう。(私は)まったく妙に世人とは違った性分で、男女の仲に執心することもなかったのに、(姫君たちと)しかるべき前世からの因縁なのか、こうも親しく付き合い申し上げることになったのだろう。自分が世間並みの軽々しい男ではないと主張。「本上」は「本性」の当て字。

2　大君と自分の関係がしだいに世間周知の噂になっているとして、逃れがたさを説得する。

3　同じことなら父宮の遺託に背き申し上げず、私も他の人(姫君たち)も、世間の普通の男女のように、打ち解けてお話ししたいものと。

4　青表紙他本「かよはゝや」。

5　たとえ不似合いだとしても、皇族(大君)と臣下(薫)とが親しくする前例がないわけではないでしょう。卑下する言い方で、実父柏木の乳母子(めのとご)だった弁の同情を引こうとする。

6　薫の言。匂宮と中君のことにしても、こう申し上げているのに、不安なことはあるまいと心を許して下さる様子でないのは。大君に匂宮は安心できる人だと話した(三九八頁)。

7　内々に、そうは言っても別にお考えになった相手がいるのだろう。やはりどうなのか。切迫した言い方で、内情を明かせと迫る。

8　世間によくいる、よからぬ女房などは、こんな縁談ごとには憎らしいおせっかいも加えて、調子を合わせたりするもののようだが。

9　(弁は)全くそうでなく、心の内では、(薫と大君のことを)申し分ない良縁だと思うが。

10　弁の言。(姫君たちは)もともとこのように世間の人と違っておいでのご性分のせいでしょうか、いかにもいかにも、世間によくあるように、(ご結婚を)あれこれとお考えになっているご様子ではありません。

11　こうして近侍する女房たちも、宮ご在世のころでさえ、何の頼りがいのある身の寄せどころもございませんでした。「わび人の分きてたちよる木のもとは頼む陰なくもみぢ散りけり」(古今集・秋下・遍照)。女房の様子を語ることで、縁談を歓迎する内心を示唆する。

れかれも、年ごろだに何の頼もしげある木のもとの隠ろへも侍らざりき。[1]身を捨てがたく思ふ限りはほどほどにつけてまかで散り、むかしの古き筋なる人も、多く見たてまつり捨てたるあたりに、ましていまは、[2]しばしも立ちとまりがたげにわび侍りて、「[3]おはしましし世にこそ、限りありて、かたほならむ御ありさまはいとほしくもなど、古体なる御うるはしさに、おぼしもとゞこほりつれ、いまはかう、[4]又たのみなき御身どもにて、いかにもいかにも世になびき給へらんを、あながちに譏り聞こえむ人は、かへりてものの心をも知らず、言ふかひなきことにてこそはあらめ、いかなる人か、いとかくて世をば過ぐし果て給ふべき、[5]松の葉をすきて勤むる山臥だに、生ける身の捨てがたさによりてこそ、仏の御教へをも、道〳〵別れてはおこなひなすなれ」などやうの[6]よからぬことを聞こえ知らせ、若き御心ども乱れ給ひぬべきこと多く侍めれど、[7]たわむべくもものしたまはず、[8]中の宮をなむ、いかで人めかしくもあつかひなしたてまつらむ、と思ひきこえ給ふべかめる。[9]かく山深く尋ねきこえさせ給ふめる御心ざしの、年経て見たてまつり馴れ給へるけはひも、疎か

一五九

1　（八宮存命時さえ）わが身をだいじと思う者はすべて、それぞれの伝手に応じ（他家へと）散って行き、昔から八宮家に代々仕えてきた人々も、多くはお見捨て申し上げた邸に。

2　しばらくでも留まっていられないかのようにつらがりまして。青表紙他本「侍つゝ」。

3　以下、弁以外の女房の意見。宮のご存命中こそ、（宮家としての）格式もあり、不十分なご縁組ではお気の毒だなどと、古風で律儀なお考えから、（宮は）ためらってもいらしたが。八宮は没落後も皇族にふさわしい縁組を願った（㈦椎本13節）が、今は困窮の極みにある。

4　（宮亡きあと、姫君たちは薫以外に）また頼れる人とていない身の上で、どんな縁組にせよ、どなたかにご縁づきなさろうとする場合、それをむやみに悪く申すような人は、かえって何の情理をもわきまえない、つまらぬ者ということでしょう。どんな人が、こんな暮らしで死ぬまで過ごすことができましょう。

5　松の葉を食べて修行する山伏でさえ、生きる我が身が捨てられないために、み仏の教えも各々が宗派をおし立て競っているのです。「木の実・松の葉をすきて」（うつほ・あて宮）。「すく」は、食べて呑みこむ。

6　（下世話過ぎて）みっともないことを言い知らせ申し上げ、若いお二人が心乱されそうなことも多うございますが。

7　（大君ご自身の独身のお志は）曲がりそうもおありでなく。四〇〇頁最終行の薫の問いの「…もの強げなるは、いかに、…」への答え。

8　中君に何とか身分にふさわしい良縁をと願う意。「中の宮」は㈦椎本三四一頁注9参照。

9　このように山深く（宇治の地まで）尋ね申し上げなさるあなた様（薫）のご厚志のほどの、長年見慣れ申し上げなさるご様子も、（大君は）おろそかならず思い申し上げられなさり、今ではあれこれと、立ち入って細々した相談まで持ちかけておられるようだが。薫の問い「…かうまでも聞こえ馴れにけん」「…心とけて聞こえ侍らばや」（四〇二頁）に応ずる物言い。

らず思ひきこえさせ給ひ、いまはとさまかうざまに、こまかなる筋聞こえ通ひ給ふめるに、[1]かの御方をさやうにおもむけて聞こえ給はゞとなむおぼすべかめる。宮[2]の御文など侍めるは、さらにまめ〳〵しき御事ならじと侍める。」

と聞こゆれば、

「[3]あはれなる御一言を聞きおき、露の世にかゝづらはむ限りは聞こえ通はむの心あれば、いづ方にも見えたてまつらむ、同じ事なるべきを、[4]さまではた、おぼし寄るなる、いとうれしきことなれど、[5]心の引く方なむ、かばかり思ひ捨つる世に、猶とまりぬべきものなりければ、あらためてさはえ思ひなほすまじくなむ。[6]世の常になよびかなる筋にもあらずや。[7]たゞかやうに物隔てて事残いたるさまならず、[8]さしむかひて、とにかくに定めなき世のもの語りを隔てなく聞こえて、つゝみ給ふ御心の隈残らずもてなし給はむなん、[9]はらからなどのさやうにむつましきほどなるもなくて、いとさう〴〵しくなん、[10]世の中の思ふことの、あはれにも、をかしくも、うれはしくも、時につけたるありさまを、心にこめてのみ過ぐる身なれば、さすが

一五九二

1　中君を薫に縁づけたいと大君は望んでいるらしいとする。前に中君を「深山隠れ」の「朽木」にしたくないと語っていた(四〇〇頁)。

2　匂宮様からの手紙がありますのは、まったく真剣なお気持からではないとのことです。大君が信頼しているのは薫だけだと強調する。

3　薫の言。心打たれる故八宮の一言(㈦橋姫20・22節、㈦椎本8節)を聞いて、はかない露の現世に生き長らえる限りは、お付合い願おうとの心づもりなので、姉妹のどちらとご結婚させていただいても、同じことのはずだが。

4　大君が、私(薫)を中君の婿にとまでお考えらしいのも、一方でとてもうれしいことだが。

5　心の惹かれる方(大君)に、これほど憂きものと思い捨てた男女の仲にも、やはり引きとどめられてしまうものなので、今さら改めて中君を、とは思い直せそうにない。青表紙他本「思ひなす」。

6　(大君を思う自分の気持は)世間によくある色恋めいたものでもないのだよ。

7　ただこんな(弁に対する)ように(几帳など)物を隔てて言いたいことも言い残すふうではなく。「物隔て」は心の隔てとする考え。

8　直接お目にかかり、あれこれと無常のこの世についてのお話を隔てなく申し上げて、(また、大君から)他人行儀にしていらっしゃるお心のうちを、残りなくおっしゃっていただくのならば。四〇八頁の「疎かるまじく頼みきこゆる」に続く。夫婦などの親しい対し方こそが親しい交流に必要とする。

9　(自分には)兄弟などのそのように親しくできる間柄の者もなく、ほんとうに物寂しくて。

10　この世に対して思うことの、しみじみと寂しく、あるいは趣深いとか、または憂うべきことなど、時々につけての思いを、心一つにおさめて過ごすほかない身なので。出生の秘密を想起させる孤独感を切々と訴え、心のうちを隔てなく語り合う相手を渇望する理由とする。それには「物隔てて」は望ましくない。

にたづきなくおぼゆるに、疎かるまじく頼みきこゆる。后の宮はた、馴れ〳〵しく、さやうにそこはかとなき思ひのまゝなるくだ〳〵しさを、聞こえふるべきにもあらず。三条の宮は、親と思ひきこゆべきにもあらぬ御若〳〵しさなれど、限りあれば、たやすく馴れきこえさせずかし。そのほかの女は、すべていと疎く、つゝましくおそろしくおぼえて、心から寄るべなく心ぼそきなり。なほざりのすさびにても、けさうだちたることはいとまばゆく、ありつかず、はしたなきこちぐ〳〵しさにて、まいて心に染めたる方のことは、うち出づることはかたくて、うらめしくもいぶせくも思ひきこゆるけしきをだに見えたてまつらぬこそ、われながら限りなくかたくなしきわざなれ。宮の御事をも、さりともあしざまには聞こえじと、まかせてやは見給はぬ。」

など言ひゐ給へり。

老い人はた、かばかり心ぼそきに、あらまほしげなる御ありさまを、いとせちに、さもあらせたてまつらばやと思へど、いづ方もはづかしげなる御ありさまどもなれ

1　拠り所なく感じるところに、(大君は)親身になって下さるものとお頼りしています。

2　明石中宮。薫の異母姉で、薫を慈しんできた(㊆匂兵部卿7節)。しかし身分柄、薫の方から気軽になれなれしくはできないとする。

3　とりとめない勝手気ままなくだくだしさを、(中宮に)申し上げるべきでもない。

4　薫の母の女三宮。三条宮は前年春に焼失、それ以後は六条院に住まう。㊆椎本28節。

5　親と思い申し上げられない若々しさであられるが。「若やかなるさま」(㊆橋姫二九〇頁)。

6　尊い皇女で、しかも出家の身という制約があるから、軽々しく慣れ親しみ申し上げない。

7　姉や母以外の女たちは、みなたいそう疎々しく気づまりでこわく思えて、自ら求めて伴侶とする人もなく、心細いのだ。

8　その場限りの戯れごととしても、恋愛めいたことは気恥ずかしくて、性分に合わず、ばつの悪い思いをする不器用者で。

9　ましてや心に深く染めた(大君への恋慕の)方は、口に出して打ち明けるのはむずかしくて。青表紙他本「うちいつることも」。

10　(片恋に)恨めしくも晴れやらぬ気持にも思い申し上げている様子をさえ、(口に出せず大君に)お見知りいただいていないのは。

11　我ながらこの上なく融通が利かぬことです。生来のきまじめのため、深い思いを伝えられない自分だと、恋情と誠意を主張する。

12　匂宮と中君の縁談をも、そうは言っても悪いようにはとり計らわないだろうと、(私を信頼して)まかせては下さらないか。

13　弁は(結婚を厭う大君の心を代弁する)一方で、(父宮死後の)これほどの心細さとて、(大君には)いかにも申し分のない(薫の)お人柄なので、ほんとうに心から、(お二人を)そのように夫婦にさせ申し上げたいと思うが。

14　薫も大君も気づまりなほど立派な方なので、こちらの考えどおりには結婚を勧められない。生計重視の現実主義者でありながら、大君の心を考え出過ぎない、後見にふさわしい態度。

ば、思ひのまゝにはえ聞こえず。

　こよひは[1]とまり給ひて、もの語りなどのどやかに聞こえまほしくて、やすらひ暮らし給ひつ。[2]あざやかならず、ものうらみがちなる御けしき、やう〳〵わりなくなりゆけば、わづらはしくて、うちとけて聞こえ給はむこともいよ〳〵苦しけれど、[3]大方にてはありがたくあはれなる人の御心なれば、[4]こよなくもてなしがたくて対面し給ふ。[5]仏のおはする中の戸を開けて、[6]御灯明の火けざやかにかゝげさせて、簾に屏風を添へてぞおはする。[7]外にも大殿油まゐらすれど、

「[8]なやましうて無礼なるを、あらはに。」

など諫めて、[9]かたはら臥し給へり。御くだものなど、わざとはなくしなしてまゐらせ給へり。御供の人ゝにも、ゆゑ〳〵しき肴などして出ださせ給へり。[10]廊めいたる方に集まりて、この御前は人げとほくもてなして、しめ〳〵ともの語り聞こえ給ふ。[11]うちとくべくもあらぬものから、なつかしげにあい行(ぎやう)づきてものゝ給へるさまの、[12]なのめならず心に入りて、思ひ焦らるゝもはかなし。

一五九四

4

4 薫、宇治に泊る

1 (薫は宇治に)お泊まりになり、話などのんびり申したくて、ぐずぐず一日を過ごされた。
2 はっきり言葉にせず、何やら恨みがましげな(薫の)ご様子が、しだいに強まって応対しにくくなってゆくので、(大君は)面倒で、心を許しお話しなさるのも、ますますつらいが。
3 (色恋の筋を除いて)全体としてみれば(薫は)世にも稀な情の深いお人柄なので。
4 (大君は)すげない態度をおし通せず、(女房の取次なしに)話しを交しなさる。「簾に屏風を…」とあり、物を隔てての対面である。
5 母屋(もや)の西面(にしおもて)の北がわにある、仏間との隔ての戸(襖障子(ふすましょうじ))を開ける。
6 仏前の灯明が明るくなるよう灯芯を掻き上げさせて、(母屋と廂の隔ての)簾に屏風を添えておいでである。仏間であるのを強調し、室内を明るくして色めいた雰囲気にならぬよう配慮しつつも、御簾越しに大君の姿が透けて見えないよう、屏風を添える。薫とのあいだを適度に隔てようという大君の気配り。
7 大君のいる母屋の外、薫のいる西廂がわ。
8 薫の言。疲れて失礼な格好をしているのに、まる見えではないか。宇治に泊まる口実に体調不良を言い立てて、西廂の灯りを断る。
9 (薫は具合悪そうに)もたれかかっておられる。(大君は夕食でなく)木の実などをさり気なく整えさしあげさせなさる。供人たちにもきちんとした酒肴など整えて供応させなさる。
10 (供人は)渡殿のような所(寝殿の西方か)に集まって、薫が大君と対面する所の周辺は人気が少ないようにして、(薫は大君を相手に)穏やかによもやま話を申し上げなさる。
11 (大君は)お気を許されそうにもない様子ながら、いかにも親しみ深く愛らしく物をおっしゃる様子が。「あい行」は愛敬の当て字。
12 (薫は)並々ならず心に沁みて、切なく焦だつのも、たわいないことだ。恋に傾斜してゆく薫の心情を、語り手の評言で語り結ぶ。

かく[1]ほどもなき物の隔てばかりを障り所にて、おぼつかなく思ひつゝ過ぐす心おそさの、あまりをこがましくもあるかな、と思ひつゞけらるれど、[2]つれなくて、大方の世中のことども、あはれにもをかしくも、さま〴〵聞き所多く語らひきこえ給ふ。[3]内には、人〳〵近くなどのたまひおきつれど、さしもて離れ給はざらなむと思ふべかめれば、いとしもまもりきこえず、さし退きつゝ、みな寄り臥して、仏の御灯火もかゝぐる人もなし。[4]ものむつかしくて、忍びて人召せどおどろかず。

「[5]心ちのかき乱り、なやましく侍るを、ためらひて、あか月方にも又聞こえん。」

とて、[6]入り給ひなむとするけしきなり。

「[7]山路分け侍りつる人は、ましていと苦しけれど、かく聞こえうけ給はるに慰めてこそ侍れ。[8]うち捨てて入らせ給ひなば、いと心ぼそからむ。」

とて、[9]屛風をやをら押し開けて入り給ひぬ。[10]いとむくつけくて、なからばかり入り給へるに引きとゞめられて、いみじくねたく心うければ、

「[11]隔てなきとはかゝるをや言ふらむ。めづらかなるわざかな。」

5 薫、大君に迫る

1 一押しすれば中に入れそうな簾や屏風の隔て程度に妨げられて、もどかしく思いあせっているだけの優柔さが、あまりにも愚かしいと心の内には思うものの。薫の自嘲である。

2 さりげなく平静を装って、胸を打つようにも面白そうにも、いろいろ聞き所多くお話申しなさる。

3 御簾の内では、(大君は薫を警戒し)女房たちに近く(居るよう)など言い置かれたのだが、そんなに他人行儀になさらないで欲しいと(女房は)思うらしく、それほどお護り申し上げず、(大君のおそばから)離れながら、皆何やら寄りかかって寝てしまい、(再び)仏のご灯明を明るく掻き上げる者もいない。

4 (大君は)何となく気味悪くて、声を潜めて女房をお呼びになるが目を覚まさない。

5 大君の言。気分が何となく乱れ、具合が悪うございますので、少し休みまして、暁のころにもまたお話しいたしましょう。薫との対面を切り上げる口実に、体調不良を持ち出す。

6 (大君は、母屋の東面に)お入りになろうとする様子である。衣擦れの音などから判断。

7 薫の言。山路の難儀をおしてやって来ました者(私)は、(具合が悪いあなたにも)まして苦しいけれど、こうやってお話し申し上げ伺うのを慰めにしているのです。はるばる宇治を訪ねたのだからと、同情を求める。底本「うけ給へるに」、青表紙他本多くにより訂正。

8 (私を)置き去りにしてお入りになられたら。

9 (薫は言いながら)隔ての屏風をそっと押し開けて(大君のいる母屋に)お入りになった。

10 (大君は)たいそう恐ろしくて、半身ほどお入りになったところを(捕まり)引きとめられて、ひどく忌々しく、つらく思って。

11 大君の言。(あなたのおっしゃる)隔てなきとは、こんなことをいうのだろうか。めったにないお仕打ちですこと。薫の弁への言「隔てなく聞こえて」(四〇六頁)を受けた皮肉。

[1]とあはめ給へるさまのいよ〱をかしければ、

「[2]隔てぬ心をさらにおぼし分かねば、聞こえ知らせむとぞかし。[3]めづらかなりとも、いかなる方におぼし寄るにかはあらむ。[4]仏の御前にて誓言も立て侍らむ。[5]うたて、なおぢ給ひそ。[6]御心破らじと思ひそめて侍れば、人はかくしもおしはかり思ふまじかめれど、[7]世にたがへる痴者にて過ぐし侍るぞや。」

とて、[8]心にくきほどなる火影に御髪のこぼれかゝりたるを掻きやりつゝ見給へば、[9]人の御けはひ、思ふやうにかをりをかしげなり。

かく心ぼそくあさましき御住みかに、[10]すいたらむ人は障りどころあるまじげなるを、われならで尋ね来る人もあらましかば、さてやゝみなまし、いかにくちをしきわざならまし、と[11]来し方の心のやすらひさへあやふくおぼえ給へど、[12]言ふかひなくうしと思ひて、泣き給ふ御けしきのいと〱ほしければ、かくはあらで、おのづから心ゆるひしたまふをりもありなむと思ひわたる。[13]わりなきやうなるも心ぐるしくて、さまよくこしらへ聞こえ給ふ。

6

1　非難なさる様子がいっそう愛らしいので。
2　薫の言。隔てなくという(私の)真意を少しも分かって下さらないので、お知らせ申そうと。大君の「隔てなきとは…」を切り返す。
3　めったにないとおっしゃるのも、どうお気をまわされてのことだろう。大君の「めづらかなるわざ」の皮肉に、この自分が世間によくある無体な行為に出るはずもないとの反発。
4　仏間であるところからの機知的な言い分。
5　ああ情けないこと。怖がらないで下さい。
6　あなたのお気持をそこねまいと、最初から考えていたのですから、他人はまさかこうとも想像しないでしょうが。自分たち二人には情交関係があると想像しているはずとする。
7　(私は)人並はずれた愚か者で通っているのです。色恋に疎い自分が、ありがちな無体な行為に出るはずがないとして、親近を求める。
8　(ほの暗く)奥ゆかしいばかりの灯火に映える(姫君の)顔に御髪がこぼれかかるのを(薫が)掻き払いながら(大君の顔を)ご覧になると。
9　大君のご様子は、申し分ないほど気品ある美しさだ。「かをり」はつややかな上品さ。

6　薫、大君をかき口説く

10　薫の心内。好色の男だったら(忍び込むのに)何の邪魔もなさそうなので、自分以外に尋ねて来る男でもいたらば、そのまま放っておいたろうか(他の男のものになっていたろう)、そうなったらどんなに残念だったろう。「ましかば…まし」で、反実仮想の構文。
11　今までの自分の悠長な構えまでも不安にお思いだが。将来の不安はもちろん、の気持から、今宵にも思いを遂げたいとする。
12　(大君が)どうしようもなくつらいと思って、泣いておいでのご様子がとてもいたわしいので、(大君が)こんなにいやがるのでなく、自然と心を許すときもきっとあろうと思い続ける。自分に言い聞かせ、心をなだめる体。
13　(薫は)無理強いするようなのも不憫なので、やさしくなだめすかし申しなさる。

[1]「か丶る御心のほどを思ひ寄らで、あやしきまで聞こえ馴れにたるを、[2]ゆ丶しき袖の色など見あらはし給ふ心浅さに、身づからの言ふかひなさも思ひ知らる丶に、さま〴〵慰む方なく。」

とうらみて、[3]何心もなくやつれ給へる墨染の火影を、いとはしたなくわびしと思ひまどひ給へり。

[4]「いとかくしもおぼさる丶やうこそはと、はづかしきに聞こえむ方なし。[5]袖の色を引きかけさせ給ふはしもことわりなれど、[6]こ丶ら御覧じ馴れぬる心ざしのしるしには、さばかりの忌おくべく、いま始めたる事めきてやはおぼさるべき。なか〳〵なる御わきまへ心になむ。」

とて、[7]かの物の音聞きし有明の月影よりはじめて、[8]をり〳〵の思ふ心の忍びがたくなり行くさまを、いと多く聞こえ給ふに、[9]はづかしくもありけるかなとうとましく、か丶る心ばへながらつれなくまめだち給ひけるかな、と聞き給ふこと多かり。

御かたはらなる[10]短き木丁を、仏の御方にさし隔てて、[11]かりそめに添ひ臥し給へり。

1　大君の言。薫の底意にも気づかずに、これまで不思議なほど親しみ馴れてきたとする。

2　不吉な喪服にやつれた姿などをすっかりご覧になる思いやりのなさに、私自身の言いようもないいたらなさも思い知らされるにつけ、いろいろと心の慰めようもありません。

3　（人に見られるのに）何の心用意もない目立たぬ喪服姿が灯明に照らされるのを、（大君は）いたたまれぬ思いでつらがっておられる。顔をのぞき込む薫を恨み、自分の不用意さも悔やむ。未婚の女性としてあり得ない屈辱的な状況であるが、そう口頭で抗議できるのは、薫の軟化した態度を感じたからでもある。

4　薫の言。まったくこうも（私を）お嫌いになるのにはそれなりの（嫌う）子細もあろうかと、恥ずかしくて申し上げようもありません。

5　（喪服の）袖の色を口実になさるのはもっともだが。服喪中という理由は分かるが、の意。

6　長年ご覧になってきた私の気持をお考え下さるなら、喪中を遠慮なさらねばならない程度の、今はじまったばかりのお付合いと同じにお考えになってよいものだろうか。（長年の親交を忘れた他人行儀ぶりなら）なまじ考えぬがましのご分別というもの。

7　姫君たちの合奏を聴いた時の明け方の月に照らされた姿から始まって。㈦橋姫14節。

8　その時々の我慢しがたくなってゆく様子を、（薫が）たいそうくどくどと申し上げるので。

9　（大君は）恥ずかしくふるまってしまったと（自分が）いやで、（薫が）こんな下心をもちながらさりげなくまじめそうにしておられたのかと、お聞きになり合点することが多い。

10　三尺の几帳。道心を主張する薫としては、喪服姿の女性を仏前で口説くのは面はゆいので、これを隔てとして仏を視界からさえぎる。

11　薫はほんのちょっと添い臥しなさる。情交を無理強いするつもりは失せたものの、恋人同士のように寄り添って横になる。

[1]名香のいとかうばしくにほひて、樒のいとはなやかにかをれるけはひも、人よりはけに仏をも思ひきこえ給へる御心にてわづらはしく、[2]墨染のいまさらに、をりふし心焦られしたるやうにあは〳〵しく、思ひそめしにたがふべければ、かゝる忌なからむ程に、この御心にも、さりともすこしたわみ給ひなむなど、せめてのどかに思ひなし給ふ。[3]秋の夜のけはひは、かゝらぬ所だに、おのづからあはれ多かるを、まして峰の嵐もまがきの虫も、心ぼそげにのみ聞きわたさる。[4]常なき世の御物語りに時〳〵さしいらへ給へるさま、いと見所多くめやすし。[5]いぎたなかりつる人〳〵は、かうなりけりと、けしき取りてみな入りぬ。[6]宮の給ひしさまなどおぼし出づるに、げにながらへば心のほかにかくあるまじき事も見るべきわざにこそは、と物のみかなしくて、[7]水のおとに流れ添ふ心ちし給ふ。

[8]はかなく明け方になりにけり。御供の人〳〵起きてこわづくり、馬どもの[9]いばゆるおとも、旅の宿りのあるやうなど人の[10]語るをおぼしやられて、をかしくおぼさる。[11]光見えつる方の障子を押し開け給ひて、空のあはれなるを、もろともに見給ふ。

一五九七

7

1　「名香」は三九五頁注8。「樒」はマツブサ科の常緑樹。閼伽(あか)(仏に供える水)に散らす。仏事ゆかりの香りが、几帳越しに漂う。

2　薫の心内。服喪中の今、他に折もあろうにこらえ性もなく焦らだったようで軽々しく、自分の当初からの本意にも背くことになろうから、こうした喪の明けるころに(恋情を訴えよう)、この(大君の)お心も、いくら何でも少しはやわらいで下さるだろう、などと。

3　秋の夜の雰囲気は都でさえ風情が多いのに。少し冷静になった薫の心に、心細げな宇治の嵐や虫の音が響き、無常の思いをかき立てる。

4　無常の世についての(薫の)お話に、時々お相手なさる(大君の)ご様子は。前に薫は弁に、大君と「定めなき世」を親しく語りたいと言った(四〇六頁)。その願望が実現される趣。

5　寝てしまっていた女房たちは、さてはそうだったのかと、様子を見極めて皆引っ込んでしまった。大君と薫が契りを交したと思う。

6　父宮のおっしゃった様子(㊆椎本12節)などを思い出されるにつけ、なるほど生き長らえていると意に反してこうもとんでもない目にも遭うもののようだと、ただ物悲しくて。

7　宇治川の水音につれて、涙が流れ加わる心地がなさる。「辺風は吹き断つ秋の心緒　隴水(ろうすい)は流れ添ふ夜の涙行」(和漢朗詠集・王昭君・大江朝綱)による。

7 何ごともない暁の別れ

8　あっけなく夜明けになってしまった。供の者が目を覚まして主人の出立を促し咳払いし。

9　「いばゆ」は、いななく。「晨(あした)の鶏再び鳴いて残月没(い)りぬ　征馬連(しき)りに嘶(いば)えて行人出づ」(白楽天・生別離)。

10　青表紙他本「かたるおほしやられて」。

11　夜明けの光のさしこむ襖障子をお開けになり、空が胸にしみるようなのをご一緒に眺められる。南廂に移動したか。恋しあう男女の、後朝(きぬぎぬ)の典型的な一場面。ただし二人は実際の情交には至らなかった。

女[1]もすこしゐざり出で給へるに、ほどもなき軒の近さなれば、しのぶの露もやう〳〵光見えもて行く。[2]かたみにいと艶なるさまかたちどもを、

「何[3]とはなくて、たゞかやうに月をも花をも同じ心にもて遊び、はかなき世のありさまを聞こえ合はせてなむ過ぐさまほしき。」

と、[4]いとなつかしきさまして語らひきこえ給へば、やう〳〵おそろしさも慰みて、

「[5]かういとはしたなからで、もの隔ててなど聞こえば、まことに心の隔てはさらにあるまじくなむ。」

といらへ給ふ。

明[6]かくなりゆき、むら鳥の立ちさまよふ羽風近く聞こゆ。夜[7]深きあしたの鐘のおと、かすかに響く。[8]いまは、いと見ぐるしきをと、いとわりなくはづかしげにおぼしたり。

「事[9]あり顔に朝露もえ分け侍るまじ。又、人はいかゞおしはかりきこゆべき。例[10]のやうになだらかにもてなさせ給ひて、たゞ世にたがひたることにて、いまよりの

1 （薫だけでなく）大君も少し膝行してお出になると、奥行のいくらもない軒なので、ノキシノブにおりた朝露の光もしだいに見えてくる。男女関係を強調する「女」の呼称に注意。

2 たがいに優美なお姿やお顔であるのに。

3 薫の言。なにとはなく、ただこんなふうに月や花を同じ思いで慈しんで、無常のこの世の姿を語り合って過ごしたいもの。肉体的契りが望みではないことを示唆し、大君の心を和らげようとする。四一九頁注4参照。

4 （薫が）とてもおやさしいお姿でお話し申し上げなさると、（大君も）だんだんと（直接顔を合わせている）恐ろしさも慰められて。

5 大君の言。こう（面と向かう）ひどく不体裁な思いをせずに、物を隔ててなどお話しすれば、ほんとうに心の隔てなど少しもないでしょう。「もの隔て」「心の隔て」と「隔て」を連ねながら薫の「かやうに…同じ心にもて遊び…」を切り返す。薫と共に過ごすことに心を開きながらも、物の隔ては必要だと主張。

6 明るくなって、群がっている鳥が飛び立つ羽音が近くに聞こえる。「群鳥の立ちにしわが名今さらにことなしぶともしるしあらめや」（古今集・恋三・読人しらず）。

7 後夜から晨朝（じんちょう）になった（午前六時ごろ）のを告げる鐘が響く。宇治の阿闍梨の寺の鐘。

8 （大君は）今は（去って欲しい）、とても見苦しいのにと、どうしようもなく恥ずかしく思われる。「いまは」、青表紙他本「いまたに」。

9 薫の言。いかにもわけあり顔に朝露を踏みわけては帰れません。また、女房たちはどう推察することでしょうか。二人が契り交したと思う人々は、薫が朝早く退去したのでは、不都合でもあったかと疑うだろうとする。

10 いつものように穏やかにおふるまいになって、ただ世間尋常とは違った関係で、これから後も、どうかこのようにお逢いになって下さい。夫婦のように顔を合わせるなど親しくしながら、普通とは違って情交関係までは望まず、ただ心の内を語り合いたいとする。

ちも、たゞかやうにしなさせ給ひてよ。[1]世にうしろめたき心はあらじとおぼせ。[2]かばかりあながちなる心のほども、あはれとおぼし知らぬこそかひなけれ。」

とて、[3]出で給はむのけしきもなし。あさましく、かたはならむとて、

「[4]いまよりのちは、さればこそ、もてなし給はむまゝにあらむ。けさはまた、聞こゆるにしたがひ給へかし。」

とて、いとすべなしとおぼしたれば、

「[5]あな苦しや。あか月の別れや、まだ知らぬことにて、げにまどひぬべきを。」

と嘆きがちなり。[6]鶏もいづ方にかあらむ、ほのかにおとなふに、京思ひ出でらる。

　[7]山里のあはれ知らるゝ声〴〵にとりあつめたる朝ぼらけかな

[8]女君、

　[9]鳥の音も聞こえぬ山と思ひしを世のうきことは尋ね来にけり

[10]障子口までおくりたてまつり給ひて、[11]よべ入りし戸口より出でて、臥し給へれどまどろまれず。[12]なごり恋しくて、[13]いとかく思はましかば、月ごろもいままで、心のど

1 決してご心配なさるような下心はあるまい。
2 こうまで一途にお慕いする私の気持をも、不憫だとお分かり下さらないのが残念。
3 （薫は）お出ましになろうとの気配もない。（大君は）あまりに意外で、見苦しかろうと。薫は大君との関係を夫婦同然のものと認めさせたいため、日中まで居座ろうとする。
4 大君の言。これから後は、お気持もよく分かったので、仰せのとおりにしましょう。今朝はまた、私がお願い申すとおりにして下さい。薫の退出を願う、その場しのぎのことば。
5 薫の言。まじめで忍び歩きに不慣れで暁の別れの経験がなく、帰り道が分からないの意。居座る口実。「まだ知らぬ暁起きの別れには道さへまどふものにぞありける」（花鳥余情）。
6 都にもいる鶏の声が遠く響いたことで、にわかに里心がつく。薫には都での政務もある。
7 薫の歌。山里の情趣が沁みる物の音をさまざま聞くにつけ、あれこれの思いに胸のつまる明け方だ。「声〳〵」は群鳥の羽音、鐘の音、鶏の声。「とりあつめ」に「鳥」を響かす。何もなかった朝の複雑な思いを込める。
8 大君。男女関係を強調した呼称。
9 鳥の声も聞こえない山奥と思っていたのに、人の世のつらさだけはここまでも追いかけてきたのだった。「飛ぶ鳥の声も聞こえぬ奥山の深き心を人は知らなむ」（古今集・恋一・読人しらず）、「いかならむ巌の中に住まばかは世の憂きことの聞こえこざらむ」（古今集・雑下・読人しらず）による。
10 薫が大君を、（寝殿の東面との境の）障子口までお送りなさって。昨夜はその手前で薫に捕まった。北奥に中君がいる（四二一四頁）。
11 昨夜入った、屏風を添えた戸口。西廂と母屋の境。薫はそこを出て、西廂に横たわる。
12 「夜もすがらなづさはりつる妹(もい)が袖名残恋しく思ほゆるかな」（古今六帖五）。
13 まったくこうも切なく思うのだったら、長いあいだ今まで悠長に構えてもいられなかったろうに。大君に近く接し恋心がさらに募る。

かならましや、など、帰らむこともものうくおぼえ給ふ。

姫宮は、[1]人の思ふらむことのつゝましきに、とみにもうち臥され給はで、頼もしき人なくて世を過ぐす身の心うきを、[3]ある人どもも、よからぬ事何やかやとつぎ〳〵にしたがひつゝ言ひ出づめるに、心よりほかのことありぬべき世なめり、とおぼしめぐらすには、[4]この人の御けはひありさまのうとましくはあるまじく、故宮も、さやうなる御心ばへあらばと、をり〳〵の給ひおぼすめりしかど、身づからは猶かくて過ぐしてむ、[5]われよりはさまかたちも盛りにあたらしげなる中の宮を、人なみ〳〵に見なしたらむこそうれしからめ、人の上になしては、心のいたらむ限り思ひ後見てむ、[6]身づからの上のもてなしは、又たれかは見あつかはむ、[7]この人の御さまの、なのめにうち紛れたるほどならば、かく見馴れぬる年ごろのしるしに、うちゆるふ心もありぬべきを、はづかしげに見えにくきけしきも、なか〳〵いみじくつゝましきに、わが世はかくて過ぐし果ててむ、と思ひつゞけて、音泣きがちに明かし給へるに、[8]なごりいとなやましければ、中の宮の臥し給へるおくの方に添ひ臥

8 中君を薫にと思う大君

1 大君のこと。「中の宮」と同じく父宮死後、宮家の姫君だと強調する呼称。四〇五頁注8。

2 女房たちが何と思うか気後れするので、すぐにも横になられずに、両親など頼りになる人のいない身の厭わしさを(考え巡らせ)。

3 女房の一部の者も、けしからぬ縁談をあれこれ次々と人に頼まれては言い出す様子なので、望んでもいない縁組が起きかねないわが人生であるらしいと、考え巡らされるにつけ。

4 以下大君の心内。この人(薫)の雰囲気やご様子が嫌でなどあるはずもなく、故父宮も(もしも薫に)そうした(結婚の)ご意思があるのならと、折に触れおっしゃりお考えのようだったが、自分自身はやはりこう(独身で)生涯をすごそう。青表紙他本「心はえ」。

5 自分よりは器量も今が盛りで(このままでは)いかにももったいない中君を、人並に縁づかせることができるならどんなにうれしかろう、妹の身の上としてなら、心の及ぶ限り心をこめて世話して上げよう。薫と中君の縁組を切に願う気持は、直接薫に伝え(四〇〇頁)、弁からも訴えている(四〇四頁)。

6 自分自身の(結婚の)世話は、他に誰がしてくれよう。身分ある女性は「さるべき人」の世話する通りに結婚してこそ体面が保たれる(㈤若菜上9節)。だが大君にはそれがいない。

7 この方(薫)のご様子が、ありふれた世間並のお人であるのなら、こうして馴れ親しんできた年月のせいで、お受けする気持にもなってしまいそうだが、いかにも気づまりなほど立派で近づきにくい様子なのも、かえってたいそう気がひけるので、私の人生はこのまま一生を終えよう。後見のいない結婚でも、薫ほど立派な人が相手でなければ、薫の望んだ「心ゆるひしたまふ」(四一四頁)余地もあったらしい。泣きながらの思惟である。

8 夜が明けきった後はほんとうに気分が悪いので、(大君は)中君のいるそばで横になった。

し給ふ。
[1]例ならず人のさゝめきしけしきもあやしと、この宮はおぼし連ねたまへるに、かく[2]ておはしたればうれしくて、御衣引き着せたてまつり給ふに、御移り香の紛るべくもあらずくゆりかゝる心ちすれば、[3]宿直人がもてあつかひけむ思ひ合はせられて、[4]まことなるべしといとほしくて、寝ぬるやうにてものもの給はず。
[5]客人は、弁のおもと呼び出で給ひて、こまかに語らひおき、御消息すぐ〳〵しく聞こえおきて出で給ひぬ。
[6]総角をたはぶれにとりなししも、心もて尋ばかりの[7]隔ても対面しつるとや、この君もおぼすらむ、と[8]いみじくはづかしければ、心ちあしとてなやみ暮らし給ひつ。
人〳〵、

「[9]日は残りなくなり侍りぬ。はか〴〵しく、はかなきことをだに、又仕うまつる人もなきに、をりあしき御なやみかな。」

と聞こゆ。中の宮、[10]組などし果て給ひて、

9 薫の移り香を疑う中君

1 いつもと違って女房たちがささやき合っていた様子もおかしいと、この中君はあれこれと(大君と薫のことを)想像していらしたところ。底本「おほしつらねたまへるに」、青表紙他本多く「おほしつゝね給へるに」。

2 (大君が)寄り添って横になられたのでうれしくて、(中君は大君に)御夜着を引き着せ申されると、(薫君の)移り香が、誰と紛れようもなく香ってくる感じなので。青表紙他本多く「所せき御うつりかの」。

3 前に、宿直人が薫から狩衣を賜わって、その移り香に困ったとあった。㊂橋姫19節。

4 (大君が薫と過ごしたという女房のひそひそ話は)本当なのだろうと(中君は大君が)いたわしくてならず、寝たふりをして何もおっしゃらない。中君は慰めようもなく困惑する。

5 薫は、弁を呼び出しなさって細々と指示を言い置かれ、大君へのご挨拶をよそよそしく申し上げおいて出立なさった。

6 大君の心内。昨夜「総角」の歌(三九六頁)を冗談ごとにいなしたのも、私にその気があって「尋ばかり」の隔てを置いて(薫に)逢ってしまったのだと、この中君もお思いなのだろう。「尋ばかり」は催馬楽「総角」の歌詞による。薫と大君の贈答歌について、贈歌の恋情を無視する歌でも、返歌したこと自体、相手を受け入れたと理解されるのを言う。

7 青表紙他本多く「へたてにても」。

8 (大君は)とても恥ずかしいので、具合が悪いと言って一日ぐずぐずお過ごしになった。

9 女房たちの言。一周忌の法事まであとわずかになりました。てきぱきと、ほんのささいなことをさえ、他にご用をつとめる者とてないのに、間の悪いご病気ですこと。大君の指示が欲しいの意だが、傷心の女主人への冷たさは、薫と結ばれて欲しい心の裏返しである。

10 中君は、名香の五色の組糸をすべて作られて。三九五頁注8。

「[1]心葉など、えこそ思ひ寄り侍らね。」

と、せめて聞こえ給へば、[2]暗くなりぬる紛れに起き給ひて、もろともに結びなどし給ふ。中納言殿より御文あれど、

「[3]けさよりいとなやましくなむ。」

とて、[4]人づてにぞ聞こえ給ふ。

「[5]さも見ぐるしく、若〳〵しくおはす。」

と人ゝつぶやき聞こゆ。

[6]御服など果てて、脱ぎ捨て給へるにつけても、[7]片時もおくれたてまつらむものと思はざりしを、はかなく過ぎにける月日のほどをおぼすに、いみじく思ひのほかなる身のうさと、泣き沈み給へる御さまども、いと心ぐるしげなり。[8]月ごろ黒くならはしたる御姿、[9]薄鈍にて、[10]いとなまめかしくて、中の宮はげにいと盛りにて、うつくしげなるにほひまさり給へり。[11]御髪などすましつくろはせて見たてまつり給ふに、世のもの思ひ忘るゝ心ちして、めでたければ、[12]人知れず、近劣りしては思はずやあ

1　中君の言。心葉(の趣向)など、思いつきません。「心葉」は飾り用の作り物の枝。金銀などの彫金細工が普通だが、ここは組糸で作る。組糸は作れても、心葉は自分には難しいとして、大君に作ってほしいと促す。

2　暗く見えにくくなったころ起き出され、一緒にお結びになる。薫君からお手紙があるが。

3　大君の言。今朝からたいそう具合が悪くて。

4　女房の代筆でお返事をさしあげなさる。

5　女房たちの言。いかにもみっともなく、子供っぽくていらっしゃる。薫と距離を置こうとする女主人(大君)に不満で、陰口を言う。

10　八宮の一周忌終る

6　御服喪の期間などが終って、喪服を脱ぎ捨てなさるにつけても。

7　(父宮との死別後)片時も生き残り申していられそうもないと思っていたのに(㊀椎本12節)、あっけなく過ぎてしまった月日の長さをお考えになると、たいそう思いもかけぬ(命長い)我が身のつらさよ、と泣き沈んでいらっしゃるお姿が、とても胸をうつのだった。

8　一年間の服喪中、黒い喪服を着ていたのを言う。青表紙他本多く「ならはし給へる」。

9　除服後、普通は平常服に替えるが、ここはなおも追悼の志が深く、薄鈍を着用。

10　とても優美で、中君はなるほどまさに女盛りで、申し分ないつややかな美しさがまさって。「さまかたちも盛りに」(四二四頁)。

11　(中君の)御髪などを(大君が女房に)洗い清めさせて拝見なさると、この世の憂いを忘れる感じがして、すばらしいので。

12　(大君は)心中ひそかに、(中君が薫と結婚しても)ま近に見て見劣りすることはあるまいと、頼もしくうれしくて。「近劣り」は、相手に実際に近づいた時、予想よりも劣って感じられること。中君と薫の結婚ならば、自分がこうして世話役を務められるのに加え、立派すぎる薫にこの美しい中君なら引けを取るまいと思う。四二四頁参照。

らむと頼もしくうれしくて、[1]いまは又見譲る人もなくて、親心にかしづきたてゝ見きこえ給ふ。

[2]かの人は、つゝみきこえ給ひし藤の衣もあらため給へらむ長月も静心なくて、又おはしたり。

「[3]例のやうに聞こえむ。」

と、また御消息あるに、[4]心あやまりして、わづらはしくおぼゆれば、とかく聞こえすまひて対面し給はず。

[5]思ひのほかに心うき御心かな。[6]人もいかに思ひ侍らむ。

と御文にて聞こえ給へり。

[7]いまはとて脱ぎ侍りしほどの心まどひに、[8]中〳〵沈みはべりてなむ、え聞こえぬ。

とあり。

[9]うらみわびて、例の人召して、よろづにの給ふ。[10]世に知らぬ心ぼそさの慰めには、

1　（父八宮亡き）いまは（大君の）他に中君の世話を頼める人とてなくて、（大君が）親の心になって大切に面倒を見ておあげになる。大君自身を世話する人は、全くない状況でもある。

11　八月末、薫の宇治訪問

2　あの方（薫）は、（大君に近づくのを）ご遠慮申し上げなさった（原因の）喪服もお改めになろう九月も落ち着いてはいられなくて。先夜大君に迫った薫は、喪中のため無理強いできなかった（四一六頁）が、九月も忌月なので結婚を避けねばならず（四藤袴四九三頁注4）、九月になると同じく思いを遂げられず落ち着かない訪問となるので、九月以前の、一周忌の八月二十日ごろが過ぎて間もないころ、宇治を訪ねた。

3　薫が取り次ぎの者に言わせた口上。いつものようにお話し申し上げたい。先夜に限らず、薫は何度も御簾越しに大君と直接言葉を交わしてきた（七橋姫15節、七椎本10・18・24節、七総角2節）。それと同じくの気持。

4　（先夜は薫が）考え違いを起こして（隔てを取り去って室内に侵入し）、（大君は）面倒に感じたので、あれこれ申し逃れをして、対面なさらない。

5　薫の手紙。思いもかけず、情けないお心でいらっしゃる。これまでの親交の深さや、無理強いしなかった先夜の自分のきまじめさを分かってくれない、とする。

6　女房たちもいったいどう思うでしょうか。周囲は二人の結婚を確信しているので、逢わずにはかえって不審をかう、とする。

7　大君の手紙。いまは（一周忌を過ぎた）というので喪服を脱ぎましたころの心の乱れのために。青表紙他本「ぬきすて侍し」。

8　かえって悲しみに沈んでおりまして、（対面して）お話しできません。

9　（薫は）恨み言を言いあぐねて、いつもの人（弁）をお召しになり、いろいろとおっしゃる。

10　世にも稀れな心細い暮らしの慰めとしては。

[1]この君をのみ頼みきこえたる人〳〵なれば、思ひにかなひ給ひて、世の常の住みかに移ろひなどし給はむを、いとめでたかるべきことに言ひ合はせて、

「[2]たゞ入れたてまつらむ。」

と、みな語らひ合はせけり。

[3]姫宮、そのけしきをば深く見知り給はねど、かくとりわきて人めかしなつけたまふめるに、うちとけて、うしろめたき心もやあらむ、昔物語にも、心もてやは、とある事もかゝる事もあめる、うちとくまじき人の心にこそあめれ、と思ひ寄り給ひて、[4]せめてうらみ深くは、この君を押し出でむ、劣りざまならむにてだに、さても見そめては、あさはかにはもてなすまじき心なめるを、ましてほのかにも見そめては慰みなむ、[5]言に出でては、いかでかは、ふとさる事を待ち取る人のあらむ、本意になむあらぬ、とうけひくけしきのなかなるは、かたへは、人の思はむことを、あいなう浅き方にやなど、つゝみ給ふならむ、と[6]おぼしかまふるを、けしきだに知らせ給はずは、罪もや得む、と身をつみていとほしければ、よろづにうち語らひて、

1　この方（薫）をだけ頼りにしている女房たちなので、（大君が）自分たちの願いどおりに（薫と）結婚なさって、世間並の（京の）お邸にお移りにでもなられるのを。

2　女房たちの言。ともかく薫を大君のもとに。

12 中君に薫を勧める大君

3　大君は、女房たちのそんな魂胆を深くはご存じでないが、（薫が弁を）こんなふうに格別お目をかけて手なずけていらっしゃるようなので、（弁も薫に）心を許して油断のならぬ料簡（りょうけん）を起こすのではないか、昔物語でも、（姫君が）自ら望んで、あれこれの事も起きようものか、気をゆるせそうにない女房たちの料簡であるらしい、とお考え及びになって。

4　以下も大君の心内。（薫が）どうしてもと深く恨み訴えるようなら（代りに）この中君をお出しそう、たとえ見劣りするような相手でさえも、そうしていったん逢ってしまえば、薄情なあしらいなどできそうにない（薫の）人柄のようだから、まして（中君なら）少しでも逢ったなら恋心は慰められよう。大君は中君ならば「近劣り」しないと思う。四二八頁。

5　（一度大君と結婚したいと）口に出しては、どうして、即座にそれ（中君との縁談）を待ち構えていたかのように承諾する人などあろう、もともとの希望とは違う、と承知する様子のないらしいのは、一つには、周囲の人（女房など）が思おうことが、心ならずも軽薄な心かなどと（受け取られそうだと）、遠慮しておられるのだろう。薫が、中君を勧める大君の意向を弁から聞かされたが同意しなかった（四〇六頁）のは、薫自身の評判を気にしてのことで、自分に固執しているわけでも、中君を拒んでいるわけでもない、と考える。

6　（大君は中君を薫と縁づけようと）心づもりなさるが、（その計略の）そぶりをさえ（中君に）お知らせなさらないのでは、罪作りなことだ、とわが身につまされて（中君が）気の毒なので、いろいろとお話しして。

「[1]むかしの御おもむけも、「世中をかく心ぼそくて過ぐし果つとも、中〳〵人笑へにかろ〴〵しき心つかふな」などの給ひおきしを、[2]おはせし世の御絆にて、おこなひの御心を乱りし罪だにいみじかりけむを、[3]いまはとてさばかりの給ひし一言をだにたがへじ、と思ひ侍れば、心ぼそくなどもことに思はぬを、[4]この人〳〵の、あやしく心ごはき物ににくむめるこそ、いとわりなけれ。[5]げにさのみ、やうのものと過ぐし給はむも、明け暮るゝ月日に添へても、御事をのみこそ、あたらしく心ぐるしくかなしき物に思ひきこゆるを、[6]君だに世の常にもてなし給ひて、かゝる身のありさまも面立たしく、慰むばかり見たてまつりなさばや。」

と聞こえ給へば、[7]いかにおぼすにかと心うくて、

「[8]一所をのみやは、さて世に果て給へとは聞こえ給ひけむ。はか〴〵しくもあらぬ身のうしろめたさは、数添ひたるやうにこそおぼされためりしか。[9]心ぼそき御慰めには、かく朝夕に見たてまつるより、いかなる方にか。」

と、[10]なまうらめしく思ひ給ひつれば、げにといとほしくて、

一六〇三

1　大君の言。父宮のご遺言も、「生涯をこう心細い暮らしに甘んじるとしても、中途半端に世間の物笑いになるような軽率な料簡をもってはならぬ」など言い置かれたけれども。㊆椎本12節。面目のため独身をという趣旨。

2　（父宮の）ご在世中の足手まといとなり、勤行なさるお心を乱した罪さえも深かったのに。

3　せめていよいよ（死別）という時にあれほど仰せになった（遺言の）一言だけにでも背くまいと思っていますので、（私自身は山里住まいを）心細いなど特に思わないのだけれど。

4　この女房たちが、（私を）変な強情者として憎んでいるらしいのは、じつに困ったもの。

5　（しかし）なるほど女房たちのいうように、あなたまでが私と同様に（独身で）お過ごしになるというのも、明け暮れ過ぎる月日につけても、あなた（中君）のお身の上だけを、（このままでは）もったいなく、おいたわしく不憫なものと思い申すので。四二四頁参照。

6　せめてあなただけでも世間並にご縁組をなさって、私のような者も面目をほどこし、心慰められるばかりにお世話申し上げたい。自らは遺言通り独身を通すつもりだが、中君と薫が結婚することで、宮家の面目をほどこし、また心の慰めを得たいとする。

7　（中君は大君が）どうお考えなのかとつらく。

8　中君の言。父宮は、（姉君）お一人だけを、独身で生涯を過ごすようにと申されたのでしょうか。しっかりもしていない私に対する気がかりは、（姉君よりも）ずっとまさるものと（父宮は）お思いのようだった。面目のためにも、自分こそが独身を通すべきだとする。

9　姉君のお心細さをお慰めするのには、こう朝夕（そばにいて）お逢いする以外に、いったいどんなやり方が（あるというのでしょう）。大君の言の最後「慰むばかり…」に応ずる。

10　（中君は）なんとなく恨めしく思っておいでなので、なるほどその通りだと（大君は）申し訳なくて。青表紙他本「思給へれは／おも給へれは」。

「[1]猶、これかれ、うたてひが〳〵しきものに言ひ思ふべかめるにつけて、思ひ乱れ侍るぞや。」

と言ひさし給ひつ。

[2]暮れゆくに、客人は帰り給はず。姫宮いとむつかしとおぼす。[3]弁まゐりて、御消息ども聞こえ伝へて、うらみたまふをことわりなるよしをつぶ〳〵と聞こゆれば、いらへもし給はず。うち嘆きて、[4]いかにもてなすべき身にかは、一所おはせましかば、ともかくもさるべき人にあつかはれたてまつりて、宿世といふなる方につけて、[5]身を心ともせぬ世なれば、[6]みな例のことにてこそは、人笑へなる咎をも隠すなれ、[7]ある限りの人は年積り、さかしげにおのがじしは思ひつゝ、心をやりて似つかはしげなることを聞こえ知らすれど、[8]こははか〴〵しきことかは、[9]人めかしからぬ心どもにて、たゞ一方に言ふにこそは、と見給へば、[10]引き動かしつばかり聞こえあへるもいと心うくうとましくて、動ぜられ給はず。[11]同じ心に何ごとも語らひきこえ給ふ中の宮は、かゝる筋にはいますこし心も得ずおほどかにて、何とも聞き入れ給はね

1　大君の言。やはり、女房の誰も彼もが、(私を)いやな変り者のように言ったり思ったりするようなので、心乱れるのですよ。

13　大君の苦悩

2　日が暮れてゆくが、薫はお帰りにならない。大君はたいそうわずらわしいとお思いになる。

3　弁が参上して、(薫の)口上を伝え申し上げて、(薫が)恨み言をおっしゃるのは当然だということを細々と申し上げるので、(大君は)お返事もなさらない。

4　以下、大君の心内。自分はどうふるまうべき身の上なのだろう、もしも(両親のどちらか)お一人でもご存命でいらっしゃったら、ともかくもしかるべき後見に世話され申し上げて、運命とかいう定めにつけても。

5　自分自身の意のままにならぬのが世の中だから。「否諾(いなせ)とも言ひはなたれず憂きものは身を心ともせぬ世なりけり」(後撰集・恋五・伊勢)。

6　すべて世間によくありがちなこととして、物笑いになるような失策も目立たずに済むものだが。親に世話されての結婚なら失敗しても笑われないとする。㊄若菜上9節。

7　ここにいる女房はみな年配者で、いかにも分別をわきまえた者のように各人が自負しては、思うままに(薫との結婚を)たいそう似合いのご縁だと言い聞かせようとするが。

8　これが何の頼もしいご縁であるものか。

9　人並の身分でもない女房たちの考えから、ただ片寄ってそう言うだけなのだ。

10　(女房が大君を無理に薫と対面させようと)引き動かさんばかりに申し上げ合うのもとても情けなく疎ましくて、心の動きようもない。

11　同じ思いで何ごとも相談し合いなさるはずの中君は、このようなこと(結婚)に関しては、(大君よりも)もう少し不案内でおっとりして、何とも申し上げがいがないので。高貴な女性としてどうすべきかの分別に加え、薫の厚志への共感が、いまの中君にはさほどない。

ば、[1]あやしくもありける身かなと、たゞ奥ざまに向きておはすれば、

「[2]例の色の御衣ども、たてまつり替へよ。」

など、そゝのかしきこえつゝ、[3]みなさる心すべかめるけしきを、[4]あさましく、げに何の障りどころかはあらむ、ほどもなくて、かゝる御住まひのかひなき、山なしの花ぞのがれむ方なかりける。

[5]客人は、かく顕証にこれかれにも口入れさせず、忍びやかに、いつありけむことともなくもてなしてこそ、と思ひそめ給ひけることなれば、

「[6]御心ゆるし給はずは、いつもいつもかくて過ぐさむ。」

とおぼしの給ふを、[7]この老い人の、おのがじし語らひて、顕証にさゝめき、さは言へど深からぬけに、老いひがめるにや、いとほしくぞ見ゆる。

[8]姫宮おぼしわづらひて、弁がまゐれるにの給ふ。

「[9]年ごろも、人に似ぬ御心寄せとのみの給ひわたりしを聞きおき、いまとなりては、よろづに残りなく頼みきこえて、あやしきまでうちとけにたるを、[10]思ひしにた

1 (大君は)物珍しくもある身であったなと。若い女性でありながら、かしづかれず、自分一人で身の振りを考える巡り合わせを言う。

2 女房の言。常の色のお召物にお着替えあそばせ。今は「薄鈍」の衣である。四二八頁。

3 みな薫に逢わせるつもりらしい様子を。

4 (大君は)あきれる外なく、いかにも(薫の侵入に)何の妨げがあろう、場所も手狭で、このような(頼りになる女房もない)お住まいのふがいなさ、つらいと言っても身の隠しようもない住居であった。「世の中を憂しと言ひてもいづこにか身をば隠さむ山なしの花」(古今六帖六)による。「山梨」「山無し」の掛詞。大君の心内語が地の文に転ずる。

5 薫は、このように表だって(女房の)誰彼にも口を出させず、こっそりと、いつから逢いはじめたのだろうとも知れないように事を運んで、と最初からお考えだったことなので。

6 薫の言。ご承諾下さらないなら、いつまでもこのままで(物越しの対面を)お待ちしよう。

7 この老人(弁)が女房同士で相談して、大っぴらにささやき、とはいっても思慮が深くないうえに、老いて偏屈になったのか(大君が)お気の毒に思われる。弁は思慮深いはずだったのに何かしそう、と示唆する語り手の評言。

14 大君と弁の相談

8 大君は思い悩み、弁が参ったのに話をする。

9 大君の言。ここ数年も、並の男性とは異なる(薫の)ご厚志だとばかり(亡き父宮が)いつも仰せになっていたのを聞いていて、いまとなっては、諸事万端に隠すところなくお頼り申していて、不思議なほど親密にしているのに。女房の取次ぎなしの応対など、破格の待遇であり、それは信頼の証だとする。

10 自分が考えていたのとは違うお気持もまじって、お恨みになっておられるそうなのがどうしようもないこと。大君は厚意のみと思って感謝していたのに、薫には大君との結婚を望む気持もあったのを意外だとする。

がふさまなる御心ばへのまじりて、うらみ給ふめるこそわりなけれ。[1]世に人めきてあらまほしき身ならば、かゝる御ことをも何かはもて離れても思はまし。[2]されど、むかしより思ひ離れそめたる心にて、いと苦しきを、[3]この君の盛り過ぎ給はむもくちをし、げにかゝる住まひも、たゞこの御ゆかりにところせくのみおぼゆるを、[4]まことにむかしを思ひきこえ給ふ心ざしならば、同じことに思ひなし給へかし。身を分けたる心の中はみな譲りて、見たてまつらむ心ちなむすべき。猶かうやうによろしげに聞こえなされよ。」

[5]とはぢらひたるものから、あるべきさまをのたまひつゞくれば、いとあはれと見たてまつる。

[6]「さのみこそは、さき〴〵も御けしきを見給ふれば、いとよく聞こえさすれど、[7]「さはえ思ひあらたむまじ。[8]兵部卿宮の御うらみ深さまさるめれば、又そなたざまに、いとよく後見きこえむ」となむ聞こえ給ふ。[9]それも思ふやうなる御事どもなり。[10]二所ながらおはしまして、ことさらにいみじき御心尽くしてかしづききこえさせ

1　(自分が)世間並に(結婚して)暮らしたいと思う身だったならば、こうしたお話(薫との縁談)をどうしてお断りする気にもなっただろう(承諾した)。「…ば…まし」は反実仮想。

2　けれども(実際は)、昔から俗世のことは思い捨てている性情なので、(結婚を責めたてられても)まことに苦しいのだが。大君は、ずっと前から結婚は念頭にないと主張する。

3　この中君の美しい盛りが過ぎてしまわれるのも残念で、いかにもこのような(山里の)住まいも、ただこの(中君の)ご縁者にとって(お世話も十分にできず)不自由とばかり思われるのだが。薫のような立派な婿君を通わせるには、不都合な環境だとへりくだる。

4　真に亡き父宮をお慕い申し下さるご厚情なら、(中君を私と)同様に思って下さい。(姉妹は)身を二つに分けている(その私の)心の内はみな(中君に)あずけて、(私も)一緒に(薫に)お逢い申しているような気持にもなろう。やはりこんなふうにうまくとりなしておくれ。青表紙他本「よろしげにを」。

5　(大君は)恥じらいつつも、自分の望むありようをおっしゃり続けるので、(弁は)とてもお可哀想だと見申し上げる。もはや薫の意向に逆らうことはできないと弁は考える。

6　弁の言。そのようにばかり(お考えだ)と、前々からそのご意向を存じ上げているので、(薫に)よく申し上げているが。四〇二頁。

7　以下薫の言の引用。とてもそうは思い直せそうにない。青表紙他本「あらたむましき」。

8　(中君の件は)兵部卿宮(匂宮)のお恨みがいよいよ深くなるようだから、(私は)またそちらの筋で十分にお世話申すとしよう、と(薫は)申し上げていらっしゃる。

9　それ(匂宮と中君のこと)も(薫と大君の結婚と同じく)願ってもないことどもです。

10　ご両親がお二方ともご存命で、格別にたいそう(結婚に)心を尽くしてお世話し申しなさったとしても。「かしつききこえさせ」、青表紙他本「かしつききこえ」。

給はむに、[1]えしもかく世にありがたき御ことゞも、さし集ひ給はざらまし。[2]かしこけれど、かくいとたづきなげなる御ありさまを見たてまつるに、いかになり果てさせ給はむと、うしろめたくかなしくのみ見たてまつるを、のちの御心は知りがたけれど、うつくしくめでたき御宿世どもにこそおはしましけれとなむ、かつ〴〵思ひきこゆる。[3]故宮の御遺言たがへじとおぼしめす方はことわりなれど、[4]それは、さるべき人のおはせず、品ほどならぬ事やおはしまさむとおぼして、戒めきこえさせ給ふめりしにこそ。[5]「この殿の、さやうなる心ばへものし給はましかば、一所をうしろやすく見おきたてまつりて、いかにうれしからまし」と、をりをりのたまはせしものを。[6]ほどほどにつけて、思ふ人におくれ給ひぬる人は、高きも下れるも、心のほかに、あるまじきさまにさすらふたぐひだにこそ多く侍めれ。それみな例の事なめれば、もどき言ふ人も侍らず。[7]まして、かくばかりことさらにもつくり出でまほしげなる人の御ありさまに、心ざし深くありがたげに聞こえ給ふを、[8]あながちにもて離れさせ給うて、おぼしおきつるやうにおこなひの本意を遂げ給ふとも、[9]さりと

1 こんなめったにない縁談を、次々集めなさるなぞできなかったろう。反実仮想。

2 畏れ多いことながら、このように暮らしの手だてのない窮状を拝するに、いったいこの先どうおなりになろうかと、気がかりで悲しくばかり拝するのに、（婿君の）将来のお気持までは知りがたいものの、（この縁談がまとまればお二人とも）幸せで結構なご運勢だと、何はともあれ、思い申し上げているのです。

3 亡き父宮のご遺言に背くまいとお考えなのは当然のことですが。「この山里をあくがれ給ふな」などとあった（㈦椎本三二四頁）。

4 その遺言は、宮家の婿にふさわしい人がいらっしゃらず、身分に不似合いの縁組でもなさりはせぬかと（八宮が）お考えになって。

5 以下八宮の折々の発言。この殿（薫）が（娘との）縁組を望むお気持がおありだったならば、一人なりと安心して（結婚を）見届け申して、どんなにうれしかったろう。

6 身分身分に応じて、大事と思ってくれる人に死別してしまわれた人は、高貴でも下賤でも自分の意に反して、（卑しい男と結婚するなど）とんでもない境遇に落ちぶれる例さえ多いようでございます。それはすべてよくあることで、非難する人もおりません。だが高貴な女性が自分だけの考えで結婚を決めるのは、一生の疵となるはず（㈤若菜上9節）。

7 ましてや、格別に作り出してもみたいような（ご立派な）お人柄で、情愛深くまたとないほど熱心に申して下さるのを。薫は人柄も、愛情の深さも、結婚相手として理想的とする。

8 （大君が）強引に（結婚を）かけ離れたこととなさって、かねてのお考えどおりに、出家のご本望をお遂げになっても。大君の「むかしより思ひ離れ…」（四四〇頁）に応じた物言い。

9 かといって雲や霞を共に生きていけようか。出家しても生活の料（かて）が必要だから、薫の支えが要る、の意。四〇五頁注5参照。「背くとて雲には乗らぬものなれど世の憂きことぞよそになるてふ」（伊勢百二段）を否定する。

て雲霞をやは。」

など、[1]すべて言多く申しつゞくれば、いとにくゝ心づきなしとおぼして、ひれ臥し給へり。

[2]中の宮も、あいなくいとほしき御けしきかなと見たてまつり給ひて、もろともに例のやうに御殿籠りぬ。[3]うしろめたく、いかにもてなさむとおぼえ給へど、[4]ことさらめきてさし籠り、隠ろへ給ふべきものの隈だになき御住まひなれば、[5]なよゝかにをかしき御衣、上に引き着せたてまつり給ひて、[6]まだけはひ暑きほどなれば、すこしまろび退きて臥し給へり。

[7]弁は、の給ひつるさまを客人に聞こゆ。[8]いかなれば、いとかくしも世を思ひ離れ給ふらむ、聖だち給へりしあたりにて、常なきものに思ひ知り給へるにや、とおぼすに、[9]いとゞ我心通ひておぼゆれば、さかしだちにくゝもおぼえず。

「[10]さらば、物越しなどにも、いまはあるまじきことにおぼしなるにこそはあなれ。こよひばかり、[11]大殿籠るらむあたりにも、忍びてたばかれ。」

1　（弁は）すべて言葉を連ねて申し上げ続けるので、（大君は）たいそう憎らしく気にくわないとお思いになって、（脇息に寄りかかって）うつ伏せになられる。弁の言葉をこれ以上聞きたくないという拒否のしぐさである。

15　大君と中君、薫と弁

2　中君も（大君を）、（何もしてさしあげられず）不本意にもおいたわしいご様子だとお見上げなさり、ご一緒にいつものようにお寝みになった。姉妹の寝所は母屋の東面にある。

3　（大君は）気がかりで、（弁などが）どんなことをしでかすのだろうかとお思いであるが。薫を手引きしないかと不安。

4　わざとらしく閉じ籠り、身をお隠しになれる物陰さえもない（手狭な）お住まいなので。

5　柔らかな美しいお召し物を、（中君の）上にそっとかけてさしあげなさり。薫が忍び込んだ場合を想定。妹を美しく見せて、自らは逃げ出すつもりだったか。

6　まだ何となく暑さの残る時分なので、（大君は中君から）少し離れて横になられた。もう八月の下旬、秋も半ばのころである。

7　弁は、（大君が）おっしゃった旨を薫に申し上げる。

8　以下、薫の心内。どんなわけで、（大君は）ほんとうにこうも結婚を断念なさるのだろう、聖のようでいらした（父八宮の）周辺で（過ごして）、この世のすべてを移り変わるものと思い知りなさったのだろうか。愛情も結婚も栄華も、この世のすべてをはかないものと悟っているのだろうと推察し薫は共感する。

9　ますます道心を身上とする薫自身の心と似通っているとお感じになるので、利口ぶって憎らしい女（とひ）という気もしない。

10　薫の言。では、（大君は）物越しの対面などでも、今はもってのほかと考えるようになられたのだな。もう待っても仕方ないとする。

11　（大君の）ご寝所のあたりにでも、こっそりと計略を巡らせて（私を入れてくれ）。

との給へば、心して人[1]とく静めなど、心知れるどちは思ひかまふ。

よひすこし過ぐるほどに、風のおと荒らかにうち吹くに、[2]はかなきさまなる蔀などはひし〳〵と紛るゝおとに、[3]人の忍び給へるふるまひはえ聞きつけ給はじと思ひて、[4]やをら導き入る。[5]同じ所に大殿籠れるをうしろめたしと思へど、常の事なれば、ほか〳〵にともいかゞ聞こえむ、[6]御けはひをもたど〳〵しからず見たてまつり知り給へらむと思ひけるに、[7]うちもまどろみ給はねば、ふと聞きつけ[8]たまてやをら起き出で給ひぬ。[9]いととくはひ隠れ給ひぬ。

[10]何心もなく寝入り給へるを、いと〳〵いとほしく、いかにするわざぞと胸つぶれて、もろともに隠れなばやと思へど、さもえ立ち返らで、わな〳〵見給へば、火のほのかなるに、[11]袿姿にて、いと馴れ顔に木丁のかたびらを引き上げて入りぬるを、[12]いみじくいとほしく、いかにおぼえ給はむと思ひながら、[13]あやしき壁のつらに屛風を立てたるうしろのむつかしげなるにゐ給ひぬ。[14]あらましごとにてだにつらしと思ひたまへりつるを、まいて、いかにめづらかにおぼし疎まむと、いと心ぐるしきに

1　他の女房たちを早めに寝静まらせたりなど、事情を知る女房同士は計略を巡らせる。

16　大君、薫から逃れる

2　粗末な造りの蔀などはきしきしと鳴る、その物音に紛れ。蔀は、姫君たちの居所（寝殿東がわ）に続く東廂にある（㊆椎本三三二頁）。

3　人（薫）が忍び入られる物音は（大君は）聞き付けることがおできにならないだろう。

4　そっと（弁が薫を大君の寝所に）導き入れる。

5　以下弁の思惑（おもわく）。（大君が中君と）同じ所にお寝みになっているのを（弁は）気がかりに思うが、いつものことだから、今夜は別々にお寝み下さいともどうして申せよう。

6　（薫は大君の）ご様子をも、今まではっきりと十分存じ上げていらっしゃるだろうと。中君と間違えることはあるまいからご一緒でも何とかなろうという、弁の無責任な推測。

7　（大君は）まんじりともなさらないので、ふと聞きつけなさって、そっと起き出しなさる。

8　青表紙他本「たまひて」。

9　さっさと物陰に隠れられた。このあたり源氏から身を逃れた空蝉に似る。㊀空蝉6節。

10　（中君が）無心に眠っておられるのを、とても不憫で、（大君は）どうなることかと胸がどきりとして、一緒に隠れたいと思うが、そうも引き返せず、震えつつご覧になると。

11　（薫が直衣と指貫を脱いだ）袿姿で、いかにも物馴れた様子で几帳の帷子を引き上げて入ってきたので。「木丁」は几帳の当て字。

12　（中君に）とてもすまなく、どうお思いかと。

13　粗末な壁面にそって屛風を立ててある後ろの、いかにもむさ苦しい所に（大君は）お座りになる。壁と屛風のあいだに身をひそめる。

14　以下、大君の心内。（中君に）これからの心づもりとして（薫との縁談を）お聞かせした、そのことさえ恨めしいと思っていらしたのに、まして（こんなことがあっては）、どんなに心外なことと私を疎ましくお思いになるだろうと。「…だに…まして…」の文脈。

も、[1]すべてはかゞしき後見なくて、落ちとまる身どものかなしきを思ひつゞけ給ふに、いまはとて山に上り給ひしゆふべの御さまなど、たゞいまの心ちして、いみじく恋しくかなしくおぼえ給ふ。

[2]中納言は、ひとり臥し給へるを、心しけるにやとうれしくて、心ときめきし給ふに、[3]やう〳〵あらざりけりと見る。[4]いますこしうつくしくらうたげなるけしきはまさりてやとおぼゆ。[5]あさましげにあきれまどひ給へるを、げに心も知らざりけると見ゆれば、いといとほしくもあり、[6]又おし返して、隠れ給へらむつらさの、まめやかに心うくねたければ、これをもよそのものとはえ思ひ放つまじけれど、[7]なほ本意のたがはむくちをしくて、うちつけに浅かりけりともおぼえたてまつらじ、[8]この一ふしは猶過ぐして、つひに宿世のがれずは、こなたざまにならむも、何かは異人のやうにやは、と思ひさまして、[9]例の、をかしくなつかしきさまに語らひて、明かし給ひつ。

[10]老い人どもは、しそしつと思ひて、

1　すべてはしっかりした後見（親）もなく、この世に生き残っている自分たち二人の身の上の悲しさを思い続けなさると、今を限りと山寺にお登りになった夕べの（父宮の）お姿など、たった今のことのようで。㊁椎本13節。

17 薫、中君と気づく

2　薫は、（女性が）一人で寝ていらっしゃるのを、そのお心づもりだったのかとうれしくて。

3　しだいに別人だったのだと見て取る。以下、薫の心情に直接即した文脈で、敬語が用いられず、「うちつけに」から心内語に転ずる。

4　（この中君は大君より）もう少し愛らしく可憐な様子はまさっているかと感じる。

5　（この中君が）あまりの意外さに茫然としておいでなのを、なるほど事情も知らなかったのだと察せられるので、（言い寄るのは）とてもいたわしくもあり。

6　またうって変わって、どこかに隠れていらっしゃるらしい（大君の）冷淡さが、真実つらく癪に障るので、（大君のみならず）この中君をも他人のものと思い切ることはできそうにないのだが。青表紙他本多く「をもひはつ」。

7　やはり本来の（大君をとの）願いがかなわないのは残念で、すぐに変るような一時の軽い気持だったとは（大君に）思われ申すまい。中君に惹かれながらも、大君への恋に固執する。

8　この場の一件はやはりこのままやり過ごし、（それでも）結局（中君との）宿縁を逃れられないのなら、この方（中君）と結ばれたとしても、どうして別人を代りに妻にしたように（思おうか）、と冷静になって。いま大君の願いに従って中君を選ぶのは癪だが、運命によって中君が妻になるならそれも良し、の気持。

9　いつものように、（薫は）趣深く慕わしい様子で（中君と）語り合って。大君と一緒だった先夜のように、の気持。今回も、契りを結ばない、語らいだけの逢瀬である。

10　老女房たちは、事をやり遂げたと思って。「そす」はその行為を度を超えて熱心にする。

「[1]中の宮、いづこにかおはしますらむ。あやしきわざかな。」

と[2]たどりあへり。

「[3]さりとも、あるやうあらむ。」

など言ふ。

「[4]大方、例の見たてまつるにしわ延ぶる心ちして、めでたくあはれに見まほしき御かたちありさまを、などていともて離れては聞こえ給ふらむ。[5]何か、これは世の人の言ふめるおそろしき神ぞ憑きたてまつりたらむ。」

とは、[6]歯うちすきてあい行なげに言ひなす女あり。又、

「[7]あな、まが〳〵し。なぞの物か憑かせ給はむ。[8]たゞ、人にとほくて生ひ出でさせ給ふめれば、かゝる事にも、つき〴〵しげにもてなしきこえ給ふ人もなくおはしますに、はしたなくおぼさるゝにこそ。[9]いま、おのづから見たてまつり馴れ給ひなば、思ひきこえ給ひてん。」

など語らひて、

1　老女の言。中の宮様はどこにいらっしゃいましょう。（お姿が見えないとは）妙なことですね。女房たちは薫と大君の二人きりにしようと謀って、首尾良く成功したつもりでいるが、中君の姿が見えないのに不安を抱く。

2　（暗い中を）探りまわっている。

3　別の女房の言。そうは言っても、何か子細があるのでしょう。中君もどこか離れた物陰に身を隠しているのだろう、の意。あまり深く考えないままに、次の薫絶賛にうつる。

4　老女の言。もともと、いつも拝するだけで老の皺も延びる気がして、立派でしみじみ見とれていたくなる（薫の）お顔だちやお姿でいらっしゃるのに、（大君は）どうしてひどくそっけなくお相手申されるのだろう。大君の心情をよそに、立派な薫の頼もしさを賛嘆。

5　いやはや、これは世間の人が噂する恐ろしい神が（大君に）憑（つ）き申し上げているのでしょう。『細流抄』では、「世俗の諺（ことわざ）に、嫁すべき時過ぎぬれば、神のつくと也」として、「玉葛（たまかづら）実成らぬ木にはちはやぶる神そつくといふ成らぬ木ごとに」（万葉集二・一〇一）を掲げる。薫を絶賛する立場から、薫になびかない大君を異常だと揶揄（やゆ）する。

6　歯の抜けた口もとで、いかにも可愛げなく、わざと悪く言う女もいる。語り手は、孤立無援の大君に同情する立場から、女房を辛辣に語る。「あい行」は「愛敬」の当て字。

7　別の老女の言。まあ、縁起でもない。どんな魔物が憑いていらっしゃるというのか。

8　ただ、世間づきあいも疎くてお育ちになられたようだから、こうしたこと（結婚など）に際しても、似つかわしいようにお世話申しなさるお方もないので、きまり悪い思いをなさっているのでしょう。大君の両親、特に母親のいない育ちを言う。

9　そのうち、自然と婿君（薫）におなじみになられたら、（大君も）きっと（婿君を）お慕い申されよう。

「[1]とうちとけて、思ふやうにておはしまさなむ。」

と言ふ〳〵寝入りて、[2]いびきなどかたはらいたくするもあり。
[3]逢ふ人からにもあらぬ秋の夜なれど、ほどもなく明けぬる心ちして、[4]いづれと分くべくもあらずなまめかしき御けはひを、人やりならず飽かぬ心ちして、
「[5]あひおぼせよ。いと心うくつらき人の御さま、見ならひ給ふなよ。」

など、[6]後瀬を契りて出で給ふ。我ながら、[7]あやしく夢のやうにおぼゆれど、[8]猶つれなき人の御けしき、いま一たび見果てむの心に思ひのどめつゝ、[9]例の、出でて臥し給へり。

一六〇

[10]弁まゐりて、
「[11]いとあやしく、中の宮はいづくにかおはしますらむ。」

と言ふを、[12]いとはづかしく思ひかけぬ御心ちに、いかなりけんことにかと思ひ臥し給へり。きのふの給ひしことをおぼし出でて、姫宮をつらしと思ひきこえ給ふ。明けにける光につきてぞ、[13]壁のなかのきり〴〵す這ひ出で給へる。[14]おぼすらむ事の、

1　老女の言。早く（大君が薫に）心を許して、何不自由ないお身の上になられてほしい。

2　いびきなど、聞くに堪えない音をたてる。

3　逢いたい人（大君）と過ごしたために秋の夜長を短く感じたわけではないが、あっけなく夜は明けてしまった感じがして。「長しとも思ひぞ果てぬ昔より逢ふ人からの秋の夜なれば」（古今集・恋三・凡河内躬恒）による。

4　大君とまさり劣りの区別もつきかねるほど優美な中君のご様子に、（薫は）ほかならぬ自分自身のせいで（このまま何もなく別れてしまうのは）物足りない思いがして。

5　薫の言。あなたも私を思って下さいな。ほんとうに情けなくつれない（大君の）心を真似しないで下さい。

6　後の逢瀬を約束して（薫は）寝所を出られる。「若狭なる後瀬の山の後（のち）も逢はむ我が思ふ人に今日ならずとも」（古今六帖二）。

7　実事のない逢瀬の、奇妙で夢のような感覚。

8　やはり冷淡なお方（大君）のご様子を、もう一度最後まで見届けようと心をなだめながら。

9　大君との一夜（四二二頁）と同じく西廂に。

18　翌朝の人々の思い

10　弁が、薫と入れ替りに、姫君たちの居室に。

11　弁の言。布団をかぶっているので大君と思い込んで、相手が中君とも気づかず尋ねる。

12　中君は、とても恥ずかしく意想外の事態に茫然とする思いで、どういうことだったのだろうと思いながら横になられた。昨日（大君が中君に）おっしゃったことを思い出されて、大君をひどいとお思いになる。結婚を勧めた大君の言葉を思い出し（四三四頁）、大君の計略で薫が侵入したと思い、姉を恨む。

13　壁と屏風のあいだに身をひそめていた大君の比喩。「きり〴〵す」は今のこおろぎ。「季夏（かき）蟋蟀（しっしゅつ）壁に居る」（礼記・月令）。這い出して中君の傍に来る。⇨夕顔二七五頁注9。

14　中君が何とお思いか（と思うと大君は）、とてもつらくて、互いに何もおっしゃれない。

いといとほしければ、かたみにものも言はれ給はず。ゆかし[1]げなく、心うくもあるかな、いまよりのちも心ゆるひすべくもあらぬ世にこそ、と思ひ乱れ給へり。

弁[2]はあなたにまゐりて、あさましかりける御心づよさを聞きあらはして、いとあまり深く人にくかりける事と、いとほしく思ひほれゐたり。

「来[3]し方のつらさはなほ残りある心ちして、よろづに思ひ慰めつるを、こよひなむまことにはづかしく、身も投げつべき心ちする。捨[4]てがたくおとしおきたてまつり給へりけん心ぐるしさを思ひきこゆる方こそ、又ひたふるに身をもえ思ひ捨つまじけれ。かけ〱[5]しき筋は、いづ方にも思ひきこえじ。うき[6]もつらきも、かた〲に忘られ給ふまじくなん。宮[7]などのはづかしげなく聞こえ給ふめるを、同じくは心高くと思ふ方ぞことにものし給ふらんと心得果てつれば、いと[8]ことわりにはづかしくて、また、まゐりて人〱に見えたてまつらむこともねたくなむ。よし[9]、かくをこがましき身の上、また人にだに漏らし給ふな。」

と[10]ゑむじおきて、例よりも急ぎ出で給ひぬ。

1　大君の心内。(自分も中君も薫にあらわに見られて)奥ゆかしげもなく情けないことよ。この先も周囲に心を許せない人生なのだった。

2　西廂にいる薫のもとに参上して、あきれるほかない(大君の)意志の強さを詳しく聞いて、まったく思慮がかちすぎてかわいげのないことと、(弁は薫が)いたわしく呆然としている。

3　薫の言。今までの(大君の)冷淡さはそれでもまだ望みのある気がして、いろいろと心を慰めてきたのだが、今夜はほんとうに恥ずかしく、死んでしまいそうな気がする。「頼めくる君しつらくは四方(もよ)の海に身も投げつべき心地こそすれ」(馬内侍集)による。

4　(だが亡き父宮が姫君たちを)見捨てがたい思いでこの世にお残し申されたろう、そのおいたわしさをお察し申せばこそ、いちずにわが身を捨てて死ぬわけにもいくまい。自分が亡き父宮の遺託を受けていたことを主張。

5　恋愛めいた方面は、(私を見下しておられる)大君にも中君にも思い申し上げるまい。

6　情けない点でも恨めしい点でも、ともに(大君は私に)忘れられなさりそうにない。

7　匂宮様などが遠慮もなく文通し申し上げなさっているようだが、同じことなら望みを高くとお考えの筋が(大君には)他におありらしいとすっかりよく分かったので。

8　(それも)いかにも当然のことと恥ずかしくて、再び(宇治に)参って女房がたの目に(卑しい私の姿が)見え申し上げるのも、癪にさわる。二世源氏に過ぎない自分などより、中宮を母とする親王という高貴な身分の匂宮を選ぶのかという、薫の嫌味。女房たちもそんな自分を笑っていよう、と自嘲的な嫌味を重ねる。

9　まあよい、こんな愚かしい私について、せめて他の人には噂を漏らさないでおくれ。

10　(薫は)恨み言を言い置いて、いつもよりも急いで出立なさった。早い出立も怒りを示す行為。女房たちはあっけなく動揺する。

「[1]たが御ためもいとほしく。」

とさゝめきあへり。

姫君[2]も、いかにしつることぞ、もしおろかなる心ものしたまはゞと、胸つぶれて心ぐるしければ、すべてうち合はぬ人〳〵のさかしら、にくしとおぼす。さま〴〵思ひ給ふに、御文[3]あり。例[4]よりはうれしとおぼえ給ふも、かつはあやし。秋[5]のけしきも知らず顔に、青き枝の、かたへいと濃くもみぢたるを、

同[6]じ枝を分きて染めける山姫にいづれか深き色ととはゞや

[7]さばかりうらみつるけしきも、言少なにことそぎて、おしつゝみ給へるを、[8]そこはかとなくもてなしてやみなむとなめりと見給ふも、心さわぎて見る。[9]かしかましく、

「御返り。」

と言へば、「[10]聞こえ給へ」と譲らむもうたておぼえて、さすがに書きにくゝ思ひ乱れ給ふ。

[11]山姫の染むる心は分かねども移ろふ方や深きなるらん

1　女房の言。（薫、大君、中君）誰にとっても申し訳ないことで。

19　**薫、大君と詠歌**

2　大君も、どうしたことか、もしも（薫に中君への）疎略な心がおありならばと、胸がどきっとして（中君が）いたわしくてたまらなくて、すべては首尾一貫しない女房たちのおせっかいが憎らしいとお思いになる。軽率な女房の介入のため薫の怒りを買い、中君の未来を閉ざす結果に動揺。青表紙他本「ひめ宮」。

3　逢瀬の翌朝の、いわゆる後朝（きぬぎぬ）の文。

4　いつもよりはうれしいとお感じになるのも、一方ではおかしなことよ。薫を避けようとする大君が、薫からの手紙をうれしく思う点についての、語り手もしくは大君自身の評言。

5　秋の様子も知らぬかのように青葉のままの枝の、片方だけが色濃く紅葉した枝を（つけ）。今は仲秋八月末、やがて紅葉の時である。

6　薫の歌。同じ枝を片方だけ特別に染め分けた山姫に、どちらが深い色かと尋ねたい。「同じ枝」は姉妹。「山姫」は山の女神で大君をいう。取り立てて示された中君より、変わらぬ大君を変わらず思う心こそ深いとの含み。

7　あれほど恨んでいた様子も、言葉少なく簡略にして、（わが意中を包み込むように）薄様（うすよう）で包んで（包み文にして）おいでなのを。

8　（昨夜の中君との一件を）うやむやにして済ませようとのおつもりらしいとご覧になるも。

9　女房たちがうるさく「お返事を」と言う。

10　（中君に）お返事なさいませと譲るのも我ながら情けなく思って、（大君自身が返事を書くことにしたが）さすがに書きにくく思い乱れなさる。薫の怒りをなだめ、昨夜を薫と中君の仲を深める契機にしようと苦慮する。

11　大君の歌。山姫が片方の枝だけを染め分けた気持は分からないが、色移ろって紅葉した方に深い心を寄せているのだろう。「うつろふ」は、色変る、心変る、の両意。薫が深く思っているのは、心移った中君の方だとする。

[1]ことなしびに書き給へるが、をかしく見えければ、なほえ怨じ果つまじくおぼゆ。

[2]身を分けて、など譲り給ふけしきはたび〳〵見えしかど、[3]うけひかぬにわびてかまへ給へるなめり、そのかひなく、かくつれなからむもいとほしく、なさけなき物に思ひおかれて、いよ〳〵はじめの思ひかなひがたくやあらん、とかく言ひ伝へなどすめる[4]老い人の思はむ所もかろがろしく、とにかくに[5]心を染めけむだにくやしく、[6]かばかりの世の中を思ひ捨てむの心に、身づからもかなはざりけりと、人わろく思ひ知らるゝを、まして[7]おしなべたるすき者のまねに、同じあたりかへすかへす漕ぎめぐらむ、いと人笑へなる棚なし小舟めきたるべし、など[8]夜もすがら思ひ明かし給ひて、まだ有明の空もをかしきほどに、兵部卿宮の御方にまゐり給ふ。

[9]三条宮焼けにしのちは、六条の院にぞ移ろひ給へれば、近くては[10]常にまゐり給ふ。宮も、おぼすやうなる御心ちし給ひけり。紛るゝ事なくあらまほしき御すまひに、御前の前栽ほかのには似ず、同じ花の姿も、木草のなびきざまもことに見なされて、遣水に澄める月の影さへ絵にかきたるやうなるに、[11]思ひつるもしるく起き

1　（薫の歌の含みに）素知らぬ風にお書きになっているのが、（才気があり）興深く見えるので、やはり（薫は大君を）恨み通せなく感じる。

2　薫の心内。身を二つに分けて（も心は一つ）など（大君が薫との結婚を中君に）お譲りになる様子は幾度もお見受けしたが。四四〇頁。

3　（自分が）承諾しないのに困って企まれたのだろう。そのかいもなく、こんな風に自分の気持が中君に移らないのもすまなくて、情のない男だと隔意をもたれて、ますます当初からの大君思慕が成就しにくいことだろうか。

4　大君への接近の橋渡し役だった弁に、中君との一夜を知られる不都合さを思う。

5　大君に心を寄せてきたことさえ悔まれて。

6　この程度の世を思い捨てようという道心に、自分も思い通りにならないのだったと、みっともなく思い知らされるのに。

7　世間にありふれた好色者と同じく、同じ女（ひと）にいつまでもつきまとっているようなのは、まったく物笑いの棚なし小舟めいているだろう。「堀江漕ぐ棚なし小舟漕ぎ返り同じ人にや恋ひわたりなむ」（古今集・恋四・読人しらず）。底本「人わつらへなる」、青表紙他本により訂正する。

8　（薫は）一晩中物思いに沈んで夜を明かしなさって、まだ有明の月が西空に残る趣深いころに、匂宮のもとへ参上なさる。匂宮は二条院を相続し住まいとしたが（㊆匂兵部卿1節）、六条院春の町の一角にも居所を有していたか。

20　薫、匂宮を訪ねる

9　三条宮の焼失後、薫と母の女三宮が、六条院春の町に転居している。㊆椎本28節。

10　（薫は）いつも（匂宮のもとに）参上なさる。匂宮も思い通り（満足）のお気持がなさるのだった。（六条院は）雑事にも紛れず理想的なお住まいで。以下、前栽（庭前の植え込み）の花や草木を描く。青表紙他本「をなしき」。

11　（薫の）思ったとおり（匂宮は）起きておいでだった。風流好みらしく月夜の風情を観賞。

おはしましけり。風につきて吹きくるにほひのいとしるくうちかをるに、[1]ふとそれとうちおどろかれて、御なほしたてまつり、乱れぬさまに引きつくろひて出で給ふ。[2]階を上りも果てず、ついゐ給へれば、「[3]猶、上に」などもの給はで、高欄に寄りゐ給ひて、世中の御もの語り聞こえかはし給ふ。[4]かのわたりの事をも、もののついでにはおぼし出でて、よろづにうらみ給ふもわりなしや。[5]身づからの心にだにかなひがたきを、と思ふ〳〵、さもおはせなむと思ひなるやうのあれば、例よりはまめやかに、あるべきさまなど申し給ふ。

[6]明けぐれのほど、あやにくに霧りわたりて、空のけはひ冷やかなるに、月は霧に隔てられて、木の下も暗くなまめきたり。[7]山里のあはれなるありさま思ひ出で給ふにや、

[8]「このごろのほどは、かならず。おくらかし給ふな。」

と[9]語らひ給ふを、猶わづらはしがれば、

[10]をみなへし咲ける大野をふせぎつゝ心せばくや標を結ふらむ

1　（匂宮は）すぐに薫の芳香と気づかれて、直衣をお召しになり、きちんとした姿に整えてお出ましになる。桂姿でくつろいでいたか。

2　庭から簀子（すのこ）にのぼる階段。薫は上までのぼりきらず、中途でひざまずく。

3　匂宮は「やはり上に」などともおっしゃらず、ご自身も簀子の高欄に寄りかかってお座りになって。たがいに夜の月を賞でる体。

4　宇治の姫君たちのことも、（匂宮は）何かのついでに思い出されて、あれこれと（取り持ち不足だと）お恨みになるのも困ったもの。

5　（薫は）自分自身の思いさえも遂げられないのに、と思い思い、そうなられてほしいと考える子細があるので、いつもよりはまじめな雰囲気で、こうあればというあり方をお話しになる。大君の意図をくじくために、中君を匂宮に結びつけようとする。そのためには匂宮の気持がただの好奇心では困るので、まじめに語り、真摯な態度を求める。ただし大君の薫への信頼ぶりを読み違えた行動ではある。

6　夜明け前のほの暗いころ、あいにく一面に霧が立ちこめて、空の雰囲気もひんやりして、月は霧に隔てられ、木の下もほの暗く風情がある。しみじみ語り合うのに適した優艶の趣。

7　（匂宮は）宇治の山里の胸に迫るさまを思い出されるのだろうか。㊂椎本1—5節。

8　匂宮の言。近日中には（宇治へ）必ず。（私を）置いてお行きになるな。昨春の初瀬詣で以外、一度も匂宮を誘わずに一人で訪問する薫を恨む。青表紙他本「このころのほどに」。

9　（匂宮が）相談をもちかけなさるのを、やはり（薫は）面倒がられるので。匂宮の真剣さを試すため、薫はわざと渋い顔をする。

10　匂宮の歌。女郎花（おみなえし）の咲いている広い野に、あなたは他人が入らぬようにと考えては、狭い料簡から標を張りめぐらしているのか。「をみなへし」は姫君たち。「標」は占有のしるしの標。姫君たちを二人とも独占しようとは欲深だ、と戯れつつ難ずる。

とたはぶれ給ふ。

「[1]霧深きあしたの原のをみなへし心を寄せて見る人ぞ見る

なべてやは。」

など、[2]ねたまし聞こゆれば、

「[3]あなかしかまし。」

と、はて〳〵は腹立ち給ひぬ。

[4]年ごろかくの給へど、[5]人の御ありさまをうしろめたく思ひしに、[6]かたちなども見落とし給ふまじくおしはからるゝ、心ばせの近劣りするやうもや、などぞあやふく思ひわたりしを、[7]何事もくちをしくはものし給ふまじかめりと思へば、[8]かのいとほしく、うちうちに思ひたばかり給ふありさまもたがふやうならむもなさけなきやうなるを、さりとて、さはた、え思ひあらたむまじくおぼゆれば、[9]譲りきこえて、いづ方のうらみをも負はじなど、下に思ひかまふる心をも知り給はで、[10]心せばくとりなし給ふもをかしけれど、

1　薫の歌と言。霧の立ちこめる朝のあしたの原の女郎花は、思いを深く寄せている人だけが見られるのです。並々のお気持では（姫君にお逢いできまい）。前歌の匂宮の非難を、お気持が浅いから連れて行けないだけ、と切り返す。「あしたの原」は大和国（奈良県）の歌枕。「人の見ることや苦しき女郎花秋霧にのみたち隠るらむ」（古今集・秋上・壬生忠岑）。

2　妬ましく思わせ申し上げるので。姫君たちの肉親であるかのような薫の言動をいう。

3　匂宮の言。なんともうるさい。「秋の野になまめき立てる女郎花あなかしかまし花もひと時」（古今集・雑体・遍照）を響かす。

4　長年（匂宮は）このように（宇治の姫君たちへの恋心を）おっしゃるものの。匂宮が姫君たちを聞き知ったのは、㈦橋姫20節。

5　中君がどんなお方かを（薫は）気がかりに思っていたのだが。

6　顔だちなども（宮が）がっかりなさることもなさそうに思われるものの、気だてが、実際逢ったら期待に反することもあろうか、などとずっと心配に思っていたのだが。薫は中君を二度も垣間見ている㈦橋姫14節・㈦椎本29節）が、人柄までは分からなかった。

7　（先夜身近に接した感じでは）万事物足りないところはおありにならないようだと思うので。「譲りきこえて」に続く。

8　あの（大君の）おいたわしくも、内々に（中君を薫にと）お心づもりでおられることに背くことになろう、それも薄情なことのようだが、そうは言っても、一方でそのように（大君の思惑どおりに中君に）心を向け直すこともできないように思うので。

9　（匂宮に中君を）お譲り申し上げて、どこからの恨みも買うまいと、奥底で（薫が）算段している心をも（匂宮は）ご存じなくて。匂宮と中君を結びつけることが、匂宮からも大君からも恨まれない解決策と薫は考えている。

10　（匂宮が薫の）心が狭いように受け取りなさるのもおかしいが。匂宮の歌の下の句をさす。

「例[1]のかろらかなる御心ざまに、もの思はせむこそ心ぐるしかるべけれ。」

など、親方[2]になりて聞こえ給ふ。

「よし[3]、見給へ。かばかり心にとまることなむまだなかりつる。」

など、いとまめやかにの給へば、

「かの[4]心どもには、さもやとうちなびきぬべきけしきは見えずなむ侍る。仕うまつりにくき宮仕へにこそ侍るや。」

とて、おはします[5]べきやうなどこまかに聞こえ知らせ給ふ。

廿八日[6]の彼岸の果てにて、よき日なりければ、人知れず[7]心づかひして、いみじく忍びてゐてたてまつる。后の宮[8]など聞こしめし出で[9]ては、かゝる御ありきいみじく制しきこえ給へばいとわづらはしきを、せちに[10]おぼしたる事なれば、さりげなくともてあつかふもわりなくなむ。舟渡り[11]などもところせければ、こと〳〵しき御宿りなども借り給はず。その[12]わたりいと近き御荘の人のいへに、いと忍びて宮をば下ろしたてまつり給ひて、おはしぬ。

1　薫の言。いつもの浮気なご性分から、（中君に）つらい物思いをさせるのがいたわしい。
2　親代りになって申し上げなさる。薫は故八宮や大君の信頼に応えるべく、匂宮の真情を慎重に見極めようとする。
3　匂宮の言。ええままよ、ご覧になっていなさい。これほどまで心にとまることはいまだかつてなかったのに。まじめに匂宮は誓う。
4　薫の言。あちらの方々のお気持としては、そのように（匂宮を）と承知してくれそうな様子は見えないのです。（それなのにお二人を取り持つのは）気骨の折れるご奉公でして。冷やかした物言い。青表紙他本「にそ侍や」。
5　（薫は匂宮に宇治へ）お出でになる手はずなどを細々と教え申し上げなさる。

21　薫、匂宮を宇治に伴う

6　「廿六日」とする諸本も多い。秋（八月）の彼岸（七日間）の最終日で。「よき日」は吉日。
7　（薫は）人知れず心を配って、絶対に周囲に知られないようにして、（匂宮を）宇治にお連れ申し上げる。
8　明石中宮。今上帝の后であり、匂宮の母。
9　お耳にされたら、このようなお忍び歩きを厳しく禁じ申し上げるのでとても面倒だが。匂宮には立坊の可能性さえあり（㊁椎本1節）、軽率な忍び歩きなど特に慎むようにと、日ごろ母中宮から諫められているとする。
10　匂宮のたってのお望みなので、目立たないようにと手配し連れ出すのも容易ではない。
11　舟で（宇治まで）渡るのも大げさで窮屈な事態になるので、仰々しい御宿もお借りにならない。前には対岸の夕霧の別荘に泊まったが（㊁椎本1節）、この度は秘密が漏れないように避け、山を越えて宇治に行く。
12　八宮の家のあたりのとても近い（薫の）ご荘園の管理人の家に、たいそう人目を憚って匂宮を下ろし申し上げなさって、（まず薫が八宮の家に）いらっしゃった。八宮の家は、宇治川の手前、都のがわにある。

[1]見咎めたてまつるべき人もなけれど、宿直人はわづかに出でてありくにも、けしき知らせじとなるべし。[2]例の、中納言殿おはしますとて、経営しあへり。[3]君たち、なまわづらはしく聞き給へど、移ろふ方異ににほはしおきてしかば、と姫宮おぼす。[4]中の宮は、思ふ方異なめりしかば、さりともと思ひながら、心うかりしのちは、ありしやうに姉宮をも思ひきこえ給はず、心おかれてものし給ふ。何やかやと[5]御消息のみ聞こえ通ひて、いかなるべきことにかと人〳〵も心ぐるしがる。

[6]宮をば、御馬にて、暗き紛れにおはしまさせ給ひて、弁召し出でて、

[7]「こゝもとにたゞ一事聞こえさすべきことなむ侍るを、おぼし放つさま見たてまつりてしに、いとはづかしけれど、ひたや籠りにてはえやむまじきを、いましばしふかしてを、ありしさまには導き給ひてむや。」

など、うらもなく語らひ給へば、[8]いづ方にも同じ事にこそは、など思ひてまゐりぬ。

[9]さなむと聞こゆれば、さればよ、思ひ移りにけり、とうれしくて心おちゐて、[10]かの入り給ふべき道にはあらぬ廂の障子をいとよく鎖して、対面し給へり。

22 一六一六

1 （匂宮と）お気づき申すような人もいないが、宿直人が少し外に出て見回る時にも、様子を気取らせまいというのだろう。語り手の推測。

2 いつものように、薫君がいらしたというので、みな接待やらその準備やらに奔走する。

3 姫君たちは、何となく困ったことと思うが、（薫が）心を移したのは別人（中君）と、それとなく言っておいたから、と大君はお思いになる。薫への大君の返歌「山姫の…」をさす。

4 中君は（薫の）目ざす相手は自分ではないようだったので、いくら何でも（安心だ）と思いながら、つらいこと（先夜の薫の侵入）があってからは、以前のように（薫も）姉君をも思い申し上げなさらず、わだかまりをお持ちである。姉妹の一体感は失われ、不信感を抱く。

5 取次ぎを介したご挨拶ばかりが往来して、いったいどうなることかと女房も気遣う。大君の対面すまいとの態度が続く。

6 （薫は）匂宮を、馬でお連れして、暗がりにお待たせなさって、弁を呼び出して。

7 薫の言。こちら（大君）に（私から）ほんの一言申し上げねばならないことがありますが、（先夜、私を）きっぱり突き放される（大君の）様子をお見受けしたので、（お会いするのは）とても恥ずかしいけれども、ひたすら閉じ籠ったままではすまないから、もう少し夜が更けてから、先夜のように（中君のもとに）案内をして下さらぬか。中君と結婚する前に、大君と話して了解を得たいという趣。

8 姉妹どちらも同じとの弁の気持。弁は薫の真意に気づかない。青表紙他本「こそはと」。

22 大君と薫、匂宮と中君

9 （弁が大君に）こうこうだと申し上げると、思ったとおりだ、（薫は）お気持をお変えになったのだと。大君は喜び安堵する。

10 あちら（中君方）の入口以外の廂の障子の引き違えをしっかり鎖して。「廂の障子」は、母屋と廂の間の襖障子。大君は、薫が中君のもとに行けるように東廂がわは開けたうえで、

「[1]一言聞こえさすべきが、また人聞くばかりのゝしらむはあやなきを、いさゝか開けさせ給へ。いといぶせし。」

と[2]聞こえさせ給へど、

「[3]いとよく聞こえぬべし。」

とて開け給はず。[4]いまはと移ろひなむを、たゞならじとて言ふべきにや、何かは、例ならぬ対面にもあらず、人にくゝいらへで、夜もふかさじ、など思ひて、[5]かばかりも出で給へるに、[6]障子の中より御袖をとらへて、引き寄せていみじくうらむれば、[7]いとうたてもあるわざかな、何に聞き入れつらむ、とくやしくむつかしけれど、こしらへて出だしてむとおぼして、[8]異人と思ひ分き給ふまじきさまにかすめつゝ語らひ給へる心ばへなど、いとあはれなり。

[9]宮は、教へきこえつるまゝに、一夜の戸口に寄りて、扇を鳴らし給へば、[10]弁もまゐりて導ききこゆ。[11]さき〴〵も馴れにける道のしるべ、をかしとおぼしつゝ入り給ひぬるをも[12]姫宮は知り給はで、こしらへ入れてむとおぼしたり。[13]をかしくもいとほ

自分は廂の襖障子越しに西廂の薫と対面する。

1　薫の言。一言申し上げたいのですが、他人に聞こえる大声も不都合ですので、（襖障子を）少しお開け下さい。とても気づまりだ。

2　青表紙他本「きこえ給へと」。

3　大君の言。このままでよく聞こえましょう。

4　大君の心内。（薫は）いよいよ（中君に）と心変りするのに、そのまま挨拶もせずには済ませられまいと思って何か言おうというのかしら、まあいい、初めての対面でもない。無愛想にならぬように応対して、夜も更かすまい。押し問答するくらいならいつも通り少し対面して、さっさと切り上げようとの考え。

5　襖障子の近くぐらいまでお出ましになると。

6　襖障子の中（襖が重なっている部分の隙間）から（大君の）袖を捕まえて、（薫は大君を）自分の方に引き寄せてたいそう恨むので。

7　（大君は）なんといやなことをする、どうして対面に応じてしまったのだろう、と悔しく不気味だが、なだめすかして（中君のもとに）送り出そうとお思いになって。

8　（中君を）自分と同じように思って下さるようにと、（薫に）それとなくお話ししお相手なさる（大君の）お心づかいなど、しみじみと胸を打つ。「あはれなり」は薫の心情とも。

9　匂宮は、（薫が）お教え申したとおりに、先夜の（薫が忍びこんだ東廂の）戸口に寄りかかって扇を鳴らしなさると。女房を呼ぶ合図。

10　弁も東廂に参って寝殿の東側にお導き申し上げる。人を呼ぶのは薫と早合点し、大君との対面を終え、西廂から東側に移動したと思い込む。青表紙他本多く「弁も」の「も」なし。

11　（匂宮は）これまでも案内し慣れている仲立ちよ、面白いと思われる。案内役に慣れた姿なのに、肝心の相手が違うのに気づかない。

12　（匂宮が侵入しているのをも）大君はご存じなく、うまく言いなだめて、（薫を中君の寝所に）入れてしまおうとお思いである。

13　大君の思惑に対し、薫の感想。

しくもおぼえて、[1]うち〳〵に心も知らざりける、うらみおかれんも、罪避り所なき心ちすべければ、

「[2]宮の慕ひ給ひつれば、え聞こえいなびで、こゝにおはしつる、おともせでこそ紛れ給ひぬれ。[3]このさかしだつめる人や、語らはれたてまつりぬらむ。[4]中空に人笑へにもなり侍りぬべきかな。」

との給ふに、[5]いますこし思ひ寄らぬ事の、目もあやに心づきなくなりて、

「[6]かく、よろづにめづらかなりける御心のほども知らで、言ふかひなき心をさなさも見えたてまつりにける怠りに、おぼしあなづるにこそは。」

と、言はむ方なく思ひ給へり。

「[7]いまは言ふかひなし。ことわりは、かへすがへす聞こえさせてもあまりあらば、抓みもひねらせ給へ。[8]やむごとなき方におぼし寄るめるを、宿世などいふめるもの、さらに心にかなはぬ物に侍めれば、[9]かの御心ざしは異に侍りけるを、[10]いとほしく思ひ給ふるに、[11]かなはぬ身こそおき所なく心うくはべりけれ。猶、いかゞはせむにお

1　(後で大君から)内々にそんな事情も知らなかった、と恨まれるというのも、弁解の余地のなさそうな気がするので。

2　薫の言。匂宮が(私を)追っていらっしゃったので、お断り申し上げられず、ここにおいでなのですが、音もせずに(中君のもとに)紛れてお入りになったようです。

3　あの利口ぶった人が相談に乗ってさしあげたのだろう。弁が匂宮に頼み込まれて手引きをしたとする。実際は薫と勘違いしていた。

4　(大君とも中君とも結ばれない私は)中途半端で世間の物笑いにもなってしまいそうです。

5　(大君は)いよいよ思ってもみなかった経緯とて、目もくらむばかりに不快な気分になって。薫が中君との結婚を逡巡していたのは分かっていたが、まさか中君を別人(匂宮)に縁づけるとは、大君には思いも寄らなかった。

6　大君の言。このようにすべてにおいてとんでもない(あなたの)御心の様子を知らず、ふがいない(私の)心幼なさをお見せ申してしまったうかつさから、(あなたは私たちを)見下げておられるのでは。信頼していたからこそ大事な中君を託そうとしたのに、勝手に匂宮を取り持ってしまうような人物とも思わず、直接対面するなど、心を許しすぎたことを大君は後悔する。

7　薫の言。もう詮ないことだ。そのお詫びは、何度も申し上げても納得できないなら、(私を)つねるなりひねるなりなさって下さい。

8　(あなたは)高貴なお方(匂宮)のほうにお気持が傾いておられるようだが。前にも「同じくは心高くと…」(四五四頁)と嫌味を言った。

9　宮のおぼしめしは(大君とは)別のお方だったのを。当初から中君を所望していたとする。

10　あなたには申し訳ないことと思いますが。これも嫌味な物言い。

11　思いの叶わぬ自分こそ身の置きどころもなくつらいことです。やはりどうにもならぬこととお諦め下さい。大君に自分と一緒になるように求める。

ぼしよわりね。[1]この御障子のかためばかりいと強きも、まことに物きよくおしはかりきこゆる人も侍らじ。しるべといざなひ給へる人の御心にも、まさにかく胸ふたがりて明かすらむとはおぼしなむや。」

とて、[2]障子をも引き破りつべきけしきなれば、言はむ方なく心づきなけれど、こしらへむと思ひしづめて、

「[3]このの給ふ筋、宿世といふらむ方は、目にも見えぬ事にて、いかにも〳〵思ひたどられず、[4]知らぬ涙のみ霧りふたがる心ちしてなむ。[5]こはいかにもてなし給ふぞと、夢のやうにあさましきに、後の世のためしに言ひ出づる人もあらば、昔物語などにをこめきてつくり出でたる物のたとひにこそはなりぬ[6]〔べ〕かめれ。[7]かくおぼしかまふる心のほどをも、いかなりけるとかはおしはかり給はむ。[8]なほ、いとかくおどろ〳〵しく心うく、な取り集めまどはし給ひそ。心よりほかにながらへば、[9]すこし思ひのどまりて聞こえむ。[10]心ちもさらにかきくらすやうにて、いとなやましきを、こゝにうち休まむ。ゆるし給へ。」

1　この（廂とのあいだの）障子だけしっかり閉めていても、真実私たちの仲を潔白だと推察申す者もおりますまい。案内せよと私を誘われた人（匂宮）のお心にも、（私が）まさに（いま）こう胸塞がる思いで（結ばれずに別々で）夜を明かしていようとは、思ってもみないことでしょう。青表紙他本「このさうし」。

2　（薫は袖を引き寄せるだけでなく、隔ての）障子も引き破ってしまいそうな様子なので、（大君は）言いようもなく憎らしく思うが、言いなだめようと心をお鎮めになり。

3　大君の言。このおっしゃる件、宿世（運命）とかは、目にも見えないことで、どうにも分かりませず。薫の言「宿世などいふめるもの…」を切り返す。青表紙他本「すち」なし。

4　行く末をはかりがたい不安の涙だけが目の前をふさぐ気持がしまして。「行く先を知らぬ涙の悲しきはただ目の前に落つるなりけり」（後撰集・離別・源済）による。

5　これはどのように（薫が私たちを）お扱いになられるのかと、悪夢のようにひどいことなのに、後世の先例として話に持ち出す人もいたなら、昔物語に愚かしく作りあげた（笑われ者の）話の例となろう。薫を信頼した「言ふかひなき心をさなさ」を自嘲。青表紙他本多く、「をこめきて」の上に「ことさらに」。

6　底本「へ」なし。青表紙他本で補う。

7　こうまで企まれた（あなたの）お心の内を、どんなおつもりかと（匂宮が）お疑いになろう。ふだんの薫のきまじめさを持ち出して、あなたらしくない不実なやり方だと非難する。

8　やはり、ほんとうにこうも恐ろしいほどにつらい思いをさせて、あれこれ困らせないで下さいませ。予想外に生き長らえでもしたら。あまりの衝撃に死にそうだと哀訴する。

9　少し落ちついて申し上げましょう。今日のところは、と逃げ出すための口実である。

10　気分もますます真っ暗になるようで、とても具合が悪いので、ここで少し寝もうと思います。（袖を）お放し下さい。

と[1]いみじくわび給へば、さすがにことわりをいとよくの給ふが心はづかしくらうたくおぼえて、

「[2]あが君、御[3]心にしたがふことのたぐひなければこそ、かくまでかたくなしくなり侍れ。言ひ知らずにくゝうとましきものにおぼしなすめれば、聞こえむ方なし。[4]いとゞ世に跡とむべくなむおぼえぬ。」

とて、

「[5]さらば、隔てながらも聞こえさせむ。ひたふるになうち捨てさせ給ひそ。」

とて、[6]ゆるしたてまつり給へれば、[7]這ひ入りて、さすがに入りも果て給はぬを、いとあはれと思ひて、

「[8]かばかりの御けはひを慰めにて明かし侍らむ。ゆめ〱。」

と聞こえて、うちもまどろまず、[9]いとゞしき水のおとに目もさめて、夜半のあらしに、[10]山鳥の心ちして、明かしかね給ふ。

[11]例の、明け行くけはひに、鐘の声など聞こゆ。[12]いぎたなくて出で給ふべきけしき

1 （大君が）たいそう苦しまれるので、さすがに筋道を通してお訴えになる（大君の）態度が（薫には）気恥ずかしくもいじらしく思われて。

2 薫の言。ねえあなた。「あが君」は、哀願をこめた呼びかけ。

3 （あなたの）お気持に従うことをまたとなく大事に存じているからこそ、こうも愚か者になり果てているのです。言いようなく憎らしく嫌なやつと（あなたが私を）ことさらに思い込んでおられるようなので、申し上げようもありません。自分を分かってもらえずつらい。

4 ますます生きてゆけそうになく思います。大君の「心よりほかに…」に応じた物言い。

5 薫の言。それならば、このまま物越しにもお話し申し上げましょう。強引に（私を）振り捨てなさいますな。

6 薫は捉えていた大君の袖を放す。

7 （大君が奥へと）這い入って、それでもさすがに入りきってもしまわれないのを、（薫は）たいそう愛しく思って。大君は薫が近づくと拒むものの、最後はきっぱりとは突き放せない。その態度に、薫も大君の気持を感じる。

8 薫の言。物越しの、かすかに感取されるご様子ぐらいを慰めに、夜を明かしましょう。けっして（無体な態度には出ますまい）。

9 宇治川の音。深夜だけに荒々しく聞こえる。風音も「嵐」のようで、眠りを妨げる荒々しい音は、二人の心象風景でもある。

10 雌雄別々に寝るという山鳥の独り寝の気分。花鳥余情は「逢ふことは遠山鳥の目もあはずあはずて今宵明かしつるかな」を引く。「山鳥の心ち」（因夕霧三四二頁）。

23 暁の別れ

11 いつものように（何もないまま）夜が明けていく様子で、鐘の音などが聞こえる。「夜深きあしたの鐘のおと、かすかに」（四二〇頁）。

12 （匂宮は）ぐっすりお寝みでお出ましになる様子もないことよ、と（薫は）腹立たしく、咳払い（して出立を促し）なさるのも。

もなきよ、と心やましく、こわづくり給ふも、げ[1]にあやしきわざなり。

「し[2]るべせし我やかへりてまどふべき心もゆかぬ明けぐれの道

か[3]ゝるためし、世にありけむや。」

との給へば、

か[4]たぐ〳〵にくらす心を思ひやれ人やりならぬ道にまどはゞ

と[5]ほのかにの給ふを、いと飽かぬ心ちすれば、

「い[6]かに。こよなく隔たりて侍めれば、いとわりなうこそ。」

など、よろづにうらみつゝ、ほのぐ〳〵と明け行くほどに、よ[7]べの方より出で給ふなり。い[8]とやはらかにふるまひなし給へるにほひなど、艶なる御心げさうには、言ひ知らず染め給へり。ね[9]び人どもは、いとあやしく心得がたく思ひまどはれけれど、さりともあしざまなる御心あらむやは、と慰めたり。

暗きほどにと急ぎ帰り給ふ。道[10]のほども、帰るさはいとはるけくおぼされて、心やすくもえ行き通はざらむことのかねていと苦しきを、「夜[11]をや隔てん」と思ひな

1　語り手の評言。自分で匂宮を誘っておいて、その逢瀬を妬むとは奇妙、の気持。逢瀬の不首尾に焦らだつ薫の心情を浮き彫りにする。

2　薫の歌。恋の道案内をした私の方がかえって踏み迷うのか、満ち足りることなく帰る夜明けのほの暗い道に。遂げえぬ悲嘆を訴える歌。「明けぐれの空にぞ我はまどひぬる思ふ心のゆかぬまにまに」(拾遺集・恋二・源順)。

3　こんな(私のような愚か者の)例は、世間にあったろうか。大君の「後の世のためしに…」(四七二頁)に対し、自分こそ大君の気持に従いすぎる愚か者だとする。

4　大君の歌。あれこれと途方にくれている私たちの気持にもなってほしい、自分のせいで道に迷っているというのなら。「かた〴〵」は中君と自分の両方。前歌の訴えを、あなたの嘆きは自分の過ちにすぎないと切り返す。

5　(大君が)小声でおっしゃるのに、(薫は)とても物足りない気持がするので。

6　薫の言。どのように(思いやれというのか)。この上なく(私に)距離をおいておられるようですから、まったくどうしようもなくて。

7　(匂宮の方も)昨夜の(東廂がわの)戸口からお出ましになるようだ。「なり」は伝聞推定。

8　(匂宮は)たいそう物柔らかにふるまっておいでの(お召物の)薫香など、色めかしい折のお心用意としては、言いようもなく焚き染めておられる。薫とは違う風情の貴公子ぶり。

9　弁など老女房は、まことに妙で合点がいかず戸惑うほかないが、そうは言っても(薫が)悪いようにはなさるまいと心慰める。西(薫)と東(匂宮)から男が出てきたことから、はじめて別人(匂宮)を手引きしたのに気づく。

10　(明け切らぬうちにと急ぐ)道中も、帰り道はとても遠く(匂宮は)お感じになって、気楽にも行き通えないだろうことが今からつらく。高貴の身ゆえ忍び歩きもままならぬとする。

11　「若草の新手枕(にひたまくら)をまきそめて夜をや隔てむ憎からなくに」(古今六帖五、原歌は万葉集十一・二五四二)。愛しいのに逢えない。

やみ給ふなめり。[1]まだ人さわがしからぬあしたのほどにおはし着きぬ。[2]廊に御車寄せて下り給ふ。[3]異やうなる女車のさまして隠ろへ入り給ふに、みな笑ひ給ひて、

「[4]おろかならぬ宮仕への御心ざしとなむ思ひ給ふる。」

と申し給ふ。[5]しるべのをこがましさも、いとねたくてうれへも聞こえ給はず。

宮は、[6]いつしかと御文たてまつり給ふ。[7]山里には、たれも〳〵うつゝの心ちし給はず思ひ乱れ給へり。[8]さま〴〵におぼしかまへけるを、色にも出だし給はざりけるよと、うとましくつらく姉宮をば思ひきこえ給ひて、目も見合はせたてまつり給はず。[9]知らざりしさまをも、さは〳〵とはえ明らめ給はで、ことわりに心ぐるしく思ひきこえ給ふ。[10]人〳〵も、いかにはべりしことにかなど、御けしき見たてまつれど、おぼしほれたるやうにて、頼もし人のおはすれば、あやしきわざかなと思ひあへり。[11]御文も引きときて見せたてまつり給へど、[12]さらに起き上り給はねば、

「[13]いと久しくなりぬ。」

と御使わびけり。

1　まだ人が起き出さない早朝に、六条院に。
2　中門廊（ちゅうもんろう）まで牛車を乗りつけ降りた。
3　いつもと違う女車の体で（匂宮も薫も）こっそり廊に入り、二人で笑いなさって。人目を忍ぶため下簾を下ろして女車を装った網代車（あじろぐるま）の風体に、改めて宇治行きの冒険ぶりとその無事の終了を実感し、笑いが起きる。
4　薫の言。並々ならぬ（わが）勤務の忠誠さと存じております。褒美をねだるような戯れ言。
5　（何もなかったただの）案内役の愚かさもたいそう癪にさわり、（薫は女君との別れの）嘆きも申し上げなさらない。匂宮は道中、別れをつらがっていたが、その愚痴を聞かされるのも忌々しいので、話題を冗談に転ずる。青表紙他本多く「をこかましさを」。

24 匂宮の後朝の文

6　早々に後朝のお手紙をさしあげなさる。
7　（手紙の届いた）宇治では、大君も中君も現実のこととは思えずに心乱れていらっしゃる。
8　（薫との結婚を勧めたり匂宮を導いたりと）いろいろ企んでいらっしゃりながら、それを顔色にもお出しにならなかった、と（中君は）疎ましくひどいと姉宮を思い申しなさり、目も合わせ申し上げなさらない。
9　（大君は）自分の知らなかった事情も、はっきりとはご説明できず、（中君の不満も）もっともで胸痛く思い申していらっしゃる。
10　女房たちも、どうしたことだったのやらと、（大君の）ご様子を拝するが、茫然と気の抜けたように、頼りとするお方（大君）はしておいでなので、奇妙なことだと思い合っている。これまで大君を無視して薫に同調していた女房たちだが、ここでは大君を主人として頼る。
11　（大君が中君に匂宮からの）お手紙も開いてお見せ申し上げなさるが。結局、大君は母親代りとなり、新婚の中君の世話にあたる。
12　（中君は）起き上がろうともなさらないので。
13　文使いの言。返事に時間がかかると困惑。必ず返事を持ち帰るよう命ぜられたらしい。

世[1]の常に思ひやすらむ露深き道の笹原分けて来つるも

書き馴れ給へる墨つきなどのことさらに艶なるも、おほかた[2]につけて見給ひしはをかしくおぼえしを、うしろめたく[3]もの思はしくて、われさかし人にて聞こえむもいとつゝましければ、まめやかに[4]あるべきやうをいみじくせめて書かせたてまつり給ふ。紫苑色[5]の細長一かさねに、三重襲[6]の袴具して給ふ。御使苦しげ[7]に思ひたれば、包ませて供なる人になむおくらせ給ふ。こと〳〵しき御使にもあらず、例たてまつれ給ふ上童なり。ことさらに[8]人にけしき漏らさじとおぼしければ、よべのさかしがりし老い人のしわざなりけりと、ものしくなむ聞こしめしける。

一六二

25

その夜[9]も、かのしるべ誘ひ給へど、

「冷泉院[10]にかならずさぶらふべきこと侍れば。」

とて、とまり給ひぬ。例の、ことに[11]触れてすさまじげに世をもてなすと、にくゝおぼす。

いかゞ[12]はせむ、本意ならざりし事とて、おろかにやは、と思ひよわり給ひて、御[13]

1　匂宮の歌。世にありふれた男の気持と思っているのだろうか、露のしとどに置いた山路の笹原を踏み分けて来たのに。特に難儀な恋路を訴える下の句は、後朝の歌の常套表現。

2　普通の情趣深い手紙としてご覧になった時は趣深く感じられたが。㊆椎本16節。青表紙他本「をかしう」。

3　(中君が飽きられるかと)不安で心配で、自分が出しゃばってご返事をさしあげるのも遠慮されるので。青表紙他本「うしろめたう」。

4　熱心にしかるべき作法を(親に代わり)言い聞かせ。この中君の返歌は本文に見えない。

5　「紫苑」は、表が蘇芳(すおう)、裏が萌黄(もえぎ)の襲色。「細長」は貴婦人のしゃれた日常着。

6　表・裏の他に、中にもう一枚絹の入っている袴。中君の結婚に正式な形を与えるために、豪華な女物の装束一揃いを使者に下賜する。

7　文使いが(禄など戴けないと)つらそうなそぶりなので、(通常は肩にかける禄を目立たぬよう)包ませて、供人に送らせなさる。立派な使者でもなく、いつも(使者に)お使いなさる殿上童(てんじょうわらわ)なのだった。㊆椎本5節。

8　(匂宮は)特に他人に事情を気どられまいとお思いなので、(人目に立つ後朝の禄は)昨夜の出しゃばりの老女(弁)のしわざなのだなと、不快にお聞きになった。万事地味にと考える匂宮は、禄に固執した大君の切実な誇りに全く無頓着であり、両者の断絶は明らか。

25　新婚第二夜

9　新婚第二夜も、あの道案内(薫)を誘うが。

10　薫の言。冷泉院参上の件を持ち出して断る。

11　何かというと世の中をつまらなそうにふるまうと、(宮は薫を)にくらしくお思いになる。薫が大君に拒まれているのに気づかないまま、匂宮はしぶしぶ一人で宇治を訪問する。

12　大君の心内。仕方のないこと、願いもしなかった縁組だからとて、粗略にはできようか。

13　室内の飾りなど不足しがちな住まいだが。青表紙他本「すみかのさまなれと」。

しつらひなどうち合はぬ住みかなれど、[1]さる方にをかしくしなして待ちきこえ給ひけり。[2]はるかなる御中道を急ぎおはしましたりけるも、うれしきわざなるぞ、かつはあやしき。

[3]正身は、われにもあらぬさまにてつくろはれたてまつり給ふまゝに、濃き御衣のいといたく濡るれば、[4]さかし人もうち泣き給ひつゝ、

「[5]世中に久しくもとおぼえ侍らねば、明け暮れのながめにも、[6]たゞ御事をのみなん心ぐるしく思ひきこゆるに、この人〴〵も、よかるべきさまのことと聞きにくきまで言ひ知らすめれば、年経たる心どもには、さりとも世のことわりをも知りたらむ、[7]はかばかしくもあらぬ心ひとつを立てゝ、かくてのみやは見たてまつらむと、思ひなるやうもありしかど、[8]たゞいま、かく思ひもあへず、はづかしきことゞもに乱れ思ふべくは、さらに思ひかけ侍らざりしに、[9]これやげに、人の言ふめるのがれがたき御契りなりけん。いとこそ苦しけれ。[10]すこしおぼし慰みなむに、知らざりしさまをも聞こえん。にくしとなおぼし入りそ。罪もぞ得たまふ。」

一六三

1　それなりに趣があるよう整えて(匂宮を)お待ち申し上げなさった。

2　匂宮が遠いご道中を急いでいらしたのも、うれしい事柄なのが、思えば不思議なこと。結婚に不満もありつつ、宮の来訪に安堵する大君の心に即した語り手の評。「中道」は、二つの地点をつなぐ道。

3　中君本人は、正気もなくした様子で(姉君に)身づくろいをしておもらいになるあいだに、濃い紅色のお召物が涙でひどく濡れるので。結婚第二夜ゆえ美しく装う。これも正式な結婚の要件。青表紙他本「御そのその」。

4　賢ぶっている人(大君)もお泣きになり。

5　大君の言。この世に長く(生きよう)とも思いませんので。自らの短命を予感した物言い。

6　ただあなた(中君)のことをだけを胸痛く思い申していますのに、この女房たちも、きっとお似合いのご縁だと聞き苦しいほどに言い聞かせるようなので、年功を積んだ女房たちの考えは、いかに浅慮とはいえ世間の道理をもわきまえていよう(と遠慮もして)。

7　たいした頼りにもならないこの私一人が我を張って、(あなたを)こうして独り身のままにお置き申してよいものかと。かつて薫と中君の縁組を考えたことを、暗に言い訳する。

8　今の今、こう思いもかけず、気恥ずかしいことの数々に心を取り乱そうとは、夢にも考えませんでしたのに。匂宮との縁組を言い、自分にも予想外だったと示唆する。青表紙他本「かうをもひあへす…おもふへうは」。

9　なるほど、世に言うらしい逃れられぬ男女の因縁だったのでしょう。なんと苦しいことよ。匂宮との縁は前世で決まった運命だったのだと、泣く泣く受け止めるしかないとする。

10　少し(あなたの)お心が慰められ(落ち着い)たら、私が何も知らなかったという事情をも申しましょう。(私のことを)憎いと思い込みなさいますな。罪作りになっては大変です。「もぞ」は懸念する意。無実の者を恨んでは来世に苦果を招くとして、許しを乞う。

と御髪を撫でつくろひつゝ聞こえ給へば、[1]いらへもし給はねど、さすがに、かくおぼしの給ふが、げにうしろめたくあしかれともおぼしおきてじを、人笑へに見ぐるしきこと添ひて、見あつかはれたてまつらむがいみじさを、よろづに思ひゐ給へり。

[2]さる心もなく、あきれ給へりしけはひだに、なべてならずをかしかりしを、まいてすこし世の常になよび給へるは、御心ざしもまさるに、たはやすく通ひたまはざらむ山道のはるけさも胸いたきまでおぼして、[3]心深げに語らひ頼め給へど、[4]あはれともいかにとも思ひ分き給はず。[5]言ひ知らずかしづくものゝ姫君も、すこし世の常の人げ近く、親、せうとなどいひつゝ、人のたゝずまひをも見馴れ給へるは、もののはづかしさもおそろしさもなのめにやあらむ、[6]いへにあがめきこゆる人こそなけれ、かく山深き御あたりなれば、人にとほくもの深くてならひ給へる心ちに、[7]思ひかけぬありさまのつゝましくはづかしく、何ごとも世の人に似ずあやしくゐ中びたらむかし、[8]はかなき御いらへにても言ひ出でん方なく、つゝみ給へり。[9]さるは、この君しもぞ、らう〳〵じくかどある方のにほひはまさり給へる。

1　（中君は）お返事もなさらないが、さすがに、（大君が）こうまでお心をかけておっしゃるのは、なるほど（私に対して）不安で不幸せな境遇になれなどお考えのはずもあるまいが、（匂宮との結婚で）世間の物笑いになるようなみっともないことが加わって、（大君に）面倒をおかけ申したりするつらさを、いろいろ考えていらっしゃる。沈黙し大君と距離を置くようで、真情は理解。むしろ自身のふがいなさから匂宮に捨てられる不面目を懸念する。

2　（中君が）結婚の心準備もなく、ただ茫然としておられた（第一夜の）ご様子でさえ、（匂宮には）並々ならず愛らしく思われたのに、まして少し世の常の若妻めいてしとやかでいらっしゃる（第二夜）のは、ご愛情もまさるにつけ、簡単にはお通いになれないだろう山道の遠さも胸が痛むほどに思われて。宇治の遠さは四七六頁。徒歩でも牛車でも約三時間。

3　いかにも情深く将来をお約束になるが。「頼め」（下二段活用）は、頼みに思わせる意。

4　（中君には）うれしいとか感動の余裕もない。

5　言いようもなく大切にされている権門の姫君でも、少し世間並に人に接し、親といい兄弟といい、男のふるまいなどを見なれていらっしゃるお方なら、（男と接する）恥ずかしさも恐ろしさもほどほどのことであろうが。一般に世情に疎いとされる深窓の姫君の実情と比較し、以下中君の初々しさと才気を言う。

6　（中君の場合は）邸内で（中君を）大切にかしずき申す人こそないものの、（住居は）このように山深いあたりなので、人づきあいもなく引き籠っての暮らしに慣れておいでのお心に。

7　（匂宮との結婚という）思いがけぬ状態がきまり悪く恥ずかしく、（自分は）何事も世間の人とは違って妙に田舎じみていることだろう。青表紙他本「あやしうゐ中ひたらむかしと」。

8　ちょっとした返事も気後れして黙っている。

9　その実、この中君の方こそ、利発で機知に富むはなやかさは（大君より）まさっていらっしゃる。当人の気づいていない美質を語る趣。

「[1]三日にあたる夜、もちひなむまゐる。」

と人〳〵の聞こゆれば、[2]ことさらにさるべきいはひの事にこそはとおぼして、御前にてせさせ給ふもたど〳〵しく、かつは大人になりておきて給ふも、人の見るらむこと憚られて、おもてうち赤めておはするさま、いとをかしげなり。[3]このかみ心にや、のどかにけたかきものから、人のためあはれになさけ〳〵しくぞおはしける。

中納言殿より、

[4]よべ、まゐらむと思たまへしかど、宮仕への労もしるしなげなる世に、思たまへうらみてなむ。[5]こよひはざふやくもやと思う給へれど、[6]宿直所のはしたなげに侍りし乱り心ちいとゞやすからで、やすらはれ侍り。

と[7]陸奥国紙に[8]おひつぎ書き給ひて、[9]まうけの物どもこまやかに、[10]縫ひなどもせざりける、いろ〳〵押し巻きなどしつゝ、[11]御衣櫃あまた懸籠入れて、[12]老い人のもとに、

[13]人〳〵の料に。

とて給へり。[14]宮の御方にさぶらひけるにしたがひて、いと多くもえ取り集め給はざ

26　新婚第三日

1　女房の言。新婚三日目の夜はお餅を召し上るもの。三日(みか)夜(よ)の餅(もちい)。㊂葵47・48節。
2　（大君も）特別にしなければならない祝いごとなのだわとお思いになり、御前で作らせなさるのも不慣れな様子で、一方では、（未婚のご自分が）年配者ぶって（婚儀の支度を）指図なさるのも、他人がどう見るか気がひけて、顔を赤らめていらっしゃるご様子がおかわいらしい。世事に疎い大君は、女房の言うまま、必死に責務を果たそうとする。
3　これが姉心というものか、（大君は）おっとりと上品でおられるが、他人に対しては情が細やかで思いやりの深い方でいらっしゃった。
4　薫の手紙。昨夜、参ろうと存じましたが、奉公に励んでも何のしるしもなさそうな私たちの仲の様子に、恨めしく存じまして。
5　今夜は（後見として）雑用係など仕ろうかと思っておりましたが。この夜は、三日の夜の餅のほか露顕(ところあらわし)など、正式な婚儀に必須の儀式がある。㊃宿木21節。底本「さうやく」。
6　（先夜の）宿直所でのいかにもみっともなかった扱われように気分もいよいよすぐれず、ぐずぐずためらっております。匂宮たちが共に過ごす一方で、物越しで過ごさせられた一夜を「宮仕へ」に合わせ「宿直」と呼ぶ。
7　陸奥国紙は、㊆橋姫二八九頁注8。
8　（ちらし書きにせず）きちんと行を揃えてお書きになり。紙と同じく恋文らしくない書体。
9　用意してある衣料をたくさん細々と。
10　（布地のまま）縫ってもいなかったものを、いろいろ巻いたりなどしつつ。
11　衣料を収納する木箱を数多く、（その箱の中に）縁に掛けて嵌まるように作った平たい箱を入れて。箱の内部を二段に仕切った。
12　老女房（弁か）のもとに。
13　添え書きの文面。女房たちの着料に。
14　母女三宮のもとにあったありあわせのまま、さほど多くも集めることがおできにならなか

りけるにやあらむ、[1]たゞなる絹、綾など下には入れ隠しつゝ、[2]御料とおぼしき二くだりいときよらにしたるを、単衣の御衣の袖に、[3]こたいの事なれど、

　[4]小夜衣着てなれきとは言はずともかことばかりはかけずしもあらじ

と、おどしきこえ給へり。

[5]こなたかなたゆかしげなき御事を、はづかしくいとゞ見給ひて、[6]御返りにもいかゞは聞こえんとおぼしわづらふほど、[7]御使、かたへは逃げ隠れにけり。[8]あやしき下人をひかへてぞ御返りたまふ。

　[9]隔てなき心ばかりは通ふともなれし袖とはかけじとぞ思ふ

[10]心あわたゝしく思ひ乱れ給へるなごりに、いとゞなほなほしきを、おぼしけるまゝと、待ち見給ふ人は、たゞあはれにぞ思ひなされ給ふ。

[11]宮は、その夜、内にまゐり給ひて、えまかでたまふまじげなるを、人知れず御心もそらにておぼし嘆きたるに、中宮、

「[12]猶かくひとりおはしまして、世の中にすい給へる御名のやう〳〵聞こゆる、猶

ったのであろう。衣料の調整は女方の担当。

1　染めていない絹や綾を下に入れ隠して。
2　姫君たちのお召し料と思われる二揃いの、たいそう美々しく仕立てたのを(下さって)、その単衣(一番下に着る肌着)の袖に。
3　古風な趣向だが。古体は、底本「こたゐ」。
4　薫の歌。夜着を着てともに馴れ親しんだ仲とは言わないまでも、(あんなこともあったから)言いがかりぐらいはつけないでもない。「小夜衣」は夜着。「な(馴)れ」「かけ」が衣の縁語。近づいて顔まで見た仲だから、言いがかりをつける口実ぐらいはあると居直った。後見として高価な品々を贈る誠実さの一方で、薫は拗ねたり脅したりの手紙を寄越す。
5　姫君が二人とも(薫に)姿を見られて何の奥ゆかしさもなくなってしまっていることを。
6　お返事にもどう申そうと(大君が)お困りのうちに。青表紙他本「御返も／御かへりも」。
7　お使者のうち、何人かは逃げて姿を隠してしまった。大君方に禄の心配などをさせぬように、薫が使者に早く帰るよう命じたか。
8　使者の従者を捕まえて返事をなさる。
9　大君の歌。隔てのない心の交流だけは親しく通じているが、なじみの袖を重ねた仲などとは口にするはずもない。「かけ」は、袖をかけ、口に出し、の両意。言いがかりをつけられるような仲ではない、と前歌を切り返す。
10　気持の落ち着かないうえに思い悩まれたご心労のまだおさまらない折とて、いよいよ何の趣向もない(大君の)歌を、お心のうちを率直にお詠みになっていると、待ち焦がれてご覧になる人(薫)は、ただ愛しいと思い込みなさる。薫は大君の苦悩をよそに恋着を深める。

27　明石中宮の諌め

11　匂宮は、三日の夜、宮中に参内して、ご退出できそうもない様子なのを、人知れずうわの空にお嘆きのところ。大事な三日目の夜に訪ねないのは、相手方を深く傷つける行動。

いとあしきことなり。何[1]事もものの好ましく立てたる御心なつかひ給ひそ。上もうしろめたげにおぼしの給ふ。」

と、里住[2]みがちにおはしますを諫めきこえ給へば、[3]いと苦しとおぼして、御宿直所に出で給ひて、[4]御文書きてたてまつれ給へるなごりも、いたくうちながめておはしますに、中納言の君まゐり給へり。

[5]そなたの心寄せとおぼせば、例よりもうれしくて、

「[6]いかゞすべき。いとかく暗くなりぬめるを、心も乱れてなむ。」

と嘆[7]かしげにおぼしたり。[8]よく御けしきを見たてまつらむとおぼして、

「日[9]ごろ経て、かくまゐり給へるを、こよひさぶらはせ給はで急ぎまかで給ひなむ、いとゞよろしからぬことにやおぼしきこえさせたまはん。[10]大ばん所の方にてうけたまはりつれば、人知[11]れずわづらはしき宮仕へのしるしに、[12]あいなき勘当にや侍らむと、顔の色たがひ侍りつる。」

と申し給へば、

12 明石中宮の言。(あなたが)まだこうして独身でいらっしゃって、世間で浮気なお方とのご評判がしだいに高くなるのは。この諫言は、匂宮の将来の立坊をも考慮してのことらしい。

---

1 何事にも選り好んでことさら自分の好みをおし通そうとお考えなさいますな。上(今上帝)もお気遣いのご様子で仰せになります。青表紙他本「たてたる心」。
2 匂宮の里邸は二条院で、六条院にも曹司があるか。「内住み」を望む両親の意に反して、宮中からは足が遠のきがち。四五九頁注8。
3 (母宮の諫言を)とても胸にこたえるとお思いになり、宮中でのご宿直所にお出になって。
4 (中君に)文を書いてさしあげなさった余韻のまま、(匂宮が)たいそうぼんやりと外を眺めておられたところへ、薫が参上なさる。
5 (宮は薫を)中君の後見役とお思いなので。青表紙他本「うれしうて」。
6 匂宮の言。どうしたらよいものか。こんなにも外は暗くなってしまったようなので、心も乱れているのだ。新婚三日の夜なのに、もう宇治に行けそうにないと焦慮する。
7 匂宮はすっかり薫に甘えて嘆きを隠さない。
8 (薫は匂宮の)よくご様子を拝見しようとお思いになり。中君との仲を取り持った責任を感じて、匂宮の真意をはかる。20節。
9 薫の言。何日ぶりかに、こうして参内なさったのに、今夜も(宮中に)お泊まりなさらず急いでご退出なさっては、(中宮が)いよいよよろしからぬこととお思い申されるのでは。
10 台盤所。清涼殿西廂にある女房の詰所。「大」は当て字。女房たちの噂話から、匂宮の忍び歩きへの中宮のご不興を知る。
11 こっそりと(あなたの)厄介なご用をお勤めしたために。匂宮を宇治に導いたこと。
12 (私も)あらずもがなのお叱りをこうむりはせぬかと、顔の色も青ざめる思いでございました。底本「かむたうにや」、青表紙他本「かんたうや」。

「[1]いと聞きにくゝぞおぼしの給ふや。多くは人のとりなすことなるべし。世に咎めあるばかりの心は、何ごとにかはつかふらむ。ところせき身のほどこそ、中〱なるわざなりけれ。」

とて、[2]まことにいとはしくさへおぼしたり。いとほしく見たてまつり給ひて、

「[3]同じ御さわがれにこそはおはすなれ。こよひの罪には代[4]はりきこえて、身をもいたづらになし侍りなむかし。[5]木幡の山に馬はいかゞ侍るべき。いとゞ[6]ものの聞こえや、障り所なからむ。」

と聞こえ給へば、[7]たゞ暮れに暮れてふけにける夜なれば、おぼしわびて、御馬にて出で給ひぬ。

「[8]御供にはなか〱仕うまつらじ。御後見を。」

とて、[9]この君は内にさぶらひ給ふ。

[10]中宮の御方にまゐり給ひつれば、

「[11]宮は出で給ひぬなり。[12]あさましくいとほしき御さまかな。いかに人見たてまつ

1 匂宮の言。何とも聞くに堪えぬことを考えおっしゃること。多くは誰かの告げ口だろう。世間から非難されそうな浮気ごとの料簡とは、この私が何をしでかすというのか。窮屈な身分など、かえってないがましというもの。

2 ほんとうに（親王というご自身の身を）厭わしくまで（匂宮は）お思いである。（薫は匂宮を）申し訳なく気の毒にお見あげなさって。青表紙他本「いとほしうみたてまつり」。

3 薫の言。（宇治にお出かけになるもならぬも）同じように（中宮の）ご不興をかわれよう。今夜のお咎めは私が代ってお受け申して、わが身の破滅をも厭わぬことにいたしましょう。薫は匂宮の返答から中君を思う真情を感じて、前の発言から翻り、宇治行を強く勧める。

4 青表紙他本多く「かはりきこえさせて」。

5 木幡の山に馬ではどうでしょう。「山科（やましな）の強田（こはた）の山を馬はあれど徒歩（かち）ゆわが来し汝（な）を思ひかね」（万葉集十一・二四二五）。

6 （馬は）ますます世間の噂を防ぎようもないでしょうか。牛車と違って顔が見えて人目に立つが、早く着く（一、二時間ほど）ので馬を勧める。一説には、逆に、牛車の方が噂にたちやすいとして、馬を勧めたと解する。

7 とっぷりと更けてしまった夜なので、焦慮なさったすえに、（匂宮は）馬で出発なさった。

8 薫の言。（私は今夜は）なまじお供はいたしますまい。（それより）後のお世話を。明石中宮のお叱りは引き受けたということ。

9 この君（薫）は宮中に伺候なさる。

28 薫、明石中宮に対面

10 （薫が）明石中宮のもとに参上なさると。底本「給つれは」、青表紙他本「給へれは」。

11 中宮の言。匂宮は（宮中を）お出になったようね。「なり」は伝聞推定。

12 あきれて物も言えない困ってしまうご様子ですこと。どのように人は拝見することでしょう。匂宮が世間の非難を浴びるのをいたわしく思い、防げなかった自分を責める母心。

るらむ。[1]上聞こしめしては、諫めきこえぬが言ふかひなきと、おぼしの給ふこそわりなけれ。」

との給ふ。[2]あまた宮たちのかくおとなびとゝのひ給へど、[3]大宮は、いよ〳〵若くをかしきけはひなんまさり給ひける。

[4]女一の宮も、かくぞおはしますべかめる、いかならむをりに、かばかりにてももの近く御声をだに聞きたてまつらむと、あはれとおぼゆ。[5]すいたる人の、おぼゆまじき心つかふらむも、かうやうなる御仲らひの、さすがにけどほからず入り立ちて心にかなはぬをりの事ならむかし、[6]わが心のやうに、ひが〳〵しき心のたぐひやは、又世にあむべかめる、[7]それに猶、動きそめぬるあたりは、えこそ思ひ絶えね、など思ひゐ[8]給へる。[9]さぶらふ限りの女房のかたち心ざま、いづれとなくわろびたるなく、めやすくとりどりにをかしき中に、あてにすぐれて目にとまるあれど、さらに〳〵乱れそめじの心にて、いときすくにもてなし給へり。[10]ことさらに見えしらがふ人もあり。[11]大方はづかしげにもてしづめ給へるあたりなれば、うはべこそ心ばかりもて

1 帝がお耳になさるたび、お諫め申し上げないのが不行届きだと、思いおっしゃってとてもつらい。青表紙他本多く「の給はす」。
2 中宮には、出生順に東宮・女一宮・二宮・匂宮・五宮がいて、みな成人している。
3 中宮は、(年を重ねて)ますます若く美しいご様子が増していらっしゃる。「大宮」は、東宮の母后であるのを強調した呼び方。
4 女一宮も中宮のようでおいでなのに違いなく、何かの機会に、せめてこのような物越しでもいいから、お声なりとお聞きしたいものと、(薫は)しみじみとお思いである。青表紙他本「あはれに」。薫は女一宮に高嶺の花のような憧れを抱いていた。㊆椎本29節。
5 以下薫の心内。好色の男が思ってはならぬ女(とひ)への思慕を抱くのも、こういう(近しい)お間柄で、さすがに疎遠ではなく出入りしながら、思いのかなわない時なのだろう。青表紙他本「思ましき心つかふらむもかやうなる御なからひ」。
6 自分の性分のように、偏屈な心の男は、世間にまたとあるだろうか。大君や中君に接近しながら、わがものにできない自分を顧みる。
7 それなのに、いったん思いをかけた相手のことは、やはり、とても思い切れない。大君への断ちがたい執心を薫は改めて確認する。
8 青表紙他本「給へり」。
9 (中宮に)伺候する女房すべての容貌や気立ては、誰でも良くない者はなく、好ましげにそれぞれに趣があるなかに、気品あふれ美しくて目が惹きつけられる者もいるが、(薫は)けっして女に心を乱すまいとの気持で、まことにきまじめにふるまっていらっしゃる。
10 わざと薫の気をひく女房もいる。「見えしらがふ」は、人目につくようにする意。
11 (中宮周辺は)だいたいは気後れするくらい慎み深く物静かにお暮しの所なので、(女房たちも)表面は(その気風に合わせ)しとやかにしているが。㊄若菜上76節とは逆に、明石中宮周辺の気風に染まらない者がいるとする。

しづめたれ、[1]心〳〵なる世の中なりければ、色めかしげにすゝみたる下の心漏りて見ゆるもあるを、さま〴〵にをかしくもあはれにもあるかなと、[2]立ちてもゐても、たゞ常なきありさまを思ひありき給ふ。

[3]かしこには、中納言殿のこと〴〵しげに言ひなし給へりつるを、[4]夜ふくるまでおはしまさで、御文のあるを、さればよと胸つぶれておはするに、夜中近くなりて、[5]荒ましき風のきほひに、いともなまめかしくきよらにて、にほひおはしたるも、いかゞおろかにおぼえ給はむ。[6]正身も、いさゝかうちなびきて思ひ知り給ふことあるべし。[7]いみじくをかしげに盛りと見えて、引きつくろひ給へるさまは、ましてたぐひあらじはやとおぼゆ。[8]さばかりよき人を多く見給ふ御目にだに、けしうはあらずと、かたちよりはじめて多く近まさりしたりとおぼさるれば、[9]山里の老い人どもは、まして口つきにくげにうち笑みつゝ、

「[10]かくあたらしき御ありさまを、なのめなる際の人の見たてまつり給はましかば、いかにくちをしからまし。思ふやうなる御宿世。」

1　人の心はさまざまなこの世の中なので、恋愛沙汰を好む心の底が透けて見える女房もいるのを、それぞれに面白くしみじみ物哀しいことだなと。「世の人の心々にありければ思ふはつらし憂きは頼まる」（古今六帖五）。

2　（日ごろの）起ち居につけても、ただ世間の無常をしきりに思いながら（宮中をあちこち）足を運んでいらっしゃる。薫は通常の、女房らとの戯れの恋愛沙汰には、心惹かれない。

29　匂宮を迎える人々

3　宇治では、薫が大げさに（新婚第三夜の大切さを）言って寄越されたのに。「こよひはざふやくもや…」との文面（四八六頁）をさす。

4　夜が更けるまで（匂宮が）いらっしゃらず、お手紙が来たので、やはり案じていたとおり（宮は三日夜においでにならない、一時の浮気心だったのだ）と、（大君は）胸がどきどきしていらしたところ、夜中近くなって。

5　荒々しい風と競うように、（宮が）いかにも優美で気高い姿で、はなやかにお越しになったのも（大君は）どうして普通のことと思われよう。匂宮のすばらしさに気づくはず、の意。

6　中君ご自身も、（匂宮に）いささか心傾いて思い知りなさることがあろう。今夜は中君も匂宮に心惹かれるだろうとの語り手の推測。

7　（中君は）たいそう美しく女盛りと見えて、美々しく装っておられる様子は、まして肩を並べる者などないと感じられる。

8　あれほど高貴な女人を多くご覧になっていらっしゃる（匂宮の）お目でさえ、見劣りはしないと、容貌をはじめそのほか近くで見るほどいろいろすばらしいとお感じになるので。青表紙他本「あらすと」の「と」なし。

9　宇治に住む老女房たちは、まして口元もみっともなく笑っては。相好をくずすさま。

10　老女房の言。（中君の）こうももったいないご器量を、もしも並の身分の男が婿君におなり申されたのならば、どんなに残念だったろう。「…ましかば…まし」で反実仮想の構文。

と聞こえつゝ、[1]姫宮の御心を、あやしくひが〳〵しくもてなし給ふを、もどき口ひそみきこゆ。

[2]盛り過ぎたるさまどもに、あざやかなる花の色〳〵、似つかはしからぬをさし縫ひつゝ、ありつかず取りつくろひたる姿どもの、罪ゆるされたるもなきを見わたされ給ひて、[3]姫宮、我もやう〳〵盛り過ぎぬる身ぞかし、鏡を見れば痩せ〳〵になりもて行く、[4]おのがじしは、この人どもゝ、われあしとやは思へる、[5]後手は知らず顔に、額髪を引きかけつゝ、色どりたる顔づくりをよくしてうちふるまふめり、[6]わが身にては、まだいとあれがほどにはあらず、目も鼻もなほしとおぼゆるは、心のなしにやあらむ、とうしろめたくて、見出だして臥し給へり。[7]はづかしげならむ人に見えむことは、いよ〳〵かたはらいたく、いま一年二年あらば衰へまさりなむ、はかなげなる身のありさまを、と[8]御手つきの細やかにかよわくあはれなるをさし出でても、世中を思ひつゞけ給ふ。

[9]宮は、ありがたかりつる御暇のほどをおぼしめぐらすに、[10]猶心やすかるまじきこ

1　大君のお考えを、妙に偏屈でいらっしゃるのを、（女房たちは）非難し苦々しげに口をゆがめ合っている。薫を拒む大君の心を難ずる。

2　（女房たちの）盛りを過ぎた身に、派手な色とりどりの、不似合いな衣裳を仕立てて、身につかぬまま着飾っている姿格好が、我慢のできそうな者とていないありさまを（大君は）ぐるりとご覧になって。

3　大君は、私もそろそろ盛りを過ぎる身なのだ、鏡を見ると（私も）だんだん痩せてゆく。周囲の老女房たちのあさましい醜貌を見つめる目が、老い衰える己が身への凝視に転ずる。

4　（だが）一人一人は、この老い人たちも、自分を醜いとは思っていようか。

5　（髪の少なくなった）後ろ姿は気にもかけず、額髪を頰に引き垂らしては、紅おしろいの厚化粧に念を入れて気取っているようだ。

6　わが身を振り返ってみると、まだ実際、あの老女房たちほどには見苦しくはない、目も鼻もちゃんとしていると感じるのは、私の気のせい（うぬぼれ）なのでは、と気がとがめ、物思いに外をぼんやり眺めやって横になっておられる。青表紙他本「うしろめたう」。

7　いかにも気後れしそうなお方（薫）と連れ添うようなことは、いよいよみっともなく、あと一年二年経てばもっと（私は）衰えることだろう。みすぼらしげな身体のありさまだもの。美しい妹ではなく、女房たちの老醜ぶりに自らを見出す大君は、短命を予感する。

8　（大君は自分の）手のあたりのほっそりして弱々しく物悲しげなのを（袖から）差し出しても、（その手を見つめながら、薫との仲など）わが人生を思い続けなさる。

30　匂宮と中君

9　匂宮は、（母中宮から）容易にいただけなかったお暇の件を考えめぐらしなさるに。

10　やはり（宇治への忍び歩きは）気軽にできそうもないと、胸が塞がったようにお思いなのだった。青表紙他本「いとむねふたかりて」。

とにこそはと、胸ふたがりておぼえ給ひけり。[1]大宮の聞こえ給ひしさまなど、語りきこえ給ひて、

「[2]思ひながらと絶えあらむを、いかなるにかとおぼすな。夢にてもおろかならむに、かくまでもまゐり来まじきを、心のほどやいかゞと疑ひて、思ひ乱れ給はむが心ぐるしさに、身を捨ててなむ。[3]常にかくはえまどひありかじ。さるべきさまにて、近くわたしたてまつらむ。」

と[4]いと深く聞こえ給へど、絶え間あるべくおぼさるらむは、おとに聞きし御心のほど知るべきにや、と心おかれて、[5]わが御ありさまから、さま〴〵もの嘆かしくてなむありける。

明け行くほどの空に、[6]妻戸押し開け給ひて、もろともにいざなひ出でて見給へば、霧りわたれるさま、所からのあはれ多く添ひて、[7]例の、柴積む舟のかすかに行きかふ跡の白波、[8]目馴れずもある住まひのさまかなと、色なる御心には、をかしくおぼしなさる。[9]山の端の光やう〳〵見ゆるに、女君の御かたちのまほにうつくしげにて、

1　明石中宮が申し上げなさった様子など、（匂宮は中君に）語り申し上げなさって。

2　匂宮の言。（あなたを）心にかけながら訪れられぬ時もあろうが、どうしたことかとご案じめされるな。夢にも疎略に思うのだったら、（今夜）こうまでして伺ったりもしないだろうに、私の本心がどんなものかと（あなたが）お疑いになって、お心を取り乱しなさろうのがおいたわしくて、何も顧みずに（参ったのだ）。「身を捨てて」は、命がけで、の気持。

3　いつもこうは出歩けまい。しかるべき形で、近くにお渡し申しましょう。容易に逢えるよう、都に住まいを用意し、妻の一人として引き取るつもり。35節参照。

4　（匂宮が）たいそう心を込めてお話し申しなさるが、（今からお通いの）途絶えがあろうと思っておられるようなのは、噂に聞いた浮気なご性分を知るべきなのか、と（中君は）隔て心をお持ちになり。宇治の暮らししか知らない中君には、都から宇治までの道中の遠さや、皇太子候補という匂宮の高貴な身分の制限などは聞いてもよく分からず、浮気性とのみ思う。青表紙他本多く「しるきにや」。

5　（中君は）ご自分の（頼りない）お身の上を思うと、さまざまに嘆かわしくお思いであった。

6　（匂宮が）妻戸を押し開けなさって、一緒に誘って外に出てご覧になると、一面霧がたちこめた様子、宇治ならではのしみじみした趣が加わって。逢瀬の翌朝、男君が女君を誘ってともに外の景色を眺める場面は、物語の典型的な図柄。薫と大君（7節）も参照。

7　以下、いかにも宇治らしい光景。㊁橋姫18節。「世の中を何に喩へむ朝ぼらけ漕ぎ行く舟の跡の白波」（拾遺集・哀傷・満誓）など。

8　見慣れない住まいの様子だと、（匂宮の）色好みの多感なお心には、趣があるとつい受け止めてしまわれる。ほぼ同じ光景を見ての、㊁橋姫18節の薫の反応と対照的である。

9　東の山の端が明るくなるにしたがって、中君の申し分ない顔だちがはっきり見えてくる。

限[1]りなくいつきすゑたらむ姫宮もかばかりこそはおはすべかめれ、思[2]ひなしの、わが方ざまのいといつくしきぞかし、こ[3]まやかなるにほひなど、うちとけて見まほしく、なか〳〵なる心ちす。水[4]のおとなひなつかしからず、宇治橋のいともの古りて見えわたさるゝなど、霧晴れゆけば、いとゞ荒ましき岸のわたりを、

「か[5]ゝる所にいかで年を経たまふらむ。」

など、う[6]ち涙ぐみ給へるを、いとはづかしと聞き給ふ。

を[7]とこの御さまの、限[8]りなくなまめかしくきよらにて、この世のみならず契り頼めきこえ給へば、思[9]ひ寄らざりしことゝは思ひながら、中〳〵かの目馴れたりし中納言のはづかしさよりは、とおぼえ給ふ。か[10]れは思ふ方異にて、いといたく澄みたるけしきの見えにくゝはづかしげなりしに、よ[11]そに思ひきこえしは、ましてこよなくはるかに、一くだり書き出で給ふ御返り事だにつゝましくおぼえしを、久しくと絶え給はむは心ぼそからむと思ひならるゝも、わ[12]れながらうたて、と思ひ知り給ふ。

人[13]〳〵いたくこわづくりもよほしきこゆれば、京におはしまさむほど、はしたな

一六三〇

1　以下、匂宮の感想。この上なく大切にかしづかれている皇女もこれ（中君）くらいでおいでだろう。一般論であるが、基準は姉女一宮。

2　気のせいで、自分の身内のお方がいかにも立派に見えるのだ。「わが方ざま」は女一宮。薫も高嶺の花と憧れる女宮である（四九四頁）。

3　（中君の）行き届いた深みのある美しさなど、親しくお逢いしたく、かえって（次の逢瀬の遠さを思い）焦らだたしい気持になる。青表紙他本「みまほしう」。

4　（激しい）水の音は親しみをもてず、宇治橋のたいそう古びて遠くに見えるのを。「ちはやぶる宇治の橋守汝（なれ）をしぞあはれとは思ふ年の経ぬれば」（古今集・雑上・読人しらず）。霧も薄れると、わびしく荒々しい光景が出現。

5　匂宮の言。こんな寂しい山里でどうやって（女性が）年月を過ごしておられるのでしょう。

6　涙ぐむ宮の姿に、中君は山里育ちを恥じる。青表紙他本「うちなみたくまれ」。

7　匂宮。男女関係を強調する呼称。

8　この上なく優美でお美しく、現世だけでなく（来世も変らぬ仲をと）約束し頼りにさせ。

9　思いも寄らなかったご縁とは思いながら、かえってあの前からなじんできた中納言（薫）の気づまりな立派さよりは、と（中君は）思う。

10　あの方（薫）は、心を寄せる相手が私でなく（大君の方で）、ひどくとり澄ましていた態度がお付き合いしにくく気づまりだったが。

11　（匂宮を）よそながらご想像申していた時は、（薫にも）まして雲の上のようなご身分で、一行なりお書きになるお手紙のご返事さえ書きにくく思われたのに、長く足が遠のかれたら心細いだろうと。青表紙他本「ひさしう」。

12　自分ながら（わが心の変りようを）いやだと思い知りなさる。匂宮を慕う自分を自覚。

31　第三日の別れ

13　供人たちが何度も咳払いし（宮に帰京を）促し申し上げると、京にお着きになるのが（日が高くなり）不体裁にならない時刻にと。

からぬほどにと、[1]いと心あわたゝしげにて、心よりほかならむ夜離れを返ゝのたまふ。

[2]中絶えむものならなくに橋姫の片敷く袖や夜半に濡らさん

出でがてに、[3]立ち返りつゝやすらひたまふ。

[4]絶えせじのわが頼みにや宇治橋のはるけき中を待ちわたるべき

[5]言には出でねど、もの嘆かしき御けはひは限りなくおぼされけり。

[6]若き人の御心に染みぬべく、たぐひ少なげなる朝けの御姿を見おくりて、なごりとまれる御移り香なども、[7]人知れずものあはれなるは、されたる御心かな。[8]けさぞもののあやめ見ゆるほどにて、[9]人〴〵のぞきて見たてまつる。

[10]「中納言殿は、なつかしくはづかしげなるさまぞ添ひ給へりける。思ひなしのいま一際にや、この御さまはいとことに。」

などめできこゆ。

[11]道すがら、心ぐるしかりつる御気色をおぼし出でつゝ、立ちも返りなまほしく、

1　とてもせき立てられる様子で、不本意ながらの夜の訪問の途絶えを何度も(匂宮は)言う。

2　匂宮の歌。二人の仲は絶えるはずもないが、あなたは橋姫のように、独り寝の衣を片敷いて涙で袖を濡らす夜もあろう。「さむしろに衣片敷き今宵もや我を待つらむ宇治の橋姫」(古今集・恋四・読人しらず)、「忘らるる身を宇治橋の中絶えて人も通はぬ年ぞ経にける」(古今集・恋五・読人しらず)など、男の来訪を待ちつづける橋姫のイメージを基に、橋姫に中君を重ねて深い愛情と憐憫を詠む。

3　幾度も引き返して来ては。

4　中君の歌。仲は絶えないとの約束を頼みとしながら、来訪のないあなたを、橋姫のように久しく待ちつづけねばならないのだろうか。「絶えせじ」が「中絶えむ」に照応。「宇治橋」は永続の喩(五〇三頁注4)。今から久しい夜離れがあるなどとは悲しい、の気持がこもる。

5　(中君の)言葉にしないが何となく嘆き沈んでいるご様子は(匂宮には)限りなくいとしく。青表紙他本「御けはひは」の「は」無し。

6　若い女君(中君)のお心に染みそうな、たぐい稀な(宮の)暁のご出発のお姿を見送って。「朝けの姿」は、女のもとを立ち去る男君の、朝の陽光に照り映える姿。㊀夕顔二四九頁注4。青表紙他本「あさけのすかた」。

7　人知れず何やら恋しいとは、人情の機微の分かるお方よ。中君への、語り手の評言。

8　今朝は隈々まで物の見分けのつく時分だったので。匂宮が明るくなるまで宇治に留まったのを言う。青表紙他本「あやめも」。

9　女房たちは(匂宮の明け方の姿を)のぞいて。

10　女房の言。中納言殿(薫)は慕わしくこちらが恥ずかしくなるご立派さが加わっておられるのだった。(匂宮は)いま一段と高貴なご身分だと思うせいか、そのお姿は何とも格別で。

32　匂宮の途絶え

11　帰りの道中、(匂宮は)いじらしかった(中君の)ご様子を思い出しなさり、立ち戻りたく。

[1]さまあしきまでおぼせど、世の聞こえを忍びて帰らせ給ふほどに、えたはやすくも紛れさせ給はず。御文は、明くる日ごとに、あまた返りづゝたてまつらせ給ふ。お[2]ろかにはあらぬにやと思ひながら、おぼつかなき日数の積るを、いと心づくしに見じと思ひしものを、身にまさりて心ぐるしくもあるかな、と姫宮はおぼし嘆かるれど、[3]いとゞこの君の思ひ沈み給はむにより、つれなくもてなして、(み)[4]身づからだに、猶かゝる事思ひくはへじと、いよ〳〵深くおぼす。

[5]中納言の君も、待ちどほにぞおぼすらむかしと思ひやりて、わがあやまちにいとほしくて、宮を聞こえおどろかしつゝ、絶えず御けしきを見給ふに、いといたく思ほし入れたるさまなれば、さりともとうしろやすかりけり。

[6]九月十日のほどなれば、[7]野山のけしきも思ひやらるゝに、[8]しぐれめきてかきくらし、空のむら雲おそろしげなる夕暮れ、宮、いとゞ静心なくながめ給ひて、[9]いかにせむと御心ひとつを出で立ちかね給ふ。[10]をりおしはかりてまゐり給へり。

[11]「ふるの山里いかならむ。」

1 みっともないほど（中君を）お思いであるが、（匂宮は）世評を憚ってお帰りになる状態で、とても容易に宇治には出かけられない。お手紙は、毎日毎日、日に何回となくさしあげなさる。世間に妻だと公表できない忍びの関係。

2 （匂宮のお気持は）いいかげんなものではないらしいと推測しながら、（宮が訪れず）不安な日が幾日も続くのを、ひどく気をもむような目には（中君を）遭わすまいと思っていたのに、自分のこと以上に胸痛く思われることよ、と大君は思い嘆かれるが。

3 （大君が嘆くと）ますますこの中君が沈み込まれようから、気にかけぬふりをして。

4 せめてこの自分だけでも、やはりこんな男女の件で苦悩を倍加させまいと、ますます深く決意なさる。大君は中君の夫婦仲を想像して、薫との結婚を断念しようとする。

5 薫も（宇治では匂宮の来訪を）待ち遠しくお思いだろうと思いを馳せて、自分（薫）の過ちゆえと申し訳なくて、匂宮を（宇治行に）お促し申しては、いつも（匂宮の）ご様子をご覧になると、たいそう深く（中君を）思っておいでのようなので、匂宮のご身分が高くとも（最後は妻として公認されよう）と安心なのだった。

33 九月、宇治行

6 現在の十月末ぐらい。晩秋である。

7 宇治の野や山の景色も想像されるころ。

8 「時雨」は、晩秋から初冬にかけての景物。

9 どうしたものかと、ご自分のお心を決めかねて、お出ましをためらっておられる。「伊勢の海に釣する海人(あま)のうけなれや心一つをさだめかねつる」（古今集・恋一・読人しらず）。

10 ちょうどそんな折かと（薫が）察して。

11 薫の言。「初時雨ふるの山里いかならむ住む人さへや袖の濡るらむ」（新千載集・冬・読人しらず）。「ふるの山里」は大和国（奈良県）の布留(ふる)で、「降る」と掛詞。ここは、初時雨の宇治ではどう思っているかと同情して、匂宮を宇治に誘い出す。

と、おどろかしきこえ給ふ。[1]いとうれしとおぼして、もろともにいざなひ給へば、例の一つ御車にておはす。

[2]分け入り給ふまゝにぞ、まいてながめ給ふらむ心の内、いとゞおしはかられ給ふ。道のほども、たゞこの事の心ぐるしきを語らひきこえ給ふ。[3]たそかれ時のいみじく心ぼそげなるに、雨は冷やかにうちそゝきて、[4]秋果つるけしきのすごきに、うちしめり濡れ給へるにほひどもは、世のものに似ず艶にて、[5]うち連れ給へるを、山がつどもはいかゞ心まどひもせざらむ。

[6]女ばら、日ごろうちつぶやきつるなごりなくゑみさかえつゝ、御座引きつくろひなどす。京に、さるべき所〲に行き散りたるむすめども、めひだつ人二三人尋ね寄せてまゐらせたり。[7]年ごろあなづりきこえける心浅き人ゞ、[8]めづらかなる客人と思ひおどろきたり。[9]姫宮も、をりうれしく思ひきこえ給ふに、さかしら人の添ひ給へるぞ、はづかしくもありぬべく、なまわづらはしく思へど、[10]心ばへののどかにもの深くものし給ふを、げに人はかくはおはせざりけりと見合はせ給ふに、ありがた

1　（匂宮は）とてもうれしいと思われて、一緒にとお誘いなさると、いつものように同じ牛車に乗って（宇治に）お出かけになる。

2　山道に分け入りなさるにつれ、（匂宮は）自分にもまして物思いに屈していらっしゃるだろう（中君の）心中がますます想像される。道中も、（匂宮は）ただ中君のことのいたわしさを語り申しなさる。

3　夕暮れの薄闇のころのとても心細そうな折に、雨は冷たく降り注いで。

4　秋の終りの景色の、ぞっとするような物寂しさのなかで、（時雨に）しっとりと濡れていらっしゃる（お二人の）薫香の風情はまたとなく優艶で。芳香は、湿気でいっそうきわだつ。この「艶」は自然の「すごき」と対照的。

5　（匂宮と薫が）連れだってお出ましなのを、山に住む者たちは（その芳香に）どうしてとまどわないことがあろうか。

6　女房たちは、日ごろ（宮のお越しのなさに）愚痴をこぼしていた気配もなく笑顔になって、（匂宮・中君夫婦の）御座所を整えなどする。京に、しかるべきあちこちの邸に散り散りにご奉仕している娘たち、あるいは姪（底本「めい」）など二、三人を探し出して（八宮の家に）出仕させた。八宮家の賑わいを察し、ゆかりの者が参集するのは㊂椎本4節にも。

7　年来この宮家をお見下げ申してきた浅薄な人々。「むすめども、めひだつ人」をさす。

8　めったにないご客人と（匂宮や薫に）驚く。

9　大君も、（時雨の物寂しい）折も折とてうれしくお思い申されるが、おせっかいな人がご一緒なのには、恥ずかしくもなってしまいそうで、何となく面倒に思うが。「さかしら人」は、再び自分に言い寄りかねない薫をさす。

10　（薫の）気性がゆったりと思慮深くておられるのを、なるほど他方の方（匂宮）はこうではいらっしゃらなかった、とお比べになるにつけ、（薫を）めったにない方とお分かりになる。大君にとって薫は、特別に好ましい人であり、中君を預けられるほど信頼する人である。

しと思ひ知る。

宮[1]を、所につけてはいとことにかしづき入れたてまつりて、この君は、あるじ方に心やすくもてなし給ふものから、まだ客人居のかりそめなる方に出だし放ち給へれば、いと[2]からしと思ひ給へり。うらみ[3]給ふもさすがにいとほしくて、物越しに対面し給ふ。

「たはぶれ[4]にくゝもあるかな。かくてのみや。」

と、いみじくうらみきこえ給ふ。やう[5]〱ことわり知り給ひにたれど、人の御上にても物をいみじく思ひしづみ給ひて、いとゞかゝる方をうきものに思ひ果てて、猶[6]ひたふるに、いかでかくうちとけじ、あはれ[7]と思ふ人の御心も、かならずつらしと思ひぬべきわざにこそあめれ、われ[8]も人も見おとさず、心たがはでやみにしかな、と思ふ心づかひ深くし給へり。宮[9]の御ありさまなども問ひきこえ給へば、かすめつゝ、さればよとおぼしくの給へば、いと[10]ほしくて、おぼしたる御さま、けしきを見ありくやうなど語りきこえ給ふ。

34 薫、大君と対面

1　匂宮を、山里なりに格別丁重にお世話して（中君のいる母屋の簾中に）お入れ申し上げて、こちらのお方（薫）は、主人がわ扱いで親しくおもてなしになるものの、今もまだ客間の一時しのぎの席に遠ざけておおきになるので。婿として処遇される匂宮に対し、薫は西廂に招かれる客扱い。

2　（薫は）たいそうひどいとお思いである。

3　（大君は、薫が自分を）お恨みになるのもさすがにすまなくて。結局、対面に応じる。

4　薫の言。冗談にもならない。いつまでこんなふうにばかり（なさるのか）。「ありぬやとこころみがてらあひ見ねばたはぶれにくきまでぞ恋しき」（古今集・誹諧歌・読人しらず）。

5　（大君は）しだいに男女の情理の機微をお分かりになっているが、中君のお身の上についてもたいそう深く悩まれて、ますますこうした向きをすっかり嫌なものと思って。中君と匂宮の関係への一喜一憂を通じて、大君は他人を格別に思うこと自体を苦と確信する。

6　やはり一途に、どうにかして（私は）この（中君の）ように（男君に）うちとけたりすまい。

7　（男女の仲というのは、いま）愛しいと思うこのお方（薫）のお心も、いつかは必ず恨めしいと思ってしまいそうなことなのだろう。男女の仲になることで、薫の心に対する、自分自身の受け止め方が変わるのを予想する。

8　私もあのお方も互いに（相手を）見下すことなく、心が食い違うこともなく最後までお付き合いしたいもの。薫とは死ぬまでずっと精神的な共感を保っていたい、そのためには男女の仲になってはならないと考える。

9　（薫が）匂宮の来訪の様子などをも（大君に）お尋ねになると、（大君は）それとなくにおわせては、やはりそうだったのか、と（薫が）お分かりになるようにお話しになるので。匂宮がなかなか宇治を訪れられずにいるのに、大君たちが深く傷ついているのが薫にも分かる。

例[1]よりは心うつくしく語らひて、

「[2]なほかくもの思ひ加ふるほど過ごし、心[3]ちも静まりて聞こえむ。」

との給ふ。[4]人にくゝ、けどほくはもて離れぬものから、障子のかためもいと強し。しひて破らむをば、つらくいみじからむとおぼしたれば、[5]おぼさるゝやうこそはあらめ、軽ぐ〴〵しく異ざまになびき給ふことはた、世にあらじと、心のどかなる人は、さ言へど、いとよく思ひしづめ給ふ。

「[6]たゞいとおぼつかなく、もの隔てたるなむ、胸あかぬ心ちするを、ありしやうにて聞こえむ。」

と責め給へど、

「[7]常よりもわが面影にはづるころなれば、うとましと見給ひてむもさすがに苦しきは、いかなるにか。」

と、[8]ほのかにうち笑ひ給へるけはひなど、あやしくなつかしくおぼゆ。

「[9]かゝる御心にたゆめられたてまつりて、つひにいかになるべき身にか。」

10 （薫は）いたわしくて、（匂宮が）深くお思いのご様子、（匂宮の）心をいつも注意して見ている旨などをお話し申しなさる。匂宮と中君を結びつけた責任を痛感し、大君を慰める。

---

1 （大君は）いつもよりは素直にお話しになり。

2 大君の言。やはりこのように物思いが重なるころをやり過ごして。中君の思いがけぬ結婚の件に、匂宮の夜離れが加わる苦悩を言う。

3 気分も落ち着いて（薫と）お話ししましょう。

4 憎らしく、無愛想に突き放す態度ではないが、障子もきつく鎖してある。（その障子を）強引に破るのは、薄情で容赦ない仕打ちだろうとお思いになるので。

5 （大君がいま拒むのに）お考えの子細があろう、軽々しく他の男になびきなさることは一方で、まさかあるまいと、気長な人（薫）は、そうは言っても、よく心をお鎮めになる。

6 薫の言。ただもう（あなたが）はっきり見えず、物越しの対面は、物足りない思いなので、以前のようにお話ししましょう。薫は隔ての屛風を押しやって母屋の中に入り、直接大君と顔を合わせたが、何もしなかった（5・6節）。その自分を信頼して、物の隔てなく逢って欲しいと訴える。

7 大君の言。いつになく（物思いにやつれ）鏡に映る自分の顔が恥ずかしい頃なので、（あなたも）きっと疎ましいと（私を）ご覧になりましょう、それもさすがに苦しくつらいのは、いったいどうしたことやら。「夢にだに見ゆとは見えじ朝な朝なわが面影に恥づる身なれば」（古今集・恋四・伊勢）。以前の、隔てのない対面を厳しく拒んだ（5節）折とは一変して、自虐的なざれごとに慕情がほのめく。

8 （大君が）ほんのり笑われたご様子など、（障子の向こうの薫は）不思議に慕わしく思う。青表紙他本「あやしう」。

9 薫の言。こうした（受け容れも拒みもしない）お心に気を緩めさせられ申して、最後にはどうなるはずの私なのだろう。

と嘆きがちにて、例[1]の、とほ山鳥にて明けぬ。宮は、[2]まだ旅寝なるらむともおぼさで、

「[3]中納言の、あるじ方に心のどかなるけしきこそうらやましけれ。」

との給へば、[4]女君、あやしと聞き給ふ。

[5]わりなくておはしまして、ほどなく帰り給[6]へるが飽かず苦しきに、宮ものをいみじくおぼしたり。[7]御心の内を知り給はねば、女方には、又いかならむ、人笑へにやと思ひ嘆き給へば、[8]げに心づくしに苦しげなるわざかな、と見ゆ。

京にも、[9]隠ろへて渡り給ふべき所もさすがになし。[10]六条院には、左の大殿片つ方には住み給ひて、さばかりいかでとおぼしたる六の君の御事をおぼしよらぬに、なまうらめしと思ひきこえ給ふべかめり。[11]すき〴〵しき御さまとゆるしなく譏りきこえ給ひて、内わたりにも愁へきこえ給ふべかめれば、いよ〳〵おぼえなくて出だし据ゑ給はむも、憚ることいと多かり。[12]なべてにおぼす人の際は、宮仕への筋にて、中〳〵心やすげなり。[13]さやうのなみ〳〵にはおぼされず、もし世中移りて、みか

1　いつものように、遠山鳥（のように別々のまま）で夜が明けた。四七四頁。

2　（薫が）まだ旅先の独り寝で過ごしていようとも思われず。大君との情交関係を想像する。

3　匂宮の言。薫が、主人としてのんびり過ごしているのがうらやましい。

4　薫と大君は他人と思っている中君には、なぜ匂宮がそう言うのか、訳が分からない。

35　匂宮、中君を重んずる

5　無理を冒して（宇治に）いらして、すぐにお帰りになる。青表紙他本「をはしましては」。

6　底本「給るか」、青表紙他本「給か」。

7　（都に戻るのを苦しいと思う匂宮の）お心の中をご存じないので、大君や中君は、またどうなるのだろう、（中君が匂宮に捨てられ）世間の物笑いになるのかと思い嘆きなさるので。

8　なるほど気苦労が多く苦しそうな事態よと見える。前の大君の「いと心づくしに…」（五〇六頁）を受けての、語り手の同情的な評言。

9　（中君が）こっそりお移りになれるような邸。

10　六条院では、左大臣（夕霧）がその一部にお住まいで、あれほどぜひにとお望みの六の君とのご縁組を（匂宮が）お心にもおかけにならないので、何となく恨めしいと思い申されるようだ。夕霧は夏の町に落葉宮を迎え（㊂匂兵部卿3節）、典侍腹の六の君の後見とし（同11節）、匂宮を婿にと望んでいた（㊂椎本28節）。青表紙他本・河内本では「右のおほいとの」、㊂竹河一七九頁注11を参照。「片つ方には」、青表紙他本「かたつかたに」。

11　（夕霧は、匂宮を）好色じみたご様子と容赦なく非難申し上げなさり、（六の君との結婚を）帝や明石中宮にも愁訴申し上げなさるようなので、ますます（世間には）思いがけない形で（匂宮が中君を都に）連れ出し住まわせるのも。没落した親王の娘の中君では、人目を憚る隠し妻以上にできず、それさえ憚られる。

12　並々にお思いのお相手ぐらいは、宮仕えの女房といった形にできて、かえって気楽であ

ど、后のおぼしおきつるまゝにもおはしまさば、[1]人より高きさまにこそなさめなど、[2]たゞいまは、いとはなやかに心にかゝり給へるまゝに、もてなさむ方なく苦しかりけり。

[3]中納言は、三条の宮造り果てて、さるべきさまにて渡したてまつらむとおぼす。げにたゞ人は心やすかりけり。[4]かくいと心ぐるしき御けしきながら、やすからず忍び給ふからに、かたみに思ひなやみ給[5]ふべかめるも心ぐるしくて、[6]忍びてかく通ひ給ふよしを、中宮などにももらし聞こしめさせて、しばしの御さわがれはいとほしくとも、女方の御ためは咎もあらじ、いとかく夜をだに明かし給はぬ苦しげさよ、いみじくもてなしてあらせたてまつらばや、など思ひて、[7]あながちにも隠ろへず。[8]衣更へなど、はか〴〵しく[9]たれかはあつかふらむ、などおぼして、[10]御丁のかたびら、[11]壁代など、[12]三条の宮造り果てて渡り給はむ心まうけにしおかせ給へるを、

「[13]まづさるべき用なむ。」

など、[14]いと忍びて聞こえ給ひて、たてまつれ給ふ。[15]さま〴〵なる女房の装束、御

る。表面上は中宮付きの女房にして情交関係を保つ、いわゆる召人(めしうど)をいう。

13（しかし匂宮は、中君を）そうした月並みの相手とは思われず、もしも御代替りがあって帝や后がお心づもりなさったとおりにもなられたならば。匂宮は東宮候補。五三六頁参照。

1（中君を）誰よりも高い位（中宮）につけよう。

2 現在は、（中君を）じつに派手なお扱いにと心にかけておいでのままに、ご処遇できず。

36 薫の後見

3 薫は、三条宮をすっかり建て直し、しかるべき（世間に認められた）形で大君をお移ししようと思われる。なるほど臣下は気楽なものよ。女三宮の三条邸は昨春焼失（㊃椎本28節）。

4 こう（匂宮は）胸痛むほど（に中君を思い）ながら、心安まらないお忍びの関係を続けているゆえ、お二人ともに悩んでおられるのも。

5 底本「給へるめる」、青表紙他本により訂正。

6 薫の心内。（匂宮が）人目を忍んでこうして（宇治に）通っておいでなことを、（いっそ私から）中宮などにも一言お耳にお入れ申して、しばらく騒がれるのはお気の毒でも、中君のためには過失もあるまい、ほんとうにこう夜も明かさずにさえ帰られるのがおつらそうなことよ、十分お世話してお幸せにしてさしあげたいもの。後見役としての願望。

7 自然と世間が知るように、特に隠さない。

8 後文に「十月一日ごろ」とあり、冬十月の衣更え。衣服や調度類を冬の装いに替える。

9 誰がお世話するのだろう。薫の心内。

10 御帳台（寝台）の垂れ絹。「御丁」は「御帳」。

11 母屋や廂の御簾の内側に垂らす絹の帳(とばり)。

12 三条宮を建て直し、お移りになる準備として整えておかれた品を。さしあたって入用なので。八宮家に回すつもり。

13 薫の言。

14 事情は明かさずに（母女三宮に）申し上げなさって、（宇治に）さしあげなさる。薫は大君について、三条宮の家主の母宮に隠している。

乳母などにもの給ひつゝ、わざともせさせ給ひけり。

　十月一日ごろ、網代[1]もをかしきほどならむと、そゝ[2]のかしきこえ給ひて、紅葉[3]御覧ずべく申し給ふ。親しき[4]宮人ども、殿上人のむつましくおぼす限り、いと忍びてとおぼせど、所せき御いきほひなれば、おのづから事広ごりて、左の大殿の宰相中将まゐり給ふ。さてはこの[5]中納言殿ばかりぞ、上達部[6]は仕うまつり給ふ。たゞ[7]人は多かり。

　かしこには、

論[8]なく中宿りし給はむを、さるべきさまにおぼせ。さきの[9]春も、花見に尋ねまゐり来しこれかれ、かゝるたよりにこと寄せて、時雨の紛れに見たてまつりあらはすやうもぞ侍る。

など、こまやかに聞こえ給へり。御簾[10]かけ替へ、こゝかしこかき払ひ、岩隠れに積れる紅葉の朽葉すこしはるけ、遣水の水草払はせなどぞし給ふ。よしある[11]くだ物、肴など、さるべき人などもたてまつれ給へり。かつは[12]ゆかしげなけれど、い

15　種々の女房装束は、（薫が、自分の）乳母などにもご相談なさっては、特別に用意させた。

37　匂宮、宇治に紅葉狩り

1　網代漁は冬の宇治の景物。㊤橋姫18節。

2　（薫が匂宮に宇治遊覧を）お勧め申されて。

3　「宇治山の紅葉を見ずは長月の過ぎゆく日をも知らずぞあらまし」（後撰集・秋下・千兼がむすめ）の趣向。歌中の「日を」に「氷魚（ひを）」（網代で獲る）を響かす。匂宮はかねてから紅葉狩りを望んでおり（㊤椎本11・16節）、船で行く。青表紙他本多く「申さため給」。

4　親しい匂宮邸の家人たち、殿上人の特に親密な者だけでたいそう内々にとお思いだが、（匂宮は）煩わしいほど大したご身分ゆえ、おのずと遊覧は大ごとになり、夕霧の子の宰相中将も参加される。もとの蔵人少将（㊤竹河）。

5　薫。青表紙他本「殿」なし。青表紙他本・河内本「右」、五一五頁注10。

6　参議（宰相）以上の職にあり、三位以上の者としては、薫と宰相中将の二名が随行する。

7　官人や殿上人はたいそう大勢参加した。

8　八宮家に送った薫の文面。必ず（八宮家で）ご休息なさろうから、そのつもりでご準備を。結局この配慮は無駄になり、裏目に出る。

9　昨年の春も花見にお邸に伺った誰彼が、こうした機会をいいことに、時雨の雨宿りに紛れて（姫君たちのお姿などを）お見あげ申しでもしては大変です。「もぞ」は懸念を表す語法。匂宮の初瀬詣の一件は㊤椎本4節。

10　（宇治では）御簾を（冬物に）掛け替え、あちこちを掃除し、岩陰に積もった落葉を少し取り除かせ、遣水の水草も掃除させなどなさる。

11　趣味の良い間食用の食料や酒の肴、手伝いの人々などを（薫が宇治に）さしあげなさる。

12　（姫君たちは、何もかも薫にお世話いただくのは）一方で、奥ゆかしくもなく見すかされているようだが、いたしかたない、これも前世からの因縁か、とあきらめて準備なさる。

かゞはせむ、これもさるべきにこそは、と思ひゆるして、心まうけし給へり。

舟[1]にて上り下り、おもしろく遊び給ふも聞こゆ。ほの[2]〴〵ありさま見ゆるを、そなたに立ち出でゝ、若き人ゝ見たてまつる。正身[3]の御ありさまはそれと見分かねども、紅葉をふきたる舟の飾りの錦と見ゆるに、声〴〵吹き出づる物の音ども、風につけておどろ〳〵しきまでおぼゆ。世人[4]のなびきかしづきたてまつるさま、かく忍び給へる道にも、いとことにいつくしきを見給ふにも、げに[5]たなばたばかりにても、かゝる彦星の光をこそ待ち出でめ、とおぼえたり。

文作[6]らせ給ふべき心まうけに、博士などもさぶらひけり。たそかれ時に、御舟さし寄せて遊びつゝ文作り給ふ。紅葉を薄く濃くかざして、海仙楽[7]といふ物を吹きて、おの[8]〳〵心ゆきたるけしきなるに、宮は、近江[9]の海の心ちして、をちかた人[10]のうらみいかにとのみ御心そらなり。時[11]につけたる題出だして、うそぶき誦じあへり。

人[12]のまよひすこし静めておはせむと中納言もおぼして、さるべきやうに聞こえ給ふほどに、内[13]より、中宮の仰せ事にて、宰相の御兄の衛門督、こと〴〵しき随身引

1　匂宮一行が川を上り下りして奏楽を楽しむ、興趣ある船楽が宇治の人々に聞こえる。

2　ぼんやりと様子が見えるので、川の見える廂の御簾(すみ)まで出て、若い女房は拝見する。

3　匂宮自身のご様子はそれと見分けられないが、(散り敷く)紅葉で屋根を葺(ふ)いた屋形船の飾りは錦のようで、風に乗ってうるさいまでに感じられる。青表紙他本「風につきて」。

4　人々が皆(匂宮に)靡いて大切にお世話し申す様子、こうしたお忍びでいらした道中も、たいそう格別に豪勢な(匂宮ご一行の)さまを(姫君たちが)ご覧になるにつけても。

5　なるほど年に一度の七夕の逢瀬ぐらいでもよいから、こうした彦星のような光り輝くお方を待ち受けたいもの、と(女房たちは)思う。

6　漢詩を作らせなさろうとの心づもりで、文章博士なども随行していた。夕暮れ時、お船を(夕霧の別荘がわの岸に)近付けて(上陸し)管絃の遊びをしつつ漢詩を作られる。

7　黄鐘調(おうしきじょう)の船楽。海青楽とも。

8　随行の者は心満たされる気分であるのに。

9　琵琶湖。淡水湖であるので「みるめ」(海藻の「海松布(みるめ)」から「見る目」の意)がないことから、中君に逢えぬ匂宮の不満の気持をいう。随行者と対照的。定家自筆本『奥入』は「いかなれば近江の海ぞかかりてふ人をみるめの絶えて生ひねば」を引く。

10　対岸の中君の恨めしさはいかにと心も空。「七夕の天の戸わたる今宵さへ遠方人(をちかたびと)のつれなかるらむ」(後撰集・秋上・読人しらず)。

11　時分にあった詩題を(博士が)出して、(作った詩を皆で)小声で吟唱し合う。

12　人々の騒ぎが少し静まってから(中君のもとに)お越しになるようにと薫もお考えで、しかるべき手はずを(匂宮に)申しなさるころ。

13　宮中から、明石中宮のご下命により、宰相中将の兄の衛門督が大仰に随身すべてを引き連れて、美々しい正装の束帯姿で参向なさる。夕霧の長男か。中納言を兼官しているか。

き連れて、うるはしきさましてまゐり給へり。[1]かうやうの御ありきは、忍び給ふとすれど、おのづから事広ごりて、後のためしにもなるわざなるを、重〳〵しき人数あまたもなくて、にはかにおはしましにけるを聞こしめしおどろきて、[2]殿上人あまた具してまゐりたるに、はしたなくなりぬ。宮も中納言も、苦しとおぼして、[3]もののきようもなくなりぬ。[4]御心の内をば知らず、ゑひ乱れ遊び明かしつ。

[5]けふは、かくてとおぼすに、また宮の大夫、さらぬ殿上人などあまたたてまつり給へり。[6]心あわたゝしくくちをしくて、帰りたまはむそらなし。[7]かしこには御文をぞたてまつれ給ふ。[8]をかしやかなることもなく、いとまめだちて、おぼしけることどもをこま〴〵と書きつづけ給へれど、人目しげくさわがしからむにとて、御返りなし。[9]数ならぬありさまにては、めでたき御あたりにまじらはむ、かひなきわざかな、といとゞおぼし知り給ふ。よそにて隔たる月日は、おぼつかなさもことわりに、さりともなど慰め給ふを、近きほどにのゝしりおはして、つれなく過ぎ給ひなむ、[10]つらくもくちをしくも思ひ乱れ給ふ。

一六三八

1　こうした（親王の）ご逍遥は、内密になさろうとしても、おのずと大ごとになり（人の知るところとなって）、後世の先例にもなるものなのに、重々しいお供の者が数多くというわけでもなく、急に（宇治に）いらしたと、（明石中宮が）お耳にされて驚きあそばして。既に薫の企図よりも大ごとになり、宰相中将や多くの官人が随行していた（五一八頁）が、中宮はそれでも不満で、衛門督をさし向けた。

2　（衛門督が）殿上人を数多く連れて参られたので、間のわるいことになってしまった。

3　興もそがれた。「きよう」、底本「けう」。

4　（一行の者たちは匂宮と薫の）お気持も分からず、酒に酔い乱れ、逍遥の愉しみに夜を明かした。青表紙他本「えいみたれて」。

38 匂宮、中君に逢えず

5　明けての今日は、このまま（宇治滞在）と（匂宮は）お思いだが、（中宮は）さらに宮の大夫や、それ以外の殿上人などを大勢さし向け申しあそばされる。匂宮を早く帰京させるため派遣する。「宮の大夫」は中宮職の長官で、従四位下。青表紙他本「たてまつれ」。

6　（匂宮は中君たちのことが）気が気でなく心残りで、お帰りになろうとする気持もない。

7　中君のもとには。訪問断念の由を書き送る。

8　気取った文面を書く余裕もなく。真剣に不訪の弁解に努めるが、人目を憚り返事はない。

9　人数にも入らぬ身では、高貴なお方にお近づきするのも、そのかいもないことよ、と（姫君たちは）いよいよ痛感なさる。遠く離れて過ぎる月日は、お越しのないのも当然であるし、そのうちいくら何でも（このままではあるまい）などと自らを慰めていらしたが、近くまでにぎやかにお越しになって、そ知らぬ顔で素通りなさってしまうのは、恨めしくも残念にもさまざま思い悩んでいらっしゃる。「よそにて隔たる月日…」「近きほどにののしりおはして…」が照応。㈢澪標14節に似る。

10　青表紙他本「給なん／給ふなむ」。

宮[1]は、ましていぶせくわりなしとおぼすこと限りなし。[2]網代の氷魚も心寄せたてまつりて、[3]いろ〳〵の木の葉にかきまぜもて遊ぶを、下人などはいとをかしきことに思へれば、人にしたがひつゝ、心ゆく御ありきに、[4]身づからの御心ちは、胸のみつとふたがりて、空をのみながめ給ふに、[5]この古宮の梢は、いとことにおもしろく、常磐木に這ひまじれる蔦の色なども、物深げに見えて、[6]とほめさへすごげなるを、[7]中納言の君も、なか〳〵頼めきこえけるを、うれはしきわざかなとおぼゆ。[8]こぞの春、御供なりし君たちは、花の色を思ひ出でゝ、おくれてこゝにながめ給ふらむ心ぼそさを言ふ。[9]かく忍び〳〵に通ひ給ふとほの聞きたるもあるべし。[10]心知らぬもまじりて、大方に、とやかくやと、人の御上は、かゝる山隠れなれど、おのづから聞こゆるものなれば、

「[11]いとをかしげにこそものし給ふなれ。」

「[12]箏の琴上手にて、故宮の明け暮れ遊びならはし給ひければ。」

など、口〴〵言ふ。

1　（中君からの返事がないため）匂宮は、まして気がかりで鬱々といかんともしがたくお思いになることがこの上ない。

2　氷魚も匂宮に心をお寄せ申して。網代漁で氷魚がたくさん獲れたことの、擬人表現。「いかでなほ網代の氷魚に言問はむ何によりてか我を問はぬと」（拾遺集・雑秋・修理）。

3　色とりどりに紅葉した葉を（豊漁の氷魚の）下に敷いて賞美するのを、身分卑しい者などはたいそう面白く思っていて、（その他も）身分に応じてそれぞれ満ち足りたご行楽だが。

4　匂宮ご自身のお心は、胸ばかり塞がって、（恋しくて）空ばかりながめておいでなのだが。「大空は恋しき人の形見かは物思ふごとにながめらるらむ」（古今集・恋四・酒井人真）。

5　対岸の八宮家の梢は、たいそう格別にみごとで、常緑樹に絡みつき混じっている蔦の紅葉した色なども、心深く見えて。書陵部本など「はひかゝれる」。

6　遠目にまで、鳥肌が立つほど胸に迫るので。対岸の姫君たちの悲しみを痛切に感ずる。

7　薫君も、中途半端に（匂宮の来訪を姫君に）心待ちにさせ申し上げて、かえって嘆かわしいことになったとお思いである。

8　去年の春、匂宮の初瀬詣にお供した人々は、（その時盛りだった）桜の姿を思い出して、父宮に先立たれてここで物思いに屈していらっしゃるだろう（姫君たちの）心細さを話題にする。桜のはかなさは人の命を思わせる。

9　匂宮がこうして密かにお通いだと耳にする者もいるのだろう。語り手の推測による。

10　事情を知らぬ者もまじっており、総じて、あれこれと、姫君たちのお噂は、こんな山奥に隠れ住む身ではあるが、おのずと世間に聞こえてくるものなので。

11　お供の人の言。（姫君は）たいそう美しくておいでだそうだよ。

12　別のお供の人の言。（姫君は）箏の琴の名手で、故八宮が明け暮れ合奏して教えていらしたので。都の姫君に劣らぬ教養だとする。

宰相中将、

　[1]いつぞやも花の盛りに一目見し木のもとさへや秋はさびしき

[2]あるじ方と思ひて言へば、中納言、

　[3]桜こそ思ひ知らすれ咲きにほふ花も紅葉も常ならぬ世を

衛門督、

　[4]いづこより秋は行きけむ山里の紅葉のかげは過ぎうきものを

宮大夫、

　[5]見し人もなき山里の岩垣に心ながくも這へる葛哉

[6]なかに老いしらひて、うち泣き給ふ。親王の若くおはしける世の事など思ひ出づるなめり。宮、

　[7]秋果ててさびしさまさる木のもとを吹きな過ぐしそ峰の松風

とて、いといたく涙ぐみ給へるを、[8]ほのかに知る人は、げに深くおぼすなりけり、けふのたよりを過ぐし給ふ心ぐるしさ、と見たてまつる人あれど、[9]こと〴〵しく引

1　宰相中将の歌。いつぞや花の盛りに一目見たあの木のあたりまでも、この秋は寂しいのか。「木のもと」は「子」を響かせ、姫君たちをさすか。花盛りと今の寂しさを対照的に示す。「散る花を嘆きし人は木のもとのさびしきことやかねて知りけむ」（紫式部集）。

2　（薫を）この宮家がわの人と思って言うので。

3　薫の歌。桜こそ思い知らせてくれる、咲きにおう春の花も秋の紅葉も同じく無常の世のものであることを。咲いてはすぐ散る桜の花こそ、人の世の無常を象徴しているとする。姫君たちのいまを語らせようと水を向けた宰相中将の歌意に、素知らぬふりで無常一般の思いにとりなす。

4　衛門督の歌。どこから秋は出て、どこへ行ったのだろう、山里の紅葉の陰はこんなにも立ち去りにくいものなのに。初冬の、行く秋を惜しむ歌。秋に八宮をよそえるか。

5　中宮大夫の歌。昔会った八宮も今はいないが、その山里の岩垣に昔と心変らずに長々と這いまわっている葛の枝葉よ。「見し人」は八宮。「葛」はマメ科の蔓草。「見し人も忘れのみゆくふる里に心長くも来たる春かな」（後拾遺集・雑三・藤原義懐）、「奥山の岩垣紅葉散りぬべし照る日の光見る時なくて」（古今集・秋下・藤原関雄）によるか。

6　（宮の大夫は）一行の中でも老齢で、涙ぐみなさる。八宮が若くておいでだったころのことなど思い出すのだろう。若き日の八宮は、東宮候補とされ輝いていた（㈦橋姫1節）。

7　匂宮の歌。秋も終って寂しさのひとしおまさる木の下、山里暮らしの姫君たちの邸を、あまり激しく吹き払ってくれるな、峰の松風よ。「木のもと」は姫君たち。中君への執着を込めながら憐憫の情を詠んだ歌。

8　（匂宮と中君の仲を）ほのかに知る人は、なるほど（宮は中君を）深く思っておられるのだ、今日の（中君に逢える）絶好の機会を逃がしなさるいたわしさ、と見申し上げる人もいるが。

9　一行が仰々しく続いていていて。

きつゞきて、[1]えおはしまし寄らず。[2]作りける文のおもしろき所〴〵うち誦じ、やまと歌もことにつけて多かれど、かうやうのゑひの紛れに、ましてはか〴〵しきことあらむやは。片端書きとゞめてだに見ぐるしくなむ。

[3]かしこには、過ぎ給ひぬるけはひを、とほくなるまで聞こゆる前駆の声〴〵、たゞならずおぼえ給ふ。心まうけしつる人〴〵も、いとくちをしと思へり。

[4]姫宮は、まして、なほおとに聞く月草の色なる御心なりけり、[5]ほのかに人の言ふを聞けば、をとこといふものは、そらごとをこそいとよくすなれ、思はぬ人を思ふ顔にとりなす言の葉多かるものと、この人数ならぬ女ばらの、昔もの語りに言ふを、[6]さるなほなほしきなかにこそは、けしからぬ心あるもまじるらめ、何事も筋ことなる際になりぬれば、人の聞き思ふこともつゝましく、ところせかるべきものと思ひしは、さしもあるまじきわざなりけり、[7]あだめき給へるやうに、故宮も聞き伝へ給ひて、かやうにけ近きほどまではおぼし寄らざりしものを、[8]あやしきまで心深げにの給ひわたり、思ひのほかに見たてまつるにつけてさへ、身のうさを思ひ添ふる

1　中君のもとにはとても立ち寄れない。

2　一同の作った漢詩の面白い所を吟詠し、和歌も何かと多いが、こんな酔いに紛れた折ではなおさら優れた作はできそうにない。片端を書きとどめた歌さえ見苦しくて。五二六頁の唱和歌への言い訳。青表紙他本「かやうの」。

39　大君・中君の思い

3　あちら（姫君たちの家）では、（匂宮ご一行の）素通りしておしまいになる気配を、遠ざかるまで聞こえてくる先払いの人々の声に、ただならずお感じになる。心支度していた女房たちも、（素通りを）とても残念に思う。

4　大君は、ましてや（匂宮は）やはり噂に聞く月草の色のような（移り気の）お方なのだった。「いで人は言のみぞよき月草の移し心は色異にして」（古今集・恋四・読人しらず）。月草は露草、色のさめやすさから心変りの喩。

5　ぼんやりと女房たちが言うのを聞くと、男というものは心にもない嘘をよく言うそうだ、思ってもいない女を、さも思っているように ご機嫌とりをして言葉巧みに言うものだと、ここにいる取るにも足らぬ女房たちが、昔の思い出話として言っているのを（聞いたが）。

6　そうした（女房が付き合う）並々の身分ならば、不心得な料簡の男もまじっていようが、何事によらず生まれの異なる高貴な身分ともなれば、世間の取り沙汰や思惑に遠慮されて、窮屈なもの（適当な嘘は言えない）だろうと思っていたのに、そうとも限らぬものだった。

7　（匂宮が）浮気なお方でいらっしゃるように、亡き父宮も噂でお聞きになり、（匂宮を）このように婿にとまではお考えではなかったのに。

8　不思議なほどに一見お気持が深そうにずっと求婚し続けなさり、思いもかけず婿君としてお迎えした、そのことにつけてまで、わが身のつらさをさらに嘆き加えることになることとは、なんと情けないことか。もともとわが身の不幸を自覚していたが、匂宮と中君の結婚はそれを確証するものとなった、とする。

が、あぢきなくもあるかな、[1]かく見おとりする御心を、[2]かつはかの中納言もいかに思ひ給ふらむ、こゝにも、[3]ことにはづかしげなる人はうちまじらねど、おの〳〵思ふらむが人笑へにをこがましきこと、と思ひ乱れ給ふに、[4]心ちもたがひて、いとなやましくおぼえ給ふ。

一四一

[5]正身は、たまさかに対面し給ふとき、限りなく深きことを頼め契り給ひ[6]つれば、[7]さりともこよなうはおぼし変はらじと、おぼつかなきもわりなき障りこそはものし給ふらめと、心の内に思ひ慰め給ふ方あり。[8]ほど経にけるが思ひいれられ給はぬにしもあらぬに、中〳〵にてうち過ぎ給ひぬるを、つらくもくちをしくも思ほゆるに、いとゞものあはれなり。[9]忍びがたき御けしきなるを、人なみ〳〵にもてなして、例の人めきたる住まひならば、かうやうにもてなし給ふまじきを、など姉宮はいとゞしくあはれと見たてまつり給ふ。

[10]われも、世にながらへば、かうやうなること見つべきにこそはあめれ、[11]中納言の、とさまかうざまに言ひありき給ふも、人の心を見むとなりけり、[12]心ひとつにもて離

1　このように期待外れの（匂宮の）お心を。将来を誓いながら早くも足が遠のいたのを言う。

2　一方であの薫君もどうお思いだろう。中君にも匂宮に顧みられないだけの欠点があると薫に思われていようかと、不安に思う女心。

3　特に気づまりな女房もいないが、それぞれが思っているだろう心の中が物笑いの種でみっともないことだ。「心浅き人ゝ」（五〇八頁）などが、中君の結婚の不首尾に一転して動揺し騒ぐのが、物笑いの種となる、とする。

4　精神の打撃が、やがて身体をも衰弱させる。

5　当の中君自身は、ごく稀に（匂宮と）対面なさる時に、（匂宮が）どこまでも自分の深い気持を信じてほしいと約束なさっていたので。

6　底本「給つれは」、青表紙他本「給へれは」。

7　そうは言っても一転してお心が変わられることはあるまい、（宮の）お越しがないのも、やむをえない支障がおありなのだろうと。

8　（宮のお越しのないまま）久しく過ぎてしまったことで気をもんでおられぬこともないところに、中途半端に（近くまでおいでになりながら）素通りしてお帰りになってしまった（紅葉狩りの）件を、酷いとも残念にも思われるにつけ、ますます物悲しいのだった。匂宮を恋しく思う中君の哀切な心。底本「思ひゐれられ」、諸本「おもひいてられ／思いらね」。

9　（悲しみを）こらえきれない（中君の）ご様子なのを、世間の姫君並みにお世話して、ひとかどの（貴族らしい）暮らしをしているのなら、（匂宮も）こんなに見下げたお扱いをなさるまいにと、姉君はますます切なく見申し上げなさる。愛する妹の結婚生活を思う大君であるが、匂宮を思う妹とは微妙に隔たっている。

10　以下、大君の心内。自分も生き長らえたら、こんな目に遭うのだろう。薫と結婚して、中君と同じような経験をするだろう、の意。

11　薫があれこれ言い歩かれたのも、こちらの気をひいて、反応を試すつもりだったのだ。

12　自分一人ではどんなに相手になるまいと思っても、言いくるめるのには限度があろう。

れて思ふとも、こしらへやる限りこそあれ、[1]ある人の懲りずまに、かゝる筋のことをのみ、いかでと思ひためれば、心よりほかに、つひにもてなされぬべかめり、これこそは、[2]かへす〲、さる心して世を過ぐせとの給ひおきしは、かゝることもやあらむの諫めなりけり、[3]さもこそはうき身どもにて、さるべき人にもおくれたてまつらめ、[4]やうのものと、人笑へなることを添ふるありさまにて、亡き御影をさへなやましたてまつらむ[5]がいみじさなるを、[6]われだに、さるもの思ひに沈まず、罪などいと深からぬさきに、いかで亡くなりなむ、とおぼし沈むに、[7]こゝちもまことに苦しければ、[8]ものもつゆばかりまゐらず、たゞ亡からむのちのあらましごとを、明け暮れ思ひつゞけ給ふにも心ぼそくて、[9]この君を見たてまつり給ふもいと心ぐるしく、われにさへおくれたまひて、いかにいみじく慰む方なからむ、あたらしくをかしきさまを明け暮れの見物にて、いかで人ゝしくも見なしたてまつらむと思ひあつかふをこそ、人知れぬ行く先の頼みにも思ひつれ、[10]限りなき人にものし給ふとも、[11]かばかり人笑へなる目を見てむ人の、世中に立ちまじり、例の人ざまにて経給はんは、

1　周囲にいる女房が（中君の一件に）懲りもせず、こうした（薫との）縁組のことばかりをぜひにと思っているようだから、不本意にもついに結婚させられてしまうだろう。「懲りずまに又も無き名は立ちぬべし人にくからぬ世にし住まへば」（古今集・恋三・読人しらず）。

2　繰り返し、（父宮が）そのつもりで用心して生きてゆくがよいと言い遺されたのは、こういうこともあろうとのお諫めだったのだ。今にして父の遺言（㈦椎本12節）の深意に気づく。

3　いかにもその通り不運な身の上の姉妹なので、頼みとする夫にも先立たれるだろう。

4　（二人とも）同じように、世の物笑いになる種をふやすような有様で、亡き父母のご面目までもお汚し申すのが、ひどく情けないので。

5　青表紙他本多く「いみしさなを」。

6　せめてこの自分だけでも、そんな（結婚ゆえの）物思いに沈まず、煩悩の罪など深まらないうちに、どうか死んでしまいたいもの、と（大君は）沈み込まれるにつけ。「罪」は仏教でいう愛憐執着などの罪。往生をも妨げる。

7　気分もほんとうに苦しいので。五三〇頁。

8　食事も全然召し上がらず、ただ自分が死んだあとに起こりそうなことを、明け暮れ思い続けなさるにつけても心細くて。青表紙他本「たまふに物心ほそくて」。

9　中君を見申し上げなさるのも胸が痛く、私にまで先立たれなさっては、（中君は）どんなにほんとうに慰めようもなく嘆かれるだろう。（独身では）もったいないほど美しい（中君の）お姿を見るのを朝夕の慰めとして、なんとか世間並みぐらいのお身の上にしてさしあげようと思いお世話することを、人知れず将来の生きがいと思っていたのに。大君は、独身を決意していた孤独な心づもりを回想する。

10　（お相手が）この上なく高貴な人でいらっしゃるとしても。匂宮を念頭においた表現。

11　これほどまで世間から笑われる扱いを受けた人（中君）が、世間に交じって普通の人のように過ごされるのは。

[1]たぐひ少なく心うからむ、などおぼしつゞくるに、言ふかひもなく、この世にはいさゝか思ひ慰む方なくて過ぎぬべき身どもなりけり、と心ぼそくおぼす。

[2]宮は、立ち返り、例のやうに忍びてと出で立ち給ひけるを、内に、

「[3]かゝる御忍びごとにより、山里の御ありきもゆくりかにおぼし立つなりけり。かろ〴〵しき御ありさまと、世人も下に譏り申すなり。」

と、[4]衛門督の漏らし申し給ひければ、中宮も聞こしめし嘆き、上もいとゞゆるさぬ御けしきにて、

「[5]大方、心にまかせ給へる御里住みのあしきなり。」

と、[6]きびしきことゞも出で来て、内につとさぶらはせたてまつり給ふ。[7]左の大殿の六の君を[8]うけひかずおぼしたる事なれど、押し立ててまゐらせ給ふべく、みな定めらる。

[9]中納言殿聞きゝ給ひて、あいなくものを思ひありき給ふ。[10]わがあまり異やうなるぞや、さるべき契りやありけむ、[11]親王のうしろめたしとおぼしたりしさまもあはれに

1　同じ目に遭う人も少なくつらく苦しいことだろう、など思い続けなさるにつけ、不甲斐のない、この世では少しも慰められることもなく生きてゆくに違いない二人（大君と中君）だったのだ、と（大君は）心細くお思いである。青表紙他本「身ともなめり」。

40　匂宮の禁足と薫の後悔

2　匂宮は、都に戻ってすぐ、いつものようにお忍びで出発なさろうとしたのを、内裏（うち）に。

3　衛門督の言。（匂宮は）こうしたお忍びごとのために、山里のご出立も急に思い立たれたのです。軽々しいご様子と、世間でも蔭で非難し申しているそうです。匂宮がたびたび山を越えて宇治に行っていることを暴露する。

4　衛門督が漏らし申しなさったところ、明石中宮もお耳になさってお嘆きになり、今上帝もいっそうお許しにならないご様子で。衛門督は夕霧の長男か（五二〇頁）。

5　帝の言。だいたい、気ままにしていらっしゃるお里住まいが悪いのだ。

6　厳しいご処置が生じて、（匂宮を内裏に）じっと居続けさせ申し上げなさる。

7　夕霧の六の君と匂宮との縁談を（五一四頁、㊆椎本28節も参照）。青表紙他本・河内本「右」、五一五頁注10参照。

8　（匂宮は）ご承引なさらないお考えのことだが、（夕霧が）無理にも（娘を匂宮のもとに）参らせなさるように、すっかりお取りきめになる。将来の立坊を考える帝は、匂宮を慎ませるために、しっかりした後見をと後押しする。

9　薫は、匂宮と六の君の縁談をお耳になさって、どうにもならぬことながら、あれこれご思案し奔走なさる。

10　薫の心内。私があまりにも風変りな性格なのだろうか、（あるいは宇治の姫君たちとのあいだに）しかるべき因縁があったのだろうか。三行後「もてあつかはるゝに」にかかる。

11　八宮が（娘の姫君たちの将来を）心配だとお思いのご様子もいたわしくて忘れられず。

忘れがたく、[1]この君たちの御ありさまけはひも、ことなる事なくて世に衰へ給はむことのをしくもおぼゆるあまりに、[2]人〻しくもてなさばやと、あやしきまでもてあつかはるゝに、宮もあやにくに取りもちて責め給ひしかば、[3]わが思ふ方は異なるに、譲らるゝありさまもあいなくて、かくもてなしてしを、[4]思へばくやしくもありけるかな、[5]いづれもわが物にて見たてまつらむに、咎むべき人もなしかし、と[6]取り返すものならねど、をこがましく心ひとつに思ひ乱れ給ふ。

[7]宮はまして、御心にかゝらぬをりなく、恋しくうしろめたしとおぼす。

「[8]御心につきておぼす人あらば、こゝにまゐらせて、例ざまにのどやかにもてなし給へ。[9]筋ことに思ひきこえ給へるに、軽びたるやうに人の聞こゆべかめるも、いとなむくちをしき。」

と、[10]大宮は明け暮れ聞こえ給ふ。

時雨いたくしてのどやかなる日、[11]女一宮の御方にまゐり給ひつれば、[12]御前に人多くもさぶらはず、しめやかに御絵[13]なむど御覧ずるほどなり。[14]御木丁(きちやう)ばかり隔てて、

1　この姫君たちのご様子や雰囲気も、格別に幸いなこともないまま零落してしまわれるのが惜しくも思われるあまりに。

2　人並みに（暮らされるよう）お世話したいと、われながら不思議なほど気づかってしまううちに、匂宮も無理を押して熱心に（自分に中君との）仲立ちをと責めたてなさったので。青表紙他本「人〳〵しうもてなさばや」。

3　自分自身の思いを寄せるお方は別なのに、（その思うお方の大君が、中君に私を）お譲りになるありさまも不本意で、このように（匂宮と中君を結びつけるべく）あしらったが。

4　思えば悔しいことだったな。しなくともよいことをしたという悔恨。心内語の冒頭「わがあまり異やうなる…」に照応。

5　お二人とも自分のものとしてお世話したところで、非難するような人とていないのに。

6　取り返せるものではないが、（薫は）愚かしく（人に言わず）心に思い乱れなさる。「とり返すものにもがなや世の中をありしながらのわが身と思はむ」（源氏釈・定家自筆本奥入）。

7　匂宮は（薫にも）まして、（中君のことが）心から離れる折もなく、恋しく気がかりだと。

8　明石中宮の、匂宮への諫言。気に入っておられる女（とひ）がいるならば、この私のもとに参らせて、普通の形でおだやかにおかわいがりなさい。召人扱い（五一四頁）を勧める。

9　（帝は匂宮に）普通と違う未来（即位）をお考え申されているのに、（宮を）軽々しいように世間が申すようなのも、とても残念です。

10　明石中宮は日々（匂宮を）お諫めになる。

41　匂宮、女一宮と戯れる

11　今上帝女一宮。匂宮の同腹姉。六条院の南の町東の対に住む。薫の憧れの人（四九四頁）。禁足の匂宮は、行き場所もなく、時雨の降るしんみりした折に訪問する。宮は絵を鑑賞中。

12　底本「給つれは」、青表紙他本「給へれは」。

13　青表紙他本多く「なと」。

14　御几帳。几帳だけを隔てに直接話を交す体。

御物語り聞こえ給ふ。[1]限りもなくあてにけたかきものから、なよびかにをかしき御けはひを、年ごろ二つなきものに思ひきこえ給ひて、[2]又この御ありさまになずらふ人世にありなむや、[3]冷泉院の姫宮ばかりこそ、[4]御おぼえのほど、うち〳〵の御けはひも心にくゝきこゆれど、うち出でむ方もなくおぼしわたるに、[5]かの山里人は、らうたげにあてなる方の劣りきこゆまじきぞかし、など、[6]まづ思ひ出づるにいとゞ恋しくて、慰めに、御絵どものあまた散りたるを見給へば、をかしげなる[7]女絵どもの、[8]恋するをとこの住まひなどかきまぜ、山里のをかしきいへゐなど、心〳〵に世のありさまかきたるを、[9]よそへらるゝ事多くて、御目とまりたまへば、すこし聞こえ給ひて、かしこへたてまつらむとおぼす。

[10]在五が物語をかきて、いもうとに琴教へたる所の、「人の結ばん」と言ひたるを見て、[11]いかゞおぼすらん、すこし近くまゐり寄り給ひて、

「[12]いにしへの人も、さるべきほどは、隔てなくこそならはして侍りけれ。いとうと〳〵しくのみもてなさせ給ふこそ。」

1 限りなく上品で気高い感じながら、物柔らかで美しい（女一宮の）ご様子を、長年二つとないものと（匂宮は）思い申し上げなさって。

2 途中まで匂宮の心内。他にこの（女一宮の）ご容姿に比べられる方が世にあるだろうか。

3 冷泉院の女一宮だけは。母は弘徽殿女御。

4 父院のご鍾愛ぶりや、内々のお暮らしぶりも奥ゆかしいとの評判だが、（匂宮は）お心のうちを打ち明けるすべもないまま思い続けていらしたわけだが。匂宮は早くから冷泉院の女一宮に心を寄せてきた。㊆匂兵部卿10節。

5 あの山里人（宇治の中君）は、いじらしげで高貴な感じが（今上帝女一宮に）劣り申すまい。

6 まず（中君を）思い出すにつけ、ますます恋しくて、慰めに（姉の女一宮の御前に）絵がたくさん散らばっているのをご覧になると。

7 女の賞玩する紙絵。恋の場面などを描いた風俗的な大和絵。巻子（かんす）仕立てらしい。

8 恋に悩む男の住まいなどを描きまぜ、山里の趣のある家のたたずまいなど、それぞれの趣向で男女の仲を描いた絵を。

9 わが身につまされることが多くて、お目が惹きつけられなさるので、（女一宮に）少しお願い申し上げられて、宇治のお方（中君）へ（お慰めにこの絵を）さしあげようと思いあそばす。絵は女性の心を慰めるものだが、没落した宇治の人々には入手しにくい高価な品。

10 在五中将（在原業平）の物語。美しい異母妹を見て、「うら若み寝よげに見ゆる若草を人の結ばむことをしぞ思ふ」と詠んだ業平に対し、妹が、「初草のなどめづらしき言の葉ぞうらなくものを思ひけるかな」と答えた話（伊勢四十九段）をさす。ただし現行の同書には、琴を教える場面はない。

11 （匂宮は）何とお思いなのだろう。匂宮の過剰なまでの色好みに注目させる語り手の評言。

12 匂宮の言。（絵の中の）昔の男も、兄弟姉妹の仲ではいつも隔てを置かないのが習わしでした。（それなのに、あなたは）ほんとうによそよそしくばかりしていらっしゃる。

一六四五

と、[1]忍びて聞こえ給へば、いかなる絵にかとおぼすに、押し巻き寄せて、御前にさし入れ給へるを、[2]うつぶして御覧ずる御髪のうちなびきてこぼれ出でたる片そばばかり、ほのかに見たてまつり給ふが飽かずめでたく、[3]すこしもの隔てたる人と思ひきこえましかばとおぼすに、忍びがたくて、

[4]若草のねみむものとは思はねど結ぼほれたる心ちこそすれ

[5]御前なる人々は、この宮をばことにはぢきこえて、もののうしろに隠れたり。[6]ことしもこそあれ、うたてあやしとおぼせば、ものもの給はず。[7]ことわりにて、「うらなくものを」と言ひたる姫君も、されてにくゝおぼさる。

[8]紫の上の、とりわきてこの二所をばならはしきこえ給ひしかば、[9]あまたの御中に、隔てなく思ひかはしきこえ給へり。[10]世になくかしづききこえ給ひて、[11]さぶらふ人々も、かたほにすこし飽かぬところあるは、はしたなげなり。やむごとなき人の御むすめなどもいと多かり。[12]御心の移ろひやすきは、めづらしき人々にはかなく語らひつきなどし給ひつゝ、かのわたりをおぼし忘るゝをりなきものから、おとづれ

1　声を潜めて(匂宮が女一宮に)申し上げなさると、(女一宮は)どんな絵なのかとお思いになり、(匂宮が)手もとに巻き寄せて、(几帳の下から女一宮の)御前にお差し入れになると。

2　うつむいてご覧になっている(女一宮の)黒髪がなびいて(几帳から)こぼれ出ている一部分ほどを、ほのかに拝しなさるに、いつまでも見ていたいほどにお美しく。底本「給る」、青表紙他本「給か」により訂正。

3　(もしも女一宮が)少しでも血のつながりの薄い人と思い申せるのならば。せめて異腹の姉ぐらいだったら懸想もできように、の気持。

4　匂宮の歌。若草のようなあなたと共寝をしようとは思わないが、やはり悩ましくて胸も晴れやらない。五三八頁の「うら若み」の歌による。「寝」「根」(「若草」の縁語)が掛詞。

5　女一宮の御前の女房たちは、この匂宮を。恥じらって物陰に退いたため、隙ができる。

6　(女一宮は)こともあろうに、いやな変なこととお思いなので、何もおっしゃらない。

7　それももっともなことで、「うらなくものを」と応じた(伊勢物語の)姫君も、しゃれすぎてにくたらしく(匂宮は)お思いになる。

8　紫上が、格別に女一宮と匂宮を可愛がられたので。㊄若菜下16節・㊅横笛12節。

9　多くのきょうだいの中で(二人は互いに)隔てなく思いお付き合い申されておいでである。

10　(父帝と母明石中宮が女一宮を)比類なく大切にお世話申していらっしゃって。

11　お仕えする女房たちも、器量が十人並でなく、多少とも欠点のある者は居づらそうである。高貴な方のお嬢さまもたいそう多い。㊈蜻蛉では式部卿宮の姫君が出仕している。

12　移り気でいらっしゃるお方(匂宮)は、珍しい女房に戯れに情を交すなどなさっては、あのあたり(中君)をお忘れになる時はないのだが、(宇治を)訪れることもなく数日が経った。大君など宇治の人々の深刻さと対照的な匂宮の姿である。

給はで、日ごろ経ぬ。

待ち[1]きこえ給ふところは、絶え間とほき心ちして、猶かくなめり、と心ぼそくながめ給ふに、中納言おはしたり。なやましげ[2]にし給ふと聞きて、御とぶらひなりけり。いと心ちまど[3]ふばかりの御なやみにもあらねど、ことつけて対面し給はず。

「おどろきながら[4]、はるけきほどをまゐり来つるを、猶かのなやみ給ふらむ御あたり近く。」

と、せちにおぼつかながり[5]きこえ給へば、うちとけて住まひ給へる方の御簾の前に入れたてまつる。いとかたはらいたきわざと[6]苦しがり給へど、けにくゝはあらで、御頭もたげ[7]、御いらへなど聞こえ給ふ。

宮の[8]、御心もゆかでおはし過ぎにしありさまなど語りきこえ給ひて、

「のどかにおぼせ[9]。心焦られして、なうらみきこえ給ひそ。」

など教へきこえ給へば、

「こゝには[10]、ともかくも聞こえたまはざめり。亡き人[11]の御諫めは、かゝることに

42 薫、大君罹病を知る

1 (匂宮を)お待ち申し上げる宇治では、訪れの途絶えが長い気持がして、やはりお見限りなのだろう、と心細く物思いにふけっているところに、薫がおいでになった。

2 (大君が)体調を崩しておいでだと(薫は)聞いて、ご病気見舞いなのだった。匂宮一行に素通りされて以来、大君は苦悩のあまり食事をしなくなっている(五三二頁)。

3 それほど気分が悪いというほどのご病状でもないが、(大君は病気を)口実にして(薫に)対面なさらない。

4 薫の言。(大君の病気に)気が気でないまま、遠い道中を参上したのですから、やはりぜひとも病床の近くまで(寄らせて下さい)。大君の少しでも近くにいたいと懇願する。

5 必死に心配でならないと訴え申しなさったので、(大君が)くつろいで休んでおいでの居間の御簾の前に入れ申し上げる。女房たちの判断で、大君の病床の近くの廂の間に導く。

6 (大君は)ほんとうにみっともないこととつらがりなさるが、そっけなくはなさらず。

7 (床に臥したまま)頭を持ち上げ、(御簾を隔てて)お返事など申し上げなさる。

8 (薫は)匂宮が、不本意にもお立ち寄りになれなかった事情などをお話し申しなさって。薫は、大君の病を匂宮の一件のせいと察し、紅葉狩りの折に無視して過ぎていった経緯を説明。

9 薫の言。ゆったりとお考え下さい。心焦らだって、(宮を)お恨み申されますな。

10 大君の言。こちら(中君)は、とやかく(匂宮に)申してはいらっしゃらないようです。中君は匂宮との仲をすでに諦めているとする。

11 亡き父宮のお戒めとはこういうことだったのかと思いあたりますにつけ、(中君を結婚させてしまったことが)申し訳なく不憫で。父宮の遺言を楯に、中君の問題を自らに転じながら、大君は結婚拒否の考えを固めてゆく。

こそと見侍るばかりなむ、いとほしかりける。」

とて、[1]泣き給ふ気色なり。[2]いと心ぐるしく、われさへはづかしき心ちして、

「[3]世中はとてもかくても、ひとつさまにて過ぐすことかたくなむ侍るを、[4]いかなる事をも御覧じ知らぬ御心どもには、ひとへにうらめしなどおぼすこともあらむを、しひておぼしのどめよ。[5]うしろめたくは世にあらじとなん思ひはべる。」

など、[6]人の御上をさへあつかふも、かつはあやしくおぼゆ。
[7]夜〳〵はまして、いと苦しげにし給ひければ、疎き人の御けはひの近きも、中の宮の苦しげにおぼしたれば、
「[8]猶、例の、あなたに。」

と人〻聞こゆれど、

「[9]まして、かくわづらひ給ふほどのおぼつかなさを、思ひのまゝにまゐり来て、出だし放ち給へれば、いとわりなくなむ。[10]かゝるをりの御あつかひも、[11]たれかははかぐ〳〵しく仕うまつる。」

1　（大君は）泣いておいでの様子である。

2　（薫は）とても胸が痛くて、（匂宮だけでなく）自分まで恥ずかしいような気持になり。

3　薫の言。夫婦の仲は人それぞれで、とかく一つのあり方ではいかないものですが。「世の中はとてもかくても同じこと宮も藁屋（わらや）も果てしなければ」（新古今集・雑下・蟬丸）。

4　何事もご経験なさったことのないあなた方には、いちずに（匂宮を）恨めしいなどと思いあそばすこともあろうが、つとめて気長にお考え下さい。五四二頁の「のどかにおぼせ」を繰り返す気持。夫婦仲の機微など分からない他人が気をもんでも、事態を混乱させるだけだからやめなさい、との趣旨。やや居直った感のある理屈だが、身内のように厳しい言い方で踏み込んで諫める姿からは、親身に心を痛める薫の誠実さも感じられる。

5　気がかりなことは絶対にあるまいと思っております。自分が全身で支えて護る、の意。

6　他人（匂宮）のお身の上のことまで世話を焼くのも、一方では何やらおかしな感じがする。自分の恋もままならないのに、という薫の自嘲めいた感慨。

7　夜になるといつも（昼にも）まして、（大君は）たいそう苦しそうにしていらっしゃるので、よその人（薫）の気配がすぐ近くでするのも、中君はつらく思いあそばすので。

8　女房たちの言。やはりいつもの、あちらの方に。薫に客間（西廂の間）に移るよう勧める。

9　薫の言。いつにもまして、このようにご病気でおられるのが気がかりなので、心配のあまりやって参りましたのに、（枕元から）お遠ざけになられるので、まったくたまらぬ気持で。何かさせてほしい、の意。

10　病中のお世話。具体的には病気平癒の加持祈禱を手配すること。

11　いったい誰がしっかりと致しましょう。自分（薫）を措いて他にはいまい、の意。

など、[1]弁のおもとに語らひ給ひて、御修法どもはじむべきことの給ふ。[2]いと見ぐるしく、ことさらにもいとはしき身を、と聞き給へど、[3]思ひ隈なくのたまはむもうたてあれば、さすがに、ながらへよと思ひ給へる心ばへも、あはれなり。

又のあしたに、

「[4]すこしもよろしくおぼさるや。きのふばかりにてだに聞こえさせむ。」

とあれば、

「[5]日ごろ経ればにや、けふはいと苦しくなむ。さらば、こなたに。」

と言ひ出だし給へり。[6]いとあはれに、いかにものし給ふべきにかあらむ、ありしよりはなつかしき御けしきなるも、胸つぶれておぼゆれば、[7]近く寄りて、よろづのことを聞こえ給ひて、

「[8]苦しくてえ聞こえず。すこしためらはむほどに。」

とて、[9]いとかすかにあはれなるけはひを、限りなく心ぐるしくて、嘆きゐ給へり。[10]さすがに、つれ〴〵とかくておはしがたければ、いとうしろめたけれど、帰り給ふ。

1　弁に（薫は）話をもちかけなさって、加持祈禱を始める手はずを指示なさる。

2　大君の心内。とても見苦しく、できることなら自ら進んで捨ててしまいたいこの身であるのに、と（薫の指示を）お聞きになるが。加持祈禱を受けるのに対し、命に固執しているようで恥ずかしいうえに、お布施など薫の力を借りるほかない。自家の窮乏を思い、気がすすまない。

3　（薫の）親切心を顧みないかのようにお断りなさろうのもいやなので（黙って加持祈禱の準備が整うのを見ていると）、それでも、生き長らえよと願っていらっしゃる（薫の）お気持も、しみじみと胸を打つ。

43　大君、薫を枕辺に招く

4　薫の言。少しでもご気分よろしくお感じでしょうか。せめて昨日ぐらいの場所でお話ししたいものです。

5　大君の言。病気が幾日も長びくせいか、今日はとても苦しくて。（客間での対面は無理なので）では、こちらへ。大君が自らすすんで、薫を昨日と同じすぐ近くに招じ入れる。

6　（薫は）しみじみと切なくて、いったい（大君は）どうおなりになるのだろう、今までよりもおやさしいご様子なのも、どきりとする思いなので。大君の気弱さを感じ、かえって不吉さを直感する。大君と薫が互いに相手の姿に「あはれ」と思い合っているのに留意。

7　近くに寄って、いろいろなことを申し上げなさって。青表紙他本多く「きこえたまふ」。

8　大君の言。苦しくて（お返事）申し上げられません。少しおさまってから（またお話を）。

9　やっと感じられるくらいのかすかな切ない（大君の）気配を、（薫は）このうえもなく悲しく苦しくて、嘆きつつ座っておいでである。

10　そうは言っても、なすこともなくこうしてばかりもいらっしゃれないので、とても気がかりだが、京にお帰りになる。薫は権勢家として政務も忙しい。

「[1]か丶る御住まひは、猶苦しかりけり。[2]ところ避り給ふにこと寄せて、さるべき所に移ろはしたてまつらむ。」

など聞こえおきて、[3]阿闍梨にも御祈り心に入るべくのたまひ知らせて出で給ひぬ。

[4]この君の御供なる人の、いつしかと、こゝなる若き人を語らひ寄りたるなりけり。

[5]おのがじしの物語りに、

「[6]かの宮の、御忍びありき制せられ給ひて、内にのみ籠りおはします。[7]左の大殿の君を合はせたてまつり[8]給ふべかなる、女方は年ごろの御本意なれば、おぼしとゞこほる事なくて、[9]年の内にありぬべかなり。[10]宮はしぶ〳〵におぼして、内わたりにも、たゞすきがましき事に御心を入れて、みかど、后の御戒めに静まり給ふべくもあらざめり。[11]わが殿こそ、なほあやしく人に似給はず、あまりまめにおはしまして、人にはもてなやまれ給へ、[12]こゝにかくわたり給ふのみなむ、目もあやに、おぼろけならぬことと人申す。」

など語りけるを、

1　薫の言。こうした（遠い）お住まいは、やはり苦しいものだ。心配でも様子を窺えない。

2　場所をお変えになるというのにかこつけて、適当な所にお移し申そう。「所避る」は、物の怪などを避けて病気の治療のために転居すること。また薫は以前から大君を都の邸に迎えるつもりでいたので（五一六頁）、この転地療養をきっかけに実現させようとする。

3　亡き八宮の師であった、宇治山の阿闍梨にも、祈禱を熱心に行うよう指示して出立した。

44　大君、匂宮婚約を知る

4　この君（薫）のお供の人で、早々と、この（八宮）家にいる若い女房とねんごろの仲になっている者であった。青表紙他本「ありけり」。

5　（供人と女房の）二人の睦言のなかで。

6　供人の言。あの匂宮様は、お忍び歩きを禁止されなさって、内裏にばかり籠っておいでです。二条院にも戻れず、宮中で軟禁状態にある。青表紙他本「をはしますこと」。

7　左大臣（夕霧）の姫君（六の君）を（匂宮と）結婚させ申されるそうだが、女君方では長年のご希望なので（五一四頁）、何ら躊躇なさることもなく。青表紙他本「右の大殿の姫君を」。

8　底本「給へるなる」、青表紙他本により訂正。

9　（婚儀は）年内にきっと行われようとのこと。

10　匂宮様は（縁談を）しぶっていらして、宮中あたりでも、もっぱら色めいたことにばかり熱心で、父帝、母中宮のお戒めにも素行はおさまりそうにもおいででない。女房などを相手にその場限りの恋愛沙汰ばかりなのを言う。青表紙他本「みかとききさきの」。

11　（それに比べて）わがご主人殿（薫）は、やはり不思議なほど他の人には似ていらっしゃらず、あまりにもきまじめでいらして、他人（とひ）からは敬遠されていらっしゃるものの。

12　こちら（宇治の八宮の家）にこうしてお通いになることだけが（例外で）、人目を驚かせるほどに、並々ならぬご執心だと人々はお噂している。

「[1]さこそ言ひつれ。」

など、人ゝの中にて語るを聞き[2]給ふに、いとゞ胸ふたがりて、[3]いまは限りにこそあなれ、やむごとなき方に定まり給はぬなほざりの御すさびに、[4]かくまでおぼしけむを、さすがに中納言などの思はんところをおぼして、言の葉の限り深きなりけり、と思ひなし給ふに、[5]ともかくも人の御つらさは思ひ知らず、[6]いとゞ身のおき所のなき心ちして、しをれ臥し給へり。

[7]よわき御心ちは、いとゞ世に立ちとまるべくもおぼえず。[8]はづかしげなる人ゝにはあらねど、思ふらむところの苦しければ、聞かぬやうにて寝たまへるを、[9]中の君、[10]もの思ふ時のわざと聞きし、うたゝ寝の御さまのいとらうたげにて、[11]かひなを枕にて寝給へるに、[12]御髪のたまりたるほどなど、ありがたくうつくしげなるを[13]見やりつゝ、[14]親の諫めし言の葉も、かへす〳〵思ひ出でられ給ひてかなしければ、[15]罪深かなる底にはよも沈み給はじ、[16]いづこにも〳〵おはすらむ方に迎へ給ひてよ、[17]かくいみじくもの思ふ身どもをうち捨て給ひて、夢にだに見え給はぬよ、と思ひつゞけ給

1 供人の話を聞いた女房が、朋輩に伝える。
2 大君は。衝撃的に受けとめる。
3 （大君は）もう（宮とのご縁も）おしまいのようだ、（身分高いお方が）れっきとした北の方にお決まりになるまでの、気まぐれなお慰みに。青表紙他本「給はぬ程のなほさりの」。
4 こうまで情けをかけて下さったのだろうが、それでも中納言（薫）などの思惑を気になさって、言葉だけは情けありそうにしておいでだったのだ、と思い込みなさって。
5 あれこれと先方（匂宮）の薄情さをお恨みになる余裕もなく。匂宮への恨みよりも、中君の親代りとしての責任を痛感する気持。青表紙他本「をもひしられす」。
6 なすすべもなく、うちしおれて横たわる意。青表紙他本「をき所の」の「の」なし。
7 （大君の病気で）弱ったご気分は、いよいよこの世に生き長らえそうもなく思われる。
8 気がねすべき女房たちでもないが、（彼女たちの）思っていよう心中がつらいので、大君は聞こえないふりで寝ていらっしゃると。女房たちの取り沙汰は物笑いの種（五三〇頁）。
9 青表紙他本「ひめ宮」で「見やり」の主語。
10 （誰もの）物思う時のしぐさと聞いた、うたた寝のご様子が可憐で。「たらちねの親の諫めしうたた寝はもの思ふ時のわざにぞありける」（拾遺集・恋四・読人しらず）。昼間のうたた寝は、物思いに眠れぬ夜を過ごした証。
11 腕枕で寝ていらっしゃる。恋人同士が差し交わす「手枕（たまくら）」に対し、独り寝のしぐさ。
12 就寝中は髪を枕もとにまとめてある。
13 （可憐な中君の寝姿に大君は）視線を向けて。
14 父宮の遺言を思い返す。注10の歌による。
15 大君の心内。（父宮は）罪深い人の堕ちてゆくという（地獄の）底にはよもや沈んではおられまい。父宮の道心深さを思っての推測。
16 どんな所でもよいから、（父宮の現在）いらっしゃる所に（私を）お迎え下さいまし。青表紙他本多く「いつくにも〳〵」。
17 こんなに深く物思いに沈む私たち姉妹を

ふ。

夕暮れの空のけしき、[1]いとすごくしぐれて、木の下吹きはらふ風のおとなどに、たとへん方なく、来し方行く先思ひつゞけられて、添ひ臥し給へるさま、あてに限りなく見えたまふ。[2]白き御衣に、髪は梳ることもし給はでほど経ぬれど、迷ふ筋なくうちやられて、日ごろに[3]すこし青み給へるしも、なまめかしさまさりて、[4]ながめ出だし給へるまみひたひつきのほども、見知らん人に見せまほし。

[5]昼寝の君、風のいと荒きにおどろかされて起き上がり給へり。[6]山吹、薄色などはなやかなる色あひに、御顔はことさらに染めにほはしたらむやうに、いとをかしくはなばなとして、いさゝか物思ふべきさまもし給へらず。

「[7]故宮の夢に見え給ひつる、[8]いとものおぼしたるけしきにて、このわたりにこそほのめき給ひつれ。」

と語り給へば、いとゞしくかなしさ添ひて、

「[9]亡せ給ひてのち、いかで夢にも見たてまつらむと思ふを、さらにこそ見たてま

（亡くなった父宮は）お見捨てになって、夢にさえ姿をお見せにならない、と（大君は）思う。自分が思っていたり、相手が自分を思っていると、夢に相手が出てくるという俗信による。

45 中君の夢

1 ぞっとするほど物さびしく時雨が降って、木の下（の落葉を）吹き払う音などに、たとえようもないほど、ついこれまでのことこの先のことを思い続けてしまわれて、物に添い臥しておられる（大君の）ご様子は、高貴でこの上なく（美しい方と）お見えになる。山里の初冬の景が大君の心内を象徴。

2 （大君は）病装の白いお召し物に、髪は梳（と）かすこともなさらずに幾日も経っているが、もつれた毛筋もなく枕もとに投げ出されている。

3 顔色の青白さがかえって優艶な感じを与える。顔や御衣の白さと、髪の黒さが対照的。

4 （几帳の隙から）庭前を眺めていらっしゃる目元や額のあたりの美しさも、情理を解せるような人に見せたいもの。暗に薫をさす。大君の厳しい自己評価ゆえの絶望はそれとして、傍目には中君とはまた違った魅力をもつ、心深く可憐な美しい女性である。

5 昼寝中の中君は荒々しい風音に目を覚ます。

6 山吹襲（表薄朽葉、裏黄）の表着（うわぎ）、薄紫色の袿などはなやかな色合いに、顔は特別に薄紅に染め輝かせたようで、ほんとうに美しくあでやかで、少しも物思いに沈むようなご様子もしていらっしゃらない。装束の色をはじめ、沈んだ大君とは対照的な中君の彩り。顔が赤いのは、うたた寝から目覚めたから。

7 中君の言。亡くなった父宮が夢にお見えになりました。青表紙他本多く「みえ給へる」。

8 いかにも心配なさっているご様子で、このあたりにかすかにお姿をお見せになりました。

9 大君の言。（私の方は父宮が）お亡くなりになったあと、何とかして夢にでも拝したいと思うのに、一度も拝したことがない。

つらね。」

とて、[1]二所ながら、いみじく泣き給ふ。[2]このごろ明け暮れ思ひ出でたてまつれば、ほのめきもやおはすらむ、いかで、おはすらむ所に尋ねまゐらむ、[3]罪深げなる身どもにて、と後の世をさへ思ひやり給ふ。[4]人の国にありけむ香の煙ぞ、いと得まほしくおぼさるゝ。

[5]いと暗くなるほどに、宮より御使あり。をりはすこしもの思ひ慰みぬべし。[6]御方はとみにも見給はず。

「[7]猶心うつくしくおいらかなるさまに聞こえ給へ。かくてはかなくもなり侍りなば、これよりなごりなき方に、もてなしきこゆる人もや出で来む、とうしろめたきを、まれにもこの人の思ひ出できこえ給はむに、さやうなるあるまじき心つかふ人はえあらじと思へば、[8]つらきながらなむ頼まれ侍る。」

と聞こえ給へば、

「[9]おくらさむとおぼしけるこそ、いみじく侍れ。」

1　二人ごいっしょにたいそうお泣きになる。
2　大君の心内。このごろ一日中（父宮を）思い出し申しているので、ほのかにお姿を現されるのだろうか、何とかして、（父宮が）いらっしゃるだろう場所に訪ねて参りたい。
3　罪深そうな私たち二人だから。女は罪障が深く往生も成しがたいとの考え方。㊆匂兵部卿6節。父母を嘆かせる不孝の罪深さとも。
4　異国にあったという香の煙を欲しく思う。反魂香（はんごんこう）。漢の武帝が李夫人の死後、方術士に霊薬（反魂香）を調合させて焚（た）かせると、煙の中に李夫人の姿が現れたという。「九華の帳深くして夜悄々（せうせう）たり　反魂の香は夫人の魂を降す　夫人の魂いづれの許（ところ）にか在る　香の煙引きて香を焚く処に到る」（白楽天・新楽府　李夫人）とある。

46　匂宮の文

5　たいそう暗くなるころ、匂宮から文使いが来た。悲観の折も折とて、少しは物思いも慰められよう。語り手の推測。
6　中君はすぐにもご覧にならない。「御方」は、「匂宮の夫人」を意味する呼称。
7　大君の言。やはり素直なお気持で穏やかに（ご返事を）申し上げなさいませ。このまま（私が）死にでもしましたら、これよりもっとひどい目に、お遭わせ申し上げる人も現れるかもしれないと心配ですが、時たまにでもこのお方（匂宮）が思い出してお通い下さるのなら、そのようなとんでもない料簡を抱く人はあるまいと思うから。「なごりなき方」は、宮家の誇りも何もなくなってしまう、の意。匂宮よりも身分低い男の好色心に弄ばれる事態を危惧し、助言する。この冷静な諦めは、五四四頁の薫の諫言に、ある意味従った形である。青表紙他本「心うつくしう」。
8　ひどい方とは思うけれど（匂宮を）つい頼りにしてしまうのです。他は頼りにできない。
9　中君の言。私を残して亡くなろうとお考えになるのが、あまりにひどい。

と、[1]いよ〱顔を引き入れ給ふ。

「限[2]りあれば、片時もとまらじと思ひしかど、ながらふるわざなりけりと思ひ侍るぞや。[3]あす知らぬ世のさすがに嘆かしきも、たがためをしき命にかは。」

とて、[4]大殿油まゐらせて見給ふ。

例の、こまやかに書き給ひて、

　[5]ながむるは同じ雲井をいかなればおぼつかなさを添ふる時雨ぞ

「[6]かく袖ひつる」などいふこともやありけむ、[7]耳馴れにたるを、なほあらじごとゝ見るにつけても、うらめしさまさり給ふ。[8]さばかり世にありがたき御ありさまかたちを、いとゞ、いかで人にめでられむと、好ましく艶にもてなし給へれば、若き人の心寄せたてまつり給はむ、ことわりなり。[9]ほど経るにつけても恋しく、さばかりところせきまで契りおき給ひしを、さりともいとかくてはやまじ、と思ひなほす心ぞ常に添ひける。御返り、

「[10]こよひまゐりなん。」

1　中君は泣き顔を見せまいと夜具をかぶる。

2　大君の言。寿命には定めがあるので、(父宮死去の当座は)ほんのしばらくでも生き留まるまいと思ったのに、生きながらえるものなのだったと思っているのですよ。

3　明日をも知らぬ人生なのにやはり(死が)嘆かわしいのは、誰のために惜しい命でしょう(あなたのためだ)。「明日知らぬわが身と思へど暮れぬ間の今日は人こそ悲しかりけれ」(古今集・哀傷・紀貫之)、「岩くぐる山井(やまゐ)の水をむすびあげて誰(た)がため惜しき命とか知る」(伊勢集)による。

4　灯りを取り寄せなさって、(大君は匂宮の手紙を)ご覧になる。(匂宮は)いつものように、細々とお書きになっていて。

5　匂宮の歌。あなたへの恋しい気持から眺めやる空はいつもの空ながら、どうしていつになく逢いたい気持をつのらせて、涙を誘う時雨なのだろう。時雨に寄せた懸想の歌。

6　こんなに袖が濡れた(ことはありません)。花鳥余情は「神無月いつも時雨は降りしかどかく袖ひつる折はなかりき」を引くとする。

7　ありふれた文句なのを、(大君は、匂宮の)何もしないではすまされない(というぐらいの)言葉と見るにつけても、恨めしさがまさりなさる。青表紙他本多く「を」なし。

8　あれほど世に二つとない(匂宮の)ご様子お顔だちを、ますますなんとか女に好感を持たれようと、色めかしくしゃれたふるまいをなさるので、若い中君が心をお寄せ申し上げなさるのは、当然のことだ。語り手の評言。

9　(中君は、匂宮に逢えぬまま)時間が経つにつれても恋しく、(匂宮が)あんなにたいそうなまでにお約束なさったのだから、いくら何でも実際このままでは終るまい、と思い直す心が常にあるのだった。口では中君を諭しながら、心は匂宮を信用せず、恨めしく思うだけの大君とは対照的な中君の心情。

10　匂宮の使者の言。今夜のうちにお返事を(匂宮に)お持ちしましょう。

と聞こゆれば、これかれそゝのかしきこゆれば、たゞ一言なん、

霰[1]ふる深山の里は朝夕にながむる空もかきくらしつゝ

かく言ふは、神無月のつごもりなりけり。月[2]も隔たりぬるよ、と宮[3]は静心なくおぼされて、こよひこよひとおぼしつゝ、障[4]り多みなるほどに、五[5]節などとく出で来たる年にて、内[6]わたりいまめかしく紛れがちにて、わざともなけれど過ぐい給ふほどに、あ[7]さましく待ちどほなり。は[8]かなく人を見給ふにつけても、さるは御心に離るゝをりなし。左の大殿のわたりの事、大宮も、

「猶[9]さるのどやかなる御後見をまうけ給ひて、そのほかに尋ねまほしくおぼさるゝ人あらばまゐらせて、重[10]〳〵しくもてなし給へ。」

一六三

と聞こえ給へど、

「[11]しばし。さ思うたまふるやうなむ。」

聞こえいなび給ひて、ま[12]ことにつらき目はいかでか見せむ、な[13]どおぼす御心を知り給はねば、月日に添へてものをのみおぼす。

1　中君の歌。霰の降る深い山里では、朝に夕に、物悲しい思いで眺めやる空もかき曇り、胸のうちも晴れる折とてない。「霰降る深山の里のわびしきは来てたはやすく訪(と)ふ人ぞなき」(後撰集・冬・読人しらず)による。自分の方は時雨どころか、霰が降り空も曇り誰も来ないとして、匂宮の歌を切り返す。

47　匂宮の訪問の途絶え

2　十月はじめの紅葉狩りから一月近く経過。

3　匂宮は落ち着かず、今夜こそと思いつつ。

4　差しつかえが多いので。「みなと入りの葦分け小舟障り多みわが思ふ人に逢はぬころかな」(拾遺集・恋四・柿本人麿)による。

5　五節の舞などの行事(三少女29節)。「とく」とあり、十一月の中旬の丑(うし)の日から始まる行事が、今年は上旬の丑から始まるらしい。

6　宮中では(五節の準備で)浮き立つようで何かと忙しく、(匂宮は)特にそのためというのではないが無沙汰の日々を過ごされるうちに。

7　宇治では驚くほど待ち遠しく思っている。

8　(匂宮は)かりそめに女とお逢いになるにつけ、実のところ(中君のことが)お心から離れる折とてない。夕霧の六の君と匂宮の縁談を、明石中宮も。青表紙他本「右」、五一五頁注10。

9　明石中宮の言。やはりそうした(夕霧の娘のような)安心のできる北の方をお持ちになって、その他に逢いたいとお思いになる人がいたらば(女房として)おそばにお呼び寄せになって。いわゆる召人である。五一五頁注12。

10　(あなたは)重々しく構えていらっしゃい。

11　匂宮の言。(六の君との結婚は)ちょっと待って。そのように考える子細があるのです。青表紙他本・河内本、「なむ」の次に「なと」。

12　(中君に)ほんとうに恨めしい思いをさせられようか。召人めいた扱いなどできぬとする。

13　などお思いの(匂宮の)お心を(中君は)ご存じないので、月日が経つにつれ物思いばかりが増してゆく。訪れのないまま重なる時間が、宇治と都の意識の違いを際立たせる。

[1]中納言も、見しほどよりはかろびたる御心かな、さりともと思ひきこえけるもいとほしく、心からおぼえつゝ、をさ〳〵まゐり給はず。[2]山里にはいかに〳〵ととぶらひきこえ給ふ。[3]この月となりては、すこしよろしくおはすと聞き給ひけるに、公私ものさわがしきころにて、五六日、人もたてまつれ給はぬに、[4]いかならむとうちおどろかれたまひて、わりなきことのしげさをうち捨てて参で給ふ。

「[5]すほふは、おこたり果て給ふまで」とのたまひおきけるを、[6]よろしくなりにけりとて、阿闍梨をも帰し給ひければ、いと人少なにて、[7]れいの老い人出で来て、御ありさま聞こゆ。

「[8]そこはかといたきところもなく、おどろ〳〵しからぬ御なやみに、物をなむさらに聞こしめさぬ。[9]もとより人に似給はず、あえかにおはしますうちに、この宮の御事いで来にしのち、いとゞものおぼしたるさまにて、はかなき御くだものをだに御覧じ入れざりしつもりにや、[10]あさましくよわくなり給ひて、さらに頼むべくも見え給はず。[11]世に心うく侍りける身の命の長さにて、かゝることを見たてまつれば、

48 薫、大君を見舞う

1　中納言（薫）も、思ったよりは不誠実な（匂宮の）お心よ、いくら何でも（そのうちには）と思い申し上げたのも、（姫君たちに）申し訳ないと心からお思いになっては、（匂宮のもとへも）めったに参上なさらない。

2　宇治には何度もご様子を伺う使者を送る。

3　十一月には、（大君の）病状が少し持ち直したとお耳にされたうえに、（早めに五節が行われるので）公私ともに何となく忙しく、五、六日も使者をさしあげなさらないのに。

4　どうしていようかとふと気がかりに思われて、やむを得ない用件でお忙しいのを振り捨てて、（薫は宇治に）参上なさる。

5　修法は、すっかり回復なさるまで（続けよ）。薫が言い置いた言葉。底本「すほう」。

6　病状は少し持ち直したというので、宇治の阿闍梨をも帰らせなさったので。大君はもともと死を覚悟し修法を厭わしく思っていた（五四六頁）。匂宮と六の君の結婚を耳にして絶望を深め、病状が良くなったと薫と阿闍梨には伝えて修法も止めさせたか。

7　いつもの老女房（弁）が出てきて容態を言う。

8　弁の言。どこが特に悪いということもなく、はっきりしないお具合いの悪さのまま、食事をまったく召し上がらないのです。

9　もともと普通の方とは違っておられて、か細くおいでのうえ、この匂宮とのご縁組があってから後は、ますます物思いに沈んでいらっしゃるご様子で、ちょっとした果物さえ目もくれられなかったのが積み重なったのでしょうか。青表紙他本「くたものたに」。

10　驚くほど衰弱なさって、もはや回復の見込みもありそうにはお見受けできない。

11　まことに情けなくございましたわが身の長生きのために、このような（主人に先立たれるような）目に遭い申すことになるので。弁は柏木に続いて大君も失うとの気持。

まづ[1]いかで先立ちきこえむと思ひ給へいり侍り。」

と[2]言ひもやらず泣くさま、ことわりなり。

「[3]心うく。などか、かくとも告げ給はざりける。[4]院にも内にも、あさましく事しげきころにて、[5]日ごろもえ聞こえざりつるおぼつかなさ。」

とて、[6]ありし方に入り給ふ。[7]御枕上近くて、もの聞こえ給へど、御声もなきやうにて、えいらへたまはず。

「[8]かく重くなり給ふまで、たれも〳〵告げたまはざりけるが、つらくも。[9]思ふにかひなきこと。」

とうらみて、例の、[10]阿闍梨、[11]大方世にしるしありと聞こゆる人の限り、あまた請じ給ふ。みすほふ、読経、[12]明くる日より始めさせ給はむとて、殿人あまたまゐり集ひ、上下の人たちさわぎたれば、心ぼそさのなごりなく頼もしげなり。
[13]暮れぬれば、例の、あなたにと聞こえて、御湯漬などまゐらむとすれど、
「[14]近くてだに見たてまつらむ。」

1 何とかして(大君に)先立ち申そうと深く思っています。青表紙他本多く「きこえなん」。
2 最後までも言わず泣く(弁の)様子は、(主人を失う心細さを思えば)道理である。
3 薫の言。何と情けない。どうして、こうと(私に)知らせて下さらなかったのか。
4 冷泉院の御所でも宮中でも、はなはだしくいろいろ忙しいころで。前にも「公私ものさわがしきころ」。五節の儀で多忙だった。
5 何日もお見舞い申し上げられなかったことが、どんなに気がかりだったか。
6 前回通された、病室の前の廂。五四二頁。
7 (大君の)御枕元に近くて、(薫は)お話し申しなどなさるが、(大君は)御声も出ないようで、返事もおできにならない。
8 薫の言。こんなに病状が重くなるまで、誰一人お告げ下さらなかったとは、恨めしくも。青表紙他本「つらく／つらう」。
9 大事に思う、そのかいがないことよ。
10 退出していた宇治山の阿闍梨を再び招く。
11 およそ効験があると世評の高僧たちをすべて招請なさる。「御修法」は、病気平癒のための祈禱。「読経」も病気平癒のために仏典を読誦すること。薫にできる精一杯のこととして、大がかりな修法・読経を再開。
12 明日から開始させなさろうというので、薫に仕える者がたくさん参集し、身分の上下を問わず、男たちが忙しく立ち働くので、心細さの名残もなく、いかにも頼もしい感じである。五六〇頁の「いと人少なにて」と対照的。

49 薫、親しく大君を看護

13 日が暮れると、(女房が薫に)いつものように、あちら(西廂)へと申し上げて、湯漬けなどをさしあげようとするけれど。「湯漬」は、蒸した飯に湯をかけた冬の食事。
14 薫の言。せめて近くでご看病申し上げよう。自分が帰京していたあいだに大君が衰弱してしまったことへの、薫なりの焦りがある。

とて、南[1]の廂はそうの座なれば、東面のいますこしけ近き方に、屛風など立てさせて入りゐ給ふ。中[2]の宮、苦しとおぼしたれど、この御中を猶もて離れたまはぬなりけりとみな思ひて、疎くもえもてなし隔てず。初[3]夜よりはじめて、法[4]花経を不断に読ませ給ふ。声[5]たふとき限り十二人して、いとたふとし。

火[6]はこなたの南の間にともして、内は暗きに、木[7]丁を引き上げて、すこしすべり入りて見たてまつり給へば、老い人ども二三人ぞさぶらふ。中の宮は、ふと隠れ給ひぬれば、いと人少なに、心ぼそくて臥し給へるを、

「など[8]か御声をだに聞かせたまはぬ。」

とて、御[9]手をとらへておどろかしきこえ給へば、

「心[10]ちには思ひながら、もの言ふがいと苦しくてなん。日ごろ、おとづれ給はざりつれば、おぼつかなくて過ぎ侍りぬべきにや、とくちをしくこそ侍りつれ。」

と息[11]の下にの給ふ。

「かく[12]待たれたてまつるほどまで、まゐり来ざりけること。」

1 南廂は(修法・読経などの)僧の席なので、東面(母屋の東がわで、姫君たちの居間)の、病床にもう少し近い所に、屏風などを(隔てとして)立てさせて入りこんでいらっしゃる。薫は母屋の内に入り、屏風と几帳だけを隔てに北がわの病床にある大君と対座する。「そう(僧)」、底本「さう」。

2 中君は、(大君の枕もとにいるので)気詰まりにお思いだが、このお二人の仲を、やはり他人の間柄ではなかったのだと(女房たちは)みな納得して、よそよそしく隔てて扱ったりもできない。

3 初夜の勤行から始まって。初夜は一日を六時に分けた中の一つの時間帯。日没(午後六時)から午後十時ぐらいのあいだ。

4 法華経を絶え間なく読経させなさる。

5 声の尊い僧だけ十二人。二人で一組になる。

6 灯台の灯(ひ)は、薫のいる南がわにともして、奥の病床には直接光が当たらないように配慮。

7 几帳(の帷子(かたびら))を引き上げて、するりと入り込んで(薫が)お見上げなさると、老女房二、三人が伺候している。中君は、そっと隠れなさったので、たいそう人が少なく、心細そうに(大君が)横になっていらっしゃるのを。

8 薫の言。どうしてせめてお声なりとお聞かせ下さらないのか。

9 (薫が、大君の)手を取って目を覚まさせ申し上げなさると。

10 大君の言。気持には(お話ししたいと)思いながら、ものを言うのがたいそう苦しくて。幾日もお越し下さらなかったので、お目にかからぬままはかなくなってしまうのか、と無念でなりませんでした。取り繕ったり、行く末を難しく悩む気力も失われ、ようやくすなおに薫への好意があふれてくる趣。青表紙他本「心ちにはおほえなから」。

11 苦しい息の下で小声でおっしゃる。

12 薫の言。このようにお待たせ申し上げるぐらいまで、(宇治に)参らなかったとは。

とて、[1]さくりもよゝと泣き給ふ。御頭など、すこし熱くぞおはしける。

「[2]何の罪なる御心ちにか、人の嘆き負ふこそかくあむなれ。」

と、[3]御耳にさし当ててものを多く聞こえ給へば、うるさうもはづかしうもおぼえて、かほをふたぎ給へ〔り。いとゞなよ〳〵とあえかにて臥し給へ〕るを、[4]むなしく見なして、いかなる心ちせむと、胸もひしげておぼゆ。

「[5]日ごろ見たてまつり給ひつらむ御心ちもやすからずおぼされつらむ。こよひだに心やすくうち休ませ給へ。[6]宿直人さぶらふべし。」

と聞こえ給へば、[7]うしろめたけれど、さるやうこそはとおぼして、すこししぞき給へり。

[8]直面にはあらねど、はひ寄りつゝ見たてまつり給へば、いと苦しくはづかしけれど、かゝるべき契りこそはありけめとおぼして、[9]こよなうのどかにうしろやすき御心を、かの片つ方の人に見比べたてまつり給へば、あはれとも思ひ知られにたり。[10]むなしくなりなむのちの思ひ出にも、心ごはく、思ひ隈なからじとつゝみ給ひて、

1 （薫は）しゃくりあげてお泣きになる。（大君の）頭などは少し熱くていらっしゃる。薫が手で額にふれても、大君は拒まない。

2 薫の言。どんな罪ゆえのご病気なのか、人を嘆かせると、その罰でこんなふうに苦しむそうだ。「水（み）ごもりの神に問ひても聞きてしか恋ひつつ逢はぬ何の罪ぞと」（古今六帖四）などによって、私を嘆かせたせいか、ぐらいに冗談めかす。青表紙他本「かくは」。

3 （大君の）お耳に口を近づけ（薫は）いろいろ申しなさるので、（大君は）煩わしくも恥ずかしくもお感じになり、顔を袖で覆っていらっしゃる。ますますなよなよとか弱い様子で（大君が）横たわっておいでなのを。底本「かをゝふたき給へるを」、青表紙他本により補入。

4 （薫は）このままむなしく死なせてしまったら、どんな気持がしようかと、胸がつぶれる思いである。

5 薫の、中君への言。幾日もご看病申してこられたお疲れもさぞ大変なものだったろう。今夜だけでも安心して少しお休み下さい。

6 （私という）宿直人がおりましょう。

7 （中君は）気がかりであるが、（二人だけで話したいなど）理由があるのだろう、とお考えになり、少し退かれた。五六四頁の「ふと隠れ…」よりもさらに遠ざかった形。

8 面と向かってではないが、（薫が）そっと寄ってきて見申し上げなさるので、（大君は）とてもつらく恥ずかしいが、こうまで親しくなる宿縁もあったのだろうとお思いになって。

9 このうえもなく穏やかで安心のできる（薫の）お人柄を、あのもう一人のお方（匂宮）と比べ申し上げてご覧になると、しみじみ慕わしいともお分かりになってしまっている。

10 亡くなった後の思い出にも、強情で心の分からぬ女だとは思われたくないと気持を抑え込まれて、（薫を）無愛想にも押しやることはおできにならない。よい印象を残そうとする女心の哀れさと残酷さ。青表紙他本「おもひいて」。

はしたなくもえおし放ち給はず。[1]夜もすがら人をそゝのかして、御湯などまゐらせたてまつり給へど、つゆばかりまゐるけしきもなし。[2]いみじのわざや、いかにしてかはかけとゞむべきと、いはむ方なく思ひゐ給へり。

[3]不断経の、あか月がたのゐ代はりたる声のいとたふときに、[4]阿闍梨もよゐにさぶらひてねぶりたる、うちおどろきて[5]陀羅尼読む。[6]老いかれにたれど、いと功づきて頼もしう聞こゆ。

「[7]いかゞこよひはおはしましつらむ。」

など聞こゆるついでに、[8]故宮の御事など申し出でて、鼻しば〳〵うちかみて、

「[9]いかなる所におはしますらむ。さりとも涼しき方にぞと思ひやりたてまつるを、さいつころの夢になむ見えおはしましし。[10]俗の御かたちにて、「[11]世中を深ういとひ離れしかば、心とまることなかりしを、いさゝかうち思ひし事に乱れてなん、たゞしばし願ひのところを隔たれるを思ふなんいとくやしき、[12]すゝむるわざせよ」と、[13]いとさだかに仰せられしを、たちまちに仕うまつるべきことのおぼえ侍らねば、[14]耐

1 （薫は）夜通し女房たちを指図して、薬湯など召し上がらせ申しなさるが、（大君は）少しも召し上がる気配もない。衰弱が激しい。

2 とてもつらい、いったいどうしたら（大君の命を）この世に引き留めることができよう、とどうしようもなく思い座っておいでである。

50 阿闍梨の夢

3 不断経の、暁方に交替する声が。午前六時ころ、後夜（ごや）から晨朝へと、担当の僧が交替。法華経が不断に読誦されつづける。五六四頁。

4 宇治の阿闍梨も夜居の僧として一晩中詰めていて、居眠りしていたのが、目を覚まして。

5 梵語をそのまま読む呪言。『枕草子』に、「陀羅尼は暁、読経は夕暮」（陀羅尼は）。

6 年老いてしゃがれ声だが、たいそう修行の年功を積んでいて、ありがたく聞こえる。

7 阿闍梨の言。この夜はどのようでいらっしゃいましたか。大君の容態を聞く。

8 故八宮の話。青表紙他本「きこえいてゝ」。

9 阿闍梨の言。（八宮はあの世では）どんな所においでなのだろう。（道心深いから）いくら何でも極楽にと想像し申していましたが、先日夢にお見えになりました。「涼しき方」は極楽浄土。青表紙他本「さいつころ夢に」。

10 （僧形でない）俗人のお姿で。心に迷妄を抱えているのを示唆する。前の中君の夢に現れた物思う姿も同様で、極楽往生からは遠い。

11 夢の中の八宮が語った言。現世を心から厭い捨てたので、心を留めることもなかったのだが、いささか気にかかることがあったので（往生の思念が）乱れたために、今しばらくは本願の浄土から隔たっているのを思うと、まことにくやしい。臨終の際に、姫君たちを案じて妄念が浮かび、往生しそこねたという。

12 往生を助ける供養をせよ。

13 たいそうはっきりとおっしゃったのですが、にわかにどのような追善供養をさせていただくのがよいのか、分かりませんので。

14 私のできる範囲で、の意。

へたるにしたがひて、[1]おこなひし侍る法師ばら五六人して、[2]なにがしの念仏なん仕うまつらせ侍る。[3]さては思ひ給へ得たること侍りて、常不軽をなむつかせはべる。」

など申すに、[4]君もいみじう泣き給ふ。[5]かの世にさへさまたげきこゆらん罪のほどを、苦しき御心ちにも、いとゞ消え入りぬばかりおぼえ給ふ。[6]いかで、かのまだ定まり給はざらむさきに参でて、同じ所にも、と聞き臥し給へり。

[7]阿闍梨は事少なにて立ちぬ。[8]この常不軽、そのわたりの里〳〵、京までありきけるを、[9]あか月の嵐にわびて、阿闍梨のさぶらふあたりを尋ねて、中門のもとにゐて、いとたふとくつく。[10]回向の末つ方の心ばへいとあはれなり。[11]客人もこなたにすゝみたる御心にて、あはれ忍ばれ給はず。[12]中の宮、せちにおぼつかなくて、奥の方なる木丁のうしろに寄り給へるけはひを聞き給ひて、あざやかにゐなほり給ひて、

「[13]不軽の声はいかゞ聞かせ給ひつらむ。重〳〵しき道にはおこなはぬことなれど、たふとくこそ侍りけれ。」

とて、

1　修行しております僧たち五、六人に命じて。

2　阿弥陀仏の名を唱え、心に思う行。

3　その他に思うところがありまして。「常不軽」は、『法華経』常不軽菩薩品(ぼさつぼん)の偈(げ)（仏の功徳をたたえる韻文）を唱えて諸方を巡礼する行。かつて菩薩だった時、釈迦が「我深く汝等を敬ひて、敢へて軽慢せず。所以(ゆゑ)は何(いかん)。汝等皆菩薩の道を行じて、当(まさ)に仏と作(な)ることを得べし」と唱えて廻ったところから出た行。「つかせ」は、額(ぬか)ずかせ。額を地面につけ拝み奉る。

4　薫もたいそうお泣きになる。

5　来世でまで（父宮の往生を）妨げ申している罪障の深さを、苦しいご気分でも、いよいよ絶え入らんばかりに。青表紙他本「心ち」。

6　なんとか、父宮の往生がまだお決まりにならぬ前に参って、その同じ所にも。父宮ともに中有(ちゅうう)に迷うのも大君は厭わない。

51　薫、中君と詠歌

7　阿闍梨は言葉少なく座を立った。

8　この阿闍梨の命じた常不軽を行う僧たち。

9　暁方の嵐をつらがって、阿闍梨が伺候するあたりを尋ねて、八宮の家の中門のあたりで座って、たいそう尊く額ずく。

10　供養の終りで唱える常不軽の偈の最後の文句。注3参照。「人はみな仏になる」の趣意で、未来の仏たちを尊び、額ずく行である。

11　薫も仏道に深く帰依したお心ゆえ、（「当得作仏」の声に）しみじみとした気持になる。

12　中君が、（大君のご容態が）ひどく心配なので、奥の方にある几帳の後ろに寄り添っておられるが、その気配にお気づきになって、（薫は）さっと居ずまいをお改めになり。前に中君は、看病を薫に譲って「すこししぞき給」（五六六頁）。

13　薫の言。常不軽の声はどうお聞きになられますか。（法華八講など）格式高い法事では行われない行ですが、とても尊いことです。

[1]霜さゆる汀の千鳥うちわびて鳴く音かなしき朝ぼらけかな

[2]言葉のやうに聞こえ給ふ。[3]つれなき人の御けはひにも通ひて、思ひよそへらるれど、いらへにくゝて、弁してぞ聞こえ給ふ。

[4]あかつきの霜うちはらひ鳴く千鳥もの思ふ人の心をや知る

[5]似つかはしからぬ御代はりなれど、ゆゑなからず聞こえなす。[6]かやうのはかなしごとも、つゝましげなる物から、なつかしうかひあるさまにとりなし給ふものを、いまはとて別れなば、いかなる心ちせむ、と[7]まどひ給ふ。

[8]宮の夢に見え給ひけむさまおぼし合はするに、かう心ぐるしき御ありさまどもを、天翔りてもいかに見給ふらむとおしはかられて、[9]おはしましし御寺にも御誦経せさせ給ふ。[10]所〳〵の祈りの使出だし立てさせ給ひ、[11]公にも私にも、御暇のよし申し給ひて、[12]祭、祓、よろづにいたらぬ事なくし給へど、[13]ものゝ罪めきたる御やまひにもあらざりければ、何の験も見えず。

[14]みづからも、たひらかにあらむとも仏をも念じたまはゞこそあらめ、なほかゝる

一六五七

1 薫の歌。霜の冷たく凍りつく水辺の千鳥の、こらえかねて鳴く声が悲しく響く明け方だ。五七〇頁「あか月の嵐にわびて…いとたふとくつく」に照応。常不軽の声を千鳥に擬える。
2 和歌ではなく、話し言葉のような調子で。
3 (薫の声が)冷たい人(夫の匂宮)の感じにも似通って、つい思い比べてしまわれるが、直答はしにくくて、弁を介して返事をなさる。
4 中君の歌。明け方に羽の霜を払いながら鳴く千鳥は、物思う私の心を知っていてあんなに鳴くのだろうか。
5 (老齢の弁は中君に)似つかわしくない代役であるが、気品ある嗜み深さで申し上げる。
6 こうした何気ない歌の贈答でも、(大君は)いかにも控え目ながら、やさしく話しがいのあるようにお相手下さるのに、もはやとあの世に旅立たれたなら、どんな気持がしよう。
7 薫は。青表紙他本「をもひまとひ給」。

52 大君、受戒を果せず

8 (薫は)亡き宮が夢の中に現れなさったことをお思い合せになると、このようにおいたわしい姫君たちのご様子を、(成仏できぬまま)天翔けてもどうご覧になっているのだろうと。「天翔る」は、四若菜下五三三頁注8参照。
9 (八宮の)籠られた宇治の阿闍梨の寺でも八宮の追善供養の誦経をさせなさる。
10 諸寺に(大君平癒の)誦経を依頼する使者を派遣され。青表紙他本「所〳〵に御いのり」。
11 朝廷にも私的にも、無沙汰の由を申し上げなさって。朝廷には暇文(いとまぶみ)を提出するのが例。母女三宮にも手紙を送ったか。
12 陰陽道の行で、「祭」は祈禱、「祓」は除厄。仏事の他にも多々依頼。曰夕顔三二九頁注14。
13 大君の病気は何かの神の咎めによるものではないので、何の効験もない、の意。
14 大君自身も、五体安寧をと仏にお祈りなさるのであれば、そう(病気平癒)もなろうが、(ご自身は)やはりこのような折にでも、なんとかして死んでしまおう。

ついでにいかで亡せなむ、[1]この君のかく添ひて、[2]残りなくなりぬるを、いまはもて離れむ方なし、[3]さりとて、かうおろかならず見ゆめる心ばへの、見おとりしてわれも人も見えむが、心やすからずうかるべきこと、[4]もし命しひてとまらば、やまひに事つけて、かたちをも変へてむ、[5]さてのみこそ長き心をもかたみに見果つべきわざなれ、と思ひしみ給ひて、[6]とあるにてもかゝるにても、いかでこの思ふこととしてむとおぼすを、さまでさかしきことはえうち出で給はで、中の宮に、

「[7]心ちのいよ〳〵頼もしげなくおぼゆるを、忌むことなん、いと験ありて命延ぶる事と聞きしを、[8]さやうに阿闍梨にの給へ。」

と聞こえ給へば、みな泣きさわぎて、

「[9]いとあるまじき御事なり、かくばかりおぼしまどふめる中納言殿も、いかゞあへなきやうに思ひきこえ給はむ。」

と、[10]似げなき事に思ひて、頼もし人にも申しつがねば、くちをしうおぼす。

[11]かく籠りゐ給ひつれば、[12]聞き継ぎつゝ、御とぶらひにふりはへものし給ふ人もあ

1　薫が付ききりで。青表紙他本「そひゐて」。
2　顔なども残りなく見られて隔てがなくなり、もはや他人で過ごすすべもないのを言う。
3　とはいえ、（今は）このように並々ならず見受けられる（薫の）ご厚志が、（結婚して）当初思ったほどでもないというように、私もあちらもたがいに相手から思われるのだったら、どんなに心穏やかならず情けないことだろう。結婚がたがいの幻滅をもたらすことを危惧し、薫に好意を抱きながらも、かえって拒まざるを得ないと大君は考える。「あはれと思ふ人の御心も…」（五一〇頁）も同じ理屈。
4　もし万が一生き長らえることになったら、病気を口実に、尼にもなってしまおう。
5　そうすることでのみ、変らぬ気持をも、たがいにどこまでも見届けることができる。愛の永続を絶望視し、死や出家などの隔てを通してのみ、永遠であり得ると大君は思う。
6　生死のほどはどうあろうと、何とかして出家の願いを遂げよう、と（大君は）お思いであるが、そうまで悟ったようには口に出しておっしゃれず、中君に。
7　大君の言。気分が頼りなく思えるのですが、受戒は、とても効験があって寿命が延びると聞きましたので。ここでは在俗の信者の守るべき五戒を受けること。㊄若菜下59節参照。
8　受戒したいと阿闍梨におっしゃって下さい。
9　女房たちの言。絶対にあってはならぬことです。これほどまで思い惑って（お世話下さって）おられる薫様も、どんなにがっくり力の抜けるように思い申し上げなさいましょう。
10　（女房たちは）ふさわしからぬことに思って、頼もしい人（薫）にも（大君の希望を）取り次ぎ申さないので、（大君は）残念にお思いである。

53 豊明の夜、薫と大君

11　このように（宇治に）お籠りでおいでなので。底本「給つれは」、青表紙他本「給へれは」。
12　次々に聞き伝えて、（薫への）ご訪問でわざわざいらっしゃるお方もある。

り。[1]おろかにおぼされぬことと見給へば、[2]殿人、親しき家司などは、おの〳〵よろづの御祈りをせさせ、嘆ききこゆ。

[3]豊の明はけふぞかしと、京思ひやり給ふ。[4]風いたう吹きて、雪の降るさまあわたゝしう荒れまどふ。都にはいとかうしもあらじかしと、人やりならず心ぼそうて、[5]疎くてやみぬべきにやと思ふ契りはつらけれど、うらむべうもあらず、[6]なつかしうらうたげなる御もてなしを、たゞしばしにても例になして、思ひつることどもも語らはばや、と思ひつゞけてながめ給ふ。[7]光もなくて暮れ果てぬ。

[8]かきくもり日かげも見えぬ奥山に心をくらすころにもある哉

[9]たゞ、かくておはするを頼みにみな思ひきこえたり。例の、[10]近き方にゐ給へるに、[11]御木丁などを風のあらはに吹きなさせば、中の宮奥に入り給ふ。[12]見苦しげなる人〻も、かゝやき隠れぬるほどに、いと近う寄りて、

「[13]いかゞおぼさるゝ。心ちに思ひ残すことなく、念じきこゆるかひなく、御声をだに聞かずなりにたれば、いとこそわびしけれ。[14]おくらかし給はば、いみじうつら

1 (薫が大君を)並々にお思いではないのだと(殿人や家司は)ご覧になり。青表紙他本「みたてまつれは」の方が敬語として正しい。

2 「殿人」は薫の京の邸に仕える者。「家司」は家の庶務をつかさどる者。それぞれ薫が大事にする大君のために、祈禱を依頼する。

3 豊明(とよのあかり)の節会(せちえ)。五節の最終日(中の辰)に行われる宴。この年は例年と異なり、上旬の辰の日であったらしい。五五八頁。

4 (宇治では)風がたいそう吹いて、雪の降る様子が慌ただしく、空は荒れふぶいている。都ではこれほど寒々としてはなかろうと、自ら求めてのこととはいえ(薫は)心細い思いで。

5 (大君と添い遂げることもできず)他人のままで終ってしまうのかと思う、その宿縁も情けなく思われるが、いまさら恨むべくもなく。

6 やさしくいじらしい(大君の)おふるまいを、ほんのしばらくなりと元どおりにして、心に思ってきたことの数々も語り合いたいもの。衰弱の激しい大君とは会話もなくなっている。底本「ことゝもゝ」、青表紙他本「ことゝも」。

7 (終日)日の光もなく(雪空のまま)暮れた。

8 薫の歌。空も曇り日の光も見えない奥山で、悲しみに心を暗くする日々を過ごすことよ。豊明にちなんで、「日光(ひかげ)」に「日蔭の蔓(かづら)」(三少女五〇五頁注8)を掛けた表現。宇治の冬の暗い光景に、薫の絶望的心情を託す。

9 宇治の人々は薫の逗留だけを頼みに思う。

10 薫が、母屋の大君の近くに。前に「東面のいますこしけ近き方」(五六四頁)とあった。

11 御几帳などを風が内部をのぞけるばかりに吹きあげるので、中君は奥にお入りになる。

12 見苦しい老女たちも恥ずかしがり隠れる折に、(薫は大君の)おそば近くに寄り添って。

13 薫の言。どのようなご気分でしょうか。私の心に思い及ぶ限り手を尽くして(ご回復を神仏に)お祈りするかいもなく、お声さえ聞けなくなってしまったので、とてもつらいのです。「などか御声をだに…」(五六四頁)。

14 私を残して亡くなられたら、とてもつらい。

からむ。」

と、泣[1]く〳〵聞こえ給ふ。ものおぼえずなりにたるさまなれど、顔[2]はいとよく隠し給へり。

「[3]よろしきひまあらば、聞こえまほしきことも侍れど、たゞ消え入るやうにのみなり行くは、くちをしきわざにこそ。」

と、[4]いとあはれと思ひ給へるけしきなるに、いよ〳〵せきとゞめがたくて、ゆゝしう、かく心ぼそげに思ふとは見えじ、とつゝみ給へど、声もをしまれず。

[5]いかなる契りにて、限りなく思ひきこえながら、つらきこと多くて別れたてまつるべきにか、すこしうきさまをだに見せ給はばなむ、思ひさますふしにもせむ、とまもれど、[6]いよ〳〵あはれげにあたらしく、をかしき御ありさまのみ見ゆ。[7]かひななどもいと細うなりて、影のやうによわげなるものから、色あひも変はらず、白ううつくしげになよ〳〵として、白き御衣どものなよびかなるに、衾をおしやりて、[8]なかに身もなきひひなを臥せたらむ心ちして、[9]御髪はいとこちたうもあらぬほどに

1 (薫は)泣きながら申しなさる。(大君は)ものもお感じにならなくなっているふうであるが。病状が悪化し、意識も混濁している。

2 顔はとてもうまく隠していらっしゃる。薫に醜い印象を残さないため衰弱した醜い顔を隠し続ける。女心とも、あとに残る血族のために武帝の寵を失うまいと貌を隠し続けた李夫人の故事とも読み得る。㊀桐壺4節参考。

3 大君の言。気分が少し落ち着いたら、申し上げたいこともありますのに、ただ消え入るようにばかりなってゆくのは、残念なこと。

4 (大君が)たいそうしみじみと思っていらっしゃる様子なのに、(薫は)ますます涙をとどめがたくて、縁起でもない、こんな心細そうに思っているとは見られまい、と我慢なさるが、声も抑えることができない(号泣する)。

5 以下、薫の心内。いったいどのような宿縁で、こうも限りなくお慕い申しながら、苦しいことばかりで死に別れ申し上げるのだろう。せめていささかなりといやなお姿をお見せ下さったなら、この思いを冷ますきっかけにもしよう、と(薫は大君を)じっと見つめるが。容易に執着を断ちがたいほどの、大君の魅力を言う。恋情を冷まそうと神に祈る話もあるが(伊勢六十五段、㊂朝顔4節)、醜さを求めるあたりは不浄観が念頭にあるか。

6 いよいよいかにもいとおしく、(その死が)もったいなく、お美しい様子だけが目につく。

7 腕(かいな)なども細くなって、影のように弱々しそうなものの、肌の色つやも変わらず、白く愛らしげになよなよとしていて、(病中のため)白いお召し物の(糊気のない)やわらかなのに、夜具を押しやって。夜具さえ重く感じる衰弱ぶり。「白き御衣」五五二頁。

8 衣裳の中に身のない人形を寝かせてあるような感じで。やせ細ったさま。底本「ひゐな」、「ひひな(雛)」は人形。

9 髪はさほどうっとうしくない程度に長々と脇に放っておかれ、枕からこぼれ落ちているあたりがつやつやとすばらしく美しいのも。

うちやられたる、枕より落ちたる際の、つや〳〵とめでたうをかしげなるも、[1]いかになり給ひなむとするぞと、あるべき物にもあらざめりと見るが、をしきことたぐひなし。[2]こゝら久しくなやみて、引きもつくろはぬけはひの、心とけずはづかしげに、限りなうもてなしさまよふ人にも多うまさりて、こまかに見るまゝに、たましひも静まらむ方なし。

「[3]つひにうち捨て給ひなば、世にしばしもとまるべきにもあらず。[4]命も限りありてとまるべうとも、深き山にさすらへなむとす。たゞ、[5]いと心ぐるしうてとまり給はむ御ことをなん思ひきこゆる。」

と、[6]いらへさせたてまつらむとて、かの御事をかけ給へば、かほ隠し給へる御袖をすこし引きなほして、

「[7]かくはかなかりける物を、思ひ隈なきやうにおぼされたりつるもかひなければ、このとまり給はむ人を、同じこと思ひきこえ給へとほのめかしきこえしに、た[8]がへ給はざらましかば、うしろやすからましと、これのみなむうらめしきふしにてとま

1　（大君は）どうおなりになろうとするのかと、生きていけそうな人でもなさそうだと見るのが、惜しいことこの上ない。「見知らん人」（五五二頁）が大君の凄艶な美を見る。

2　このところずっと病んで、身づくろいもなさらない（大君の）ご様子が、心用意があっていかにも近づきにくいほどの気品があり、わが身を飾りたてるのにうつつを抜かしている女（とひ）よりはるかにまさっていて、（それを）つくづくと見ていると、魂も身から抜け出していくような気がする。大君への強い執着。

54 大君の死

3　薫の言。ついに（私を）お見捨て（になって亡くなり）なさったら、（私も）この世にしばらくでも留まれるはずもありません。青表紙他本「給ては」。

4　命にもしも（前世からの）決まりがあって生き残らねばならないとしても、深い山に籠ろうと思います。出家遁世するということ。

5　まことにおいたわしい有様で後にお残りになるお方（中君）のことを心配し申しています。

6　（大君に）返事をさせ申そうと思って、あの中君のことを話題になさると、（大君は）顔をお隠しになっているお袖を少し引いて直しなさって。薫に顔を見られないように注意する。

7　大君の言。こんなにもはかない私の命だったのに、（あなたが私を）情け知らずの女と思っておられるのもどうしようもないので、この生き留まられよう人（中君）を、私同様にお思い申しなさいませとそれとなく申し上げたのに。大君は自らの短命を悟っていたから、嘆かせまいと薫の思いには応えず、長命の妹を自分の分身として勧めたのだとする。14・19節。青表紙他本「おなしことゝ」。

8　もし私の希望どおり二人が結ばれていたら、安心だったでしょうにと、このことだけは、恨めしい執着が現世に残りそうに感じます。「…ましかば…まし」で反実仮想の構文。妹も薫のことも気がかりという間接的な告白。

りぬべうおぼえ侍る。」

との給へば、

「[1]かくいみじうもの思ふべき身にやありけん、いかにも〳〵異ざまにこの世を思ひかゝづらふ方の侍らざりつれば、御おもむけにしたがひきこえずなりにし、[2]いまなむ、くやしく心ぐるしうもおぼゆる。されども、うしろめたくな思ひきこえ給ひそ。」

など[3]こしらへて、いと苦しげにし給へば、すほふの阿闍梨ども召し入れさせ、さま〴〵に験ある限りして、加持まゐらせさせ給ふ。われも仏を念ぜさせ給ふこと限りなし。

[4]世中(よのなか)をことさらにいとひ離れねとすゝめ給ふ仏などの、いとかくいみじき物は思はせ給ふにやあらむ、[5]見るまゝに、もの隠れ行くやうにて、消え果て給ひぬるは、いみじきわざかな。[6]引きとゞむべき方なく、足摺りもしつべく、人のかたくなしと見むこともおぼえず。[7]限りと見たてまつり給ひて、中の宮の、おくれじと思ひまど

1　薫の言。（自分は）こうもひどく物思いをかかえこまねばならない身に生まれついたのだろうか、何としてもあなた以外のお方とは関わりあおうとする考えがありませんでしたので、（あなたの）ご意向に従い申さずじまいになってしまいましたのが。大君の考えをどうしても受け容れられず、大君にこだわり続けてしまったのは、結局は自らの背負う憂愁の宿運のせいだったのかと観ずる。

2　いまになって、（中君を匂宮に譲り）悔しく胸痛くも感ぜられます。けれども、気がかりにはお思いあそばしませぬよう。あらためて中君を厚く後見しようとする。大君の最も危惧する件に、誠実に応えることを約束する。

3　慰めて、（大君が）たいそう苦しそうにしておいでなので、修法を行う阿闍梨たちを（枕上に）請じ入れさせ、さまざまに効験のある僧ばかりで、加持祈禱を致させなさる。薫ご自身も仏を心に祈りなさることこの上ない。

4　俗世をことさらに厭い離れよとお勧めになる仏などが、こんなたいそうむごい悲嘆にお遇わせなさるのだろうか。紫上を失った源氏の感慨にも似る（㊃御法13節・㊃幻3節）、無情なまでの仏のはからい。このあたり、薫の心情とも、語り手の批評とも読み得る。

5　見ているうちに、ものの隠れ行くように、（大君が）すっかり消えておしまいになったのは、たいそう悲しいことだ。死の到来を、物陰に隠れる、と象徴的に表現。河内本など底本に同じ。青表紙他本・別本「物ゝかれゆくやうにて」（草木の枯れるように）。

6　（命を）引き留められるすべもなく、深い悲しみに身をもがき地だんだを踏みそうで、女房が愚かしいと見ようことも何も感じられない。常に人目を気にする薫としては異例。

7　（大君の命の）終りと拝しなさって、中君が、（大君に）死に後れるまいと思い乱れていらっしゃるのも道理である。自分も死にたい、の気持。青表紙他本「おもひまとひ給へるさまも」。

ひ給ふさまもことわりなり。[1]あるにもあらず見え給ふを、例の、さかしき女ばら、いまはいとゆゝしきことと引き避けたてまつる。

[2]中納言の君は、さりとも、いとかゝる事あらじ、夢かとおぼして、御殿油を近うかゝげて見たてまつり給ふに、[3]隠し給ふ顔も、たゞ寝たまへるやうにて、変はりたまへるところもなく、うつくしげにてうち臥し給へるを、[4]かくながら、虫の殻のやうにても見るわざならましかば、と思ひまどはる。[5]いまはの事どもするに、御髪をかきやるに、さとうちにほひたる、たゞありしながらのにほひになつかしうかうばしきも、[6]ありがたう、何ごとにてこの人をすこしもなのめなりしと思ひさまさむ、まことに世の中を思ひ捨て果つるしるべならば、おそろしげにうきことの、かなしさもさめぬべきふしをだに見つけさせ給へ、と仏を念じ給へど、[7]いとゞ思ひのどめむ方なくのみあれば、言ふかひなくて、[8]ひたふるに煙にだになし果ててむと思ほして、とかく[9]例のさほふどもするぞ、あさましかりける。空を歩むやうにたゞよひつゝ、限りのありさまさへはかなげにて、煙も多く結ぼほれ給はずなりぬるもあへ

1　（中君が）正気も失せてお見えになるのを、いつもの分別顔の女房たちが、もう今は（大君の亡骸にとりつくのも）とても不吉なことと引き離し申し上げる。死の穢れを忌む。

2　薫君は、そうは言っても、まさかこんなこと（大君の死）はあるまい、夢なのではとお思いになり、灯りを近くに引き寄せ灯芯をかきあげ（明るくして大君を）拝しなさると。紫上死去の場面と類似（因御法10節）。

3　（袖で）隠しておられるお顔も、（袖を取り除くと）ただ寝ていらっしゃるようで、お変わりになっているところもなく、可憐なご様子でちょっと横たわっておられるのを。

4　このまま、虫の脱け殻のようにしてでもいつまでも見ていられたならば。この「虫」は蟬。「空蟬（うつせみ）は殻を見つつも慰めつ深草の山煙だに立て」（古今集・哀傷・勝延）。

5　（女房たちが）「いまはのこと」（臨終の作法として遺骸を整える）をするに、髪をとかすと、さっと香りが漂う、（それが）ただ生前の匂いで慕わしく香ばしいのも。

6　（大君は）世にまたとないお方で、何をもってこのお方を少しでも世間普通の人だったと思いあきらめよう、（もしもこの死別が）真実この俗世の執着を捨て去らせる仏の導きなら、（この御亡骸に）いかにも恐ろしそうな醜いことで、悲しさも冷めてしまいそうな点でも見つけさせて下さい、と仏を心に祈られるが。「世中をことさらにいとひ離れね…」（五八二頁）を受け、大君の死が仏の救いの方便なら、思いを冷ます欠点が欲しいと願うが、実際には一つの欠点もないのをいう（五七八頁）。

7　ますます心を鎮めるすべがないばかりで。

8　いっそ早く（火葬の）煙にでもしてしまおう。

9　作法どおりの葬送の儀をとり行うのは、思いもかけないことだった。足も地につかぬようにふらふらと歩きながら、（葬送の）最後のありさままでもがいかにも頼りなげで、火葬の煙も多くは滞らずに済んでしまったのも、あっけないと。煙は短時間で消えた。

なしと、あきれて帰り給ひぬ。

御忌[1]に籠れる人数多くて、心ぼそさはすこし紛れぬべけれど、中[2]の宮は、人の見思はんこともはづかしき身の心うさを思ひしづみ給ひて、又、亡き人に見え給ふ。宮[3]よりも御とぶらひいとしげくたてまつれ給ふ。思[4]はずにつく〴〵と思ひきこえ給へりしけしきも、おぼしなほらでやみぬるをおぼすに、いとうき人の御ゆかりなり。中[5]納言、かく世のいと心うくおぼゆるついでに、本意遂げんとおぼさるれど、三条の宮のおぼされむことに憚り、[6]この君の御ことの心ぐるしさとに思ひ乱れて、か[7]のの給ひしやうにて、形見にも見るべかりける物を、下[8]の心は、身を分け給へりとも、移ろふべくもおぼえ給はざりしを、かう[9]物思はせたてまつるよりは、たゞうち語らひて、尽きせぬ慰めにも見たてまつり通はましものを、などおぼす。かり[10]そめに京にも出で給はず、かき絶え、慰む方なくて籠りおはするを、世人もおろかならず思ひ給へることと見聞きて、内よりはじめたてまつりて、御とぶらひ多かり。[11]はかなくて日ごろは過ぎ行く。七日〳〵の事ども、いとたふとくせさせ給ひつゝ、

55 薫の忌籠り

1 「御忌」は死者の近親者などが慎み籠ること。薫がいるので大勢が参集する。

2 （中君の結婚の失敗が大君の死を招いたと思えるため）中君は、他者が（自分を）どう思うやらと恥ずかしい我が身のつらさに、こちらも死んだ人のようにお見えになる。

3 匂宮からも弔問の使いが何度も遣わされる。

4 （大君が）期待はずれに心底からお悩み申し上げていらした様子も、そのまま思い直されずに終ったことをお考えになるにつけ、（中君は）まことに情けない人（匂宮）のご縁者である。青表紙他本「おもはすにつらしと」。

5 中納言（薫）はこのようにこの世をたいそうつらく思うのにつけて、出家の本懐を遂げようと思われるが、母の女三宮が思われようことに憚り。青表紙他本「おほさむことに」。

6 この君（中君）のお身の上のおいたわしさに。

7 以下、薫の心内。あの方（大君）がおっしゃったように、（大君の）形見としてでも（中君は）妻にするべきだったのに。

8 （薫の）心の奥底は、（大君と）身を分けていらしても、（中君に）移りそうも思われなさらなかったが。青表紙他本「うつろふへくはおほえさりしを」の方が続きがよい。「身を分けたる心の中は…」（四四〇頁）。四五八頁も。

9 （匂宮に縁づけたために）こんなに（中君に）ものを思わせ申し上げるよりは、ともかく自分の妻にして、（大君を失った）尽きることのない悲嘆の慰めにも、通ってゆきお会い申せばよかったものを。

10 短時間でも都にもお出ましにならず、ふっつりと、心慰められることもなく（宇治に）籠っておいでなのを、世間の人も並々ならず（薫が大君を）思っておられることと見聞きして、今上帝より始め申し上げて、ご弔問が多い。

56 薫の悲嘆

11 あっけなく月日は経つ。七日目ごとの法要

[1]おろかならず孝じ給へど、[2]限りあれば、御衣の色の変はらぬを、[3]かの御方の心寄せ分きたりし人〻の、いと黒く着替へたるをほの見給ふも、

　[4]くれなゐに落つる涙もかひなきはかたみの色を染めぬなりけり

[5]聴し色の氷とけぬかと見ゆるを、いとゞ濡らし添へつゝながめ給ふさま、いとなまめかしくきよげなり。[6]人〻のぞきつゝ見たてまつりて、

「[7]言ふかひなき御事をばさる物にて、この殿の、かくならひたてまつりて、いまはとよそに思ひきこえむこそ、あたらしくくちをしけれ。[8]思ひのほかなる御宿世にもおはしけるかな。[9]かく深き御心のほどを、かた〴〵に背かせ給へるよ。」

と泣きあへり。

[10]この御方には、

「[11]むかしの御形見に、いまは何事も聞こえ、うけ給はらむとなん思ひ給ふる。うと〳〵しくおぼし隔つな。」

と聞こえ給へど、[12]よろづの事うき身なりけりと、物のみつゝましくて、まだ対面し

を、(薫が)まことに尊く営ませなさりながら。

---

1 心を込めて追善供養をなさるが。「孝ず」はもともと親の追善供養。ここは大君のため。

2 定まった作法があるので。薫と大君は夫婦でも近親者でもないので喪服が着られない。

3 あの亡きお方を特に敬慕していた女房たちが、まことに黒く着替えているのをほの見て。

4 薫の歌。悲しみに血の涙を流してもそのかいのないことには、亡き人を偲ぶ形見の喪の色に衣服を染めないからなのだった。「くれなゐ」は、深い悲しみゆえの血涙・紅涙をいう。「限りあれば…」に即し、喪服を着られない大君との縁のはかなさを嘆く。

5 (薫の直衣の)薄紅色が凍ったように光沢があるのに、ますます涙でぬらしながら物思いにふけっておられる様子は、まことに優美ですっきりしている。青表紙他本「なまめかしう」。「聴し色」は、㊀末摘花五五五頁注14。

6 女房たちが几帳の隙間や物陰からのぞいて。

7 女房たちの言。いまさら嘆いてもしかたのない(大君ご逝去の)ことはさておいて、この殿(薫)が、(今まで)こんなに親しみ申し上げて、今からはとご縁のないお方と思い申すのが、もったいなく残念でならない。

8 (薫と姫君たちは)意想外のご宿縁でいらしたこと。他人のままで終る宿縁だったとする。

9 こうも深い(薫の)お心ざしを、お二方それぞれが背いておしまいになるとは。

10 中君には。

11 薫の言。亡きお方(大君)の形見として、いまはなんでも申し上げ、(あなたのお話も)承ろうと思っております。(私のことを)よそよそしく隔ててお思いにならないで下さい。薫の心内「形見にも見るべかりける物を…」(五八六頁)と照応。肉親のように思ってほしいとの意だが、端々に悔恨の情が響く。

12 (中君は)万事につけ不運な身の上なのだと、何かと気後れがして、まだ対面してお話し申し上げたりなさらない。取り次ぎを置く。

てものなど聞こえ給はず。[1]この君は、けざやかなる方に、いますこし子めき、け高くおはするものから、なつかしくにほひある心ざまぞ劣り給へりけると、ことに触れておぼゆ。

雪のかきくらし降る日、[2]ひねもすにながめ暮らして、世の人のすさまじきことに言ふなるしはすの月夜の曇りなくさし出でたるを、[3]簾巻き上げて見給へば、向かひの寺の鐘の声、枕を欹てて、[4]けふも暮れぬとかすかなる響きを聞きて、

[5]おくれじと空行く月を慕ふかなつひにすむべきこの世ならねば

[6]風のいとはげしければ、蔀おろさせ給ふに、四方の山の鏡と見ゆる汀の氷、月影にいとおもしろし。京のいへの限りなくと磨くも、えかうはあらぬはやとおぼゆ。[7]わづかに生き出でてものし給はましかば、もろともに聞こえましと思ひつゞくるぞ、胸よりあまる心ちする。

[8]恋ひわびて死ぬる薬のゆかしきに雪の山にや跡を消なまし

[9]半なる偈教へむ鬼もがな、ことつけて身も投げむ、とおぼすぞ、[10]心ぎたなき聖心

1　この中君は、はきはきしたご性分で、（大君より）もう少しおっとりと、気高くていらっしゃるが、やさしくうるおいのある人柄では（大君よりも）劣っていらっしゃるのだったと、何かにつけて（薫は）お感じになる。

57　雪景色に大君を偲ぶ

2　（薫は）一日中、物思いに沈んで、世間の人が殺風景なものに言うらしい十二月の月が。「すさまじきためしに…」（三朝顔四〇〇頁）。

3　簾を巻き上げてご覧になると。「遺愛寺の鐘は枕を欹（そば）てて聴き　香炉峰の雪は簾を撥（は）ねて看る」（白楽天・香炉峰下に新たに山居を卜（ぼく）す　草堂初めて成り　偶（たま）たま東の壁に題す・重ねて題す　其の三）。

4　「山寺の入相（いりあひ）の鐘の声ごとに今日も暮れぬと聞くぞ悲しき」（拾遺集・哀傷・読人しらず）。青表紙他本多く「ひゝき」なし。

5　薫の歌。亡き人に後れまいと空行く月を追わずにはいられない、結局は心澄まして住んでいられるこの世ではないから。極楽浄土へ向う大君を西に行く月に喩え、浄土での再会を望む。「住む」「澄む」（月の縁語）の掛詞。

6　風が激しいので蔀を下ろさせなさるときに、周囲の雪の積った山々の姿が映って、鏡のように見える（宇治川の）岸辺の氷が、月の光に映えてとても趣がある。京の邸宅の入念に磨き上げたのも、ここまで美麗ではあるまいと。

7　（大君が）一瞬生き返っていらしたなら、一緒に（この景を見て）お話し申したろうにと思い続けるにつけ、悲しみが胸から余る。

8　薫の歌。恋しさの苦しみにこらえかね死ぬ薬が欲しいので、いっそ雪の山に入って姿をくらましてしまおうか。「雪の山」は、仏説にいう「雪山（せっせん）」（ヒマラヤ山脈）。『竹取物語』でかぐや姫昇天の後、帝はひとり長生きする痛苦を思い不死の薬を焼かせたが、薫は自ら命を絶とうとする。大君への絶望的愛執。

9　薫の心内。半偈（はんげ）を教えたという鬼が現れてほしい、それにかこつけてわが身も投げ

なりける。

[1]人〻近く呼び出で給ひて、物語りなどせさせ給ふけはひなどの、いとあらまほしく、のどやかに心深きを見たてまつる人〻、若きは心に染めてめでたしと思ひたてまつる、老いたるはたゞくちをしくいみじき事を、いとゞ思ふ。

「[2]御心ちの重くならせ給ひしことも、たゞこの宮の御事を、思はずに見たてまつり給ひて、人笑へにいみじとおぼすめりしを、[3]さすがにかの御方には、かく思ふと知られたてまつらじと、たゞ御心ひとつに世をうらみ給ふめりしほどに、はかなき御くだ物をも聞こしめしふれず、たゞよわりになむよわらせ給ふめりし。[4]うはべには、何ばかりこと〳〵しくもの深げにもてなさせ給はで、下の御心の限りなく、何ごともおぼすめりしに、故宮の御戒めにさへたがひぬることと、[5]あいなう人の御上をおぼしなやみそめしなり。」

と聞こえて、[6]をり〳〵の給ひしことなど語り出でつゝ、たれも〳〵泣きまどふこと尽きせず。

捨てよう。「偈」は、仏の功徳を讃える四句の韻文。半偈はその半分。釈迦が雪山童子と呼ばれた修行時代、羅刹(らせつ)（鬼）から偈の前半「諸行無常　是生滅法」を聞き、さらに後半を知りたければ人肉を供えよと言われ、自ら谷に身を投じることで偈の後半「生滅滅已(めつい)　寂滅為楽」を得、投身する瞬間、羅刹は帝釈天に変じて救ったという。「大般涅槃(だいはつねはん)経」十四や『三宝絵』などに載る仏説。

10 語り手の評言。仏法を求めるためではなく、大君思慕が動機なのを「心ぎたなき」とする。

---

1 （薫が）女房たちを近く呼び寄せなさり、世間話をさせなさる様子の、実に申し分なくゆったりと奥ゆかしいのを拝する人々で、若い女房は深く心にとめてすばらしいと思い申し上げ、年配の女房は（姫君たちと薫が結ばれなかったのを）残念につらいこと、とますます思う。青表紙他本「くちをしう」。

2 老女房（弁）の言。（大君の）ご病気が重くおなりになったのも、ただこの匂宮のなさりようを、心外なことにお思い申されて、世間の物笑いになって悲しいとお思いだったようですが。宮家の誇りが無残に砕かれる屈辱感。

3 さすがにあの中君様には、こう思うと知られ申すまいと、ただ独りで（匂宮と中君の）夫婦仲を恨んでおられるらしかったうちに、ちょっとした果物さえ召し上がらず手も触れず、ただただ弱ってゆかれたようでした。

4 （大君は）表面では、何ほどにも大げさに心配ごとのあるようなご様子もお見せにならず、内心ではこの上なく、何ごとにつけてもお心づかいをなさっていたようなので、亡き父宮のご遺言にまで背いてしまったことと。

5 そうまで悩まずともよいのに、妹君のお身の上を思い悩み始められたのでした。「あいなし」は、無関係なのに、が原義。

6 時折（大君が）おっしゃったことなどを話題にしては、誰もがいつまでも泣き惑うのだった。青表紙他本「をり〳〵に」。

[1]わが心から、あぢきなきことを思はせたてまつりけむ事と、取り返さまほしく、[2]なべての世もつらきに、まだ夜深きほどの雪のけはひいと寒げなるに、まどろむほどなく明かし給ふに、念誦をいとゞあはれにし給ひて、人〻声あまたして、馬のおと聞こゆ。[3]何人かはかゝるさ夜中に雪を分くべきと、大徳たちもおどろき思へるに、宮、狩の御衣にいたうやつれて、濡れ〳〵入り給へるなりけり。[4]うち叩き給ふさま、さなりと聞き給ひて、中納言は、隠ろへたる方に入りたまひて、忍びておはす。[5]御忌は日数残りたりけれど、[6]心もとなくおぼしわびて、夜一夜、雪にまどはされてぞおはしましける。

[7]日ごろのつらさも紛れぬべきほどなれど、対面し給ふべき心ちもせず、おぼし嘆きたるさまのはづかしかりしを、やがて見なほされ給はずなりにしも、いまよりのちの御心あらたまらむはかひなかるべく思ひしみてものし給へば、[8]たれも〳〵いみじうことわりを聞こえ知らせつゝ、物越しにてぞ、[9]日ごろのおこたり尽きせずの給ふを、つく〴〵と聞きゐ給へる。[10]これもいとあるかなきかにて、おくれ給ふまじき

58　匂宮の弔問

1　（薫は）自分のせいで（大君に）ひどい心配をおかけ申したのだろうと、昔を今に取り返したく。『源氏釈』・定家自筆本『奥入』に見る「取り返すものにもがなや世の中をありしながらの我が身と思はむ」が響く。

2　およそこの世の中一般が恨めしいので、念誦をますます心を込めてなさって、まどろむ時間もなく夜をお明かしになると、まだ暗いうちの雪の様子がほんとうに寒そうな頃に、大勢の人の声がして、馬の音が聞こえる。

3　いったい誰がこんな夜更けに雪を分け来ようかと、（忌籠りの）僧たちも驚き思っているところへ、匂宮が、狩衣のお召しに身なりをひどくやつして、濡れながらお入りになるのだった。狩衣は、貴族の旅装束。「けり」は、突然の来訪に気づく気持。

4　妻戸などをお叩きになる様子を、そう（匂宮来訪）なのだとお聞きになって、薫は、人目につかぬ所にお入りになり、息を潜めておいでである。すぐには匂宮に会いたくないのと、中君との対座を見守ろうとの配慮による。

5　四十九日まで日数が残っている。

6　（匂宮は）気がかりでじっとしておられず、闇の中、雪に右往左往しつつお越しになった。

7　（中君は）日ごろの（匂宮への）恨みも忘れてしまいそうな折（大雪を押しての来訪）だが、対面しようとの気持も起きず、（大君が匂宮との仲を）思い嘆いておられる様子が恥ずかしかったのだが、そのまま（匂宮は大君に）見直されなさらずじまいになったにつけても、これから先（宮の）お心が改まろうと今さら何のかいもないように、深く思い込んでいらっしゃるので。中君は自分の結婚生活の不面目が、姉の命をも奪ったと悔恨（五八六頁）。

8　（女房たちの）誰も彼もが懸命に夫婦仲の道理をお聞かせ申して、（ようやく）物越しで。「物越し」は、夫婦としての対面ではない。「つくゞゝと聞きゐ給へる」に続く。

にやと聞こゆる御けはひの心ぐるしさを、うしろめたういみじと宮もおぼしたり。

けふは[1]、御身を捨てゝとまり給ひぬ。

「物越しならで[2]。」

といたくわび給へど、

「いますこし物おぼゆるほどまで侍らば[3]。」

とのみ聞こえ給ひて、つれなきを、中納言[4]もけしき聞きゝ給ひて、さるべき人召し出でゝ、

「御ありさま[5]にたがひて、心浅きやうなる御もてなしの、むかしもいまも心うかりける、月ごろの罪は、さも思ひきこえ給ひぬべきことなれど、にくからぬさま[6]にこそかうがへたてまつりたまはめ。かやう[7]なる事まだ見知らぬ御心にて、苦しうおぼすらん。」

など、忍びて[8]さかしがり給へば、いよ〱この君の御心もはづかしくて、え聞こえ給はず。

9　（匂宮が）今日までの無沙汰のおわびを尽きることなくおっしゃるのを、（中君は物越しで）ぼんやりと聞いて座っていらっしゃる。

10　このお方（中君）もほんとうに正気を失ったような有様で、故人の後をお追いになるのではないかと察せられるご様子のおいたわしさを、気がかりでつらいと匂宮もお思いである。

1　（匂宮は）今日は、どうなろうと構わぬというお気持で（宇治に）お泊まりになった。母中宮などの非難を覚悟。匂宮の宿泊は初めて。

2　匂宮の、直接逢いたいとする言。

3　中君の言。今しばらく人心地のつくまで生きておりましたら。すげない返答である。

4　薫も様子をお聞きになって、しかるべき人（中君の側近で、心得ある女房）をお呼び寄せになり。薫は二人の話の聞こえる場所に隠れていた（五九四頁）。

5　薫の言。こちらの（お嘆きの）ご様子をよそに、誠意のなさそうな（匂宮の）なさりようが、（大君生前の）昔も（ご逝去後の）今もいかにも情けなく思われた、この幾月ものご無沙汰の罪については、（中君が）そのようにお恨み申されるのも無理からぬことだが。

6　（匂宮の）お気にさわらぬ程度にお責め申し上げになるのがよかろう。「かうがふ（勘ふ）」は、罪を責める意。

7　（匂宮は）こうしたお咎めを受けたご経験もおありでないので、苦しくお思いだろう。皇太子候補として誰からも大切にされてきた匂宮が、勅勘もあり得るのに雪を押して宇治まで来訪し、泊まるほどまで誠意を尽くしているのに、物越しの対面などという前代未聞の辱めを受けさせては、かえって宮の心が中君から離れてしまうのではないかと諭す。後悔はそれとして、薫は中君の後見役につとめる。

8　（薫が）密やかに訳知りで口出しをなさるので、（中君は）ますますこの薫君の思われるところも気恥ずかしくて、何も申し上げることがおできにならない。

「[1]あさましく心うくおはしけり。聞こえしさまをもむげに忘れ給ひけること。」

と[2]おろかならず嘆き暮らし給へり。

夜[3]のけしき、いとゞけはしき風のおとに、人やりならず嘆き臥したまへるもさすがにて、例の物隔てて聞こえの給ふ。千ゝ[4]の社を引きかけて、行く先長きことを契りきこえ給ふも、いかでかく口馴れ給ひけむと心うけれど、[5]よそにてつれなきほどのうとましさよりはあはれに、人の心もたをやぎぬべき御さまを、一方にもえ疎み果つまじかりけり。たゞつく〴〵と聞きて、

来[6]し方を思ひいづるもはかなきを行く末かけて何頼むらん

と、ほのかにの給ふ。[7]なか〳〵いぶせう心もとなし。

「[8]行く末を短き物と思ひなば目のまへにだに背かざらなん

何事もいとかう見[9]るほどなき世を、罪深[10]くなおぼしないそ。」

と、よろづにこしらへ給へど、

「心[11]ちもなやましくなむ。」

1　匂宮の言。（中君は）あきれるほど情けないお方でいらっしゃる。あれほど固くお約束申し上げたこともすっかりお忘れになったとは。
2　たいそう嘆いて日中をお暮らしになる。
3　夜の気配のますます激しい風の音に、（匂宮が）自分自身のせいとはいえ、ため息をついて横になっていらっしゃるのもさすがに（お気の毒で座を設け）、昨夜のように物を隔てて（匂宮は中君に）聞こえるようにおっしゃる。青表紙他本「きこえたまふ」。
4　（匂宮が）幾千の社の神々に誓って、行く末長く変らぬ仲をお約束申し上げなさるにつけても、どうしてこんなに（女を口説く言葉に）口馴れておられたのだろうとつらく思うが。『紫明抄』は「誓ひつる言（こと）のあまたになりぬれば千々の社も耳馴れぬらむ」を引く。
5　訪れもなく薄情な時の憎らしさに比べると、しみじみ胸がうたれて、女の気持もとろかしてしまいそうな（匂宮の）ご様子を、いちずにも嫌い通せないのだった。青表紙他本「えうとみはつましかりけりと」。
6　中君の歌。今までを思い出してみても頼りない気がするのに、今また行く末のことまで何を頼みに思わせようとするのか。将来も当てにはならないと恨む内容ながら、匂宮への一面の共感が、異例の女からの贈歌となった。
7　（匂宮は）かえって胸がつまりもどかしい思いになる。物越しのきびしい言葉だが、やっと中君が本音をぶつけてくれたのに感動する。
8　匂宮の歌。行く末を短くはかないものと思うならば、せめて今現在のところだけでも私に背かないでほしい。前歌の、行く末のはかなさを切り返して、現在の共感をと訴える。
9　目に入らぬほど瞬時に変る世の中を。大君の死のはかなさを示唆し、無常の世だと言う。
10　夫婦がたがいに恨みあうほど執着しあう罪。将来が信じられなくとも、無常の世に執する罪を負わぬためでも、受け容れて欲しい。
11　中君の言。具合も悪うございまして。直接逢うのを避け、奥に退くための口実である。

とて入り給ひにけり。[1]人の見るらんもいと人わろくて、嘆き明かし給ふ。うらみむもことわりなるほどなれど、あまりに人にくゝもと、つらき涙の落つれば、ましていかに思ひつらむと、さま〴〵あはれにおぼし知らる。

[2]中納言の、あるじ方に住み馴れて、人ゝやすらかに呼び使ひ、人もあまたして物まゐらせなどし給ふを、あはれにもをかしうも御覧ず。[3]いといたう痩せ青みて、ほれ〴〵しきまでものを思ひたれば、心ぐるしと見給ひて、まめやかにとぶらひ給ふ。[4]ありしさまなど、かひなき事なれど、この宮にこそは聞こえめと思へど、うち出でむにつけても、いと心よわく、かたくなしく見えたてまつらむに憚りて、言少ななり。[5]音をのみ泣きて、日数経にければ、顔変はりのしたるも見ぐるしくはあらで、いよ〴〵物きよげになまめいたるを、[6]女ならばかならず心移りなむと、おのがけしからぬ御心ならひにおぼしよるも、なまうしろめたかりければ、[7]いかで人の譏りもうらみをもはぶきて、京に移ろはしてむとおぼす。

[8]かくつれなきものから、内わたりにも聞こしめして、いとあしかるべきにおぼし

1　女房たちが（妻に拒まれる不体裁を）見ていようのも、とてもみっともなくて、（匂宮は）嘆きながら夜を明かしなさる。（中君が）恨むのも無理からぬ無沙汰ぶりだが、あまりに無愛想な扱いだと、ひどいと思う涙が落ちると、それにつけても中君はこの自分（匂宮）にもましてどんなに（ひどいと）思っていようかと、さまざま胸痛くお分かりになる。

59　匂宮、薫を慰め、帰京

2　薫が、主人顔をして住み慣れて、女房たちを気安く召し使ったり、大勢の召使に命じて食事を（匂宮に）さしあげさせたりしておられるのを、いたわしくも面白くもご覧になる。

3　（薫が憔悴し）たいそう痩せて青ざめ、虚けたようにぼんやり沈んでいるので、（匂宮は）胸痛く思われて、心を込めて弔意を示される。

4　（薫は、大君の）生前のご様子などを、今さらかいのないことだが、この匂宮にこそ申し上げようと思うが、口に出すにつけ、まったく意気地がなく、愚かしいと思われ申そうかと気がねされて（弔いにも）言少ななのだった。

5　声を上げて泣いてばかりで、日数も経っているので、面変りしているのも見苦しくはなく、かえっていっそう美しくみずみずしい感じになっているのを。薫の泣きはらした顔が、かえって美麗さをきわだてる。

6　相手が女ならばきっと心を移してしまうだろうと、自分のけしからぬ（浮気の）ご性分からお気を回されるにつけても、（中君のことが）何となく心配なので。匂宮の妬心と疑心。

7　何とかして、世間から非難や恨みを受けない形で、（中君を）京に移してしまおうと（匂宮は）思われる。具体的には父帝や母中宮からの非難や六の君の父夕霧の恨みを憚る。

8　（中君は）このように冷淡な態度でおられるが、（いつまでもここにとどまっていては）宮中あたりの（帝や中宮の）お耳にも入って、ひどく不都合なことになろうと（匂宮は）お案じになって、今日は（都に）お帰りになる。

わびて、けふは帰らせ給ひぬ。[1]おろかならず言の葉を尽くし給へど、つれなきは苦しきものをと、一ふしをおぼし知らせまほしくて、心とけずなりぬ。

[2]年暮れ方には、[3]かゝらぬ所だに、空のけしき例には似ぬを、荒れぬ日なく降り積む雪に、うちながめつゝ明かし暮らし給ふこゝち、尽きせず夢のやうなり。[4]宮よりも、御誦経など、こちたきまでとぶらひきこえ給ふ。[5]かくてのみやは、新しき年さへ嘆き過ぐさむ、[6]こゝかしこにも、おぼつかなくて閉ぢ籠り給へることを聞こえ給へば、[7]いまはとて帰り給はむ心ちも、たとへむ方なし。[8]かくおはしならひて、人しげかりつるなごりなくならむを思ひわぶる人〻、いみじかりしをりのさし当たりてかなしかりしさわぎよりも、うち静まりていみじくおぼゆ。

「[9]ときどき、をりふしをかしやかなるほどに聞こえかはし給ひし年ごろよりも、かくのどやかにて過ぐし給へる日ごろの御ありさまけはひのなつかしくなさけ深う、はかなきことにもまめなる方にも、思ひやり多かる御心ばへを、[10]いまは限りに見たてまつりさしつる事。」

1　（匂宮は帰るに際し）並々ならず言葉をお尽くしになるが、（中君は）冷淡さがどんなにつらいものかと、ただその一つを（匂宮に）お分かりになってほしくて、打ち解けないままになってしまう。「いかで我つれなき人に身をかへて苦しきものと思ひ知らせむ」（源氏釈）。

60　歳暮、薫が帰京

2　青表紙他本「としのくれかた」。
3　こうした山里以外の所でさえも、空の様子はいつもと違うのに、（まして宇治では）荒れない日はなく降り積もる雪に、（薫は）ぼんやり物思いに沈みながら夜を明かし日を暮らしなさるお気持は、尽きることなく夢のようである。大君の死を現実とは思えない薫の傷心。
4　匂宮からも、誦経の僧へのお布施など、うるさいほどにご弔問なさる。
5　こうして（宇治に）閉じ籠ったまま、新しい年を迎えてまでも嘆き暮せようか。薫の心内。以下は切れ目なく地の文に転ずる。
6　あちらこちら（冷泉院や母女三宮など）でも、（薫が）音沙汰もなく閉じ籠っていらっしゃることを（心配して）申し上げなさるので。
7　今は四十九日の中陰も終るころというので、（都に）お帰りになろうお気持も、たとえようもなく悲しい。大君の死は十一月上旬。
8　（薫が）こうしてお住みつきになって、人の出入りの多かったのが跡形もなくなるのを心細く思う女房たちは、（大君ご逝去の）大変だった折の当座の悲しかった騒ぎよりも、（薫が帰京し）静かになってひどく悲しく思う。
9　女房の言。折節、何かにつけて、（薫が）風情ある趣で（姫君たちと）ご消息をお交し申しなさったあのころの年月よりも、この（大君の死後、薫が宇治に籠った）ようにゆっくりお過ごしになられる日々の（薫の）ご様子がおやさしくお心ざまが深く、ちょっとしたことも大事なことも、気配りの多いお人柄を。
10　これを限りに、もう拝見できないとは。女房たちは薫の来ない日々を思い嘆きあう。

604

とおぼほれあへり。

かの宮よりは、

猶[1]かうまゐり来ることもいとかたきを、思ひわびて、近う渡いたてまつるべきことをなむ、たばかり出でたる。

と聞こえ給へり。后[2]の宮聞こしめしつけて、中納言もかくおろかならず思ひほれてゐたなるは、げに、おしなべて思ひがたうこそはたれもおぼさるらめ、と心ぐるしがり給ひて、二[3]条の院の西の対に渡いたまて、とき〴〵も通ひたまふべく、忍びて聞こえ給ひけるは、女[4]一宮の御方にこと寄せておぼしなるにやとおぼしながら、お[5]ぼつかなかるまじきはうれしくて、の給ふなりけり。さ[6]なりと中納言も聞き給ひて、三条の宮も造り果てて、渡いたてまつらむ事を思ひしものを、か[7]の御代はりになずらへて見るべかりけるを、など、引[8]き返し心ぼそし。宮[9]のおぼしよるめりし筋は、い[10]と似げなき事に思ひ離れて、大方の御後見は、われならでは又たれかは、とおぼすとや。

61 匂宮、中君転居を準備

1 匂宮から中君への手紙の文面。やはりこのように(宇治に)参上するのもとても難しいので、思い悩んで、近くにお移し申すことを手回し致しました。六〇〇頁の決意が実現。

2 明石中宮が(大君の死を)お耳になさって、薫までもがそんなに並々ならず悲嘆にくれていたそうだから、なるほど(宇治の姫君たちを)世間並みには扱えないと誰もがお思いなのだろう、と(匂宮を)不憫にお思いになって。薫の悲嘆ぶりを根拠に、その大君の妹(中君)への匂宮の執心も無理からぬものと母中宮は理解し、中君引き取りを許す。

3 二条院西の対に(中君を)移しなさり、時折にでも(匂宮が)お通いになるようにと、(中宮が宮に)内々に申し上げなさったのは。青表紙他本「わたい給て…きこえたまひければ」。

4 (中君を)女一宮の御方に出仕させる形でと(中宮は)お考えになられたかと(匂宮は)お疑いになりながら。前に中宮が匂宮に、思う女性がいるなら中宮のもとに、と言ったが(40節)、匂宮は中君をそのような召人扱いすべきでないと思っていた(35節)。

5 (そうなれば)気がかりでなく(いつでも)逢えるのはうれしくて(中君に)おっしゃったのだった。匂宮が都引き取りを言い出した背景。

6 そうなのだと薫もお聞きになって、(自分が)三条宮をも完成させて、(大君を)お迎え申し上げようと思っていたのに。五一六頁。

7 (この中君を)亡き人のお身代りとしてお世話すればよかったのに、など。あらためて悔まれる気持。青表紙他本「なすらへても」。

8 過ぎ去った昔のことを思い返して心細い。

9 匂宮が気をまわしておられるようだった筋のことは。中君と薫の仲への疑念(六〇〇頁)。

10 (薫は)まったくとんでもないことと気にもとめず、ただ全般的なお世話は、自分を措いて他に誰がいようか、と思っていらっしゃるとか。「…とや」は巻末の常套的な結び方。

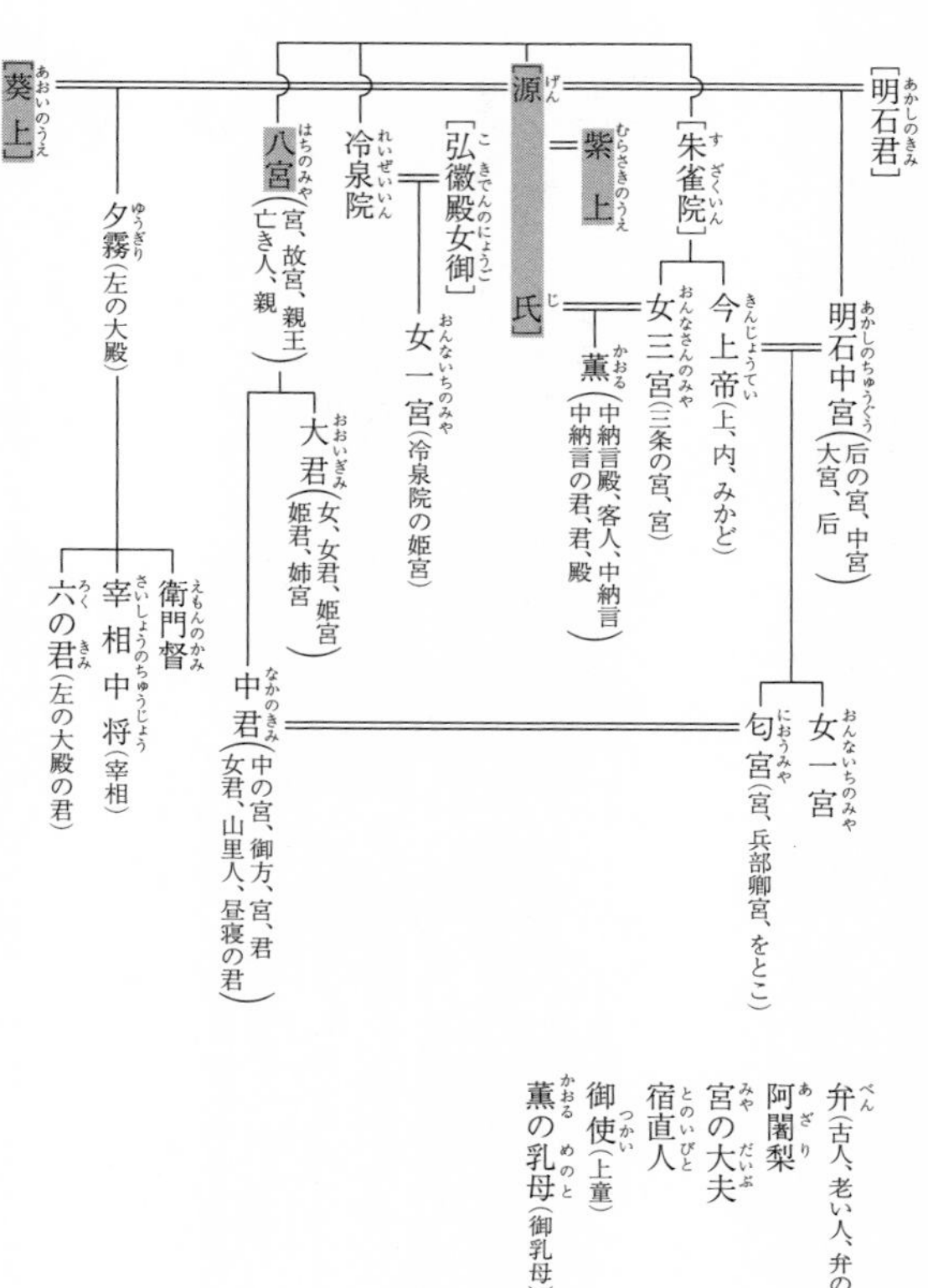

弁（古人、老い人、弁のおもと）
阿闍梨
宮の大夫
宿直人
御使（上童）
薫の乳母（御乳母）

付図

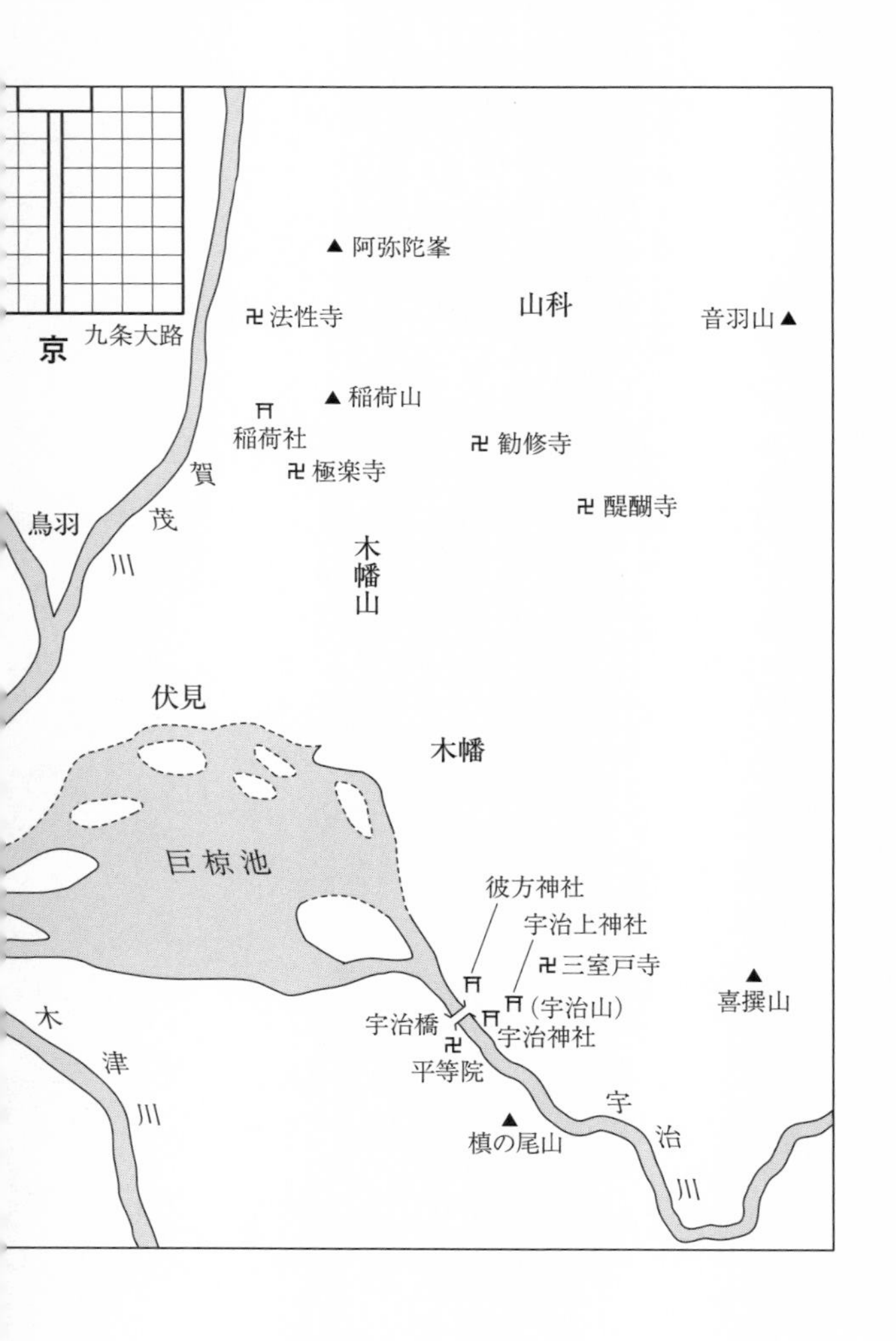
阿弥陀峯
法性寺
山科
音羽山
京
九条大路
稲荷山
稲荷社
勧修寺
賀
極楽寺
醍醐寺
鳥羽
茂
川
木
幡
山
伏見
木幡
巨椋池
彼方神社
宇治上神社
三室戸寺
喜撰山
(宇治山)
宇治橋
宇治神社
平等院
木
津
川
槙の尾山
宇
治
川

図1　京都南部と宇治の図

[解説]「光源氏の物語」からの継承と離脱

陣野英則

一　物語の中心の消失を受けて

光源氏の死は『源氏物語』の中に書かれない。その理由については、本文庫第六分冊の解説(今西祐一郎執筆)を参照されたいが、とにかく『源氏物語』という長篇物語は、光源氏の死によって完全に終わることにはならなかった。本文庫の第七分冊から第九分冊に収められる十三帖にわたって書き継がれ、そして今日に伝えられている。

光源氏という男主人公の死は、その後の物語を大きく変質させないわけにはゆかない。匂兵部卿(におうひょうぶきょう)巻の冒頭では、「光隠れ給ひにし」という尊敬表現で光源氏の死が示唆されている。

光隠れ給ひにし後、かの御影に立ちつぎ給ふべき人、そこらの御末〴〵にありがたかりけり。　　（㈦匂兵部卿1節）

「この世を照らす光(のような光源氏)がお隠れになってしまわれた後、あの(光り輝く)お姿を継承なさることが可能な人は、たくさんのご子孫の中にも存在しがたいのであった」というこの冒頭の一文につづけて、世評の高い人物としては光源氏の孫にあたる今上帝の三宮(匂宮)と、女三宮腹の若君(薫)の二人が挙げられる。しかし、この二人でさえ、いきなり「いとまばゆき際にはおはせざるべし」(同1節)と評されてしまう。光源氏が有していた「光」の「まばゆき際」は、まさしく一回的なものであって、これからの物語に「第二の光源氏」は登場しえないことが早々予告されたも同然といえる。それは、たとえば光源氏が父桐壺帝の寵愛する藤壺宮と密通し、のちの冷泉帝を産ませてしまうといったような、華々しくも禍々しい物語、いかにも「物語」らしい物語がこれからはありえないということでもあるだろう。

「光源氏の物語」とは、光源氏がさまざまなかたちで関わったあまたの女君たちの物語でもあることはいうまでもない。ただし、たとえそうではあるとしても、物語の中心に位置する光源氏の存在なしには展開のしようのない物語、それが幻巻㈥までのあり方であった。その中心が消失したことを受けて、これからいかなる物語が展開しうるというのだろうか。

二　匂宮三帖と宇治十帖、その作者

幻巻のあとにつづく匂兵部卿・紅梅・竹河の三つの巻々は「匂宮三帖」と呼ばれ、そのあとにおかれる橋姫巻から夢浮橋巻までの十の巻々は「宇治十帖」と呼ばれてきた。ここで、『源氏物語』全体の構成に関する代表的なとらえ方をおさえておこう。現在、もっとも定着しているのは池田亀鑑の「三部構成説」[1]で、それによれば、若菜上巻から幻巻が第二部、そして匂宮三帖と宇治十帖とをあわせた十三の巻々が第三部とされる。また、『源氏物語』を正篇と続篇の二部に分けてとらえる場合も、やはり匂宮三帖以降を続篇と呼ぶのが通例である。

しかし、明治期における傑出した国文学者であった藤岡作太郎は、匂宮三帖までを正篇とし、宇治十帖を続篇ととらえていた[2]。光源氏の死という事態の前後で線引きをするならば、匂宮三帖と宇治十帖とはもちろん一括されて当然となる。ただし、宇治十帖が大きなひとまとまりの物語としてとらえられるのに対し、匂宮三帖は決して一筋縄ではゆかない。藤岡が示したとらえ方は、今日では主流といいがたいが、後述するように、匂宮三帖には宇治十帖の物語を用意する面がある一方で、実は「光源氏の物語」としての性質も色濃くみとめられるだろう。要は、匂宮三帖の位置づけはなかなかにむずかしいのである。

他方において、匂兵部卿・紅梅・竹河の三帖は、長きにわたり低い評価が与えられてきた。たとえば、三帖それぞれの物語がいずれも充分に展開しているとはいいがたいこと、またこれら三帖の物語の時間の流れが円滑でないこと、さらに主要人物の官位に関わる矛盾、文章のつたなさ等々の指摘がある。さらには、作者が別人であるという可能性も論じられた。たとえば、「三部構成説」の池田も、匂宮三帖が「紫式部の作であるかどうか」について、「はなはだ疑ふべき」だとしている。[3] また、本文庫第一分冊の解説(藤井貞和執筆)でも紹介されている成立論の武田宗俊は、特に竹河巻に関する複数の問題点にもとづき、作者別人説を示した。[4] ほかにも、語彙の考証から匂宮三帖の異質性をとらえた石田穣二の別筆説[5]などもある。

そうした匂宮三帖に対して、宇治十帖はどうか。やはり古来、作者に関する議論がなかったわけではないが、八宮(はちのみや)の姫君たち、すなわち大君(おおいぎみ)と中君(なかのきみ)、さらに浮舟(うきふね)をめぐって、十の巻々におよぶ大きな物語へと発展している点が大きく異なるとともに、匂宮三帖に比べれば不具合はほとんど目立たないともいえるだろう。

『源氏物語』の作者の問題はきわめて重要ながら、根拠となりうる資料が限られていることなどから、その考察を深めようとしても限度がある。本文庫第一分冊の解説に紹介される成立過程の問題も容易には解明しがたく、たとえば匂宮三帖と宇治十帖、あわせて十三の巻々がどういう順番で作られたのか、その成立と生成の過程を推察することも甚だ困難であろう。物語作者は、ひとつの巻を書き上げたらそれを完成形としてそのまま保存するとは限らないはずで、むしろ、他の巻々を書き進めたのちに、一度は仕上がっていた巻を改稿することは大いにありうる。というのも、ほかならぬ『紫式部日記』に改稿への言及がみられるのである。寛弘五年（一〇〇八）十一月一日の若宮御五十日（いか）の祝いの様子が記されたのち、紫式部自身が中宮彰子（しょうし）のもとで「物語の本ども」を周りの女房たちに書写させ、豪華な本を作成しているという記事（「御冊子（みそうし）づくり」の段）において、「書きかへ」をする以前の物語が流布してしまったこと、また「書きかへ」たものが手元に残っていないことなどが記されている。『源氏物語』の名を明示してはいないが、この「書きかへ」がなされていたという物語こそ、『源氏物語』である可能性はきわめて高いだろう。

なお、『源氏物語』の作者は紫式部一人だといいきれるのかという問題もあって、近年、『源氏物語』の制作は紫式部一人の営為というより、公的な事業とみるべきだとする説が示されつつある。[6]

いずれにせよ、筆者は、匂宮三帖が紫式部の関知しないところで生成されたとは考えない。再三再四読んでみたとき、幻巻までの物語との繋がりにしても、橋姫巻以降との繋がりにしても、相当に緊密であることは確かだと思われるからである。ただし、匂宮三帖にいささかの問題点があることはみとめないわけにゆかない。そして、それらの問題点はおそらく、「光源氏の物語」をいかに続行しうるのか、あるいは「光源氏の物語」をいかに締めくくった上で別の物語へと離れてゆくのかという、かなりの難問と格闘した痕跡とでもいうべきではないか。先述のとおり、光源氏が一回的な物語の中心であった以上、光源氏もどきの男主人公を立てて魅力的な物語を展開させることは実現しがたい。そうであるならば、いかに物語はつづけられるのだろうか。以下、そのあたりの機微を探ってゆく。

三　二人の男主人公の物語

匂兵部卿・紅梅・竹河の各巻では、ひとまずそれぞれに「光源氏の物語」のその後の展開が図られたようにみうけられる。これら三帖は順に、六条院（特に夕霧）、紅梅大納言、そして夫鬚黒を亡くした玉鬘の「家」の物語という面もみられなくはない。つづく橋姫巻も、宇治の八宮という、幻巻までには一切語られることのなかった光源氏の異母弟の「家」の物語ともいいうる。こうした異説・別伝に相当するような物語をふくむありさまについては、司馬遷の『史記』における紀伝体とのかかわりも指摘されている。[7]ただし、それぞれの物語は、匂兵部卿巻の冒頭で紹介された匂宮もしくは薫の恋心に関わる物語という性質を共有してもいるので、『史記』の紀伝体との距離もまた意識されるだろう。

匂兵部卿・紅梅の二帖は、いずれも短小であり、充分に物語が展開しているとはいいがたい。一方、鬚黒邸の「悪御達」を語り手とする竹河巻は、相対的にある種の充実がみとめられるだろうが、この一帖をもって玉鬘とその子どもたちをめぐる物語は終焉となる。これらに対し、宇治の八宮とその姫君たちを登場させた宇治十帖は、結果として大きな物語へと発展した。そうした展開が可能となった理由についてはあとで検討したいが、ここで確認したいのは匂宮三帖だけでなく、橋姫巻以降の宇治十帖においても、匂宮もしくは薫という二人の男主人公が物語の主軸を担う点である。その点で、匂兵部卿巻における二人の男主人公の設定自体は、充分な発展性を有するものであった。

なお、ここで「匂兵部卿」という巻名に注目しておくことには意味があるだろう。実は、九条家旧蔵『源氏古系図』などでは、この巻のことを「かほる中将」としており、中世の古注釈書である『紫明抄』『河海抄』なども、「匂兵部卿宮」もしくは「匂兵部卿」を表題としながら「薫中将」という別名を示している。要は、かなり古くから「薫中将」という巻名が伝えられているのである。(8) 一方、「匂宮」という巻名は、初出こそ鎌倉時代の『源氏物語願文』であるが、普及するのは室町時代の後期以降のことであった。「匂兵部卿(宮)」と「薫中将」のいずれが本来の巻名なのかということは確定しがたいが、とにかく、これらの名が本文中の次の傍線部にかかわることは確実であろう。

例の、世人(よひと)は、「にほふ兵部卿、かをる中将」と聞きにくゝ言ひつゞけて、……
(㈦匂兵部卿9節)

ご多分に漏れず、世の人々は、「匂う兵部卿、薫る中将」とこの二人について騒ぎたてているというのだが、語り手はそのことを「聞きにくゝ」と評する。この事態をやや冷ややかにみているようだ。とはいえ、薫の場合はその身に不思議なまでの芳香が備わっていた点が特異であり、そこに主人公性をみとめてもよかろう。一方の匂宮は、薫への対抗心から薫物(たきもの)に熱中していたということが語られている。「光」のない世界における、「にほふ」と「かをる」の二人の男主人公がここにひとまず定位された。

以後、『源氏物語』の享受史においては、この二人を匂宮、薫と呼びならわしている。ただし、「にほふ」と「かをる」という呼称が宇治十帖では一度も用いられないという点には留意しておく必要がある。そうではあるのだが、匂宮と薫、それぞれの薫(かお)りは、宇治十帖でも語られる場面はある。そうではあるのだが、一貫して薫りつづけているわけではない。これはおそらく、匂宮三帖と宇治十帖との根本的な相違点に関わる問題かもしれない。

とはいうものの、これら二人の男性の対(つい)関係は、匂兵部卿巻において明らかに示されたのち、宇治十帖の大半の巻々においても継続している。

四　女一宮の物語、そして姉妹をめぐる物語

それでは、匂宮三帖、そして宇治十帖の女主人公についてはどうか。

まず匂兵部卿巻では、匂宮が冷泉院(れいぜいいん)の女一宮(おんないちのみや)にかなりの関心を寄せていること、そしてまた、冷泉院に親近し曹司を与えられている薫も、女一宮に関心がないわけではないことが示される。薫の方は、院の手前もあって無理に近づいたりはしないとされている

が、薫がそのように自制的であるのには、自身の出生に関わる疑惑、すなわちみずからの実父が光源氏ではないことにうすうす気づいているがゆえの消極性と、そこから芽生える道心(どうしん)とがかかわるだろう。

この冷泉院の女一宮をめぐる物語は、以降の巻々において何ら展開がみられない。その代わりにというべきか、皇女、しかも高貴であることこの上ない「女一宮」は、宇治十帖において、(冷泉院ではなく)今上帝(きんじょうてい)の女一宮へとスライドする。なお、椎本(しいがもと)巻の巻末、薫が宇治の中君を垣間見(かいまみ)た際に、かつてほのかに見ることがあった今上帝の女一宮の姿を想起するというところが、物語の中で初めてこの姫宮に言及する箇所である。

こうした二人の女一宮の存在は、特に薫の皇女に対する恋着とタブー性とを示しているだろう。ただし、「冷泉院の女一宮への懸想を自らの意志で退けることのできた薫」は、のちに大きく変化し、宇治十帖の後半、蜻蛉(かげろう)巻(五二)では「今上の女一宮への思慕が展開する場を得る」こととなる。[9] このようにみてくると、匂兵部卿巻にほのみえた冷泉院の女一宮をめぐる「不発」の物語も、宇治十帖とのかかわりにおいて、より大きな物語へと発達する可能性が秘められていたとはいえそうである。

ともあれ、匂兵部卿巻では、二人の男主人公がわかりやすく示されたのに対し、恋の物語の展開に不可欠の女性の定位は不完全であった。それが、つづく紅梅と竹河、そして橋姫という巻々をみてゆくと、それぞれ別の家の姉妹が主人公とされている。『源氏物語』以前に姉妹が登場する物語としては、『伊勢物語』の初段「うひかうぶり」が有名であろう。また『源氏物語』でも、たとえば花散里巻(二)の麗景殿女御とその妹(花散里)のように、物語に姉妹が登場することは目新しいわけではない。しかし、物語の女主人公としてはどうか。幻巻までの物語において、「おおむね一巻にとりあげられる女主人公は一人で」あったことから、姉妹の物語という構図は、『源氏物語』における「新しい、野心的な試み」とも評価されている。[10]

以下、紅梅・竹河巻における女主人公、さらに橋姫巻以降の女主人公について、少し具体的にみておこう。紛らわしいことに、いずれの巻にも大君と中君が登場するが、もちろんそれぞれ別の家の長女と次女である。

紅梅巻では、亡き柏木の弟、紅梅大納言の二人の姫君のうち、まず大君が東宮妃となった。大納言は、つづいて中君を匂宮と縁づけることを画策する。この姉妹の母北の方は既に亡くなっており、大納言は真木柱と再婚していた。その真木柱には、死別した蛍兵部卿宮との間に姫君がいる。これが宮の御方で、紅梅大納言の邸内に住んでいる。匂宮は、大納言が結ばせようと考えている中君ではなく、蛍兵部卿宮の血を引く継子、宮の御方に対して好意を寄せている。

次の竹河巻では、玉鬘が亡き鬚黒太政大臣との間にもうけていた二人の姫君、大君と中君の処遇をめぐる物語が軸となっている。大君に対する求婚者は多く、特に夕霧の子息である蔵人少将(くろうどのしょうしょう)が熱心に懸想し、また薫も関心を寄せるようになっていた。しかし、玉鬘の判断によって、大君は冷泉院のもとへ入内する。一方、中君は母に代わって尚侍(ないしのかみ)となり、今上帝に出仕した。大君は冷泉院の姫宮を出産し、さらに数年後には男子をも出産するのだが、弘徽殿女御(こきでんのにょうご)などから疎まれ、里がちの日々を送ることになってしまう。

これらの物語につづく橋姫巻では、あらたに宇治の八宮が紹介される。「俗聖(ぞくひじり)」といわれるこの宮を慕って宇治に通いはじめた薫は、三年目のある晩秋のこと、八宮の二人の姫君がそれぞれ琵琶(びわ)、箏(そう)を持ちながらくつろいでいる様子を初めて垣間見る。このときから、にわかに恋の物語が始動するのだが、同じ姉妹の物語といっても、紅梅・竹河両巻とは何かが違うようだ。

紅梅巻では匂宮が、竹河巻では薫が、それぞれ男主人公といえる。これらの巻では、二人がそろって恋の物語に参画することがまったくない。しかし橋姫巻の薫は、この垣間見体験を早々と匂宮に伝え、宮の関心を引き寄せようとする。そのことにより、以後の宇治の姫君たちをめぐる物語では、この二人の男主人公が絡みあいつづけることとなるだろう。

それともう一点、宇治の姫君たちの姿は薫によって初めてとらえられたが、本文に即してみてゆくと、少なくとも橋姫巻において、この垣間見の場面以降、いずれが大君でいずれが中君かということは、垣間見た薫にも、また読者である私たちにも識別できないような仕掛けになっている。[11] ちなみに、竹河巻では蔵人少将という脇役の男君によって、姫君たちの碁に興じる様子が垣間見られていた（国宝『源氏物語絵巻』「竹河 二」に描かれている）。そこでは姉妹がそれぞれ左と右に分かれて勝負していたので、見分けることは容易であった（年長の姉が常に格上とされる左になるのが当然であろう）。

このようにみてくると、次々と姉妹の物語が繰り出されたとはいっても、橋姫巻における決定的な新しさとして、姉妹二人という対に、薫と匂宮という対になる二人を絡ませる、四項関係の導入があろう。かつての宇治十帖論では、大君と中君の性格の違い、また薫の道心に対する匂宮の好色心といった違いがことさらに注目されていたが、神田龍身の宇治十帖論[12]により、大君と中君の姉妹にしても、薫と匂宮にしても、それぞれが互いを模倣しあう対関係、さらには交換可能でもある関係という理解が示された。おそらく、『源氏物語』における姉妹物語は、こうした四項関係を物語の構図として確立することにより、ようやく新たな長篇化の道を拓くこととなったのだろう。

五　匂宮三帖の後退が示す可能性

右のようにみてくると、どうしても匂宮三帖の物語が魅力の乏しいものにみえてしまうかもしれない。しかし、そもそも匂宮三帖に関しては、後退することを選択した巻々とみてはどうだろうか。ここでは、「後退」がマイナス面ばかりではないという可能性を探るような方向で吟味してみたい。

光源氏の真の後継者が不在であることの確認から始まる物語において、作者がとり組んだことは、「理想者でないゆえに後向きに生きる人物を形象化する」という、「かつて誰もが経験したことのない」営為であったろう。[13]「後向き」ということは、さらにもう一つある。宇治十帖の長い物語において光源氏に関する言及が極端に乏しくなるのに対し、匂宮三帖の物語は明らかに光源氏を称揚しつづける物語といえるだろう。紅梅巻では紅梅大納言が、竹河巻では玉鬘が、光源氏の時代を懐古し、光源氏の不在を歎き、そして過剰なまでに褒め讃える。こういう物語こそ、光源氏不在ではあっても、紛れもなく「光源氏の物語」だと筆者には思われる。[14]したがって、先に紹介した藤岡作太郎のように、匂宮三帖までを正篇としてくるとらえ方には合理性があるとも考えられる。

てみたい。

以下では、紅梅巻と竹河巻について、それぞれのもちうる魅力と可能性について考え

＊

紅梅巻の物語は、橋姫・宿木・手習の各巻頭と同様、「そのころ」という言葉で始まる。しかし、「そのころ」の指示する時期には注意を要する。本文庫第九分冊に掲載される年立（としだて）（物語世界の年表、古くは「としだち」）を作成してみると、紅梅巻の物語内容は、匂兵部卿巻に語られている最終年からさらに四年が経過したころの出来事に当たるようで、宇治十帖でいえば、二番目の椎本巻の後半、また三番目に位置する総角（あげまき）巻と同年と解される。なぜこのような巻の順番になったのか、その理由は明らかにしがたいのだが、とにかく宇治十帖の大きな物語が宇治を主要な舞台として展開する一方で、都での匂宮は、紅梅大納言家の継娘に懸想をしようと試みていたことになる。

換言すると、紅梅巻における男主人公の匂宮は、宇治十帖に登場する匂宮とは異なる一面を示しているのである。そのような観点からこの巻を注意深く読みすすめてゆくと、紅梅大納言と真木柱の子である若君（大夫君（たいふのきみ）とも）を相手に、同腹の兄でもある東宮への対抗心を示唆するような言葉を発したり（㈦紅梅7節）、紅梅大納言という藤原氏の実力者とのやりとりにおいて、その真の意向を探ろうという面を示したりする（同8節）。

一方、年立上では併行する宇治十帖の椎本・総角両巻において、匂宮がいずれ東宮となる予定のあることがしばしば示されている。それは、おもに忍び歩きを重ねる匂宮が父帝と母中宮から不興を買うという文脈ではあったが、紅梅巻の匂宮のあり方を重ねあわせてみると、自身の立坊(りつぼう)(東宮となること)を意識し、紅梅大納言家とのかかわり方についてもそれなりに考えていたらしい、ということがほのみえてくるだろう。

このように、紅梅巻という短小で展開の乏しい巻ではあっても、物語世界の立体的な構築と、人物の多層的な造型において、留意すべき意匠はみとめられるのである。

*

竹河巻の場合、亡き鬚黒邸の女房たちが物語るという設定がしばしば注目されてきたが、実のところ、他の巻々と異なる語り手による物語にはさほどの刺戟も新奇性も見いだしがたいというべきで、むしろそれらが他の巻々より乏しいとさえいえるかもしれない。

近年、情報理論などにおいて「冗長性 Redundancy」の機能と役割が評価され、注目されているという。哲学、特に山内志朗の著書[15]などに学んだという安藤徹は、この冗長性の積極的な意義を説く論考の中で、竹河巻を『源氏物語』の中で「もっとも冗長度が高いと想定される」巻と評し、山内にならって「反復」「並列」「限定」「既知」という四種の冗長とみられる特徴をこの巻の中から具体的に挙げている。[16] たとえば、巻頭で「悪御達」という語り手を提示した別伝的なあり方は、「複数の回路」の設定であり、「並列」という「典型的な冗長性の実現方法」とされる。

たしかにこれは卓見であろう。また、このことは竹河巻に限る話ではない。右のような「複数の回路」は、もちろん正篇の巻々においても見いだされよう。たとえば、本文庫第四分冊に収められた玉鬘巻から真木柱巻まで、すなわち玉鬘十帖は、相対的にみて冗長性のみとめやすい巻々ではないか。ここで筆者は、「冗長」という語をネガティヴに用いているつもりはまったくない。光源氏の養女となった玉鬘をめぐる求婚の物語は、若き日の光源氏をとりまく波瀾の数々にくらべればおだやかなものであろうし、また若菜上巻以降におけるある種の緊張と不穏さとが常に意識されるような世界とも大きく異なるが、むしろ玉鬘十帖にこそ、「光源氏の物語」における華やかさの極みが、あるいはまた貴族文化の精髄が、もっともよく示されていると思う。竹河巻は、そうした玉鬘十帖の女主人公をめぐる後日譚である。たしかに、冗長性がつよまるのもうなずける。

他方において、既に確認したとおり、竹河巻は薫が関与する物語でもあるが、この巻における薫のあり方は、それこそ冗長という特質をそのまま体現したかのようである。この巻の語り手は、匂兵部卿巻、あるいは橋姫巻などの語り手とは異なり、薫の出生に関する秘事を何ら知らないようである。したがって、竹河巻では出生の問題に悩む薫の様子は語られない。何が語られるかというと、高貴さが讃えられる一方で、玉鬘の大君に関心を寄せながらさしたる行動に出るわけでもなく、また宇治十帖の薫のように垣間見にふけるわけでもなく、とにかくモタモタしているという印象を与える姿であった。

その最たる例を挙げておこう。まだ十代半ばごろのこと、薫は玉鬘から「まめ人」と評されていることを苦々しく感じていた(㈦竹河6節)。正月二十日過ぎに、親しくしている藤侍従(玉鬘の三男)を訪れようとすると、その邸の中門あたりで、玉鬘の大君に懸想する蔵人少将が「立ちわづらふ」姿を見つける。薫は、この蔵人少将、藤侍従らと酒宴に興じることとなる(同7節)。この宴は、正月の行事として知られる男踏歌の趣向をまねていることが明白である。たとえば藤侍従らが謡う「竹河」は(この巻の名まえにもなっているが)、男踏歌で奏される催馬楽の曲名である。それだけでなく、やはり男踏歌で奏される催馬楽「此殿」、および催馬楽「何ぞもぞ」[17](別名「絹鴨」)の詞章の一部が発せられ、「寿詞」「水駅」など、男踏歌に関連する語も発言のなかにみえる。

男踏歌についての解説はここでは控えるが、重要なポイントは、男踏歌が男女の自由な交歓をともなう歌垣的な性格を有することであろう。[18]催馬楽の詞章にも、またこの場面での男君たちの酔いにまかせたやりとりにも、さまざまに猥雑さがみえ隠れしている。

さらにこの巻では、一年が経過した翌年一月、実際の男踏歌が催されたことが語られ、その叙述においても「竹河」が謡われたことへの言及がある（同25節）。

このような催馬楽「竹河」の重なる引用、また男踏歌の反復については、さまざまな読み方がありうるだろう。蔵人少将、藤侍従とともに「男踏歌ごっこ」にたわむれた場面（同7節）の前後では、薫こそが玉鬘とその周辺の女房たちから高く評価されている。しかし、この三人が興じている様子を比べると、薫がもっともぎこちなく、洗練されていないようにみえる。こうしたあり方が、かえって薫の慎重で落ち着いた、あるいは内省的ともいうべき人物の造型に資しているとみることは可能だろう。一方で、執拗なまでに引用される催馬楽「竹河」の詞章の解析から、「許されない恋の色合い」を読みとり、竹河巻の物語との照応をみる説もある。[19]

こうした読解がありうるのに対し、当該場面そのものにさしたる意味がないことをこそ対象化する必要があるようにも思われる。というのも、匂宮三帖を構成する一巻として、竹河巻もまた、基本的には後退を志向しているようだからである。それゆえ、これから先において意味のあることではなく、むしろ意味のない世界が過剰なまでに重ねられる――そういう現象になっているのではないか。竹河巻とは、そうした意味のなさ、意味の乏しさをもふくみもつ物語であり、幻巻までの物語にも、また宇治十帖にすら見いだしがたい、ある種の実験的な一面をもつとさえいえるのではないだろうか。

六　橋姫巻にみられる「光源氏の物語」の撤収

最後に、新しい物語を拓くことに成功していると評しうる橋姫巻について、もう一点指摘しておくべきことがある。それは、作者がこの宇治十帖の最初の巻において、実に周到に、しかもかなりのスピードで、「光源氏の物語」が遺していた難題を片付けているという点である。そのことは、「光源氏の物語」の撤収といってもよいだろう。

細かなことはさておき、長大な「光源氏の物語」を大摑みにとらえたときに、際立つ事態として、二つの密通と、それによって生まれた罪の子の問題があるといってよいだろう。その罪の子とはもちろん、冷泉院と薫である。

冷泉院は、出生の秘事が知られることなく桐壺院の皇子として東宮となり、帝位に就いた。さらに退位後の生活は、匂兵部卿巻と竹河巻で語られているのだが、とりわけ目を引くのは竹河巻の冷泉院である。相変わらず玉鬘への執着心はおさまらず、玉鬘の大君を迎えた直後には女宮を、さらに後には男皇子を産ませている。その色好み的といえるあり方には違和感をおぼえる読者もいることだろう。

つづく橋姫巻に登場する冷泉院もまた、好色さが際立っている。冷泉院は、自らとの皇位をめぐる争いに敗れてしまった異腹の兄八宮が今は宇治に住まい、二人の姫君とともに暮らしているという情報を宇治山の阿闍梨（あざり）から聞き出したとき、この姫君たちに大いに興味を示す。しかも、かつて朱雀院が鍾愛の女三宮を光源氏に託したという先例を想起して、「つれ〴〵なる遊びがたきに」したいもの、などと夢想している（㊦橋姫8節）。こうしたあり方は、明らかに竹河巻の冷泉院の造型を踏襲しているといえるが、この何ともさえない好色さこそ、『源氏物語』における冷泉院の最後の姿なのであった。匂兵部卿巻によれば、薫は冷泉院において曹司まで与えられ、院の実子のように関わっているとのことであったが、そのようなことは、右の橋姫巻の場面以降、物語の中でまったくふれられない。つまり、冷泉院は宇治十帖の開始早々に退場させられたのである。それに代わって薫が慕う存在こそ、東宮時代の冷泉院の敵であった八宮である。この交代は、あえて冷泉院を物語世界から外すことで、正篇の物語と訣別するという選択がなされたことを示唆するだろう。

もう一人の罪の子である薫はどうか。その出生に関する疑惑は、ほかならぬ薫当人の悩みの種であり、それゆえの消極性、道心などが薫の重要な特性でもあった。匂兵部卿巻ではそうしたことが一番の重みをもって語られていたはずである。橋姫巻の薫も、もちろんそうした特性を維持していることは間違いない。

しかし、考えてみればこの宇治十帖の最初の巻で、柏木が実父であったという事実は、急展開の中で明かされるというべきではないか。薫に真相を伝えるのは、八宮に仕える女房の弁である。この人は八宮の北の方の従姉妹であったが、また柏木の乳母の娘でもあった。つまり、かつて柏木にも仕えることがあったという設定であり、薫の出生の秘事を知る数少ない一人ということであった。しかも弁は、薫に対して、瀕死の柏木が女三宮と生まれたばかりの薫にむけて詠んだ歌二首などを記す形見の手紙まで渡すのであった(七橋姫25・26節)。

このようにして、薫が密通によって生まれたという重要な秘事が、橋姫巻の薫には明確な真実として示された。しかし、奇妙なことに、自身の出生にまつわる疑わしさ、より端的にいえば自分の実父のことをあれだけ気にしていた薫は、椎本巻以降の物語の中で、この問題にかかずらうことが極端に減ってしまうのである。自身の出生に関する秘事を宇治の姉妹に知られないようにしたいということは語られるのだが、たとえば実父の追善供養を行うなどといった記事は一切みられない。これはどういうことか。

先の冷泉院の問題にしても、薫の実父に関する問題にしても、正篇の物語展開においては不可欠な事態、事件であった。その密通という問題、またそれに伴う物語的要素のあれこれを、おそらくこの橋姫巻で一気に封印しようという方針がとられたのではないだろうか。つまり、橋姫巻というのは宇治十帖の新たな物語を開始すると同時に、これまでの重厚にして長大な正篇の語りのこした複数の課題を一気に撤収するということまで果たしていると考えられる。次の椎本巻以降では、いよいよ「光源氏の物語」からほぼ完全に近いかたちで離脱した物語世界がくりひろげられてゆくのである。

(1) 池田亀鑑「源氏物語の構成」(『新講源氏物語(上)』至文堂、一九五一年)。
(2) 藤岡作太郎『国文学全史　平安朝篇』(東京開成館、一九〇五年)の第三期―第八章。同書は東洋文庫(全二巻、平凡社、一九七一・一九七四年)としても刊行されている。
(3) 注1、前掲の池田論文。
(4) 武田宗俊「「竹河の巻」に就いて――その紫式部の作であり得ないことに就いて」(『源氏物語の研究』岩波書店、一九五四年)。
(5) 石田穣二「匂宮・紅梅・竹河の三帖」(『源氏物語論集』桜楓社、一九七一年)。石田の説は、「作者紫式部の意を承け」つつ「別人が別箇に書いた」可能性を想定するものである。
(6) 清水婦久子『源氏物語の巻名と和歌――物語生成論へ』和泉書院、二〇一四年)、および土方洋一「『源氏物語』は「物語」なのか?――ジャンルとその超越について」(助川幸逸郎・立石和弘・土方洋一・松岡智之編『新時代への源氏学1　源氏物語の生成と再構築』竹林舎、二〇一四年)は、それぞれの立場から公的な事業・活動としての『源氏物語』の制作という見方を示す。筆者も、「複数の人々の手によってまとめられ、編集され」た可能性を考える(陣野英則「藤式部丞と紫式部＝藤式部――『源氏物語』における作者の自己言及」(『文学』隔月刊一六―一、岩波書店、二〇一五年一月)。また、女房文学史論を構築する田渕句美子もこうした見方を支持している(「『源氏物語』の評論的語り――教育的テクストとしての物語」『女房文学史論――王朝から中世へ』岩波書店、二〇一九年)。なお、中世の古注釈では、紫式部の父藤原為時を作者とする説(『花鳥余情』)、あるいは藤原道長の関与をいう説(『河海抄』)などが紹介されているが、こうした伝承には、長大かつ濃厚な物語が女性作者の手によって創られたことを打ち消そうとする女性蔑視があり、ここに紹介した近年の議論とは根本的に異なる。

(7) 田中隆昭「異説・別伝・紀伝体――竹河巻をめぐって」(『源氏物語　歴史と虚構』勉誠社、一九九三年)。

(8) 清水婦久子「源氏物語の巻名の由来」(注6、前掲の清水著書)の紹介と整理が詳しい。なお、平安末期に成立した古注釈である『源氏釈』の示す匂兵部卿巻の巻名は、諸本に異同があるが、時雨亭文庫本では「かほる大将」とあり、さらに「にほふ兵部卿宮」の傍記がある。

(9) 小嶋菜温子「女一宮物語のかなたへ――王権の残像」(『源氏物語批評』有精堂出版、一九九五年)。

(10) 三田村雅子「第三部発端の構造――〈語り〉の多層性と姉妹物語」(『源氏物語　感覚

の論理』有精堂出版、一九九六年）。
(11) 陣野英則「「物語」の切っ先としての薫――「橋姫」「椎本」巻の言葉から」（『源氏物語論――女房・書かれた言葉・引用』勉誠出版、二〇一六年）。
(12) 神田龍身「分身、差異への欲望――『源氏物語』「宇治十帖」」（『物語文学、その解体――『源氏物語』「宇治十帖」以降』有精堂出版、一九九二年）。また、神田龍身『源氏物語＝性の迷宮へ』（講談社、二〇〇一年）の各章も参照されたい。
(13) 大朝雄二「匂宮三帖論」（『源氏物語続篇の研究』桜楓社、一九九一年）。
(14) 陣野英則「「光源氏の物語」としての「匂宮三帖」――「光隠れたまひにしのちの世界」」（『源氏物語の話声と表現世界』勉誠出版、二〇〇四年）。
(15) 山内志朗『双書 哲学塾 〈畳長さ〉が大切です』（岩波書店、二〇〇七年）。
(16) 安藤徹「『源氏物語』の冗長性――範例としての竹河巻研究」（『国語と国文学』九一―一一、東京大学国語国文学会、二〇一四年一一月）。
(17) 藤原定家の自筆本『奥入』に貼られた付箋では、定家の同時代人と考えられる多久行の説として「すべてたうかには、わがいへ、このとの、ばんすらく、なにぞもぞ、このさいばら四をうたひ候」と記されているが、催馬楽の古譜として重視されてきた伝本（鍋島家本ほか）にはみられない「なにぞもぞ」は、催馬楽の曲名として大方には認知されなかった。竹河巻の本文に関しても、注釈書の大半は、単なる応答の言葉と解してきた。しかし、久保木哲夫「新出断簡 催馬楽「なにそもそ」考――『源氏物語』竹河巻にも関連して」（『都留文科大学研究紀要』五八、都留文科大学、二〇〇三年三月）により、

「なにぞもぞ」が催馬楽であることはいっそう明白となった。

(18) 植田恭代「「竹河」と薫の物語」(『源氏物語の宮廷文化——後宮・雅楽・物語世界』笠間書院、二〇〇九年)で詳しく論じられている。

(19) 注18、前掲の植田論文。

源氏物語（七）匂兵部卿—総角〔全9冊〕

2020年1月16日　第1刷発行
2024年2月5日　第4刷発行

校注者　柳井滋　室伏信助　大朝雄二
　　　　鈴木日出男　藤井貞和　今西祐一郎

発行者　坂本政謙

発行所　株式会社 岩波書店
〒101-8002 東京都千代田区一ツ橋 2-5-5
案内 03-5210-4000　営業部 03-5210-4111
文庫編集部 03-5210-4051
https://www.iwanami.co.jp/

印刷・三陽社　カバー・精興社　製本・松岳社

ISBN 978-4-00-351021-6　Printed in Japan

読書子に寄す

――岩波文庫発刊に際して――

岩波茂雄

真理は万人によって求められることを自ら欲し、芸術は万人によって愛されることを自ら望む。かつては民を愚昧ならしめるために学芸が最も狭き堂宇に閉鎖されたことがあった。今や知識と美とを特権階級の独占より奪い返すことはつねに進取的なる民衆の切実なる要求である。岩波文庫はこの要求に応じそれに励まされて生まれた。それは生命ある不朽の書を少数者の書斎と研究室とより解放して街頭にくまなく立たしめ民衆に伍せしめるであろう。近時大量生産予約出版の流行を見る。その広告宣伝の狂態はしばらくおくも、後代にのこすと誇称する全集がその編集に万全の用意をなしたるか。千古の典籍の翻訳企図に敬虔の態度を欠かざりしか。さらに分売を許さず読者を繋縛して数十冊を強うるがごとき、はたしてその揚言する学芸解放のゆえんなりや。吾人は天下の名士の声に和してこれを推挙するに躊躇するものである。このときにあたって、岩波書店は自己の責務のいよいよ重大なるを思い、従来の方針の徹底を期するため、すでに十数年以前より志して来た計画を慎重審議この際断然実行することにした。吾人は範をかのレクラム文庫にとり、古今東西にわたって文芸・哲学・社会科学・自然科学等種類のいかんを問わず、いやしくも万人の必読すべき真に古典的価値ある書をきわめて簡易なる形式において逐次刊行し、あらゆる人間に須要なる生活向上の資料、生活批判の原理を提供せんと欲する。この文庫は予約出版の方法を排したるがゆえに、読者は自己の欲する時に自己の欲する書物を各個に自由に選択することができる。携帯に便にして価格の低きを最主とするがゆえに、外観を顧みざるも内容に至っては厳選最も力を尽くし、従来の岩波出版物の特色をますます発揮せしめようとする。この計画たるや世間の一時の投機的なるものと異なり、永遠の事業として吾人は微力を傾倒し、あらゆる犠牲を忍んで今後永久に継続発展せしめ、もって文庫の使命を遺憾なく果たさしめることを期する。芸術を愛し知識を求むる士の自ら進んでこの挙に参加し、希望と忠言とを寄せられることは吾人の熱望するところである。その性質上経済的には最も困難多きこの事業にあえて当たらんとする吾人の志を諒として、その達成のため世の読書子とのうるわしき共同を期待する。

昭和二年七月